패주

세계문학전집
2 0 1

Émile Zola : La Débâcle

패주

에밀 졸라 장편소설

유기환 옮김

문학동네

일러두기

1. 번역 대본으로는 Émile Zola, *La Débâcle, Les Rougon-Macquart*, Bibliothèque de la Pléiade, t. 5, Gallimard, 1967을 사용했다.
2. 주석은 모두 옮긴이의 것이다.
3. 본문 중 고딕체는 원서에서 대문자나 이탤릭체로 강조한 부분이다.
4. 외래어의 표기는 국립국어원 외래어표기법에 준했으나, 일부는 현지 발음이나 관용에 따랐다.
5. 프랑스와 독일의 국경선에 위치한 독일식 지명은 프랑스 영토에 속할 경우 프랑스어 발음으로, 독일 영토에 속할 경우 독일어 발음으로 옮겼다.
6. 프랑스군의 1er corps, 2e coprs, 3e corps 등은 1군단, 2군단, 3군단 등으로, 독일군의 première armée, deuxième armée, troisième armée 등은 I군단, II군단, III군단 등으로 옮겨 서로 구별했다.

차례 ▌

제1부

1

밀루즈*에서 라인강 쪽으로 2킬로미터 떨어진 곳에 위치한 기름진 평원에 야영지가 구축되었다. 먹구름이 지나간 뒤 흐린 하늘에 비낀 8월 저녁의 마지막 햇살 아래 소형 천막들이 줄지어 서 있었고, 걸어총으로 세워둔 소총들이 전선 위에 일정한 간격으로 정렬된 채 반짝거렸다. 탄환이 장전된 총을 든 보초들이 꼼짝 않고 그것을 지켰는데, 그들의 눈은 저멀리 지평선을 따라 펼쳐진 라인강의 보랏빛 안개에 고정되어 있었다.

벨포르**에서 출발한 병사들은 다섯시경 여기에 도착했다. 벌써 여

---

* 독일 국경에 인접한 프랑스 동부 알자스 지방의 주도.
** 프랑스 동부 부르고뉴프랑슈콩테 지방의 주도. 밀루즈에서 약 40킬로미터 거리에 있다.

넓시였지만, 그늘은 이제 막 식량을 받았다. 어디선가 땔감이 분실되어 장작 배급이 이루어지지 않았기에, 불을 피울 수도 수프를 끓일 수도 없었다. 그들은 싸구려 증류주를 마시며 차디찬 비스킷을 씹는 것으로 만족해야 했다. 행군에 지칠 대로 지친 두 다리가 끊어질 듯 아팠다. 그럼에도 소총 대열 뒤 간이식당 근처에서 두 병사가 총검으로 자른 어린 나무둥치에, 좀체 타오르지 않는 그 새파란 나무둥치에 불을 붙이려 애를 쓰고 있었다. 이윽고 검고 짙은 연기 한줄기가 깊은 우수에 잠긴 저녁 공기 속으로 천천히 피어올랐다.

현재 병사의 수는 1만 2천에 불과했는데, 이는 펠릭스 두에 장군이 지휘할 수 있는 7군단 병사 전부였다. 그 전날 동원 명령을 받은 1사단은 이미 프뢰슈빌러를 향해 출발했다. 3사단은 여전히 리옹에 머물러 있었다. 장군은 2사단, 예비군 포병대, 불완전한 기갑사단과 함께 벨포르를 떠나 전진하려고 결심했었다. 뢰라흐에서 포화의 붉은 화염이 보였기 때문이다. 셸레슈타트 군수가 보낸 지급 통신문에 따르면, 프로이센군은 마르콜스하임에서 라인강을 건너려 하고 있었다. 다른 군단과의 연락망을 갖지 못한 채 전선 최우측에 고립된 장군은 전날 비상부르* 기습 공격 소식을 들었던 터라 국경을 향한 발걸음을 더욱 서둘렀다. 아직 직접적으로 적과 맞닥뜨린 적은 없었지만, 그는 1군단을 도우라는 명령이 언제든 하달될 수 있으리라 생각했다. 그날 8월 6일, 그 암울하고 불안했던 토요일, 프뢰슈빌러 근처 어디선가 전투가 벌어진 게 틀림없었다. 무덥고 어두운 하늘에서 그런 전조가 읽혔고, 고뇌를 머금

---

* 프로이센-프랑스전쟁(1870~1871)의 첫번째 전투가 벌어진 코뮌으로, 여기서 프랑스가 프로이센에 참패했다.

은 듯한 돌풍이 전율처럼 지나갔다. 이틀 전부터 사단은 전쟁터를 향했고, 병사들은 벨포르에서 뮐루즈까지 고된 행군이 끝나면 프로이센군을 만나리라 예상했다.

날이 저물어가고 야영지 멀리서 귀영 나팔소리가 울리기 시작했다. 북소리와 나팔소리는 바람에 실려 아직은 희미했다. 말뚝을 깊이 박아 천막을 단단히 고정하던 장 마카르가 몸을 일으켰다. 전쟁이 터질 거라는 소문이 돌았을 때, 그는 아내 프랑수아즈와 아내의 땅을 잃게 한 비극이 너무나 괴로워 로뉴를 떠났다. 서른아홉 살에 재입대한 그는 즉시 하사 계급장을 달고 106연대에 배치되었고, 이로써 106연대의 지휘체계는 기본적 틀을 갖췄다. 솔페리노 전투가 끝난 뒤 그는 군대를 떠나게 된 것이, 더이상 무기를 들고 남을 해치지 않게 된 것이 너무도 기뻤었다. 그래서 다시 군용 외투를 입은 자신의 모습에 이따금 화들짝 놀랐다. 하지만 더이상 일자리가 없을 때, 더이상 아내도 집도 땅도 없을 때, 더욱이 슬픔과 분노로 가슴이 꽉 막혔을 때 무엇을 어떻게 하겠는가? 적이 그대를 괴롭힌다면, 적을 무찔러야 하리라. 그는 전쟁터에서 내지르곤 했던 고함을 떠올렸다. 아! 제기랄! 프랑스의 고토故土, 더이상 그 땅을 일굴 용기가 없을지라도 마땅히 그 땅, 그 고토를 지켜야 하리라.

귀영을 알리는 북소리와 나팔소리가 울려퍼지는 가운데 장은 일어서서 마지막 소란이 이는 야영지를 힐끔 보았다. 몇몇 병사가 어디론가 달려갔다. 또다른 몇몇 병사는 꾸벅꾸벅 졸다가 지친 표정으로 기지개를 켰다. 참을성이 강한 장은 침착하고 사려 깊게 점호를 기다렸는데, 이런 미덕이 그를 훌륭한 군인으로 만들었다. 동료들은 그가 교육만 제대로 받았더라면 훨씬 더 높이 진급했을 거라고 장담했다. 겨우 읽고 쓸 줄만 아는 그는 언감생심 중사의 자리를 탐하지도 않았다. 농사꾼은 농사꾼일 뿐이었다.

그때 여전히 연기만 피어오르는 새파란 나무등치가 장의 시선을 끌었다. 그는 불을 붙이려 애쓰는 두 병사, 그의 분대 소속인 루베와 라풀을 불렀다.

"그만하게! 모두 질식하겠어!"

깡마르고 쾌활한 루베가 익살스러운 표정으로 대답했다.

"곧 불이 붙을 겁니다, 하사님, 확실해요…… 이봐, 입으로 훅훅 불어야지, 뭐하는 거야!"

그가 몸집이 거대한 라풀을 재촉했다. 상기된 얼굴로 두 뺨을 가죽 부대처럼 부풀린 채 새파란 나무에 연신 입바람을 불어넣던 라풀의 붉게 충혈된 눈에는 눈물이 가득 고여 있었다.

분대의 또다른 두 병사, 즉 일하기 싫어하는 게으름뱅이답게 등을 대고 누운 슈토와 찢어진 바지를 꿰매느라 여념이 없는 파슈는 짐승처럼 몸집이 거대한 라풀이 잔뜩 상을 찌푸린 모습을 보고 폭소를 터뜨렸다.

"반대쪽으로 가서 불어봐, 그럼 붙을 거야!" 슈토가 소리쳤다.

장은 그들이 웃고 떠들도록 내버려두었다. 이제 그럴 기회도 많지 않을 것이다. 살집이 있으면서도 균형잡힌 얼굴에 태도가 진지한 장은 침울한 성격은 아니지만, 대원들이 즐거워할 때 가만히 눈을 감았다. 그때 또 한 병사가 그의 시선을 끌었다. 역시 그의 분대 소속인 모리스 르바쇠르가 한 시간 전부터 한 민간인과 이야기를 나누고 있었다. 정직해 보이는 얼굴에 다갈색 머리의 민간인은 툭 튀어나온 크고 푸른 눈이 인상적이었는데, 지독한 근시 때문에 어쩔 수 없이 퇴역한 서른여섯 살의 남자였다. 갈색 염소수염을 기르고 풍채가 당당한 예비군 포병대 하사관이 거기에 합류했다. 셋은 마치 가족처럼 담소에 푹 빠져 있었다.

두 병사가 민간인과 대화를 한다는 이유로 상관들에게 호통을 당할까봐 염려한 장은 개입할 필요를 느꼈다.

"그만하시는 게 좋겠습니다, 선생. 귀영 나팔소리가 울리잖습니까. 중위님이 보시면……"

장이 말을 끝내기도 전에 모리스가 끼어들었다.

"그대로 계세요, 바이스."

그리고 건조한 말투로 하사에게 말했다.

"이분은 제 매형입니다. 매형을 잘 아는 대령님이 허락하셨습니다."

손에서 아직도 거름 냄새를 풍기는 농사꾼이 감히 참견을 해? 지난가을 변호사가 됐고, 지원병으로 자원입대했으며, 대령의 후견으로 신병훈련소도 거치지 않고 106연대에 배속된 모리스는 기꺼이 배낭을 메긴 했지만 무식한 촌뜨기 하사가 와서 명령을 내리자 갑자기 울화가 치밀었다.

"알겠네." 장이 조용히 말했다. "불호령이 떨어져도 날 원망하지 말게."

이내 그는 모리스의 말이 거짓이 아님을 알고 등을 돌렸다. 기다란 황색 얼굴을 가로지르는 무성한 흰색 콧수염에 기품이 있는 드 비뇌유 대령이 마침 그곳을 지나가며 바이스와 병사에게 미소로 인사했기 때

문이다. 대령은 오른쪽으로 이삼백 걸음 떨어신 자두나무들 사이 농가
로 황급히 발걸음을 옮겼는데, 그 농가에 야간 참모본부가 설치되어 있
었다. 비상부르에서 전사한 형의 죽음에 큰 충격을 받은 7군단장*이 거
기에 있는지 없는지는 아무도 몰랐다. 다만 106연대를 지휘하는 여단
장 부르갱데쾨유 장군이 있다는 것은 분명했다. 지력은 떨어져도 혈색
이 좋은 그 장군이 짧은 다리 위에 살찐 몸을 싣고 평소처럼 고함을 지
르고 있었다. 농가 주변이 점점 더 소란스러워졌고, 전령들이 바삐 오
갔다. 아침부터 사활을 건 전투가 임박했다고 느껴졌지만, 전투 관련
소식을 담은 지급 통신문이 제때 오지 않아 지휘부가 초조하게 기다
렸다. 전투가 어디서 시작됐을까? 결과는 어떻게 됐을까? 땅거미가 지
며 과수원 위로, 외양간 주변에 흩어져 있는 건초 더미 위로 불안이 어
둠의 물결처럼 퍼져갔다. 방금 진지 주위를 배회하던 프로이센 첩자를
체포했고, 그를 농가로 데려가 장군이 심문하고 있다는 소문이 돌았다.
그리고 드 비뇌유 대령이 황급히 달려가는 걸로 보아, 모종의 전보가
도착했음이 틀림없었다.

　모리스는 매형 바이스와 사촌 오노레 푸샤르 하사관과 함께 다시 담
소에 빠졌다. 멀리서 들리다가 점점 커지는 귀영 나팔소리와 북소리가
그들을 거쳐 우수에 젖은 황혼의 평온 속으로 사라졌다. 그들에게는 그
소리가 들리지 않는 듯했다. 나폴레옹 원정에 참가했던 용사의 손자인
모리스는 센포필뢰에서 징세관이라는 보잘것없는 직업으로 살아가던
아버지 슬하에서 태어났다. 농부農婦였던 그의 어머니는 쌍둥이인 앙리

---

* 7군단장 펠릭스 두에(Félix Douay) 장군의 형인 아벨 두에(Abel Douay) 장군은
1870년 8월 4일 비상부르 전투에서 전사했다.

에트와 그를 낳다 죽었는데, 그 바람에 누나는 아주 어려서부터 동생을 보살펴야 했다. 모리스가 자원입대한 것은 쉽게 열광하고 쉽게 흥분하는 유약한 기질로 인해 저지른 무분별한 잘못, 예컨대 도박, 여자, 그리고 모든 걸 집어삼키는 파리의 어리석은 유혹에 빠져 돈을 탕진한 잘못을 벌충하기 위해서였다. 그는 법학을 공부하려고 파리에 갔고, 가족들은 그를 어엿한 신사로 만들기 위해 온갖 고생을 하며 피땀을 흘렸다. 아버지는 그를 뒷바라지하다 죽었고, 누나는 수중에 돈 한 푼 남지 않았을 때 다행히 뮐루즈의 정직한 알자스인인 지금의 남편 바이스를 만났다. 센포퀼뢰의 정련공장에서 오랫동안 회계원으로 일했던 바이스는 현재 스당의 유명한 시트 제조업자 중 하나인 들라에르슈 씨 공장에서 작업감독으로 일하고 있었다. 모리스는 자신의 신경증이 상당히 나아졌다고 생각했다. 그의 신경증이란 희망적인 선과 절망적인 악에 예민하게 반응하고, 관대하고 열정적이지만 한곳에 집중하지 못하고 갑작스러운 충동에 굴복하는 기질을 말한다. 금발에 키가 작은 그는 단단한 이마, 선이 가느다란 코와 턱, 매끈한 얼굴, 유난히 다정다감하나 가끔 광기가 스쳐지나가는 회색 눈을 지니고 있었다.

바이스는 아내를 안심시킬 요량으로, 첫 전투가 벌어지기 직전 서둘러 뮐루즈로 달려왔다. 처남을 만나기 위해 그가 드 비뇌유 대령의 선의에 기댈 수 있었던 것은 대령이 젊은 들라에르슈 부인의 숙부이기 때문이었다. 시트 제조업자가 지난해에 결혼한 젊고 예쁜 미망인 들라에르슈 부인은 예전에 모리스와 앙리에트의 옆집에 살아 이 남매를 그들이 어릴 때부터 알았다. 대령 외에도 모리스는 소속 중대에서 보두앵 대위를 만났는데, 대위는 젊은 들라에르슈 부인, 즉 질베르트의 지기이자 소문에 따르면 그녀가 메지에르의 산림감독관 마지노 씨의 아내였을 때 그녀와 내밀한 사이였다.

"앙리에트에게 제 키스를 전해주세요." 누나를 몹시 사랑하는 젊은 이가 바이스에게 되풀이했다. "누나에게 전해주세요, 이제 안심해도 된다고, 이제 누나가 자랑스러워할 동생이 되겠다고……"

과거의 비행을 떠올리며 그는 눈물을 글썽였다. 매형도 울컥해 화제를 돌리려고 포병대 하사관 오노레 푸샤르에게 말을 걸었다.

"레미에 도착하자마자 푸샤르 외삼촌에게 가서 자네들을 만났고, 다들 잘 지낸다고 말씀드릴게."

약간의 땅을 소유한 농부이자 이동식 푸줏간을 운영하는 푸샤르는 앙리에트와 모리스의 어머니와 남매지간인데, 그의 집은 스당에서 6킬로미터 떨어진 레미의 작은 언덕 위에 있었다.

"쳇!" 오노레가 조용히 대꾸했다. "아버지는 관심도 없을걸요. 좋을 대로 하세요, 그러는 게 마음 편하시다면."

바로 그때 농가에서 웅성거리는 소리가 들렸다. 그들은 좀전에 첩자로 체포된 부랑자가 어느 장교 손에 이끌려 자유의 몸으로 풀려나는 것을 보았다. 진지에서 추방되는 걸로 그치는 걸 보니, 아마도 신분증을 제시하고 사정을 이야기한 듯했다. 상당히 먼 거리에다 날이 어두워져서 다갈색 머리에 몸집이 거대한 그 부랑자의 모습이 잘 보이지 않았다.

그때 모리스가 비명을 질렀다.

"오노레, 저자 좀 봐…… 그 프로이센 놈 같아, 알지, 골리아트 말이야!"

포병은 그 이름을 듣고 깜짝 놀라 소스라쳤다. 그는 이글거리는 눈으로 모리스가 가리키는 쪽을 보았다. 골리아트 슈타인베르크! 아버지와 그를 분노하게 했던 자, 그에게서 실빈을 빼앗아간 자였다. 그것은 비열하고 가증스러운 이야기로, 그는 아직도 그 고통에서 완전히 벗어나지 못한 상태였다. 좀더 일찍 보았더라면 달려가서 그놈의 목을 졸랐을 텐데. 하지만 그자는 이미 걸어총으로 세워둔 소총들 너머 어둠 속으로 멀어지고 있었다.

"아! 골리아트!" 오노레가 나직이 말했다. "말도 안 돼! 그놈이 저기, 적들과 함께 있다니…… 언제 어디서고 만나기만 해봐라!"

위협적인 자세로 그는 어둠에 묻힌 지평선이 있고 보랏빛이 감도는 동쪽을, 그에게는 프로이센을 뜻하는 동쪽을 가리켰다. 침묵이 흘렀다. 다시 귀영 나팔소리와 북소리가 들렸지만, 이제는 진지 반대쪽 끝으로 멀어지며 흐릿한 사물들 속으로 천천히 잦아들었다.

"이런!" 오노레가 다시 말했다. "점호시간이잖아, 꾸물거리다가는 영창에서 밤을 보내겠어…… 갈게요! 모두 안녕히!"

오노레는 마지막으로 바이스와 악수한 후, 아버지에 대해서도 말하지 않고 그의 가슴을 불타게 하는 실빈에게 전언도 남기지 않은 채 예비군 포병대가 있는 언덕으로 성큼성큼 걸어갔다.

다시 몇 분이 흘렀다. 왼쪽, 즉 2여단 쪽에서 점호 나팔소리가 울렸다. 더 가까이에서 두번째 나팔소리가 답했다. 뒤이어 아주 멀리서 세번째 나팔소리가 들렸다. 그러다가 중대의 나팔수 고드가 크고 힘차게 나팔을 불자, 여기저기서 한꺼번에 나팔소리가 울렸다. 키가 크고 깡마르고 수염을 전혀 기르지 않는 고드는 늘 말이 없고 슬픈 표정을 지었으나 나팔만큼은 폭풍 같은 폐활량으로 더없이 힘차게 불었다.

키가 작고 눈이 흐릿하고 지나치게 격식을 차리는 사팽 중사가 점호를 시작했다. 그가 가느다란 목소리로 한 사람씩 호명하는 동안, 가까이 다가온 병사들이 첼로에서 플루트를 닮은 소리까지 각기 다른 목소리로 대답했다. 그러다가 문득 대답이 중단되었다.

"라풀!" 중사가 목소리를 높여 되풀이했다.

여전히 대답이 없었다. 장은 소총수 라풀이 동료들의 부추김에 아직도 고집스레 새파란 나무둥치에 불을 붙이려는 곳으로 달려가야 했다. 땅에 엎드린 라풀이 그을음 묻은 얼굴로 시커먼 연기를 쫓고 있었다.

"이런, 젠장! 그만하지 못하겠나!" 장이 소리쳤다. "점호에 대답하게!"

라풀이 어리둥절한 표정으로 몸을 일으키더니 상황을 파악하고 갑자기 우렁찬 목소리로 "예!" 하고 외치자, 루베가 웃음을 참지 못하고 몸을 뒤젖히며 킬킬거렸다. 바지를 다 꿰맨 파슈는 입속말로 기도하듯 작은 목소리로 대답했다. 슈토는 일어나지도 않고 건방지게 "예" 하고 대답하더니 더 길게 누워버렸다.

당직 중위 로샤는 몇 걸음 떨어진 곳에서 꼼짝 않고 점호 완료를 기다리고 있었다. 점호를 끝낸 사팽 중사가 와서 결원 없다고 보고했다. 그러자 중위는 모리스와 이야기를 나누는 바이스를 턱짓으로 가리키며 언성을 높였다.

"아니, 한 사람이 더 있잖아. 저 민간인은 여기서 뭐하는 건가?"

"대령님이 허락하셨습니다, 중위님." 설명할 필요를 느낀 장이 말했다.

로샤는 격분한 표정으로 어깨를 으쓱하더니, 램프가 꺼질 때까지 말없이 천막을 따라 걸어갔다. 한나절 행군으로 지칠 대로 지친 장은 모리스에게서 몇 걸음 떨어져 앉았다. 처음에는 모리스가 하는 이야기를 유심히 듣지 않았기 때문에 목소리가 귓전에 두런두런 울릴 뿐이었다. 게다가 장은 흐릿한 머릿속에 떠오르는 몇 가지 어렴풋한 생각에 사로잡혀 있었다.

모리스는 전쟁에 찬성했고, 그것이 불가피하며 심지어 두 나라의 존속을 위해 필요하다고 생각했다. 교양과 학식이 있는 젊은이들을 열광시킨 진화론적 사상에 몰두한 이래, 그는 이러한 생각에 사로잡혀 있었다. 삶이란 매 순간 전쟁이 아닐까? 자연의 조건 그 자체가 지속적인 전투, 가장 강한 자의 승리, 행동으로 유지되고 쇄신되는 힘, 죽음에서 늘 새롭고 신선하게 부활하는 생명이 아닐까? 그는 잘못을 만회하기 위해 입대해 전선에서 싸워야겠다는 생각이 들었을 그때 자신을 사로잡았던 뜨거운 조국애가 떠올랐다. 아마도 국민투표를 했더라면 프랑스는 황제에게 충성해도 전쟁을 선택하지는 않았으리라. 그 자신도 일주일 전에는 이 전쟁이 유해하고 어리석은 것이라고 공언했었다. 독일 왕자에게 스페인 왕위를 계승할 권리가 있는지 없는지 하는 현안에 대한 논쟁이 한창이었다. 문제가 복잡해지고 혼란이 증폭되자 누구 할 것 없이 오류에 빠진 듯 보였다. 도대체 어느 쪽에서 도발을 시작했는지조차 불분명했고, 분명한 것은 정해진 시간에 한 민족으로 하여금 다른 한 민족을 공격하게 하는 불가피하고 숙명적인 법칙뿐이었다. 한순간 거대한 전율이 파리를 관통했었다. 모리스는 불타오르는 밤의 광경이, 모든 대로에서 횃불을 흔들며 "베를린으로! 베를린으로!" 하고 외치던 군중의 모습이 눈에 선했다. 시청 앞에서 마차 마부석 위로 올라가 삼색기를 두른 채 〈라마르세예스〉를 부르던 키 큰 미인, 여왕 같은 자태를 지닌 그 미인의 목소리가 지금도 들리는 듯했다. 그 애국심이 거짓이었단 말인가? 그날 밤 세차게 뛴 파리의 심장이 거짓이었단 말인가? 늘 그렇듯 모리스의 내면에서는 뜨거운 열광의 시간이 지나가자 끔찍한 의혹과 염증의 시간이 다가왔었다. 병영에 도착한 그를 맞이했던 특무상사, 그에게 군복을 입으라고 한 중사, 때가 덕지덕지 낀 더러운 침실, 새로운 동료들의 상스러운 언행, 심신을 지치게 하는 기계적인 훈련 등이 군대생활의 실상이었다. 하지만 일주일이 지나자, 그는 혐오감을 가라앉히고 군대생활에 적응했다. 그리고 연대가 벨포르를 향해 출발했을 때 다시 열광에 휩싸였다.

초기부터 모리스는 승리를 절대적으로 확신했다. 그가 보기에 황제의 작전은 명료했다. 라인강으로 40만 병사를 투입할 것, 프로이센군이 전투 준비를 완료하기 전에 라인강을 건널 것, 강력한 기습 공격으로 남부 독일로부터 북부 독일을 갈라놓을 것, 게다가 압도적 승세를 바탕으로 오스트리아와 이탈리아를 즉시 프랑스 편에 세울 것. 실제로 모리스의 연대가 속한 7군단이 브레스트에서 승선하고 덴마크에서 하선함으로써, 프로이센 군단 하나를 옴짝달싹 못하게 하는 교란작전을 수행하리라는 소문이 돌지 않았던가? 사방에서 기습 공격을 당한 프로이센은 혼비백산해 몇 주 만에 손을 들 것이다. 말하자면 모리스는 스트라스부르에서 베를린까지 그저 행군만 하면 될 것 같았다. 하지만 벨포르에서 대기하면서부터 불안감이 엄습했다. 슈바르츠발트 입구를 봉쇄할 임무를 부여받은 7군단이 극심한 혼란 속에서 그곳에 도착했고, 모든 것이 불완전한 상태였다. 그들은 이탈리아에서 3사단이 오기를 기다리고 있었다. 기병대 2여단은 민중 봉기가 일어날 것을 우려해 리옹에 머물렀다. 3개 포병대는 소재가 파악되지 않은 채 길을 잃고 헤매고 있었다. 군수품 또한 절대적으로 부족했다. 군용물자를 보급해야 할 벨포르의 창고는 텅 비었다. 천막도, 취사도구도, 플란넬 벨트도, 의약품도, 대장간 장비도, 말의 족쇄도, 그야말로 아무것도 없었다. 위생병도 없었고, 행정병도 없었다. 최근에는 소총 3만 정에 꼭 필요한 교체 부품이 없다는 사실이 발견되었다. 그래서 파리로 장교를 급파해 소총 5천 정을 빼앗다시피 다시 보급받았다. 또 한 가지 모리스를 고통스럽게 한 것은 무위였다. 뮐루즈에 주둔한 지 이 주가 되었건만, 왜 진군하지 않는 걸까? 하루하루의 지체가 도저히 만회할 수 없는 실책이고 승리의 기회를 날려버리는 잘못처럼 보였다. 계획은 꿈과 같았으나 실천의 현실이 따라주지 못했다. 훗날 분명히 알게 될 그 현실이 당시에는 모호하고 걱정스럽기만 했다. 메츠에서 비츄까지, 비츄에서 벨포르까지 7개 군단이 국경을 따라 산재해 있었다. 도처에서 병력이 모자랐다. 필요 병력은 43만이었지만, 실제 병력은 기껏해야 23만이었다. 장군들은 서로 질투하며 각자 지휘봉 쥘 생각만 하고 이웃 군단과 협력하지 않았다. 더없이 끔찍한 부주의가 저질러졌고, 선제공격을 하기 위해 동원과 집결이 너무 성급하게 이루어진 탓에, 아무도 풀 수 없는 뒤죽박죽의 난맥상이 드러났다. 상부로부터, 즉 신속한 결정을 내릴 수 없는 병든 황제로부터 시작된 마비상태가 심화해 마침내 군대 전체를 휩쓸고, 조직을 와해시키고, 병사들의 사기를 꺾고, 군대를 돌이킬 수 없는 재앙 속으로 몰아넣을 참이었다. 하지만 기다림의 은근한 불안 속에서도, 다가올 일에 대한 본능적 공포 속에서도, 승리에 대한 확신은 건재했다.

8월 3일, 갑자기 그 전날 자르브뤼켄에서 거둔 승리 소식이 날아들었다. 대승이었지만, 아무도 모르고 있었다. 신문은 열광했다. 프랑스군의 독일 점령이었고, 영광스러운 전진의 첫걸음이었다. 전쟁터에서 침착하게 탄환 하나를 주운 왕자의 이야기가 전설로 퍼지기 시작했다. 이틀 후, 비상부르에서 당한 기습 공격과 살육이 알려졌을 때는 저마다의 가슴에서 분노의 외침이 터져나왔다. 매복의 함정에 빠진 프랑스 병사 5천 명이 프로이센 병사 3만 5천 명을 맞아 열 시간 동안 항전한 것이었다. 그 비열한 학살이 불러온 것은 오직 하나의 외침이었다. 복수! 물론 책임은 경계를 게을리하고 아무것도 예견하지 못한 지휘관들에게 있었다. 그러나 그 모든 실수는 곧바로 시정될 것이었다. 마크마옹이 7군단의 1사단을 동원했고, 1군단이 5군단의 지원을 받을 것이며, 지금 이 시각 프로이센군이 등뒤에서 우리 보병의 공격을 받아 다시 라인강을 건넌 것이 틀림없었기 때문이다. 어쨌든 그날 격전이 있었다는 생각, 새로운 소식에 대한 초조한 기다림, 폭넓게 드리운 불안감이 창백한 하늘 아래 시시각각으로 확산되었다.

모리스가 바이스에게 말했다.

"우와! 오늘은 대승을 거둔 게 분명해!"

바이스는 대답 없이 근심스러운 표정으로 고개를 끄덕였다. 그 또한 라인강 쪽, 이미 어둠에 완전히 잠긴 동쪽, 신비에 물든 암흑의 벽을 바라보았다. 점호의 마지막 종소리가 울린 후, 잠 못 이루는 몇몇 병사의 발소리와 목소리만 들릴 뿐 숨죽인 야영지 위로 깊은 정적이 흘렀다. 참모본부를 차린 농가의 거실에 방금 불이 켜졌는데, 어둠 속에서 반짝이는 별처럼 보였다. 참모본부는 밤새 시시각각 도착하는 지급 통신문을, 여전히 내용이 모호한 지급 통신문을 기다렸다. 불을 붙이다가 내버려둔 새파란 나무둥치에서는 아직도 음울한 연기가 피어올랐고, 가벼운 바람이 불안에 빠진 농가 위로 연기를 날리며 하늘의 별을 더럽혔다.

"대승이라!" 바이스가 되풀이했다. "신이 자네 말을 들어주시길!"

몇 걸음 떨어져 앉은 장은 귀를 쫑긋 세웠다. 중위 로샤는 바이스의 소망에 의심이 밴 걸 알아채고 대화를 엿듣기 위해 걸음을 멈췄다.

"뭐라고요?" 모리스가 다시 말했다. "매형은 믿음이 없네요. 우리가 패할지도 모른다고 생각하는군요!"

바이스는 몸짓으로 그의 말을 가로막았다. 손이 떨렸고, 선량한 얼굴이 창백하게 일그러졌다.

"패배라니! 하늘이여, 도와주소서!…… 알다시피 나는 이 고장 출신일세. 1814년에 조부모님이 러시아 기병대 손에 돌아가셨지. 침략이라는 말만 들어도 치가 떨려. 난 프록코트를 입은 채 총을 쏠 거라고, 병사와 다름없이!…… 패배라니, 안 되지, 안 되고말고! 패배란 상상도 하기 싫어!"

그는 입을 다물었다. 절망과 낙담에 그의 어깨가 축 처졌다.

"하지만 어쩌겠어! 도무지 안심이 안 돼…… 난 알자스 지방을 잘 알아, 나의 알자스! 최근에도 사업 때문에 한 바퀴 돌았어. 장군들이 눈을 뜨고도 보지 못하는 것, 장군들이 애써 보지 않으려는 것, 그런 게 우리에게는, 우리 알자스 사람들에게는 훤히 보여…… 아! 프로이센과의 전쟁, 우리는 그걸 원했어, 오래전부터 우리는 이 해묵은 갈등이 해소

되길 조용히 기다려왔어. 그렇다고 바덴 사람들이나 바이에른 사람들과 다진 선린관계를 깨지는 않았지. 라인강 건너편에는 우리의 친척들이며 친구들이 있잖아. 우리는 그들도 우리처럼 프로이센인들의 지나친 오만을 꺾고 싶어할 거라 생각했었어…… 너무도 침착하고 너무도 단호한 우리, 그런데 초조와 불안이 그런 우리를 엄습한 지 벌써 이 주일이 지났고, 모든 게 악화되고 있어. 선전포고 이후 우리는 적의 기병대가 마을을 공포로 몰아넣고 영토를 정찰하고 전신망을 파괴하는데도 그저 멍하니 보고만 있었지. 바덴과 바이에른이 징병에 나섰고, 팔츠에서는 군사행동이 개시되고 있어. 도회의 시장, 시골의 장터 등 사방에서 날아온 정보가 국경이 위협받고 있다는 걸 알려주고 있단 말일세. 겁에 질린 주민들과 읍장들이 지나가는 장교들에게 상황을 설명하면, 장교들은 어깨를 으쓱하며 이렇게 말할 뿐이야. 겁쟁이들의 환영이오, 적은 멀리 있소…… 말도 안 돼! 촌각을 다퉈야 할 때, 몇 날 며칠을 허비하다니! 도대체 뭘 기다린다는 거야? 독일군 전체가 몰려오기를 기다리는 건가!"

오래 생각한 후 마치 자기 자신에게 말하듯이 그는 서글픈 목소리로 나직이 말했다.

"아! 독일, 나는 독일을 잘 알아. 그런데 알자스 출신이 아닌 자네들은 독일을 그저 중국인 양 무시하고 있으니 끔찍하기 짝이 없는 일이지…… 내 사촌 군터 기억하지, 모리스, 지난봄 스당으로 와서 내게 악수를 청하던 그 청년 말이야. 내 이종사촌이야. 내 이모인 그의 어머니는 베를린 사람과 결혼했어. 라인강 건너편에 있는 군터는 프랑스를 증오해. 그는 지금 프로이센군 대위야…… 내가 역까지 배웅했던 날 밤 그가 했던 이야기가 아직도 귓가에 맴돌아. '만일 프랑스가 선전포고하면, 프랑스는 반드시 패할 거야.'"

그때까지 자제하던 로샤 중위가 격분하며 불쑥 앞으로 나섰다. 쉰 살가량 된 그는 키가 크고 깡마른 체구, 움푹 파인 볼, 거무스레하게 주름진 긴 얼굴이 특징이었다. 그리고 커다란 매부리코와 거칠고 큰 입 사이에 희끗희끗한 반백의 콧수염이 곤두서 있었다. 흥분한 그는 천둥 같은 목소리로 말했다.

"이봐요! 당신 뭐하는 거요, 여기서? 병사들의 사기를 떨어뜨리고 있잖소!"

장은 말다툼에 끼어들지는 않았으나 내심 중위가 옳다고 생각했다. 그 역시 기나긴 지체와 혼란에 놀라면서도 머잖아 프로이센군에게 결정적인 한 방을 안기게 되리라 믿어 의심치 않았다. 그건 확실해, 그것 때문에 여기까지 왔으니까.

"아, 중위님," 바이스가 당황하며 대답했다. "저는 누구의 사기도 떨어뜨리고 싶지 않습니다…… 단지 제가 알고 있는 것을 모두가 알길 바랄 뿐입니다. 사태를 예견하고 적절하게 대처하기 위해서는 우선 상황을 잘 알아야 하니까…… 그래요! 그 독일이라는 나라는……"

그는 이성적인 태도로 말을 이었고, 자신의 두려움을 설명했다. 자도바 전투 이후 프로이센은 강성해졌고, 국민운동은 프로이센을 독일의 맹주로 올라서게 했으며, 모든 것을 새롭게 바꾼 이 거대 제국은 주체할 수 없는 정복의 열정과 통일의 의지를 갖췄다. 의무 병역 체제로 상시 전투태세에 돌입한 프로이센은 고도의 훈련, 엄격한 규율, 강력한 병기로 대전大戰에 익숙해졌고, 오스트리아에 전격적인 승리를 거두며 사기가 하늘을 찌를 듯했다. 판단력이 출중하고 정신력이 강고한 프로이센군 지휘관은 모두 젊었고, 전투력을 쇄신한 총사령관에게 복종했으며, 경이로운 시각으로 더없이 신중하게 행동하고 정확하게 예측했다. 뒤이어 그는 이 같은 독일에 맞서는 프랑스의 상황을 설명했다. 낡은 제정帝政은 국민투표로 신임을 얻긴 했지만 뿌리까지 썩어 있었다. 자유를 말살함으로써 애국주의적 이념을 약화시킨 제정은 다시 자유주의적 기치를 내걸었지만 이미 늦었다. 자기 스스로 풀어놓은 끝없는 환락의 욕망을 채워주지 못한다면, 제정은 금세 무너질 게 틀림없었다. 크림전쟁, 이탈리아전쟁의 무훈으로 빛나는 군대는 확실히 용맹하기 이를 데 없는 전통을 가졌으나 돈으로 사람을 사는 대리복무제로 망가졌고, 군사훈련도 타성에 젖어 있었으며, 승리를 지나치게 확신한 나머지 현대 과학의 새로운 기술 도입도 전혀 생각하지 않았다. 대부분 평범하기 그지없는 장군들은 쓸데없는 경쟁심에 사로잡혀 있었고, 몇몇은 전쟁에 대해 가공할 정도로 무지했다. 그들의 우두머리인 황제는 괴로움과 망설임 속에서 이제 막 시작되는 전쟁을 맞아 잘못된 보고를 받기도 했고 잘못된 판단을 내리기도 했다. 이를테면 모두가 까막눈 상태에서 아무런 준비도 없이, 도살장으로 끌려가는 가축떼처럼 두려움 속에서 지리멸렬하게 전쟁터로 나아갔다.

로샤는 눈을 동그랗게 뜨고 입을 벌린 채 유심히 들었다. 그의 커다란 코가 잔뜩 찡그려졌다. 그러다가 별안간 턱이 들썩거릴 정도로 껄껄 웃기 시작했다.

"허허, 대체 무슨 소리를 하는 거요! 말도 안 되는 소리는 당장 집어치우시오!…… 아무 의미 없는 이야기야, 귀담아들을 필요 없는 소리라고…… 그런 이야기라면 신병들한테나 하시오. 나는 군에서 이십칠 년을 보냈소, 말도 안 돼, 어림없는 소리지!"

그는 자기 가슴을 탕탕 두드렸다. 리무쟁 출신 석공의 아들로 파리에서 태어난 그는 아버지의 직업을 싫어했기에, 열여덟 살이 되자마자 군에 입대했다. 용병인 그는 아프리카에서는 하사로, 세바스토폴에서는 중사로, 솔페리노 전투 이후로는 중위로 군용 배낭을 멨다. 십오 년 동안 고된 훈련을 이겨내고 영웅적 용기를 보인 끝에 지금의 계급장을 달았지만, 별다른 교육을 받지 못한 까닭에 대위 진급은 어려울 게 틀림없었다.

"신사 양반, 모르시는 게 없구먼, 하지만 이것도 알아두시오…… 알제리의 마자그랑이었지, 당시 나는 겨우 열아홉 살이었고…… 우리 병사는 단 123명이었소. 그럼에도 우리는 아랍인 1만 2천 명에 맞서서 나흘을 버텼지. 아! 저기 저 아프리카에서 여러 해를 보냈고, 마스카라, 비스크라, 텔리스에서, 그다음에는 카빌리아, 그다음에는 라구아트에서…… 신사 양반이 우리와 함께 있었더라면, 우리가 나타나자마자 그 더러운 유색인들이 산토끼처럼 잽싸게 내빼는 걸 봤을 텐데…… 세바스토폴에서는, 말도 마시오! 정말이지 간단치 않았소. 머리칼을 뿌리째 뽑을 것 같은 강풍, 매서운 추위, 끝없이 이어지는 경계경보, 모든 것을 날려버린 그 야만인들! 그럼에도 결국 우리가 그들을 물리쳤소, 오! 귀청을 찢는 듯한 끔찍한 포탄의 굉음 속에서!…… 그리고 솔페리노에서는, 신사 양반, 당신은 거기에 있지 않았잖소, 그런데 왜 거기에 대해 이야기하는 거요? 그렇소, 그날 솔페리노는 정말 무더웠지, 아마도 당신이 평생 본 적 없을 엄청난 폭우가 내렸는데도 말이오! 오스트리아 병사들이 혼비백산해서 달아나는 꼴을 봤어야 하는데…… 우리 병사들이 총검을 휘두르자 모두가 서로 먼저 달아나려고 난리가 났었지, 마치 꽁무니에 불이 붙은 것처럼 넘어지고 자빠지면서!"

그는 통쾌하게 웃음을 터뜨렸다. 그 의기양양한 웃음 속에 프랑스 군대의 옛 영광이 고스란히 담겨 있었다. 그것은 전설이었다. 그것은 미녀를 품에 안고 고급 포도주를 마시며 세계를 여행하듯, 프랑스 병사들이 기분좋은 취기 속에서 즐겁게 노래하며 세계를 정복한 쾌거였다. 하사 한 명과 병사 네 명, 그리고 거대한 군대가 땅에 등을 대고 누워 있었다.

갑자기 그의 목소리가 노호했다.

"패배라니, 프랑스의 패배라니!…… 프로이센 놈들이 우리를 이긴다니, 우리 프랑스를!"

그가 바이스에게 다가서더니 프록코트 깃을 세차게 움켜쥐었다. 방랑 기사처럼 깡마르고 큰 그의 몸 전체는 언제 어디서 누구와 싸우든 간에 적에 대한 절대적 경멸을 표현하고 있었다.

"잘 들으시오, 신사 양반…… 프로이센 놈들이 감히 쳐들어온다 해도, 우리는 놈들을 발로 차서 프로이센으로 돌려보낼 거요…… 알겠습니까, 발로 차서 베를린으로!"

아무것도 모르고 아무것도 걱정하지 않는 순진한 어린아이처럼 평온하면서도 확신에 찬 표정으로 그는 허공에 발길질을 했다.

"그렇고말고! 반드시 그렇게 될 거요, 그렇게 되게 되어 있으니까!"

바이스는 어리둥절한 표정으로 거의 설득당한 채, 서둘러 자기는 더이상 바랄 것이 없다고 말했다. 상관 앞에서 감히 끼어들지 못하고 침묵을 지키던 모리스는 마침내 상관과 함께 웃음을 터뜨렸다. 어리석은 자라고 판단했던 이 괴이한 사내가 남의 가슴을 이토록 뜨겁게 달구다니! 장도 중위가 말할 때마다 고개를 끄덕이며 동의했다. 그 역시 비가 억수같이 퍼붓던 솔페리노 전투에 참전했었다. 옳은 말씀이야. 모든 장교가 저렇게 말하고 행동했더라면 식량이나 플란넬 벨트가 모자라는 일은 없었을 텐데!

오래전부터 어둠이 짙게 깔렸다. 그럼에도 로샤는 캄캄한 암흑 속에서 팔다리를 휘저으며 말을 계속했다. 그는 언젠가 행상의 서적 상자에서 자기 배낭으로 떨어진 나폴레옹의 승전보를 줄기차게 읽었었다. 그의 열정은 식을 줄 몰랐다. 그가 가진 지식 전부가 뜨거운 외침으로 터져나왔다.

"오스트리아는 카스티글리온, 마렝고, 아우스터리츠, 바그람에서 박살났지! 프로이센은 아일라우, 예나, 뤼첸에서 박살났고! 러시아는 프리틀란트, 스몰렌스크, 모스크바에서 박살났고! 스페인과 영국은 도처에서 박살났어! 땅이란 땅은 모두, 전후좌우 할 것 없이 모두 정복했지!…… 그런데 오늘은 우리가 박살날 거라니! 왜? 어떻게? 별안간 세상이 뒤집혔나?"

그는 몸을 세우며 군기 깃대처럼 손을 쳐들었다.

"이보시오! 오늘 저 너머에서 전투가 벌어졌고, 지금 우리는 소식을 기다리고 있어. 글쎄! 소식이 오면 내가 알려주지, 내가 직접!…… 우리는 이미 프로이센을 박살낸 적이 있다고, 뼈다귀 하나 남기지 않고 깡그리 없애버렸지!"

바로 그때, 캄캄한 하늘 속으로 외마디 고통스러운 비명이 지나갔다.

밤새의 탄식이었을까? 저멀리서 울리는 눈물겨운 신비의 목소리였을까? 어둠에 잠긴 병영 전체가 몸을 떨었고, 아무리 기다려도 오지 않는 지급 통신문을 기다리는 가운데 불안감이 증폭되고 확산되었다. 저 너머 농가에서는 참모본부의 초조한 밤샘을 비추는 촛불이 더욱 환히 타오르며 불꽃을 똑바로 치켜올렸다.

열시였다. 어둠 속에서 고드가 나타났고, 소등을 알리는 첫번째 나팔소리가 울렸다. 뒤이어 다른 나팔들이 화답했지만, 벌써 졸음에 마비된 듯 여기저기서 소리가 잦아들었다. 밤늦도록 이야기에 정신이 팔렸던 바이스는 다정하게 모리스를 포옹했다. 용기와 희망을 잃지 말아야해! 모리스를 대신해서 앙리에트를 포옹하리라, 그리고 푸샤르 외삼촌에게 여러 이야기를 전하리라. 마침내 그가 떠났을 때, 하나의 소문에 모두가 흥분했다. 마크마옹 원수가 방금 대승을 거뒀다는 소문이었다. 프로이센 왕세자가 2만 5천 병사와 함께 포로로 잡혔고, 적군은 대포와 군사 장비를 우리 수중에 남긴 채 퇴각했다는 것이었다.

"아무렴!" 로샤가 천둥 같은 목소리로 외쳤다.

그러고는 서둘러 뮐루즈로 돌아가려는 바이스를 따라가며 말했다.

"발로 차서, 신사 양반, 발로 차서 돌려보낼 거요, 베를린까지!"

십오 분 후, 또다른 지급 통신문이 프랑스군이 뵈르트를 포기하고 퇴각하고 있다는 소식을 알렸다. 아! 정말 잔인한 밤이로군! 졸음이 엄습한 로샤는 군용 외투로 몸을 감싸 땅바닥에 누웠다. 종종 있는 일이었기에 그는 밤이슬을 피할 천막을 찾을 생각조차 하지 않았다. 모리스와 장은 천막으로 미끄러져들어갔다. 벌써 루베와 슈토, 파슈, 라풀이 서로 바싹 붙은 채 배낭을 베개삼아 누워 있었다. 여섯 명이 누울 수는 있지만 서로 다리를 잘 구부려야 했다. 루베가 내일 아침에는 닭고기가 배급될 거라고 라풀에게 거짓말을 해서 모두의 허기를 달랬다. 피로에 지친 그들은 금세 코를 골았는데, 밤새 프로이센군이 들이닥칠지도 몰랐다. 모리스와 맞닿은 채 장은 잠시 꼼짝하지 않았다. 몸이 천근만근이었지만 쉽사리 잠들지 못했다. 좀전에 그 남자가 했던 이야기, 즉 헤아릴 수 없이 많은 독일 병정들이 호전적으로 완전무장을 하고 있다는 이야기가 머릿속을 맴돌았다. 바로 옆에 있는 동료 역시 똑같은 생각으로 잠을 이루지 못하는 듯했다. 동료가 이리저리 뒤척이다 몸을 뒤로 뺐을 때, 장은 그가 자기 때문에 불편해한다는 것을 알아챘다. 농부와 지식인 사이에 존재하는 본능적인 반감, 계급과 교육의 차이에서 오는 혐오감이 육체적인 불편함으로 전이되고 있었다. 농부는 수치심과 깊은 슬픔을 느끼고 그 적대적인 멸시를 피하고자 최대한 몸을 작게 웅크렸다. 천막 안에 여러 육체가 뒤엉켜 누워 있었기 때문에 숨이 막힌 모리스는 갑자기 벌떡 일어나 밤공기가 서늘한 바깥으로 나갔고, 몇 걸음 떨어진 땅바닥에 누웠다. 서글픔 속에서 설핏 잠이 든 장은 고통스러운 악몽에 몸을 뒤척였다. 그 악몽에는 사랑받지 못한다는 사실로 인한 아픔과 저 미지의 공간에서 밀려오는 엄청난 불행에 대한 공포가 혼재했다.

몇 시간이 흐른 게 틀림없었다. 여전히 이름 모를 무시무시한 기운이 칠흑 같은 어둠 속에 감돌았고, 끝없이 펼쳐진 불길한 어둠의 압력 아래 부동의 검은 야영지 전체가 흔적도 없이 사라진 듯했다. 어두컴컴한 호수에서 뭔가 펄쩍 뛰는 소리가 났고, 별안간 헐떡거리는 숨소리가 보이지 않는 천막에서 새어나왔다. 뒤이어 분간하기 어려운 소리가 들렸다. 말의 재채기 소리, 군도가 부딪치는 소리, 뒤늦게 돌아오는 병사의 서두르는 발소리 등 일상적인 소음이 위협적으로 울렸다. 그러다가 갑자기 간이식당 근처에서 환한 섬광이 일었다. 전선戰線이 환히 드러났고, 일정한 간격으로 정렬된 소총들 총신 위로 신선한 혈류와 비슷한 붉은 반사광이 지나갔다. 어둠 속에 똑바로 서 있던 보초들이 이 돌연한 불빛에 한순간 모습을 드러냈다. 상관들이 이틀 전부터 예고한 바로 그 적군, 벨포르에서 뮐루즈까지 병사들이 찾아 헤맨 바로 그 적군일까? 뒤이어 불꽃이 여기저기 튀더니 광채가 꺼져버렸다. 그것은 너무나 오랫동안 라풀에게 시달렸던 새파란 장작이 방금 막 갑자기 짚불처럼 환하게 타오른 것이었다.

갑작스러운 광채에 놀란 장은 황급히 천막 밖으로 뛰어나왔다. 그는 팔꿈치에 기댄 채 몸을 일으켜 바라보는 모리스에게 걸려 넘어질 뻔했다. 어둠이 다시 깃들었고, 두 사내는 서로 몇 걸음 떨어진 곳에 누웠다. 그들 앞에 펼쳐진 시커먼 암흑 속에서 보이는 것이라고는 여전히 불이 켜진 농가의 창문, 밤새워 망자를 지키는 듯한 그 희미한 촛불뿐이었다. 몇시쯤 됐을까? 아마도 두시 아니면 세시일 거야. 저기, 참모본부는 완전히 잠자리에 들 수가 없었나봐. 밤샘에 울화가 치민 부르갱데퓌유 장군이 고함을 지르는 소리가 들렸다. 장군은 그로그*와 여송연의 힘으로 밤샘을 버티고 있었다. 새로운 전보가 속속 도착했는데, 상황이 악화되고 있음이 틀림없었다. 불안하고 두려운 듯 이리저리 뛰어다니는 전령들의 그림자가 보였다. 질식사의 신음 같은 욕설, 발을 동동 구

---

* 럼 또는 브랜디에 설탕과 레몬을 넣고 뜨거운 물을 부어 만든 음료.

르는 군홧발소리가 들리더니 이내 쥐죽은듯 고요해졌다. 도대체 무슨 일화있는 걸까? 이걸로 끝장난 걸까? 얼음장 같은 한줄기 바람이 불안과 고뇌의 깊은 잠에 빠진 야영지 위로 스쳐지나갔다.

장과 모리스가 가늘고 기다란 그림자와 함께 황급히 지나가는 드 비뇌유 대령을 알아본 것은 바로 그때였다. 대령은 사자 같은 얼굴에 몸이 뚱뚱한 군의관 부로슈와 함께 걸어가고 있었다. 두 사람 모두 두서없이 뚝뚝 끊기는 말을 주고받으며 마치 누가 엿듣기라도 하는 듯 나직이 속삭였다.

"패퇴한 1사단이 바젤에서 오는 중이오…… 전투가 열두 시간 동안 계속되었고, 지금은 전군全軍이 후퇴하고 있소……"

대령의 그림자가 발걸음을 멈추더니, 서둘러 지나가는 가볍고 날씬하고 단정한 또다른 그림자를 불렀다.

"보두앵, 보두앵인가?"

"예, 대령님."

"아! 이 사람아, 마크마옹은 프뢰슈빌러에서, 프로사르는 슈피헤렌에서 패했어. 드 파이는 둘 사이에서 꼼짝하지 못한 채 무용지물이 됐고…… 그래도 프뢰슈빌러에서 고작 1개 군단이 프로이센 전군에 맞서 싸웠으니 장하지. 어쨌든 모조리 점령당했고, 우리 군대가 공포에 질려 패주하고 있어. 프랑스의 대문이 열린 거야……"

눈물이 그의 목소리를 삼키고 말을 끊었다. 세 그림자는 어둠 속으로 사라졌다.

자리에서 일어난 모리스의 온몸에 전율이 관통했다.

"맙소사!" 그가 중얼거렸다.

그는 날리 할말을 찾지 못했다. 가슴이 얼어붙은 장은 냐지이 탄식했다.

"아! 말도 안 돼!…… 조금 전에 온 그 양반, 당신 인척의 이야기가 옳았군. 놈들이 우리보다 강한 거야."

모리스는 그 말을 듣자 장의 목을 조르고 싶을 정도로 화가 났다. 프로이센 놈들이 프랑스군보다 세다니! 그는 몹시 자존심이 상했다. 하지만 농부는 침착한 태도로 고집스레 덧붙였다.

"괜찮아. 따귀 한 대 맞았다고 항복해야 하는 건 아니니까…… 어떻게든 박살을 내야지."

그때 그들 앞에 기다란 얼굴이 나타났다. 외투를 걸친 로샤였다. 아마도 허공에 떠도는 소리와 패배의 바람결에 방금 잠에서 깬 모양이었다. 그는 전황을 궁금해했다.

어렵사리 상황을 이해하자, 로샤는 크게 놀라 어린아이처럼 눈을 동그랗게 떴다.

그리고 열 번도 넘게 되풀이했다.

"패하다니! 어떻게 패한 거지? 왜 패한 거지?"

이제 동쪽에서 끝없는 슬픔으로 흐릿해진 태양이 병사들의 천막 위로 솟아오르고 있었다. 천막들 중 하나에서 입을 벌린 채 여전히 코를 골고 있는 루베, 라풀, 슈토, 파슈의 흙빛 얼굴이 조금씩 드러났다. 저멀리 라인강에서 피어오른 잿빛 안개 속으로 죽음 같은 여명이 밝아왔다.

2

여덟시경, 태양이 무거운 구름을 걷어냈다. 8월의 맑고 뜨거운 일요일 햇살이 밀루즈 위로, 드넓고 기름진 들판 한가운데로 눈부시게 쏟아졌다. 잠을 깬 병사들은 일상의 소리가 두런거리는 야영지에서, 청명한 공기를 가르며 일제히 울려퍼지는 인근 성당들의 종소리를 들었다. 무시무시한 재앙을 감춘 아름다운 일요일은 축제일처럼 눈부신 하늘 아래 즐거운 분위기마저 감돌았다.

갑자기 고드가 나팔소리로 물품 배급을 알리자, 루베가 깜짝 놀랐다. 뭐야? 무슨 일이지? 어제 라풀에게 장담했던 대로 정말로 닭고기가 나오는 건가? 파리 레알 중앙시장 인근 코소느리가街에서 소상인의 사생아로 태어난 루베는 온갖 직업을 전전했고, 지금은 자칭 "푼돈에 팔린" 지원병으로서 취사를 담당하곤 했는데 식탐이 대단했다. 그는 무슨 일인지 확인하기 위해 자리를 떠났다. 한편 몽마르트르의 건물 철장이로 제대를 눈앞에 두고 투입된 데 분통을 터뜨리는 미남 선동가 슈토는 천막 뒤에서 무릎을 꿇고 기도하는 파슈를 사납게 놀려댔다. 아이고, 사제님 납셨군! 그 대단한 하느님에게 연금 10만 파운드만 달라고 부탁하면 안 되나? 피카르디 지방의 외딴 마을에서 왔고 얼굴이 뾰족하고 몸이 허약한 파슈는 순교자처럼 부드러운 표정으로 거친 농담을 받아들였다. 그는 라풀과 함께 분대의 놀림감이었다. 솔로뉴의 늪지대에서 자란 무식한 거인 라풀은 세상만사를 너무 몰라서 부대에 처음 도착한 날 국왕을 만나고 싶어했다. 동이 트면서 프뢰슈빌러의 패배 소식이 퍼졌지만 네 병사는 여전히 웃고 떠들고 기계처럼 무심히 평소에 하던 그대로 행동했다.

바로 그때, 기가 차다는 듯 투덜거리는 목소리가 들렸다. 모리스와 함께 땔감을 배급받으러 다녀온 하사 장이 불평하는 소리였다. 병사들이 음식을 만들기 위해 어제부터 애타게 기다렸던 장작이 마침내 배급된 것이었다. 참 빨리도 나눠주네, 겨우 열두 시간 늦었을 뿐이다 이거지.

"병참 만세!" 슈토가 외쳤다.

"이제 됐어!" 루베가 말했다. "내가 맛있는 포토푀*를 만들어줄게!"

루베는 종종 취사를 자원했다. 분대원들은 그가 만든 음식들이 기가 막히게 맛있었기 때문에 그에게 고마워했다. 하지만 오늘은 그가 라풀에게 말도 안 되는 주문을 했다.

＊ 고기와 채소를 장시간 고아서 만든 스튜.

"샴페인이랑 송로버섯 좀 구해와……"

오늘 아침 문득 이 파리 개구쟁이의 머릿속에 순박한 거인을 놀려먹으려는 짓궂은 생각이 스쳐지나간 것이었다.

"더 빨리 움직여야지! 닭고기 좀 줘봐."

"닭고기라니, 그게 어디 있는데?"

"저기, 저 땅바닥에…… 내가 너한테 말한 닭고기, 방금 하사님이 받아온 닭고기 말이야!"

그는 손가락으로 그들 발밑에 있는 크고 하얀 돌멩이를 가리켰다. 라풀은 어리둥절한 표정으로 돌멩이를 줍더니 이리저리 돌려보았다.

"제기랄! 깨끗하게 씻어야 해!…… 조금 더! 닭발도 씻어야지, 모가지도!…… 물 아껴서 뭐하려고, 허, 이런 게으름뱅이 같으니라고!"

음식을 생각하는 것만도 즐거웠기에 그는 재미삼아 물을 가득 채운 냄비에 고기와 함께 돌멩이를 던져넣었다.

"이게 들어가면 수프맛이 기가 막혀진단 말이지! 아! 여태까지 그것도 몰랐어? 넌 정말 아는 게 없구나, 바보처럼!…… 너는 특별히 꽁짓살을 줄게, 그게 얼마나 부드러운지 맛을 봐!"

그 말을 듣고 라풀이 순진하게도 입맛을 쩍쩍 다시자 분대원들이 배를 잡고 웃었다. 이 망할 놈의 루베와 함께 있으면 지루할 틈이 없다니까! 장작불이 햇빛 아래서 타닥타닥 소리를 내고 냄비가 노래하기 시작했을 때, 기도하듯 둥글게 모여 앉은 그들은 고기가 춤추는 것을 보고 사방으로 퍼지기 시작하는 맛있는 냄새를 맡으며 기분이 유쾌해졌다. 어제부터 너무 배가 고팠다. 드디어 음식을 먹는다는 생각이 만사를 휩쓸어갔다. 그들은 패했지만, 그 사실이 배를 채우는 걸 막을 수는 없었다. 야영지의 끝에서 끝까지 음식을 만드는 장작불이 타올랐고, 냄비가 끓었다. 그것은 뮐루즈의 성당에서 맑은 종소리가 울려퍼지는 가운데 들리는 즐거운 식탐의 합창이었다.

그러나 아홉시 가까이 되었을 때 별안간 야영지가 술렁이기 시작했고, 장교들이 이리저리 달려갔다. 보두앵 대위의 지시를 받은 로샤 중위가 자기 소대 천막들 앞을 지나가며 명령했다.

"자, 천막 정리, 완전 무장! 전원 출발!"

"음식은 어떻게 하죠?"

"음식은 다음에! 지금 바로, 전원 출발!"

고드의 나팔소리가 다급하게 울렸다. 모두 망연자실했고, 은근한 분노가 일었다. 무슨 일이야! 먹지도 않고 출발하다니! 음식을 삼킬 시간도 없단 말인가! 분대원들은 국물이라도 마시려고 했다. 하지만 아직은 국물이 아니라 뜨거운 물일 뿐이었다. 아직 익지 않은 고기는 질긴 가죽처럼 잘 씹히지 않았다. 슈토는 울화통을 터뜨리며 투덜거렸다. 분대원들을 서둘러 준비시키기 위해 장이 나서야 했다. 이렇게 난리치며 도망가야 할 정도로 위급한 상황이 뭘까? 병사들에게 원기를 회복할 틈도 주지 않은 채! 모리스 앞에서 누군가가 프로이센군에게 복수하기 위해 행군한다고 말했고, 그는 믿을 수 없다는 듯 어깨를 으쓱했다. 십오 분도 채 지나기 전에 천막이 걷혀 배낭 위에 묶이고 걸어총으로 세워둔 소총들이 해체되며 야영지는 깨끗이 정리되었다. 대지 위에 남은 것이라고는 이제 막 꺼져가는 취사용 모닥불뿐이었다.

두에 장군이 즉각적인 후퇴를 결심하게 된 몇 가지 심각한 이유가 있었다. 수령한 지 사흘이 지난 셸레슈타트 군수의 지급 통신문은 그 내용이 사실로 확인되었다. 통신문에 따르면, 프로이센군의 화력이 마르콜스하임을 위협하고 있었다. 또다른 전보에 따르면, 프로이센 1개 군단이 위냉그에서 라인강을 건너고 있었다. 내용이 구체적이고 상세한 통신문이 속속 도착했다. 즉 기병대와 포병대가 목격되었고, 도처에서 행군중인 부대들이 그들의 집결지로 가고 있었다. 한 시간만 늦어도 벨포르로 가는 퇴로가 끊길 것이 분명했다. 비상부르와 프뢰슈빌러에서 패배한 여파로, 전위에서 고립된 채 길을 잃은 장군은 서둘러 퇴각할 수밖에 없었다. 더욱이 아침에 받은 소식이 밤에 받은 소식보다 더욱 악화된 상황을 전하고 있었다.

프로이센군에게 추월당한 채 알트키르슈에서 그들을 맞닥뜨리지 않을까 두려웠던 참모부는 선두에서 말에 박차를 가하며 속보로 행군했다. 험로를 예견한 부르갱데푀유 장군은 혼란을 불평하면서도 조심스럽게 뮐루즈를 관통하려 했는데, 거기서 푸짐하게 점심식사를 하고 싶었기 때문이었다. 그러나 장교들이 지나가면서 보니 뮐루즈는 황량했다. 군이 후퇴한다는 소식을 들은 주민들이 거리로 쏟아져나왔고, 그토록 간절히 기다렸던 부대가 주둔하기는커녕 급히 떠난다는 사실에 슬픔을 금치 못했다. 우린 버림받은 거야. 역에 쌓아둔 그 많은 재화가 모조리 적의 수중으로 넘어간다고? 우리 도시가 저녁이 오기 전에 점령지로 전락한다고? 뒤이어 병사들이 길을 따라 들판을 가로지를 때, 시골 마을과 외딴집 주민들은 화들짝 놀란 채 자기 집 문 앞에 못박힌 듯서 있었다. 어떻게 된 거야? 그럼 어제 그 군인들은 전쟁터로 가는 게 아니라 싸워보지도 않고 도망치고 있었던 거야? 불행에 쫓기기라도 하듯 장교들은 아무 대답도 없이 침울한 표정으로 말을 달렸다. 프로이센군이 프랑스군을 격퇴했다는 소문, 그들이 범람한 강물처럼 사방에서 프랑스로 쏟아져들어온다는 소문이 사실이었어? 공포에 사로잡힌 주민들은 저멀리서 시시각각 커지는 침략의 굉음이 고요한 대기를 가로질러 생생히 들리는 듯했다. 벌써 짐수레들에 가구가 실렸고, 집들이 비워졌으며, 사람들은 가족 단위로 방금 군대가 지나간 공포의 길을 따라 줄지어 피란길에 올랐다.

론강에서 라인강까지 펼쳐진 운하를 따라가는 퇴각의 일대 혼란 속에서, 106연대는 야영지에서 1킬로미터 떨어진 다리 근처에 이르러 발걸음을 멈춰야 했다. 하달도 잘못되고 실행은 더욱더 잘못된 행군 명령이 2사단 전체를 여기에 집결시킨 것이었다. 통로 폭이 5미터가 될까 말까 할 정도로 몹시 비좁은 탓에 행렬은 끝없이 길게 늘어섰다.

두 시간이 흘렀다. 106연대는 그들 앞으로 지나가는 끝없는 인파를 바라보며 꼼짝없이 기다렸다. 등에 배낭을 메고 총을 발치에 늘어뜨린 채 작열하는 태양 아래 서 있던 분대원들이 마침내 조바심치며 불평했다.

"우리가 후위 부대처럼 보이는데." 루베가 농담조로 말했다.

그러자 슈토가 목소리를 높였다.

"우리를 이런 찜통 속에 두는 건 우릴 우습게 보기 때문이야. 우리가 원래 선두에 있었잖아. 우리 먼저 내뺐어야 했어."

운하 건너편 넓고 기름진 들판에서, 무성한 밀밭과 홉밭 사이로 난 편평한 농로를 통해 퇴각 부대가 어제 걸어간 길을 거꾸로 되짚어오는 모습이 보였을 때, 여기저기서 분노에 찬 비웃음이 터져나왔다.

"거봐! 우리가 도망치는 거잖아!" 슈토가 다시 말했다. "이거 원! 정말 웃기는 일이로군, 얼마 전부터 적을 향해 진군한다고 동네방네 떠들어대더니…… 허세도 이런 허세가 어디 있어! 도착하자마자 음식 삼킬 틈조차 없이 또다시 줄행랑이라니!"

분노 섞인 웃음이 터졌고, 슈토 옆에 서 있던 모리스가 맞장구를 쳤다. 수행자처럼 두 시간 전부터 제자리에서 꼼짝도 하지 않고 있어. 이럴 거면 조용히 수프라도 먹게 내버려뒀어야지! 굶주림이 다시 그들을 사로잡았다. 그들은 너무 빨리 음식을 포기해야 했던 일로 부아가 치밀었고, 왜 이렇게 서둘러 후퇴하는지 도통 이해할 수 없었다. 그들 눈에 이 화급한 후퇴는 어리석고 비겁하기 짝이 없었다. 겁쟁이들 같으니라고!

바로 그때 로샤 중위가 대원들의 복장 상태를 지적하며 사팽 중사를 나무랐다. 그 소란에 보두앵 대위가 다가왔다.

"제군들, 조용히 하지 못해!"

이탈리아전쟁 참전 용사로서 규율에 익숙한 장은 입을 다문 채 모리스를 쳐다보았는데, 모리스는 슈토의 고약한 농담이 재미있는 듯했다. 장은 몹시 놀랐다. 이처럼 교육을 많이 받은 신사가 어떻게 사실이기는 해도 발설해서는 안 될 이야기에 찬동할 수 있을까? 병사들이 저마다 상관들을 비난하고 자기 의견을 말하기 시작한다면 그 군대는 오래가지 못해, 틀림없이.

한 시간을 기다린 끝에, 106연대는 드디어 행군 명령을 받았다. 하지만 다리가 병사들로 꽉 차 무질서하기 이를 데 없었다. 여러 연대가 뒤섞이는 가운데 몇몇 중대가 인파에 휩쓸려 다리를 빠져나갔다. 그러나 다른 몇몇 중대는 도로 가장자리로 떠밀린 채 오도 가도 못했다. 그러다가 기병 중대가 낙오된 보병들을 근처 밭으로 밀어내며 꾸역꾸역 다리를 통과하려 했을 때, 혼란이 극에 달했다. 다시 행군이 시작된 지 한 시간이 지나자, 퇴각 대열은 이리저리 흐트러지고 각자 제멋대로 발걸음을 지체했다.

장은 움푹 파인 길에서 헤매다가 분대원들과 함께 뒤로 처졌다. 그는 분대원들과 헤어지지 않으려고 애썼다. 106연대는 흔적도 없이 사라지고 말았는데, 장교도 병사도 한 명도 보이지 않았다. 행군 초기부터 기진맥진한 채 발길 닿는 대로 걸어가는 미지의 낙오병들만 뒤죽박죽 섞여 있었다. 태양이 작열했고, 몹시 더웠다. 천막과 잡다한 물건들이 가득찬 배낭이 혹독하게 어깨를 짓눌렀다. 대다수 병사가 배낭을 짊어지는 데 익숙하지 않았고, 무거운 제의祭衣와 비슷하게 생긴 두꺼운 군용 외투가 불편했다. 그때 별안간, 얼굴이 창백한 어린 병사가 눈물을 글썽이며 걸음을 멈추더니 배낭을 도랑에 던져버렸다. 그러고서 생명을 되찾은 빈사자처럼 거칠게 심호흡을 했다.

"지극히 옳은 결정이야!" 슈토가 중얼거렸다.

하지만 그는 배낭 무게에 짓눌리면서도 행군을 계속했다. 그러다가 또다시 두 병사가 배낭을 던져버렸을 때, 그도 더이상 참지 못했다.

"아! 빌어먹을!" 그가 소리쳤다.

그리고 어깻짓으로 배낭을 밭두렁에 던졌다. 더는 못해! 25킬로그램짜리 등짐이라니, 말도 안 돼! 우리는 짐 나르는 노새가 아냐.

즉시 루베가 따라 했고, 라풀에게 동참을 강요했다. 우연히 마주친 돌 십자가 앞에서 성호를 긋던 파슈는 멜빵을 풀었고, 나중에 찾으러 오기라도 할 듯 배낭을 작은 담장 아래 조심히 내려놓았다. 배낭을 짊어진 분대원은 모리스뿐이었다. 그때 뒤를 돌아본 장이 분대원들의 어깨에서 배낭이 사라진 것을 보았다.

"다시 짊어지게, 어서! 안 그러면 내가 처벌받을 거야, 내가!"

그러자 분대원들은 반항까지는 아니지만 성난 얼굴로 말없이 하사를 밀치며 좁다란 길로 들어섰다.

"모두 다시 짊어지라니까! 안 그러면 상부에 보고할 수밖에 없어!"

그 말은 모리스의 얼굴에 가하는 채찍질과도 같았다. 보고라니! 이무식한 농부가 보고를 하겠단 건가, 불쌍한 병사들이 허리가 끊어질 듯이 아파서 짐을 내려놓았을 뿐인데! 분노에 찬 그 역시 멜빵을 풀었고, 배낭을 길가에 던지고는 도전적인 눈초리로 장을 쏘아보았다.

"좋아," 여기서 싸울 수 없었던 장이 감정을 추스르며 말했다. "저녁때 이 문제를 해결하자고."

모리스는 발이 끔찍하게 아팠다. 익숙하지 않은 크고 딱딱한 군화 때문에 발에서 피가 났다. 그는 몸이 허약한 편이었다. 배낭을 벗어던진 등허리에도 선명하게 피멍이 들어 있었다. 어느 팔로 들어야 할지 몰랐던 소총도 무겁기 짝이 없어서 숨이 차올랐다. 그러나 더 괴로운 것은 절망으로 인한 정신적 고통이었다. 그는 갑자기 속수무책으로 의지가 무너져내렸고, 본능적인 자포자기에 빠졌다. 그러고는 그런 자신이 수치스러워 흐느껴 울었다. 파리에서의 실수는 최악의 비행을 저지를 수 있는 나이의 유약한 청소년, 그 자신의 표현을 빌리자면 '타자'의 광기에 지나지 않는 것이었다. 그러나 패주를 방불케 하는 후퇴 행군을 하며 찌글거리는 태양 아래서 지친 발을 끄는 지금, 그는 후미에 낙오된 채 길을 가득 메운 가축떼 속 한 마리 짐승일 뿐이었다. 그것은 저멀리 수십 리 떨어진 곳에서 친 천둥의 반향, 그 보이지 않는 메아리가 석군을 만난 적도 없이 공포에 질려 달아나는 병사들의 발뒤꿈치를 강타하는 천둥의 반향이었다. 이제 무엇을 기대할 수 있을까? 모든 것이 끝장난 게 아닐까? 우리는 패배했어, 그러니 누워서 잠이나 자는 것 외에 달리 무슨 할일이 있을까?

"괜찮아." 파리 중앙시장 출신답게 속 편하게 웃으며 루베가 큰 소리로 말했다. "그렇다고 우리가 베를린으로 가고 있는 건 아니니까."

베를린으로! 베를린으로! 모리스는 파리가 열광의 도가니에 빠졌던 날 밤 거리로 쏟아져나온 군중이 외치던 함성, 그로 하여금 자원입대를 결심하게 한 그 함성이 귓전에 들리는 듯했다. 그러나 방금 폭풍이 몰아치면서 형세가 바뀌었다. 참담한 반전이 이루어졌고, 다혈질적인 기질에 따라 광적으로 승리를 확신하던 민족이 단 한 번의 풍향 전환에 절망의 나락으로 굴러떨어졌다. 그리고 그 절망은 전투를 시작하기도 전에 궤멸한 이 병사들 사이에서 빠르게 확산되었다.

"아! 정말 거추장스러워, 이놈의 총!" 루베가 총을 다른 쪽 어깨로 바꿔 메며 말했다. "산책할 때 가지고 다니는 피리도 아니고 말이야!"

대리복무로 받은 돈을 암시하며 그가 말을 이었다.

"제기랄! 1500프랑에 팔려 이 짓을 하다니! 순 날강도들…… 지금쯤 제집에서 편안하게 파이프를 피우고 있을 테지, 그놈의 졸부들 때문에 내가 죽살이를 치고 있잖아!"

"난 말이야," 슈토가 투덜거렸다. "복무 기간을 다 채우고 제대를 코앞에 두고 있었어…… 그랬다고! 운도 지지리 없지, 갑자기 이 염병할 전쟁이 터져 발목이 잡혔지 뭐야!"

그는 화를 내며 저울질하듯 총을 이리저리 흔들었다. 그러다가 갑자기 울타리 너머로 총을 던져버렸다.

"에잇! 꺼져버려, 이 더러운 쇳덩이야!"

소총은 허공에서 두 번 돌더니 밭고랑으로 떨어졌고, 마치 시체처럼 누워 꼼짝하지 않았다. 곧바로 다른 소총들이 날아들어 슈토의 소총과 합류했다. 불타는 태양 아래 밭은 금세 버려진 무기들로, 자포자기의 슬픔으로 가득찼다. 그것은 배를 뒤틀리게 하는 굶주림, 발을 피로 물들이는 군화, 고통스럽기 짝이 없는 행군, 등뒤에서 들려오는 뜻밖의 패배 소식 때문에 생긴 전염성 광기였다. 더이상 기대할 것이 아무것도 없었다. 지휘관들은 꽁무니를 빼고, 병참은 먹을 것을 주지 않았다. 남은 것이라고는 오직 분노, 근심 걱정, 시작도 없이 전쟁을 끝내고 싶은 욕망뿐이었다. 그러니 뭘 어쩌라는 거야? 소총은 배낭의 운명을 따랐다. 장난질을 좋아하는 광인들처럼 조롱에 찬 비웃음 속에서, 어리석은 분노 속에서, 들판에 산재한 낙오병들의 끝없는 행렬을 따라 소총이 줄지어 허공으로 날아갔다.

루베는 고적대장의 지휘봉인 양 소총을 휘휘 돌리다가 멀리 던졌다. 너나없이 소총을 던지자 라풀은 그것이 군사작전의 일환인 줄 알고 자신도 똑같이 행동했다. 종교 교육을 받은 파슈는 막연한 의무감으로 똑같은 행동을 자제했는데, 이를 본 슈토가 사제의 강아지라며 그에게 욕설을 퍼부었다.

"위선자!…… 고향의 늙은 어머니가 일요일마다 교회에서 성수를 들이키게 했나!…… 미사나 돕지 여긴 뭐하러 왔어, 전우들과 행동을 같이하지 않는 건 비겁한 일이야!"

모리스는 참담한 표정으로 불볕 하늘 아래 고개를 숙인 채 말없이 걸어갔다. 마치 저 앞에 깊은 심연이라도 있는 듯, 피로에 지친 그는 환각상태에서 점차 악몽 속으로 빠져들었다. 그것은 교양인의 문화적 함몰이었고, 주변 빈자들의 저열함으로의 몰락이었다.

"그래," 갑자기 그가 슈토에게 말했다. "당신 말이 맞아."

모리스는 이미 소총을 돌무더기 위에 내려놓았었다. 이런 가증스러운 소총 유기를 만류하던 장이 그를 발견했다. 장이 그를 향해 달려갔다.

"당장 소총을 다시 집게, 지금 당장, 내 말이 안 들리나?"

별안간 장의 얼굴에 격노의 물결이 일었다. 평소 그토록 조용하고 언제나 타협하려 애쓰던 그가 눈에 불을 켜고 권위적인 목소리로 천둥처럼 소리쳤다. 그런 모습을 본 적 없었던 분대원들은 깜짝 놀라 걸음을 멈췄다.

"당장 소총을 다시 집으라고, 안 그러면 나와 대적해야 할 거야!"

모리스는 몸을 부들부들 떨며 모욕적인 한마디를 내뱉었다.

"농사꾼!"

"그래, 그렇지, 난 농사꾼이야! 자네는 신사 나리고!⋯⋯ 바로 그래서 자네가 비겁자인 거야, 그렇고말고! 이제 대놓고 말하지, 이 더러운 비겁자야⋯⋯"

야유가 쏟아졌지만, 하사는 평소와 달리 큰 소리로 말을 계속했다.

"교육을 많이 받았으면, 그게 밖으로 보여야지⋯⋯ 그래, 우리가 농사꾼이고 무식쟁이라면, 자네라도 모범을 보여야 할 게 아닌가, 우리보다 아는 게 훨씬 더 많으니까⋯⋯ 소총을 다시 집게, 제기랄! 안 그러면 야영지에 도착해서 자네를 총살형에 처하게 하겠네."

모리스는 가만히 소총을 집어들었다. 분노의 눈물이 눈앞을 가렸다. 그는 그의 항복을 비웃는 동료들 속에서 마치 술 취한 사람처럼 비틀거리며 걸어갔다. 아! 저 장이라는 인간! 좀전의 쓰디쓴 훈계! 하지만 옳다고 느껴지는 훈계에 충격을 받은 모리스는 장에게 주체할 수 없는 증오심을 느꼈다. 슈토가 저따위 하사들은 전투가 발발하면 머리에 총알을 맞기 십상이라고 투덜거렸기에, 분노에 찬 모리스는 담장 뒤에서 장의 머리통을 박살내는 자신의 모습이 눈에 보이는 듯했다.

그런데 사소한 사건이 모두의 주의를 다른 데로 이끌었다. 장과 모리스가 말다툼을 벌이는 동안 파슈가 슬그머니 자기 소총을 땅바닥에 내려놓은 것을 루베가 알아챈 것이었다. 왜 그랬지? 파슈는 자신의 행동을 설명하려 하지 않았고, 그저 처음으로 잘못을 저지른 모범생처럼 조금 부끄럽지만 내심 기쁜 표정으로 슬며시 미소 지을 뿐이었다. 아주 명랑하고 쾌활해진 그는 두 팔을 흔들며 걸어갔다. 끝없이 단조롭게 이어지는 무성한 밀밭과 홉밭 사이로, 불처럼 뜨거운 햇볕이 쏟아지는 기나긴 도로를 따라 패주가 계속되었다. 총도 배낭도 없는 낙오병들은 이제 길을 잃고 터덜터덜 걷는 군중이요, 거지와 건달이 뒤섞인 인파에 지나지 않았다. 그들이 다가올 때마다 겁에 질린 마을 주민들은 대문을 닫았다.

그때 누군가와 조우하며 모리스의 슬픔은 극에 달했다. 멀리서 나지막한 굉음이 울리더니, 야영지에서 마지막으로 출발한 예비군 포병대의 선두가 길이 꺾이는 곳에서 갑자기 들이닥친 것이었다. 낙오병들은 겨우 근처 밭으로 몸을 피할 시간밖에 없었다. 예비군 포병대는 일렬로 질서정연하게 속보로 행군했다. 6개 중대로 이루어진 1개 연대였는데, 연대장이 중앙에서 말을 달렸고 휘하 장교들도 각자 자기 위치를 지키며 말을 달렸다. 일정한 간격으로 배치된 대포들이 각기 병사와 말과 탄약차를 동반한 채 요란한 소리를 내며 지나갔다. 모리스는 다섯번째 중대에서 이종사촌 오노레의 대포를 분명히 보았다. 하사관 오노레는 금발의 미남자인 기마 운반병 아돌프, 부마副馬와 함께 환상의 짝을 이룬 밤색 군마를 탄 아돌프의 왼쪽에서 거만한 자세로 말 위에 앉아 있었다. 대포와 탄약차의 상자 위에 둘씩 앉은 포수 여섯 명 가운데 키가 작은 갈색 머리 조준수 루이가 있었는데, 그는 아돌프의 동료, 다시 말해 기마 운반병과 도보 포병으로 조를 짜는 규칙에 따라 일컫자면 아돌프의 짝이었다. 야영지에서 모리스와 인사를 나눴던 그들은 평소보다 더 커 보였다. 대포는 말 네 필이 끌었고, 말 여섯 필이 끄는 탄약차가 그 뒤를 따랐다. 그의 눈에 대포는 태양처럼 반짝였고, 한 가족 같은 병사들과 말들에게서 헌신적으로 사랑받고 있었다. 특히 낙오병들에게 던지는 사촌 오노레의 경멸적인 시선이 그에게 뼈아픈 고통을 주었는데, 오노레는 무기를 내던진 이 오합지졸 속에서 모리스를 발견하고 깜짝 놀랐다. 장비 마차, 물품 마차, 사료 마차, 대장간 마차가 지나가면서 행렬이 끝나가고 있었다. 뒤이어 마지막으로 예비군을 실은 마차와 군마가 먼지를 일으키며 또다른 길모퉁이를 돌아 사라졌다.

"이런!" 루베가 말했다. "편안하게 마차를 타고 가면서 용감한 척하기는, 젠장!"

참모부는 알트키르슈가 안전한 지역이라 생각했었다. 아직은 프로이센군이 들이닥치지 않았을 거야. 프로이센군이 바싹 뒤따르고 있고 이내 그들과 마주치지 않을까 끊임없이 염려하면서, 두에 장군은 대열의 선두가 오후 다섯시에 진입한 단마리까지 후퇴할 수 있기를 바랐다. 오후 여덟시가 되었고, 땅거미가 지기 시작했다. 절반으로 줄어든 병사들이 혼잡하게 뒤섞인 가운데 겨우 야영 캠프가 구축되었다. 병사들은 기진맥진한 상태에서 굶주림과 피로감에 시달렸다. 열시경까지 자기 중대를 찾지 못하고 고립된 채 지친 발을 끄는 병사들의 행렬이, 길거리에 흩어진 채 여기저기서 작은 무리를 이룬 반항아들의 행렬이 끝없이 이어졌다.

소속 연대에 합류하자마자 장은 소정의 보고를 하기 위해 로샤 중위를 찾았다. 대령과 함께 이야기를 나누던 로샤 중위와 보두앵 대위가 눈에 들어왔다. 세 장교는 여인숙 앞에 서서 휘하 병사들의 위치를 파악하고자 점호 문제를 숙의하고 있었다. 하사가 중위에게 말을 꺼냈을 때, 그 소리를 들은 드 비뇌유 대령이 하사를 가까이 불렀고, 현상황을 모두 보고하게 했다. 눈처럼 하얗고 무성한 머리칼, 길게 내려온 콧수염, 몹시 까만 눈동자와 함께 그의 노랗고 기다란 얼굴에 침통한 표정이 드리웠다.

"대령님," 보두앵 대위가 상관의 지시도 기다리지 않고 소리쳤다. "이 무뢰배들 가운데 여섯 정도는 총살형에 처해야 합니다."

로샤 중위는 고개를 끄덕여 동의를 표했다. 하지만 대령은 난감하다는 몸짓을 했다.

"너무 많아…… 700명은 되겠는데! 그중 누구를 골라 총살하겠나?…… 게다가 자네들이 몰라서 그래! 장군이 원치 않을 거야. 장군은 병사들의 아버지 노릇을 자처하거든. 아프리카에서 병사들을 단 한 병도 처벌하지 않았다고 늘 자랑하잖아…… 안 돼, 안 돼! 난 아무것도 할 수 없네. 끔찍한 일이지만."

대위가 그 말을 되풀이했다.

"정말 끔찍한 일입니다…… 이제 만사 끝장입니다."

장이 뒤로 물러났을 때, 여인숙 문가에 서 있었으나 그가 미처 보지 못했던 군의관 부로슈가 나직이 투덜거리는 소리가 들렸다. 더이상의 규율도, 더이상의 처벌도 없다니 정말 볼장 다 본 군대로군! 일주일도 못 가서 저 무뢰배들이 지휘관들 엉덩이를 걷어찰 거야. 조금 전 한 놈이 그렇게 했더라면, 분명 나머지도 다 따라했을걸.

아무도 처벌받지 않았다. 후위에서 수송 마차를 호위하던 장교 몇이 다행히 길가에 널브러져 있던 배낭과 소총을 수거했다. 분실된 소총은 많지 않았다. 사건을 무마하기 위해 병사들은 동틀 무렵 슬그머니 재무장했다. 원래 명령은 새벽 다섯시 출발이었다. 그러나 지휘관들은 새벽 네시부터 병사들을 깨웠고, 프로이센군과의 거리가 이제 약 10킬로미터에 불과하다며 벨포르로 퇴각하라고 재촉했다. 지칠 대로 지친 병사들은 다시 한번 비스킷에 만족해야 했고, 뱃속에 따듯한 음식이라곤 아무것도 넣지 못한 채 짧고 힘겨운 밤을 마감해야 했다. 그리고 그날 아침, 그처럼 조급한 출발이 또다시 질서정연한 행군을 위협했다.

한없는 슬픔이 지배하는 더욱 나쁜 하루였다. 주변 풍경이 변했다. 주민들은 산간지방으로 피신했고, 길은 위로 솟았다가 전나무 비탈을 따라 급히 아래로 내려갔다. 금작화로 뒤덮인 좁다란 골짜기들은 온통 황금색으로 물들어 있었다. 그러나 8월의 태양 아래 눈부신 전원을 통해, 어제부터 시시각각 거세지는 공포의 바람이 불어왔다. 시민들에게 귀중품을 안전한 곳에 보관하도록 경고하라는 지급 통신문이 시장들에게 전달되자, 공포는 극에 달했다. 적군이 여기까지 왔단 말인가? 피신할 시간은 있는 걸까? 모두의 귀에 벌써 침략의 포성이 들리는 듯했다. 홍수로 범람한 강물처럼 먹먹하게 밀려오는 그 소리는 주민들의 탄식과 아우성 속에서, 새로운 마을마다 새로운 공포를 불러일으켰다.

모리스는 발에서 피가 나고 어깨는 배낭과 소총 무게에 짓눌린 채 몽유병자처럼 걸었다. 그는 더이상 아무 생각이 없었고, 눈앞에 보이는 모든 것이 공포의 환영처럼 어른거렸다. 주변에서 걸어가는 동료들의 발소리마저 의식에서 사라졌는데, 단지 왼쪽에서 똑같은 피로에, 똑같은 고통에 지친 장의 존재만이 느껴졌다. 그들이 지나가는 마을들은 가슴 아픈 슬픔과 고통을 안겨주었다. 패주하는 퇴각 부대, 다리를 끄는 병사들이 나타나자마자 주민들은 불안에 떨며 급히 도망쳤다. 불과 이 주일 전에만 해도 알자스 전체가 독일에서 전투가 벌어질 거라 확신하고 태연자약하게 웃으며 개전을 기다리지 않았던가! 그런데 프랑스가 점령당하다니! 삽시간에 전원을 초토화하는 우박과 벼락의 폭풍우처럼 무시무시한 돌풍이 몰아치는 곳이 그들의 나라, 그들의 집, 그들의 논밭이라니! 집 앞에서는 분노가 뒤섞인 혼란 속에서 남자들이 모든 것을 망가뜨릴 위험을 무릅쓰고 마차에 짐과 가구를 싣고 있었다. 여자들은 위층에서 창밖으로 마지막 짐인 매트리스를 던졌고, 잊고 갈뻔하던 요람을 건넸다. 그들은 아기를 누인 요람을 마차에 뒤집어 실은 탁자와 의자 다리 사이에 올려놓고 튼튼한 줄로 고정했다. 그 뒤에 있는 수레에는 노쇠한 할아버지를 태우고 마치 짐짝인 양 장롱에 묶었다. 그들에 이어, 마차가 없어 외바퀴 손수레에 짐을 잔뜩 실은 사람들이 길을 떠났다. 어떤 이는 옷 보따리를 양손에 들고 떠났고, 어떤 이는 추시계를 아기처럼 가슴에 꼭 껴안은 채 멀어져갔다. 모든 것을 가지고 갈 수는 없었다. 가구들이 집 앞에 방치되었고, 너무 무거운 옷 보따리가 개울가에 버려졌다. 몇몇은 집을 떠나기 전 문을 꼭꼭 걸어 잠갔는데, 문과 창문이 모조리 잠긴 집들은 고요한 시체처럼 보였다. 그러나 서둘러 길을 나선 대다수 주민이 모든 것이 파괴되리라는 절망적 확신으로 낡은 집을 열어두어, 짐을 뺀 방의 공허 속에 문과 창문이 입을 헤벌리고 있었다. 이내 닥칠 일에 대한 공포로 고양이마저 달아나버리고, 바람에 창문이 삐걱대는 이 가난한 집들이 인적 없는 도시에서 가장 처량해 보였다. 마을마다 풍경이 암울하기 그지없었다. 주먹을 불끈 쥔 채 눈물 흘리며 욕설을 내뱉는 피란민 수가 늘어나며 도로는 점점 혼잡해졌다.

전원을 가로질러 대로를 따라가던 모리스는 숨이 막힐 듯한 고통을 느꼈다. 벨포르가 가까워지면서 피란민 행렬이 끝없이 길어졌다. 아! 광장의 돌담 아래서 피란처를 찾을 수 있으리라고 여기는 불쌍한 사람들! 남편은 말의 등을 때렸고, 아내는 아이들 손을 잡아끌며 그 뒤를 따랐다. 자꾸만 이리저리 흩어지는 가족들은 짐에 짓눌린 채 발걸음을 재촉했고, 아이들은 길바닥에 수직으로 내리쬐는 햇빛에 눈이 부셔 따라가기 힘들어했다. 많은 사람이 더 빨리 가기 위해 신발을 벗고 걸었다. 옷가지를 대충 걸친 엄마들은 발걸음을 늦추지 않은 채, 울며 보채는 아기에게 그대로 젖을 물렸다. 공포의 바람이 머리를 헝클어뜨리고 급히 걸친 옷가지를 날려버리기라도 하는 것처럼, 겁에 질린 사람들이 고개를 뒤로 돌리며 시야를 가리려는 듯 두 손을 휘휘 저었다. 농장주들은 하인들과 함께 들판을 가로지르며 몽둥이질로 외양간과 마구간에서 끌어낸 염소, 암소, 수소, 말 등 가축떼를 몰고 갔다. 그 옛날 원주민들이 야만인 정복자들에게 땅을 내준 뒤 집단이동을 할 때처럼 그들은 먼지를 휘날리며 협곡과 고지대, 황량한 숲을 지나갔다. 그들은 외딴 바위들로 가득한 원곡圓谷에서 야영할 준비를 했는데, 길가에서 멀리 떨어져 어떤 적병도 들어올 모험을 감행하지 않을 곳이었다. 그들을 뒤덮은 희뿌연 먼지는 가축의 울음소리와 발굽소리가 잦아드는 가운데 전나무숲 뒤에서 사라졌다. 한편 길에서는 마차와 보행자의 물결이 끊임없이 지나가며 부대의 행군을 방해했다. 벨포르에 가까워질수록 그 물결은 밀도가 높아지고 점증하는 급류처럼 흐름도 매우 거세졌기 때문에 병사들은 어쩔 수 없이 여러 차례 멈춰 서야 했다.

피란민 물결로 잠시 멈춰 있을 때, 모리스는 얼굴에 정통으로 따귀를 맞은 것처럼 오래도록 잊지 못할 장면을 목격했다.

길가에 가난한 농부의 거처로 보이는 외딴집이 있었고, 집 뒤로 작은 땅뙈기가 보였다. 농부는 자신의 뿌리를 땅에 너무나 깊이 박고 있었기에 자신의 텃밭을 떠나려 하지 않았다. 자신의 일부를 두고 갈 수 없었기에 그는 남았다. 그는 천장이 낮은 방에서 장의자에 털썩 주저앉아 멍하니 병사들의 패주를 바라보고 있었다. 그 패주로 인해 자기가 애써 키운 밀을 적에게 넘겨주게 될 것이었다. 농부 곁에는 아직 젊은 아내가 한 아이의 손을 잡고 서 있었고, 다른 한 아이는 엄마 치맛자락을 붙들고 있었다. 셋 모두 깊은 슬픔에 빠져 있었다. 그런데 별안간 문이 쾅 열리더니 깡마른 노파가 나타났다. 노파는 매듭을 지은 동아줄을 연상시키는 앙상한 맨팔을 격하게 휘둘렀다. 보닛 밑으로 삐져나온 희끗한 머리칼이 야윈 얼굴 언저리에서 바람에 날렸고, 노파의 외침은 분노로 격앙되어 목구멍에서 막히는 바람에 알아듣기 힘들었다.

먼저 병사들이 웃음을 터뜨렸다. 머리가 돌았어, 미친 노파야! 뒤이어 노파의 외침에서 이런 말이 들렸다.

"불한당들! 날강도들! 겁쟁이들! 겁쟁이들!"

점점 더 폐부를 찌르는 듯한 소리로 노파는 목청껏 욕설을 퍼부었다. 웃음이 그쳤고, 문득 한줄기 차디찬 냉기가 행렬을 관통했다. 병사들은 고개를 떨구었고, 시선을 돌렸다.

"겁쟁이들! 겁쟁이들! 겁쟁이들!"

갑자기 노파의 키가 한결 커진 듯 보였다. 낡은 옷을 걸친 노파는 깡마른 몸을 일으키더니 긴 팔을 서쪽에서 동쪽으로 저었는데, 동작이 아주 커서 마치 하늘을 가득 채우는 듯했다.

"겁쟁이들, 라인강은 여기가 아냐…… 라인강은 저기야, 저기, 이 겁쟁이들아!"

이윽고 병사들은 행군을 재개했다. 그 순간 모리스의 시선에 장의 눈에 맺힌 굵은 눈물이 보였다. 이런 거친 사람조차 모욕을 느끼는 걸 보자, 모리스의 절망감은 더욱 커졌다. 모욕받을 만한 짓을 하지 않았음에도 어쩔 수 없이 감당해야 하는 모욕이었다. 그의 고통스러운 머릿속에서 모든 것이 무너져내렸다. 그는 어떻게 하루 여정을 마쳤는지 전혀 기억할 수 없었다.

7군단은 단마리에서 벨포르까지 23킬로미터를 행군하는 데 하루를 보냈다. 다시 어둠이 내렸다. 병사들이 나흘 전 적군을 맞이하기 위해 길을 떠났던 바로 그곳, 즉 광장의 돌담 아래 야영 캠프를 설치했을 무렵 밤이 이슥해졌다. 늦은 시간이었고 극도로 피로했지만, 병사들은 무엇보다 먼저 불을 피우고 수프를 만들려고 했다. 길을 떠난 이후로 뭔가 뜨거운 것을 삼키기는 이번이 처음이었다. 선선한 밤공기를 맞으며 불가에 둘러앉은 병사들이 사발에 코를 박은 채 만족스럽게 수프를 삼키고 있을 때, 그들을 대경실색하게 하는 풍문이 돌았다. 지급 통신문 두 통이 속속 도착했다. 통신문에 따르면 프로이센군은 마르콜스하임에서 라인강을 건너지 않았고, 위냉그에 프로이센 병사는 단 한 명도 없었다. 마르콜스하임에서 라인강을 건너는 프로이센 병사, 전깃불로 밝힌 조명 아래 배를 이어 만든 다리, 이 모든 놀라운 이야기는 그저 셀레슈타트 군수의 머릿속에만 존재했던 악몽이요 환영이었다는 것이다. 위냉그를 위협한다는 그 엄청나다는 슈바르츠발트 군단은 고작 뷔르템베르크의 소형 분견대, 2개 대대, 1개 기병 중대로 구성되어 있었는데, 그들의 능란한 전략, 즉 전진과 후진의 반복, 기습 출현 때문에 3만 내지 4만 대군으로 착각하게 되었다는 것이다. 아니, 오늘 아침에만 해도 단마리의 구름다리를 폭파할 뻔하지 않았던가! 80제곱킬로미터에 달하는 풍요로운 고장이 더없이 어리석은 공포 때문에 아무 이유도 없이 초토화되었다니! 공포에 질린 채 가축을 산으로 몰고 달아나는 주민들, 아이들과 여자들 사이로 가구를 잔뜩 실은 채 도시를 향해 흘러가던 마차 물결, 병사들은 이 비통한 하루 동안 목격한 것을 떠올리면서 냉소와 함께 분통을 터뜨렸다.

"이런, 제기랄! 정말 재미있군그래!" 입안 가득 수프를 삼키던 루베가 숟가락을 흔들며 더듬더듬 말했다. "글쎄! 적군과 싸우라고 우리를 데리고 간 거 아냐? 아무도 없었다니!…… 그러고 보니 48킬로미터 전방에도 48킬로미터 후방에도 고양이 새끼 한 마리 없었이! 그 모든 게 헛수고였다니, 그 모든 게 단지 죽음의 공포를 즐기기 위해서였다니!"

사발에 남은 수프를 소리 내어 핥던 슈토가 이름을 거명하지는 않았으나 장군들을 향해 욕설을 퍼부었다.

"돼지 같은 놈들! 완전 머저리들이야! 그렇지 않아? 산토끼들이 우리를 지휘했다니! 아무도 없는데 줄행랑을 친 꼴이잖아! 그러니 진짜 적군이 눈앞에 있었더라면 걸음아 날 살려라 하고 내뺐겠지, 안 그래?"

그들은 불꽃이 타오르며 주위를 밝히는 게 좋아서 장작을 한아름 더 불속으로 집어던졌다. 기분좋게 다리를 덥히던 라풀이 상황을 정확하게 이해하지도 못한 채 웃음을 터뜨렸을 때, 처음에는 일부러 유심히 듣지 않았던 장이 점잖게 입을 열었다.

"조용히 하게!⋯⋯ 누군가 자네들이 하는 말을 듣는다면 경을 칠 걸세."

장 또한 상식에 비추어 말도 안 되는 지휘관들의 어리석음에 분노하고 있었다. 그러나 그들을 존중해야만 했다. 슈토가 다시 투덜거리자 장이 그의 말을 잘랐다.

"조용히 하게!⋯⋯ 중위가 저기 있잖아. 충고가 하고 싶으면 중위에게 가서 직접 하게."

조금 떨어진 곳에 말없이 앉아 있던 모리스가 고개를 숙였다. 아! 모든 게 끝장이야! 시작하자마자 끝났어. 첫번째 역경에 기강이 무너지고 반항심이 들끓어 병사들은 이미 연대는커녕 사기가 땅에 떨어진 오합지졸, 재앙을 당하기에 알맞도록 해체된 오합지졸이 되어버렸다. 여기 벨포르에서 그들은 프로이센 병사를 단 한 명도 보지 못했다. 그들은 패배한 것이었다.

그다음 며칠은 기다림과 불편함 속에서 단조롭게 흘러갔다. 두에 장군은 병사들에게 소일거리를 주기 위해 몹시 불완전했던 광장 방어진 구축에 그들을 동원했다. 병사들은 열심히 땅을 파고 바위를 들어냈다. 그런데 아무런 소식이 없어! 마크마옹 군대는 어디 있는 거야? 메츠에서는 무슨 일이 벌어지고 있지? 더없이 괴상한 소문들이 돌았고, 겨우 신문 서너 부가 파리에서 왔지만 모순된 소식들이 혼란만 더했다. 장군은 두 번씩이나 서신을 보내고 명령을 요청했으나 아무런 답신이 없었다. 그러던 중 8월 12일, 이탈리아에서 돌아온 3사단이 합류하며 7군단이 재정비되었다. 하지만 여전히 2개 사단뿐이었는데, 프뢰슈빌러에서 패한 1사단이 이리저리 흩어져 지금 이 시각 어디서 무엇을 하는지 파악되지 않았기 때문이다. 나머지 프랑스군으로부터 완전히 단절된 채 이렇게 방치된 상태가 일주일 가까이 지속된 후, 마침내 출발 명령을 담은 전보 한 통이 하달됐다. 모두가 환호했다. 그 어떤 작전도 이처럼 유폐된 생활보다는 나을 것 같았다. 준비가 진행되는 동안, 또다시 이런저런 가정이 제기되었다. 아무도 그들이 어디로 가는지 몰랐다. 어떤 이들은 스트라스부르를 방어하러 간다고 했고, 또 어떤 이들은 프로이센군의 퇴로를 차단하기 위해 슈바르츠발트로 과감하게 진격한다고 했다.

이튿날 아침, 106연대가 가축 운반 기차에 올라 선두권을 형성하며 출발했다. 장의 분대가 탄 차량이 특히 과적이어서 루베는 재채기할 공간조차 없다고 불평했다. 물자 배급이 다시 한번 무질서하게 이루어진 참이었다. 병사들은 식량 대신 브랜디를 받자 모두 취하도록 마셨고,

왁자한 소란 속에서 외설스러운 노래를 불렀다. 기차가 움직였고, 그들은 안개처럼 자욱한 파이프담배 연기에 묻혔다. 가득 실린 육체들로 인한 열기와 냄새가 참을 수 없을 정도로 퍼졌다. 빠르게 달리는 시커먼 기차에서 요란한 바큇소리를 압도하는 고함이 끊임없이 터져나와 멀리 음울한 전원으로 사라져갔다. 병사들이 파리로 실려가고 있다는 사실을 스스로 알아차린 것은 랑그르에 도착했을 때였다.

"이런! 제기랄!" 재치 있는 달변으로 이론의 여지 없는 우두머리가 된 슈토가 되풀이했다. "비스마르크가 튈르리궁전으로 잠자러 가는 걸 막으려고 우리를 샤랑토노에 집결시키려는 게 확실해."

슈토 옆에 있던 병사들이 이유도 없이 그 말이 재미있다고 생각하며 배꼽을 잡고 웃었다. 게다가 이동중에 일어난 아주 사소한 사건들이 시끄러운 야유와 함성, 폭소를 유발했다. 철둑길에 서 있던 농부들, 무언가 새로운 소식을 듣기 위해 작은 역마다 모여 기차가 들어오기를 기다리던 근심스러운 표정의 주민들, 이를테면 프랑스 전체가 패배의 먹구름이 감도는 가운데 공포와 전율에 휩싸였다. 그렇지만 역으로 달려온 그 사람들을 맞이한 것은 증기와 소음 속에서 바람을 일으키며 지나가는 기관차와 전속력으로 실려가는 총알받이 병사들의 아우성뿐이었다. 그런데 기차가 멈춘 어느 역에서 옷을 잘 차려입은 귀부인 셋이 병사들에게 수프를 나누어주었다. 그것은 대성공이었다. 병사들은 눈물을 흘렸고, 귀부인들의 손에 입을 맞추며 감사를 표했다.

그러나 역에서 멀어지자, 가증스러운 노래와 야만적인 고함이 다시 시작되었다. 쇼몽을 지난 직후에는 다른 기차와 교차했는데, 포병들로 가득찬 그 기차는 메츠로 가고 있는 게 틀림없었다. 두 기차가 속도를 늦췄고, 두 기차의 병사들이 서로 연대감을 표하며 야단법석을 떨었다. 그런데 더 많이 취한 채 일어서서 차창 밖으로 주먹을 내지르던 포병들이 우세했던 까닭에, 그들이 절망적으로 외친 한마디 고함이 모든 것을 뒤덮었다.

"도살장으로! 도살장으로! 도살장으로!"

납골당의 차디찬 냉기, 얼음장 같은 바람이 스쳐지나가는 듯했다. 갑자기 침묵이 감도는 가운데 루베의 야유가 들렸다.

"에이, 재미없소, 동지들!"

"하지만 저들이 옳아." 슈토가 카바레 사회자 같은 목소리로 말했다. "이건 역겨운 일이야, 왜 싸우는지조차 모르는 선량한 청년들을 도살장으로 내몰고 있잖아."

그가 말을 이었다. 그는 주변 사람들을 타락시키는 탕아이자 몽마르트르의 솜씨 없는 노동자, 빈둥거리며 흥청망청 놀기 좋아하는 칠장이였다. 공공 회합에서 주워들은 정치적 담론 조각들을 잘못 소화해 고약한 몰상식을 자유와 평등이라는 위대한 원칙에 연결하기도 했다. 그는 모르는 것이 없었고, 동료들을, 특히 그가 쾌남으로 만들어주겠다고 약속한 라풀을 교화했다.

"안 그래? 이봐, 이건 아주 간단한 문제야!…… 만약 바댕게*와 비스마르크 사이에 갈등이 있다면, 그건 주먹다짐을 해서라도 자기들끼리 해결해야지. 서로 알지도 못하고 싸우고 싶어하지도 않는 수십만의 청년들을 괴롭힐 일이 아니라고!"

---

* Badinguet. 나폴레옹 3세의 별명.

차량 안 모두가 동의를 표하며 웃었다. 바댕게가 누군지도 모르고 자신이 황제를 위해서 싸우는지 국왕을 위해서 싸우는지조차 모르는 풀은 덩치 큰 어린아이 같은 태도로 되풀이했다.

"물론이지, 주먹다짐을 해서라도! 그런 다음 건배하면 되잖아!"

그때 슈토가 파슈를 향해 고개를 돌리더니 비난을 퍼붓기 시작했다.

"넌 하느님을 믿지…… 너의 하느님은 싸움을 금지했잖아. 그런데 왜 여기 있냐, 이 머저리 같은 놈아!"

"글쎄!" 파슈가 곤혹스러워하며 대답했다. "나는 좋아서 여기 있는 게 아냐…… 다만 헌병이……"

"헌병이라니! 아, 젠장! 헌병 따위 상관없어!…… 우리가 정상인이라면 무슨 일을 해야 하는지 알아?…… 지금이라도 우리를 내려주면, 잽싸게 달아나야 해, 그렇고말고! 조용히 내빼는 거야, 그 살찐 돼지 바댕게와 거지같은 장군들이 더러운 프로이센 놈들과 싸우든 말든!"

환호성이 터졌고, 반항심이 동했다. 승리를 구가한 슈토는 자신의 정치적 이론을 꺼냈는데, 그 이론 속에서 공화국, 인권, 척결해야 할 제정의 부패, 사실이 입증하듯 수백만 프랑에 팔린 지휘관 등이 혼란스럽게 뒤엉켰다. 슈토는 혁명가를 자처했다. 하지만 다른 사람들은 자신이 공화주의자인지도, 심지어 어떻게 공화주의자가 될 수 있는지도 몰랐다. 다만 취사병 루베만 자기 의견이 있었는데, 그에 따르면 빵을 주는 자가 최고의 지도자였다. 그러나 모두가 슈토의 달변에 넘어가 황제, 장교들, 그리고 첫번째 위기가 닥치자마자 붕괴한 빌어먹을 정부의 잘못을 성토했다. 그들의 달아오르는 취기에 불을 붙이며 슈토는 자신의 동료라는 사실이 은근히 자랑스러운 신사 나리, 더욱이 자신의 열변에 관심을 내비치는 신사 나리인 모리스를 계속 곁눈질했다. 모리스를 자극하기 위해 그는 장을 공격해보기로 했다. 그때까지 장은 소란 속에서도 마치 잠든 것처럼 반쯤 눈을 감은 채 꼼짝하지 않고 있었다. 길에 버린 총을 어쩔 수 없이 다시 집는 수모를 하사가 지원병에게 안긴 이후 지원병이 앙심을 품었다면, 지금이 바로 둘 사이에 싸움을 붙일 절호의 기회였다.

"우리를 총살형에 처해야 한다고 말한 자가 누구인지 난 알아." 슈토가 위협조로 말했다. "우리를 짐승보다 못한 존재로 보는 개자식들이 있어! 배낭과 소총으로 등이 으스러질 때, 그럴 때는 그걸 밭에다 내동 댕이쳐야 한다는 걸 그 개자식들은 이해하지 못해! 밭에다 심는 게 있어야 뭐라도 자랄 거 아냐!…… 안 그렇소? 동지들, 지금 당장 그 자식들을 붙잡아서 창밖으로 던져버려야 해!…… 내 말이 맞지 않소? 본보기가 필요해, 놈들이 더이상 이 더러운 전쟁으로 우리를 괴롭히지 않게 하려면! 바댕게에게 빌붙어 사는 빈대들에게 죽음을! 우리를 전쟁으로 내모는 개자식들에게 죽음을!"

장의 얼굴이 벌겋게 달아올랐다. 아주 드물게 화가 머리끝까지 났을 때는 그의 얼굴에 그렇게 솟구쳐오르는 피의 물결이 보였다. 살아 있는 바이스* 공구에 조이듯 양옆의 병사들 사이에 꽉 끼여 있었음에도, 장은 벌떡 일어나 불타오르는 얼굴로 주먹을 불끈 쥐었다. 그 표정이 너무 살벌해서 슈토는 파랗게 질렸다.

"이런 염병할! 입 닥치지 못해, 이 돼지 같은 자식아!…… 아까부터

---

* 쇠붙이 등을 고정하는 기구.

나는 조용히 하고 있잖아, 이 자리에는 상관들도 없고 내 힘으로 너 같은 놈을 영창으로 보낼 수도 없으니까! 아무렴, 내가 할 수만 있다면 틀림없이 그랬겠지! 너 같은 비렁뱅이 자식을 총살해서 부대를 깨끗하게 청소했겠지…… 잘 들어둬, 여기서 군율이 사라지는 순간부터, 그 순간부터 너를 손보는 건 나야. 그때부터 더이상 하사는 없어, 네가 괴롭힐 때 네 아가리를 박살내는 거친 사내가 있을 뿐이지…… 아, 비겁한 자식! 싸울 용기도 없는 놈이 전우들이 싸우는 건 기를 쓰고 막으려고 하지! 어디 다시 말해봐, 내가 끝장내줄 테니까!"

슈토는 적수의 커다란 주먹을 보고 흠칫 물러나며 말을 더듬거렸고, 기차 안 병사들은 벌써 장의 기세에 눌려 슈토를 버렸다.

"아, 난 바댕게한테도 당신한테도 유감이 없어, 알겠어?…… 공화국이든 제정이든, 난 정치 따위에는 관심 없어. 예나 지금이나 내가 밭을 갈 때 원하는 건 단 하나야, 그건 만인의 행복, 평화로운 질서, 풍요로운 결실이지…… 전쟁이 모두를 힘들게 하는 건 사실이야. 그렇다고 애써 전투태세를 취하는 병사들을 좌절시키는 악당들을 놔둘 수는 없어. 제기랄! 프로이센군이 우리 땅에 있으니 그놈들을 쫓아내야 해. 동지들, 이런 말을 들으면 피가 끓지 않소?"

이리저리 쉽게 휩쓸리는 군중심리까지 작용해 병사들은 벌써 하사에게 박수를 보냈는데, 하사는 자기 분대원 중 누구라도 전투를 방해하는 자가 있다면 박살을 내겠다는 맹세를 되풀이했다. 옳소, 하사님 말이 옳소! 하루빨리 비스마르크를 끝장내야 해!

환호성이 하늘을 찌르는 가운데 흥분을 가라앉힌 장이 분대원에게 쓰는 말투와는 사뭇 다르게, 매우 정중하게 모리스에게 말했다.

"선생, 당신은 겁쟁이들과 한패가 아니잖소. 봐요, 우린 아직 패한 게 아니오. 언젠가 우리가 프로이센 놈들을 때려눕히는 날이 반드시 올 거요!"

그때 모리스는 한줄기 따뜻한 햇살이 그의 가슴까지 비쳐드는 것을 느꼈다. 그는 부끄러웠고, 혼란스러웠다. 어떻게 된 거지? 그저 상스러운 농사꾼이 아니었던가? 그는 한순간 정신이 아득해졌을 때 내던진 소총을 다시 집으며 느꼈던 불타는 증오를 떠올렸다. 동시에 그는 희끗한 머리칼을 바람에 휘날리던 노파가 지평선 너머 라인강을 가리키며 욕설을 퍼부었을 때, 하사의 두 눈에 맺혔던 눈물과 그 눈물을 보고 가슴 뭉클했던 감동을 떠올렸다. 그동안 함께 느낀 피로, 함께 겪은 고통으로 생긴 우정이 지금 이 시각 모리스의 반감을 휩쓸어가는 듯했다. 보나파르트주의적인 가정에서 자란 모리스는 단지 이론적으로만 공화정을 지지했었다. 그는 황제에 대한 충성심이 있었고, 전쟁을 지지했으며, 민중의 삶이 개선되기를 바랐다. 갑자기 모리스 특유의 상상력이 발동하며 희망의 샘이 다시 솟구쳤다. 어느 밤 참전을 결심하게 한 열정이 다시 불타오르며 그의 가슴을 승리의 확신으로 가득 채웠다.

"그렇습니다, 하사님." 모리스가 밝게 말했다. "우리가 이길 겁니다."

빽빽하게 들어찬 육체들이 내뿜는 숨막히는 열기와 자욱한 파이프 담배 연기 속에 갇힌 병사들을 실은 채 달리고 또 달리는 기차는 역에 모인 근심스러운 눈빛의 주민들과 울타리를 따라 늘어선 겁에 질린 농부들에게 외설스러운 노래와 취기어린 아우성을 던져주었다. 8월 20일 파리 팡탱역에 도착한 그들은 그날 저녁 다시 출발했고, 이튿날 샬롱 캠프로 가는 관문인 랭스에서 하차했다.

3

랭스에서 내린 106연대가 거기서 야영하라는 명령을 받았을 때, 모리스는 깜짝 놀랐다. 전방 주둔군과 합류하기 위해 샬롱으로 가는 게 아니었단 말인가? 두 시간 후 그의 연대가 시내에서 4킬로미터 떨어진 쿠르셀 근처에서, 엔에서 마른으로 이어지는 운하를 따라 펼쳐진 드넓은 평원에서 소총을 걸어총으로 세워뒀을 때, 게다가 아침부터 퇴각한 샬롱의 전군이 여기서 야영하기 위해 오고 있다는 사실을 알았을 때 그의 놀라움은 한층 더 커졌다. 과연 지평선 끝에서 끝까지, 생티에리와 라뇌빌레트까지, 심지어 라옹 도로 너머까지 천막이 쳐졌고, 저녁이 되자 4개 군단의 모닥불이 타올랐다. 그렇다면 파리 근처에 포진해서 프로이센군을 기다린다는 계획을 세운 게 분명했다. 모리스는 기분이 좋아졌다. 이게 가장 현명한 작전이 아니겠는가?

21일 오후, 모리스는 새로운 소식을 듣기 위해 캠프에서 한가로이 어슬렁거렸다. 모두가 유유자적했다. 기강이 다시 풀렸고, 병사들은 여기저기 제멋대로 쏘다녔다. 앙리에트가 보내준 100프랑짜리 우편환을 현금으로 바꾸기 위해 모리스는 아무런 제약 없이 랭스 시내로 갔다. 카페에서 그는 파리로 이동한 센강 기동대 18개 대대의 기강 해이를 개탄하는 어느 중사의 이야기를 들었다. 특히 6대대는 지휘관들을 죽일 뻔했다. 캠프에서는 장군들이 일상적으로 모욕을 당했고, 심지어 병사들은 프뢰슈빌러 패전 이후 마크마옹 원수에게 경례조차 하지 않았다. 카페는 여러 목소리로 시끌벅적했다. 당당한 표정의 두 시민 사이에서 마크마옹 원수가 이끌 군사 수효를 두고 격렬한 토론이 벌어졌다. 한 사람은 30만 대군이라는 엄청난 숫자를 제시했다. 다른 한 사람은 4개 군단이라는 좀더 합리적인 숫자를 제시했다. 후자에 따르면, 몇몇 보병 연대와 해병대 1개 사단이 합류함으로써 12군단이 어렵게 완성되었다. 14일부터 도망치다가 패잔병들이 가까스로 캠프에 합류한 1군단은 근근이 틀을 다시 갖췄다. 전투도 없이 패한 5군단은 이리저리 흩어져 패주하는 중이었다. 1사단을 잃고 사기가 땅에 떨어진 채 기차에서 내린 7군단은 방금 랭스에 도착한 1사단의 패잔병들과 재회했다. 예비군 기병대, 본맹 사단, 마르게리트 사단을 포함해도 도합 12만 명에 불과했다. 그때 논쟁에 끼어든 중사가 이 군대를 전우애라곤 없는 무뢰배들, 머저리들이 도살장으로 보낸 가축떼라고 분노하며 더없이 경멸적으로 말하자, 두 시민은 자기들을 위협하는 줄 알고 불안해하다가 슬그머니 자취를 감췄다.

모리스는 신문을 사려고 밖으로 나갔다. 구입할 수 있는 신문을 전부

사서 여기저기 주머니에 넣었다. 그는 도시 경계를 따라 펼쳐진 아름다운 산책로의 거목 아래를 걸으며 신문을 읽었다. 그렇다면 독일군은 지금 어디에 있는 걸까? 프랑스는 그들을 시야에서 잃은 듯했다. 2개 야전군이 메츠 쪽에 있음이 분명했다. 슈타인메츠 장군이 지휘하는 I군단이 현장을 감시하고 있었다. 프리드리히 카를 왕자가 지휘하는 II군단은 바젠 원수를 파리 도로와 분리하기 위해 모젤강 우안을 거슬러 올라가려 애쓰고 있었다. 그런데 III군단, 즉 비상부르와 프뢰슈빌러에서 승리하고 프랑스 1군단과 5군단을 추격하던 프로이센 왕세자의 야전군은 도대체 어디에 있는 걸까? 여러 신문이 주는 정보는 지극히 모순적이었다. 그들은 아직도 낭시에 주둔하고 있는 걸까? 아니면 샬롱에 접근한 걸까? 그 때문에 우리는 물품, 장비, 의복, 식량을 불태우면서 그토록 서둘러 철수했는데 말이다. 우리 장군들에게 하달된 일련의 명령 또한 혼란스럽고 모순적인 가정들로 가득했다. 세상사에서 절연되어 살았던 모리스는 그제야 파리에서 무슨 일이 일어났는지 알게 되었다. 승리를 확신하던 시민들은 패배 소식에 청천벽력 같은 충격을 받았고, 거리에서는 분노의 함성이 터졌고, 상하 양원 의원들이 소집되었고, 국민투표를 실시한 자유주의 내각이 해체되었고, 황제가 어쩔 수 없이 총사령관 지위에서 물러나며 바젠 원수에게 군 통수권을 이양했다는 사실이 신문에 쓰여 있었다. 16일 이후 황제는 샬롱 캠프에 있었고, 모든 신문이 17일에 개최된, 나폴레옹 왕자와 여러 장군이 참석한 대책회의에 대해 이야기하고 있었다. 그러나 불행하게도 대책회의에서 진정한 결정사항이라고 부를 만한 것은 전혀 도출되지 못했다. 참석자들이 합의한 것은 파리 사령관으로 트로슈 장군 임명, 마크마옹 원수의 샬롱 부대 지휘권 승인뿐이었는데, 이는 곧 황제의 완전한 권한 상실을 뜻했다. 신문에서 지도부의 정신적 공황, 심각한 우유부단, 게다가 상충되고 시시각각 변하는 모순적인 작전계획이 읽혔다. 그리고 여전히 이런 의문이 들었다. 독일군은 도대체 어디에 있는 걸까? 누구 말이 옳은 걸까? 바젠 원수가 북쪽에서 자유롭게 퇴각 작전을 수행하고 있다고 주장하는 사람들 말이 옳은 걸까? 아니면 바젠 원수가 이미 메츠에서 봉쇄당했다고 말하는 사람들 말이 옳은 걸까? 14일부터 20일까지 일주일 동안 치열한 싸움, 영웅적인 전투에 대한 소문이 끊임없이 신문 지상에 맴돌았지만, 멀리서 희미하게 들리는 아련한 포성 외에는 아무것도 확실한 것이 없었다.

오랫동안 걸어서 피로해진 모리스는 벤치에 앉았다. 주변의 시민들은 평소의 삶을 사는 듯했다. 아름다운 나무 아래서 하녀들이 아이들을 돌보고 있었고, 군소 연금생활자들이 천천히 걸으며 일상적인 산책을 하고 있었다. 모리스가 다시 신문을 집어들었을 때, 지금까지 놓치고 있었던 기사 하나가 불현듯 그의 눈에 들어왔다. 극렬 공화파 야당지의 기사였는데, 그것을 읽자 갑자기 모든 것이 분명해졌다. 그 신문에 따르면 샬롱 캠프에서 개최된 17일 대책회의에서 파리를 향한 군대의 퇴각이 결정되었고, 트로슈 장군의 임명은 순전히 황제의 파리 귀환을 돕기 위한 것이었다. 그러나 이러한 결정이 섭정 황후와 새로운 내각에 의해 이제 막 파기되었다고 덧붙였다. 황후가 보기에, 황제가 파리에 다시 나타나면 혁명이 일어날 것이 확실했다. 황후의 귀에 이런 말이 들리곤 했다. "황제는 살아서 튈르리궁전에 도착하지 못할 겁니다." 따라서 황후는 전진해야 한다고, 무슨 일이 있어도 메츠 주둔 부대와 합류해야 한다고 고집스레 주장했고, 바젠 원수를 돕기 위한 진격 진군작전을 구상하는 새 국방장관 팔리카오 장군이 황후를 지지했다. 초점 없는 시선으로 멍하니 신문을 무릎 위에 내려놓은 모리스는 이제 현실을 파악할 수 있을 듯했다. 두 가지 작전계획이 상충되었다. 한편 마크마옹 원수는 전혀 강고하지 않은 군대와 함께 위험하기 짝이 없는 측면 이동을 망설였고, 다른 한편 파리에서 날아오는 점점 더 강력한 분노의 명령이 그로 하여금 무모하고 광기어린 모험을 감행하도록 재촉했다. 이럴 수도 저럴 수도 없는 딜레마의 상황 속에서, 모리스는 황제의 처량한 모습이 눈에 보이는 듯했다. 섭정 황후에게 제국의 상징적 권위를 넘겨주고 바젠 원수에게 군 통수권을 이양한 황제는 이제 아무것도 아니었다. 규정하기 힘들 정도로 흐릿한 그림자 황제, 아무런 직함도 없이 거추장스러운 무용지물로 전락한 황제, 명령권을 포기한 이후 군대에서 설 자리가 없는 황제, 파리의 버림을 받은 황제의 모습이 모리스의 눈앞에 어른거렸다.

그러나 밤새 비가 오는데도 천막 밖에서 침낭 잠을 잔 모리스는 파리로의 퇴각 계획이 결정적으로 우세해졌다는 것을 알게 되어 다소 기분이 나아졌다. 어제저녁에 개최된 새로운 대책회의에 대한 이야기가 떠돌았다. 베르됭으로의 진격을 서두르기 위해 황후가 전前 부황제인 루에를 대책회의에 보냈는데, 루에 씨가 그런 작전의 위험성을 역설한 마크마옹 원수에게 설복당한 모양이었다. 그렇다면 바젠 원수로부터 나쁜 소식이 온 걸까? 확실히 아는 사람이 아무도 없었다. 하지만 소식이 없다는 사실 자체가 의미심장한 것이었다. 양식이 있는 장교들이 모두 파리를 구해야 한다고 주장하며 파리로 돌아가서 적을 기다린다는 계획에 찬성했다. 명령이 떨어졌다는 소문을 접하고 내일부터 후퇴작전이 개시되리라고 확신한 모리스는 즐거운 기분에 어린아이처럼 뭔가 맛있는 것을 먹고 싶은 욕망이 일었다. 한 번쯤은 병영을 벗어나 어디선가 식탁보가 깔린 식탁 위에 포도주, 유리잔, 접시 등 여러 달 전부터 그에게 결핍된 모든 것을 놓고 점심식사를 하고 싶었다. 수중에 돈이 있었기에, 그는 마치 탈영이라도 하듯 떨리는 가슴으로 병영에서 나와 음식점을 찾았다.

운하 너머 쿠르셀 마을 입구에서 그는 꿈꾸던 점심식사를 할 수 있었다. 어제 그는 황제가 마을 주민의 집에서 묵으리라는 이야기를 들었다. 그래서 그는 호기심에 마을을 돌아다녔고, 두 도로가 만나는 길모퉁이에서 정자에 매달린 황금빛 포도송이가 너무도 예쁜 이 주점을 발견했다. 넝쿨이 무성한 포도나무 아래 초록색 식탁이 있었다. 활짝 열린 문을 통해 보이는 넓은 부엌에는 소리가 청명한 괘종시계와 에피날 판화*가 벽에 걸려 있었고, 덩치 큰 여주인이 꼬치 회전기를 돌리고 있었다. 뒷마당에는 페탕크** 놀이터가 있었다. 이곳이야말로 소박하고 명랑하고 아름다운, 전형적인 프랑스 시골 주점이었다.

가슴이 탱탱해 보이는 예쁜 아가씨가 새하얀 치아를 드러내며 주문을 받으러 왔다.

"식사하실 건가요?"

"예, 그래요!…… 달걀, 커틀릿, 치즈를 주세요!…… 백포도주도요!"

그는 뒤돌아선 아가씨를 다시 불렀다.

---

* 18~19세기 에피날 지역에서 유행한 통속 채색 판화. 대개 교훈적인 내용을 담고 있다.
** 목제 공(비트)을 던져두고 금속 공을 목제 공 가까이 던져 우열을 가리는 경기.

"그런데 황제가 묵고 있는 집이 이 집들 가운데 하나인가요?"

"맞아요! 바로 우리 앞집이에요…… 하지만 여기선 안 보여요, 나무가 우거진 저 커다란 담장 뒤거든요."

그는 정자 아래로 가서 요대를 풀고 편안한 자세로 식탁 앞에 앉았는데, 무성한 포도나무 잎사귀들 사이로 햇빛이 식탁 위 여기저기에 금빛 고리를 던졌다. 그의 시선은 황제를 보호하고 있는 그 노란 담장에서 떠나지 않았다. 외부에서는 기와조차 보이지 않도록 숨겨진 신비의 집이었다. 집 출입구는 다른 쪽, 즉 집도 가게도 없는 마을의 거리, 음울한 두 벽 사이로 뚫린 마을의 거리에 면해 있었다. 집 뒤로는 작은 정원이 이웃 가옥들 사이에 녹음綠陰의 섬을 이루고 있었다. 모리스는 길 건너편에서 창고와 마구간으로 둘러싸인 커다란 마당을 보았는데, 사람들과 말들이 끊임없이 오가고, 마차와 유개마차 장비가 가득차 있었다.

"저 모든 게 황제를 위한 건가요?" 그는 식탁에 하얀 식탁보를 까는 하녀에게 농담조로 물었다.

"맞아요, 황제 개인용이죠!" 하녀가 싱싱한 치아를 드러내며 명랑하고 해맑은 표정으로 대답했다.

아마도 어제 도착해 술을 마시러 온 마부들에게서 들은 듯 하녀는 자신이 알게 된 사실을 늘어놓았다. 거기에는 장교 25명으로 구성된 참모부, 근위 기병 60명, 수행 임무를 맡은 호위 부대, 기율 유지 임무를 맡은 헌병 6명이 있었다. 그리고 종복들, 식탁과 침실 담당 하인들, 요리사와 보조 요리사 등 일꾼 총 73명이 가사를 돌보았다. 또한 황제가 사용하는 기마 네 필과 마차 두 대, 시종들이 타는 말 열 필, 경호원들이 타는 말 여덟 필, 파발마 마흔일곱 필이 있었다. 그리고 무개마차 한 대, 여행용 짐을 나르는 유개마차 열두 대가 있었는데, 그중 요리사들에게 할애된 두 대에 엄청난 양의 취사도구, 접시, 술병이 가지런히 실려 있어 하녀의 감탄을 자아냈었다.

"아! 손님도 그렇게 많은 냄비는 보신 적 없을걸요! 그건 마치 태양처럼 빛이 났어요…… 온갖 종류의 쟁반, 단지, 게다가 용도조차 알 수 없는 수많은 도구!…… 포도주 창고도 엄청나요! 보르도 포도주, 부르고뉴 포도주, 샴페인…… 아무리 성대한 결혼식이라 해도 거뜬히 치르고도 남을 만큼요!"

새하얀 식탁보에 기분이 상쾌해지고 유리잔 속에서 반짝이는 백포도주에 감격한 모리스는 자신도 몰랐던 식탐으로 삶은 달걀 두 개를 금세 먹어치웠다. 왼쪽으로 고개를 돌리자, 정자의 문을 통해 군용 천막이 촘촘히 들어선 광활한 들판, 운하와 랭스 사이 그루터기만 남은 밭 위에 세워진 도시 전체가 보였다. 나무가 그리 많지 않은 작은 숲 몇 곳이 그 잿빛 공간을 그나마 초록으로 얼룩지게 했다. 세 개의 풍차가 앙상한 날개를 세우고 있었다. 그런데 마로니에숲 너머 옹기종기 모여 있는 랭스의 지붕 위로, 거대한 성당이 거리가 상당히 먼데도 주변의 낮은 가옥들을 압도하면서 푸른 하늘로 우뚝 솟아 있었다. 그러자 학교에서 배운 지식이 모리스의 뇌리에 아련히 되살아났다. 즉 국왕들의 대관식, 신성한 성유병聖油瓶, 클로비스*, 잔 다르크, 옛 프랑스의 모든 영광이 떠올랐다.

---

* 프랑크왕국의 초대 국왕(재위 481~510)으로, 로마가톨릭교로 개종했다.

뒤이어 이토록 비밀스럽게 닫힌 평범한 시민의 집에서 황제가 밤낮을 보낸다고 생각하며 높다란 황색 담장에 눈길을 던졌을 때, 그 담장 위에 숯으로 쓴 커다란 글자가 보여서 깜짝 놀랐다. "나폴레옹 만세!" 이런 환호가 지나치게 큰 외설스러운 낙서 사이에 쓰여 있었다. 빗물에 글자가 반쯤 지워진 것으로 보아 오래전에 쓴 게 틀림없었다. 이 얼마나 기이한 일인가, 조카가 아니라 백부의 영광을 기리는 노병의 열광적인 외침이 조카의 담벼락에 쓰여 있으니! 어린 시절의 추억이 생생히 되살아났다. 요람에서 놀던 시절부터 저기 셴포퀼뢰에서, 그는 대군의 일원이었던 할아버지가 해주는 이야기를 들었었다. 제정의 몰락 이후 대군의 용사들을 강타한 영광의 파산 속에서 모리스의 어머니가 죽었고, 모리스의 아버지는 징세관으로 일하며 근근이 살아가야 했다. 할아버지는 이 말단 공무원의 집에서 미미한 연금으로 힘들게 살았고, 즐거움이라고는 그가 어머니 역할을 해주던 어린 쌍둥이 남매, 둘 다 금발인 손자손녀에게 원정 이야기를 들려주는 것뿐이었다. 할아버지는 앙리에트를 왼쪽 무릎에, 모리스를 오른쪽 무릎에 앉힌 채 서사시적인 전투 이야기를 오래도록 했다.

할아버지의 이야기는 시대가 혼란스럽게 뒤섞였다. 그것은 여러 민족이 엄청난 충격을 받는 가운데 역사의 바깥에서 일어난 사건처럼 보였다. 영국인, 오스트리아인, 프로이센인, 러시아인이 차례로 또는 한꺼번에 무대에 등장했고, 동맹이 뒤엉키는 바람에 왜 이 나라들이 저 나라들보다 먼저 패하는지 도무지 알 수 없었다. 그리고 이야기 끝에 이르면 모두가 패했다. 아니, 그들은 모두 애초에 패하도록 예정되어 있었는데, 적들을 지푸라기처럼 쉽게 섬멸하는 영웅의 천재적인 작전이 있었기 때문이었다. 마렝고 전투는 들판에서 벌어졌다. 교묘하게 배치된 전열, 적의 포화 아래서 조용하고 침착하게 대대별로 진행된 바둑판 모양의 완벽한 후퇴, 근위대 정예병 800명이 오스트리아 기병대 전체를 격파한 전투, 드제 장군이 극적으로 합류해 임박한 패배를 불멸의 승리로 바꾸어놓고 전사한 전투, 세시에 패했지만 여섯시에 이긴 전설적인 전투가 바로 마렝고 전투였다. 아우스터리츠 전투는 겨울안개 속에서 아름다운 태양이 눈부시게 빛나는 가운데 전개됐었다. 프라첸고원 장악과 함께 시작된 전투는 꽁꽁 얼어붙었던 호수가 해빙되며 끝났는데, 병사와 군마를 필두로 러시아 군대 전체가 굉음과 함께 부서진 얼음 속에서 몸부림쳤다. 반면 신처럼 그 모든 것을 예견한 나폴레옹은 집중포화로써 재앙을 빠르게 마무리했다. 예나 전투는 프로이센군의 무덤이었다. 먼저, 10월의 안개 속에서 저격병들이 총을 쏘았다. 네 장군이 위기에 빠졌을 때, 오즈로 장군이 합류해 그를 구해냈다. 돌격대가 용맹스럽게 적의 중심부를 강타하자, 그들이 그토록 자랑하던 기병대가 혼비백산해 줄행랑을 쳤다. 그때 우리 경기병들이 추격해 다 자란 귀리를 베듯 칼을 휘둘렀고, 아름다운 골짜기에는 추풍낙엽처럼 쓰러진 프로이센군의 병사와 군마가 수없이 널브러졌다. 아일라우 전투는 그야말로 피에 젖은 사투였다. 살육전으로 끔찍하게 손상된 시체가 쌓여 음산하고 영웅적인 묘지로 변한 아일라우는 하얀 눈바람이 몰아치는 가운데 붉은 피에 물들었다. 뮈라 장군의 80개 기병 중대가 천지를 울리며 일제공격을 감행했다. 러시아 진영을 이리저리 관통한 기병대의 활약으로 수많은 러시아 병사들이 목숨을 잃었기에 나폴레옹조차 눈시울을 붉혔다. 프리틀란트 전투는 러시아군이 어리석게도 다시 빠진 가공할 함정이요, 모든 것을 알고 모든 것을 할 수 있는 황제의 전략적 걸작이었다. 우리 좌측 부대가 냉정하게 꼼짝도 하지 않는 동안, 도시 전체를 장악한 네 장군이 교량을 파괴했다. 뒤이어 우리 좌측 부대가 적의 우측 부대를 덮쳐 강 쪽으로 몰아넣은 후 살육전을 벌였는데, 얼마나 많이 죽였던지 밤 열시까지 학살이 계속되었다. 바그람 전투에서는 오스트리아군이 우리 군대를 다뉴브강으로부터 단절시키려 했고, 그들은 부상을 당했음에도 포장이 벗겨진 사륜마차를 타고 병사들을 진두지휘한 마세나 장군을 무찌르기 위해 우익을 강화했다. 그러나 능수능란한 거인 나폴레옹은 마세나 장군을 돕기보다 갑자기 100문의 대포로 상대적으로 취약한 적의 중앙에 집중포화를 퍼부음으로써, 오스트리아군을 4킬로미터나 후퇴하게 했다. 그러자 급작스러운 고립으로 공포에 질린 우익의 병사들이 승리를 목전에 둔 마세나 장군을 피해 필사적으로 도망치는 바람에, 나머지 오스트리아군은 둑이 터진 급류에 휩쓸리게 되었다. 끝으로 모스크바 전투는 아우스터리츠 전투처럼 태양이 눈부시게 비치는 가운데 전개되었다. 무시무시한 육박전이 벌어졌고, 불굴의 용기가 발휘되었고, 끊임없는 총격으로 적진을 탈취했고, 대검으로 기습해 보루를 장악했고, 한 뼘의 땅을 다투며 공격에 공격을 거듭했다. 러시아 근위병들도 용맹스럽기 짝이 없어서 뮈라 장군 부대가 사력을 다해 돌격해야 했고, 300문의 대포가 일제히 불을 뿜어야 했으며, 그날 승리의 주역인 네 장군의 능력이 남김없이 발휘되어야 했다. 전투가 어떻게 전개되었든 간에, 승리의 깃발이 밤하늘을 가르며 언제나 똑같은 환희의 물결, 똑같은 함성 속에서 펄럭였다. 정복의 땅 위에 구축한 야영지에서 모닥불이 피어오르는 시각, "나폴레옹 만세!"라는 함성이 지축을 흔들며 사방으로 울려퍼졌다. 프랑스는 자신의 상징인 불패의 독수리를 유럽의 끝에서 끝까지 휘날리는 정복자로서 어디에서나 제집처럼 편안했고, 다른 민족을 제압하기 위해서는 그들의 왕국에 한쪽 발을 들여놓기만 하면 되었다.

유리잔에 반짝이는 백포도주가 아니라 자신의 뇌리에서 맴도는 영광의 찬가 때문에 다소 취기에 젖은 채, 모리스는 커틀릿을 모두 먹었다. 바로 그때, 거리를 전전하느라 지칠 대로 지친, 망나니처럼 누더기를 입고 진흙탕을 뒤집어쓴 두 병사가 보였다. 그들이 하녀에게 운하를 따라 야영하고 있는 연대의 정확한 위치를 묻는 소리가 들렸다.

그러자 모리스가 그들을 불렀다.

"어이! 동지들, 이리 와요!…… 7군단 소속입니까?"

"그렇소, 1사단!…… 바로 그렇소! 7군단 1사단! 난 프뢰슈빌러에 있었소, 거기는 아직 춥지 않아요, 확실히…… 아, 참! 이 친구는 1군단 소속이오. 이 친구는 비상부르에 있었는데, 거기는 정말 끔찍한 지옥이오!"

그들은 자기들이 겪은 일을 이야기했다. 참호 속에서 피로와 부상에 지쳐 반쯤 죽은 상태였던 그들은 공포의 도가니 속에서 패주했다. 부대의 후미에서 지친 다리를 이끌다가 신열로 인해 몇몇 도시에서 불가피하게 행군을 중단했고, 행군이 너무 지체되는 바람에 이제야 도착해서 소속 분대를 찾고 있었다.

그뤼예르 치즈를 먹을 참이었던 모리스는 동정심이 일었고, 치즈 접시에 고정된 그들의 굶주린 시선을 보았다.

"이봐요, 아가씨! 치즈 좀 더 주세요, 빵도, 포도주도!…… 자, 동지들, 나와 함께 먹어요! 내가 사겠소. 자, 건배!"

그들은 황홀한 표정으로 식탁에 둘러앉았다. 모리스는 연민으로 몸을 떨며 군인다움을 상실한 그들의 서글픈 모습을 바라보았다. 무기도 없는 그들은 끈으로 질끈 동여맨 붉은 바지와 군용 외투를 입고 있었는데, 바지와 외투를 얼마나 여러 번 다른 색깔의 헝겊을 덧대 수선했는지 그 형상은 전쟁터에서 약탈한 옷을 입은 도적이나 집시를 연상시켰다.

"아! 젠장, 정말이오!" 키가 큰 병사가 입안 가득 빵을 씹으며 다시 말했다. "생지옥이 따로 없어요, 거긴!…… 당신이 직접 봤어야 하는데…… 이야기해봐, 쿠타르."

키가 작은 병사가 손에 쥔 빵을 휘두르며 말했다.

"동료들이 식사를 준비하는 동안 난 군복을 빨고 있었소…… 상상해봐요, 더러운 참호, 움푹 파인 구멍, 게다가 사방에 작은 숲이 있었어요. 그 숲으로 프로이센 놈들이 쥐도 새도 모르게 포복하며 우리 진지에 접근했지 뭐요…… 일곱시가 되자, 포탄이 우리 귀청을 찢으며 쏟아지기 시작했소. 제기랄! 모두가 총이 있는 쪽으로 정신없이 뛰었지. 열한시까지 놈들이 우리를 신나게 때렸소…… 하지만 이걸 알아야 해요, 우린 5천 명에 불과했고, 놈들은 오고 또 오고, 끝없이 불어났어요. 난 작은 언덕에 있는 덤불 뒤로 몸을 숨겼는데, 놈들이 왼쪽으로, 오른쪽으로, 정면으로, 사방에서 진격하는 게 보였소. 아! 마치 개미집에서 끝없이 쏟아져나오는 개미떼처럼 대열이 끊어지나 싶으면 금세 더 많은 개미가 나타났어요. 말해 뭐하겠소만, 우리 장군들은 바보 멍청이요, 아군으로부터 고립된 병사들을 그런 벌집 속으로 몰아넣다니, 아무도 도와주지 않는 적진에서 두들겨맞게 하다니…… 그 빌어먹을 놈의 두에 장군*은 바보도 아니고 겁쟁이도 아니지만 금세 포탄에 맞아 나가떨어져버렸고 말이오. 그래요, 우리에겐 지휘관조차 없었소! 염병할, 그래도 우린 버텼지. 그랬지만 놈들이 워낙 많아서 후퇴하지 않을 수 없었소. 우리는 울타리에 갇힌 채 싸우는 셈이었어요. 역을 방어할 때는 기차 소리가 어찌나 요란하던지…… 그런 다음에는 나도 잘 모르겠지만, 도시가 점령당한 게 분명했어요, 우리는 어떤 산 위로, 놈들이 부르는 이름으로는 가이스베르크로 밀려났으니까. 우리는 산성에 방어진지를 구축한 채 놈들과 치열하게 싸웠소, 빌어먹을! 놈들이 허공으로 튀어올라 땅에 코를 박고 쓰러질 때마다 환호성을 질렀지…… 그런데 더이상 어쩌겠소? 놈들은 여기서 오고 저기서 와서 점점 불어났는데 그야말로 10 대 1의 싸움이었고, 대포도 얼마나 줄기차게 쏘아대던지…… 그런 상황에서 용기를 발휘한다는 건 개죽음을 원하는 거나 마찬가지요. 그런 아수라장에서 뭘 어쩌겠소, 줄행랑을 쳐야지…… 우리 지휘관들보다 더 멍청한 놈들은 이 세상에 없을 거야, 안 그런가, 피코?"

잠시 말이 없었다. 키가 큰 피코가 백포도주를 들이켜고 손등으로 입술을 닦으며 말했다.

"그렇고말고…… 프뢰슈빌러와 비슷한 상황이었소. 마소처럼 어리석은 장군이 아니고서야 누가 그런 조건에서 싸울까. 머리 회전이 빠른

---

* 7군단장 펠릭스 두에가 아니라 비상부르 전투에서 전사한 그의 형 아벨 두에를 가리킨다.

우리 중대장이 그렇게 말했지…… 상황 파악이 전혀 이루어지지 않은 게 틀림없소. 프로이센군 전체가 우리 등뒤를 덮쳤거든, 우리 군사는 겨우 4만 명에 불과했는데 말이오. 우리는 그날 전투가 있을 거라 전혀 예상하지 못했었소. 그런데 전투가 점점 더 치열해졌어요, 우리 지휘관들이 원하지 않았지만…… 물론 내가 모든 걸 보지는 못했소. 그러나 내가 확실히 알고 있는 건 전투가 온종일 전개되었다는 것, 전투가 끝났다고 생각했는데 그게 완전한 오판이었다는 사실이오, 천만의 말씀이었지! 광란의 연주는 바로 그때부터였소…… 시작은 조용하고 예쁜 마을 뵈르트에서 이루어졌지요, 외벽에 도기 타일을 붙여놔서 난로처럼 보이는 희한한 종탑이 있는 바로 그 뵈르트에서. 난 왜 아침에 그 마을을 우리 스스로 떠났는지 도무지 모르겠소, 왜냐하면 오후에 그 마을을 재탈환하기 위해 사력을 다해 싸웠어도 목적을 이루지 못했기 때문이오. 아! 육박전이 벌어졌는데, 그 참상이라니, 당신은 내 말을 못 믿을 거요, 배가 갈라진 병사들, 두개골이 박살난 병사들…… 교전이 벌어진 다른 마을, 즉 발음하기가 무척 어려운 엘사스하우젠에서도 상황은 마찬가지였소. 우리는 놈들이 언덕 위에서 마음대로 쏘아대는 대포 세례에 혼쭐이 났어요, 아침에 우리가 버린 그 빌어먹을 놈의 언덕 위에서 말이오. 바로 그때 이 두 눈으로 봤소, 분명히! 그 유명한 우리 기갑 부대의 돌격을 봤다니까. 어찌나 용맹스럽게 사지로 뛰어들던지, 불쌍한 친구들! 도랑이 파이고 가시덤불이 무성한 그런 땅으로 말과 기병을 내몰다니! 제기랄! 그래봤자 아무 소용도 없는 일이었으니 얼마나 불쌍한 일이오! 그래도 정말 위풍당당했소, 그 모습을 보았다면 당신도 투지가 다시 불타올랐을 거요…… 그때 우리가 할 수 있는 일은 좀더 멀리 달아나서 숨을 고르는 것뿐이었소. 마을이 성냥개비처럼 활활 불타올랐고, 사후 추산에 따르면 바덴군, 뷔르템베르크군, 프로이센군 등 12만 명에 이르는 야만인이 우리를 완전히 포위했던 거였소. 절대 약세였지만, 프뢰슈빌러 주변에서는 한층 더 격렬한 전투가 다시 시작되었소! 마크마옹은 어리석지만 용감하니까요. 포탄이 쏟아지는 가운데 커다란 말을 타고 있는 그를 당신도 봤어야 하는데! 다른 장군이었으면 중과부적일 때는 싸움을 피하는 것도 수치가 아니라 판단하고 애초에 달아났을 거요. 하지만 마크마옹은 전투가 시작된 이상 죽을 때까지 싸우고자 했소. 결과적으로 그의 뜻대로 됐지! 프뢰슈빌러에서 죽고 죽이는 병사들은 더이상 인간이 아니라 짐승이었으니까…… 대략 두 시간 동안 개울물이 피로 물들었소. 그런 다음엔, 그런 다음엔, 젠장! 어쩔 수가 없었소, 달아날 수밖에…… 그런데 바로 그때, 우리가 좌익에서 바바리아군을 격퇴했다는 소리가 들렸지! 기가 막힐 노릇이었소, 때가 이미 늦었으니까! 우리도 12만 대군이었더라면! 우리에게도 충분한 대포와 좀 덜 멍청한 장군들이 있었더라면!”

먼지를 뒤집어써 잿빛 누더기가 된 군복을 입은 채 아직도 분노를 삭이지 못하는 쿠타르와 피코는 자신들이 겪은 단말마적 고통을 회상하면서, 황금빛 햇살에 농익은 포도송이가 주렁주렁한 정자 아래서 칼로 빵을 자르고 큰 조각의 치즈를 삼켰다. 패배에 뒤이어 끔찍한 패주가 시작되었다. 사기가 꺾이고 이리저리 흩어진 병사들은 논밭을 가로질러 달아났고, 큰길에는 사람들, 말들, 마차들, 대포들로 일대 혼란이 일었고, 공포의 광풍에 강타당한 군대는 혼비백산해 퇴로를 찾기에 바빴다. 병사들이 질서정연하게 후퇴할 수도 없었고 보주산맥의 통로들을—거기서라면 1만의 군사로 10만의 직군을 능히 저지할 수 있었을 것이다—방어할 수도 없었기 때문에, 교량들을 폭파하고 터널을 봉쇄하는 조치가 불가피했다. 그러나 프랑스 장군들이 겁에 질려 달아나는 가운데 패자와 승자를 모두 휩쓴 어리석음의 돌풍이 너무도 거셌던 탓에, 양국의 군대는 둘 다 백주에 길을 찾으며 어디로 가야 할지 몰랐다. 즉 마크마옹이 뤼네빌을 향해 달리는 동안, 프로이센 왕세자는 보주산맥에서 그를 추적했다. 7일, 1군단의 패잔병들이 마치 흙탕물과 표류물을 잔뜩 실은 홍수처럼 사베른 지역을 관통했다. 8일, 사르부르에서 5군단이 한 급류가 다른 급류에 빨려들어가는 것처럼 1군단에 합류했다. 전투도 없이 패배한 5군단은 사령관 드 파이 장군을 동반했는데, 장군은 패배의 책임이 전부 자신에게 덮어씌워지는 것에 큰 충격을 받아 몹시 괴로워했다. 9일과 10일, 뒤도 돌아보지 않는 맹렬한 후퇴의 질주가 계속되었다. 11일, 낭시가 이미 적의 수중에 떨어졌다는 잘못된 소문을 들은 병사들은 낭시를 피해 바용 쪽으로 내려갔다. 12일, 아루에서 야영했고, 13일, 비슈레에서 야영했다. 14일, 뇌프샤토에 이르렀는데, 거기서 기차가 병사들을 사흘 동안 쉴새없이 샬롱으로 실어 날랐다. 마지막 열차가 출발하고 이십사 시간이 지난 후, 프로이센군이 뇌프샤토에 도착했다.

"아! 정말 빌어먹을 놈의 팔자야!" 피코가 결론짓듯 말했다. "얼마나 다리를 혹사했던지!…… 야전병원에서 치료를 받던 우리가 말이야!"

쿠타르가 자신의 잔과 동료의 잔에 병이 빌 때까지 포도주를 따랐다.

"그래, 정말 죽을 고생을 했어, 아직도 달리고 있잖아!…… 그래도 우린 낫지! 개죽음을 면한 사람들끼리 이렇게 한잔하고 있으니 말이야."

이제 모리스는 모든 것을 이해할 수 있었다. 비상부르에서 말도 안되는 기습 공격을 당한 후 마른하늘에 날벼락 같은 프뢰슈빌러 참패가 이어졌는데, 이 날벼락의 암울한 섬광이 모리스의 눈에 참담한 진실을 적나라하게 보여주었다. 우리는 준비가 불충분했다. 즉 포병대는 보잘것없었고, 병력이 실제보다 부풀려져 있었으며, 장군들은 무능했다. 반면 우리가 그토록 무시해온 적은 규율과 전략이 완벽한데다 강고하고 그 수도 헤아릴 수 없이 많았다. 메츠에서 스트라스부르까지 프랑스 7개 군단이 친 저지선은 허약하기 그지없어, 세 개의 쐐기처럼 질서정연하게 삼분되어 강력하게 공격하는 프로이센군에게 쉽게 돌파당했다. 게다가 우리는 대번에 고립되었다. 오스트리아도 이탈리아도 우리를 도우러 오지 못할 것이다. 황제의 계획은 작전 수행 지체와 장군들의 무능 때문에 이미 무너졌다. 그리고 운명까지도 불의의 사고와 우연의 일치를 증폭시키고 프로이센군의 은밀한 계획을 실현해줌으로써 우리를 저버렸다. 그들의 계획이란 프랑스군을 둘로 나누고 그 하나를 메츠 아래로 물러나게 함으로써 고립시키는 한편, 자신들은 지방을 초토화하며 파리까지 진격하는 것이었다. 이제 모든 것이 산수 문제처럼 분명해 보였다. 우리는 피할 수 없는 결과를 속속 드러내고 있는 그 온갖 원인 때문에 패배했음이 분명했다. 우리는 엄청난 병력과 냉철한 작전에 아둔하게도 용기 하나로 맞선 셈이었다. 사후에 이러쿵저러쿵 원인을 분석한들 무슨 소용이 있을까, 일어날 일이 일어난 것이었다. 패배는 자연의 법칙처럼 숙명적인 것이었다.

분늑 높다란 황색 담상에 쓰인 "나뽈레옹 만세!"라는 글귀가 꿈을 꾸는 듯 멍한 모리스의 눈에 들어왔다. 그는 참을 수 없는 좌절감과 가슴이 찢기는 듯한 통증을 느꼈다. 전설적인 승리를 구가하며 전 유럽을 제패했던 프랑스가 안중에도 없었던 약소국의 일격에 쓰러졌다는 게 사실일까? 반세기 만에 세상천지가 변했다. 뼈저린 패배감이 영원한 승자의 가슴을 무겁게 짓눌렀다. 모리스는 매형 바이스가 일전에 뮐루즈 앞에서 고통스럽게 했던 이야기가 떠올랐다. 그렇다, 오직 그만이 사태를 통찰하고 있었다. 그는 프랑스를 서서히 약화시킨 진짜 원인이 무엇인지 간파하고 있었고, 젊음과 활력이 담긴 새로운 바람이 독일에서 불어오는 것을 느끼고 있었다. 이것은 하나의 패권 시대가 끝나고 또다른 패권 시대가 시작되는 것을 뜻할까? 하기야 더이상 노력하지 않는 나라에게 불행이 닥치고, 미래를 향해 가는 나라, 가장 합리적이고 건강하고 강고한 나라가 승리하는 게 당연하잖아!

바로 그때, 누군가의 희롱으로 주점 하녀가 자지러지게 웃는 소리가 들렸다. 연기가 자욱하지만 벽에 걸린 에피날 판화가 밝은 분위기를 자아내는 낡은 부엌에서, 로샤 중위가 개선 병사처럼 당당하게 예쁜 하녀를 품에 안고 있었다. 중위는 정자 아래로 나오더니 커피 한 잔을 주문했다. 쿠타르와 피코가 직전에 한 이야기를 들은 중위는 쾌활한 표정으로 입을 열었다.

"이보게, 친구들! 이건 아무것도 아닐세, 별것 아니라고! 이건 전쟁의 시작일 뿐이야, 자네들은 엄청난 복수극을 보게 될 걸세, 이제부터!…… 그렇고말고! 지금까지는 5 대 1로 싸웠지만 이제 상황이 변할거야, 장담할 수 있어!…… 지금 여기에는 30만 병력이 집결해 있지.

선뜻 이해가 안 가는 우리 군의 동선도 프로이센군을 유인하는 데 목적이 있네. 지금 놈들을 주시하고 있는 바젠 원수가 머잖아 놈들의 후미를 강타할 거야…… 박살낼 거라고, 우지끈! 이 파리처럼!"

그는 날아다니던 파리를 갑자기 짝 소리가 나도록 두 손바닥을 마주쳐 압살했다. 목소리가 더욱 쾌활해졌다. 그는 불굴의 용기와 신념으로, 이토록 간결한 작전이 실제로 존재한다고 굳게 믿었다. 그리고 두 병사에게 그들의 연대가 어디에 있는지 친절하게 가르쳐주었다. 그러고는 만족스러운 표정으로 여송연을 입에 문 채 커피잔 앞에 앉았다.

"나도 즐거웠습니다, 동지들!"치즈와 포도주를 나눠줘서 고맙다고 인사하며 떠나는 쿠타르와 피코에게 모리스가 대답했다.

모리스도 커피를 주문했고, 중위를 바라보며 흐뭇한 기분에 물들었다. 10만이 넘지 않을 병력을 30만이라고 우기고, 샬롱의 프랑스군과 메츠의 프랑스군 사이에 있는 프로이센군을 간단히 제압할 수 있다는 말에 다소 놀라기는 했다. 그래, 환상이 필요해! 영광스러운 과거가 머릿속에서 승리의 노래를 멈추지 않는데 왜 희망을 버려야 한단 말인가? 낡은 주점은 햇빛에 황금색으로 물든 프랑스의 투명한 포도넝쿨 정자와 함께 즐거운 분위기가 넘쳤다. 모리스의 내면에 쌓인 은근한 좌절감 위로 또다시 자신감이 솟구쳐올랐다.

그때 모리스는 당번병을 동반한 아프리카 기병대 장교를 눈으로 좇았는데, 두 군인은 황제가 묵는 조용한 집의 모퉁이로 빠르게 사라졌다. 뒤이어 당번병이 혼자 말 두 필을 끌고 주점 앞에 멈춰 섰을 때, 모리스는 깜짝 놀라 소리를 질렀다.

"프로스페르!…… 난 당신이 메츠에 있는 줄 알았는데!"

레미 출신인 청년 프로스페르는 모리스가 쭈샤르 외삼촌 십에서 방학을 보내던 어린 시절부터 알던 농가의 머슴이었다. 전쟁이 터지자 그는 제비뽑기로 아프리카에 가게 되었고, 벌써 삼 년이 흘렀다. 하늘색 상의, 푸른 줄무늬가 있는 붉은색 바지, 붉은색 양모 벨트, 햇볕에 탄 기다란 얼굴, 활기가 넘치는 유연하고 힘찬 팔다리 등 그는 매우 늠름해 보였다.

"아니! 이렇게 만나다니!…… 모리스 씨!"

그는 콧김을 내뿜는 말들을 느긋하게 마구간으로 데려가 특히 자기 말을 부성애가 담긴 시선으로 바라보았다. 농사일을 하며 짐승들을 부리던 어린 시절부터 생긴 말에 대한 사랑이 그로 하여금 기병대를 선택하게 했다.

"몽투아에서 오는 길입니다, 40킬로미터 이상을 쉬지 않고 달렸어요." 마구간에서 돌아온 그가 말했다. "제피로스가 무얼 좀 먹어야 할 텐데."

제피로스는 그의 말 이름이었다. 식사를 사양하고 커피만 받아들인 그는 황제를 알현하러 간 장교를 기다렸다. 오 분이 걸릴 수도, 두 시간이 걸릴 수도 있었다. 장교는 말을 그늘에서 쉬게 하면서 기다리라고 지시했었다. 호기심이 동한 모리스가 장교의 용건이 뭐냐고 묻자, 그는 모호한 동작을 취했다.

"글쎄, 저는 잘 몰라요…… 심부름일 테죠…… 문서 전달 말입니다."

그때 로샤가 우정어린 시선으로 프로스페르를 바라보았다. 프로스페르의 군복이 그에게 아프리카의 추억을 일깨운 듯했다.

"이보게, 병사! 아프리카에서는 어디에 있었나?"

"메데아에 있었습니다, 중위님."

메데아! 두 사람은 계급 차이에도 아랑곳없이 서로 다가서서 이야기를 나누었다. 프로스페르는 늘 말을 탄 채 경계상태를 유지하면서, 몰이사냥을 하듯 아랍인들을 뒤쫓으며 전투하는 생활에 익숙했다. 여섯 명으로 이루어진 분대, 이른바 한 부족당 군용 식기가 하나씩 지급되었다. 각 부족은 하나의 가족이었다. 한 병사는 요리를 했고, 다른 한 병사는 빨래를 했고, 나머지 병사들은 천막을 치고 말을 돌보고 무기를 닦았다. 태양이 내리쬐는 가운데 병사들은 장비를 가득 실은 채 온종일 말을 탔다. 저녁에는 모기를 쫓기 위해 커다란 모닥불을 피우고 불가에 둘러앉아 그리운 프랑스 노래를 불렀다. 하늘에 별이 총총한 밤, 종종 갑작스럽게 몰아치는 강풍에 말들이 사납게 울부짖으면, 잠자리에서 일어나 말들을 진정시켜야 했다. 그런 다음 원두를 군용 식기에 으깬 후 뜨거운 물을 부어 제복의 붉은 천으로 걸러낸 아주 맛있는 커피를 마셨는데, 부족에게 유일하게 사치스러운 시간이었다. 그러나 야영지에서 멀리 떨어진 상태에서 적과 대치해야 하는 힘겨운 날도 적지 않았다. 그런 날이면 불을 피우지도, 노래를 부르지도, 커피를 마시지도 않았다. 때로는 잠을 자지도, 음식을 먹지도, 물을 마시지도 못해 극심하게 고통스러웠다. 아무러면 어때! 병사들은 뜻밖의 모험으로 가득 찬 생활, 이런 소규모 교전을 좋아했다. 소규모 교전은 개인이 용맹성을 발휘하기에 적합하고, 야생의 섬을 정복하는 것처럼 흥미진진하고, 재화 약탈, 대량 절도, 농작물 도둑질, 날치기 도둑질 등 소소한 즐거움을 누리게 했는데, 그 가운데 몇몇 전설적인 이야기는 장군들마저 폭소를 터뜨리게 했다.

"아!" 다시 심각한 표정을 지으며 프로스페르가 말했다. "여기는 거기 같지 않아요. 전투가 전혀 다르게 전개되죠."

모리스의 새로운 질문에 프로스페르는 툴롱 항구에서의 하선, 뤼네빌까지의 길고 힘들었던 여정을 이야기했다. 뤼네빌에서 그들은 비상부르 패전과 프뢰슈빌러 패전 소식을 들었다. 그 외에 그가 아는 것은 분명하지 않았고, 낭시에서 생미셸까지, 생미셸에서 메츠까지 여러 도시가 이야기 속에서 혼란스럽게 뒤엉켰다. 14일, 저멀리 지평선에 불기운이 가득한 것으로 보아 대규모 전투가 벌어졌음이 틀림없었다. 하지만 그가 본 것은 산울타리 너머에 있는 독일 창기병 넷이 전부였다. 16일, 다시 전투가 벌어진 모양이었다. 오전 여섯시부터 대포가 불을 뿜었다. 18일, 교전이 더욱 치열하게 재개되었다는 소식이 들렸다. 하지만 기병대는 더이상 전쟁터에 머물 수 없었다. 16일 그라블로트에서 전투 대기중일 때 마차로 도주하던 황제와 마주쳤는데, 황제가 기병대에게 베르됭까지 자신을 호위하게 했기 때문이었다. 그 이후에는, 시시각각 프로이센군에게 차단당하지 않을까 두려워하며 42킬로미터를 쉼없이 질풍처럼 달렸다.

"바젠 원수는?" 로샤가 물었다.

"바젠 원수 말입니까? 아, 원수는 황제가 떠나서 무척 기뻐했다고 하더군요."

그러나 중위는 바젠 원수가 이곳으로 합류하러 올지 알고 싶어했다. 프로스페르는 어깨를 으쓱했다. 그걸 누가 알 수 있을까? 16일부터 적병은 단 한 명도 보지 못했지만, 그들은 정찰과 경계를 삼엄하게 펼치며 빗속에서 이리저리 행군을 계속했었다. 그 결과 그들은 지금 샬롱 군대의 일부를 이루고 있었다. 프로스페르가 속한 연대, 다른 2개 연대, 경기병 1개 연대가 예비군 기병대 사단 하나를 형성했는데, 1사단인 그 사단을 지휘하는 사령관은 마르그리트 장군이었다. 프로스페르는 열광적인 호감을 드러내며 말했다.

"아무렴! 그렇고말고! 마르그리트 장군이야말로 불퇴전의 용사지! 하지만 그러면 뭐해요? 저 위에 있는 자들이 우리를 죄다 진창 속으로 밀어넣고 있는데!"

잠시 침묵이 흘렀다. 이윽고 모리스가 레미와 푸샤르 외삼촌 이야기를 꺼내자, 프로스페르는 오노레 하사관을 만나러 갈 수 없음에 아쉬움을 표했다. 오노레 하사관이 속한 중대는 여기서 4킬로미터도 더 떨어진 곳, 즉 라옹 도로 건너편에서 야영하고 있는 게 분명했다. 그때 갑자기 말의 재채기 소리가 들렸다. 프로스페르는 자리에서 일어나 제피로스를 살피러 갔다. 점심식사 후 커피와 리쾨르를 마실 시간이 된 탓에 주점은 보병대, 기병대, 포병대 등 온갖 부대의 장교들과 사병들로 가득했다. 빈 식탁이 하나도 없었다. 포도넝쿨 정자의 녹음 사이로 햇살이 점점이 찰랑거리는 속에서 다양한 제복의 군인들이 왁자하고 즐겁게 이야기를 나누었다. 군의관 부로슈가 로샤 옆에 와서 앉았을 때, 장이 상관의 명령을 전달하러 나타났다.

"중위님, 대위님이 근무 수칙을 정한다고 세시에 만나자고 하십니다."

로샤가 알겠다고 고개를 끄덕였다. 장은 즉시 떠나지 않고 모리스를 향해 미소 지었는데, 모리스는 담배에 불을 붙이는 중이었다. 열차 소동 이후로 둘 사이에는 일종의 암묵적인 휴전, 점차 호의적으로 변해가는 상호 탐색이 있었다.

프로스페르가 나시 돌아와 초조감을 드러냈다.

"식사를 해야겠어요, 장교님이 바라크에서 나오질 않으시니…… 젠장, 어둠이 내리기 전에는 폐하가 떠나지 않으실 것 같은데요."

"그런데," 궁금증이 인 모리스가 물었다. "당신들이 가져온 게 혹시 바젠 원수의 소식 아닙니까?"

"그럴 수도 있어요! 몽투아에서 그 이야기를 많이 들었습니다."

그때 갑자기 주변이 술렁거렸다. 정자의 문지방에 서 있던 장이 고개를 돌리더니 깜짝 놀라며 말했다.

"황제 폐하야!"

좌중이 모두 자리에서 벌떡 일어났다. 새하얀 대로를 따라 늘어선 백양목 가로수 사이로, 흉갑이 햇살에 반짝이는 가운데 눈부시게 사치스러운 제복을 차려입은 첫번째 근위 기병들이 보였다. 뒤이어 멀찌감치 떨어져 참모부 장군들을 거느린 황제가 말을 타고 나타났고, 그 뒤를 두번째 근위 기병들이 따랐다.

군인들이 모자를 벗어 예를 표했고, 간간이 환호성이 터져나왔다. 황제는 지나가면서 고개를 들었다. 얼굴이 몹시 창백했고, 흐릿한 두 눈에는 눈물이 고인 듯했다. 마치 졸다가 깬 사람처럼 보였다. 그는 햇살이 비낀 주점을 바라보며 희미하게 미소 지었고, 병사들에게 인사했다.

그때 장과 모리스는 자기들 뒤에서 의사의 눈으로 황제를 살피던 부로슈가 투덜거리는 소리를 분명히 들었다.

"틀림없어, 담낭에 더러운 돌이 있어."

그러고는 연이어 한마디로 자신의 진단을 마무리했다.

"끝났어!"

상식적인 관점에서 황제를 바라보던 장도 고개를 절레절레 흔들었다. 정말이지 운도 없는 군대야, 저런 자가 우두머리라니! 십 분 후, 양질의 점심식사에 만족한 모리스가 자리에서 일어나 프로스페르와 악수를 나눈 뒤 담배를 피우며 거닐었다. 몹시 창백하고 흐릿한 얼굴로 말을 타고 지나가던 황제의 모습이 뇌리에서 떠나지 않았다. 황제는 결정적인 행동에 나설 순간에 정력이 부족한 음모가요 몽상가처럼 보였다. 소문에 의하면 그는 도량이 넓고, 덕성과 능력이 탁월하고, 조용하면서도 의지가 강한 사람이었다. 또한 언제나 운명을 받아들일 준비가 된 숙명론자로서 위험에 굴하지 않는 용사였다. 그러나 일생일대 위기 앞에서 너무나 놀라고 연전연패로 온몸이 마비된 듯, 운명의 여신이 그의 반대편에 서자 더이상 감히 운명에 맞설 생각을 하지 못했다. 모리스는 황제에게 지병이 있어 작금의 고통으로 그게 악화된 게 아닐까, 바로 그 지병의 악화가 원정 초기부터 황제가 보여준 무기력과 무능력의 원인이 아닐까 자문했다. 그렇다면 모든 사태를 이해할 수 있을 듯했다. 황제의 몸에 생긴 결석 하나로 제국이 무너지고 있는 걸까.

그날 저녁, 캠프에서 점호가 끝난 뒤 갑작스럽게 소동이 일었다. 장교들이 이리저리 뛰어다니며 명령을 전달했고, 이튿날 새벽 다섯시에 출발 준비를 했다. 작전이 또다시 변경된 걸 알았을 때, 모리스는 놀라움과 불안을 감출 수 없었다. 병사들은 더이상 파리로 후퇴하지 않고, 베르됭으로 진군해 바젠 원수와 합류한다고 했다. 바젠 원수가 후퇴작전을 개시할 거라는 내용의 지급 통신문이 오늘 오후에 도착했다는 소문이 돌았다. 모리스는 몽투아에서 온 프로스페르와 그의 상관이 이 지급 통신문 사본을 황제에게 전하러 온 거라고 짐작했다. 섭정 황후와 각료회의가 마크마옹 원수의 동요 덕분에 승리한 모양이었다. 황제의 파리 회군을 파멸로 간주하는 그들은 제정을 구하고자 무슨 일이 있어도 군대를 전진시키려 했다. 자신의 제국에서 더이상 설 자리가 없는 불쌍한 황제, 그 가련한 황제는 부대 장비 속에 던져진 거추장스러운 짐짝 취급을 받았다. 그는 제정에 대한 빈정거림, 근위 기병대, 마차들, 말들, 요리사들, 은 냄비와 샴페인을 잔뜩 실은 운송 마차들, 황실 꿀벌 문장紋章이 수놓여 화려하기 그지없으나 패배의 길을 따라 피와 진흙을 휩쓴 궁정 망토를 끌고 다녔다.

자정이 되었지만, 모리스는 잠에 빠져들지 못했다. 불면의 열기에 젖은 채 악몽에 시달리며 천막 아래서 몸을 뒤척였다. 마침내 그는 밖으로 나갔고, 세찬 바람을 맞으며 찬 공기를 쐬니 흥분이 다소 가라앉았다. 하늘은 짙은 구름으로 덮였고, 음울한 암흑이 무한히 펼쳐진 가운데 군기 전열戰列을 따라 드문드문 사위어가는 모닥불이 희미한 별처럼 반짝이고 있었다. 침묵이 깃든 이 어둠의 평화 속에서, 곤히 잠든 10만 대군의 은근한 숨소리가 들리는 듯했다. 그러자 모리스의 고통이 한결 누그러졌다. 이 가운데 수천 명이 머잖아 진짜 죽음의 잠을 자리라고 생각하니, 살아 잠든 이 병사들에 대한 애정과 우애가 물밀듯 밀려들었다. 얼마나 선량한 사람들인가! 그들은 대부분 규율이 없었고, 술에 빠지거나 도둑질하는 사람도 있었다. 하지만 국가의 궤멸상태 속에서 이미 엄청난 고통을 당했으니 이해해줄 수도 있지 않을까! 세바스토폴 전투와 솔페리노 전투에서 용맹을 떨친 영광의 노병들은 소수에 불과했고, 대부분은 장기전에 약한 아직 새파란 병사들이었다. 급히 조직되고 다시 복구되어 연대감이 희박한 이 4개 군단은 절망의 군대로서 운

명의 여신의 분노를 가라앉히기 위해 제물로 바쳐진 희생양이었다. 재
앙에 대한 공포로 조직된 이 군대는 만인의 죄를 자신의 피로써 갚으
면서 십자가를 언덕 끝까지 지고 올라갈 것이었다.

바로 그 순간, 모리스는 온몸을 떨리게 하는 어둠 속에서 크나큰 의
무감을 느꼈다. 그는 더이상 전설적인 승리를 거두겠다는 허황한 꿈을
꾸지 않았다. 베르됭으로의 행군, 그것은 죽음에 이르는 행군이었다.
그리고 죽어야 하는 이상 그는 그 죽음을 기꺼운 마음으로 받아들이기
로 했다.

4

8월 23일 화요일 오전 여섯시, 진지가 철수되었고, 샬롱의 10만 대
군이 한순간 호수로 변했다가 다시 흘러가는 대하처럼 거대한 물결을
이루며 행군을 시작했다. 그 전날 소문이 돌았음에도 프랑스군이 후퇴
를 계속하는 게 아니라 파리를 등진 채 동쪽으로, 미지의 땅으로 진군
하는 것을 보고 많은 병사가 몹시 놀랐다.

오전 다섯시, 7군단은 아직 실탄을 배급받지 못하고 있었다. 이틀 전
부터 포병들은 메츠로부터 되돌아온 군수품으로 가득찬 역에서 군마
와 물자를 하역하느라 녹초가 되었다. 혼잡하게 뒤엉킨 열차들 속에서
탄약을 실은 기차들을 발견한 것은 작업의 막바지에 이르러서였다. 장
이 소속된 사역 부대가 실탄 24만 발을 급히 징발된 마차들로 옮겼다.
그가 자기 분대원들에게 100발씩 실탄을 나누어주자마자, 고드가 나

팔소리로 출발을 알렸다.

106연대는 랭스를 관통하지 않기로 했다. 행군 명령대로 한다면, 그들은 랭스를 우회해 샬롱 도로로 접어들어야 했다. 그러나 이번에도 질서정연하게 출발 시간을 배분하는 일을 소홀히 함으로써 4개 군단이 한꺼번에 출발했고, 4개 군단의 진로가 처음 합류하는 지점에서 일대 혼란이 벌어졌다. 포병대와 기병대가 수시로 보병들의 대열을 자르거나 가로막았다. 몇몇 여단은 아예 무기를 내려놓고 한 시간 동안 기다려야 했다. 최악의 사실은 출발한 지 십 분도 지나지 않아 끔찍한 뇌우가 몰아쳤고, 장대비가 뼛속까지 스며들어 어깨 위 배낭과 외투를 천근만근으로 짓누른다는 것이었다. 하지만 비가 그치자 106연대는 다시 행군을 시작할 수 있었다. 반면 이웃 들판에서는 아직 더 기다려야 하는 알제리 보병들이 심심풀이로 흙을 뭉쳐 만든 공을 서로에게 집어던졌고, 군복에 튄 흙탕물이 폭소를 자아냈다.

때마침 8월 아침의 눈부신 태양이 다시 나타났다. 상쾌한 분위기가 다시 조성되었고, 허공에 널린 세탁물처럼 병사들의 군복에서 김이 모락모락 피어올랐다. 늪에서 꺼낸 진흙투성이 개처럼 금세 몸이 마른 병사들은 동료의 붉은색 바지에 묻은 흙덩이를 가리키며 킬킬거렸다. 십자로에 들어설 때마다 기다려야 했다. 랭스의 교외 끝에서 106연대는 마지막으로 멈췄는데, 병사들 앞에는 손님들로 바글거리는 주점이 있었다.

그러자 모리스는 분대원 모두에게 행운을 비는 뜻에서 한턱내고 싶은 마음이 들었다.

"하사님, 하사님이 허락하신다면······"

장은 잠시 망설였지만, 가볍게 한잔하는 데 동의했다. 루베와 슈토가 그 자리에 있었다. 하사의 완력을 느낀 뒤부터 슈토는 비굴하게도 굽실거리는 태도를 보였다. 그리고 화를 돋우지 않는 한 선량하기 그지없는 두 병사 라풀과 파슈도 동참했다.

"하사님의 건강을 위하여!" 슈토가 순종적인 목소리로 말했다.

"대원들의 건강을 위하여! 그리고 모두가 무사히 집으로 돌아갈 수 있도록 노력하시기를!" 장이 정중하게 화답했고, 분대원들이 옳은 말이라며 웃음을 터뜨렸다.

그때 행군이 재개되었다. 보두앵 대위가 화난 표정으로 다가왔지만, 부하들의 갈증에 관대한 로샤 중위는 일부러 고개를 돌렸다. 대열은 벌써 끝없이 곧게 펼쳐진 샬롱 도로 위로 들어섰다. 양쪽에 가로수가 늘어선 도로는 그루터기가 무한히 널린 드넓은 평원에 직선으로 뚫려 있었고, 평원에는 드문드문 높다란 건초 더미들과 날개가 돌아가는 나무 풍차들이 보였다. 좀더 북쪽으로는 전신주의 행렬, 즉 또다른 도로들이 있었고, 거기서 또다른 부대들이 행군하는 중이었다. 수많은 병사가 무리지어 밭을 가로질러갔다. 왼쪽으로는 선두에서 기병대가 눈부신 햇살을 받으며 빠르게 달려갔다. 적막한 허공이 끝없이 펼쳐진 황량한 지평선은 사방에서 홍수처럼 밀려오고 거대한 개미떼처럼 결코 고갈될 줄 모르는 사람들 물결로 가득찼다.

아홉시경 106연대는 샬롱 도로를 떠나 왼쪽 쉬프 도로로 접어들었는데, 이 도로 또한 무한히 곧게 뻗은 길이었다. 병사들은 도로 가운데는 비워두고 양쪽 길가를 따라 두 줄로 행군했다. 장교들만 도로 가운데로 편하게 걸어갔다. 하지만 모리스가 보기에, 마침내 진군하게 되어 아이들처럼 들뜨고 즐거워하는 병사들과 달리 장교들의 표정은 몹시 어두웠다. 그의 분대가 비교적 선두에 있어 멀리 드 비뇌유 대령이 보였다. 말안장 위에 뻣뻣하게 걸터앉아 말이 걷는 대로 흔들리는 대령의 모습이 너무도 우울해 보여서 모리스는 깜짝 놀랐다. 군악대는 식당 차와 함께 그 뒤에 배치되었다. 뒤이어 사단 소속 의무 부대와 보급 부대가 보였고, 그 뒤를 군단 행렬 전체가 따랐다. 사료 마차, 식량 마차, 화물 마차, 그 외 온갖 종류의 마차들로 이루어진 거대한 후미 행렬이 5킬로미터 이상 이어진 탓에, 드물게 길이 휘어지는 곳에서 그 기나긴 꼬리가 보였다. 대열 맨 끝에는 가축떼가 있었다. 식용으로 쓰일 거대한 황소 무리가 채찍을 맞으며 뿌연 먼지 속에서 앞다퉈 걷는 모습은 옛 전사 부족의 대이동을 연상케 했다.

라풀은 점점 무겁게 느껴지는 배낭을 때때로 어깻짓으로 추켜올렸다. 분대원들은 그가 가장 힘이 세다는 이유로 공용 취사도구며 커다란 냄비며 물통을 그에게 맡기곤 했다. 그런데 이번에는 대단히 명예로운 일이라고 설득해 삽까지 짊어지게 했다. 그럼에도 라풀은 전혀 불평하지 않았고, 분대의 가수인 루베가 행군의 지루함을 달래려고 노래를 부르자 기분좋게 웃었다. 익히 알려진 대로, 루베의 배낭에는 없는 것이 없었다. 내의, 여분의 군화, 바느질 도구, 머리빗, 초콜릿, 식기 세트, 잔, 게다가 배급 식량, 비스킷, 커피 등 모든 것이 있었다. 실탄도 들어 있고, 배낭 위에 둥글게 만 모포와 소형 천막까지 얹혀 있는데도 가뿐해 보였다. 그는 자신에게 짐을 싸는 요령이 있다고 떠들곤 했다.

"망할 놈의 촌구석!" 헐벗은 샹파뉴 지방의 음울한 들판에 경멸적인 시선을 던지며 슈토가 간간이 되풀이했다.

광대한 백악질의 대지가 끝없이 이어졌다. 농가도 사람도 없었다. 보이는 것이라고는 황무지 위 잿빛 하늘에 검은 점들처럼 찍힌 까마귀들뿐이었다. 저멀리 왼쪽에는 녹음이 짙은 소나무숲이 지평선의 완만한 구릉을 뒤덮고 있었다. 오른쪽에는 일렬로 나무들이 끝없이 이어지는 것으로 보아 뫼즈강이 흐르고 있는 듯했다. 그런데 저멀리, 작은 언덕 너머로 거대한 연기가 올라오는 것이 보였다. 그 자욱한 연기로 지평선은 점차 무시무시한 화염의 구름으로 뒤덮였다.

"뭐가 불타는 거지, 저기서?" 여기저기서 불안해하는 목소리가 터져나왔다.

행렬 끝에서 끝까지 설명이 퍼졌다. 그것은 이틀 전부터 불타고 있는 샬롱 캠프였다. 방화 명령을 내린 건 프로이센군에게 군수물자를 넘기지 않기 위한 황제의 고육지책이었다. 소문에 따르면, 후위 기병대가 황색 상점이라고 불리던 대형 막사와 새로운 상점, 즉 문이 닫힌 거대한 창고에 불을 지르는 임무를 맡았다. 대형 막사에는 천막, 말뚝, 돗자리가 가득차 있었고, 거대한 창고에는 식기, 군화, 모포, 10만 대군의 장비가 그득했다. 불타는 가축 사료 더미가 거대한 횃불처럼 짙은 연기를 뿜어 올렸다. 하늘에 온통 죽음의 그림자를 드리우며 저멀리 언덕을 휩쓰는 화염의 소용돌이를 바라보면서, 쓸쓸한 들판을 가로지르던 병사들은 무거운 침묵에 잠겼다. 작열하는 태양 아래 들리는 거라고는 병사들의 규칙적인 발소리밖에 없었다. 그들의 의지와 무관하게 고개가 자꾸만 연기가 올라오는 쪽으로 돌아갔는데, 재앙의 검은 연기는 그 지역 어디를 가나 그들을 따라올 것 같았다.

그루터기 밭에서 잠시 휴식을 취할 때 활기찬 분위기가 되살아났다.

병사들은 배낭 위에 걸터앉아 간단하게 음식을 먹었다. 두툼하고 네모난 비스킷은 수프에 적셔 먹기에 좋았다. 그러나 진정한 식도락은 작고 둥글고 가볍고 바삭바삭한 비스킷이었는데, 유일한 단점은 끔찍한 갈증을 유발한다는 것이었다. 파슈가 찬송가를 부르자, 분대원 모두가 합창했다. 사람 좋은 장은 미소 지으며 그들이 노래를 부르도록 내버려두었고, 모리스는 분대원들의 활기, 행군 첫날의 반듯한 질서와 명랑한 모습을 지켜보며 다시 믿음을 회복했다. 그날의 나머지 여정도 쾌활한 걸음걸이로 무리 없이 진행되었다. 하지만 마지막 8킬로미터는 쉽지 않았다. 그들은 대로를 떠나 지름길로 가기 위해 작은 소나무숲이 늘어선 모래밭 황무지를 가로질러야 했다. 방금 막 프론 마을이 오른쪽에 나타났지만, 대열은 황야의 행군을 계속했다. 사단 전체가 끝없이 뒤따라오는 수송 부대를 이끌며 소나무숲 한가운데, 발목까지 빠져드는 모래밭으로 나아갔다. 황무지는 광대했다. 도중에 마주친 것은 커다란 검정개가 지키는 한 무리의 작은 염소들뿐이었다.

네시경, 106연대는 드디어 쉬프강가에 있는 작은 마을 동트리앵에서 행군을 멈췄다. 조그마한 강이 작은 나무숲을 가로질러 흘렀다. 오래된 교회가 거대한 마로니에나무 그늘이 짙게 드리운 묘지 한가운데 있었다. 연대는 왼쪽 강기슭 경사진 풀밭에 천막을 쳤다. 장교들에 의하면 그날 저녁 4개 군단이 동트리앵, 베트니빌, 퐁파베르제를 점유하면서 오브리브에서 외트레지빌까지, 쉬프강을 따라 줄지어 야영할 작정이었다. 그것은 약 20킬로미터에 걸친 대형 전선의 구축을 의미했다.

고드가 배급을 알리는 나팔을 불었다. 금세 장이 달려갔는데, 하사는 분대원들의 생활을 책임지는 공급자로서 늘 긴장의 끈을 늦추지 않아야 하기 때문이었다. 그는 라풀을 데리고 갔다. 삼십 분 후 그들은 핏빛이 선연한 소갈비 한 짝과 땔나무 한 단을 지고 돌아왔다. 커다란 떡갈나무 아래서 벌써 황소 세 마리가 도살되어 해체되었다. 라풀은 정오부터 동트리앵에서 구워온 빵을 받으러 되돌아갔다. 이 첫날은 모든 것이 풍족했다. 다만 포도주와 담배는 배급 금지 품목이었다.

장이 돌아왔을 때, 슈토가 파슈의 도움을 받아 천막을 치는 것이 보였다. 노련한 병사로서 그는 그들의 서투른 작업을 잠시 지켜보다가 이윽고 말문을 열었다.

"오늘밤은 날씨가 좋을 테니 괜찮겠지만 바람이 부는 날에는 천막이 날아가서 우리는 강물에 떠다니게 될 거야. 내가 가르쳐드리지."

그는 모리스에게 양철통에 물을 길어오라고 시키려 했다. 그러나 모리스는 풀밭에 앉아 군화를 벗고 오른발을 살피고 있었다.

"이런! 어디가 불편한가?"

"새 군화 뒤축 때문에 발뒤꿈치 살갗이 벗겨졌나봅니다…… 군화를 잃어버렸는데 바보처럼 랭스에서 꽉 끼는 군화를 샀거든요. 좀더 큰 걸 샀어야 했는데……"

장이 무릎을 꿇고 앉아 모리스의 발을 잡았다. 그는 어린아이의 발을 살피듯 조심스레 돌려 보더니 고개를 가로저었다.

"이런, 가벼운 부상이 아닌데, 이건…… 조심해야 해. 발을 쓸 수 없는 병사는 이미 끝장난 거나 다름없으니까. 이탈리아에서 우리 중대장은 늘 다리가 튼튼해야 전투에서 이긴다고 말했지."

장은 파슈에게 물을 길어오게 했다. 강은 50미터 떨어진 곳에서 흐르고 있었다. 그동안 땅에 구덩이를 파고 장작에 불을 붙인 루베는 곧바로 물을 채운 커다란 솥을 걸었는데, 그 속에 솜씨 좋게 손질한 소고기를 넣었다. 그때부터 그저 포토푀가 끓기만 기다리는 행복한 시간이 시작되었다. 고역에서 해방된 분대원 모두가 가족처럼 불 주위에 모여 풀밭에 누웠다. 그들은 솥에서 익어가는 소고기 덕분에 근심이 많이 누그러진 듯했다. 루베가 스튜에 뜬 거품을 숟가락으로 정성스레 걷어냈다. 어린아이들이나 야생인들처럼 그들에게는 내일이 없는 미지의 행군 속에서 먹고 자는 것 외에 다른 본능이 없었다.

모리스가 랭스에서 산 신문을 배낭에서 꺼내자, 슈토가 물었다.

"프로이센군 소식이 있나? 좀 읽어주시게!"

장의 권위가 점점 커지는 가운데 이제는 모두가 사이좋게 지냈다. 모리스가 친절하게 재미있는 뉴스를 읽어주는 동안, 분대의 재봉사인 파슈는 외투를 수선했고, 라풀은 소총을 닦았다. 우선, 조몽의 채석장에서 프로이센 1개 군단을 완전히 궤멸시킨 바젠 원수의 대승 소식이 있었다. 이 상상의 이야기는 극적인 상황으로 윤색되었는데, 군사와 군마가 모조리 채석장 바위 더미에 깔려버렸기 때문에 땅에 묻을 시체조차 찾을 길이 없었다. 뒤이어, 프랑스에 침입한 후 독일군이 겪은 참혹한 비극이 장황하게 묘사되었다. 식량과 장비를 제대로 배급받지 못해 모든 것이 부족한 병사들이 몹쓸 병에 걸려 길을 따라 무더기로 죽어가고 있었다. 또다른 기사에 따르면, 프로이센 국왕이 설사를 했고, 비스마르크는 여관 창문을 뛰어넘다가 다리를 다쳤는데 알제리 보병들이 그를 생포할 뻔했다. 좋아, 바로 그거야! 라풀이 턱이 빠질 정도로 웃었고, 슈토와 나머지 대원들도 의심의 기미 없이 우박이 쏟아진 뒤 들판의 참새를 줍듯 머잖아 프로이센 병사들을 손쉽게 제압할 생각에 신명이 났다. 특히 비스마르크가 넘어졌다는 뉴스에 모두가 배꼽을 쥡 고 웃었다. 우와! 알제리 보병과 저격병, 정말 용감한 군인들이야! 온갖 전설이 돌고 있었다. 독일이 공포와 분노로 치를 떨면서, 이처럼 야만 적인 군대를 가지는 건 문명국가로서 할 짓이 아니라고 말했다는 것이 었다. 프뢰슈빌러에서 대패했음에도, 프랑스군은 여전히 별다른 타격 을 입지 않은 무적의 군대처럼 보였다.

동트리앵의 작은 종탑에서 여섯시 종이 울렸다. 루베가 큰 소리로 말했다.

"식사합시다!"

분대원들은 경건하게 원을 만들었다. 조금 전 루베가 이웃 농가에서 채소를 발견했었다. 진수성찬이 완성되었다. 스튜에서 당근과 대파 냄 새가 났고, 벨벳처럼 부드러운 뭔가가 위를 자극했다. 각자 숟가락으로 작은 식기를 두드렸다. 모두의 눈이 반짝반짝했기 때문에, 음식을 덜어 주던 장은 더없이 정확하게 소고기를 분배해야 했다. 만약 한 조각이 다른 조각보다 더 크다면 당장 불평이 쏟아질 것이다. 서둘러 소고기를 분배했고, 모두가 실컷 먹고 마셨다.

"아! 제기랄!" 식사를 마친 슈토가 뒤로 벌렁 누우며 말했다. "이기든 지든 음식을 먹으니 살 것 같아!"

모리스도 배에 뭔가가 들어가자 기분이 한결 나아졌고, 발도 훨씬 덜 아팠다. 공동생활의 물리적 필요성 때문에, 이제는 그도 이 갑작스 러운 동료의식을 받아들였고 분대원 간의 평등을 인정했다. 밤에도 다 섯 동료와 함께 부대끼며 따스한 온기에 만족감을 느꼈고, 천막에서 아 침이슬이 떨어져도 깊이 잘 수 있었다. 라풀이 루베에게 등 떠밀려 근처 건초 더미에서 짚을 한아름 가져온 덕분에 여섯 장정은 깃털 이불을 덮고 자는 양 포근하게 코를 골았다. 달이 밝은 밤, 버드나무 사이로 천천히 흘러가는 쉬프강을 따라 오브리브에서 외트레지빌까지 10만 대군의 야영지를 밝힌 불이 점점이 이어진 별처럼 인근 20킬로미터를 환히 밝혔다.

동틀 무렵, 커피가 준비되었다. 원두를 식기에 넣고 총자루로 빻은 후 끓인 물을 부었고, 커피 찌꺼기는 차가운 물방울을 이용해 바닥에 침전시켰다. 그날 아침, 여명은 황금빛과 선홍빛 구름 속에서 무척 아름다웠다. 그러나 모리스는 지평선과 하늘이 그리는 광경이 눈에 들어오지 않았다. 오직 장만 사려 깊은 농부로서 비를 예고하는 붉은 여명을 불안한 표정으로 바라보았다. 방금 어제 구운 빵이 분대에 배급되어 기다란 빵을 세 개 받았다. 루베와 파슈가 그 빵을 무심히 배낭에 묶어둔 것을 본 장은 출발하기 전에 크게 나무랐다. 비가 오면 빵이 젖을 것이었다. 그러나 천막을 거두고 짐을 정리하느라 아무도 그의 말을 귀담아듣지 않았다. 마을의 종탑들이 일제히 여섯시를 울렸을 때, 군대 전체가 새로운 날의 싱그러운 희망 속에서 다시 힘차게 행군을 시작했다.

106연대는 랭스-부지에 도로로 가기 위해 지름길을 택했고, 한 시간 이상 그루터기 밭을 가로질러 올라갔다. 저 아래 북쪽 무성한 나무 사이로 베트니빌이 보였는데, 거기서 황제가 밤을 보냈다는 이야기가 들렸다. 부지에 도로에 도착하자 어제의 그 들판이 다시 모습을 드러냈고, 샹파뉴의 황무지가 지극히 단조롭게 이어지는 밭이 시야에 들어왔다. 왼쪽으로는 실개천인 아른강이 흘렀고, 오른쪽으로는 헐벗은 땅이 평평한 지평선까지 끝없이 펼쳐졌다. 그들은 양쪽으로 집이 늘어서고 외길이 구불구불하게 뻗어 있는 생클레망을, 문과 창이 바리케이드로 굳게 닫힌 부촌인 생피에르 등 여러 마을을 관통했다. 열시경, 생테티엔 근처에서 대대적인 휴식이 있었고, 병사들은 다시 담배를 배급받는 기쁨을 누렸다. 7군단은 여러 대열로 흩어졌다. 106연대는 홀로 행군했고, 그 뒤를 따르는 부대는 보병대와 예비군 포병대뿐이었다. 모리스는 어제 보았던 그 거대한 수송 부대 행렬을 다시 보기 위해 고개를 돌렸지만, 가축떼는 사라졌고, 보이는 것은 걸레 위에 앉은 길고 거뭇한 귀뚜라미처럼 편평한 들판 위를 굴러가는 시커먼 대포들뿐이었다.

생테티엔 이후 여정은 끔찍했다. 길은 광활한 불모의 들판 한가운데로 완만한 오르막이었다. 들판에는 소나무숲만 드문드문 끝없이 펼쳐졌는데, 짙푸른 녹음이 새하얀 황무지에서 몹시 쓸쓸해 보였다. 그들은 그토록 황폐한 땅을 걸어본 적이 없었다. 자갈이 제대로 깔려 있지 않은데다 최근 내린 장대비에 흠뻑 젖은 길은 그야말로 진흙탕 또는 개흙이 되어 두 발이 송진에 닿은 듯 착착 달라붙었다. 피로가 극심했고, 기진맥진한 병사들은 앞으로 나아가지 못했다. 설상가상으로 갑자기 창떼 같은 소나기가 쏟아지기 시작했다. 포병대는 진창에 빠진 채 도로에서 낙오할 뻔했다.

분대의 쌀을 나르던 슈토는 무거워서 숨을 헐떡이며 울화통을 터뜨리더니, 아무도 보는 사람이 없는 것 같자 쌀 포대를 길에 던져버렸다. 루베의 눈에 그 모습이 들어왔다.

"잘못하는 거야, 그건 안 돼! 그러면 나중에 대원들이 굶주려 죽는다고."

"아, 천만에! 그렇지 않아!" 슈토가 대답했다. "식량은 충분하잖아. 야영지에서 다시 배급해줄 거야."

돼지비계를 옮기던 루베는 그 말이 맞는 듯해 자기도 짐을 버렸다.

모리스는 발의 통증이 더 심해져서 발뒤꿈치가 불에 덴 것처럼 쓰라렸다. 그가 고통스럽게 다리를 끌자 장은 몹시 걱정했다.

"이런! 발이 또 아픈가?"

대원들이 잠시 숨을 돌리기 위해 휴식할 때, 장이 모리스에게 조언했다.

"군화를 벗고 맨발로 걸으시게. 시원한 진흙을 밟으면 쓰라림이 덜할 테니까."

그렇게 하자 과연 큰 무리 없이 행군할 수 있었다. 모리스는 깊은 고마움을 느꼈다. 장처럼 복무 경험이 있고 군무에 익숙한 하사가 있다는 것이 분대로서는 진정한 행운이었다. 분명히 세련되지 못한 농부지만 선량한 사람이야.

샬롱-부지에 도로를 관통하고 가파른 목초지를 지나 스미드 협곡으로 내려간 후, 그들은 늦게야 야영지로 예정된 콩트르브에 도착했다. 주변 풍경이 바뀌었다. 벌써 아르덴이었다. 7군단의 야영지로 선택된, 마을이 내려다보이는 드넓은 언덕에서는 저멀리 소나기 연무에 휩싸인 엔 계곡이 보였다.

여섯시가 되었지만 배급을 알리는 고드의 나팔소리가 들리지 않았다. 바람이 세차게 불어 불안해진 장이 손수 천막을 치려고 했다. 그는 대원들에게 가벼운 경사지를 선택하고, 말뚝을 비스듬히 박고, 천막 주변에 배수용 수로를 파는 시범을 보여주었다. 발이 아픈 모리스는 고역을 면제받았다. 그는 장이 육중한 몸놀림으로도 매사를 능란하게 해치우는 솜씨를 보고 감탄했다. 피로에 지쳤으나 그는 대원들의 가슴에 되돌아온 희망을 보고 기운이 났다. 랭스에서 출발해 두 번의 야영 끝에 그들은 60킬로미터를 주파했다. 이런 속도로 전진한다면, 틀림없이 독일의 II군단을 궤멸시키고 바젠 원수를 도울 수 있으리라. 그렇게 되면 비트리르프랑수아에 있다고 알려진 프로이센 왕세자의 III군단이 베르됭으로 거슬러올라갈 시간도 없을 것이었다.

"젠장! 우릴 굶겨 죽일 작정인가?" 일곱시까지 아무것도 배급되지 않자 슈토가 투덜거렸다.

장이 루베에게 불을 피우고 솥에 물을 올리라고 명령했다. 땔나무가 없어 루베가 근처 정원의 격자를 뽑았지만, 장은 눈감아줄 수밖에 없었다. 그리고 장이 돼지비계를 섞은 밥을 만들자고 제안했을 때, 루베는 쌀과 비계가 생테티엔의 진창길에 있음을 고백하지 않을 수 없었다. 뻔뻔하게도 슈토는 자기도 모르는 사이에 쌀 포대가 배낭에서 떨어졌다고 거짓말했다.

"이런 정신 나간 인간들이 있나!" 장이 불같이 화를 내며 소리쳤다. "사방에 굶주린 사람들이 얼마나 많은데 양식을 버려!"

배낭에 묶어둔 빵 세 개에 대해서도 마찬가지 질책이 쏟아졌다. 아무도 내 말을 안 들더니 빵이 어떻게 됐어? 갑작스러운 소나기에 곤죽이 돼서 먹을 수가 없잖아.

"우린 빈털터리야!" 그가 되풀이했다. "아침에는 먹을 게 넘쳐났는데 이제 빵껍질조차 없다니…… 아! 자네들은 정말 구제불능이야!"

그들은 중사에게 도움을 청했다. 우울한 표정으로 나타난 사팽 중사는 대원들에게 그날 저녁에는 배급이 불가능하므로 각자 휴대 식량으로 끼니를 때워야 한다고 말했다. 수송 부대가 악천후 때문에 아직도 노상에 있다는 것이었다. 가축떼와 함께 이동하는 그 부대가 여러 모순된 명령이 뒤엉키며 길을 잃었음이 틀림없었다. 5군단과 12군단이 그날 사령부가 설치된 르텔 쪽으로 올라갔기에 모든 비축식량이 그 도시로 옮겨졌고, 게다가 황제를 보려고 주민들까지 거기로 쇄도했다는 사실이 잠시 후 알려졌다. 그래서 7군단이 도착했을 때 그 고장 전체가 텅 빈 상태였던 것이다. 더이상 고기도 빵도, 심지어 주민도 없었다. 그리고 최악은 의사소통이 잘못되어 병참의 식량조차 셴포퓔뢰로 보내졌다는 것이었다. 종군 내내 그 망할 놈의 병참이 일 처리를 서투르게 하는 바람에 병사들 원성이 줄을 이었다. 병참은 예정된 부대들이 나타나지도 않는 집결지에서 자주 오늘 같은 실수를 저질렀었다.

"못된 작자들!" 장이 다시 분통을 터뜨렸다. "꼴좋게 됐군! 내 임무가 자네들을 죽음에서 구하는 거니까 먹을 걸 찾으러 가긴 하겠네. 하지만 자네들은 그럴 만한 가치가 없는 인간들이야!"

장은 식량을 찾으러 떠났는데, 모름지기 훌륭한 하사란 그렇게 해야 하기 때문이었다. 그는 종교에 지나치게 빠져 있지만 조용한 성격이라서 자신이 좋아하는 파슈를 데리고 갔다.

조금 전부터 루베가 이삼백 미터 떨어진 곳에 있는 작은 농가를 주시했다. 콩트뢰브의 마지막 주거지 중 하나였다. 거기서 뭔가 먹을 것을 찾아낼 수 있을 듯했다. 그는 슈토와 라풀을 불러서 말했다.

"우리도 식량을 찾아봐야지. 저 집에 뭔가 있을 것 같아."

모리스는 남아서 물이 끓는 솥과 불을 지켰다. 그는 모포 위에 앉아 상처가 마르도록 신발을 벗었다. 주변 야영지의 모습에 그의 눈길이 쏠렸다. 모든 분대가 더이상 식량 배급을 기다리지 않고 어수선하게 돌아다녔다. 그에게 이런 확신이 생겼다. 즉 하사와 병사들의 선견지명과 능력에 따라 몇몇 분대는 늘 물자가 풍족했고, 몇몇 분대는 늘 부족했다. 주위에 커다란 동요가 이는 가운데 걸어총으로 세워둔 총 다발들과 천막들 사이로 불조차 피울 수 없는 분대들, 벌써 체념하고 잠자리에 누운 분대들, 그 반대로 뭔가를 맛있게 먹고 있는 분대들이 보였다. 그런데 그를 놀라게 한 것은 경사면 위쪽에서 야영하는 예비군 포병대의 정연한 질서였다. 두 개의 구름 사이로 석양이 대포들을 붉게 물들였다. 예비군 포병들은 대포에 묻은 진흙도 이미 깨끗이 닦아놓은 상태였다.

루베와 대원들이 몰래 들여다본 작은 농가에는 이미 그들의 여단장인 부르갱데푀유 장군이 편안하게 자리를 잡고 있었다. 그는 쓸 만한 침대 하나를 발견해두었다. 그리고 식탁 앞에 앉아 오믈렛과 구운 닭고기를 흐뭇한 표정으로 바라보고 있었다. 드 비뇌유 대령이 업무 보고를 하러 나타나자, 그는 대령에게 식사를 권했다. 그래서 두 사람은 키가 크고 몸집이 거대한 금발 민간인의 시중을 받으며 함께 음식을 먹었다. 불과 사흘 전부터 머슴으로 일을 시작한 이 민간인은 프뢰슈빌러 패전의 와중에 어쩔 수 없이 고향을 떠난 자칭 알자스인이었다. 장군은 이 민간인 앞에서 아무 이야기나 거리낌없이 했고, 군대 이동에 대해 이러쿵저러쿵 논평했으며, 민간인이 아르덴 출신이 아니라고 했는데도 잊어버리고 그에게 도로와 거리에 대해 질문했다. 대령은 장군이 질문을 하며 드러내는 절대적 무지에 큰 충격을 받았다. 대령은 메지에르에 살았던 적이 있었다. 대령이 몇 가지 구체적인 정보를 내놓자, 장군이 고함을 질렀다.

"이런 머저리 같은 정부가 어디 있어! 생판 아무것도 모르는 고장에서 전투를 벌이다니!"

대령은 모호한 동작으로 절망감을 드러냈다. 그는 선전포고를 하자마자 모든 장교에게 독일 지도가 배포되었다는 사실, 그리고 그 누구도 프랑스 지도를 지니고 있지 않다는 사실을 알고 있었다. 한 달 전부터 보고 들은 것이 그를 완전히 좌절시켰다. 부대원들은 지휘관이지만 별로 권위적이지 않은 그를 두려워하지 않고 좋아했다. 이제 대령에게 남은 것은 용기뿐이었다.

"조용히 식사조차 할 수 없군!" 별안간 장군이 고함을 질렀다. "도대체 저기 밖에 무슨 일이 있는 건가!⋯⋯ 알자스 친구, 웬 소동인지 좀 알아보게!"

농가 주인이 몹시 흥분한 채 눈물을 흘리며 나타났다. 프랑스 병사들과 알제리 보병들이 자기 집을 약탈했다는 것이었다. 무엇보다 그는 달걀, 감자, 토끼가 있는 마을의 유일한 가게인 자기 집 문을 여는 실수를 저질렀다. 그는 병사들에게 폭리를 취하지 않고 제값에 물건을 팔았고, 돈을 받은 후에야 물건을 넘겨주었다. 그런데 물건을 사려는 병사들이 점점 늘어 발 디딜 틈 없이 가게를 메우더니, 마침내 그를 밀치며 돈도 내지 않고 전부 가져가버렸다. 군인들이 행군하는 동안 다른 농부들은 모든 것을 감췄고, 물 한 잔 주려 하지 않았다. 군인들이 밀물처럼 들이닥쳐 자기들을 집밖으로 쫓아내고 모든 걸 약탈하지 않을까 하는 공포 때문이었다.

"거참! 알겠소. 이제 날 좀 조용히 내버려두시오!" 장군이 대답했다.

"망나니들 같으니라고, 매일 열두 명쯤 총살해버려야 한다니까! 그런데 누가 그렇게 할 수 있겠소?"

그는 어쩔 수 없이 엄벌을 내리는 일을 피하기 위해 문을 닫게 했다. 대령이 장군에게 오늘 식량 배급을 하지 못해 병사들이 저녁을 못 먹고 있다고 보고했다.

밖에서는, 감자밭을 발견한 루베가 라풀과 함께 두 손으로 감자를 캐 주머니를 가득 채웠다. 그때 작은 담장 너머로 안마당을 살피던 슈토가 휘파람소리로 그들을 불렀다. 그들이 달려와서 상황을 파악하고는 탄성을 내질렀다. 비좁은 안마당에 거위 십여 마리가 위풍당당한 자태로 천천히 거닐고 있었다. 짧은 의논 끝에 라풀이 담장을 넘기로 했다. 전투는 격렬했다. 라풀이 붙잡은 거위가 딱딱한 부리로 그의 코를자를 뻔했다. 그러자 그가 거위 목을 움켜쥐고 힘껏 졸랐다. 거위는 두 발로 라풀의 팔과 배에 상처를 냈다. 그가 거위 머리를 주먹으로 힘껏 내리쳤지만, 거위는 여전히 발버둥쳤다. 그는 나머지 거위들에게 다리를 물어뜯기며 서둘러 줄행랑을 쳤다.

배낭에 거위를 숨긴 채 감자를 가지고 캠프로 돌아온 그들은 장과 파슈가 노파에게서 산 빵 네 개와 치즈 한 덩이를 들고 흐뭇해하는 모습을 보았다.

"물이 끓고 있어, 커피부터 만들자고." 하사가 말했다. "치즈와 빵이라니, 이거야말로 진수성찬 아니겠나!"

그때 장은 문득 자기 발치에 누워 있는 거위를 발견했다. 웃지 않을 수 없었다. 그는 전문가로서 더듬더듬 거위를 만져보며 감탄했다.

"하, 이런! 정말 훌륭한 놈이야! 무게가 족히 20파운드는 되겠는걸."

"길에서 우연히 마주쳤어요." 루베가 익살스러운 목소리로 말했다. "우리와 인사를 하고 싶었던 모양입니다."

장이 더이상 알고 싶지 않다는 몸짓을 했다. 어쨌든 살아야 하니까. 게다가 가금류 고기맛을 잊은 지 오래인 이 불쌍한 자들에게 배불리 먹을 기회를 주지 않을 이유가 무엇일까?

벌써 루베가 불을 피웠다. 파슈와 라풀은 거위의 깃털을 뜯었다. 포병대로 달려가서 끈을 얻어온 슈토는 두 개의 총검을 불 양쪽에 세우고 끈으로 연결했다. 거위는 불 위에 매단 채 구웠다. 거위를 이리저리 돌리는 일은 모리스 몫이었다. 그 아래 놓인 군용 식기에 기름이 떨어졌다. 문자 그대로 요리 예술이었다. 맛있는 냄새에 이끌려온 연대 병사 전체가 그들을 둘러쌌다. 대향연이 따로 없구먼! 거위 구이, 삶은 감자, 빵, 치즈라니! 장이 고기를 자르자, 분대원들이 먹기 시작했다. 자기 몫이 따로 없었다. 각자 먹을 수 있는 만큼 푸짐하게 먹었다. 심지어 끈을 준 포병들에게 고기 한 덩어리를 가져다주기까지 했다.

그러나 그날 저녁 장교들은 끼니를 걸러야 했다. 지도부의 실수로 간이식당 마차가 수송 부대에 이어 길을 잃은 것이다. 병사들은 배급을 받지 못해 고통을 당할 때도 어렵사리 먹을 것을 찾아내 공유했고, 각 분대 대원들은 대개 자원을 공동으로 관리했다. 반면 장교들은 각자 고립된 채, 간이식당에 문제가 생기자 도리 없이 굶어야 했다.

보두앵 대위가 간이식당 마차 실종에 대해 화를 내는 소리를 들었던 슈토는 대위가 거칠고 거만한 표정으로 다가왔을 때 고깃덩어리에 코를 박고서 조소를 참지 못했다. 슈토는 곁눈질로 그를 가리켰다.

"저 작자 좀 봐! 배가 안 고픈 척 거드름을 피우잖아…… 거위 꽁짓

살 한 조사에 100수라도 낼 거면서.”

모두가 대위의 굶주림을 비웃었다. 아주 젊고 냉정해서 거드름쟁이라고 불리는 대위는 병사들에게 사랑받는 법을 몰랐다. 그는 조금 전 거위 소동에 대해 병사들에게 자초지종을 물을 참이었다. 그러나 자신의 굶주림이 드러날까 염려한 듯, 고개를 꼿꼿이 세운 채 아무것도 보지 못한 것처럼 무심히 멀어져갔다.

반면, 예외 없이 격심한 굶주림에 시달린 로샤 중위는 호인처럼 미소 지으며 행복한 표정의 분대원들 주위를 맴돌았다. 병사들은 그를 좋아했다. 우선은 그가 생시르 출신의 경박하고 건방진 젊은 대위를 싫어했기 때문이었고, 그다음으로는 그가 병사들처럼 배낭을 직접 짊어지고 다녔기 때문이었다. 하지만 중위가 언제나 온순한 것은 아니었다. 때때로 그는 따귀를 때려주고 싶을 정도로 상스러웠다.

눈짓으로 동료들의 의사를 물어본 장은 슬그머니 일어나 로샤를 천막 뒤로 데리고 갔다.

“글쎄, 중위님, 제가 잘못하는 건지 모르겠습니다만, 혹시 원하신다면……”

그는 감자 여섯 알과 거위 넓적다리 고기가 든 군용 식기, 큰 빵조각 하나를 중위에게 건넸다.

그날 밤에는 대원들을 재우기 위해 요람을 흔들어줄 필요가 없었다. 여섯 병사 모두 거위고기를 소화하며 깊이 잠들었다. 그들은 천막을 견고하게 쳐준 하사에게 고마워해야 했다. 새벽 두시경 비바람이 휘몰아쳤지만 그들은 전혀 느끼지 못했기 때문이다. 다른 천막들은 이리저리로 날아갔고, 화들짝 놀라 잠에서 깬 병사들은 비에 젖은 채 암흑 속을 뛰어다녀야 했다. 그러나 장이 친 천막은 끄떡없었고, 여섯 대원은 배수용 수로 덕분에 비에 젖지 않고 편히 잤다.

모리스는 동이 틀 무렵 잠에서 깼다. 여덟시에 행군이 재개될 예정이었기 때문에, 그는 언덕 위 예비군 포병대 캠프까지 올라가서 사촌 오노레와 이별의 악수를 나누려 했다. 간밤에 숙면을 취한 덕분에 발이 어제보다 덜 아팠다. 그는 질서정연한 야영지, 가지런히 놓인 대포 여섯 문, 그 뒤에 나란히 서 있는 수송차, 포가砲架 운반차, 사료 마차, 대장간 마차를 보고 다시 한번 감탄했다. 더 멀리 시선을 옮기자, 동아줄에 묶인 말들이 콧구멍을 하늘로 쳐든 채 히힝 소리를 내는 모습이 보였다. 캠프만 보아도 대포 수효를 알 수 있도록 같은 대포를 다루는 포병들에게 한 줄로 늘어선 천막을 할당했기에 그는 금세 오노레의 천막을 찾아냈다.

모리스가 도착했을 때, 포병들은 벌써 잠자리에서 일어나 커피를 마시고 있었다. 전방 기마 운반병 아돌프와 그의 짝인 조준수 루이 사이에 말다툼이 일어났다. 기마 운반병과 포수를 짝짓는 관행에 따라 삼년 전부터 짝이 된 두 병사는 식사시간을 제외하고는 사이가 매우 좋았다. 교육을 잘 받고 매우 영리한 루이는 말을 탄 기마 운반병이 걸어다니는 도보 포병에 대해 느끼는 우월감을 인정했기에, 불평 없이 텐트를 치고 수프를 끓이고 허드렛일을 했다. 한편 아돌프는 자부심에 찬 표정으로 자기 말 두 필을 돌보았다. 그런데 키가 크고 황금빛 콧수염을 무성하게 기른 아돌프가 식사시간에 주인처럼 시중받기를 원하자, 피부가 검고 깡마른 루이는 과도한 식욕을 내보이며 딱 잘라 거절했다. 그날 아침에는 루이가 커피를 만들었는데 루돌프가 다 마셔버리자 말다툼이 일어났다. 둘을 화해시켜야 했다.

매일 아침 오노레는 잠에서 깨자마자 대포를 살피러 갔다. 그는 자신이 지키는 대포가 감기라도 들까봐, 사랑하는 짐승을 어루만지듯 대포에 앉은 밤이슬을 정성스레 닦았다. 신선한 새벽 공기 속에서 반짝거리는 대포를 바라보던 그의 눈에 모리스가 들어왔다.

"이게 누구야! 106연대가 근처에 있다는 건 알고 있었어. 어제 레미에서 온 편지 한 통을 받았거든. 안 그래도 내려가보려고 했는데……
백포도주 한잔 마시러 가자."

단둘이 이야기를 나누기 위해, 그는 모리스를 어제 병사들이 약탈했던 작은 농가로 데려갔다. 돈벌이에 악착스러운 농가 주인이 백포도주 술통을 따서 작은 주점을 차린 것이었다. 문 앞에 판자를 놓고 한 잔에 4수를 받고 술을 내주었다. 그는 사흘 전 고용한 금발에 몸집이 거대한 머슴, 즉 알자스인의 도움을 받고 있었다.

오노레는 모리스와 잔을 부딪치며 머슴을 향해 눈을 돌렸다. 잠시 머슴을 빤히 바라보던 그가 화들짝 놀라는 표정을 지었다. 그러더니 거친 욕설을 내뱉었다.

"빌어먹을! 골리아트잖아!"

그가 머슴의 멱살을 잡으려고 달려갔다. 그러나 또다시 자기 집을 약탈하려 한다고 생각한 농가 주인이 재빨리 뒤로 물러서더니 문을 닫아걸었다. 잠시 혼란이 일었고, 현장에 있던 병사들이 모두 뛰어왔다. 하사관은 불같이 화를 내며 목이 터져라 고함을 질렀다.

"문을 여시오, 문을 열라니까, 이런 염병할!…… 그자는 첩자요, 첩자라고!"

모리스의 눈에도 의심의 여지가 없었다. 그는 밀루즈 캠프에서 증거 불충분으로 풀려났었던 사내를 분명히 알아보았다. 그 사내는 분명 레미의 푸샤르 외삼촌 집에서 머슴으로 일했던 골리아트였다. 이윽고 농가 주인이 문을 열어주어 집안을 샅샅이 뒤졌지만 알자스인은 이미 사라지고 없었다. 어제 저녁식사를 하며 부르갱데쬐유 장군은 선량한 얼굴을 한 그 금발의 거한이 듣는 데서 쓸데없이 이런저런 질문을 했고, 무심코 자기 속내도 이야기했다. 뒤쪽 창문이 열려 있는 걸 보니 그리로 달아난 게 틀림없었다. 근처를 수색했으나 아무런 소득이 없었다. 거한임에도 그는 연기처럼 자취를 감췄다.

절망에 빠진 오노레가 자신의 슬픈 가족사를 굳이 알 필요가 없는 병사들에게 장황하게 이야기할 기세를 보이자, 모리스가 그를 한쪽으로 데려갔다.

"제기랄! 목을 졸라 죽여버렸어야 했는데!…… 좀전에 말한 그 편지 때문에 완전히 이성을 잃었거든!"

둘이 농가에서 몇 걸음 떨어진 건초 더미 옆에 앉았을 때, 오노레가 모리스에게 편지를 건넸다.

오노레 푸샤르와 실빈 모랑주의 어긋난 사랑 이야기는 모리스도 잘 알고 있었다. 순종적인 아름다운 눈을 가진 갈색 머리 아가씨는 아주 어렸을 때 어머니를 여의었는데, 그녀의 어머니는 로쿠르에 있는 어느 공장에서 남자에게 농락당한 여공이었다. 실빈을 푸샤르 영감 집의 하녀로 들어가도록 해준 사람은 우연히 그녀의 대부가 되었던 의사 달리샹이었다. 그는 자신이 해산시킨 불행한 여자들의 아이들을 언제라도 입양할 마음이 있었던 선량한 사내였다. 금전욕 때문에 푸주한이 되어 인근 20개 마을을 돌아다니며 육류를 팔던 늙은 푸샤르는 지독한 수전 노였다. 하지만 그는 소녀를 유심히 살펴보았고, 열심히 일한다면 장래 가 유망하리라고 판단했다. 그렇게 실빈은 타락한 공장에서 구출될 수 있었다. 그리고 자연스럽게 그 집의 아들과 어린 하녀가 사랑하는 일 이 일어났다. 오노레가 열여섯 살이었고, 실빈이 열두 살이었다. 그리 고 그녀가 열여섯 살이 되고 그가 스무 살이 되었을 때, 그는 결혼을 결 심하고 징병 제비뽑기에 응했는데, 결과가 만족스러웠다. 청년의 사려 깊고 침착하고 정직한 성품 덕택에, 그때까지 둘 사이에는 곳간에서 포 옹하고 입맞춤을 한 것 외에는 아무 일도 없었다. 그가 아버지에게 결 혼 이야기를 꺼냈을 때, 완고한 아버지는 노발대발하며 그러려면 자기 먼저 죽이라고 말했다. 그럼에도 영감은 소녀를 내쫓지 않았고, 시간과 함께 열정이 식기를 기대했다. 약 십팔 개월 동안 청춘남녀는 상대방의 몸에 손을 대는 일 없이 서로 사랑했다. 그러던 어느 날 부자 사이에 심 한 말다툼이 일어났고, 아들은 아버지의 독단을 더이상 견디지 못하고 군에 입대해 아프리카로 갔다. 영감은 자기에게 쓸모가 있는 소녀를 계 속 집에 머물게 했다. 그 바람에 참담한 일이 일어났다. 오노레를 기다 리겠다고 맹세한 실빈이 그로부터 이 주가 지난 어느 밤, 몇 달 전 고용 된 머슴에게 안긴 것이다. 이름을 보면 알 수 있듯 프로이센인인 그 머 슴이 바로 커다란 얼굴에 늘 웃음을 머금은 금발의 거한 골리아트 슈 타인베르크로, 오노레가 속내를 털어놓던 친구였다. 푸샤르 영감이 음 흉하게도 골리아트를 부추긴 걸까? 실빈이 잠시 판단력이 흐려져 생 각 없이 몸을 맡긴 걸까? 아니면 이별의 슬픔에 젖어 심신이 약해진 실 빈을 골리아트가 강간하다시피 능욕한 걸까? 벼락을 맞은 듯 그녀 자

114

신도 정확히 알 수 없었고, 임신하는 바람에 그와의 결혼을 받아들이지 않을 수 없었다. 골리아트는 언제나 미소 지으며 결혼을 거부하지 않았지만, 의례를 아기의 출생 이후로 미루었다. 그러다가 출산 하루 전, 별안간 종적을 감췄다. 나중에 보몽 근처 농가로 일하러 갔다는 소문이 떠돌았다. 삼 년 전 일이었다. 당연히 그 당시에는 여자들에게 친절하고 상냥하던 골리아트가 프랑스 동부 지방에 출몰했던 독일 첩자 중 하나일 거라고는 아무도 생각하지 못했다. 아프리카에서 그 소식을 들었을 때, 오노레는 작열하는 태양이 목덜미에 불을 놓은 듯 석 달 동안 병상에서 꼼짝하지 못했다. 실빈과 아기를 보는 것이 두려워, 휴가를 얻어 고향을 찾을 생각조차 하지 않았다.

모리스가 편지를 읽는 동안, 포병의 두 손이 떨렸다. 실빈이 그에게 쓴 최초이자 유일한 편지였다. 지속적인 예속상태에서도 가끔 두 눈에 기이한 결의가 번뜩이던 순종적인 소녀, 그 조용한 소녀가 어떤 감정에 굴복했던 걸까? 그녀는 그가 전투중이라는 걸 알고 있다고 썼다. 그리고 만일 그를 다시 볼 수 없게 된다면, 더욱이 그가 그에 대한 자신의 사랑이 변했다고 믿으며 숨을 거둔다면 자신은 견딜 수 없이 고통스러울 거라고 썼다. 그녀는 여전히 그를 사랑했고, 평생 그만을 사랑했다. 용서를 구하거나 무슨 일이 있었는지 설명하지는 않고 네 쪽이나 되는 편지에서 내내 비슷한 문장으로 그 사실만 되풀이했다. 아이에 대해서는 한마디도 없었고, 단지 무한한 애정으로 오노레에게 작별을 고할 뿐이었다.

그 편지에 모리스는 몹시 감동했다. 그는 예전에 오노레가 속내 이야기를 털어놓던 친구였다. 모리스는 고개를 들고 눈물을 글썽이며 사촌을 다정하게 끌어안았다.

"오, 불쌍한 오노레!"

그러나 하사관은 벌써 감정을 추스른 상태였다. 그는 편지를 품속에 정성스레 다시 넣고 단추를 잠갔다.

"그래, 이걸 읽으면 돌아버릴 것만 같아…… 아! 날강도 같으니라고! 그놈 목을 조를 수만 있다면!…… 그래, 두고 보라지!"

캠프 철수를 알리는 나팔소리가 울렸고, 둘은 각자 자기 천막을 향해 달려야 했다. 출발이 지체되었고, 부대는 배낭을 등에 진 채 아홉시경까지 기다렸다. 장교들은 불확실성에 사로잡힌 듯했다. 7군단이 60킬로미터를 두 번의 야영으로 주파한 지금, 첫날 병사들의 얼굴에서 보이던 굳은 결의는 이미 사라졌다. 아침부터 불안하고 기이한 소문이 떠돌았다. 다른 3개 군단이 북쪽으로 행군한다는 소문이었다. 1군단은 쥐니빌로 행군하고 5군단과 12군단은 르텔로 행군한다는 것인데, 논리적으로 이해할 수 없는 행군이었다. 물자 보급 때문에 불가피한 선택이라는 설명이 뒤따랐다. 어쨌든 그들이 베르됭으로 가는 것이 아니잖아? 왜 또다시 하루를 잃어야 한단 말인가? 최악의 사실은 프로이센군이 멀리 있지 않은 게 분명하다는 것이었다. 장교들이 병사들에게 대열에서 뒤처지지 말라고 경고한 참이었기 때문이다. 낙오병들은 적의 정찰 기병대에 포착될 수 있었다.

8월 25일이었다. 모리스는 종적을 감춘 골리아트를 떠올리며 그자가 독일 참모부에 샬롱 야전군의 정확한 행로를 알려주어 독일 III군단의 전선에 변화를 초래한 첩자 중 하나임을 확신했다. 정보를 취한 다음날, 프로이센 왕세자는 르비니를 떠났다. 그때부터 새롭게 변화된 작전, 즉 대대적인 측면 공격, 엄청난 포위 공격이 시작되었다. 그 작전을 성공적으로 수행하기 위해 그들은 더없이 질서정연하게 샹파뉴 지방과 아르덴 지방을 관통했다. 프랑스군이 갑자기 전신마비에 걸린 듯 갈팡질팡하는 동안, 프로이센군은 하루에 40킬로미터를 행군하며 몰이꾼의 거대한 원을 만들었고, 그들이 추격하는 인간 사냥감들을 국경선 숲 쪽으로 몰아붙였다.

이윽고 행군이 시작되었다. 그날, 과연 대열은 왼쪽으로 방향을 틀었다. 7군단은 콩트뢰브와 부지에를 양쪽으로 구분짓는 8킬로미터만 걸었을 뿐이었다. 5군단과 12군단은 르텔에서 꼼짝하지 않았고, 1군단은 아티니에서 걸음을 멈췄다. 콩트뢰브에서 엔 계곡까지 헐벗은 평야가 다시 나타났다. 부지에로 접근하자, 나무도 집도 없이 사막처럼 황량한 잿빛 대지와 황폐한 언덕 사이로 구불구불한 도로가 나타났다. 짧은 여정이었지만 피로와 고통 때문에 무한히 길게 느껴졌다. 정오부터 엔강 좌안에 멈춘 병사들은 황무지에 캠프를 세웠는데, 계곡을 굽어보는 황무지 끝자락 언덕에 서면 강을 따라가는 몽투아 도로가 보였다. 병사들은 그 도로를 통해 적이 출현하기를 기다렸다.

그런데 몽투아 도로를 통해 나타난 것은 적이 아니라, 7군단을 지원하는 동시에 프랑스군 좌측면을 정찰하는 임무를 맡은 마르그리트 장군의 예비군 기병대였다. 그 사실을 알게 된 모리스는 경악했다. 예비군 기병대가 셴포필뢰를 향해 거슬러올라간다는 소문이 돌았다. 왜 유일하게 위협당하고 있는 좌측면에서 군대를 철수시키는 걸까? 왜 인근 전쟁터를 샅샅이 정찰해야 할 기병 2천 명이 쓸데없이 군의 중심부를 관통하는 걸까? 최악의 사실은 그들이 7군단 이동의 한복판에 끼어듦으로써 대오를 양분해 병사와 대포와 군마를 온통 뒤섞어놓을 뻔했다는 것이었다. 아프리카 기병들은 부지에 초입에서 두 시간 가까이 기다려야만 했다.

모리스는 늪 가장자리로 말을 데리고 가던 프로스페르를 만났다. 그들은 잠시 이야기를 나누었다. 랭스를 떠난 후로 아무것도 보지 못한 까닭에 아무것도 모르던 기병은 어리둥절한 표정을 지었다. 아니, 본 게 있어요, 독일 창기병 둘을 봤어요. 두 창기병은 소리 없이 나타났다 사라졌다 했는데, 도대체 그들이 어디서 와서 어디로 가는지 아무도 몰랐다. 벌써 독일 창기병 이야기가 돌았다. 예컨대 소속 군단에서 20킬로미터 떨어진 도시로 달려간 창기병 넷이 권총을 들고 그 도시를 휩쓸며 정복했다는 것이었다. 그들은 곳곳에 출몰했다. 그들은 윙윙거리는 벌떼처럼 군단의 선봉에 섰다. 그리고 창기병 천막 뒤에서 동정을 숨긴 독일 보병대가 더없이 안전하고 조용하게 진군하고 있었다. 모리스는 지휘부가 제대로 활용하지 못한 아군 경기병과 전투병으로 가득 찬 도로를 바라보며 가슴이 답답해졌다.

"자, 또 봐요." 그가 프로스페르와 악수하며 말했다. "조만간 지휘부가 당신들을 활용할 것 같군요."

그러나 기병은 자신의 임무가 마음에 들지 않아 속이 상한 듯했다. 그가 씁쓸한 표정으로 제피르를 쓰다듬으며 대답했다.

"쳇! 그자들은 군마들을 죽이고 병사들을 놀리고 있어요…… 정말 역겨운 일입니다!"

저녁 무렵, 모리스는 불에 덴 것처럼 쓰라린 발뒤꿈치를 살피려고 군화를 벗다가 살갗이 벗겨졌다. 피가 솟구치자 비명을 질렀다. 장이 몹시 안쓰러운 표정을 지으며 걱정했다.

"이런, 점점 악화되고 있잖아. 옆으로 누워보게…… 치료해야겠어. 상태가 어떤지 좀 살펴볼게."

그는 무릎을 꿇고 손수 상처를 닦은 후, 자기 배낭에서 깨끗한 붕대를 꺼내 상처를 감쌌다. 경험 많은 병사답게 노련한 솜씨로 마치 어머니처럼 부드럽게 치료했다. 이때만큼은 그의 투박한 손가락이 섬섬옥수 같았다.

주체할 수 없는 우정이 모리스를 엄습했고, 눈시울이 뜨거워졌다. 예전에는 증오했고 어제는 경멸했던 그 농부에게서 자신의 형제를 발견한 듯 우애의 감정이 솟구치며 그의 입에서 애정어린 반말투가 튀어나왔다.

"형은 정말 좋은 사람이야…… 고마워, 형."

장도 흐뭇한 표정으로 온화한 미소를 지으며 더욱 편한 반말로 화답했다.

"나한테 담배가 좀 남아 있는데, 아우야, 피울래?"

5

이튿날 26일, 천막에서 잠을 잔 모리스는 일어날 때 관절이 쑤시고 어깨가 부서지는 듯했다. 그는 아직도 딱딱한 맨땅에 적응하지 못했다. 게다가 전날 밤에는 병사들에게 군화를 벗지 말라는 명령이 떨어졌었다. 중사들이 순회하며 병사들이 군화를 신고 각반을 치고 있는지 손으로 더듬어 확인했기 때문에, 모리스의 발은 조금도 차도가 없었고 쓰라린 통증도 여전했다. 그리고 다리가 아파 분별없이 천막 밖으로 다리를 내놓은 탓에 감기 기운이 있었다.

장이 그를 보자마자 입을 열었다.

"모리스, 오늘 행군을 하게 되면 넌 군의관들에게 부탁해 마차를 타는 게 좋을 것 같아."

하지만 확실한 게 아무것도 없었다. 더없이 모순되는 여러 가지 소문이 돌았다. 한순간 진군이 다시 시작되는 듯했다. 캠프가 철거되었고, 몽투아 도로를 감시하기 위해 2사단 1개 소대만 엔강 좌안에 남겨둔 채 전 군단이 부지에를 가로질렀다. 그러다가 갑자기 도시 건너편, 즉 엔강 우안에서 모두가 멈춰 섰다. 그랑프레 도로 양쪽으로 펼쳐진 논밭과 들판에서 걸어총 대형이 형성되었다. 바로 그 순간, 4기병대가 이 도로를 통해 쏜살같이 달려갔고, 그 급작스러운 출발이 무성한 추측을 자아냈다.

"우리가 여기서 기다려야 한다면, 난 그냥 형과 같이 있을게." 모리스가 말했다. 군의관과 구급차 이야기가 신경쓰이는 듯했다.

잠시 후, 두에 장군이 적의 진로에 대한 정보를 확보할 때까지 여기서 야영한다는 사실이 알려졌다. 어제 마르그리트 장군 사단이 르셴을 향해 거슬러올라오는 것을 봤을 때부터 두에 장군은 근심에 휩싸였다. 더이상 엄호받지 못하고 있다는 사실, 그리고 아르곤 협로를 지키는 병사가 단 한 명도 없다는 사실, 그러기에 당장이라도 공격당할 수 있다는 것을 깨달았기 때문이다. 그래서 그는 방금 4기병대에게 그랑프레 협로와 크루아오부아 협로까지 정찰하는 임무를 맡겼고, 어떤 대가를 치르고라도 유효한 정보를 가져오라고 명령했다.

어제는 부지에 시장의 활약으로 빵, 고기, 가축 사료 배급이 이루어졌다. 아침 열시경, 더이상 식사할 시간이 없을지도 몰랐기 때문에, 식사 준비를 해도 좋다는 명령이 떨어졌다. 바로 그때, 두번째 출발, 즉 보르다스 여단이 4기병대가 갔던 길을 그대로 뒤따라 출발하자 이 사실이 또다시 병사들의 머릿속을 어지럽혔다. 도대체 무슨 일일까? 지금 바로 출발하는 걸까? 솥이 끓고 있는데 조용히 식사도 못한단 말인가? 몇몇 장교가 보르다스 여단은 여기서 몇 킬로미디 떨어진 뷔장시를 점령하러 가는 길이라고 설명했다. 또다른 몇몇 장교는 4기병대가 수적으로 월등히 우세한 독일 기병대와 맞닥뜨렸기 때문에 우리 기병대를 구출하기 위해 보르다스 여단이 급파된 것이라고 말했다.

어쨌든 이 몇 시간이 모리스에게는 달콤한 휴식 시간이었다. 그는 연대가 야영하는 언덕 풀밭에 드러누웠다. 피로에 지친 그는 녹음이 짙은 엔 계곡, 군데군데 작은 숲이 보이고 가운데로 강이 나른하게 흐르는 푸른 초원을 바라보았다. 눈앞의 계곡 너머에 부지에가 있었다. 지붕이 층층이 쌓여 마치 원형 강의실처럼 보이는 그 도시는 가느다란 첨탑과 둥근 돔을 가진 교회를 굽어보고 있었다. 아래쪽 다리 근처에서, 몇몇 무두질공장의 높은 굴뚝이 연기를 피워 올렸다. 반대편 끝에서는, 강가의 짙푸른 녹음 한가운데 커다란 방앗간이 새하얀 밀가루를 뒤집어쓰고 있었다. 싱싱한 나무로 뒤덮인 소도시의 지평선은 모리스에게 아련하고 매혹적인 추억을 떠올리게 해주었다. 그는 감수성이 예민하고 몽상에 젖었던 청년기의 눈을 되찾은 듯했다. 고향인 르셴에 살았을 때, 부지에로 여행 온 적이 있었던 것이다. 한 시간 동안, 그는 모든 것을 잊었다.

식사는 오래전에 시작되었고, 대기상태가 이어졌다. 두시 반경 캠프 전체에 은근한 움직임이 일었다. 초원을 떠나라는 명령이 하달되었고 모든 부대가 사오 킬로미터 떨어진 두 마을, 즉 셰스트르와 팔레즈 사이 경사진 언덕으로 올라가 정렬했다. 벌써 공병들이 참호를 팠고, 그 앞에 토벽을 쌓아올렸다. 좌측 고지에 예비군 포병대가 자리잡았다. 보르다스 장군이 그랑프레에서 강력한 적군을 만나 뷔장시로 물러나야 했다는 소식을 전하기 위해 연락병을 보냈다는 소문이 퍼졌다. 부지에로 가는 그의 후퇴선이 머잖아 적군에 의해 단절되지 않을까 걱정하게 만드는 소식이었다. 따라서 적의 즉각적인 공격을 우려한 7군단 사령관이 여타 군단이 7군단을 도우러 올 때까지 첫번째 교전을 견디기 위해, 병사들에게 전투대형을 취하도록 명령한 것이었다. 그의 부관 중 하나가 원수에게 상황을 알리고 지원을 요청하는 편지를 가지고 출발했다. 간밤에 군단에 합류한 식량 수송 마차들이 끝없는 행렬을 이루며 후미에서 혼잡하게 뒤얽히자, 사령관은 즉시 샤니 쪽으로 이동하라고 무턱대고 지시했다. 이내 전투를 방불케 하는 혼란이 일었다.

"중위님, 실전實戰은 정말로 장난이 아니죠?" 모리스가 로샤에게 물었다.

"아! 그럼, 그렇고말고!" 중위가 두 팔을 크게 휘저으며 대답했다. "조금만 기다리게, 앗 뜨거워라 할 테니까!"

병사들은 묘한 기대감으로 흥분했다. 셰스트르에서 팔레즈까지 전선이 형성된 이후, 캠프가 술렁이기 시작했고 조바심의 열기가 병사들을 사로잡았다. 드디어 프로이센 놈들을 보게 되는구나! 누더기를 걸친 채 행군과 질병과 굶주림으로 녹초가 되었다고 신문이 보도한 그 프로이센 놈들을! 첫번째 교전에서 박살을 내겠다는 전의가 캠프에 감돌았다.

"놈들을 다시 만나게 돼서 다행이야." 장이 말했다. "놈들이 국경선에서 교전한 뒤 온데간데없이 사라지는 바람에, 술래잡기가 너무 오래 계속됐어…… 마크마옹 원수를 패퇴시킨 게 바로 저놈들일까?"

모리스는 대답하기를 망설였다. 랭스에서 읽은 신문에 따르면 프로이센 왕세자가 지휘하는 III군단은 그제 미드리르프링수아 쪽에서 야영한 것이 틀림없는데, 그렇다면 지금 부지에 있을 가능성이 희박했다. 신문은 작센 왕세자의 지휘를 받는 IV군단이 뫼즈강을 따라 작전을 개시하리라고 보도했었다. 상당한 거리에 있었음에도 그랑프레를 그토록 신속하게 점령했다는 사실이 놀라웠지만, 모리스가 생각하기에 지금 그들이 마주하고 있는 독일군은 작센 왕세자 군단이 분명했다. 그러나 부르갱데푀유 장군이 팔레즈의 농부에게 건넨 질문을 떠올리자 판단을 내리기가 어려워졌다. 장군은 뫼즈강이 뷔장시로 흘러가지 않는지, 뷔장시에 튼튼한 다리들이 있는지 물은 것이었다. 게다가 무지에서 비롯된 한가한 표정으로 장군은 우리가 그랑프레에서 진격해올 10만 대군, 그리고 생트므누를 통해 들이닥칠 6만 대군의 공격을 받으리라고 말했다.

"발은 좀 어때?" 장이 모리스에게 물었다.

"이제 아무 느낌이 없어." 모리스가 웃으며 대답했다. "전투가 벌어지면 고통도 잊히겠지."

옳은 말이었다. 흥분이 신경을 얼마나 자극했던지 그는 아무렇지 않은 듯 자리에서 벌떡 일어났다. 말이 안 돼, 전쟁터에 왔는데 실탄 한 발 쏜 적 없다는 게! 그는 국경선 근처까지 갔지만, 프로이센 병사는 단 한 명도 보지 못하고 총 한 발 쏴보지 못한 채 밀루즈 목전에서 끔찍한 밤을 보냈었다. 그리고 벨포르까지, 랭스까지 후퇴해야 했었고, 닷새 전부터 다시 적을 찾아 진군하고 있으나 소총은 여전히 쓸 데가 없었다. 곤두선 신경을 누그러뜨리기 위해서라도 거총해서 발사하고 싶다는 욕망이 온몸에서 세차게 소용돌이쳤다. 당장의 전투를 꿈꾸며 애국적인 열정 속에서 입대한 지 육 주가 지났건만, 그가 한 것이라고는 전투와 무관하게 살았기에 구보에 익숙하지 않은 자신의 발을 혹사시킨 행군뿐이었다. 따라서 적군을 애타게 기다리면서 그는 아름드리나무 사이로 무한히 뻗은 듯한 그랑프레 도로를 초조하게 주시했다. 발밑으로는 계곡이 펼쳐졌고, 엔강이 버드나무숲과 백양나무숲 사이로 은색 리본처럼 흘렀다. 그의 시선이 자기도 모르게 다시 도로를 향했다.

네시경, 경계경보가 울렸다. 4기병대가 긴 우회 끝에 캠프로 돌아온 것이었다. 독일 창기병들과의 전투 이야기가 점점 더 가까이 들렸는데, 공격이 임박했음을 알 수 있었다. 두 시간 후, 새로운 연락병이 돌아와 공포에 질린 표정으로, 보르다스 장군이 부지에 도로의 단절을 확신하고 그랑프레를 떠나지 못하고 있다고 보고했다. 그러나 연락병이 자유롭게 귀대한 것을 보면, 도로 단절이 아직은 확실한 사실이 아닌 듯했다. 그러나 그것은 언제라도 현실로 닥칠 수 있었기에, 사단장인 뒤몽 장군은 궁지에 몰린 자신의 여단을 구출하기 위해 남은 병사들을 이끌고 즉시 출발했다. 부지에 너머로 해가 지며 층층이 쌓인 지붕들이 붉은 구름 아래서 검게 물들어가고 있었다. 병사들은 두 줄로 늘어선 나무 사이로 진격하는 여단을 오래도록 바라보았는데, 그들은 점차 짙어지는 어둠 속으로 자취를 감췄다.

드 비뇌유 대령이 야영을 위해 연대의 대형을 점검하러 왔다. 그는 보두앵 대위가 자기 위치에 없는 것을 알고 깜짝 놀랐다. 바로 그때 대위가 부지에서 돌아왔고 라디쿠르 남작부인과 점심식사를 했다고 이유를 밝혔다. 대령은 심하게 질책했고, 대위는 군인정신이 충일한 장교였기에 그 질책을 달게 받아들였다.

"제군들!" 대령이 병사들 사이를 지나가며 말했다. "우리는 아마도 오늘밤 또는 내일 새벽에 공격을 당할 것이오…… 단단히 각오하시오, 106연대는 후퇴를 모른다는 걸 명심하시오!"

모두가 환호성을 질렀다. 행군 시작 이후로 그들을 엄습한 피로와 절망에도 불구하고 모두가 '싹쓸이 전투'를 원했다. 총과 장비에 이상이 없는지 확인 점검했다. 커피와 비스킷으로 아침식사를 때웠지만, 허기를 호소하는 병사는 없었다. 취침하지 말라는 명령이 떨어졌다. 전초가 1.5킬로미터 지점에 배치되었고, 엔강까지 일정한 간격으로 보초가 세워졌다. 전 장교가 모닥불 주변에서 밤샜다. 모닥불 불빛 덕분에 제복 입은 장성들과 참모부 장교들이 나지막한 담장 근처로 지나가는 모습이 간간이 보였다. 3사단의 운명에 대한 격심한 불안감 속에서, 말발굽소리를 확인하러 도로를 향해 달려가는 그들의 그림자가 심하게 흔들렸다.

새벽 한시경, 모리스는 강과 도로 사이에 있는 자두밭 가장자리에 보초로 배치되었다. 칠흑같이 어두운 밤이었다. 잠든 전원田園의 압도적 침묵 속에 혼자 남겨지자, 그는 지금까지 겪어보지 못한 공포감에, 도저히 이겨낼 수 없는 공포감에 휩싸인 채 분노와 수치로 전율했다. 마음을 안정시키기 위해 모닥불 쪽으로 몸을 돌렸다. 그러나 작은 숲에 가려 모닥불은 보이지 않았고, 주변은 온통 암흑의 바다였다. 저멀리 부지에서 불빛 몇 개만 보일 뿐이었다. 거기서도 상황을 파악한 주민들이 전쟁에 대한 두려움으로 잠을 이루지 못하는 것 같았다. 모리스는 소총을 어깨 위에 올려놓기만 하고 전방으로 겨냥하지 않았다는 사실을 불현듯 인식하고 몸이 얼어붙는 듯했다. 그때부터 무시무시한 기다림이 시작되었다. 온몸의 힘이 오직 청각에 집중된 탓에, 아주 작은 소리에도 민감해진 두 귀에 마침내 천둥 같은 소음이 들려왔다. 멀리서 강물이 흐르는 소리, 나뭇잎이 가볍게 흔들리는 소리, 풀벌레가 튀어오르는 소리가 마치 굉음처럼 들렸다. 혹시 이 소리는 저기 오른쪽에서 말들이 달려오는 소리, 또는 끝없이 구르는 대포 소리가 아닐까? 왼쪽에서 들리는 것은 은밀한 속삭임, 숨죽인 목소리, 기습을 위해 어둠 속에서 전초병이 포복으로 다가오는 소리가 아닐까? 그는 세 번이나 경계경보를 위해 총을 발사할 뻔했다. 착각으로 인해 웃음거리가 될까봐 마음이 몹시 불편했다. 그는 무릎을 꿇고 왼쪽 어깨를 나무에 기댔다. 그 자세로 몇 시간이 흐른 듯했고, 연대가 자기를 놔두고 철수한 게 틀림없다는 생각이 들기도 했다. 그러다 갑자기 두려움이 사라졌다. 200미터가량 떨어진 도로 위에서 행군 병사들의 규칙적인 발소리가 분명하게 들렸다. 그는 즉시 그것이 그토록 애타게 기다리던 병사들, 뒤몽 장군이 데리고 오는 보르다스 여단 병사들임을 확신했다. 바로 그때 교대병이 왔다. 보초를 서야 하는 시간이 벌써 끝난 것이었다.

캠프로 돌아온 것은 과연 3사단이었다. 모두가 안도의 한숨을 쉬었다. 그러나 적군의 진격에 대한 우려가 현실이었음을 새롭게 수집된 정보를 통해 알 수 있었기 때문에, 경계 태세가 크게 강화되었다. 도중에 3사단이 잡은 포로들, 즉 긴 망토를 걸친 독일 창기병들은 입을 열기를 거부했다. 비가 흩뿌리는 새벽, 여전히 계속되는 초조한 기다림 속에서 희미한 먼동이 텄다. 열네 시간 전부터 병사들은 잠을 자지 못했다. 일곱시경, 마크마옹 원수가 전군을 이끌고 캠프에 도착했다고 로샤 중위가 말했다. 그러나 사실은 그 전날 누에 상군이 부지에 입구에서 불가피한 전투가 있으리라고 예고한 지급 통신문에 대해, 마크마옹 원수가 지원군을 보낼 수 있을 때까지 항전하라고 답신을 보내왔을 뿐이었다. 현재 진군은 중단된 상태였다. 1군단은 테롱으로, 5군단은 뷔장시로 갔다. 한편 12군단은 제2선인 르셴에 머물렀다. 그리하여 다시 기다림이 연장되었다. 그들이 기다리는 것은 단순한 교전이 아니라 뫼즈강에서 방향을 바꿔 남쪽으로, 엔 계곡으로 행군중인 전군이 참여할 대전이었다. 병사들은 여전히 아침식사를 준비할 엄두를 내지 못한 채 커피와 비스킷으로 만족해야 했는데, '싹쓸이 전투'가 정오로 예정되어 있었기 때문이다. 아무런 이유도 없이 모두가 정오라고 되풀이했다. 적군 2개 군단의 접근이 확실시됨에 따라, 마크마옹 원수의 지원을 앞당기기 위해 부관이 급파되었다. 세 시간 후, 두번째 장교가 르셴의 총사령부를 향해 말을 달렸다. 총사령부의 즉각적인 명령이 필요했다. 그만큼 불안감이 고조되었고, 상황이 급박했다. 읍장이 전달한 소식에 의하면 그랑프레에서 10만 대군이 목격되었고, 또다른 10만 대군이 뷔장시를 통해 올라오고 있었다.

정오가 되었지만, 프로이센군은 그림자조차 보이지 않았다. 한시에도, 두시에도 아무것도 없었다. 피로가 몰려왔고, 의심도 생겨났다. 야유조로 장군들을 비난하는 소리가 터져나왔다. 그 작자들이 눈이 삔 게 틀림없어. 안경이라도 맞춰줘야겠는걸. 웃기는 작자들, 아무 일도 아닌 걸로 전군이 난리법석을 떨게 해! 한 병사가 소리쳤다.

"이거 뮐루즈 회군 비슷한 거 아냐?"

이 말을 들은 모리스는 고통스러운 기억에 가슴이 답답해졌다. 여기서 40킬로미터 떨어진 그곳에서 독일군이라고는 단 한 명도 보이지 않는데도 7군단을 휩쓸었던 엄청난 공포와 어리석은 후퇴가 떠올랐기 때문이다. 오판이 재현되고 있음을 이제 확실히 느낄 수 있었다. 그랑프레 교전 이후 이십사 시간이 흘렀음에도 적군의 공격이 없었다는 것은 4기병대가 소규모 정찰 기병대와 마주쳤을 뿐이라는 사실을 뜻했다. 독일군은 여전히 아주 멀리, 적어도 이틀 행군 거리에 있는 게 분명했다. 허망하게 잃어버린 시간이 모리스를 참담하게 만들었다. 25일과 26일, 여러 군단이 식량을 확보해야 한다는 이유로 북상했고, 27일 지금은 아무도 걸지 않은 싸움을 하기 위해 남하하는 것이었다. 4기병대가 프랑스군이 버린 아르곤 지역의 협로를 정찰하러 떠났었고, 4기병대를 지원하러 간 보르다스 연대가 진퇴양난의 위험에 빠졌다고 판단했었으며, 보르다스 연대를 구하고자 사단 전체, 뒤이어 7군단, 뒤이어 전군이 쓸데없이 동원됐다. 모리스는 바젠 원수를 돕는다는 이 정신 나간 계획, 훌륭한 장군이라면 장애물을 뚫고 민첩하게 달릴 수 있는 부대를 이끌고 혼자서도 실행할 수 있었을 계획에 시시각각 쏟아부은 엄청난 노력과 비용을 생각했다.

"우린 끝났어!" 명석하게 현실을 파악한 그가 절망적인 표정으로 장에게 말했다.

장이 그게 무슨 말이냐는 듯 눈을 동그랗게 뜨자, 모리스가 나지막이 장군들에 대해 이야기했다.

"악당들은 아니지만 바보들인 건 확실해. 게다가 행운도 우리 편이 아냐! 아무것도 모르니 아무것도 예견할 수 없지. 계획도 없고, 생각도 없고, 운도 없어…… 그렇잖아, 모든 상황이 우리한테 불리하게 돌아가고 있어. 우린 끝났어!"

지식인으로서 모리스가 합당하게 추론한 이러한 절망이 이유 없이 발이 묶인 채 끝없이 대기하던 병사들 모두를 조금씩 짓누르기 시작했다. 머리가 잘 돌아가지 않는 병사들도 어렴풋이 그 상황을 짐작할 수 있었다. 지휘가 잘못되었고, 시간을 허비했으며, 끔찍한 재난의 목전에서 우왕좌왕하고 있다고 느끼지 않는 병사는 이제 아무도 없었다. 저자들이 도대체 무슨 짓을 하고 있는 거야, 빌어먹을! 프로이센군이 언제 온다는 거야? 지금 당장 싸우든가, 아니면 어디론가 가서 조용하게 잠이라도 재우든가 해야 하는 거 아냐? 마지막 부관이 명령을 전달하러 떠난 후 차츰 우려가 커졌고, 병사들은 삼삼오오 모여 앉아 목소리를 높였다. 장교들도 동요하기는 마찬가지였으므로 상황을 묻는 병사들에게 무슨 말을 해야 할지 몰랐다. 다섯시경 부관이 돌아오고 곧바로 후퇴할 거라는 소문이 돌았을 때, 병사들은 저마다 차라리 다행이라는 표정으로 안도의 한숨을 쉬었다.

결국 더 지혜로운 자가 이겼나보군! 베르됭으로의 진군에 찬성한 적이 없었던 황제와 원수는 그들의 진군 속도로 볼 때 작센 왕세자 군단과 프로이센 왕세자 군단에 의해 추월당할 가능성이 있었고, 그렇게 되면 양 군단을 상대로 대전을 치러야 하는 위험이 있다고 판단했다. 그래서 바젠 원수와의 합류 계획을 포기하고 북부 안전지대를 통해 파리로 퇴각하기로 결정했다. 7군단은 르센을 거쳐 샤니로 거슬러올라가라는 명령을 받았다. 5군단은 푸아로 가야 했고, 1군단과 12군단은 방드레스로 가야 했다. 이처럼 후퇴할 거라면 도대체 왜 엔강까지 진군했단 말인가? 도대체 왜 그토록 많은 날을 허비하고 그토록 힘들게 행군했단 말인가? 랭스에 도착했을 때 마른 계곡으로 가서 강력한 진지를 구축하는 게 훨씬 더 쉽고 합리적인 전략이 아니었을까? 저자들은 정말 지도력도, 군사적 재능도, 단순한 상식도 없는 것인가? 그러나 병사들은 자기들을 곤경에서 구해준 이 유일하게 현명한 결정이 만족스러웠기에 더이상 자문하지 않고 그들을 용서했다. 장군들부터 졸병들까지 모두가 파리 가까이 가면 다시 강군强軍이 되리라고, 바로 거기서 프로이센군을 격파하리라고 믿었다. 그러나 적의 공격을 피하기 위해서는 동이 트자마자 부지에를 떠나 르셴으로 행군해야 했다. 이내 병사들이 부산하게 움직였고, 나팔소리가 울렸으며, 명령이 교차했다. 후미의 혼란을 줄이기 위해, 벌써 군사 장비 마차와 병참 장교 마차가 선두에서 출발했다.

모리스는 기분이 나아졌다. 곧바로 실시될 퇴각작전을 장에게 설명하려 했을 때, 그의 입에서 고통스러운 비명이 튀어나왔다. 금세 기분 좋은 흥분이 가라앉고 발이 천근만근으로 무거웠다.

"왜 그래? 다시 발이 아픈 거야?" 하사가 걱정스러운 표정으로 물었다. 실전에 능한 그가 자기 생각을 이야기했다.

"모리스, 어제 저 도시에 아는 사람들이 있다고 하지 않았어? 군의관들에게 허락을 얻어 르셴으로 마차를 타고 가. 거기서 편안한 침대에서 하룻밤 지내는 거야. 내일 발이 좀 나아지면, 우리가 거기를 통과할 때 합류하면 되잖아…… 안 그래? 괜찮은 생각이지?"

그들이 인근에서 야영했던 팔레즈에 이르렀을 때, 모리스는 아버지의 옛친구를 만났다. 소농인 그는 백모의 집이 있는 르셴으로 딸을 데려가기 위해 말을 이륜마차에 비끄러매고 있었다.

모리스는 동승 허락을 받기 위해 군의관 부로슈를 만났는데, 첫마디부터 일이 꼬일 뻔했다.

"발에 찰과상을 입었습니다, 박사님······"

얼굴이 사자처럼 생긴 부로슈가 갑자기 억센 머리를 흔들며 으르렁거리듯 말했다.

"박사님이라니······ 누가 나한테 이런 병사를 보냈지?"

겁에 질린 모리스가 죄송하다며 말을 더듬을 때, 그가 다시 말했다.

"난 군의관이야, 알겠나, 멍청이 같으니라고!"

그러다가 상대가 지식인 병사라는 걸 알고는 다소 미안함을 느끼는 듯했다. 그래서 그는 오히려 더 큰 소리로 말했다.

"발이라니, 뭔 소리야!······ 어디 보자, 흠, 알겠네. 마차에 타도 좋네. 부대에 게으름뱅이, 거짓말쟁이가 얼마나 많은지!"

장은 모리스가 마차에 오르는 것을 도왔고, 모리스가 돌아앉으며 감사를 표했다. 두 병사는 마치 영영 이별하는 사람들처럼 서로를 껴안았다. 누가 알겠는가, 혼란스러운 퇴각의 와중에 프로이센군과 맞닥뜨리지 않을지? 모리스는 자신이 이 사내에게 얼마나 깊은 우정을 느끼는지 깨닫고 다시 한번 놀랐다. 그는 두 번이나 뒤돌아보며 손짓으로 작별인사를 건넸다. 그는 캠프를 떠났다. 캠프에서는 병사들이 해돋이 전에 조용히 떠나는 동안 적의 눈을 속일 커다란 불을 피우기 위해 준비하고 있었다.

소농은 가는 길에 이 끔찍한 시대에 대해 계속 불평을 늘어놓았다. 그는 팔레즈에 머무를 용기가 없었다. 그러나 벌써 거기에 남지 않은 걸 후회하고 있었고, 적이 자기 집에 불을 지른다면 자기는 완전히 파산할 거라고 되풀이했다. 키가 크고 얼굴이 창백한 딸은 울고 있었다. 그러나 피로에 지친 모리스는 소농의 이야기가 귀에 들어오지 않았고, 속보로 가는 마차 리듬에 취해 앉은 채 잠이 들었다. 마차는 한 시간 반도 안 되어 부지에서 르셴까지 16킬로미터를 주파했다. 아직 일곱시도 되지 않았는데 땅거미가 졌다. 청년은 갑자기 소스라치게 놀라며 운하 다리 근처 광장, 즉 자신이 태어나서 이십 년을 보낸 자그마한 노란 집 앞에서 내렸다. 그 집은 이미 십팔 개월 전 어느 수의사에게 팔렸지만, 그는 기계적으로 그 집을 향해 갔다. 어디를 가느냐고 묻는 농부에게 그는 자신이 가려고 하는 데를 정확히 안다고 말하고 호의에 깊이 감사했다.

그러나 삼각형 모양의 작은 광장 한복판에 있는 우물 가까이로 다가서자 문득 기억이 희미해졌다. 여기가 어디지? 갑자기 이곳이 공증인의 집이라는 사실이 떠올랐다. 공증인의 집은 그가 자란 집과 붙어 있었고, 훌륭한 노부인인 공증인의 어머니 데로슈 부인은 어린 모리스를 몹시 귀여워했었다. 이 황량한 소도시에 군대가 들이닥치며 생겨난 엄청난 변화 때문에 한순간 알아보지 못한 것이었다. 1개 군단이 소도시 입구에서 캠프를 차리는 바람에 거리마다 장교들과 연락병들, 온갖 부류의 부랑자들과 낙오자들이 득실거렸다. 이윽고 그는 도시를 끝에서 끝까지 가로지르며 중앙 광장을 관통하는 운하를 알아보았다. 운하의 좁다란 돌다리가 두 삼각형 광장을 연결했다. 운하 건너편에서는 지붕이 이끼로 덮인 재래시장, 왼쪽으로 뻗은 브롱가街, 오른쪽으로 뻗은 스당 도로가 보였다. 그가 서 있는 쪽에서 고개를 드니 공증인의 집 너머로 청회색 종탑이 보였는데, 종탑 아래 한적한 마당에서 어린 시절

놀자기를 하던 기억이 났다. 모리스 앞에 보이는 부시에가는 시청 정사까지 인파로 가득했다. 병사들이 구경꾼들을 내몰아서 광장을 비운 듯했다. 그러나 우물 뒤 넓은 공간에는 수송 마차, 유개마차, 짐수레가 세워져 있었고, 그가 이미 본 적 있는 군사 장비가 정리 정돈되어 있었다.

태양이 노을에 물든 붉은 운하 속으로 사라졌다. 모리스가 발걸음을 옮기려 했을 때, 조금 전부터 그를 유심히 살피던 여자가 화들짝 놀라며 소리쳤다.

"아니, 이게 누구야! 르바쇠르 댁 아들 아니신가요?"

그러자 모리스도 약사의 아내인 콩베트 부인을 알아보았다. 약국은 바로 그 광장에 있었다. 그가 마음씨 좋은 데로슈 부인에게 하룻밤 재위달라고 부탁할 참이라고 말하자, 그녀가 황급히 고개를 가로저으며 그의 옷소매를 잡아끌었다.

"안 돼요, 안 돼, 우리집으로 가요. 내가 설명해드릴 테니……"

약국으로 들어간 그녀가 조심스럽게 문을 닫고서 말했다.

"지금 황제가 데로슈 부인 댁에 있다니까요, 글쎄…… 그 집이 황제 숙소로 징발된 거예요. 데로슈 부부는 그런 명예를 전혀 달가워하지 않지만, 일흔이 된 노부인이 자기 방을 내주고 지붕 밑 하녀 방에서 자야 한다고 생각해봐요!…… 좀전에 광장에서 본 게 전부 황제의 마차와 짐이에요, 이제 알겠죠!"

그러자 모리스는 랭스에서 봤던 수송 마차, 유개마차 등 황제의 화려한 차량이 떠올랐다.

"아! 당신이 그걸 봤어야 하는데…… 그 마차들에서 은그릇, 포도주, 식량 바구니, 새하얀 리넨 제품이 끝도 없이 쏟아져나왔지! 무려 두 시간 동안이나…… 저 많은 물건을 어디에 처박아둘 건지 걱정스러울 정도였죠, 집이 그리 크지도 않은데…… 저기 좀 봐요! 부엌에 불을 피워놓은 게 보이죠!"

그는 광장과 부지에가가 만나는 지점에 있는 작고 하얀 3층집을 바라보았다. 부르주아풍 조용한 내부, 중앙 통로, 층마다 방이 네 개 있는 그 집이 마치 어제 들른 것처럼 생생히 떠올랐다. 광장을 향해 열린 2층 창에서는 벌써 빛이 새어나왔다. 약사의 아내에 의하면, 그 방이 바로 황제가 쓰는 방이었다. 하지만 그녀가 설명한 대로, 불빛이 가장 밝은 곳은 부지에가로 창문이 난 1층 부엌이었다. 르셴의 주민들은 그런 광경을 본 적이 없었다. 구경꾼들의 물결이 끝없이 흘러들어 거리를 가득 채웠고, 황제의 저녁식사가 끓고 있는 큰 화덕을 휘둥그레진 눈으로 바라보았다. 요리사들이 환기를 위해 창문을 활짝 열어뒀다. 눈부시게 하얀 상의를 입은 그들은 모두 셋이었는데, 쇠꼬챙이에 꿴 닭고기 앞에서 분주하게 움직였고 황금처럼 반짝이는 커다란 구리 냄비 속에 소스를 붓고 휘저었다. 동네 노인들은 리옹 다르장 레스토랑에서 가장 성대한 결혼식 피로연을 열 때조차 이토록 큰 불과 이토록 많은 음식을 본 적이 없다고 말했다.

호들갑스러운 성격의 작고 깡마른 약사 콩베트가 방금 보고 들은 것에 흥분을 감추지 못하며 약국으로 들어왔다. 그는 시장 보좌관 일을 하고 있었기에, 사태가 어떻게 흘러가는지 아는 듯했다. 마크마옹 원수가 바젠 원수에게 전보를 친 것은 세시 반경이었다. 전보는 프로이센 왕세자의 야전군이 샬롱에 당도했기 때문에 원수가 북쪽으로 퇴각하지 않을 수 없다는 내용을 전하고 있었다. 국방장관에게 보내는 또다른 지급 통신문은 퇴각을 알리는 동시에 프랑스군이 두 동강이 나고 각개 격파될 수 있다는 위험을 설명하고 있었다. 바젠 원수에게 보내는 지급 통신문이 제대로 전달될지는 미지수였는데, 여러 날 전부터 메츠와의 통신이 두절된 듯했기 때문이었다. 그러나 정말 심각한 것은 국방장관이 수신할 지급 통신문의 내용이었다. 약사는 고위 장교가 이렇게 걱정하는 걸 우연히 들었다고 목소리를 낮춰 말했다. "파리 시민들이 전군 퇴각이라는 비극적 사실을 알게 되면, 우릴 가만 놔두지 않을 거야!" 섭정 황후와 각료회의가 얼마나 고집스레 진군을 주장하는지 아무도 모르고 있었다. 게다가 혼란이 시시각각 증폭되었고, 독일군의 접근에 대한 각종 희한한 정보가 떠돌았다. 프로이센 왕세자의 야전군이 샬롱에 당도한다는 게 가능한 일일까? 아르곤 협로에서 7군단은 어떤 독일 부대와 마주쳤을까?

"참모부에서는 아직 아무것도 모르고 있소." 약사가 두 팔을 절망적으로 내저으며 말했다. "아! 엉망진창이야!…… 하지만 내일 우리 군대가 정상적으로 퇴각한다면, 모든 게 좋아지겠지."

그러고서 사람 좋은 약사는 모리스의 발을 보며 말했다.

"이봐요, 젊은 친구, 발을 새 붕대로 감아줄게요. 우리와 함께 저녁식사를 합시다. 그리고 위층 작은방에서 자요. 그 방을 쓰던 제자 녀석은 어디론가 떠나버렸어요."

그러나 보고 싶고 알고 싶은 마음이 간절해서 모리스는 애초에 생각한 대로 연로한 데로슈 부인을 만나러 앞집으로 갔다. 그는 문 앞에서 아무런 제지를 당하지 않아서 놀랐다. 광장의 소란 속에서도 문은 경계 경비 없이 열려 있었다. 장교, 시종꾼 등 사람들이 끊임없이 들락날락

했다. 불이 환한 부엌의 분주함이 집 전체에 활기를 불어넣는 듯했다. 하지만 계단에는 불빛 하나 없었기 때문에 손으로 더듬으며 위층으로 올라갔다. 2층 층계참에 발을 들여놓은 그는 황제가 묵고 있다는 방문 앞에서 두근거리는 가슴으로 잠시 멈춰 섰다. 그러나 아무런 소리도 들리지 않았고, 죽음처럼 깊은 침묵만 느껴졌다. 3층으로 올라가 하려 방문턱에 이르렀을 때, 늙은 데로슈 부인이 불청객을 보고 두려운 듯 몸을 떨었다. 그러나 모리스라는 걸 알아보고는 탄식했다.

"아! 너였구나, 이런 순간에 다시 만나다니!…… 그래, 황제에게 무엇인들 못 내드릴까? 하지만 황제의 수하들은 전부 무뢰배들이야! 그 자들이 모든 걸 가져갔어. 집을 불태울까봐 무섭구나. 불을 지르는 데는 도가 튼 자들이니까!…… 불쌍한 황제, 그이는 안색이 시체 같아, 표정도 너무나 슬프고……"

그녀를 안심시킨 후 청년이 떠나려 했을 때, 노부인이 그를 계단 난간으로 데려가서 몸을 숙였다.

"잘 봐!" 그녀가 속삭였다. "저 아래 황제가 보이지…… 아! 우리가 진 거야. 잘 가, 부디 몸조심하고!"

모리스는 계단의 어둠 속에 못박힌 듯 잠시 서 있었다. 그는 고개를 기울인 채 방문 위 유리 채광창을 통해 결코 잊을 수 없는 광경을 목격했다.

황제는 장식 촛대에 불을 밝힌 부르주아풍의 온기 없는 방에서, 식기 세트가 놓인 작은 식탁 앞에 앉아 있었다. 안쪽에는 부관 둘이 말없이 서 있었다. 급사장이 식탁 옆에 서서 시중을 들었다. 황제는 포도주도 마시지 않았고, 빵에도 손을 대지 않았다. 하얀 닭고깃살이 접시에서 식어가고 있었다. 황제는 꼼짝하지 않고 흔들리는 눈빛으로 식탁보를 바라보았다. 모리스가 랭스에서 본 적 있는 그 곤혹스러운 두 눈에는 물기가 어려 있었다. 황제는 그때보다 더 지친 기색이었다. 이윽고 결심한 듯 안간힘을 다해 두세 번 음식을 삼키더니, 이내 접시를 한쪽으로 밀쳐버렸다. 저녁식사는 그게 전부였다. 고통스러운 표정을 애써 감추려 했지만, 그러잖아도 핏기 없는 얼굴이 더욱 창백해졌다.

아래층으로 내려간 모리스가 식당 앞을 지날 때, 별안간 문이 활짝 열렸다. 양초가 밝게 타오르고 요리에서 김이 모락모락 올라오는 가운데 종복들, 부관들, 시종들이 왁자지껄 떠들며 포도주를 비우고 닭고기를 삼키고 있었다. 원수의 지급 통신문이 발송된 이후 후퇴가 확실해졌기에, 모두 밝은 표정이었다. 일주일만 참으면 파리로 돌아가 깨끗한 침대에서 잠을 잘 수 있으리라.

모리스는 갑자기 격심한 피로감에 휩싸였다. 전군이 퇴각하고 있는 것이 확실했다. 이제 그는 7군단이 올 때까지 잠을 자며 쉬면 되었다. 그는 광장을 가로질러 콩베트의 약국으로 갔다. 거기서 그는 꿈결같이 몽롱한 상태로 저녁식사를 했다. 약사가 그의 발에 붕대를 감아주었고, 위층 방으로 안내했다. 칠흑 같은 절멸의 밤이었다. 그는 죽음처럼 깊은 잠에 들었다. 하지만 얼마나 시간이 지났을까, 갑자기 한기가 스쳐지나가며 잠을 깨웠다. 그는 벌떡 일어나 앉았다. 여기가 어디일까? 그의 잠을 깨운 이 끊임없는 천둥소리는 대체 무엇일까? 곧바로 그는 현실감각을 되찾았고, 상황을 파악하러 창가로 달려갔다. 밤에는 조용하기 그지없는 광장의 어둠 속에서 포병대가 빠른 속도로 이동하고 있었다. 병사, 군마, 대포가 부산하게 움직이는 바람에 주변의 작은 집들이 심하게 흔들렸다. 이 갑작스러운 출발을 보며 모리스는 까닭 모를 불안에 사로잡혔다. 몇시나 됐을까? 시청에서 네시 종이 울렸다. 이건 단지 어제 내린 퇴각 명령을 수행하는 것일 뿐이라고 되뇌며 그는 스스로를 안심시키려 했다. 그러나 고개를 돌렸을 때 눈에 들어온 광경이 그를 괴롭혔다. 길모퉁이 공증인의 집 창문에 여전히 불빛이 어렸고, 황제의 음울한 그림자가 규칙적으로 나타났다 사라지기를 반복했다.

모리스는 아래층으로 내려가기 위해 황급히 바지를 입었다. 하지만 콩베트가 손에 작은 촛대를 들고 나타났다.

"시청에서 돌아오는 길에 당신이 창가에 서 있는 걸 봤소. 그래서 상황을 설명해주러 올라왔지…… 저들이 눈 붙일 틈조차 없게 하는구려. 시장과 함께 또다시 징발하러 다닌 지 벌써 두 시간째요. 그렇소, 모든 게 바뀌었소, 다시 한번…… 아! 그 장교 이야기가 옳았던 거요, 지급 통신문을 파리로 보내는 걸 원치 않았던 그 장교 말이오!"

그는 주섬주섬 두서없이 오래도록 이야기했다. 청년은 답답한 가슴으로 묵묵히 들으며 상황을 파악했다. 자정 무렵, 원수의 지급 통신문에 대한 답신으로 국방장관이 황제에게 보낸 지급 통신문이 도착했다. 물론 그 지급 통신문의 정확한 내용은 알려지지 않았다. 하지만 시청에서 한 부관이 큰 소리로 파리에 있는 황후와 각료들의 공포에 대해 보고했다. 그들은 만일 황제가 바젠 원수를 버리고 파리로 돌아온다면 혁명이 일어날 거라고 걱정하고 있었다. 독일군의 현재 상황에 대해 오판한 채, 샬롱 점령군이 더이상 진격하지 않는다고 여기는 듯한 지급 통신문은 어쨌든 불퇴전의 정신으로 진군을 계속하라고 강요했다.

"황제가 원수를 불렀소." 약사가 덧붙였다. "그들은 한 시간 남짓 밀

담을 나누었지. 물론 나는 대화 내용을 모르지만, 모든 장교가 되풀이
하는 바에 따르면 더이상 후퇴는 없고 다시 뫼즈강으로 진군한다는 거
요…… 내일 아침 여기서 12군단을 대체할 1군단을 위해, 우리는 방금
도시의 모든 화덕을 징발했소. 그리고 보다시피 지금 12군단의 포병대
가 브자스를 향해 출발했고…… 이번에는 어쩔 도리가 없겠군요, 이제
당신도 전쟁터로 떠날 수밖에!"

문득 말을 멈추고 그는 공증인 집의 불 켜진 창문을 바라보았다. 그
러고서 호기심이 가득한 눈빛으로 나직이 말했다.

"거참! 두 사람이 무슨 이야기를 나누었을까?…… 아무튼 희한한 일
이야, 저녁 여섯시에는 위험 때문에 퇴각해야 한다더니, 자정이 되니까
그 위험 속으로 돌진해야 한다니 말이오, 상황은 아무것도 변하지 않았
는데!"

모리스는 저 아래 캄캄한 소도시에서 대포가 굴러가는 소리, 끊임없
이 속보로 나아가는 말들의 발굽소리, 뫼즈강을 향해, 끔찍한 미지의
내일을 향해 흘러가는 인파의 소리를 들었다. 창문에 드리운 얇은 부르
주아풍 커튼에 비친 황제의 그림자가 다시 보였다. 불면증에 시달리는
병든 황제는 그 자신이 죽음으로 내몰고 있는 병사와 군마의 소리를
들으며 육체의 고통에도 불구하고 가만있을 수 없는 모양이었다. 몇 시
간이면 충분했다. 이미 주사위는 던져졌고, 참극은 피할 수 없게 되었
다. 황제와 원수는 도대체 무슨 이야기를 나눈 걸까? 어제저녁 그들은
머잖아 프랑스군이 처할 끔찍한 상황에 둘 다 불행과 패배를 예감했었
다. 그런데 무엇이 그들로 하여금 점증하는 위험에도 불구하고 오늘 새
벽에 의견을 바꾸게 했을까? 팔리카오 장군의 계획, 즉 몽메디로의 벼

락같은 진군은 23일에는 무모해 보였지만, 25일에는 강인한 병사들과 기민한 장교들 덕분에 어쩌면 가능해 보이기도 했다. 그러나 27일에는 지휘부의 끝없는 망설임과 병사들의 사기 저하로 인해 그야말로 미친 짓처럼 보였다. 둘 다 그것을 알았을 텐데 왜 그들은 자신들의 우유부단을 질책하는 가혹한 목소리에 굴복하고 말았을까? 원수는 올곧지만 고지식하고 복종심과 희생정신이 강한 군인이었다. 지휘권을 상실한 황제는 그저 운명을 기다리고 있었다. 저멀리 파리에서는 그들과 병사들의 목숨을 요구했고, 그들은 그것을 내어주고 있었다. 이 밤은 범죄의 밤, 가증스러운 국가 살육의 밤이었다. 이제 군대는 도탄에 빠졌고, 10만 대군이 학살의 아비규환으로 내몰렸기 때문이다.

이런 생각을 하며 절망하고 전율하던 모리스는 데로슈 부인의 가벼운 모슬린 커튼에 비친 슬픈 그림자를, 파리에서 날아온 잔인한 목소리에 떠밀리는 병든 그림자를 눈으로 좇았다. 오늘밤, 황후는 혹시 아들의 즉위를 위해 아비의 죽음을 바라지 않았을까? 진격하라! 진격하라! 죽음을 맞이한 제정의 지고한 게임이 마지막 순간까지 계속되도록 빗속으로, 진창 속으로, 뒤도 돌아보지 말고! 진격하라! 진격하라! 당신 백성들의 시체 더미 위에서 영웅적으로 전사하라, 전 세계가 당신의 아들을 용서하길 바란다면 죽음으로써 전 세계를 감동시켜라! 실제로 황제는 죽음을 향해 나아가고 있었다. 아래층 부엌은 불이 꺼진 지 오래였고, 종복들, 부관들, 시종들은 잠이 들었다. 집은 깊은 어둠에 잠겨 있었다. 단지 한 그림자만이 희생의 운명을 체념하고 받아들인 듯, 12군단이 암흑 속에서 이동하느라 요란한 소리를 내는 가운데 끝없이 방안을 오갔다.

그때 모리스의 뇌리에 불현듯, 진군이 재개된다면 7군단이 르셴을 거쳐 가지 않으리라는 생각이 떠올랐다. 탈영을 한 채 연대와 떨어져 후미에 남아 있는 자신의 모습이 보이는 듯했다. 그는 더이상 발이 쓰라리지 않았다. 붕대가 솜씨 좋게 감겼고, 몇 시간 절대적인 휴식을 취하자 발의 열기가 가라앉은 것이었다. 콩베트가 발이 편한 신발을 주었을 때, 그는 르셴에서 부지에로 가는 도로에서 106연대를 만나기를 기대하며 당장 길을 떠나려고 했다. 약사가 만류해도 소용없었다. 그래서 약사는 직접 이륜마차를 몰아 모리스를 귀대시키기로 결심했다. 이윽고 무작정 길을 나서려 했을 때, 제자 페르낭이 사촌 여동생이 보고 싶어서 돌아왔노라며 약국에 다시 나타났다. 모리스와 함께 이륜마차로 길을 떠난 사람은 겁에 질린 듯한 그 창백한 키다리 청년이었다. 네시도 채 안 되었고, 컴컴한 하늘에서 비가 억수처럼 쏟아졌다. 희미하게 가물거리는 마차의 초롱이 겨우 앞길을 비췄다. 비에 흠뻑 젖은 광활한 들판에서 간간이 커다란 소음이 들렸고, 그 때문에 그들은 혹시 군대가 지나가는 게 아닐까 해서 거의 1킬로미터마다 멈춰 서곤 했다.

부지에 초입에서, 장은 여전히 잠을 이루지 못하고 있었다. 어떻게 이 퇴각이 모두를 구할 수 있는지 모리스가 설명해준 이후로 그는 혹시 있을지도 모를 장교들의 출발 명령을 기다리며 밤새워 분대원들의 이탈을 막았다. 두시경, 불빛이 별처럼 반짝이는 깊은 어둠 속에서 말발굽소리가 캠프를 가로질렀다. 불토부아 도로와 크루아조부아 도로를 감시하기 위해 발레와 카트르샹으로 떠나는 전위 기병대였다. 한 시간 후, 보병대와 포병대가 이틀 전부터 공격하지도 않는 적군으로부터 고집스레 지켰던 팔레즈 진지와 셰스트르 진지를 떠나기 시작했다. 하늘에 먹구름이 가득했고, 어둠은 여전히 깊었다. 연대가 하나씩 암흑을 뚫고 조용히 멀어져갔다. 마치 복병의 손아귀에서 벗어나는 것처럼 모든 병사가 안도감에 젖었다. 그들은 파리의 성벽 아래서 설욕전을 준비하는 자신의 모습을 머릿속에 그렸다.

장은 어두컴컴한 들판을 바라보았다. 가장자리에 나무가 줄지어 서 있는 도로는 드넓은 목초지를 관통하는 것으로 보였다. 오르막과 내리막이 끝없이 계속되었다. 발레 마을에 도착했을 때, 먹구름 가득한 하늘에서 세찬 비가 내렸다. 이미 너무도 많은 비를 맞았기에 병사들은 불평도 없이 고개 숙인 채 묵묵히 걸었다. 발레를 지나 카트르상에 접근하자, 이번에는 거친 돌풍이 몰아쳤다. 카트르상을 지나 헐벗은 땅이 누아르발까지 펼쳐진 넓은 고원지대에 발을 들였을 때 폭풍우가 미친 듯이 거세졌고, 병사들은 비바람에 머리에서 발끝까지 흠뻑 젖었다. 그런데 고원의 넓은 황무지에서 문득 정지 명령이 떨어졌고, 연대가 차례로 행군을 멈췄다. 7군단 전체, 병사 3만여 명이 집결했을 때, 폭풍우에 젖어 진흙투성이가 된 듯한 잿빛 여명이 어렴풋이 느껴졌다. 무슨 일일까? 왜 여기서 정지하는 걸까? 대열 속으로 불안이 퍼졌고, 몇몇 병사는 방금 행군 계획이 변경되었다고 주장했다. 병사들은 대열을 이탈하지 말고 총을 내려놓은 채 앉아 있으라는 명령에 따랐다. 간간이 강풍이 고원을 휩쓸었는데, 너무도 세차게 불어서 병사들은 날아가지 않기 위해 서로서로 꼭 붙어 있었다. 눈을 뜨고 있기도 힘들 만큼 세찬 빗방울이 얼굴을 때렸고, 얼음처럼 차디찬 빗방울이 군복 속으로 흘러들었다. 그리고 두 시간이 지났다. 이유를 알 수 없는 기다림이 끝없이 이어졌고, 다시 힘겨운 고통이 병사들의 가슴을 조였다.

점점 날이 밝아오자, 장은 위치와 방향을 가늠하고자 했다. 누군가가 북서쪽, 즉 카트르샹 맞은편 언덕 위로 곧게 뻗은 르셴 도로를 가리켰다. 그렇다면 왼쪽이 아니라 오른쪽으로 돌아온 게 아닌가? 왜 그랬을까? 뒤이어 고원의 가장자리에 있는 농장, 즉 콩베르스리에 참모본부가 차려졌다는 사실이 그의 관심을 끌었다. 모두가 깜짝 놀란 표정이었고, 장교들이 이리저리 뛰어다니며 눈을 동그랗게 뜬 채 대화를 나누었다. 아무 지시도 없어, 도대체 무얼 기다리는 걸까? 그루터기가 끝없이 보이는 고원은 일종의 원을 이루고 북쪽과 동쪽으로 나무가 우거진 언덕을 내려다보고 있었다. 남쪽으로는 짙푸른 숲이 펼쳐졌고, 서쪽으로는 부지에의 하얀 집들과 함께 엔 계곡이 눈에 들어왔다. 콩베르스리 아래쪽에는 폭우에 젖은 카트르샹의 청석 종탑이 솟아 있었다. 종탑 밑으로는 이끼를 덮어쓴 채 금세라도 비바람에 날아갈 듯 초라하기 짝이 없는 몇몇 지붕이 보였다. 장이 눈으로 오르막길을 좇고 있을 때, 급류로 변한 자갈길로 이륜마차 한 대가 빠르게 달려왔다.

모리스였다. 그는 정면에 보이는 언덕길 모퉁이에서 마침내 7군단을 발견했던 것이다. 그는 두 시간 전부터 인근을 이리저리 헤매 다녔다. 농부가 잘못된 정보를 주기도 했고, 프로이센군을 두려워한 마차꾼이 약국으로 되돌아가려고 일부러 길을 잃기도 했다. 모리스는 농장에 도착하자마자 마차에서 뛰어내렸고, 금세 자기 연대를 찾았다.

장이 화들짝 놀라 소리쳤다.

"아니, 이게 누구야! 왜 네가? 우리가 데리러 갈 텐데!"

모리스가 몸짓으로 고통과 분노를 표현하며 말했다.

"아! 이럴 순 없어…… 더이상 이쪽으로 가지 않아. 이제 저쪽으로 간다고, 아무도 살아남을 수 없어!"

"괜찮아!" 잠시 침묵을 지키던 장이 창백한 얼굴로 말했다. "그래도 함께 죽는 거잖아, 됐어."

헤어졌을 때처럼 두 사내는 다시 서로를 껴안았다. 세찬 비를 맞으며 사병은 대열 속으로 들어갔고, 하사는 불평 없이 비를 맞으며 모범을 보였다.

새로운 소식이, 이번에는 확실한 소식이 전달되었다. 더이상 파리로 퇴각하지 않고 뫼즈강을 향해 다시 진군한다는 것이었다. 원수의 부관이 7군단에게 누아르로 가서 야영하라는 명령을 하달했다. 보클레르로 가는 5군단은 프랑스군의 오른쪽 날개가 될 것이었다. 1군단은 르셴으로 가서 12군단을 대체할 것이고, 브자스로 진군중인 12군단은 프랑스군의 왼쪽 날개가 될 것이었다. 그런데 약 세 시간 전부터 병사 3만여 명이 무기를 내려놓은 채 폭풍우를 맞으며 한없이 기다리고 있는 이유는, 이 새로운 작전 변경이 초래한 일대 혼란 속에서 두에 장군이 그 전날 샤니를 향해 미리 출발시킨 수송 부대의 안전을 지나치게 걱정했기 때문이었다. 수송 부대가 복귀하기를 기다려야만 했다. 르셴에서 12군단 수송 부대와 교차하는 바람에 7군단 수송 부대의 진로가 끊겼다는 이야기가 돌았다. 한편 포병대 대장간 부대는 길을 잘못 드는 바람에 테롱에서 되돌아와야 했는데, 도중에 부지에 도로에서 독일군의 손아귀에 떨어질 것이 확실하다는 소문도 있었다. 혼란과 우려가 그야말로 극에 달했다.

병사들 사이에 진정한 절망감이 퍼졌다. 많은 병사가 비에 젖은 고원의 흙탕물 속에서, 배낭 위에 편히 앉아 죽음을 기다리려 했다. 그들은 쓴웃음을 지으며 장군들을 욕했다. 아! 머리가 안 돌아가는 천치들이야, 아침저녁으로 결정을 바꾸질 않나, 적이 안 보일 때는 한가하게 빈둥거리다가 적이 나타나자마자 꽁무니를 빼질 않나! 사기 저하가 이 군대를 신념도 규율도 없는 오합지졸로 만들었다. 갈팡질팡 헤맨 끝에 그들이 곧 당도할 목적지가 바로 도살장이었으니 말이다! 저 너머 부지에 근처에서 7군단 후위 부대와 독일군 전위 부대 사이에서 총격전이 벌어졌다. 조금 전부터 모든 병사의 시선이 엔 계곡 쪽을 향했는데, 시커먼 연기 소용돌이가 환하게 불타는 하늘로 솟구치고 있었다. 독일 창기병들이 팔레즈에 불을 지른 거라고 했다. 병사들은 격분했다. 뭐라고? 프로이센군이 지금 저기 있다는 거야? 그렇다면 우린 뭘 한 거야, 프로이센군에게 진격할 시간을 주려고 멍하니 기다렸다가 아예 캠프를 깨끗이 비워줬다는 이야기잖아. 상황 파악이 느린 병사들조차 이 치명적인 실수, 이 어리석은 기다림, 아군이 빠진 이 함정에 어렴풋이 분노를 느꼈다. 독일 Ⅳ군단의 척후병들이 보르다스 여단의 관심을 딴 데로 돌리고 샬롱에 있는 모든 군단의 발을 묶어둠으로써, 프로이센 왕세자가 이끄는 Ⅲ군단이 빠르게 달려오도록 시간을 벌어준 것이었다. 그리고 지금 이 시각까지도 전방에 어떤 부대가 있는지 모르는 무지한 원수 덕분에 독일군은 뜻대로 합류할 수 있었고, 프랑스의 7군단과 5군단은 끊임없이 재앙의 위협에 노출되었다.

모리스는 지평선 위에서 팔레즈가 불타는 것을 바라보았다. 그러나 위안거리가 없는 것은 아니었다. 길을 잃은 줄 알았던 수송 부대가 르셴 도로를 통해 귀대하고 있었던 것이다. 1군단은 끝없이 이어지는 장비 마차를 기다리고 보호하기 위해 카트르샹에 남았고, 2군단은 숲을 가로질러 불토부아로 이동했으며, 3군단은 연락망을 확보하기 위해 왼쪽, 즉 벨빌언덕에 진지를 구축했다. 빗방울이 점점 거세지는 가운데 이윽고 106연대가 뫼즈강을 향해 음울한 행군을 시작했을 때, 모리스는 연로한 데로슈 부인의 얇은 커튼에 비친, 방안을 끝없이 오가던 황제의 음울한 그림자를 다시 떠올렸다. 아! 대패가 확실한데도 왕조의 안녕을 위해 사지로 급파되는 이 절망의 군대여, 이 파멸의 군대여! 진격하라, 진격하라, 뒤도 돌아보지 말고, 빗속으로, 진창 속으로, 전멸을 향해!

6

"제기랄!" 이튿날 아침, 추위에 떨어 기진맥진해진 슈토가 잠자리에서 일어나며 말했다. "고깃덩이가 둥둥 뜬 뜨거운 국물을 먹고 싶어."

그들이 야영한 불토부아에서 저녁에 받은 식량이라고는 감자 몇 알뿐이었다. 연속된 전진과 후진으로 병참도 조직적으로 움직일 수 없었고, 만나기로 한 장소에서 지원 부대를 만난 적도 없었기 때문이다. 길이 뒤엉킨 탓에 도대체 어디서 가축을 구해야 할지 몰랐다. 식량 부족이 눈앞의 현실이 되었다.

루베가 기지개를 켜며 절망적으로 냉소했다.

"아! 정말! 이제 끝났어, 더이상 거위 구이는 없어!"

분대원들의 표정이 침울하고 어두웠다. 제대로 먹지 못한다면 제대로 싸울 수도 없다. 게다가 끝없이 비가 내렸고, 진흙탕에서 잠을 자야

했다.

아침기도를 끝낸 뒤 말없이 성호를 긋는 파슈를 보고 슈토가 빈정거렸다.

"그 잘난 하느님한테 소시지랑 포도주 좀 내려달라고 부탁해봐."

"빵이라도 실컷 먹었으면!" 식욕이 왕성해서 누구보다 더 힘겨워하는 라풀이 한숨을 쉬며 말했다.

그러나 로샤 중위가 그들에게 일갈했다. 언제나 밥 타령만 하는 건 부끄러운 일이야! 그는 보란듯이 허리띠를 꽉 졸라맸다. 전황이 불리하게 전개되고 멀리서 간간이 총성이 들린 이후, 그는 특유의 고집스러운 확신을 되찾았다. 프로이센군이 저기에 있어, 그러니 문제는 간단해. 박살내면 돼! 그는 보두앵 대위, 그가 붙인 별칭대로 부르자면 애송이 뒤에 서서 어깨를 으쓱했다. 행군중에 소지품을 잃어버린 보두앵 대위는 창백한 얼굴로 입을 삐죽였다. 먹을 게 있든 없든 아무려면 어때! 대위를 정말로 괴롭게 하는 것은 속옷을 갈아입지 못하는 것이었다.

모리스는 추위에 떨며 잠에서 깼다. 넉넉한 신발 덕분에 발은 더이상 쓰라리지 않았지만, 어제 내린 폭우로 외투가 축축해진 탓에 팔다리가 몹시 쑤셨다. 그는 커피를 끓이기 위해 물을 뜨러 가다가 들판을 바라보았는데, 불토부아는 들판 한쪽 가장자리에 위치해 있었다. 서쪽에는 완만한 경사의 숲이 있었고, 북쪽에는 높다란 언덕이 벨빌까지 이어졌다. 동쪽 뷔장시 방향으로는 높낮이가 거의 없이 편평하고 드문드문 촌락이 보이는 광활한 땅이 있었다. 적군이 저쪽에서 쳐들어온다는 걸까? 그가 물통에 물을 가득 채워 시냇가에서 돌아올 때, 작은 농가 앞에서 한 가족이 그를 부르더니 군인들이 이곳에 머무르면서 자기들을 지켜줄 건지 물었다. 서로 반대되는 명령이 오가는 가운데 5군단은 벌써 세 번이나 이 고장을 관통했다. 어제 바르 쪽에서 대포 소리가 들렸었다. 프로이센군이 8킬로미터 이내에 있는 것이 확실했다. 모리스가 7군단도 곧 떠날 거라고 말하자, 그 불쌍한 가족은 탄식했다. 그래, 나타났다 사라졌다 하며 계속 달아나기만 할 때 알아봤어, 우릴 버리다니, 군인들이 지켜주지 않는다니!

"설탕이 필요한 사람은 엄지를 넣고 녹을 때까지 가만히 기다리면 돼." 루베가 커피를 따르며 말했다.

하지만 아무도 농담에 맞장구치지 않았다. 설탕 없는 커피에 기분이 상했던 것이다. 비스킷이라도 있었으면! 어제 카트르샹의 고원에서 거의 모두가 기다림에 지쳐서 배낭의 식량을 전부 먹어버렸다. 그러나 분대원들은 다행히 감자 몇 알을 찾아내 공평하게 나눠 먹었다.

허기에 시달리던 모리스가 아쉽다는 듯이 입을 열었다.

"이럴 줄 알았다면 르셴에서 빵을 샀을 텐데!"

장은 가만히 그 말을 들었다. 동틀 무렵, 그는 슈토와 말다툼을 했었다. 그가 땔감을 구해오라고 지시하자, 슈토가 자기 차례가 아니라고 주장하며 무례하게 거부했기 때문이다. 전황이 나빠지면서 기강이 점점 해이해졌고, 마침내 상관들이 징벌을 가하기 힘든 상태가 되었다. 장은 공공연한 반항을 초래하지 않기 위해서는 하사로서의 권위를 내세우지 않아야 한다는 것을 냉정하게 이해했다. 호인인 그는 사병들에게 단순한 동료의 역할을 하려는 듯했다. 어쨌든 그의 경험은 사병들에게 여전히 큰 도움이 되었다. 그의 분대원들이 배불리 먹지는 못했다 해도, 다른 분대원들처럼 굶주림으로 쓰러지진 않았다. 특히 장의 연민을 자극한 것은 모리스의 고통이었다. 그는 모리스가 점점 허약해지는 것을 느꼈다. 그는 모리스를 불안한 눈빛으로 보면서 이 허약한 청년이 끝까지 버틸 수 있을지 걱정했다.

모리스가 빵이 없어서 힘겨워하는 소리를 하자, 장은 잠시 자리를 떠나더니 배낭에서 뭔가를 꺼내 되돌아왔다. 그가 모리스에게 비스킷을 건네며 말했다.

"자! 얼른 숨겨! 다른 분대원들에게 줄 몫은 없으니까."

"형은?" 몹시 감동한 모리스가 물었다.

"아! 걱정하지 마…… 아직 두 개가 남아 있어."

그 말은 사실이었다. 전쟁터에서는 굶주리기 마련이라는 걸 알았기에, 그는 전투에 대비해서 비스킷 세 개를 소중히 간직하고 있었다. 게다가 그는 방금 감자 한 알을 먹은 터였다. 당장은 그것으로 충분했다. 나머지 비스킷 두 개를 어떻게 할지는 두고 볼 일이었다.

열시경, 7군단이 다시 움직였다. 원수는 애초에 7군단을 뷔장시를 거쳐 스트네까지 이동시킬 생각이었다. 물론 스트네까지 가려면 뫼즈강을 건너야만 했다. 그러나 샬롱 야전군을 앞지른 프로이센군이 이미 스트네에 이르렀음이 틀림없었고, 심지어 뷔장시에 당도했다는 이야기까지 돌았다. 그리하여 북쪽으로 후진할 수밖에 없게 된 7군단은 오늘 불토부아에서 20여 킬로미터 떨어진 브자스로 간 후, 내일 뫼즈강을 건너 무종까지 가라는 명령을 받았다. 출발 분위기가 암울했다. 충분히 먹지도 쉬지도 못한 병사들은 지난 며칠의 피로와 기다림에 기진맥진한 채 불평을 쏟아냈다. 이내 닥칠 재앙으로 표정이 어두운 장교들은 뷔장시 앞에서 포성을 듣고도 왜 5군단을 도우러 가지 않았는지 모르겠다며 분개했다. 5군단 또한 누아르를 향해 다시 후진해야 했다. 12군단은 브자스를 떠나 무종을 향해 출발했고, 1군단은 로쿠르로 갔다. 그들은 모두 사냥개들에게 몰려 이리저리 도망가는 가축떼처럼, 한없는 지체와 소요 끝에 마침내 그토록 갈망하던 목적지 뫼즈강을 향해 혼잡하게 돌진했다.

들판을 가득 메운 3개 사단 병사들이 거대한 강물처럼 흘러가는 가운데 106연대가 기병대와 포병대에 뒤이어 불토부아를 떠났을 때, 다시 먹구름이 죽음의 그림자처럼 하늘을 뒤덮어 병사들의 사기를 더욱더 땅에 떨어뜨렸다. 106연대는 잎이 무성한 백양나무가 늘어선 뷔장시 도로를 따라가고 있었다. 길 양쪽으로 늘어선 농가들 앞에 퇴비 더미가 쌓인 제르몽 마을에서 두 여자가 흐느끼며 자기 아이들을 군인들 앞으로 밀었는데, 아이들을 데리고 가달라고 애원하는 것 같았다. 병사들에게도 더이상 빵 한 조각, 감자 한 알 남아 있지 않았다. 뒤이어 106연대는 뷔장시로 가는 대신 왼쪽으로 선회해 오트를 향해 거슬러올라갔다. 들판 맞은편 언덕 위에서 어제 지나온 벨빌을 다시 본 병사들은 자기들이 왔던 길을 되돌아가고 있음을 확실히 알게 되었다.

"이런 염병할!" 슈토가 투덜거렸다. "우리를 팽이처럼 돌리고 있잖아!"

루베가 덧붙였다.

"우왕좌왕 어쩔 줄 모르는 머저리 장군들! 병사들 다리쯤이야 어떻게 되든 상관없다는 거지!"

모두가 울화통을 터뜨렸다. 병사들을 재미삼아 이리저리 돌리는 놈들이 세상천지에 어디 있나! 헐벗은 들판에 펼쳐진 주름진 대지를 통해 병사들은 길 양쪽 가장자리로 열을 지어 걸었고, 장교들이 두 대열 사이로 지나갔다. 랭스에서 야영한 다음날 샹파뉴에서 병사들이 했던 즐거운 행군, 농담과 노래로 떠들썩했던 행군, 프로이센군을 따라잡아 격퇴하리라는 희망 속에서 배낭을 가볍게 들어올렸던 행군과는 전혀 달랐다. 이제 분노와 침묵 속에서 그들은 어깨를 짓누르는 소총과 배낭을 저주했고, 지휘부를 더이상 믿지 않았으며, 절망에 사로잡힌 채 채찍질을 두려워하는 가축떼처럼 천근만근 무거운 발을 그저 앞으로 옮길 뿐이었다. 이 가련한 군대는 자기들의 십자가를 들어올리기 시작했다.

모리스는 몇 분 전부터 정신이 다른 데 쏠려 있었다. 왼쪽으로 언덕들이 층을 이루고 있었는데, 저멀리 작은 숲에서 기병 한 명이 나왔다. 연이어 또 한 명이 나왔고, 뒤따라 또하나가 나왔다. 주먹만하게 보이는 세 기병은 장난감처럼 정확한 대열을 이루더니 꼼짝도 하지 않았다. 그들의 어깨 위에서 반짝이는 구리 견장이 눈에 들어왔을 때, 모리스는 기병대 정찰병들이 틀림없다고 생각했다.

"저기 좀 봐!" 그가 옆에서 걷던 장의 어깨를 툭 치며 말했다. "독일 창기병들이야."

하사는 눈을 크게 떴다.

"맞아!"

그 독일 창기병들은 106연대가 목격한 최초의 프로이센군이었다. 군사작전을 개시한 육 주 전부터, 106연대 병사들은 총을 쏴본 적도, 적군과 마주친 적도 전혀 없었다. 프로이센군이라는 말이 돌자, 호기심이 동한 병사들이 일제히 고개를 돌렸다. 창기병들이라, 신수가 훤해 보이는데 저 친구들은.

"한 놈은 살이 퉁퉁하게 쪘어." 루베가 말했다.

그러나 들판 저멀리 작은 숲 왼쪽에서 창기병 중대 전체가 나타났다. 이 위협적인 적군의 출현에 대열은 걸음을 멈췄다. 명령이 떨어졌다. 106연대는 시냇가 나무들 뒤에 포진하기로 했다. 벌써 포병대가 속보로 길을 되돌아와서 언덕 위에 자리를 잡았다. 그런 다음, 약 두 시간 동안 아무 일도 일어나지 않는 가운데 전투대형으로 대기했다. 저멀리 지평선에서 적군 기병대가 꼼짝도 하지 않고 있었다. 이윽고 귀중한 시간만 허비했다는 것을 알아챈 프랑스군은 다시 행군을 시작했다.

"자, 가자고." 장이 유감스러운 듯 중얼거렸다. "아직은 아냐."

모리스도 총을 쏘고 싶은 마음이 간절했다. 그는 프랑스군이 어제 5군단을 도우러 가지 않음으로써 저지른 실수를 떠올렸다. 프로이센군이 공격을 개시하지 않은 것은 보병 병력이 충분치 않기 때문임이 분명했다. 그러므로 그들이 기병대를 멀리 포진시킨 것은 프랑스군의 진군을 지체시키는 것 외에 다른 목적이 있을 수 없었다. 프랑스군은 다시 한번 함정에 빠진 것이었다. 그때부터 106연대는 지형이 오르락내리락할 때마다 왼쪽에서 독일 창기병들이 끊임없이 나타나는 걸 보았다. 그들은 106연대를 따라오며 감시하고 있었고, 농가 뒤로 사라졌다가 숲 모퉁이에서 다시 나타났다.

마치 보이지 않는 그물에 걸린 것처럼 일정한 간격을 두고 포위당한 형세라는 걸 깨닫자, 병사들은 점점 예민해졌다.

"거참, 꽤나 성가시게 구네!" 파슈와 라풀이 되풀이했다. "총으로 쏴버리면 편할 텐데!"

그러나 군단은 이미 지칠 대로 지친 발걸음으로 행군을 계속했다. 불편한 여정을 이어가는 가운데 병사들은 사방에서 적군이 접근하는 것을 느꼈다. 그리고 아직 지평선 위에 먹구름이 드리우지는 않았지만 이내 폭풍우가 몰아치리라는 게 느껴졌다. 후위 부대 경계 강화라는 엄한 명령이 하달되었다. 프로이센군이 군단 뒤에서 모든 것을 쓸어 담고 있는 게 확실한 만큼, 더이상 낙오병들이 생기지는 않았다. 프로이센 보병대가 번개 같은 행군으로 속속 도착하는 동안, 피로에 지치고 사지가 마비된 프랑스군은 오도 가도 못한 채 제자리걸음을 하고 있었다.

오트에 이르자, 하늘이 맑아졌다. 태양의 위치를 살피던 모리스는 그들이 거기서 12킬로미터 떨어진 르셴으로 올라가는 대신에 동쪽으로 선회하고 있음을 알아차렸다. 두시였다. 이틀 동안 비를 맞으며 추위에 떨었던 병사들은 이제 푹푹 찌는 열기에 시달렸다. 길은 이리저리 구불거리며 황량한 들판으로 끝없이 올라갔다. 집도 없었고, 사람도 없었다. 헐벗은 대지가 암울하게 펼쳐진 가운데 드문드문 쓸쓸한 덤불숲이 보였다. 이런 음울한 고적함이 병사들을 침묵에 빠뜨렸는데, 땀에 젖은 그들은 고개를 숙인 채 무거운 발걸음을 옮기고 있었다. 이윽고 생피에르몽이 나타났다. 언덕 위 몇몇 집은 텅 비어 있었다. 군대는 마을을 가로지르지 않았다. 모리스는 그들이 곧장 좌측으로 돌아서 북쪽으로, 브자스 방향으로 가고 있다는 것을 알아챘다. 왜 이 길을 선택했는지 이번에는 이해가 되었다. 프로이센군보다 먼저 무종에 도착하기 위해서였다. 하지만 이토록 사기가 떨어지고 피로에 지친 병사들을 데리고 성공할 수 있을까? 생피에르몽에서, 저멀리 뷔장시 도로의 길모퉁이에서 창기병 셋이 다시 모습을 드러냈었다. 후위 부대가 마을을 떠났을 때,

독일 포병대가 은폐물을 벗고 나타나서 대포를 쏘았다. 아군은 응사하지 않았고, 점점 더 힘겨워하며 행군을 이어갔다.

생피에르몽에서 브자스로 가기 위해서는 무려 12킬로미터를 걸어야했다. 모리스가 그렇게 말하자, 장은 절망적인 몸짓을 했다. 12킬로미터는 무리야. 병사들의 헐떡거리는 숨결, 일그러진 얼굴이 그렇게 말하고 있었다. 양쪽 경사면 사이의 점점 좁아지는 도로도 여전히 오르막이었다. 잠시 행군을 멈춰야 했다. 그러나 이 휴식이 병사들의 팔다리를 완전히 굳어버리게 만들었다. 다시 출발했을 때는 상태가 더욱 나빴다. 여러 부대가 더이상 진군하지 못했다. 병사들이 쓰러졌다. 모리스가 피로에 지쳐 눈이 돌아가고 얼굴이 창백해지는 것을 본 장이 평소와 달리 그에게 수다를 떨었는데, 무의식 속에서 기계적으로 걷고 있는 모리스가 정신을 잃을까봐 두려웠기 때문이었다.

"누나가 스당에 산다고 했지. 우리가 스당을 지나갈 것 같은데……"

"스당을 지나간다고, 말도 안 돼! 정신 차려, 거기는 우리 진로가 아냐."

"누나가 젊어?"

"나와 동갑이야. 일전에 말한 대로, 우린 쌍둥이거든."

"닮았어?"

"그럼, 누나도 나처럼 금발이야. 오! 곱슬머리인데, 정말 탐스러워!…… 몸집이 아담하고, 얼굴이 가냘프고…… 시끄럽게 떠들어대지도 않아, 아무렴 절대로!…… 아, 사랑스러운 앙리에트!"

"남매간에 정이 깊구나!"

"그럼, 그렇고말고!……"

잠시 침묵이 흘렀다. 모리스의 상태를 살피던 장은 그가 눈을 감으면서 쓰러지려 한다는 것을 알아챘다.

"어이! 모리스…… 정신 차려, 이러면 안 돼!…… 소총을 이리 줘, 그러면 조금 나아질 거야…… 이러다간 병사들 절반을 길에서 잃겠어. 오늘은 절대로 더 멀리 못 가, 안 돼!"

전면으로, 누추한 집들이 언덕 위에 층층이 있는 오슈가 조금 전 장의 시야에 들어온 참이었다. 높다란 곳에 위치한 노란색 교회가 무성한 나무에 묻힌 채 마을을 내려다보고 있었다.

"우리가 잘 곳이 저기야, 틀림없어."

장의 예상이 옳았다. 병사들의 극단적 피로를 목격한 뒤에 장군은 결코 그날 안으로 브자스에 도착할 수 없으리라는 사실에 절망했다. 특히 장군이 행군 중단을 결심한 것은 랭스를 떠난 이후 어렵사리 끌고 온 수송 부대, 얼마 전 도착한 그 망할 놈의 수송 부대 때문이었다. 12킬로미터에 걸쳐 늘어선 마차와 가축 행렬이 행군을 그토록 어렵게 하고 지체시킨 것이었다. 카트르샹에서부터 장군은 수송 부대를 곧장 생피에르몽으로 보내라고 명령했었다. 하지만 겨우 오슈에서 수송 부대가 군단에 합류했는데, 그것도 군마조차 전진을 거부할 정도로 기진맥진한 상태에서 이루어졌다. 벌써 오후 다섯시였다. 스톤의 협로에 갇힐까봐 두려웠던 장군은 원수가 지시한 여정을 포기하는 것이 옳다고 판단했다. 군대가 멈춰 섰고, 캠프를 차렸다. 수송 부대가 1개 사단의 비호를 받으며 맨 아래 초원에, 포병대가 그 뒤 경사지에, 이튿날 후위 부대로 쓰일 여단이 생피에르몽 정면의 고지에 자리를 잡았다. 부르갱데퇴유 여단이 속한 또다른 사단이 교회 뒤편 널따란 고원지대, 참나무숲에

둘러싸인 고원지대에서 야영했다.

이미 어둠이 내렸다. 106연대는 참나무숲 가장자리에 겨우 자리를 잡았는데, 그만큼 야영지 선택과 자리 배정에 상당한 혼란이 있었다.

"젠장맞을!" 슈토가 화를 내며 말했다. "밥도 귀찮아, 난 잘 거야!"

그것은 모두의 불평이었다. 대부분의 병사가 천막을 칠 힘조차 없었고, 짐짝처럼 쓰러진 자리에서 잠이 들었다. 게다가 병사들이 저녁식사를 할 수 있으려면 병참에서 식량을 배급해주어야만 했다. 그러나 병참은 오슈가 아니라 브자스에서 7군단을 기다리고 있었다. 모든 것이 느슨해진 가운데, 지휘관들은 하사를 부르지도 않았다. 식량 보급을 자급자족에 맡긴 셈이었다. 이제 더이상 물품 배급을 기대할 수 없었고, 병사들은 각자 자기 배낭에 든 비상식량으로 끼니를 때워야 했다. 하지만 배낭은 텅 비어 있었다. 극히 일부 병사들만 풍요로웠던 부지에서 남은 빵껍질이나 부스러기를 지녔을 뿐이었다. 그래도 다행히 커피가 있었다. 아직 몸을 지탱할 힘이 남은 병사들은 설탕 없이 커피만 마셨다.

장은 모리스와 비스킷을 나눠 먹으려고 했는데, 모리스는 이미 깊이 잠들어 있었다. 한순간 모리스를 깨울까 생각했다. 그러나 곧바로 생각을 고쳤고, 금욕적으로, 마치 금덩어리를 숨기듯 더없이 조심스럽게 비스킷을 배낭에 다시 넣었다. 그도 동료들처럼 커피를 마시는 데 만족했다. 그의 분대는 그가 천막을 치라고 명령한 덕분에 모두가 천막 안에 누워 있었다. 바로 그때, 정찰을 나갔던 루베가 이웃 텃밭에서 당근을 가져왔다. 당근을 익힐 방법이 없었기에, 그들은 생으로 씹어 먹었다. 하지만 허기만 더 자극했고, 그 때문에 파슈는 무척 괴로워했다.

"아냐, 아냐, 자게 내버려두게." 당근을 주려고 모리스를 흔들어 깨우려던 슈토를 장이 만류했다.

"아!" 라풀이 말했다. "내일 앙굴렘에 도착하면, 빵을 먹게 될 거야…… 내 사촌이 앙굴렘 주둔군 병사거든. 정말 훌륭한 수비대야."

모두가 깜짝 놀라는 가운데 슈토가 소리쳤다.

"뭐라고, 앙굴렘?…… 아직도 앙굴렘에 남아 있다면 그건 정신 나간 군인이지!"

라풀을 이해시키는 것은 불가능했다. 그는 부대가 앙굴렘으로 간다고 믿고 있었다. 아침에 독일 창기병들을 보았을 때도, 그는 바젠 원수의 기마병들이라고 우겼었다.

이윽고 캠프는 칠흑 같은 어둠과 죽음 같은 침묵에 빠졌다. 밤공기가 쌀쌀했지만 불을 피우는 것이 금지되었다. 프로이센군이 불과 몇 킬로미터 떨어진 지점에 있었으므로, 목소리도 최대한 낮췄다. 장교들은 잃어버린 시간을 만회하기 위해 새벽 네시경에 출발할 거라고 병사들에게 일찍이 예고했다. 모두가 서둘러 죽음처럼 깊은 잠에 빠졌다. 여기저기 산재한 캠프 위로, 병사들의 거친 숨결이 마치 대지의 헐떡거림처럼 어둠 속으로 솟아올랐다.

별안간 한 발의 총성이 분대원들을 깨웠다. 여전히 어둠이 깊은 것으로 보아 새벽 세시쯤 된 듯했다. 모두가 자리에서 일어났고, 경계경보가 울렸다. 적군의 공격이 시작된 걸까. 하지만 루베가 한 짓으로 밝혀졌다. 잠을 이루지 못하던 그는 분명 토끼가 있음직한 참나무숲으로 들어가보려 했다. 만일 이른 새벽에 토끼 한 쌍을 동료들에게 가져다줄 수 있다면, 그보다 멋진 일이 또 있을까! 그러나 적당한 매복 장소를 찾고 있을 때, 문득 나뭇가지를 젖히며 살금살금 그에게로 접근하는 발소리가 들렸다. 화들짝 놀란 그는 프로이센군 병사들이라고 예단해 망아쇠를 당겼다.

곧바로 모리스와 장, 그리고 다른 병사들이 루베에게 달려갔다. 그때 어둠 속에서 쉰 목소리가 들렸다.

"쏘지 마시오, 젠장!"

숲 가장자리에 키가 크고 깡마른 남자가 서 있었는데, 무성하고 형클어진 턱수염이 어렴풋이 보였다. 어깨에 소총을 비스듬히 멘 그는 붉은 허리띠로 졸라맨 회색 작업복을 입고 있었다. 그는 자신이 프랑스 민병대 중사이고, 장군에게 정보를 전달하기 위해 부하 둘과 함께 디욀레숲에서 오는 길이라고 서둘러 설명했다.

"어이! 카바스! 뒤카!" 그가 뒤돌아보며 소리쳤다. "굼벵이들 같으니라고, 빨리 오지 못해!"

두 사내는 겁에 질린 듯했지만, 가까이 다가왔다. 키가 작고 뚱뚱한 뒤카는 얼굴이 창백하고 머리칼이 듬성듬성했다. 키가 크고 몸이 마른 카바스는 얼굴이 검었고, 긴 콧날이 칼날처럼 가늘고 날카로웠다.

바로 그때, 놀란 얼굴로 중사를 가까이서 살피던 모리스가 마침내 그에게 물었다.

"아, 당신은 레미에 살던 기욤 상뷔크 아닙니까?"

대답을 망설이던 중사가 불안한 표정으로 그렇다고 하자, 모리스는 흠칫 뒤로 물러났다. 이 상뷔크란 자는 패가망신한 벌목꾼 집안의 아들로 천하의 몹쓸 인간으로 알려져 있었기 때문이다. 주정뱅이였던 그의 아버지는 어느 밤 숲에서 목이 잘린 채 발견되었고, 동냥질과 도둑질을 하던 그의 어머니와 누이는 매춘부로 전락한 채 동네에서 사라졌다. 기욤, 그는 밀렵과 밀수를 일삼았었다. 이 늑대 가족의 막내아들인 프로스페르만이 정직하게 자랐는데, 그는 군에 입대해 아프리카 기병이 되기 전 증오하던 숲을 떠나 농가의 머슴으로 살았었다.

"당신 동생을 랭스와 부지에서 만났었는데……" 모리스가 다시 말했다. "아주 잘 지내고 있더군요."

상뷔크는 아무 대답도 하지 않았고, 다만 이런 부탁으로 모리스의 말을 잘랐다.

"나를 장군에게 데려다주시오. 디윌레숲 민병들이 중요한 정보를 가지고 왔다고 전해주시오."

일동이 캠프로 되돌아가는 동안, 모리스는 병사들에게 큰 기대를 받았던 이 비정규군에 대해 생각했다. 민병대는 이미 곳곳에서 불만을 터뜨리고 있었다. 산울타리 뒤에서 적을 기다리고 복병전으로 적을 격파하기 위해 숲을 장악했지만, 그들은 프로이센 병사를 단 한 명도 만날 수 없었다. 그리고 이제는 사실상 그들 자신이 농부들에게 공포의 대상이 되어가고 있었다. 그들이 농부들을 지켜주기는커녕 논밭을 초토화하기 일쑤였기 때문이다. 정규군의 규율을 싫어하는 사회의 낙오자들이 금세 민병대에 가담했고, 도적들처럼 취한 채 숲을 휘젓고 다녔으며, 길가에서 아무렇게나 먹고 마시고 잤다. 몇몇 민병대원은 징병한 것이 뼈저리게 후회스러울 정도였다.

"어이, 카바스! 어이, 뒤카!" 상뷔크가 한 걸음 뗄 때마다 계속해서 뒤돌아보며 되풀이했다. "빨리 좀 따라와, 이 굼벵이들아!"

모리스의 눈에 이 두 사내도 행실이 지극히 나빠 보였다. 툴롱에서 태어난 키다리 카바스는 마르세유에서 카페 종업원으로 일하다가 스당에서 남프랑스 특산품 판매원으로 일했는데, 수상쩍은 절도 사건으로 감옥살이를 할 뻔했었다. 블랭빌에서 집달리로 일하다가 여자 문제로 그만둘 수밖에 없었던 땅딸보 뒤카는 로쿠르에서 공장 회계원으로 일하다가 똑같은 추문으로 재판까지 받았었다. 뒤카는 라틴어를 주워섬겼고, 카바스는 글을 거의 읽지 못했다. 그럼에도 둘은 음험한 얼굴로 주위를 불안하게 만드는 단짝패였다.

캠프는 이미 잠에서 깨어나고 있었다. 장과 모리스는 민병들을 보두앵 대위에게 데려갔고, 보두앵 대위는 그들을 드 비뇌유 대령에게 넘겼다. 대령이 그들의 이야기를 들으려 했다. 그러나 대령의 지위를 높게 치지 않는 상뷔크는 장군과 만나야 한다고 고집부렸다. 오슈의 사제관에서 잠을 잔 부르갱데푀유 장군이 사제관 문지방에 모습을 드러냈다. 한밤중에 기상한데다 또 하루를 공복과 피로에 시달릴 생각을 하며 몹시 침울했던 장군은 민병들을 사납게 맞이했다.

"어디서 온 자들이라고? 원하는 게 뭔가?…… 아! 제군들이로군! 민병들이란 죄다 부랑자들이지 않나!"

"장군님," 상뷔크가 당황하지 않고 말했다. "우리는 동료들과 함께 디윌레숲을 장악하고 있습니다."

"디윌레숲이 어디 있는 건데?"

"스트네와 무종 사이에 있습니다, 장군님."

"스트네니 무종이니 난 몰라! 그런 처음 들어보는 곳들이 나와 무슨 관계가 있지?"

드 비뇌유 대령이 당황하며 조심스럽게 끼어들었다. 그는 장군에게 스트네와 무종이 뫼즈강변에 있다는 것과, 스트네를 점령한 독일군이

162

더 북쪽으로 가서 무종의 다리로 강을 건너려 한다고 설명했다.

"그렇습니다, 장군님," 상뷔크가 다시 말했다. "우리는 지금 디월레숲이 프로이센 병사들로 가득하다는 사실을 알려드리기 위해 왔습니다. 어제 5군단이 부아레담을 떠났을 때 누아르 쪽에서 소규모 국지전이 있었습니다."

"뭐? 어제 교전이 있었단 말인가?"

"그렇습니다, 장군님, 5군단이 후퇴하며 싸웠죠. 5군단은 오늘밤 보몽에 있는 게 틀림없습니다. 동료들이 5군단에 적의 동태를 알리러 간 사이에 우리는 장군님이 5군단을 지원할 수 있게 얼른 상황을 알려드려야겠다고 생각했습니다. 내일 아침이면 5군단은 무려 6만 대군을 상대해야 할 겁니다."

부르갱데쾨유 장군은 6만이라는 숫자에 어깨를 으쓱했다.

"6만이라니, 젠장! 왜 10만 대군은 아니고?…… 자네들은 꿈을 꾸고 있어. 공포 때문에 자네들 눈에 적군이 두 배로 보이는 거라고…… 우리 코앞에 6만 대군이 나타나는 건 불가능해. 만약 그랬다면 벌써 우리에게 발각됐겠지."

장군은 고집스레 대군의 존재를 부인했다. 상뷔크가 뒤카와 카바스를 불러 그것이 사실임을 증언하게 했지만 소용없었다.

"우리는 분명히 대포를 봤습니다." 프로방스 출신 카바스가 단언했다. "놈들은 모두 미치광이입니다, 요 며칠 내린 비 때문에 장딴지까지 푹푹 빠지는 숲속에 진을 치고 있으니까요……"

"누군가가 적군을 인도하고 있는 게 분명합니다." 옛 집달리가 말했다.

그러나 부지에를 떠난 이후 장군은 귀가 따갑게 들어왔던 독일군 2개 군단이 집결한다는 소문을 더이상 믿지 않았다. 게다가 그는 이 민병들을 7군단장에게 데려가야 할 필요를 느끼지 못했는데, 이미 이들이 7군단장에게도 똑같은 정보를 전달했을 것 같았기 때문이다. 만일 농부들이나 부랑자들이 소위 정보라고 떠드는 걸 모두 믿었다면, 프랑스군은 우왕좌왕 어리석은 짓만 되풀이하며 단 한 걸음도 전진하지 못했을 것이다. 하지만 장군은 그 고장을 잘 아는 세 민병에게 부대에 남아 병사들과 함께 행군하라고 명령했다.

"아무튼," 장이 모리스에게 말했다. "우리에게 상황을 알려주기 위해 들판을 16킬로미터나 걸어온 걸 보면 나쁜 사람들은 아닌 것 같아."

모리스도 동의했다. 이 고장을 잘 아는 그가 보기에도 그들의 말이 맞는 듯했다. 디윌레숲의 프로이센군이 소모트와 보몽을 향해 진군하고 있다고 생각하자, 불안감으로 전율이 감돌았다. 행군을 시작하기도 전에 지친 그는 그 자리에 털썩 주저앉았다. 끔찍한 하루가 예감되는 이 꼭두새벽에 뱃속은 텅 비고 가슴은 고통과 근심으로 미어졌다.

하얗게 질린 그의 얼굴을 본 하사가 아버지 같은 자애로운 표정으로 물었다.

"여전히 상태가 안 좋은 거야? 발이 아직도 아파?"

모리스는 고개를 가로저었다. 넉넉한 신발을 신은 덕분에 발 상태는 상당히 호전되었다.

"그럼 배가 고파서?"

모리스가 대답하지 못하자, 장은 배낭에 있던 비스킷 두 개 중 하나를 슬쩍 꺼냈다. 그리고 무심한 표정으로 거짓말을 했다.

"자, 네 몫으로 남겨둔 거야…… 내 건 조금 전에 먹었어."

해가 떠오르고 있었다. 7군단은 원래 야영지로 예정되었던 브자스를 거쳐 무종으로 가기 위해 오슈를 떠났다. 그 끔찍한 수송 부대가 1사단과 함께 먼저 출발했다. 말에 단단히 매단 수송 마차들이 일정 속도로 차분하게 전진했지만, 대부분 텅 빈 채 별로 쓸모도 없던 징발 마차들이 어찌된 일인지 스톤 협로에서 지체되었다. 특히 베를리에르 마을을 지나서는 숲이 우거진 언덕들 사이로 도로가 계속 오르막이었다. 여덟시경, 다른 두 사단이 움직이기 시작했을 때 마크마옹 원수가 나타나 아침에 이미 브자스를 지나간 줄 알았던 병사들이 지금도 여기 있는 걸 보고 분노를 참지 못했다. 무종까지는 겨우 몇 킬로미터밖에 되지 않으니 화를 내는 것도 당연했다. 마크마옹 원수와 두에 장군 사이에 격론이 벌어졌다. 그 결과 1사단과 수송 부대를 무종으로 가게 내버려두자는 결정이 내려졌다. 그리고 다른 두 사단은 너무도 느리게 움직이는 이 전위 부대 때문에 더이상 지체되는 일이 없도록 로쿠르와 오트르쿠르 도로로 행군해 빌레에서 뫼즈강을 건너게 하기로 결정했다. 그것은 다시 북쪽으로 거슬러올라간다는 뜻이었는데, 마크마옹 원수는 서둘러 아군과 적군 사이에 강을 두고 대치하고자 했다. 어떤 대가를 치르더라도 오늘 저녁에는 강 우안에 위치해야만 했다. 프로이센 포병대가 원거리 고지에서 생피에르몽 쪽으로 대포를 쏘며 어제의 공격을 되풀이하고 있는데도, 프랑스군 후위 부대는 아직도 오슈에 있었다. 처음에는 프로이센군에게 응사하며 반격했지만 역부족이었다. 맨 마지막 후위 부대들은 후퇴를 감수할 수밖에 없었다.

106연대는 열한시경까지 높다란 두 고지 사이의 스톤 협로까지 구불구불 이어지는 도로를 따라갔다. 왼쪽으로는 깎아지른 듯한 헐벗은 산마루가 솟아 있고, 오른쪽으로는 보다 완만한 경사지를 따라 숲이 펼쳐진 지형이었다. 고적하기 그지없는 좁다란 협곡 위로 태양이 다시 나타났고, 몹시 무더웠다. 거대하고 쓸쓸한 그리스도 수난상이 굽어보고 있는 베를리에르 마을을 지나자 농가도, 사람 그림자도, 목초지에서 풀을 뜯는 가축도 보이지 않았다. 어제 잠도 자지 못하고 먹지도 못해 지치고 굶주린 병사들은 힘없이 무거운 다리를 끌었고, 은근한 분노에 차 있었다.

뒤이어 길가에서 잠시 정지했을 때, 오른쪽에서 별안간 포성이 울렸다. 매우 분명하고 깊은 소리였기 때문에 전투가 대략 8킬로미터 반경에서 벌어지고 있는 것이 틀림없었다. 기다림에 짜증이 나고 후퇴하는 데 지친 병사들은 대포 소리를 듣자 흥분했다. 모두가 자리에서 일어나 피로도 잊은 채 전투태세를 취했다. 왜 진군하지 않는 거야? 그들은 어디로 가는지, 왜 가는지도 모르는 상태로 패잔병처럼 계속 도망치느니 차라리 싸우다 죽는 게 낫다고 생각했다.

부르갱데푀유 장군이 상황을 살피러 드 비뇌유 대령을 데리고 오른쪽 고지로 올라갔다. 고지에 위치한 두 덤불숲 사이에서 쌍안경을 들고 선 그들의 모습이 보였다. 그들은 옆에 있던 부관에게 민병들이 아직도 부대 내에 있다면 빨리 데려오라고 말했다. 장과 모리스, 그리고 병사 몇 명이 만약의 사태에 대비해 민병들과 함께 고지로 갔다.

장군이 상뷔크를 보자마자 큰 소리로 말했다.

"무슨 고장이 이래, 구릉에 숲에 정말 끝도 없군!…… 이 대포 소리는 대체 어디서 나는 건가, 대체 어디서 전투가 벌어지는 거지?"

뒤카와 카바스 바로 앞에 선 상뷔크가 잠시 아무런 대답 없이 광활한 지평선을 주시하며 귀를 기울였다. 모리스도 상뷔크 옆에서 지평선을 바라보았고, 무한히 펼쳐진 골짜기와 숲의 파노라마에 감탄했다. 거대한 파도가 넘실거리는 끝없는 바다 같았다. 숲들은 노란색 땅에 뿌려진 짙은 초록색 얼룩처럼 보였고, 저멀리 나지막한 구릉들은 뜨거운 태양이 만드는 붉은 아지랑이 속에 잠겨 있었다. 눈에 띄는 것이 아무것도 없었고, 맑은 하늘에는 포연 한줄기 보이지 않았다. 그렇지만 멀리서 대포 소리가 계속 들렸고, 천둥 같은 굉음이 점점 커졌다.

"오른쪽은 소모트입니다." 녹음이 우거진 높다란 산정을 가리키며 상뷔크가 마침내 입을 열었다. "왼쪽이 용크인데…… 전투가 벌어지는 곳은 보몽입니다, 장군님."

"맞습니다, 바르니포레 아니면 보몽입니다." 뒤카가 확인했다.

장군이 투덜거리듯 나직이 말했다.

"보몽, 보몽, 이 망할 놈의 고장에서는 당최 아무것도 모르겠어……"

그러고서 장군은 목소리를 높였다.

"보몽이 여기서 얼마나 떨어져 있지?"

"르셴에서 스트네로 가는 도로를 이용하면 약 10킬로미터입니다. 저기 보이죠, 바로 저 도로입니다."

천둥 같은 대포 소리가 끊이지 않았는데, 포탄이 서쪽에서 동쪽으로 날아가는 듯했다. 상뷔크가 덧붙였다.

"젠장! 점점 더 심해지네…… 하지만 제가 짐작했던 일입니다. 아침에 제가 말씀드렸었죠, 장군님. 저희가 디욀레숲에서 본 독일 포병대가 틀림없습니다. 지금쯤 5군단은 뷔장시와 보클레르를 통해 쏟아져들어오는 독일 군단 전체를 상대하고 있을 겁니다."

모두가 입을 열지 못하는 동안, 멀리서 들려오는 전투의 굉음이 더욱 커졌다. 모리스는 분노의 절규를 터뜨리고 싶은 욕망을 짓누르느라 이를 악물었다. 이런 객설일랑 집어치우고, 즉시 대포 소리가 나는 쪽으로 가야 할 게 아닌가? 그는 지금껏 이런 흥분을 느낀 적이 없었다. 대포 소리가 울릴 때마다 가슴이 격렬하게 반응했고, 당장 가서 끝장을 내고 싶은 욕망에 사로잡혔다. 또다시 실탄 한 발 쏘지 않고 우왕좌왕 전투를 피해 다닐 작정인가? 선전포고 이후로 군사들을 이끌고 내내 도망만 다니다니, 이 무슨 해괴한 작전인가! 부지에서는 후위 부대 쪽에서 총격전이 있었다. 오슈에서도 적이 일순간 등뒤에서 포격을 가했다. 이번에도 아군을 도우러 가지 않고 황급히 달아날 게 분명해! 모리스는 자기처럼 분노로 두 눈이 이글거리고 얼굴이 하얗게 질린 장을 쳐다보았다. 대포 소리가 그들을 다급하게 부르기라도 하는 듯, 모두의 가슴에 피가 끓어올랐다.

그렇지만 또다시 대기상태로 들어갔고, 수녀부가 고지의 좁다란 오솔길을 통해 올라왔다. 두에 장군이 걱정스러운 얼굴로 달려왔다. 민병들에게 직접 상황을 물은 그가 절망적인 탄식을 내뱉었다. 하기야 아침에 상황 파악을 했다 한들, 무엇을 할 수 있었을까? 원수의 의지는 단호했다. 어둠이 내리기 전 어떤 대가를 치르고라도 뫼즈강을 건너야만 했다. 그런데 일정한 간격으로 로쿠르를 향해 가는 여러 부대를 어떻게 집결시켜 재빨리 보몽으로 옮겨놓을 것인가? 보나마나 너무 늦게 도착하지 않을까? 벌써 5군단은 무종 쪽으로 후퇴하며 싸우고 있는 게 틀림없었다. 대포 소리로 그 점은 분명해졌다. 멀리서 울리는 재앙의 천둥소리는 점점 더 동쪽으로 이동하고 있었다. 두에 장군이 무력감으로 분통을 터뜨리며 골짜기와 언덕, 땅과 숲으로 이루어진 거대한 지평선 위로 두 팔을 들어올렸다. 로쿠르를 향해 계속 행군하라는 명령이 떨어졌다.

아! 저 높은 두 산마루 사이에 긴 스톤 협로를 관통하라니, 더욱이 오른쪽 숲 너머에서는 끊임없이 대포 소리가 울리지 않는가! 106연대 선두에서 드 비뇌유 대령이 꼿꼿한 자세로 말에 올랐으나 얼굴이 창백했고, 눈물을 보이지 않으려는 듯 두 눈을 깜박였다. 보두앵 대위는 말없이 콧수염을 물어뜯었다. 로샤 중위는 나직이 투덜거리며 모두를 향해, 그리고 자신을 향해 욕을 했다. 심지어 전투하고 싶지 않은 병사들, 가장 심약한 병사들의 마음속에서도 고함을 지르고 한바탕 싸우고 싶은 욕망, 계속되는 패배에 대한 분노가 치솟았다. 바로 저기서 흉악한 프로이센 놈들이 아군을 도살하고 있는데 도대체 어디로 간단 말인가, 빨리 저기로 가야 할 게 아닌가.

구불구불한 내리막이 작은 언덕들 사이로 이어지는 스톤 협로 아래쪽에서 도로가 넓어졌고, 부대들은 작은 숲이 군데군데 있는 넓은 땅을 가로질렀다. 지금은 후미에 위치한 106연대가 오슈를 떠난 이후 시시각각 적의 공격을 기다리고 있었다. 적군이 아군을 뒤쫓으며 후미를 덮칠 기회를 호시탐탐 노렸기 때문이다. 프로이센 기병대는 기복이 심하지 않은 지면을 이용해 아군의 측면을 급습하려 했다. 적의 기병대가 숲 뒤에서 이동하는 것이 보였다. 그러나 그들은 도로를 휩쓸며 전진하는 프랑스 경기병 연대의 출현에 걸음을 멈췄다. 그 덕분에 후퇴가 질서정연하게 계속되었다. 하지만 로쿠르에 접근했을 때, 하나의 광경이 고통을 증폭시켰고, 병사들 사기를 완전히 꺾어놓았다. 별안간 샛길을 통해 혼비백산해 달아나는 군중이 나타났다. 부상당한 장교들, 무기도 없이 패주하는 병사들, 이리저리 날뛰는 가축떼, 그야말로 아비규환 속에서 공포에 질린 사람과 짐승이 정신없이 도주했다. 그들은 1사단 소속 1개 여단의 패잔병들이었는데, 아침에 브자스를 통해 무종으로 떠난 수송 부대를 호위하던 여단이었다. 길을 잘못 들어선데다 끔찍한 불운이 겹쳐 그들과 수송 부대 일부가 이제 막 보몽 근처 바르니포레에서 5군단의 패주 속에 휩쓸려들어간 것이었다. 측면 기습 공격을 받은 채 수적으로도 압도당한 그들은 도망칠 수밖에 없었다. 피를 흘리며 반쯤 미친 상태에서 이리저리 날뛰는 그들이 얼마나 두려움에 몸서리를 쳤던지, 그 광경을 바라보는 아군의 사기를 땅에 떨어뜨리기에 충분했다. 그 모습은 공포를 확산시키고 전염시켰다. 그들은 정오부터 들리던 천둥 같은 대포 소리에 끊임없이 시달린 듯했다.

그리하여 로쿠르를 가로지를 때는 혼란과 불안이 증폭되었다. 이미 결정된 대로 빌레에서 뫼즈강을 건너기 위해서는 오트르쿠르 방향으로, 즉 오른쪽으로 틀어야 하는 걸까? 혼란에 빠져 망설이던 두에 장군은 교량이 이미 프로이센군에 의해 장악되지 않았을까 걱정했다. 그는 밤이 오기 전 레미에 닿을 수 있도록 아로쿠르 협로를 통해 곧장 직진하고자 했다. 무종 다음에 빌레, 빌레 다음에 레미…… 그들은 독일 창기병에게 쫓기는 가운데 계속해서 길을 거슬러올라가고 있었다. 이제 6킬로미터밖에 남지 않았지만, 벌써 다섯시였다. 게다가 피로가 극에 달하지 않았는가! 새벽부터 그들은 고작 12킬로미터를 가기 위해 열두 시간을 행군하며 줄곧 끝없는 기다림에 시달렸고, 격심한 공포에 휩싸였다. 병사들은 이틀 밤을 거의 뜬눈으로 지새운 상태인데다, 부지에를 떠난 후로 아무것도 먹지 못했다. 그들은 아사 직전이었다. 로쿠르에서도 상황이 호전될 가능성이 없었다.

많은 공장, 잘 닦인 대로, 아름다운 교회와 시청 건물이 있는 그 소도시는 언제나 풍요로웠다. 하지만 황제와 마크마옹 원수가 참모부 장교들과 함께 밤을 보내고 뒤이어 아침부터 1군단 전체가 도로를 통해 강물처럼 흘러들자 소도시의 자원은 바로 고갈되었다. 빵가게와 식료품가게가 탈탈 털렸고, 주민들의 집에도 빵껍질조차 남지 않았다. 더이상 빵도 술도 설탕도 없었다. 먹을 것과 마실 것이 동난 것이다. 부인들이 집 앞에서 술통 속 마지막 포도주 한 방울까지, 냄비 속 마지막 수프 한 숟가락까지 퍼서 병사들에게 나누어주었다. 그것도 끝이 났다. 세시경 7군단의 몇 개 연대가 도착하기 시작했을 때 상황은 절망적이었다. 도대체 이게 무슨 꼴인가? 패잔병의 행렬이 끝없이 이어졌다. 또다시 대로 위로 먼지를 덮어쓴 채 피로에 지치고 굶주림으로 죽어가는 병사들이 떠밀려갔다. 그러나 그들에게 줄 식량은 아무것도 없었다. 수많은 병사가 걸음을 멈추고 길가의 문을 두드렸고, 창문으로 손을 뻗어 빵한 조각이라도 던져달라고 애원했다. 여자들은 집에 남은 것이 아무것도 없다고 몸짓으로 말하며 울었다.

디포티에가街 모퉁이에서 모리스가 현기증을 일으키며 비틀거렸다. 장이 재빨리 붙잡자, 그가 말했다.

"안 되겠어, 날 내버려둬, 이제 끝이야…… 여기서 죽는 게 낫겠어."

모리스는 길가 경계석 위에 털썩 주저앉았다. 그러자 하사가 짐짓 엄격한 상관인 척 못마땅한 말투로 말했다.

"젠장맞을! 도대체 누가 나한테 이런 약졸을 붙여준 거지?…… 프로이센 놈들한테 붙들리고 싶어? 자, 어서 일어나!"

얼굴이 납빛으로 변한 젊은이가 기절한 듯 두 눈을 감은 채 더이상 대답하지 못하자, 장은 다시 투덜거렸으나 그 어조에는 무한한 연민이 배어 있었다.

"젠장맞을! 젠장맞을!"

근처 샘가로 달려가 수통에 물을 채워 모리스의 얼굴을 적셔주었다. 그리고 배낭에서 마지막 남은 비스킷을 꺼내 잘게 부숴서 굶어죽어가는 자의 입에 넣어주었다. 그러자 모리스가 눈을 떴고, 비스킷을 삼켰다.

"아, 그런데," 불현듯 모리스가 기억을 더듬으며 물었다. "형은 아직도 그걸 안 먹었어?"

"아! 나 말이야?" 장이 말했다. "나야 너보다 강골이잖아, 아직은 끄떡없어…… 물 한 방울만 마시면, 금세 원기가 회복되거든!"

장은 다시 수통을 채우러 갔고, 그 물을 단숨에 마셨다. 실은 그의 얼굴도 흙빛으로 변해 있었고, 너무 굶주려서 손이 떨릴 지경이었다.

"자, 다시 행군! 힘내, 모리스, 동료들을 따라잡아야 해!"

모리스는 장의 품에 몸을 맡겼고, 어린아이처럼 부축을 받으며 걸었다. 어떤 여자의 품도 그의 가슴을 그렇게 따뜻하게 덥힌 적이 없었다. 죽음을 눈앞에 둔 극도의 비참함 속에서 모든 것이 무너지는 가운데, 한 존재로부터 포근한 사랑과 보살핌을 받는다는 느낌은 그에게 더없는 위로가 되었다. 더욱이 그의 가슴과 맞닿아 있는 한 존재가 애당초 그가 혐오했던 무지렁이 농부라는 것이 이 순간 우정과 감사를 한없

172

이 증폭시켰다. 이것이야말로 원초적 우정, 일체의 문화와 계급 이전의 우정, 자연이라는 적의 위협 앞에서 공동전선을 펴기 위해 하나로 결합한 두 인간의 우정이 아닐까? 그는 장의 가슴속에서 인류애가 뛰는 소리를 들었고, 구원자인 장이 자신보다 더 강하다는 사실이 자랑스러웠다. 한편 장은 자신의 감정을 분석할 수는 없었지만, 자신과 달리 천부적 재능과 지성을 갖춘 친구를 보호한다는 기쁨을 맛보았다. 무시무시한 폭력과 강간을 당한 아내가 비참하게 죽은 뒤로 그는 자신에게는 감정이 없다고 믿었고, 인간이란 모두 고통의 원인이므로 사악하지 않은 인간들조차도 절대로 가까이하지 않겠다고 다짐했다. 그러나 두 사람의 가슴속에 우정이 흘러넘쳤다. 굳이 포옹할 필요도 없었다. 그토록 달랐음에도 둘은 서로에게 깊이 감동했고, 내면에서 진정으로 교감했다. 레미로 가는 이 끔찍한 도로 위에서, 두 남자는 서로에게 기대며 마침내 연민과 고통을 공유하는 하나의 존재가 되었다.

후위 부대가 로쿠르를 떠날 때, 독일군이 반대쪽에서 로쿠르로 들어왔다. 곧바로 독일군 2개 포병 부대가 좌측 고지에 자리를 잡더니 대포를 쏘기 시작했다. 레만과 나란한 내리막길을 가던 106연대가 때마침 불운하게도 포탄이 떨어지는 지점에 있었다. 포탄 하나가 강가의 백양나무를 박살냈다. 다른 포탄 하나는 보두앵 대위 바로 옆 풀밭에 떨어졌으나 다행히 폭발하지 않았다. 그러나 아로쿠르까지 협로는 점점 좁아지고 있었고, 병사들은 녹음이 우거진 두 산마루 사이에 낀 비좁은 길로 들어서고 있었다. 소수의 프로이센 병력이라 해도 만일 저 산마루에 매복한 채 기습 공격을 퍼붓는다면, 재앙은 불가피했다. 후미에 포탄을 맞으며 좌우 측면 공격 위험에 노출된 병사들은 점증하는 공포

속에서, 이 위험한 통로에서 조금이라도 빨리 벗어나고자 발걸음을 서둘렀다. 기력이 쇠진한 병사들조차 마지막 안간힘을 썼다. 조금 전 로쿠르에서 집집마다 구걸하며 느릿느릿 걸어가던 병사들도 위험이 코앞에 닥치자 힘을 내어 성큼성큼 걸음을 재촉했다. 군마들조차 촌각이라도 지체되면 혹독한 대가를 치르리라는 것을 아는 듯했다. 대열의 선두가 레미에 도착했는지 갑자기 행군이 멈췄다.

"제기랄!" 슈토가 말했다. "아예 우리를 여기에 내버리는 거 아냐?"

106연대는 아직 아로쿠르에 이르지 못했고, 포탄이 비 오듯 날아왔다.

연대가 행군을 멈추고 다시 출발하기를 기다릴 때, 포탄 하나가 오른쪽에서 터졌으나 다행히 부상자는 없었다. 영원처럼 느껴지는 공포의 오 분이 흘렀다. 대열은 여전히 행군을 재개할 기미가 없었다. 저 앞쪽에는 길을 막고 있는 장애물, 급히 세운 방어벽이 있었다. 대령이 말등자를 딛고 선 채 전방을 바라보며 몸을 떨었고, 등뒤로 병사들의 공포가 점증하는 것을 느꼈다.

"이거 뭐야, 우리가 적들에게 팔린 거잖아!" 슈토가 다시 거칠게 말했다.

공포감이 밀려드는 가운데 여기저기서 투덜거리는 소리가 들리더니, 이내 노기에 찬 고함이 터져나왔다. 그래, 맞아! 우리를 팔려고 여기로 데리고 온 거야, 프로이센 놈들에게 팔아넘기려고 데리고 온 거라고! 끝없이 불운이 연속되고 수많은 실수가 저질러진 이후, 이 투박한 사람들의 머릿속에서는 오직 배반으로만 그 일련의 재앙을 설명할 수 있었다.

"우리가 적들에게 팔렸어!" 병사들이 두려움에 떨며 되풀이했다.

그리고 루베의 상상력이 발동되었다.

"저기서 자기 짐으로 길을 가로막고 우리를 오도 가도 못하게 하는 자는 바로 그 돼지 같은 황제야."

금세 그 말이 사방으로 퍼져나갔다. 황제 일행이 지나가느라 대열이 잘린 탓에 이런 정체가 발생했다는 것이었다. 그것은 황제 일행의 거만함이 불러일으킨 증오요, 무시무시한 저주였다. 황제 일행이 프랑스군이 숙영하는 도시를 차지한 채 굶주린 배를 움켜쥔 병졸들 앞에 그들의 식량, 포도주 바구니, 은식기를 펼쳐놓았고, 부엌을 온갖 불로 휘황찬란하게 밝혔다는 것이었다. 아! 지금 이 시각, 자신의 제국에서 왕좌도 지휘권도 없이 길을 잃은 아이처럼 방황하는 불쌍한 황제여! 황실, 근위 기병대, 마차, 군마, 요리사, 운송 마차를 끌고 다니며 군수품 속에 처박힌 쓸모없는 짐짝 취급을 받는 불쌍한 황제, 패주의 대로에서 화려한 꿀벌무늬 망토를 차려입은 채 온갖 흙탕물과 피를 뒤집어쓴 불쌍한 황제여!

포탄 두 발이 차례로 떨어졌다. 그 충격으로 로샤 중위의 군모가 벗겨졌다. 대열의 간격이 촘촘해졌고, 저마다 앞사람을 떠미는 바람에 멀리까지 파도의 너울 같은 것이 퍼졌다. 격정적인 고함이 여기저기서 터져나왔고, 라풀은 전진하라고 미친듯이 외쳤다. 다시 일 분이 흘렀다. 무시무시한 공포가 밀려왔고, 모든 게 혼잡하게 뒤엉킨 비좁은 협로에서 도망치고 싶은 간절한 욕망이 병사들을 짓눌렀다.

안색이 파랗게 질린 대령이 뒤를 돌아보았다.

"제군들, 제군들, 조금만 참으시오. 벌써 연락병을 보냈소…… 곧 행군이 시작될 거요……"

그러나 행군은 재개되지 않았고, 일분일초가 무한히 길게 느껴졌다. 냉정한 판단을 내린 장은 벌써 모리스의 손을 단단히 잡고는, 만일 도주가 시작되면 강 건너편 숲속으로 뛰어가자고 귓속말로 말했다. 민병들이 길을 잘 알 것 같아 그는 시선으로 그들을 찾았다. 하지만 로쿠르를 가로지를 때 그들은 어디론가 자취를 감췄다. 그러다 갑자기 행군이 재개되었다. 길모퉁이를 돌자, 독일군의 포탄은 더이상 날아들지 않았다. 나중에 병사들은 이 불행한 한나절의 재앙 속에서 7군단의 진로를 막고 발걸음을 묶은 것이 본맹 사단의 4개 기갑 연대였음을 알게 되었다.

106연대가 앙주쿠르를 가로지르는 사이 땅거미가 졌다. 오른쪽으로는 높은 산마루가 계속 이어졌다. 그러나 왼쪽으로는 협로가 넓어졌고, 저멀리 푸르스름한 계곡이 보였다. 마침내 레미 고지에 서자, 저녁안개 속에서 거대한 초원과 대지를 가로지르는 은은한 은빛 띠가 보였다. 뫼즈강, 그토록 갈망하던 뫼즈강, 승리가 기다리고 있는 바로 그 뫼즈강이었다.

모리스는 팔을 뻗어 저멀리 점점이 반짝이는 불빛, 아늑한 노을에 비낀 채 더없이 감미롭고 비옥한 계곡의 짙푸른 녹음 속에서 즐겁게 반짝이는 불빛을 가리켰고, 사랑하는 고장에 귀향하는 포근한 기쁨을 느끼며 장에게 말했다.

"와! 저기 봐…… 저기가 스당이야!"

7

레미에서 병사, 군마, 마차가 더없이 혼잡하게 뒤엉켜 뫼즈강으로 구불구불 내려가는 비탈길을 가로막았다. 언덕 중간에 있는 교회 앞에서, 대포를 끄는 말들은 욕설과 박차에도 더이상 전진시킬 수 없었다. 더 아래쪽, 레만폭포가 떨어지는 방적공장 근처에서는 수송 마차들이 오도 가도 못한 채 도로를 막고 있었다. 병사들이 끝없이 몰려든 크루아드말트여관에는 포도주 한 병 남지 않았다.

혼란의 물결은 더 멀리, 나무숲에 의해 강에서 분리된 마을의 남쪽 끝, 아침에 배 여러 척을 이어 만든 부교가 놓인 마을의 남쪽 끝까지 이어졌다. 배 한 척이 오른쪽에 있었고, 뱃사공의 하얀 집이 높다란 풀밭에 고즈넉이 서 있었다. 양쪽 강기슭에는 커다란 조명불이 피어오르고 있었는데, 간간이 기름이 보태질 때마다 대낮처럼 환하게 강물과 제방을 비췄다.

그러자 도강을 기다리는 수많은 병사가 보였다. 부교로는 한 번에 두 명만 짝을 이뤄 건너고, 기껏해야 폭 3미터인 뫼즈강 다리 위로는 기병대, 포병대, 수송대가 거북이처럼 느리게 지나가고 있었다. 거기서는 1군단의 1개 여단, 군수품 수송 부대, 본맹 사단의 4개 기갑 부대가 아직도 대기중이라는 소식이 들렸다. 그리고 그 뒤로 3만여 명에 이르는 7군단 전체가 한꺼번에 몰려오고 있었다. 그들은 적군이 바로 등뒤까지 추격해왔다는 생각에 안전지대인 건너편 강기슭으로 최대한 빨리 가려고 안달했다.

잠시 절망감이 감돌았다. 이게 무슨 일인가! 아침부터 아무것도 먹지 않고 걸었고, 죽을힘을 다해 이제 막 그 끔찍한 아로쿠르 협로에서 벗어났는데, 그 결과가 이런 혼란과 공포의 도가니 속에서 막다른 길에 부딪히는 거라니! 지금부터 몇 시간을 기다린다 해도, 방금 도착한 병사들이 도강할 차례가 올 것 같지 않았다. 모두의 느낌으로는, 만일 프로이센군이 밤에 추격을 감행하지 않는다면, 동틀 무렵에야 아군의 도강이 완료될 듯했다. 걸어총 명령이 떨어졌다. 그들은 나무가 없는 넓은 언덕 위에 캠프를 차렸는데, 그 비탈은 무종 도로를 따라 뫼즈강 초원까지 이어졌다. 예비군 포병대가 고원 전체를 뒤덮듯 전투태세로 자리잡았고, 필요할 경우 공격을 감행하기 위해 포문을 협로 출구로 향했다. 다시 고뇌와 반발심이 솟구치는 가운데 기다림이 시작되었다.

106연대는 도로 위쪽, 넓은 들판을 내려다보는 그루터기 밭에 자리를 잡았다. 그들은 마지못해 총을 내려놓았고, 뒤로 시선을 던지며 기습 공격을 걱정했다. 모두가 굳은 표정이었고, 간간이 분노를 이기지 못해 나직이 투덜거릴 뿐이었다. 아홉시 종이 울릴 참이었다. 그들이 그곳에 자리잡은 지 두 시간이 지났다. 극심한 피로에도 많은 병사가 잠을 이루지 못했고, 맨바닥에 누운 채 몸을 덜덜 떨며 멀리서 들리는 아주 작은 소리에도 귀를 곤두세웠다. 그들은 더이상 자신들을 혹독하게 괴롭히는 허기와 싸우지 않았다. 음식이야 강 건너편에서 먹게 되겠지. 만약 먹을 게 없으면 풀이라도 뜯어먹지 뭐. 혼잡이 점점 더 심해졌다. 두에 장군이 다리 가까이에 배치시킨 장교들이 이십 분마다 소식을 전하러 왔는데, 분통을 터뜨리게 하는 그 소식에 따르면 여전히 시간이 많이 필요하다는 것이었다. 마침내 장군이 직접 다리까지 길을 뚫기로 결심했다. 인파와 싸우며 전진하려 애쓰는 장군의 모습이 보였다.

장과 함께 경사지에 기대앉은 모리스는 아까처럼 북쪽을 가리키며 말했다.

"스당은 저쪽에 있어…… 그리고 아, 그래! 저기가 바제유야…… 그리고 이쪽이 두지, 그리고 오른쪽이 카리냥…… 아군의 집결지가 아마 카리냥일 거야…… 아! 날이 밝으면 보일 텐데, 거기에 그럴 만한 공간이 있거든!"

그가 두 팔로 어둠이 잠긴 거대한 계곡을 감싸는 동작을 했다. 하늘이 그다지 어둡지 않아서 시커먼 풀밭 사이로 흐르는 강물이 희미하게 보였다. 나무숲이 짙은 덩어리를 이루었고, 특히 왼쪽에 일렬로 늘어선 백양나무들이 강둑의 환상적인 지평선을 가로막고 있었다. 불빛이 점점이 반짝이는 스당 뒤로 아르덴숲 전체가 수백 년 된 참나무로 장막을 친 듯 천지가 암흑이었다.

장이 저 아래 부교로 시선을 옮겼다.

"저기 봐!…… 모든 게 엉망진창이야. 우린 결코 강을 건너지 못할 것 같아."

양쪽 강기슭에 조명불이 높이 타올랐고, 환한 불빛에 우려스러운 이동 상황이 선명하게 드러났다. 아침부터 계속해서 건너간 기병대와 포병대의 무게에 부교의 판자를 지탱하는 배들이 붕괴해 판자가 물속에 몇 센티미터쯤 잠겨버렸다. 지금은 이쪽 강둑의 어둠에서 나온 기갑병들이 둘씩 짝을 지어 강을 건너고 있었는데, 그들이 끝없는 행렬을 이루며 건너편 강둑의 어둠 속으로 사라졌다. 이제는 더이상 부교가 보이지 않았다. 그들은 환하게 밝은 강물 위를, 조명불이 춤추는 듯 비치는 강물 위를 걸어갔다. 공포로 갈기가 곤두서고 두 다리가 뻣뻣해진 말들이 울부짖으며 곧 무너질 듯 움직이는 바닥을 디디며 주춤주춤 나아갔다. 휘황한 불빛에 붉게 물든 투구를 쓰고 하얀 망토를 길게 늘어뜨린 기갑병들이 말등자를 딛고 서서 고삐를 당기며 지나가고 또 지나갔다. 그것은 불타는 머리칼을 지닌 유령 기갑병들이 암흑의 전쟁터로 나아가는 모습 같았다.

꽉 막힌 장의 목구멍에서 깊은 탄식이 새어나왔다.

"아! 배고파!"

그들 주변에서는 병사들이 주린 배를 움켜쥐고 잠이 들었다. 극심한 피로가 공포를 압도했고, 병사들은 달도 없는 하늘 아래 누워 입을 벌린 채 깊은 잠에 빠졌다. 헐벗은 언덕 끝에서 끝까지 애타는 기다림이 죽음의 침묵으로 변했다.

"아! 배고파, 배고파, 흙이라도 먹고 싶어!"

고통에 그토록 강하고 그토록 조용하던 장이 더이상 참을 수 없어 내지른 절규, 서른여섯 시간 동안 아무것도 먹지 못해 굶주림의 정신착란 속에서 자기도 모르게 내지른 절규였다. 그러자 두세 시간 전에 106연대가 강을 건너지 못하리라고 판단한 모리스가 결심한 듯 말했다.

"이 근처에 삼촌이 살아, 언젠가 말했던 푸샤르 외삼촌 말이야…… 저기 위쪽으로 오륙백 미터쯤 가면 돼. 거기에 들를지 들르지 않을지 망설이고 있었어. 그런데 형이 그토록 배가 고프다니까…… 가면 외삼촌이 빵이라도 주실 거야. 그래, 가자!"

그는 자포자기에 빠진 동료를 데리고 갔다. 푸샤르 영감의 작은 농가는 아로쿠르 협로 끝자락에, 예비군 포병대가 자리잡은 고원 근처에 있었다. 곳간, 외양간, 마구간 등이 딸린 나지막한 집이었다. 영감은 도로 건너편에 있는 창고를 도축장으로 개조했고, 거기서 직접 도축해 마을의 고객들에게 짐수레로 고기를 날라주었다.

그곳으로 다가간 모리스는 불빛이 전혀 보이지 않아 깜짝 놀랐다.

"아! 수전노 영감이 단단히 빗장을 질렀나보군. 안으로 들어갈 수가 없어."

그러다 그는 어떤 광경을 보고 도로 위에서 멈췄다. 농가 앞에 열 명 남짓한 군인들, 농작물을 훔쳐서라도 굶주린 배를 채우려는 군인들이 어슬렁거렸다. 먼저 그들은 사람을 불렀고, 뒤이어 문을 두드렸다. 그러고는 집이 어둠과 침묵에 잠겨 있음을 알자, 소총 개머리판으로 자물쇠를 때려 부수기 시작했다. 어디선가 억센 목소리가 터져나왔다.

"제기랄! 저리 가! 차라리 그걸로 나를 때려, 집에는 아무도 없으니까!"

별안간 곳간 벽에 있는 덧창이 열렸고, 모자를 쓰지 않은 키가 큰 작업복 차림의 노인이 한 손에는 불을 켠 양초를 들고 다른 한 손에는 총을 들고 나타났다. 거친 백발 아래 네모난 얼굴, 깊은 주름, 억센 코, 두툼하고 창백한 눈, 완고한 턱이 보였다.

"모조리 때려 부수는 걸 보니 강도들이로군!" 그가 거친 목소리로 외쳤다. "도대체 원하는 게 뭐야?"

군인들이 당황하며 흠칫 뒤로 물러섰다.

"배가 고파 죽겠습니다. 먹을 게 필요해요."

"아무것도 없어, 빵껍질조차…… 자네들은 내가 10만 대군을 먹일 식량을 가진 줄 아는 모양이군…… 바로 오늘 아침에 다른 군인들이, 그래! 뒤크로 장군의 병사들이 싹 가져가버렸어."

군인들이 하나둘 모여들었다.

"그래도 문 좀 열어주십시오, 조금만 쉬었다 가겠습니다, 뭐라도 좋으니 좀 주세요."

군인들이 곧 다시 문을 두드렸다. 그러자 영감이 양초를 촛대에 꽂은 후 거총 자세를 취했다.

"아무것도 없단 말은 이 환한 촛불처럼 분명한 사실이야. 내 문에 손을 대는 놈은 누구든지 머리를 박살내버리겠어."

하마터면 총격전이 시작될 뻔했다. 저주의 목소리가 터져나왔고, 한 병사가 빵을 군인에게 주느니 차라리 강물에 던져버리는 게 낫다고 생각하는 이 돼지 같은 농부에게 대가를 치르게 해야 한다고 외쳤다. 소총들이 겨누어졌고, 지근거리에서 발사될 참이었다. 촛불이 환한 방에서 고집 센 노인은 분통을 터뜨렸고, 물러설 기색이 없었다.

"아무것도 없어! 빵껍질조차 없어!…… 모조리 가져갔다고!"

질겁한 모리스가 달려갔고, 장이 그 뒤를 따랐다.

"동지들, 동지들……"

그는 병사들의 총구를 눌러 내렸다. 그리고 고개를 들어 외삼촌에게 말했다.

"자, 흥분하지 마세요…… 저 모르시겠어요? 조카예요."

"누구라고?"

"모리스 르바쇠르, 당신의 조카라고요."

푸샤르 영감은 양초를 다시 집어들었다. 아마도 조카를 알아본 듯했다. 하지만 영감은 물 한 잔도 주지 않으려는 듯 고집을 피웠다.

"이렇게 깜깜한데 조카인지 아닌지 어떻게 알아?…… 모두 꺼져버려, 안 그러면 쏠 거야!"

영감을 죽이고 집에 불을 지르자는 분노의 외침을 들으면서도 영감은 고집스레 이 말만 되풀이했다.

"모두 꺼져버려, 안 그러면 쏠 거야!"

"저한테도 쏠 겁니까, 아버지?" 갑자기 모든 소리를 압도하는 큰 목소리가 들렸다.

다른 군인들이 옆으로 비켜서자, 흔들리는 불빛 속에 한 하사관이 나타났다. 오노레였다. 그의 포병대는 200미터도 안 되는 거리에 있었고, 두 시간 전부터 그는 집에 들르고 싶은 저항할 수 없는 욕망에 시달렸다. 오래전 그는 다시는 이 집에 발을 들이지 않으리라 다짐했었다. 입대 후 사 년 동안, 지금 이토록 간결한 어조로 부르는 아버지와 편지 한 통 주고받지 않았다. 농작물을 훔치려던 군인들은 곧 상의를 하더니, 의견일치를 보았다. 노인의 아들이 하사관이잖아! 그렇다면 할 수 없지, 일이 잘 안 풀리네, 좀더 멀리 가보는 게 좋겠어! 그들은 짙은 어둠 속으로 사라졌다.

약탈을 면했다는 것을 알았을 때, 푸샤르 영감은 마치 아들을 어제도 본 것처럼 흥분의 기미 없이 말했다.

"너로구나…… 그래! 내려가마."

시간이 오래 걸렸다. 안에서 자물쇠를 열었다 닫았다 하는 소리가 들렸다. 아무것도 잃고 싶지 않은 수전노 영감의 사전조치였다. 이윽고 문이 아주 조금 열렸다. 활짝 열리지 않도록 노인이 억센 손으로 문을 붙잡고 있었다.

"너만 들어와! 다른 사람은 안 돼!"

하지만 조카를 밖에 둘 수는 없었다. 노인은 싫은 내색을 감추지 않으며 그를 들였다.

"자, 너도 들어와!"

노인은 매정하게도 장에게는 문을 열어주지 않았다. 모리스가 노인에게 간청했다. 그래도 노인은 고집을 부렸다. 안 돼! 안 돼! 가구를 모조리 박살내는 도둑놈들을 집에 들일 수는 없어! 마침내 오노레가 어깻짓으로 동료를 들어오라 했고, 노인은 어쩔 수 없다는 표정으로 나직이 위협적인 말을 내뱉었다. 노인은 아직 총을 내려놓지 않았다. 그들을 거실로 안내한 후에야 총을 찬장에 걸쳐놓았고 양초를 식탁 위에 놓고는 고집스레 입을 꾹 다물었다.

"아버지, 우린 배가 고파 죽겠어요. 빵과 치즈 좀 주세요."

그는 못 들은 척 대답하지 않았고, 도둑들이 쳐들어오지 않는지 살피며 창가에서 계속 귀를 기울였다.

"외삼촌, 장은 저와 형제나 다름없어요. 저를 살리기 위해 입에 든 음식까지 저한테 줬죠. 우리는 생사고락을 함께했어요."

노인은 다시 몸을 돌려 사라진 게 없는지 살피면서 여전히 입을 열지 않았지만, 마침내 뭔가 결심한 듯했다. 갑자기 양초를 집어들더니 그들을 어둠 속에 내버려둔 채 밖으로 나갔다. 그리고 아무도 따라올 수 없도록 밖에서 조심스럽게 문을 잠갔다. 지하실 계단을 내려가는 소리가 들렸다. 시간이 꽤 오래 걸렸다. 그는 다시 모든 출입문에 빗장을 지른 후 되돌아왔고, 말없이 식탁 한가운데에 커다란 빵과 치즈 한 덩이를 내려놓았다. 분노가 가라앉자, 말이 화를 부를 수도 있으니 침묵이 상책이라고 판단한 듯했다. 세 남자는 음식에 달려들어 정신없이 입에 넣기 시작했다. 그들의 턱이 바쁘게 움직이는 소리만 들렸다.

오노레가 일어나 찬장 가까이에서 물항아리를 찾았다.

"아버지, 포도주 있으면 좀 주세요."

그러자 침묵을 지키던 푸샤르가 입을 열었다.

"포도주라니! 없어, 한 방울도 없어!…… 뒤크로 장군의 병사들이 깡그리 다 먹고, 마시고, 약탈해 갔어!"

그는 거짓말을 하고 있었다. 핏기 없는 방울눈을 깜박이는 모습에서 거짓임이 역력히 보였다. 이틀 전부터 그는 밭일하는 가축과 푸줏간에서 도축해 내다팔 가축을 숨기느라 바빴다. 밤중에 가축을 끌고 나가 아무도 모르는 곳, 어쩌면 깊은 숲속에, 어쩌면 버려진 채석장으로 데려갔었다. 그리고 좀전에도 포도주와 빵, 밀가루, 소금 같은 소소한 식량을 모조리 집안 어딘가에 숨기느라 몇 시간을 보냈다. 따라서 도둑들이 와서 장롱을 뒤져봐야 아무 소득이 없을 터였다. 집은 깨끗했다. 심지어 그는 처음 온 병사들이 식량을 사겠다는 제안도 거절했었다. 누가 알겠는가, 최적의 시기가 있겠지. 참을성 있고 꾀바른 그의 머릿속에서 장사치 근성이 은근히 떠올랐다.

가장 먼저 배를 채운 모리스가 말했다.

"앙리에트는 보신 지 오래되었나요?"

노인은 커다란 빵조각을 삼키고 있는 장을 곁눈질하며 방안을 왔다 갔다했다. 그러고는 짐짓 오래 생각한 체하며 천천히 말했다.

"앙리에트, 그래 봤어, 지난달에 스당에서…… 그런데 오늘 아침에 그애 남편 바이스를 봤는데, 자기 사장인 들라에르슈 씨와 함께 있더구나. 둘이 마차를 타고 군인들을 구경하러 무종으로 간다던데……"

농부의 경직된 얼굴에 깊은 냉소가 스쳐지나갔다.

"군인들이야 실컷 보게 될 텐데 뭘…… 게다가 재미도 없었을 거야, 세시부터 사람들이 다닐 수도 없을 정도로 도로가 도망병들로 가득찼거든."

무심한 듯 조용한 목소리로, 노인은 5군단의 패배에 대해 상세히 설명했다. 바이에른군에게 쫓겨 무종까지 후퇴한 5군단은 보몽에서 식사를 하던 중 기습 공격을 당했다. 레미를 지나가던 공포에 질린 패주병들은 드 파이 장군이 자기들을 비스마르크에게 팔아넘겼다고 소리쳤다. 모리스는 지난 이틀간의 공포에 찬 행군, 퇴각을 서둘러 어떤 대가를 치르고라도 뫼즈강을 건너라는 마크마옹 원수의 명령을 떠올렸다. 하지만 이해할 수 없는 망설임 속에서 소중한 시간을 모두 흘려보냈잖아. 너무 늦었어. 브자스에 있다고 생각한 7군단을 오슈에서 만나자 분통이 터진 원수는 분명 5군단이 이미 무종에서 캠프를 차렸다고 확신했을 테지. 그런데 5군단은 보몽에서 지체하면서 기습 공격에 산산조각이 났다. 도대체 이처럼 지휘부의 오판에 갈팡질팡하는 군대, 기다림과 퇴각으로 사기가 땅에 떨어진 군대, 굶주림과 피로로 기진맥진한 군대에게 무엇을 요구할 수 있을까?

이윽고 푸샤르는 장의 뒤에 멈춰 서서 빵조각이 입속으로 빠르게 사라지는 광경을 놀란 눈으로 바라보았다. 그리고 냉소적으로 빈정댔다.

"어때! 좀 나아졌소?"

하사는 고개를 들었고, 푸샤르 노인처럼 농부의 말투로 대답했다.

"이제 시작인걸요, 정말 고맙습니다!"

아까부터 오노레는 밖에서 간간이 인기척이 들릴 때마다, 지독한 허기에도 불구하고 음식을 먹다 말고 소리가 나는 쪽으로 고개를 돌렸다. 그랬다, 그는 격심한 심적 갈등을 겪은 후 다시는 이 집에 발을 들여놓지 않으리라던 맹세를 어겼다. 실빈을 다시 보고 싶은 간절한 욕망을 어찌할 수 없었기 때문이다. 오노레는 랭스에서 받은 그녀의 편지를, 잔혹한 과거에도 불구하고, 골리아트와 그에게서 얻은 아들 샤를로의 존재에도 불구하고 여전히 그를 사랑하고, 앞으로도 사랑할 거라고 쓴 그 다정한 편지를 품속에 소중히 간직하고 있었다. 그는 이제 오직 그녀만 생각했다. 그리고 아직도 그녀를 보지 못해 불안한 마음을 아버지 앞에서 감추려고 안간힘을 썼다. 그러나 열정이 자존심을 압도했다. 그는 최대한 자연스러운 목소리로 물었다.

"실빈은 이제 여기에 살지 않아요?"

푸샤르는 보일 듯 말 듯한 미소를 지으며 아들을 곁눈으로 보았다.

"아니, 아니, 여기에 산다."

그러고서 노인은 입을 다물었고, 한참이나 침을 뱉었다. 그러자 포병은 잠시 기다리다 다시 물어야 했다.

"자고 있는 건가요?"

"아니, 아니."

마침내 노인이 설명해주었다. 그는 아침에 하녀를 데리고 소형 이륜마차로 로쿠르 시장에 갔었다. 군인들이 지나간다고 해서 사람들이 고기를 먹지 않을 이유도 장사를 접을 이유도 없었다. 그래서 그는 여느 화요일처럼 양 한 마리와 황소 4분의 1마리를 시장으로 가지고 갔었다. 고기를 다 팔았을 무렵, 7군단 병사들이 들이닥쳐서 그를 끔찍한 아귀다툼의 한복판으로 던져넣었다. 사람들이 뛰어다녔고, 서로를 떠밀었다. 병사들에게 마차와 말을 빼앗길까봐 두려웠던 그는 마을로 심부름 간 실빈을 내버려둔 채 혼자 집으로 돌아왔다.

"아! 실빈은 무사히 돌아올 거야." 그가 태연한 목소리로 결론지었다. "그애는 분명 자기 대부인 달리샹 박사 집으로 피신했을 거야…… 태도는 고분고분하지만 아주 용감한 아이지…… 확실히 장점이 많아."

조롱하는 걸까? 아니면 아들과 자신을 격노하게 했던 프로이센 놈의 아이를 버리지 않는 그 여자를 아직도 데리고 있는 이유를 설명하려는 걸까? 다시 노인은 말없이 미소를 머금은 채 아들을 곁눈으로 보았다.

"샤를로는 저기, 자기 방에서 자고 있다. 분명해, 실빈은 곧 도착할 거야."

오노레가 입술을 떨면서 아버지를 너무도 빤히 노려보자, 노인은 다시 방안을 서성거리기 시작했다. 다시 침묵이 흘렀고, 끝없이 이어졌다. 오노레는 기계적으로 빵을 잘라 입에 넣었다. 장은 말을 할 필요가 없었기에 빵 먹는 일에 열중했다. 배를 채운 모리스는 두 팔꿈치를 식탁 위에 올려놓은 채 케케묵은 가구와 낡은 찬장, 오래된 괘종시계를 바라보았고, 그 옛날 레미에서 앙리에트와 함께 보낸 바캉스를 꿈꾸듯 떠올려보았다. 시간이 흘렀고, 괘종시계가 열한시를 쳤다.

"이런!" 모리스가 나직이 말했다. "다른 병사들이 모두 떠났겠는걸."

푸샤르는 만류하는 척하지도 않고 창문을 열러 갔다. 푹 파인 계곡 전체가 암흑의 바다에 휩싸여 있었다. 하지만 어둠에 익숙해지자, 두 강둑에 피운 조명불이 환하게 비추는 다리가 선명하게 눈에 들어왔다. 여전히 기갑병들이 하얀 망토를 길게 휘날리며 부교를 건너가고 있었는데, 말등자에 선 채 매서운 바람을 맞으며 강물 위를 걸어가는 그 모습이 유령들처럼 보였다. 변함없이 느릿느릿 진행되는 도강은 언제 끝이 날지 몰랐다. 오른쪽에 병사들이 잠든 헐벗은 경사지에는 아무것도 움직이지 않는 가운데 죽음과도 같은 침묵이 감돌았다.

"아, 저런!" 모리스가 절망적인 몸짓으로 다시 말했다. "내일 아침이 돼도 안 끝나겠어."

창문이 활짝 열려 있었다. 푸샤르 영감이 총을 집더니, 젊은이처럼 가볍게 창문 너머로 풀쩍 뛰어내렸다. 잠시 보초병처럼 규칙적으로 걷는 소리가 들렸다. 뒤이어 저멀리 다리에서 도강하는 소음이 들릴 뿐, 사방이 다시 쥐죽은듯 고요해졌다. 위험이 닥치면 언제라도 집으로 돌아와 재산을 지킬 영감은 조용히 길가에 앉아 망을 보고 있는 것이 틀림없었다.

이제 오노레는 일 분마다 벽시계를 쳐다보았다. 불안이 커졌다. 로쿠르에서 레미까지는 불과 6킬로미터였다. 실빈처럼 젊고 건강한 여자의 걸음이라면 한 시간도 채 걸리지 않을 거리였다. 도로를 꽉 메우고 고장을 가득 채운 병사들이 일으키는 일대 혼란 속에서 영감이 그녀를 두고 온 뒤로 벌써 몇 시간이 지났는데 왜 아직도 돌아오지 않는 걸까? 무슨 일이 생긴 게 분명해. 들판에 쓰러진 실빈을 군마가 짓밟는 광경이 그의 눈앞에 그려지는 듯했다.

셋 모두 갑자기 자리에서 일어났다. 누군가 길을 따라 달려왔고, 노인이 총을 장전하는 소리가 들렸다.

"거기 누구요?" 노인이 거칠게 소리쳤다. "너냐, 실빈이야?"

아무런 대답이 없었다. 노인은 질문을 되풀이하며 대답하지 않으면 쏘겠다고 위협했다. 그러자 누군가 숨을 헐떡이며 다급하게 말했다.

"네, 네, 저예요, 푸샤르 영감님."

연이어 그녀가 물었다.

"샤를로는요?"

"자고 있어."

"아, 그렇군요! 고맙습니다."

갑자기 그녀는 더이상 서두르지 않으면서, 고통과 피로에 물든 깊은 한숨을 내쉬었다.

"창문으로 들어가거라." 노인이 말했다. "사람들이 와 있다."

실내로 훌쩍 뛰어들어가자, 세 남자의 시선이 그녀를 향했다. 흔들리는 촛불 아래 그녀의 갈색 자태가 서서히 드러났다. 검고 풍성한 머리, 크고 아름다운 눈, 달걀형 얼굴에 순종적인 침묵이 깃들어 그녀는 무척 아름다웠다. 그 순간 오노레의 모습이 눈에 들어왔고, 그녀는 온몸의 피가 두 뺨으로 솟구치는 듯했다. 그럼에도 놀라지는 않았는데, 로쿠르에서 뛰어오며 그의 존재를 벌써 머릿속에 떠올렸기 때문이었다.

오노레는 목이 메고 실신할 듯 온몸에 힘이 빠졌지만, 애써 태연한 척했다.

"안녕, 실빈."

"안녕, 오노레."

눈물을 쏟지 않으려고 그녀는 시선을 돌렸고, 그제야 눈에 들어온 모리스에게 미소 지었다. 그리고 낯선 장을 보고는 다소 불편해했다. 그녀는 숨이 막혀서 목에 둘렀던 스카프를 풀었다.

오노레가 예전과 달리 반말을 쓰지 않으며 다시 말했다.

"실빈, 프로이센군이 출몰해서 우리는 당신을 걱정했어요."

그녀의 얼굴이 다시 창백해지며 표정이 일그러졌다. 그녀는 자기도 모르게 샤를로가 자는 방 쪽으로 시선을 던졌고, 무서운 환영을 쫓아내기라도 하려는 듯 손을 내저으며 나직이 말했다.

"프로이센군, 오! 그래요, 그래요, 제가 그들을 봤어요."

기진맥진한 그녀는 의자에 털썩 주저앉더니, 7군단이 로쿠르에 들이닥쳤을 때, 푸샤르 영감이 데리러 오기를 기대하며 대부인 달리샹 박사 집으로 피신했었다고 말했다. 대로가 인산인해를 이루자 발에 밟힐까 봐 개 한 마리 얼씬거리지 않았다. 네시까지 그녀는 부인들과 함께 붕대를 만들며 조용히 기다렸다. 메츠와 베르됭에서 전투가 벌어지면 부상병들을 여기로 보낼 거라며 박사가 이 주 전부터 시청 대합실에 야전병원을 차리느라 분주했기 때문이다. 그는 이제 곧 야전병원을 사용하게 될 것 같다고 말하곤 했다. 과연, 열두시부터 보몽 쪽에서 대포 소리가 들렸다. 하지만 아직 멀리서 들렸기 때문에 무섭지는 않았다. 그런데 마지막 프랑스 병사들이 로쿠르를 떠나고 있을 때, 포탄 하나가 날아와 엄청난 굉음과 함께 이웃집 지붕을 대파했다. 포탄 두 개가 잇따라 터졌다. 7군단 후미를 겨냥한 독일군 포병대의 공격이었다. 벌써 보몽의 부상병들이 시청으로 실려왔고, 박사가 수술하러 도착하기도 전에 포화를 맞아 죽을 것 같았다. 공포에 질린 부상병들은 일어나 지하실로 내려가려 했는데, 부러진 팔다리 때문에 끔찍하게 고통스러운 비명을 질렀다.

"그런데," 실빈이 말을 계속했다. "어째서 그런 일이 일어났는지 모르겠지만, 별안간 세상이 쥐죽은듯 고요해졌어요…… 거리와 들판이 보이는 창가로 재빨리 뛰어올라갔죠. 이제 아무도 보이지 않았어요, 붉은색 바지를 입은 군인이 한 명도 없었다고요. 바로 그때 묵직한 발소리가 들렸어요. 누가 큰 목소리로 뭐라고 외치자, 소총 개머리판이 일제히 땅바닥으로 내려갔죠. 거리에는 우리 소방관 안전모 비슷한 철모를 쓴 시커먼 군인들이, 덩치 크고 못생긴 군인들이 있었어요. 그들이 바로 바이에른 병사들이라고 하더군요…… 얼마 후 다시 고개를 들었을 때, 오! 말도 마세요, 이 두 눈으로 분명히 봤어요. 수천의 병사가 도로를 통해, 들판을 통해, 숲을 통해 끝없이 촘촘한 대열로 쏟아져들어왔어요. 금세 마을 전체가 검게 물들었죠. 검은색 물결, 검은색 메뚜기들이 끝도 없이 들이닥쳐 삽시간에 대지를 덮어버렸어요."

그녀는 몸을 떨었고, 두 손으로 끔찍한 환영을 쫓는 동작을 되풀이했다.

"그러고 나서는 무슨 일이 벌어졌는지 모르겠어요…… 그 군인들은 사흘 전부터 행군했고, 보몽에서 맹렬한 전투를 벌였나봐요. 얼마나 굶주렸던지 눈이 돌아가 있고 반쯤 미친 사람들 같았죠…… 장교들도 그들을 통제할 수 없었어요. 모두가 문이나 창문을 밀치고 집으로, 가게로 뛰어들어가서 가구를 부수고 먹을 것을 찾았고, 손에 집히는 대로 삼켰죠…… 시모노 씨 식료품가게에서 철모로 당밀통 속 당밀을 퍼올리는 병사를 봤어요. 어떤 병사들은 비계를 날로 뜯어먹었고, 또 어떤 병사들은 밀가루를 씹어먹었어요. 사람들이 말하는데, 사십팔 시간 전에 프랑스 군인들이 지나간 후로 마을에 아무것도 남지 않았대요. 그래도 독일 병사들은 용케 주민들이 숨겨놓은 비상식량을 찾아냈죠. 그래서 그들은 주민들이 숨겨놓고 내놓지 않는다며 전부 다 때려 부수려고 들었어요. 한 시간도 채 안 되어 식료품가게, 빵가게, 푸줏간, 심지어 여염집조차 유리창이 깨지고 장롱이 털리고 지하 포도주 저장고가 텅 비워지고…… 박사님 댁에까지 그런 일이 있으랴 싶었지만 웬걸요, 뚱뚱한 병사 하나가 비누를 먹고 있어 깜짝 놀랐어요. 특히 지하 포도주 저장고가 막심한 피해를 입었죠. 위에서 들어보니, 그들은 짐승처럼 소리를 지르고, 포도주병을 깨고, 포도주통 마개를 뽑아버려 포도주가 샘물처럼 쏟아져 흐르고…… 그러고는 두 손을 쳐들고 바닥에 흥건한 포도주를 밟고 걸어다니며 괴성을 질렀어요. 아, 인간이 야만인으로 돌아가니까 정말 상상조차 못한 일이 벌어지더군요. 한 병사가 아편 약병을 들고 마시려 해서 박사님이 황급히 말렸지만 소용없었어요. 그 불행한 병사는 지금쯤 죽었을 거예요, 엄청나게 고통스러워했거든요. 제가 그 집을 빠져나온 건 바로 그때였어요."

그녀는 다시 한번 몸을 떨면서, 더이상 아무것도 보지 않으려는 듯 두 손으로 눈을 가렸다.

"아, 안 돼! 못 볼 걸 너무나 많이 봤어요, 숨이 막힐 것 같아!"

여전히 도로 위에 있던 푸샤르 영감도 창가로 다가와 이야기를 들었다. 실빈이 들려준 약탈 이야기는 영감을 근심에 잠기게 했다. 프로이센 병사들은 물건값을 전부 지불한다고 들었는데…… 이제 모두 강도가 된 걸까? 모리스와 장도 적군의 생생한 상황이 담긴 이야기가 몹시 흥미진진했다. 한 달 전 전투가 시작된 이래 정면으로 마주친 적이 없는 적군이 아니던가. 반면 생각에 잠긴 채 입술이 바싹 말라가던 오노레는 오직 실빈에게만 관심을 기울이며 둘을 헤어지게 한 그 불행한 사건만 머릿속에 떠올렸다.

그 순간 옆방 문이 열리더니 꼬마 샤를로가 나타났다. 엄마 목소리를 들은 것이었다. 꼬마는 잠옷 바람으로 달려와 엄마를 꼭 껴안았다. 장밋빛 혈색에 몸이 튼튼해 보이는 꼬마는 더부룩하고 곱슬곱슬한 금발머리, 크고 푸른 방울눈이 두드러져 보였다.

실빈은 아이가 갑자기 나타나자 깜짝 놀랐고, 한순간 그 아이를 보고 누군가를 떠올린 듯 몸을 부르르 떨었다. 아, 사랑스러운 아이를 옛 악몽의 환영처럼 질겁한 채 바라보다니! 그녀는 울음을 터뜨렸다.

"불쌍한 우리 아기!"

그녀는 미친듯이 아이를 품에 꼭 껴안았다. 한편 오노레는 얼굴이 납빛이 된 채 샤를로와 골리아트가 판박이처럼 닮았다는 사실을 확인했다. 해맑게 미소 짓는 아이는 전형적인 독일 종족 아이로 아비처럼 네모난 얼굴에 금발머리였다. 레미의 익살꾼들이 말하듯이, 프로이센, 프로이센 놈의 아들이었다! 그리고 좀전에 목격한 침략의 참상에 놀란 가슴을 가라앉히지 못한 채 아이를 꼭 끌어안고 있는 엄마는 프랑스 여자였다!

"불쌍한 우리 아기! 착하지, 다시 자러 가야지!…… 자, 잠을 자야지, 착한 우리 아기!"

그녀는 아이를 방으로 데려갔다. 다시 돌아온 그녀는 더이상 울지 않았다. 온순하고 근면한 여성 특유의 조용한 얼굴을 되찾았다.

오히려 떨리는 목소리로 다시 말을 시작한 것은 오노레였다.

"프로이센군 이야기를 더 해봐요."

"아, 그래요! 프로이센군…… 어떻게 그럴 수가! 그들은 모든 걸 부수고 약탈하고 먹고 마셔버렸어요. 내의, 수건, 침대 시트, 커튼까지 훔쳤고, 그것들을 길게 찢어서 발에 칭칭 감았죠. 온통 상처로 뒤덮인 발도 봤어요, 정말 많이 걸어서 그랬겠죠. 달리샹 박사님 병원 앞 개울가에서 군화를 벗고 있는 부대를 봤는데, 병사들의 발꿈치에 제조업자의 아내인 르페브르 부인에게서 훔친 듯한 레이스 장식 속옷이 둘려 있었어요. 약탈은 밤까지 계속됐어요. 집이란 집 모두 문짝이 없어졌고, 거리에서도 1층이 훤히 보였죠. 집안에는 부서진 가구 잔해가 널브러져 있었어요. 더없이 점잖은 주민들조차 격분하게 하는, 그야말로 떼강도의 일대 습격이었죠. 저도 미칠 것 같았어요, 더이상 그 자리에 머물러 있을 수가 없었어요. 동네 사람들이 도로가 막혔고 나가면 죽는다고 저를 붙잡았지만 아랑곳없이 떠났어요. 로쿠르를 벗어나자마자 오른쪽으로 돌아 밭으로 내달렸죠. 프랑스 부상병 짐수레와 프로이센 부상병 짐수레가 무더기로 보몽에서 오고 있었어요. 그중 두 대가 캄캄한 어둠 속에서 제 가까이로 지나갔는데, 비명과 신음이 들렸어요. 저는 뛰었죠, 오! 들판을, 숲을 가로지르며 뛰고 또 뛰었어요. 더이상 어디로 가

는지도 모른 채 빌레 쪽으로 크게 에둘러 뛰었어요. 세 번이나 군인들
소리가 들리는 듯해서 몸을 숨겼어요. 하지만 저처럼 달려가는 여자였
어요. 보몽에서 도망쳐나온 그 여자는 거기서 벌어진 끔찍한 참상을 이
야기해줬죠. 어쨌든 전 여기까지 왔어요, 무사히! 하지만 아, 정말 무서
웠어요!”

실빈은 또다시 눈물에 목이 멨다. 그녀는 보몽에서 도망쳤다는 여자
생각을 떨쳐버릴 수 없었고, 우리에게 그 여자가 해준 이야기를 들려주
었다. 마을 대로변에 살던 그 여자는 해가 진 후 독일 포병대가 그 길로
지나가는 광경을 보았다. 양쪽 길가에 일렬로 늘어선 병사들이 송진 횃
불을 든 채 도로를 환한 불빛으로 비쳤다. 그 가운데로 강물처럼 끝없
이 이어지며 군마들, 대포들, 수송 마차들이 전속력으로 지나갔다. 그
것은 승리를 앞당기고자 눈이 뒤집힌 독일군이 프랑스군을 박살내기
위해 추격하는 광란의 질주였다. 아무런 규율도 지켜지지 않았다. 그들
은 모든 것을 파괴하며 지나갔다. 말들이 넘어지면 병사들이 즉시 줄을
끊었고, 말들은 길바닥에서 피에 물든 표류물처럼 굴렀다. 간혹 병사들
도 넘어졌는데, 넘어진 병사들은 마차 바퀴에 팔다리가 잘려나가기도
했다. 이런 혼란과 격정의 도가니 속에서 운전병들은 배가 고팠으나 멈
추지 않았고, 동료들이 던져주는 빵을 허공에서 잡았다. 그리고 횃불을
든 병사들은 총검 끝에 고깃조각을 매달아 그들에게 주었다. 그들은 다
시 그 총검으로 말들을 쿡쿡 찔러 말들이 겁에 질려 더 빠르게 달리도
록 했다. 그렇게 밤이 깊었고, 독일 포병대는 폭풍의 격정 속에서 광란
의 질주를 계속했다.

실빈의 이야기에 귀를 기울이던 모리스는 조금 전 푸짐하게 먹은 탓

에 피로를 이기지 못하고 식탁 위에 올린 두 팔에 머리를 떨어뜨렸다. 장은 조금 더 버텼다. 하지만 결국 그도 식탁 반대편 끝에서 잠이 들었다. 푸샤르 영감은 다시 도로로 내려갔다. 오노레와 실빈만 여전히 활짝 열린 창문 앞에서 꼼짝하지 않고 앉아 있었다.

이윽고 하사관이 자리에서 일어나 창가로 다가갔다. 병사들의 피로운 숨결이 깃든 어둠이 끝없이 펼쳐져 있었다. 저 아래서 뭔가 부딪치는 소리, 삐걱대는 소리가 선명하게 올라왔다. 아군의 포병대가 이제 반쯤 물에 잠겨가면서 도강하는 소리였다. 발판이 움직이고 강물이 발목을 휘감자 공포에 질린 말들이 자꾸만 앞발을 들고 섰다. 수송 마차가 미끄러져 가드레일을 넘어가면, 길이 막히지 않도록 즉시 강으로 던져버려야 했다. 어제부터 시작되었으나 날이 밝아도 끝나지 않을 것 같은 이 후퇴, 반대편 강기슭으로 건너가는 너무도 느리고 괴로운 이 후퇴를 바라보며 오노레는 적군의 포병대를 생각했다. 그들은 조금이라도 더 빨리 가기 위해 격류처럼 모든 것을 파괴하면서, 짐승도 사람도 모조리 박살내면서 전속력으로 보몽을 가로지르고 있다 하지 않는가.

오노레가 실빈에게 다가왔다. 그리고 전율적 공포가 느껴지는 광활한 어둠 앞에서 천천히 말했다.

"당신은 지금 불행하다고 느낍니까?"

"아, 네! 불행해요, 불행하고말고요!"

그가 아픈 옛이야기를 끄집어내려 한다는 것을 알아챈 그녀는 고개를 떨구었다.

"그런데 왜 그런 일이 일어난 겁니까?…… 그게 알고 싶어요, 난……"

그러나 그녀는 대답할 수 없었다.

"그자가 강제로 그랬어요?…… 아니면 당신이 동의한 겁니까?"

그러자 그녀가 숨이 막히는 듯한 목소리로 더듬거렸다.

"아! 모르겠어요, 맹세코 저도 모르겠어요…… 어쨌든 거짓말을 하고 싶진 않아요! 변명하지 않겠어요, 절대로! 그 사람이 저를 때리거나 하지는 않았어요…… 당신이 집을 떠나자 저는 미칠 지경이 되었죠. 그러고서 그 일이 일어났어요. 아, 모르겠어요, 정말로 모르겠어요, 어떻게 그런 일이 일어났는지!"

그녀는 터져나오는 울음에 숨이 막혔다. 얼굴이 창백해진 그도 목이 메어 잠시 기다렸다. 거짓말을 하고 싶지 않다는 그녀의 말에 그의 흥분은 가라앉았다. 여전히 이해할 수 없는 모든 일로 머리가 혼란스러워진 그가 계속해서 물었다.

"그런데 아버지는 왜 당신을 내쫓지 않았죠?"

고개를 떨군 그녀는 체념한 듯 침착한 표정을 지었다.

"제가 영감님 일을 돕고 있잖아요. 저한테 큰돈이 드는 것도 아니고…… 게다가 아이까지 딸려 있으니 급료는 더욱 낮아졌어요. 이제는 시키는 대로 따를 수밖에 없다는 걸 영감님도 잘 아세요."

"하지만 당신은, 당신은 왜 여기 남았죠?"

별안간 그녀가 고개를 들었고, 놀란 표정으로 그를 쳐다보았다.

"당신은 제가 어디로 가기를 원해요? 적어도 여기서는 아이와 제가 먹고살 수는 있어요, 아무 간섭 없이, 조용히……"

다시 침묵이 시작되었고, 둘은 서로를 빤히 바라보았다. 저멀리 어두운 계곡에서 병사들의 숨결이 여기까지 올라오는 듯했다. 부교 위에서 대포가 굴러가는 소리가 끝없이 이어졌다. 어디선가 사람 소리인지 짐승 소리인지 모를 날카로운 비명이 어둠을 가르며 애절하게 울려퍼졌다.

"이봐요, 실빈," 오노레가 천천히 말했다. "당신은 내게 편지를 보냈고, 그 편지는 내게 큰 기쁨을 줬어요. 나는 다시는 집에 돌아오지 않으려 했지만, 그 편지, 나는 오늘 저녁에도 그 편지를 다시 읽었죠. 그 내용은 더없이 사랑스러웠어요."

그가 편지 이야기를 꺼냈을 때, 그녀의 얼굴은 창백해졌다. 사랑을 고백했으니 틀림없이 염치없는 여자라고 그가 화를 냈을 거라고 생각했다. 그러나 그의 말을 들을수록 그녀의 얼굴이 발갛게 달아올랐다.

"당신은 거짓말을 하고 싶지 않다고 했어요. 내가 그 편지를 진심이라 믿는 건 그 때문이죠. 그래요, 이제 난 그걸 완전히 믿어요. 당신 생각이 옳았어요. 만약 내가 당신을 다시 보지 못하고 전쟁터에서 죽었다면, 그건 정말 내게 큰 불행이었을 거예요. 당신이 나를 사랑하지 않는다고 생각하며 이 세상을 떠났을 테니까…… 사실은 여전히 나를 사랑하고, 오직 나만 사랑했는데……"

그의 혀가 엉켰다. 그리고 격한 감정에 휩싸여 더이상 알맞은 말을 찾지 못했다.

"잘 들어, 실빈. 만일 이 돼지 같은 프로이센 놈들이 나를 죽이지 못한다면, 우린 다시 시작하는 거야. 그래! 내가 제대하자마자, 우리 결혼하자."

그녀는 자리에서 벌떡 일어나 탄성과 함께 젊은이의 품속으로 뛰어들었다. 그녀는 아무 말도 할 수 없었다. 몸속의 피가 모두 얼굴로 솟구치는 듯했다. 의자에 앉아 있던 그는 실빈을 무릎 위에 앉혔다.

"난 이 문제를 줄곧 생각해왔어. 오늘밤 내가 여기 온 것도 바로 이 말을 하기 위해서야. 만약 아버지가 허락하지 않는다면, 나와 함께 떠나자, 세상은 넓으니까…… 그리고 당신의 아이, 아무도 그 아이를 해치지 못하게 할게, 정말이야! 게다가 아이들이 더 태어나겠지, 그러면 그 아이는 자연스럽게 여러 형제 중의 하나가 될 거야."

그것은 용서를 뜻했다. 그녀는 이루 말할 수 없을 정도로 행복했다. 그녀가 나직이 말했다.

"안 돼요, 그건 불가능한 일이에요, 섣부른 결정이에요. 언젠가 당신은 후회하게 될 거예요…… 당신은 정말 착한 사람이야. 아, 사랑해요, 오노레!"

그는 입맞춤으로 그녀의 말을 막았다. 그녀는 하늘이 내려준 지복에, 이제는 영원히 사라졌다고 여긴 행복한 삶을 더이상 거부할 힘이 없었다. 그녀는 억누를 수 없는 열정으로 그를 꼭 껴안았고, 되찾은 보물인 양, 이제 아무도 자기한테서 빼앗아갈 수 없는 자기만의 보물인 양 그에게 사랑의 입맞춤을 퍼부었다. 잃어버렸던 그를 되찾았어, 또다시 그를 잃느니 차라리 죽음을 택할 거야.

바로 그 순간, 칠흑 같은 어둠을 뚫고 기상을 알리는 소란이 여기까지 올라왔다. 지휘관들이 명령을 외쳤고, 나팔소리가 울려퍼졌다. 사람 그림자들이 헐벗은 땅바닥에서 잇따라 일어났고, 벌써 움직이는 인파의 물결이 도로를 향해 내려갔다. 강의 양쪽 제방에 밝혀진 조명불이 꺼져가고 있었기에, 강물의 흐름은 보이지 않고 수많은 병사의 발소리만 들렸다. 결코 그런 불안이, 그런 공포가 어둠을 가로지른 적이 없었다.

푸샤르 영감이 창가로 다가오며 군대가 출발한다고 소리쳤다. 갑자기 잠이 깬 장과 모리스가 몸을 떨며 벌떡 일어났다. 오노레는 황급히 실빈의 두 손을 꼭 잡았다.

"약속한 거야…… 기다려줘."

그녀는 아무 말도 할 수 없었다. 포병대로 귀대하기 위해 그가 창문 너머로 펄쩍 뛰어내려 내달렸을 때, 그녀는 온 마음을 담은 기나긴 마지막 시선을 그에게 던졌다.

"안녕히 계세요, 아버지!"

"그래, 잘 가거라!"

그것이 전부였다. 농부와 군인은 조금 전 재회했을 때처럼 담담하게, 상대방의 인생이 자신과는 아무런 상관이 없다는 듯한 표정으로 포옹조차 없이 헤어졌다.

모리스와 장도 농가를 떠나 가파른 비탈길을 달려갔다. 캠프에 106연대가 보이지 않았다. 모든 연대가 이미 이동을 시작했기 때문이었다. 둘은 다시 달리며 사람들에게 106연대의 행방을 물었는데, 처음에는 오른쪽으로 가라고 했고 그다음 물었을 때는 왼쪽으로 가라고 했다. 엄청난 혼란 속에서 정신이 아득해질 무렵, 마침내 둘은 로샤 중위가 이끄는 중대를 가까스로 만났다. 보두앵 대위와 나머지 연대 병사들은 다른 곳에 있는 모양이었다. 그런데 병사, 가축, 대포가 레미에서 나와 스당 쪽으로 올라가는 것을 확인한 모리스는 화들짝 놀랐다. 어떻게 된 거지? 무슨 일이 생긴 걸까? 군대가 더이상 뫼즈강을 건너지 않고 오히려 북쪽으로 후퇴하고 있었다!

근처에 있던 장교가 큰 소리로 불만을 터뜨렸다.

"제기랄! 거기로 가려면 28일에 갔어야지, 르셴에 있었을 때!"

다른 병사들이 이동 상황을 설명해주었고, 여러 가지 소식이 들렸다. 새벽 두시경 마크마옹 원수의 부관이 와서 두에 장군에게 전군이 즉시 스당으로 후퇴하라는 명령을 전달했었다. 보몽에서 패한 5군단이 다른 3개 군단을 곤경에 빠뜨리고 있었다. 그때 부교 근처에서 철야하던 두에 장군은 3사단만 유일하게 뫼즈강을 건넜다는 사실을 알고 절망에 빠졌다. 곧 동이 틀 것이고, 그러면 언제 공격을 당할지 알 수 없었다. 따라서 장군은 휘하 지휘관들에게 각자 지름길을 택해 스당에서 집결하라고 명령했다. 그리고 다리를 파괴하라고 지시한 후, 그는 2사단 및 예비군 포병대와 함께 왼쪽 강기슭을 따라 올라갔다. 한편 3사단은 오른쪽 강기슭을 따라갔고, 보몽에서 패퇴한 1사단은 뿔뿔이 흩어져 어디로 달아났는지 행방이 묘연했다. 여태껏 전투를 치른 적 없는 7군단은 몇 무리로 나뉜 채 어둠 속에서 발걸음을 재촉했다.

아직 세시가 안 되었고, 여전히 어둠이 짙었다. 그 고장을 잘 아는 모리스조차 도로를 가득 채운 인파와 극단적인 혼란의 도가니 속에서 더 이상 자신이 어디에 있는지, 어디로 가는지 알 수 없었다. 보몽에서 가까스로 빠져나온 여러 부대의 패잔병들이 피와 먼지를 뒤집어쓴 채 정규군에 섞여들었고, 공포를 확산시켰다. 강 건너 계곡 전체에서 비슷한 소동이 느껴졌다. 수많은 인파의 발소리, 재빨리 이동하는 소리가 들렸다. 거기에는 방금 카리냥과 두지를 떠난 1군단, 그리고 5군단의 패잔병들과 함께 무종에서 출발한 12군단이 있었다. 그 모두가 어쩔 수 없는 하나의 논리적 힘에 따라 움직였는데, 그 힘은 28일 이후 아군을 북쪽으로 떠밀었고, 지금 이 시각에는 바야흐로 아군이 몰사할 최후의 궁지로 몰아가고 있었다.

　모리스의 소속 중대가 퐁모지를 통과할 무렵, 어렴풋이 먼동이 터왔다. 모리스는 왼쪽에 리리언덕을, 오른쪽에 뫼즈강을 두고 도로를 따라갔다. 잿빛 여명이 초원 끝에 보이는 바제유와 발랑을 더없이 우울하게 비추고 있었다. 드디어 푸르스름한 스당, 악몽과 죽음의 스당이 저멀리 지평선에, 어두운 숲의 장막 위에 아스라이 나타났다. 바들랭쿠르를 지나 토르시 성문에 이르렀을 때, 군은 성문을 열게 하기 위해 도지사와 교섭하고, 간청하고, 화를 내고, 심지어 성문을 부수겠다고 위협까지 해야 했다. 다섯시가 되었다. 피로와 허기와 추위에 지친 7군단은 스당으로 들어갔다.

8

바들랭쿠르의 차도 끝 토르시광장에서 병사들이 뒤엉키면서, 장은 모리스와 떨어졌다. 그는 사방으로 뛰어다녔으나 혼란 속에서 길을 잃어 모리스를 다시 찾을 수 없었다. 정녕 불행한 일이었다. 모리스가 자기 누나 집으로 가자고 제안했었기 때문이다. 거기서 그들은 잠시 쉴 수도, 심지어 편안한 침대에서 잠을 청할 수도 있었을 것이다. 여러 연대가 뒤섞인 상태에서 혼란이 극에 달해, 이제 행군 명령도 상관도 무시하고 모두가 제멋대로 행동했다. 차라리 몇 시간 잠을 잤더라면, 모두가 방향감각을 되찾아 자기 부대를 만났을 것이다.

장은 도지사가 도시를 보호하기 위해 강물을 범람시켜 물바다로 만든 광활한 초원에 건설된 토르시 육교에 서서 곤혹스러워했다. 뒤이어 새로운 성문을 지나 뫼즈 다리를 건넜다. 새벽빛이 점점 밝아오는데도,

성벽과 성벽 사이가 너무 좁고 길가에 높다란 집이 즐비하게 늘어선 도시는 다시 어둠에 잠기는 듯했다. 장은 모리스의 매형 이름조차 생각나지 않았다. 그가 아는 건 누나 이름이 앙리에트라는 것뿐이었다. 어디로 가야 할까? 누구에게 물어봐야 할까? 그는 그저 기계적으로 터덜터덜 걸음을 옮겼다. 걸음을 멈추면 금방이라도 쓰러질 것 같았다. 익사하는 사람처럼 귀에서 희미하게 이명이 들렸고, 자신의 몸이 휩쓸려 들어간 사람들과 가축들 물결만 느껴졌다. 레미에서 배를 채웠기에 견딜 수 없을 정도로 잠이 쏟아졌다. 주변에서도 피로가 허기를 압도했는지, 이름 모를 거리에서 병사들의 그림자가 비틀거렸다. 걸음을 옮길 때마다 병사들이 하나씩 길바닥에 쓰러졌고, 남의 대문 앞에서 시체처럼 널브러져 잠이 들었다.

문득 고개를 드니 군청로路라고 쓰인 표지판이 보였다. 거리 끝에 공원이 있고 그 안에 기념건물이 있었다. 길모퉁이에서 그는 아프리카 기병 하나를 얼핏 보았는데, 어디선가 만난 듯한 얼굴이었다. 모리스와 함께 부지에서 만났던 레미의 그 청년인가? 기병은 말에서 내려와 있었다. 기진맥진한 채 부들부들 떠는 말은 얼마나 배가 고팠던지 보도 위에 멈춰 있던 화물 마차의 나무판자를 먹으려고 고개를 내밀었다. 이틀 전부터 아무것도 먹지 못해 말은 아사 직전이었다. 말의 굵은 이빨이 나무판자에 부딪혀 줄칼 가는 소리가 나자, 아프리카 기병은 눈물을 흘렸다.

청년으로부터 멀어졌을 때, 장은 어쩌면 그 청년이 모리스의 누나가 사는 곳을 알지도 모른다는 생각에 다시 길모퉁이로 되돌아갔다. 하지만 그는 이미 없었다. 절망적이었다. 장은 이 거리 저 거리를 헤맸다.

다시 군청로에 와서 튀렌광장까지 갔다. 마침내 그는 구원받은 느낌을 받았다. 시청 앞 동상 아래서 중대 병사들과 로샤 중위를 본 것이다. 친구와 재회할 수 없다면 부대에 복귀해야 해, 그러면 적어도 천막에서 잠을 잘 수 있잖아. 다른 곳으로 휩쓸려간 보두앵 대위가 돌아오지 않았기에, 중위가 이리저리 수소문하고 사단 캠프의 위치를 물으며 대원들을 모으려 애썼다. 그러나 도시 안으로 들어갈수록 대원들이 늘기는커녕 오히려 줄어들었다. 병사 하나가 무엇엔가 홀린 표정으로 여관으로 들어가더니 다시는 돌아오지 않았다. 식료품가게 앞에 멈춰 선 다른 세 병사는 작은 증류주통에 구멍을 낸 알제리 보병들을 바라보고 있었다. 벌써 몇몇 보병이 도롯가 배수로에 쓰러져 있었고, 다른 몇몇 보병은 그 자리를 떠나려 했으나 술에 취해 비틀거리다가 다시 넘어졌다. 슈토와 루베는 팔꿈치로 서로를 툭툭 치더니 빵을 들고 가는 뚱뚱한 여자를 쫓아 어두운 가로숫길로 사라졌다. 병사 십여 명과 함께 파슈와 라풀만 중위 곁에 남아 있었다.

튀렌광장 동상 아래 서서 로샤 중위는 수마를 이기려고 안간힘을 썼다. 장이 나타났을 때, 중위가 나직이 말했다.

"아! 자네로군! 하사의 분대원들은 어디에 있나?"

장은 힘없이 자기도 모른다는 몸짓을 했다. 그러자 파슈가 눈물을 글썽이며 라풀을 가리켰다.

"여기요, 그런데 우리 둘뿐입니다. 오, 하느님, 우리를 불쌍히 여기소서! 이런 재앙이 또 있을까요!"

대식가 라풀은 게걸스러운 눈으로 장의 손을 바라보았고, 그 손이 텅 빈 걸 보자 분통을 터뜨렸다. 반쯤 졸던 그는 하사가 식량 배급을 받으러 갔다고 상상한 듯했다.

"이런, 염병할!" 그가 투덜거렸다. "도대체 언제까지 배를 쫄쫄 굶아야 하는 거야!"

철책에 기댄 채 집합 나팔 명령을 기다리던 나팔수 고드는 자기도 모르게 스르르 미끄러지더니 맨바닥에 등을 대고 잠들어버렸다. 뒤이어 모두가 하나씩 둘씩 쓰러져 깊이 잠들었다. 핏기 없는 작은 얼굴에 뾰족한 코를 가진 사팽 중사만 이 미지의 도시에서 자신의 불행을 예감하는 듯 두 눈을 부릅뜨고 있었다.

로샤 중위는 주저앉고 싶은 욕망에 더이상 저항할 수 없었다. 그는 명령을 내리려 했다.

"하사, 우리가 해야 할 일은…… 우리가 해야 할 일은……"

피로에 지친 그는 더이상 말을 잇지 못하고 갑자기 땅바닥에 쓰러져 잠에 빠져들었다.

장은 자신도 포석 위로 쓰러질까 두려워 그 자리를 떠났다. 그는 고집스레 침대를 찾으려 했다. 광장 건너편 크루아도르호텔 창문으로 벌써 윗도리를 벗고 부드러운 백색 시트 속으로 들어갈 준비를 마친 부르갱데쾨유 장군이 보였다. 그래, 온갖 고통을 감내하고 열과 성을 다해봐야 무슨 소용이 있어? 그때 갑자기 그의 입가에 미소가 번졌다. 불현듯 모리스의 매형을 고용한 시트 제조업자의 이름이 뇌리를 스쳤던 것이다. 들라에르슈, 그래! 바로 그 이름이었어. 그는 지나가던 노인을 붙들었다.

"들라에르슈 씨 댁이 어디죠?"

"마카가로 가요. 뵈르가 모퉁이에 있는 아름다운 저택이오. 정원에 조각상들이 있는."

이윽고 노인이 거의 뛰다시피 장을 뒤따라왔다.

"이봐요, 106연대 소속 같은데…… 당신이 찾는 게 106연대라면, 그들은 저기 성문 밖으로 나갔소. 내가 방금 드 비뇌유 대령을 만났거든. 대령이 메지에르에 있을 때 서로 잘 알고 지낸 사이라……"

하지만 장은 몹시 초조한 표정을 지으며 다시 출발했다. 안 돼! 안 돼! 연대로 가서 차가운 돌바닥에서 자고 싶지 않아, 분명 모리스를 만날 수 있을 거야. 그러나 마음 깊은 곳에서는 양심의 가책에 괴로웠는데, 나이가 들었지만 피로한 내색도 하지 않고 일반 병사들과 마찬가지로 천막에서 잠을 자는 키 큰 대령이 눈에 어른거렸기 때문이었다. 곧장 그는 중앙 대로로 들어섰고, 점증하는 소란 속에서 또다시 길을 잃었다. 결국 지나가는 소년에게 다시 길을 물었고, 소년이 직접 마카가까지 그를 데려다주었다.

들라에르슈 씨의 종조부가 지난 세기에 지은 그 기념비적인 건물은 백육십 년 동안 들라에르슈 집안의 소유로 남아 있었다. 스당에는 루이 15세 치세 초기로 거슬러올라가는 역사를 가진 오래된 시트 제조소들이 있었다. 이 유서 깊은 건물들은 대개 왕궁처럼 화려한 파사드*에, 루브르박물관처럼 크고 넓었다. 마카가의 제조소는 4층 건물인데 테두리를 부조로 장식한 기다란 창문들이 돋보였다. 웅장한 정원에는 건축할 때 심은 거대한 느릅나무들이 즐비했다. 여기서 들라에르슈 집안은 3세대에 걸쳐 상당한 재산을 축적했다. 현재 소유주는 쥘인데, 쥘의 아

---

* 건축물의 주된 출입구가 있는 전면부.

208

버지는 아이 없이 죽은 사촌에게서 제조소를 물려받았다. 이를테면 분가가 왕좌에 앉은 셈이었다. 쥘의 아버지는 가게를 눈부시게 번창시켰지만, 방탕한 기질이 있어 아내를 몹시 불행하게 만들었다. 아내는 미망인이 되자 아들도 그런 어리석은 짓을 되풀이할까봐 두려웠다. 그래서 아들을 신앙심이 아주 깊고 성격이 아주 단순한 여자와 결혼시킨 후, 아들이 쉰 살이 되도록 아직도 그를 온순한 양처럼 자기 치맛자락에 붙들어두려고 애썼다. 하지만 최악은, 인생이란 종종 잔혹한 복수극을 펼친다는 것이다. 아내가 죽자, 청년기에 사랑을 해본 적 없는 들라에르슈는 샤를빌의 젊고 예쁜 미망인인 마지노 부인에게 반했다. 그녀에게는 여러 좋지 않은 소문이 따라다녔지만, 그는 어머니의 반대를 무릅쓰고 지난가을 그녀와 결혼했다. 매우 청교도적인 도시인 스당은 웃음과 축제의 도시인 샤를빌을 업신여기는 경향이 있었다. 만일 질베르트 마지노가 머잖아 장군이 될 드 비뇌유 대령의 인척이 아니었다면, 이 결혼은 결코 성사될 수 없었을 것이다. 군인 가문의 일원이 된다는 생각이 들라에르슈를 우쭐하게 만들었다.

그날 아침, 군대가 무종으로 간다는 소문을 들은 들라에르슈는 푸샤르 영감이 모리스에게 말했던 대로 회계원 바이스와 함께 이륜마차로 산책을 했다. 키가 크고 살이 찐 그는 혈색이 좋고 코가 큼직하고 입술이 두꺼웠다. 군대의 멋진 행진을 좋아하는 프랑스 서민 특유의 명랑한 호기심을 지닌 외향적인 사람이었다. 무종의 약사를 통해 황제가 베벨 농가에서 지낼 거라는 사실을 알았던 그는 거기로 올라가서 황제를 보았고, 심지어 황제와 이야기를 나눌 뻔했다. 그는 집으로 돌아와서 입에 침이 마르도록 쉼없이 그 모험담을 되풀이했다. 하지만 그 얼마나 무서운 귀가였던가, 가는 길마다 도망병이 가득했던 공포의 도시 보몽! 이륜마차가 스무 번이나 도랑으로 굴러떨어질 뻔했었다. 두 사람은 끊임없이 나타나는 장애물을 헤치고 밤이 이슥해서야 집으로 돌아왔다. 자신이 구경했던 행군중인 군대, 자신을 퇴각의 격류 속으로 휩쓸어갔던 군대, 들라에르슈는 도로를 따라가며 그 뜻밖의 비극적인 광경을 열 번도 더 되풀이해서 이야기했다.

"난 군대가 베르됭으로 간다고 생각했어. 절대로 행군 구경을 놓치고 싶지 않았거든!…… 아! 여하튼 제대로 봤어. 그런데 스당에서 우리가 기대하던 것보다 훨씬 더 많이 보게 될까봐 두려워!"

도시를 관통하려던 7군단이 수문水門을 여느라 떠들썩한 소음을 일으킨 바람에, 새벽 다섯시부터 잠이 깬 들라에르슈는 서둘러 옷을 입었다. 튀렌광장에서 처음 마주친 사람은 이미 일면식이 있는 보두앵 대위였다. 대위는 마지노 부인이 지난해 샤를빌에서 가장 가까이 지냈던 지인 중 하나였다. 그래서 부인은 결혼하기 전 대위를 들라에르슈에게 소개했었다. 예전에 떠돌던 소문에 따르면, 대위는 더이상 욕망할 게 없었던데다가 여자친구에게서 부귀영화를 누릴 기회를 빼앗고 싶지 않았기 때문에 시트 제조업자에게 세련되게 자리를 양보했다고 했다.

"아니, 이게 누구야! 대위가 아니오!" 들라에르슈가 소리쳤다. "맙소사, 행색이 왜 이렇습니까?"

평소 그토록 단정하고 맵시 있게 차려입던 보두앵이 지금은 얼굴과 손이 새카매지고 제복은 더러워질 대로 더러워져 몰골이 처참했다. 그는 절망적인 상태로 알제리 저격병들과 함께 이동했는데, 어떻게 자기 중대와 헤어지게 되었는지는 설명할 수 없었다. 여느 병사와 마찬가지로 이 대위도 굶주림과 피로로 죽어가고 있었다. 그러나 가장 극심한 고통은 그것이 아니었다. 무엇보다 그는 랭스를 떠난 후로 속옷을 갈아입지 못해 괴롭기 그지없었다.

"부지에서 짐을 모두 도둑맞았습니다." 대위가 신음하듯 말했다. "바보 같은 놈들, 내 손에 잡히기만 하면 박살을 낼 텐데!…… 아무것도 없어요, 손수건 한 장도, 양말 한 짝도! 미쳐버리겠어요, 정말로!"

들라에르슈는 즉시 자기 집으로 가자고 했다. 그러나 대위는 고개를 가로저었다. 안 돼요! 안 됩니다! 더이상 인간의 몰골이 아니었기 때문에 그는 집안사람들을 놀라게 하고 싶지 않았다. 시트 제조업자는 어머니도 아내도 아직 잠자리에서 일어나지 않았다고 설득했다. 게다가 물이니 비누니 속옷 같은 필요한 물건을 모두 줄 수 있었다.

세수하고 빗질을 하고 들라에르슈가 준 속옷을 갈아입은 보두앵 대위가 천장이 높고 회색 목재로 벽을 장식한 식당에 나타났을 때, 일곱 시 종이 울렸다. 일흔여덟의 나이에도 불구하고 언제나 새벽에 일어나는 어머니 들라에르슈 부인이 벌써 와 있었다. 머리가 새하얀 노부인은 길고 마른 얼굴에 가느다란 코, 이제 웃는 걸 잊어버린 듯한 입을 지니고 있었다. 그녀는 자리에서 일어나 대위를 맞으면서 무척이나 정중한 태도로 카페오레를 준비해둔 자리에 앉으라고 권했다.

"그동안 식사할 시간도 없었을 테니까 고기와 포도주가 좋겠죠, 대위님?"

그녀의 말에 그는 큰 소리로 대답했다.

"고맙습니다, 부인. 하지만 우유 조금하고 버터 바른 빵이면 충분합니다."

그때 문이 살며시 열리더니 질베르트가 들어와 손을 내밀었다. 그녀는 열시 전에 잠자리에서 일어나는 법이 없었다. 그래서 들라에르슈는 미리 아내에게 이 상황을 알렸다. 그녀는 키가 크고, 아름다운 흑발에 예쁘고 검은 눈을 가졌고, 장밋빛 얼굴에는 악의는 없지만 다소 경박한 웃음을 머금고 있었다. 붉은 비단에 자수를 놓아 장식한 그녀의 베이지색 머리빗은 파리에서 온 물건이었다.

"아! 대위님," 젊은이와 악수하며 그녀가 쾌활하게 말했다. "이 시골 촌구석에 들러주시다니 정말 영광이에요!"

그녀는 그 말이 경솔한 농담이었다는 걸 알아차리고 다시 웃으며 말했다.

"이런! 제가 쓸데없는 농담을 했나봐요! 이런 상황에서 하필 스당에 오신 게 신기해서 한 말이었어요. 어쨌든 대위님을 다시 만나서 반가워요!"

과연 그녀의 아름다운 눈은 기쁨으로 반짝였다. 샤를빌의 험담꾼들이 하는 말을 모를 리가 없었던 들라에르슈 부인은 엄격한 표정으로 두 남녀를 노려보았다. 하지만 예전에 받은 환대를 단순히 좋은 추억으로 간직하려는 대위는 매우 신중한 태도를 보였다.

그들은 식사하기 시작했다. 들라에르슈는 어제 외출했을 때 본 것을 이야기하고 싶어 참을 수 없을 정도로 입이 근질거렸다.

"어제 내가 베벨에서 황제를 봤어요."

그는 이야기를 시작했고, 아무것도 그의 입을 멈추게 할 수 없었다. 그는 철책 울타리와 안뜰이 있는 농가부터 묘사했는데, 그 크고 넓은 집은 카리냥 도로 왼쪽, 즉 무종을 내려다보는 구릉 위에 있었다. 이어서 그는 경사지 포도밭에 캠프를 차린 12군단, 햇빛에 눈부시게 빛나며 자신의 가슴을 애국심으로 가득 채웠던 12군단을 묘사했다.

"대위님, 황제가 점심식사와 휴식을 마친 후 농가에서 나왔을 때, 바로 그때 내가 거기 있었어요. 날씨가 무척 더웠지만 황제는 장군 제복에 짧은 외투 차림이었죠. 그의 뒤에서 하인이 간이의자를 들고 있었고…… 황제는 거동이 불편해 보였어요. 아! 그래요, 등이 굽었고, 걸음걸이가 힘들었고, 안색이 노랬죠. 한마디로 아픈 사람 같았어요. 하지만 난 놀라지 않았습니다. 왜냐하면 내게 베벨로 가라고 권했던 무종의 약사가 황제의 부관이 자기한테 약을 사러 달려왔었다고 말했거든요…… 그래요, 약, 그 병을 치료하기 위한 약……"

어머니와 아내가 있었기 때문에, 들라에르슈는 황제가 르셴에서부터 앓아온 질병, 간간이 농가에서 휴식을 취해야 했던 원인이 설사라고 명료하게 말하지는 않았다.

"하인이 밀밭 끝 잡목림 모퉁이에 간이의자를 놓았고, 황제가 거기 앉았어요…… 기력을 잃지 않으려고 햇볕을 쬐는 군소 연금생활자처럼, 그는 우두커니 앉아 꼼짝하지 않았죠. 황제는 저 아래 드넓은 지평선, 계곡으로 흘러가는 뫼즈강을 우울하게 바라보았어요. 눈앞에는 저 멀리 꼭대기가 가물거리는 언덕들이 보였는데, 왼쪽으로는 디윌레숲이, 오른쪽으로는 소모트의 푸른 야산이 있었죠. 부관들과 지휘관들이 황제를 둘러싸더군요. 그리고 전에 내게 지역에 대한 정보를 구했던 용기병 대령이 내게 가지 말고 거기 있어도 좋다는 손짓을 했습니다. 그런데 그때 갑자기……"

들라에르슈는 자리에서 벌떡 일어났다. 아마도 이야기의 절정에 다다른 듯했다. 그는 말과 몸짓을 섞어가며 이야기했다.

"갑자기 폭탄이 터졌어요. 정면에서, 디월레숲 앞에서 포탄이 하늘에서 곡선을 그리며 날아가는 것이 보였습니다…… 그건 마치 한낮의 불꽃놀이 같았어요, 정말! 당연히 황제 주변에서 우려와 불안의 목소리가 터졌죠. 용기병 대령이 내게 달려와서 교전 위치가 어디인지 정확하게 말해줄 수 있느냐고 물었어요. 나는 곧바로 대답했죠. '보몽입니다, 의심의 여지가 없습니다.' 그가 황제에게 다가갔는데, 부관 하나가 황제의 무릎 위에 지도를 펼쳐놓고 있었어요. 황제는 보몽에서 전투가 벌어지고 있다는 사실을 믿고 싶어하지 않았죠. 아니, 그렇잖습니까, 내가 어떻게 보몽이 아니라고 말할 수 있겠어요? 포탄이 무종 도로를 따라 점점 더 가까이 날아오고 있는데…… 바로 그때, 황제가 창백한 얼굴을 나를 향해 돌렸죠, 지금 내가 대위님을 보는 것처럼…… 그래요, 황제가 불안과 슬픔이 가득찬 눈으로 잠시 나를 쳐다봤어요. 그러고서 황제의 눈은 다시 지도를 향했고, 더이상 움직이지 않았습니다."

국민투표 때 열렬하게 황제를 지지했었던 보나파르트주의자 들라에르슈는 초기에 당한 몇 번의 패전을 통해 황제의 실책이 많았음을 인정하고 있었다. 그러나 그는 여전히 제정을 옹호했고, 모두에게 기만당한 나폴레옹 3세를 동정했다. 그의 주장에 따르면, 지금 우리가 겪는 재난의 진정한 책임자는 필요불가결한 병력과 재정 확보를 부결시킨 공화파 야당 의원들이었다.

"그러고 나서 황제는 농가로 돌아갔습니까?" 보두앵 대위가 물었다.

"글쎄요, 대위님, 잘 모르겠습니다. 나도 곧 그 자리를 떠났으니까…… 벌써 정오였고, 전투가 점점 더 가까이서 벌어지고 있어 서둘러 돌아가고 싶었어요. 한 가지 덧붙일 수 있는 건, 내가 저멀리 우리 등뒤 초원 위에 카리냥의 위치를 알려준 장군이 벨기에 국경이 코앞에, 불과 몇 킬로미터 떨어진 데 있다는 걸 알고는 대경실색했다는 사실입니다. 아, 불쌍한 황제 폐하! 그런 자들이 폐하를 보좌하고 있으니, 원!"

미망인 시절 거실에서 대위를 맞이했던 것처럼, 질베르트는 아주 편안하게 미소 지으며 대위에게 신경을 썼고, 그에게 구운 빵과 버터를 건넸다. 그녀는 대위가 침대에서 편안하게 자고 가야 한다고 고집했다. 그러나 대위는 한사코 사양했다. 그들은 대위가 귀대하기 전에 들라에르슈의 사무실 소파에서 두 시간 정도 휴식을 취한다는 데 합의했다. 대위가 젊은 여자의 손에서 설탕 그릇을 건네받는 순간, 줄곧 둘을 주시하던 들라에르슈 부인은 남녀가 손깍지를 끼는 것을 분명히 보았다. 더이상 의심의 여지가 없었다.

그때 하녀가 나타났다.

"사장님, 아래층에 어떤 군인이 찾아와 바이스 씨 주소를 알려달라고 하는데요."

들라에르슈는 세평대로 거만한 사람이 아니었기 때문에 하층민과도 곧잘 수다를 떨며 어울렸다.

"바이스의 주소를 말인가! 무슨 일이지…… 그 군인을 들여보내게."

장이 너무도 지친 탓에 비틀거리며 들어왔다. 그는 소속 부대 대위가 두 귀부인과 함께 식사하는 걸 보고 깜짝 놀라, 의자에 기대려고 무의식적으로 뻗었던 손을 다시 거둬들였다. 그러고는 군인의 친구 노릇을 자처하는 시트 제조업자의 질문에 짧게 답했다. 그는 모리스와 어떤 관계인지, 왜 모리스를 찾는지 아주 간단히 설명했다.

"우리 중대의 하사입니다." 마침내 대위가 시간을 줄여주려고 개입했다.

이번에는 대위가 연대 상황에 대해 장에게 물었다. 장은 대령이 북쪽에서 야영하기 위해 남은 병사들과 함께 도시를 가로지르는 걸 불과 얼마 전에 보았다고 말했는데, 이때 질베르트가 미인 특유의 쾌활한 어조로 깊이 생각하지 않고 다시 끼어들었다.

"아, 불쌍한 우리 아저씨! 왜 점심이라도 드시게 여기로 오시지 않았을까? 방도 내드렸을 텐데…… 지금이라도 하인을 보내서 모셔오면 어때요?"

그러나 들라에르슈 부인이 더없이 권위적인 동작으로 그 제안을 묵살했다. 그녀의 혈관에는 국경도시 주민의 열정적인 피가 흘렀고, 강고한 애국심은 남성 못지않았다. 그녀가 진중한 침묵을 깨고 말했다.

"드 비뇌유 씨를 그대로 두세요, 그분은 자신의 임무를 충실히 이행하고 계시니까."

그 말이 모두를 불편하게 했다. 들라에르슈는 대위를 사무실로 데려가 직접 소파에 눕히려 했다. 노부인의 만류에도 질베르트 또한 자리에서 일어나 폭풍우 속에서도 즐겁게 날갯짓하는 새처럼 사뿐사뿐 그들을 따라갔다. 장을 맡은 하녀는 정원을 거쳐 복도와 계단의 미로 속으로 그를 안내했다.

바이스 부부는 부아야르가에 살았다. 들라에르슈 소유의 그 집은 마카가의 시트 제조소 건물과 연결되어 있었다. 부아야르가는 스당에서 가장 비좁은 골목길 중 하나로, 높다란 성벽 때문에 협소하고 습하고 어두웠다. 높은 건물 지붕들은 서로 닿을 듯했고, 어두운 통로들은 지하실 입구를 연상시켰는데, 특히 중학교의 긴 담장이 서 있는 거리 끝 풍경이 그랬다. 그러나 4층 전체를 쓰면서 주거와 난방을 무료로 제공받는 바이스는 거기서 편안하게 살았다. 사무실도 지척인데다 밖으로 나가지 않고 실내화 차림으로도 내려갈 수 있었다. 오래도록 갈망하던 앙리에트와 결혼한 후 그는 더없이 행복했다. 그는 그녀를 르셴의 징세관이던 그녀의 아버지 집에서 알게 되었는데, 그녀는 일찍 죽은 어머니를 대신해 여섯 살 때부터 가사를 도맡고 있었다. 바이스는 처음에 정련공장에서 직공으로 일하다가 열심히 공부해서 회계사 자격을 취득했다. 그러나 바라던 앙리에트와의 결혼은 그 아버지가 죽은 뒤, 그리고 나중에 파리에 간 모리스가 심각한 과오를 저지른 후에야 이루어졌다. 모리스의 쌍둥이 누나 앙리에트는 마치 하녀처럼 동생에게 봉사했고, 그를 신사로 만들기 위해 모든 것을 희생했다. 궂은 집안일을 도맡아 해오면서 읽고 쓰는 것만 겨우 배운 앙리에트는 젊은이의 광기가 만든 빚을 갚기 위해 집과 가구를 모두 팔 수밖에 없었다. 바로 그때 착한 바이스가 따뜻한 가슴과 강인한 두 팔과 함께 자신이 가진 전부를 앙리에트에게 내어주려 달려왔다. 선량하고 사려 깊은 애정에 눈물을 흘리며 감동한 그녀는 사랑의 열정은 아닐지 몰라도 정다운 존경심으로 가득차 그의 청혼을 받아들였다. 게다가 행운이 그들에게 찾아들었다. 들라에르슈가 바이스를 고용한 것이었다. 앞으로 아기들이 태어난다면, 행복하게 키울 수 있을 것이었다.

"조심하세요." 하녀가 장에게 말했다. "계단이 가팔라요."

실제로 그는 캄캄한 어둠 속에서 뭔가에 발부리를 부딪혔다. 그 순간 문이 활짝 열리며 환한 빛이 계단에 비쳐들었다. 그리고 누군가 부드러운 목소리로 말했다.

"그분이군요."

"바이스 부인," 하녀가 큰 소리로 말했다. "군인이 부인을 찾아왔어요."

만족스러워하는 가벼운 웃음소리가 들렸고, 그 부드러운 목소리가 답했다.

"그래요! 그래요! 그분이 누군지 알아요."

하사가 숨을 헐떡거리며 문턱에 멈춰 섰다.

"들어오세요, 하사님…… 두 시간 전부터 모리스가 여기서 하사님을 기다리고 있었어요. 아! 어찌나 조바심을 내던지!"

방의 희미한 빛 속에서 그는 놀라울 정도로 모리스와 닮은 그녀를 보았다. 쌍둥이라서 그런지 얼굴이 판박이처럼 똑같았다. 하지만 그녀가 키가 더 작고 더 날씬하고 외관상 더 연약해 보였다. 그리고 입이 약간 컸고, 생김새가 반듯했고, 머리칼이 무르익은 귀리처럼 눈부신 금발이었다. 특히 모리스와 다른 점은 조용하고 강직한 회색 눈이었는데, 나폴레옹 대군大軍의 영웅이었던 할아버지의 비범한 기개가 그 눈에 어려 있었다. 그녀는 말수가 적었다. 또한 너무나 자연스러운 동작과 너무나 부드러운 미소를 보이며 소리 없이 걸어다녔기에, 그녀가 지나간 자리에서는 다정한 애무 같은 것이 느껴졌다.

"자, 들어오세요, 하사님," 그녀가 되풀이했다. "지금 바로 준비할게요."

따뜻한 환대에 감동한 그는 감사인사조차 못한 채 말을 더듬거렸다. 게다가 자꾸만 눈꺼풀이 감겼다. 더이상 견딜 수 없는 졸음에 그녀의 모습이 흔들려 보였고, 안개 속에서 그녀의 두 발이 허공에 둥둥 떠다니는 듯했다. 따듯하게 웃음 짓는 저 구원의 여자는 매혹적인 유령이 아닐까? 그녀가 자신의 손을 잡는 듯했는데, 작지만 단단한 그 손에서 오래된 친구의 우정 같은 것이 느껴졌다.

그 순간부터 장은 사물에 대한 분명한 의식을 잃었다. 그들은 식당으로 갔고, 식탁에 빵과 고기가 있었다. 그러나 그는 음식을 입으로 가져갈 힘이 없었다. 한 남자가 의자에 앉아 있었다. 장은 뮐루즈에서 만난 적 있는 바이스를 알아보았다. 바이스가 슬픈 표정으로 천천히 뭐라고 말했지만, 장은 전혀 알아듣지 못했다. 난로 앞에 놓인 가죽 침대에는 시체처럼 잠든 모리스가 있었다. 앙리에트는 매트를 깔아놓은 긴 의자 주변을 분주히 오갔다. 그녀가 베개와 이불을 가져왔다. 그리고 신속하고 정확한 손놀림으로 눈처럼 새하얀 시트를 깔았다.

아! 그토록 갈망하던 하얀 시트, 이제 장의 눈에는 그것만 보였다. 육 주 전부터 그는 옷을 벗고 침대에서 자본 적이 없었다. 새하얀 시트, 저 포근한 시트 속으로 들어가 아득히 잠들고 싶은 간절한 욕망, 아이처럼 조바심이 나는 간절한 욕망을 더이상 참기 힘들었다. 혼자 남게 되자마자 그는 곧바로 신발과 옷을 벗어던지고 시트 속으로 들어가 행복하게 의식을 잃었다. 희미한 아침햇살이 높다란 창문으로 들어왔다. 몸을 뒤척이던 그가 반쯤 눈을 떴을 때, 또다시 앙리에트가 나타났다. 아까보다 더 흐릿하게 보이는 앙리에트가 까치발로 소리 없이 들어와 테이블에 물병과 컵을 내려놓았다. 그녀는 조용한 미소와 무한한 신뢰의 눈으로 그와 동생을 잠시 바라보았다. 그러고는 공기처럼 사라졌다. 하얀 시트 속에서 그는 다시 절멸에 빠졌다.

몇 시간, 아니 몇 년이 흘렀다. 마치 죽은 사람처럼 장과 모리스에게
는 더이상 꿈도, 피가 뛴다는 의식도 없었다. 십 년 또는 십 분, 시간은
멈추지 않고 흘렀다. 전 존재의 죽음 속에서의 만족, 그것은 혹사당한
육체의 복수였다. 별안간 둘 다 화들짝 놀라며 잠에서 깼다. 뭐야? 어떻
게 된 거지, 도대체 언제부터 잠이 든 거야? 아까처럼 희미한 빛이 높
다란 창문으로 들어왔다. 그들은 온몸이 산산이 조각난 듯했다. 팔다리
에 힘이 하나도 없었고, 뼈마디가 쑤셨고, 잠들기 전보다 입이 더 썼다.
다행히도 한 시간 정도 잔 것이 틀림없었다. 그래서 여전히 똑같은 의
자에 앉아 있는 바이스를 보고도 전혀 놀라지 않았다. 그는 서글픈 표
정으로 앉아 둘이 잠에서 깨기를 기다리는 듯했다.

"이런!" 장이 더듬거렸다. "빨리 일어나야겠어, 정오 전에 귀대해
야 해."

가벼운 신음과 함께 그가 잠자리에서 뛰쳐나왔고, 다시 옷을 입었다.

"정오 전에?" 바이스가 되풀이했다. "지금은 저녁 일곱시예요. 두 사
람은 열두 시간을 내리 잤어요."

저녁 일곱시라고, 맙소사! 그들은 기겁했다. 벌써 옷을 다 입은 장은
즉시 달려가려 했다. 아직 침대에 있던 모리스는 다리가 얼른 움직이지
않아 짜증을 냈다. 동료들을 어떻게 만나지? 부대가 벌써 떠났을까? 둘
은 분통을 터뜨렸다. 왜 더 빨리 깨워주지 않았을까. 그러나 바이스는
절망적인 표정을 지었다.

"전황이 어떤지 압니까? 말도 안 돼! 여기서 잠이라도 잔 게 차라리
다행이오."

바이스는 아침부터 스당과 인근 지역을 돌아다녔다. 프랑스군은 전

혀 움직이지 않았고, 31일 하루 온종일 도무지 설명할 수 없는 기다림 뿐이었다. 바이스는 무작정 대기하며 허비해버린 그토록 소중한 시간을 한탄하며 방금 막 집으로 돌아왔다. 오직 하나의 핑계가 있다면, 병사들이 극단적 피로를 호소하고 그들에게 절대적 휴식이 필요하다는 것이었다. 그렇다면 몇 시간이라도 수면을 취한 후에 후퇴를 계속하면 됐을 텐데 왜 그러지 않았는지 그는 이해할 수 없었다.

"물론 내가 그 분야 전문가는 아니죠." 그가 다시 말했다. "하지만 느낌이 그래요, 정말 그래요! 나는 아군이 스당에 주둔한 건 아주 잘못된 일이라고 생각해요. 12군단은 바제유에 있는데, 오늘 아침에 약간의 교전이 있었어요. 1군단은 몽셀 마을에서 가렌숲까지, 지본 계곡을 따라서 쭉 펼쳐진 상태입니다. 7군단은 플루앙고원에 캠프를 차렸고, 5군단은 반쯤 붕괴한 상태에서 성벽 아래로 떠밀려왔죠. 말하자면 프랑스군이 프로이센군을 기다리며 온통 스당 주변에 집결해 있어요, 그래서 내가 공포를 느끼는 거요. 나라면, 오! 황급히 메지에르로 빠져나갔을 겁니다. 나는 이 고장을 잘 알아요, 그 외에 다른 퇴로는 없습니다. 그게 아니라면 벨기에로 달아났겠죠…… 자, 봐요, 이쪽으로 와서……"

그는 장의 손을 잡고 창가로 데려갔다.

"저기, 언덕 능선을 좀 봐요."

창문은 성벽 너머로, 이웃 건물들 너머로, 그리고 스당의 남쪽을 향해, 뫼즈강 계곡을 향해 열려 있었다. 강이 드넓은 초원으로 흘러들어 가고 있었다. 왼쪽으로는 레미, 가운데로는 퐁모지와 바들랭쿠르, 오른쪽으로는 프레누아가 보였다. 언덕들의 푸른 경사지 위에서 거대한 숲이 있는 리리, 마르페, 크루아피오가 차례로 나타났다. 저무는 햇살 아래, 광활한 지평선이 은은한 부드러움을 머금은 채 수정처럼 맑게 드러났다.

"저기 언덕 꼭대기에 보이나요? 앞으로 나아가는 검은 선들, 행진하는 검정개미들 보이죠?"

장은 눈을 크게 떴고, 모리스는 침대에 무릎을 꿇은 채 목을 길게 뺐다.

"아! 그렇군요." 둘이 함께 소리쳤다. "저기 선 하나가 보여요. 아, 저기도, 또 저기도…… 사방에 선이 있군요."

"그렇다니까요!" 바이스가 다시 말했다. "모두 프로이센군입니다. 오늘 아침부터 줄곧 보고 있었는데, 지나가고 또 지나가고, 도대체 끝이 없어요! 아! 장담하는데, 아군이 적군을 기다리는 거라면, 적군은 그 기대를 절대 저버리지 않을 겁니다. 보다시피 아군을 덮치려고 저토록 서두르고 있잖아요!…… 주민들 모두가 목격하고 있습니다. 장군들은 하나같이 장님인 모양이죠. 조금 전 어느 장군과 이야기를 나눴어요. 그가 어깨를 으쓱하며 말하기를, 마크마옹 원수는 겨우 7만일 거라고 확신한다더군요. 제발 원수의 말이 맞기를!…… 하지만 저길 좀 봐요! 대지가 온통 검정개미로 뒤덮였잖아요, 밀려오고 또 밀려오고…… 아, 엄청나요!"

바로 그때, 모리스가 다시 침대에 얼굴을 파묻고 흐느껴 울었다. 앙리에트가 어제처럼 미소 지으며 들어왔다. 그녀는 깜짝 놀라 동생 곁으로 뛰어갔다.

"왜 그러니?"

그러나 모리스는 그녀를 손으로 밀어냈다.

"아냐, 아냐! 날 내버려둬, 내버려둬! 난 누나한테 고통만 안긴 못된 놈이야. 내가 중학교에서 편하게 지낼 때, 누나는 드레스 한 벌 없이 살았잖아! 아! 그래, 교육을 받고도 못된 짓만 일삼았으니!…… 난 우리 가문의 이름에 먹칠을 할 뻔했어. 누나가 죽을 고생을 해서 내 빚을 갚아주지 않았다면, 지금쯤 내가 어떻게 됐겠어."

그녀는 다시 미소 지었다.

"이런, 잠을 잘 못 잤나보네…… 다 지나간 일이야! 이제 넌 선량한 국민으로서 의무를 다하고 있잖니? 네가 입대한 후로, 난 네가 얼마나 자랑스러운지 몰라, 정말이야."

도와달라고 부탁하듯 그녀는 장을 향해 고개를 돌렸다. 피로의 환각 상태에서 깨어난 탓인지 장은 어제보다 그녀가 덜 예쁘고 더 마르고 더 창백해 보여서 다소 놀랐다. 여전히 탄성을 자아내는 점은 오누이가 아주 많이 닮았다는 사실이었다. 하지만 지금은 천성의 차이가 뚜렷이 드러났다. 여자처럼 신경이 예민한 동생은 프랑스인 특유의 사회적이고 역사적인 질병을 앓았는데, 시시각각 더없이 고상한 열정과 더없이 깊은 절망감 사이를 오갔다. 어린 시절부터 체념한 표정으로 가사를 돌보던 누나는 몹시 연약해 보이지만, 강직한 이마와 용감한 눈을 보면 온갖 역경에 맞설 준비가 되어 있었다.

"내가 자랑스럽다니!" 모리스가 소리쳤다. "말도 안 돼! 한 달 전부터 우린 겁쟁이들처럼 줄곧 도망만 다녔단 말이야."

"아냐!" 장이 신중하게 말했다. "달아난 건 우리만이 아냐. 게다가 우린 시키는 대로 했을 뿐이야."

그러나 젊은이의 발작은 더욱 격렬해졌다.

"내 말이 그 말이야, 이제 진절머리가 나!⋯⋯ 피눈물을 흘려도 모자랄 판이지, 계속되는 패전, 어리석은 지휘관들, 짐승들처럼 도살장으로 끌려가는 불쌍한 병사들⋯⋯ 이제 우리는 막다른 골목으로 몰렸어. 보다시피 프로이센군이 곳곳에서 밀려들고 있잖아. 우린 박살날 거야, 전쟁은 이미 진 거라고⋯⋯ 안 돼! 안 돼! 난 여기 있을 거야, 차라리 탈주병으로 총살당하는 게 나아⋯⋯ 장, 혼자서 떠나. 안 돼! 난 돌아가지 않고 여기 남을 거야."

그는 베개에 얼굴을 파묻고 다시 눈물을 쏟았다. 그것은 모든 것을 휩쓸어가는 신경조직의 와해였고, 절망 속으로의 갑작스러운 추락이었으며, 세상과 자기 자신에 대한 경멸이었다. 하지만 그것은 그에게 흔하게 닥치는 일이었다. 그 사실을 잘 아는 앙리에트는 냉정을 잃지 않았다.

"그건 옳지 않아, 위험이 닥쳤을 때 네가 제자리를 지키지 않는 건⋯⋯"

모리스가 벌떡 일어나 앉았다.

"됐어! 내 소총 좀 쥐봐, 당장 머리를 쏴버려야겠어, 그래야 일이 빨리 끝날 테니까."

그런 다음, 꼼짝하지 않고 침묵을 지키던 바이스를 가리키며 말했다.

"맞아! 사리 판단이 옳은 건 매형뿐이야. 그래! 매형만 사태를 정확하게 꿰뚫고 있었어. 기억나지, 장? 한 달 전에 뮐루즈에서 매형이 했던 말⋯⋯"

"그래, 기억나." 하사가 확인해주었다. "우리가 질 거라고 말씀하셨지."

그 광경이 떠올랐다. 불안의 그림자가 드리운 밤, 고통스러운 기다림, 음울한 하늘에 이미 깃들었던 프뢰슈빌러의 재앙⋯⋯ 그때 바이스는 자신의 두려움에 대해 이야기했었다. 독일은 불타는 애국심과 함께 무장이 강고했고, 지휘체계가 훌륭했으며, 전쟁 준비가 잘되어 있었다. 반면 프랑스는 공포심과 함께 무질서했고, 준비가 늦었고 부패했으며, 역량 있는 지도자도 병사도 필요한 무기도 충분하지 않았다. 바이스의 예언이 눈앞에서 현실이 되고 있었다.

바이스가 떨리는 손을 들어올렸다. 말을 잘 듣는 개처럼 양순한 그의 얼굴에 깊은 고통의 그림자가 드리웠다.

"아, 내가 옳다고 확신하진 않아." 그가 나직이 말했다. "나도 어리석긴 마찬가지니까. 하지만 조금만 더 주의깊게 보면 사태는 너무나 분명해!…… 그러나 우리가 패한다 해도, 적에게 어느 정도 피해를 줄 수는 있어. 그건 위로가 되지. 물론 우리는 모두 죽겠지만, 저들도 무더기로 죽는 게 보고 싶어. 아! 저기 저 대지가 온통 프로이센 놈들의 시체로 뒤덮였으면!"

그는 자리에서 일어서서 손가락으로 뫼즈강 계곡을 가리켰다. 그의 입대를 가로막은 지독한 근시의 눈에서 불꽃이 튀는 듯했다.

"빌어먹을! 그래, 가장만 아니라면 당장 나가서 싸울 텐데…… 우리 고향 알자스에서 러시아 기병대가 온갖 악행을 저지르고 떠나니까, 이제는 프로이센군이 주인 행세를 하는군. 저놈들이 우리 고향에, 우리 집에 군림한다고 상상할 때마다 나는 즉시 저놈들의 목을 베고 싶어져…… 아! 내가 근시만 아니었더라면, 내가 군인이라면!"

그리고 잠시 침묵을 지킨 후 다시 말했다.

"하기야 누가 알겠어?"

그것은 승리에 대한 기대요, 가장 크게 각성한 자들에게서도 생겨날 수 있는 근거 없는 희망이었다. 모리스는 좀전에 흘린 눈물을 부끄러워하며 매형의 말을 들었고, 자신도 그 희망에 매달렸다. 실제로, 바젠 원수가 베르됭에 있다는 소문이 어제 돌지 않았던가? 그토록 오랫동안 프랑스를 영광스럽게 해주었던 운명이 기적을 일으킬 수도 있으리라. 앙리에트는 말없이 밖으로 나갔다. 다시 돌아왔을 때 그녀는 모리스가 옷을 입고 출발 준비를 하는 것을 보았지만 전혀 놀라지 않았다. 그녀는 모리스와 장이 무엇이라도 먹고 가기를 간절히 원했다. 그래서 그들은 식탁에 앉지 않을 수 없었다. 그러나 한입 삼킬 때마다 숨이 막혔고, 잠을 많이 잔 탓에 위가 약해졌는지 구토감이 일었다. 신중한 군인답게 장은 빵 하나를 잘라서 반은 모리스의 배낭에, 나머지 반은 자기 배낭에 넣었다. 해가 지고 있었고, 출발을 서둘러야 했다. 창가에 서 있던 앙리에트가 끝없이 몰려왔던 프로이센군, 그 검정개미들이 저멀리 마르페에서 조금씩 어둠 속으로 사라지는 걸 보며 자신도 모르게 탄식했다.

"아! 전쟁, 끔찍한 전쟁!"

그러자 모리스가 복수하듯 그녀에게 농담을 건넸다.

"뭐라고? 조금 전에 나더러 싸우라고 한 게 바로 누나잖아. 그런데 전쟁을 욕하다니!"

그녀가 고개를 돌리더니, 꿋꿋하게 대답했다.

"그래, 난 전쟁을 증오해, 전쟁은 부당하고 역겨워. 어쩌면 내가 여자이기 때문일지도 모르지만…… 서로 죽이는 걸 보면 화가 나. 왜 서로 조화롭게 이해하며 살지 못하는 걸까?"

선량한 남자인 장은 고개를 끄덕이며 동의를 표했다. 많이 배우지

226

못해 무식한 그가 보기에, 서로 조금씩만 양보하면 조화롭게 공존하는 것보다 더 쉬운 것도 없을 것 같았다. 그러나 많이 배운 모리스는 전쟁이 필요하다고 생각했고, 전쟁이 삶 자체요, 세계를 움직이는 법칙이라고 생각했다. 정의와 평화의 개념을 도입한 자는 불쌍하고 유약한 존재가 아닐까? 어차피 냉혹한 자연이란 끝없는 살육의 장일 뿐이니까.

"서로 조화롭게 이해하라니!" 모리스가 소리쳤다. "그래! 몇 세기 지나서…… 만일 수많은 민족이 오직 하나의 민족으로 통일된다면, 그렇다면 황금시대의 도래를 기대할 수 있겠지. 하지만 어쩌면 전쟁의 종말은 인류의 종말이 아닐까?…… 조금 전 난 바보처럼 굴었어. 싸우지 않으면 안 돼, 그게 법칙이니까."

그는 미소를 지으며 조금 전 바이스가 한 말을 되풀이했다.

"하기야 누가 알겠어?"

과민한 감수성이 작동하는 가운데 끈질긴 환상, 맹목적인 믿음이 다시 그를 사로잡았다.

"그건 그렇고," 그가 다시 쾌활하게 말했다. "매형의 사촌 군터는 어떻게 됐어요?"

"사촌 군터?" 앙리에트가 말했다. "군터는 프로이센 근위대 소속이야…… 근위대가 이 근처까지 왔나요?"

바이스는 모르겠다는 몸짓을 했고, 나머지 둘도 그 몸짓을 따라 했다. 장군들조차 그들 앞에 어떤 적이 있는지 몰랐기 때문에, 아무도 대답할 수 없었다.

"출발합시다, 내가 데려다줄게요." 바이스가 말했다. "조금 전 106연대 캠프가 어디에 있는지 봤습니다."

그는 아내에게 바세유에서 하룻밤 지고 오겠다고 말했다. 얼마 전 부부는 비제유에 있는 작은 집 하나를 샀는데, 추위가 닥치기 전까지 그 집에서 살기 위해 얼마 전 가구와 설비를 갖춰두었었다. 들라에르슈 씨의 염색공장과 이웃한 집이었다. 바이스는 지하실에 비상식량으로 가져다둔 포도주 한 통과 감자 두 자루가 걱정되었다. 만약 집에 사람이 아무도 없다면 농작물 도둑들이 분명 훔쳐갈 테지만, 자신이 오늘밤 거기서 잔다면 지킬 수 있을 것 같았다. 그가 이렇게 말하자 아내는 그를 빤히 쳐다보았다.

"걱정하지 마." 그가 미소 지으며 덧붙였다. "우리 걸 지키려는 것뿐이야. 만일 마을이 공격당하거나 위험한 일이 닥치면 즉시 돌아올게."

"알았어요." 그녀가 말했다. "하지만 조금이라도 위험한 일이 생기면 곧바로 돌아와야 해요, 안 그러면 내가 찾으러 갈 거야."

앙리에트는 문가에서 모리스를 다정하게 포옹했다. 그런 다음, 우정의 표시로 잠시 장의 손을 꼭 잡았다.

"제 동생을 잘 지켜주세요…… 하사님이 동생한테 얼마나 친절했는지 다 알아요. 정말 고맙습니다."

장은 너무도 감동해서 가냘프지만 단단한 그 작은 손을 꼭 잡았다. 앙리에트는 그가 이 집에 도착했을 때 받은 첫인상대로 다시 돌아와 있었다. 무르익은 귀리처럼 눈부신 금발의 앙리에트가 무척 경쾌하고 아주 잘 웃어서 그녀 주위의 공기가 애무로 가득 채워지는 듯했다.

밖으로 나오자, 아침에 보았던 어두침침한 스당이 그들을 맞이했다. 비좁은 거리는 벌써 황혼에 물들었고, 흐릿하게 보이는 인파가 거리를 가득 채웠다. 가게는 대부분 문이 닫혔고, 집들은 죽은듯이 고요했다.

그러나 밖에서는 사람들이 서로를 떠밀었다. 그래도 별 어려움 없이 그들은 시청 광장에 도착했고, 거기서 호기심에 이끌려 돌아다니던 들라에르슈를 만났다. 들라에르슈는 그들을 보자 감탄했고, 모리스를 알게 되어 기쁜 듯했다. 그는 보두앵 대위를 연대가 있는 플루앙 쪽으로 데려다주고 오는 길이라고 말했다. 바이스가 바제유의 집에서 자고 간다고 하자 그의 기쁨은 배가되었다. 좀전에 대위에게 이야기한 대로, 그 자신도 상황을 살피기 위해 염색공장에서 밤을 보내려고 결심했기 때문이었다.

"바이스, 우리 함께 갑시다. 그리고 그전에 군청로에 들릅시다. 아마 황제를 볼 수 있을 거요."

베벨 농가에서 황제와 이야기를 나눌 뻔했던 그때 이후로, 그의 관심은 온통 황제에게 집중되었다. 그는 두 군인도 데려가기로 했다. 군청 광장에서는 몇 무리의 병사들이 서서 소곤거리고 있었다. 간간이, 장교들이 놀란 표정으로 뛰어다녔다. 우울한 어둠이 벌써 광장의 나무들을 물들였고, 뫼즈강이 오른쪽으로, 민가 아래로 흘러가는 소리가 들렸다. 군중 속에서 일부가 수군거리는 이야기를 들어보니, 어젯밤 열시경 어렵사리 카리냥을 떠나려고 결심했었던 황제가 메지에르로 가기를 한사코 거부하고 군대의 사기를 떨어뜨리지 않기 위해 위험지역에 남았다고 했다. 다른 일부는 황제가 벌써 달아나고 없다고 했다. 휘하 장교에게 자신의 옷을 입혀 분신처럼 꾸며서 농가에 남겨뒀는데, 그 장교가 황제와 너무 닮아서 모두가 속아넘어갔다는 것이다. 또다른 일부는 황제가 군청 정원으로 들어가는 것을 두 눈으로 똑똑히 보았다고 단언했다. 마차 여러 대에 황제의 보물, 1억 프랑의 금화, 20프랑짜리

새 동전이 가득 들어 있었다는 것이다. 그러나 사실은 황제의 개인용 물품, 이륜마차 한 대, 사륜마차 두 대, 운송 마차 열두 대가 있었을 뿐으로, 그것이 쿠르셀, 르센, 로쿠르 등을 지나가면서 마을을 떠들썩하게 했고, 주민들의 상상 속에서 호화로운 거대 행렬로 부풀려져 병사들의 행군마저 가로막았다고 알려진 것이었다. 실제로 그 행렬은 저주와 수치 속에서 뭇사람의 시선을 피해 이제 막 군청 정원에 도착해 라일락 뒤로 몸을 숨겼다.

군청의 1층 창문을 보려고 발끝을 세운 들라에르슈 옆에서, 노동에 지쳐 허리가 휘고 두 손이 곱은 날품팔이 노파가 입을 우물거리며 말했다.

"황제라고…… 어쨌든 한 번은 봐야겠어…… 그래, 어떤 얼굴인지……"

갑자기 들라에르슈가 모리스의 팔을 잡으며 탄성을 내질렀다.

"이런! 황제야…… 저기 봐요, 왼쪽 창문에…… 오! 틀림없소, 내가 어제 아주 가까이서 봤거든, 틀림없소…… 황제가 커튼을 걷었어, 그래, 유리창에 비친 저 창백한 얼굴……"

그 말을 들은 노파가 눈을 크게 뜨며 보았다. 유리창에 최근의 고통으로 시체처럼 변한 얼굴과 생기 없는 눈, 일그러진 몸매, 거칠한 콧수염이 비쳐 보였다. 노파는 놀란 표정을 짓더니 금세 등을 돌리고 경멸에 찬 몸짓을 하며 자리를 떠났다.

"저런 게 황제였나! 얼간이가 따로 없구먼!"

알제리 보병이 거기에 있었다. 그는 서둘러 자기 부대를 찾아갈 생각이 없는 듯했다. 그가 욕설을 내뱉고 위협하듯 침을 뱉으며 소총을 집어들었다. 그리고 동료에게 말했다.

"잘 봐! 내가 저자의 머리에 총알을 박아줄 테니까!"

들라에르슈가 화를 내며 그를 나무랐다. 하지만 황제는 이미 창가를 떠나고 없었다. 뫼즈강이 흘러가는 소리가 계속 들려왔고, 슬픔에 찬 끝없는 탄식이 짙어가는 어둠 속으로 퍼졌다. 또다른 소리도 아주 멀리서 들려오는 듯했다. 진격! 진격! 그것은 시시각각 황제를 떠미는 파리의 잔혹한 명령이었는데, 황제는 패전의 모든 길목에서 조롱과 야유를 한몸에 받았고, 그 자신도 예견하는 최후의 재앙으로 내몰리고 있었다. 얼마나 많은 사람이 황제의 잘못으로 죽어야 할까? 암울한 운명을 기다리며 침묵에 빠진 이 병든 환자, 이 감상적인 몽상가에게 그 어떤 존재론적인 전복이 있었을까?

바이스와 들라에르슈는 플루앙고원까지 두 병사를 배웅했다.

"아듀!" 모리스가 매형을 껴안으며 말했다.

"아듀라니, 아냐, 아냐! 오르부아르라고 해야지!* 안 그렇소?" 들라에르슈가 쾌활하게 소리쳤다.

장은 직감을 발휘해 묘지 뒤 고원의 경사면에 있던 106연대를 금세 찾아냈다. 땅거미가 지고 있었다. 그러나 여전히 여기저기 도시의 지붕들이 켜켜이 쌓인 모습이 어렴풋이 보였다. 뒤이어 저멀리 레미에서 프레누아까지 이어진 언덕, 그리고 거기까지 펼쳐진 초원 속에서 발랑과 바제유가 눈에 들어왔다. 왼쪽으로는, 검은 얼룩처럼 보이는 가렌숲이 펼쳐져 있었다. 저 아래 오른쪽으로는, 넓고 하얀 리본처럼 보이는 뫼

---

* '다시 볼 때까지 안녕히'라는 뜻의 오르부아르(au revoir)는 일상적인 작별인사로 쓰고, '신의 가호가 있기를'이라는 뜻의 아듀(adieu)는 앞으로 오래도록 혹은 영원히 못 만날 때 쓴다.

즈강이 흐르고 있었다. 잠시 모리스는 어둠 속으로 사라져가는 광활한 지평선을 바라보았다.

"아! 하사님이 오시네!" 슈토가 말했다. "식량 배급은 받았습니까?"

오랜만에 캠프가 왁자지껄했다. 온종일 병사들이 집결했다. 어떤 이는 혼자서 왔고 어떤 이는 무리를 지어 왔다. 너무 혼잡해서 지휘관들은 부대를 이탈한 이유를 묻는 절차를 포기해야만 했다. 그들은 병사들이 귀대하는 것만도 고마운 터라 모든 것을 눈감아주었다.

게다가 보두앵 대위까지도 늦게 귀대하지 않았는가. 로샤 중위가 3분의 2로 줄어든 중대 병사를 여기로 데리고 온 것도 두시경이었다. 지금은 중대원 거의 전원이 귀대한 상태였다. 몇몇 병사는 술에 취해 있었고, 몇몇 병사는 빵 한 조각도 구할 수 없었기에 몹시 굶주려 있었다. 식량 배급은 이번에도 없었다. 루베는 근처 밭에서 뽑아온 양배추를 삶으려고 애썼으나 소금도 기름도 아무것도 없었다. 병사들의 위는 계속해서 기아를 호소했다.

"이봐요, 하사님! 하사님은 영리하시니까 부하들을 위해 뭔가 가져왔겠죠?" 슈토가 다시 빈정거렸다. "아! 저는 괜찮아요. 저는 루베와 함께 충분히 먹었어요, 어떤 부인의 집에서."

몇몇 허기진 얼굴들이 장을 향했다. 분대원들, 특히 불행히도 아무것도 먹지 못한 라풀과 파슈가 애타게 그를 기다렸었다. 그들은 장이 돌에서도 빵을 끌어낼 사람이라고 믿고 있었다. 부하들을 내팽개쳤다는 사실에 양심의 가책을 느끼던 장은 배낭 속에 넣어두었던 빵 반쪽을 라풀과 파슈에게 주었다.

"제기랄! 제기랄!" 라풀은 만족스럽게 빵을 삼키며 다른 말을 찾지 못해 그 말만 되풀이했다. 파슈는 내일이면 하느님이 더 많은 양식을 내려주시리라 믿으며 나직이 주기도문과 성모송을 외웠다.

고드가 이제 막 점호 나팔을 불었다. 그러나 귀영 나팔을 불 필요는 없었는데, 캠프 전체가 금세 쥐죽은듯 고요해졌기 때문이다. 자기 소대원들이 한 명도 빠짐없이 있다는 것을 확인하자, 창백하고 가느다란 얼굴과 뾰족한 코를 가진 사팽 중사가 천천히 말했다.

"내일 밤에는 결원이 생기겠지."

장이 그를 쳐다보자, 저멀리 어둠을 바라보던 중사가 조용히 확신하며 덧붙였다.

"오! 나 말일세, 내일 내가 전사할 것 같거든."

아홉시였다. 뫼즈강에서 안개가 피어올라 별을 가리는 걸 보니 몹시 추운 밤이 될 듯했다. 산울타리 아래서 장 옆에 누운 모리스가 몸을 떨면서, 천막에서 자는 게 낫겠다고 말했다. 그러나 앙리에트 부부 집에서 휴식을 취한 이후로 장도 모리스도 오히려 몸이 무겁고 뼈마디가 쑤셔 잠을 이룰 수 없었다. 그들은 옆에 누운 로샤 중위를 부러워했다. 안락한 쉼터를 경멸하는 중위는 담요 한 장만 덮은 채 습한 땅바닥에서 코를 골고 있었다. 그뒤로 오랫동안 그들은 대령과 몇몇 장교가 야영하는 대형 천막의 가냘픈 촛불만 바라보았다. 저녁 내내 드 비뇌유 대령은 내일 아침의 행동 명령을 받지 못해 불안한 기색을 드러냈다. 그는 자기 연대가 공중에 떠버렸다고, 그리고 아침에 점유한 위치를 버리고 뒤로 물러났음에도 여전히 지나치게 전진 배치되어 있다고 느꼈다. 부르갱데푀유 장군은 아프다는 핑계로 크루아도르호텔에 누워 모습을 드러내지 않았다. 대령이 장교 한 명을 보내, 뫼즈강 여울목에서 가렌숲까지 너무 넓은 전선을 방어해야 하는 7군단이 여기저기 산재한 탓에 연대의 새로운 위치가 위험해 보인다고 보고했다. 분명 전투는 동이 트자마자 시작되리라. 일고여덟 시간이 지나면 이 고요한 어둠이 사라질 것이다. 대령의 천막에서 촛불이 꺼졌을 때, 모리스는 깜짝 놀랐다. 보두앵 대위가 몰래 자기 옆을 지나 산울타리를 따라 스당 쪽으로 사라졌기 때문이다.

점점 더 어둠이 깊어졌고, 강물에서 올라온 거대한 수증기가 음울한 안개로 변하면서 그 어둠을 완전히 뒤덮었다.

"자는 거야, 형?"

장은 잠들었고, 모리스 혼자 깨어 있었다. 라풀과 동료들이 자는 천막으로 가야 한다는 생각이 그를 더욱 지치게 했다. 그들과 로샤 중위가 서로 화답하듯 코를 고는 소리가 들렸다. 모리스는 다시 한번 그들이 부러웠다. 하기야 얼마나 피곤했으면 전투 전야에 장교들마저 저토록 깊이 잠들까. 어둠에 잠긴 거대한 캠프에서 들리는 것이라고는 잠에 빠진 병사들의 피로한 숨소리뿐이었다. 더이상 아무것도 없었다. 그리고 그가 아는 것이라고는 5군단이 성벽 아래서 야영하고 있고, 1군단이 가렌숲에서 몽셀 마을까지 늘어서 있으며, 12군단이 도시의 맞은편에서 바제유를 점하고 있다는 사실뿐이었다. 모든 것이 잠들어 있었다. 가장 가까운 천막에서 가장 먼 천막까지, 4킬로미터에 걸쳐 쳐놓은 천막들에서 병사들의 심장이 뛰는 소리가 캄캄한 어둠을 뚫고 귓가에 들려왔다. 뒤이어 저 너머, 어딘지 알 수 없는 미지의 땅에서 간간이 또다른 소리가 울렸다. 너무도 멀고 희미해서 단순히 귀가 윙윙거리는 건가 싶기도 했지만, 실은 기병대의 박차 소리, 굴러가는 대포 소리, 특히 병사들의 군홧발소리였고, 그것은 어둠조차도 저지할 수 없는 개미군단의 진군을 뜻했다. 그런데 지금 여기에는 천지를 밝히다 꺼져가는 조명 불이나 명령을 외치는 다급한 목소리는커녕, 오직 내일의 재앙을 기다리며 마지막 밤을 더없이 조용히 보내는 고통의 숨결만 가득하지 않은가?

모리스는 손을 더듬어 장의 손을 잡았다. 그리고 그제야 안심한 듯 잠이 들었다. 저멀리서 스당의 종소리가 한 시간마다 조용히 울렸다.

제2부

1

바제유의 작고 어두운 방에서 갑작스러운 진동을 느낀 바이스는 침대에서 벌떡 일어났다. 그는 귀를 기울였다. 대포 소리였다. 손을 더듬어 촛불을 켜고 회중시계로 시간을 확인했다. 새벽 네시였고, 희미하게 날이 새고 있었다. 그는 재빨리 외알 안경을 쓰고 마을을 가로지르는 두지 도로를 살폈다. 희뿌연 먼지가 도로를 가득 채우고 있어 아무것도 분간이 되지 않았다. 그래서 그는 창문이 풀밭 쪽으로, 뫼즈강 쪽으로 나 있는 다른 방으로 갔다. 거기서 보니 강물에서 올라온 새벽안개가 지평선을 가리고 있었다. 이 안개의 장막 너머 강 건너편에서 아까보다 더 큰 포성이 울렸다. 갑자기 프랑스 포병대도 대포를 쏘았는데, 소리가 너무나 크고 가까워서 작은 집의 벽이 뒤흔들렸다.

바이스의 집은 바제유의 도심 오른쪽, 교회 광장 가까이에 있었다.

길가에서 약간 들어간 그 건물은 창문이 세 개인 2층집으로 도로에 면해 있었고, 꼭대기에 다락방이 있었다. 건물 뒤편에 꽤 넓은 정원이 있는데, 그 끝의 경사지가 아래쪽 초원으로 이어졌다. 정원에서는 레미에서 프레누아까지 거대한 구릉의 파노라마가 한눈에 보였다. 열정적인 새 집주인으로서 바이스는 비상식량을 모두 지하실에 가져다두었고, 총탄으로부터 가구를 보호하기 위해 창문을 침대 매트로 가렸다. 그러다보니 새벽 두시에야 겨우 잠자리에 들었다. 그토록 오래 갈망했고 그토록 어렵게 손에 넣은 이 집, 그 자신조차 충분히 향유하지 못한 이 집을 프로이센군이 노략질할 수 있다고 생각하니, 바이스는 화가 치밀어올랐다.

그때 도로에서 한 목소리가 그를 불렀다.

"이보시게, 바이스, 저 소리 들리나?"

아래로 내려가니, 염색공장에서 잠자리에 들었던 들라에르슈가 서 있었다. 염색공장은 바이스의 집과 벽을 공유한 커다란 벽돌건물이었다. 염색공장의 직공들은 모두 숲을 가로질러 벨기에로 달아나고 없었다. 염색공장을 지키는 경비원은 문지기인 석공의 미망인 프랑수아즈 키타르뿐이었다. 공포에 질린 그녀 또한 아들 오귀스트가 없었더라면 직공들과 마찬가지로 벌써 달아났을 것이다. 하지만 열 살짜리 꼬마 오귀스트가 장티푸스로 신열이 너무도 심해 도저히 움직일 수 없었다.

"이보시게," 들라에르슈가 되풀이했다. "저 소리 들리나? 이제 시작인가봐…… 빨리 스당으로 되돌아가는 게 좋을 것 같네."

바이스는 조금이라도 위험한 일이 생기면 바제유를 떠나기로 아내와 약속했었다. 물론 그는 약속을 지킬 생각이었다. 그러나 아직은 새벽안개 속에서 간간이 원거리 포격을 하는 포병대 전투에 지나지 않았다.

"그래도 좀더 기다려보시죠!" 그가 대답했다. "서두를 건 없어 보이는데요."

하기야 들라에르슈도 강렬한 호기심을 느꼈고, 그 덕분에 용기를 냈다. 사실 그는 방어 준비에 관심이 쏠려 잠을 이루지 못했었다. 12군단을 지휘하던 르브룅 장군은 새벽부터 공격당할 것을 예상했기에, 바제유 방어를 위해 어둠을 이용하고자 했다. 그는 무슨 일이 있어도 바제유를 적에게 넘겨줘서는 안 된다는 명령을 받았었다. 거리마다 바리케이드가 설치되었다. 몇몇 병사로 이루어진 수비대가 집집마다 배치되었다. 골목길과 정원 모두 요새로 바뀌었다. 새벽 세시가 되자 소리 없이 기상한 여러 부대가 칠흑 같은 어둠 속에서 전투태세를 갖췄고, 샤스포 소총에 기름을 칠했으며, 탄띠에 90발의 실탄을 채웠다. 이런 까닭에 적군의 포격에 놀라는 병사는 아무도 없었다. 발랑과 바제유 사이에 포진한 프랑스 포병대는 즉시 응사했다. 하지만 안개 속에서 어림잡아 쏘는 포격으로, 단순히 존재감을 나타내기 위한 것이었다.

"우리 공장은 굳건하게 방어될 걸세⋯⋯" 들라에르슈가 말했다. "1개 소대가 지키고 있거든. 자, 이리 와서 보시게."

과연 해병대 병사 40여 명이 배치되어 있었다. 소대를 이끄는 중위는 아주 젊은 장신의 금발 청년으로 고집이 세고 정력적인 인상을 풍겼다. 벌써 병사들이 건물을 장악하고 있었다. 일부는 거리에 면한 2층 덧문에 총안銃眼을 냈고, 다른 일부는 초원이 내려다보이는 뒷마당의 낮은 벽에 구멍을 냈다.

들라에르슈와 바이스는 뒷마당 한복판에서, 새벽안개를 뚫고 최대한 멀리 살펴보려고 애쓰는 중위를 만났다.

"굉장한 안개로군!" 중위가 중얼거렸다. "손으로 더듬어서 싸울 순 없잖아."

잠시 후, 그가 뜬금없이 물었다.

"오늘이 무슨 요일이죠?"

"목요일." 바이스가 대답했다.

"목요일, 그렇군요…… 오늘이 세상의 끝은 아니겠죠! 절대로!"

바로 그 순간, 대포 소리가 계속되는 가운데 초원 가장자리에서, 오륙백 미터 떨어진 그곳에서 빗발치는 총소리가 들려왔다. 그것은 일종의 극적인 반전이었다. 동이 터왔다. 뫼즈강의 수증기가 가볍고 부드러운 모슬린처럼 날아갔고, 구름 한 점 없이 맑은 푸른 하늘이 나타났다. 아름다운 여름날의 상쾌한 아침이었다.

"아!" 들라에르슈가 외쳤다. "저들이 철교를 건너는군. 저기, 철로를 따라가는 게 보이잖소…… 그런데 왜 아군은 철교를 폭파하지 않은 거요?"

중위는 소리 없이 울분을 삼켰다. 그는 발파 장치가 설치되어 있다고 말했다. 하지만 어제 철교 탈환을 위해 네 시간 동안 싸운 뒤 모두가 점화를 잊어버린 것이었다.

"불운입니다." 중위가 짧게 말했다.

바이스는 사방을 둘러보며 전황을 파악하려 애썼다. 프랑스군은 바제유에서 탄탄한 진지를 구축했다. 두지 도로가 관통하는 그 마을은 초원을 내려다보고 있었다. 마을로 가기 위해서는 왼쪽으로 꺾여져 성城 앞으로 지나가는 저 두지 도로를 이용하는 수밖에 없었다. 오른쪽에 있는 다른 하나의 도로, 즉 철교로 통하는 도로는 교회 광장에서 두 갈래로 나뉘었다. 그러므로 독일군은 초원의 경작지를 가로질러야만 했는데, 그 드넓은 공간은 뫼즈강과 철도를 따라 펼쳐져 있었다. 독일군의 조심성으로 볼 때, 그들이 이쪽에서 진정한 전투를 벌일 개연성은 거의 없었다. 그렇지만 바제유 입구에 설치된 기관총의 집중사격에도 불구하고 그들은 철교를 통해 떼거리로 몰려왔다. 철교를 건넌 독일 병사들은 곧바로 버드나무를 방패삼아 응사했고, 대오를 재정비해 앞으로 나아갔다. 바로 거기서 치열한 총격전이 전개되었다.

"이런!" 바이스가 말했다. "바이에른군이잖아. 철모의 장식끈을 보면 바로 알 수 있어."

철로 뒤에 반쯤 몸을 숨긴 또다른 독일 병사들이 오른쪽으로 돌아, 멀리 나무 몇 그루가 있는 지점까지 이동하려고 애썼다. 그러면 비스듬한 방향으로 바제유를 급습할 수 있을 것이었다. 만일 그 병사들이 몽티빌리에공원에 무사히 안착한다면, 마을이 함락될 가능성이 있었다. 그런 생각이 바이스의 뇌리를 스쳐지나갔다. 그러나 전면에서 공격이 치열해졌기 때문에, 더이상 그런 생각을 이어나갈 틈이 없었다.

갑자기 그는 북쪽, 스당 너머로 보이는 플루앙언덕을 향해 고개를 돌렸다. 포병대가 방금 포문을 열었고, 검은 연기가 청명한 하늘로 치솟았다. 폭발음이 몹시 선명하게 들렸다. 다섯시쯤 되었으리라.

"어휴!" 그가 소곤거렸다. "전투가 본격적으로 시작될 모양이군."

그와 함께 사방을 둘러보던 해병대 중위가 단호히 말했다.

"오! 바제유가 요충지입니다. 전투의 운명이 여기서 결정될 겁니다."

"정말 그런가요?" 바이스가 소리쳤다.

"의문의 여지가 없습니다. 원수님 생각이 그래요. 간밤에 찾아오셔서 전원 죽음을 각오하고 마을을 사수하라고 명령하셨습니다."

바이스는 고개를 끄덕이며 지평선으로 시선을 돌렸다. 그리고 망설이는 목소리로 혼잣말하듯 중얼거렸다.

"아냐, 그게 아냐! 그렇지 않아…… 진짜 위험한 곳은 여기가 아냐! 하지만 정확히 그게 어딘지는 모르겠어……"

그는 입을 다물었다. 그는 바이스 공구의 집게처럼 두 팔을 크게 벌렸다. 그리고 북쪽으로 몸을 돌리더니, 갑자기 바이스로 무는 것처럼 두 손을 맞잡았다.

그 고장을 잘 알고 두 나라 군대의 동향을 이미 파악한 그는 어제부터 큰 두려움을 느꼈다. 광활한 들판이 눈부신 햇살에 환히 드러난 지금, 그의 시선은 하룻밤 하룻낮 동안 독일 검정개미들이 끝없이 이동했었던 왼쪽 강기슭의 구릉지를 향했다. 레미의 고지에서 포병대가 발포하고 있었다. 적의 포화를 받기 시작한 또다른 포병대는 강가의 퐁모지에 진지를 구축했었다. 바이스는 외알 안경의 도수를 두 배로 높였다. 렌즈 하나를 다른 하나 위에 겹쳐놓아, 숲이 우거진 경사지를 더 잘 살펴려 했다. 그러나 보이는 것이라고는 희미한 대포 연기뿐이었고, 언덕 꼭대기들이 조금씩 그 포연으로 뒤덮였다. 그렇다면 저기를 지나갔던 독일 병사들이 지금 어디에 있단 말인가? 누아예와 프레누아 위쪽, 즉 마르페에서는 솔밭 모퉁이에 일군의 군인과 군마만 보였는데, 제복을 입은 군인들은 참모부 장교들인 듯했다. 서쪽을 차단하는 뫼즈강 여울목은 더 멀리 있었다. 메지에르로 가는 유일한 퇴로인 이쪽으로는, 강과 아르덴숲 사이의 생탈베르 협로를 따라가는 단 하나의 비좁은 도로만 있었다. 어제 그는 지본 계곡 샛길에서 우연히 만난 장군에게 그 유일한 퇴로에 대해 이야기했었다. 나중에 알고보니 그가 1군단을 지휘하는 뒤크로 장군이었다. 만일 프랑스군이 지금 당장 이 도로를 통해 후퇴하지 않는다면, 만일 프로이센군이 동슈리에서 뫼즈강을 건너와 이 퇴로를 차단한다면, 프랑스군은 국경선으로 내몰린 채 옴짝달싹 못할 게 틀림없었다. 오늘 저녁이면 이미 늦으리라. 독일 창기병들이 다리를 점령했다는 소식이 들려왔다. 프랑스군이 아예 화약을 준비해오지 않았던 탓에 이 다리 역시 폭파되지 않았다. 바이스는 절망에 빠진 채, 독일 검정개미 군단이 분명히 동슈리평원에서 생탈베르 협로로 진군하고 있을 거라고 생각했다. 그리고 그 전위 부대는 이미 생망주까지, 또한 어제 장과 모리스를 데려다주었던 플루앙까지 이동했을 것이었다. 작열하는 태양 아래 저멀리 플루앙의 종탑이 마치 가느다란 흰색 바늘처럼 그의 시야에 들어왔다.

동쪽으로는 바이스 공구의 또다른 집게가 있었다. 북북으로 일리고원에서 플루앙고원까지 7군단의 전열이 보였는데, 7군단은 성벽 아래서 비상 대기중이던 5군단의 지원을 충분히 받지 못했다. 그러나 바이스의 위치에서 볼 때 가렌숲에서 대니 마을까지, 즉 1군단이 위치한 지본 계곡을 따라 동쪽에서 무슨 일이 벌어지는지는 알 수 없었다. 그러나 대포 소리가 그쪽에서 났다. 마을 앞 슈발리에숲에서 전투가 시작된 모양이었다. 바이스를 진정으로 불안에 빠뜨린 것은 어제부터 들은 농부들의 말이었다. 그들은 프로이센군이 프랑슈발에 도착했다고 말했다. 그 말은 동슈리를 통해 서쪽에서 이동해온 프로이센군이 프랑슈발을 통해 동쪽에서도 이동했다는 사실을 뜻했다. 만일 그처럼 동서의 측면 이동이 멈추지 않고 계속된다면, 바이스 공구의 두 집게가 저기, 칼베르딜리*에서 순조롭게 맞물리리라. 군사작전에 문외한인 그는 상식적으로 판단할 뿐이었다. 그는 뫼즈강이 한 변을 이루고, 북쪽의 7군단과 동쪽의 1군단이 다른 두 변을 이루는 거대한 삼각형을 보고 공포에 질렸다. 남쪽 바제유에 포진한 12군단은 삼각형의 꼭짓점을 이루었다. 그런데 세 군단이 사방에서 몰려오는 적군을 기다리며 서로를 등지고 있었다. 그 삼각형 중앙에 묘혈 같은 스당이 위치했는데, 노후한 대포로 무장한 스당에는 탄약도 식량도 없었다.

"알고 있습니까?" 바이스가 다시 두 팔을 크게 벌렸다가 두 손을 맞잡는 동작을 하며 말했다. "이렇게 될 겁니다, 장군들이 제대로 대응하지 못한다면…… 바제유 전투는 속임수일 뿐이죠."

그러나 그의 설명은 혼란스러웠다. 그 고장을 잘 모르는 중위는 바이스의 말을 이해할 수 없었다. 그래서 그는 초조한 표정으로 어깨만 으쓱했고, 외알 안경을 쓰고 외투를 걸친 이 평범한 주민이 원수와 의견을 달리하는 것을 알고 혀를 찼다. 바이스가 또다시 바제유 공격의 진정한 목적은 아군을 교란하고 진짜 작전을 숨기는 거라고 주장하자, 중위는 화를 내며 소리쳤다.

"그만하시오!…… 우리는 당신이 말하는 그 바이에른군을 뫼즈강으로 몰아넣을 겁니다. 그때 적군이 우리를 어떻게 속이는지 두고 봅시다!"

조금 전부터 독일 보병들이 가까이 다가온 것이 틀림없었다. 총알이

---

* 그리스도 수난상이 있는 일리의 고지대 마을.

염색공장의 벽돌에 둔탁하게 박혔다. 병사들은 안마당 작은 벽 뒤에 숨어 응사했다. 샤스포 소총의 총탄이 맑고 메마른 소리를 내며 끊임없이 공기를 갈랐다.

"적군을 뫼즈강으로 내몬다고, 아, 그야 물론 좋은 일이지!" 바이스가 중얼거렸다. "적을 무찌르고 카리냥 도로를 탈환한다면, 좋고말고!"

그는 총탄을 피하려고 펌프 뒤에 몸을 숨긴 들라에르슈에게 말했다.

"어쨌든 어제저녁에 메지에르로 갔어야 해요. 저라면 여기가 아니라 거기를 택했을 겁니다. 하지만 이제 후퇴는 불가능해요, 그러니 전력을 다해 싸울 수밖에……"

"출발해야지?" 왕성한 호기심에도 불구하고 겁이 나기 시작한 들라에르슈가 물었다. "더 늦어지면 스당으로 돌아갈 수 없을 걸세."

"네, 잠시만 있다가 따라갈게요."

위험했지만 그는 몸을 일으켰고, 고집스레 상황을 파악하고자 했다. 오른쪽으로는 도지사의 명령으로 물바다가 된 초원이, 토르시에서 발랑까지 거대한 호수가 도시를 방어하고 있었다. 아침햇살을 받은 수면은 푸르기 그지없었다. 그러나 물은 바제유 입구에서 멈췄다. 그래서 바이에른군은 나무 몇 그루와 도랑을 적절히 이용해 풀밭을 가로질러 앞으로 진군할 수 있었다. 그들은 이제 500미터 거리까지 접근했다. 바이스는 그들이 천천히, 노출을 최소화하기 위해 참을성 있게 천천히 육지에 접근한다는 사실에 놀랐다. 게다가 강력한 포병대가 그들을 지원하고 있었다. 청명한 하늘이 포탄 날아가는 소리로 가득찼다. 바이스가 다시 눈을 들고 보니, 바제유에 포격을 가하는 것은 퐁모지 포병들만이 아니었다. 리리언덕 중간에 배치한 대포들도 불을 뿜으며 바제유를 강타했고, 12군단 예비군이 있는 몽셸의 헐벗은 대지에, 1군단의 1개 사단이 있는 대니의 짙푸른 경사지에 집중포화를 퍼부었다. 왼쪽 강기슭의 구릉지대도 화염에 휩싸여 있었다. 땅에서 솟은 듯한 대포들은 끝없이 늘어나는 벨트 같았다. 누아예에서 1개 포병대가 발랑을 공격했고, 바들랭쿠르에서 1개 포병대가 스당을 공격했으며, 마르페 아래쪽 프레누아에서 엄청난 화력을 자랑하는 1개 포병대가 도시 위로 쏘아올린 포탄은 7군단이 포진한 플루앙고원에서 폭발했다. 바이스는 자신이 그토록 좋아했던 언덕들이, 푸른 계곡을 닫으며 언제나 눈을 즐겁게 해주었던 언덕들이 돌연 무시무시하고 거대한 요새로 변한 채 스당의 성채를 파괴하는 모습을 단말마적 고통을 느끼며 바라보았다.

벽토 부스러기가 후드득 떨어져내리는 바람에 그는 고개를 들었다. 총탄 한 발에 경계벽 너머 그의 집 전면 모서리가 떨어져나갔다. 그가 분노하며 소리쳤다.

"우리집을 박살낼 작정이군, 날강도 같은 놈들이!"

바로 그때 그의 등뒤에서 퍽하고 물컹한 소리가 들렸다. 뒤돌아보니 한 병사가 가슴에 총탄을 맞고 쓰러져 있었다. 앳된 얼굴의 이 병사는 다리에 경련을 일으키더니 이내 조용해졌다. 첫 사망자였다. 샤스포 소총 세례에 화들짝 놀란 바이스는 안마당 포석 위로 펄쩍 뛰어올랐다.

"아! 안 되겠어, 난 갈래!" 들라에르슈가 더듬거렸다. "자네가 가지 않겠다면, 나 혼자라도 가겠네."

두 사람에게 신경이 쓰인 중위가 말했다.

"그래요, 두 분 다 가시는 게 좋겠습니다. 언제 공격당할지 모르니까요."

육지의 풀밭에 다다른 바이에른군을 힐끔 본 후, 바이스는 들라에르슈를 따라가기로 결심했다. 그러나 거리를 걸어가다가 문득 자신의 집을 이중으로 잠가야겠다는 생각이 들었다. 그가 들라에르슈를 따라잡았을 때, 새로운 광경이 둘의 시선을 끌었다.

약 300미터 떨어진 길 끝에서, 두지 도로를 통해 들어온 일군의 바이에른 병사들이 교회 광장을 공격하고 있었다. 광장 방어를 책임진 해병대가 그들을 유인하려는 듯 잠시 소강상태를 유지했다. 뒤이어 그들이 정면에 몰려들었을 때, 갑자기 불의의 공격이 개시되었다. 바이에른 병사들이 다급히 길 양쪽으로 갈라졌다. 그러나 이미 적잖은 병사들이 길바닥에 쓰러졌다. 그때 반대편 길 끝에서 갑자기 공간이 열리더니 기관총 여러 대가 동시에 불을 뿜었다. 적군이 추풍낙엽처럼 쓰러졌다. 해병대 병사들이 총검을 들고 달려가서 여기저기 흩어진 바이에른 병사들을 거꾸러뜨렸다. 그런 식의 공격이 두 번이나 성공을 거뒀다. 골목길 모퉁이에 있는 작은 집에 세 여자가 남아 있었다. 그들은 태연히 창가에 서서 재미있다는 듯 웃으며 환호성을 질렀다.

"아! 이런!" 별안간 바이스가 말했다. "지하실 문 잠그는 걸 잊었잖아…… 잠시만 기다려주세요, 일 분이면 됩니다."

이 최초의 공격은 격퇴되는 듯했다. 다시 전투를 보고 싶은 욕망에 사로잡힌 들라에르슈는 더이상 서두르지 않았다. 염색공장 앞에 서서 그는 잠시 1층 문턱으로 나온 문지기 여자와 이야기를 나누었다.

"불쌍한 프랑수아즈, 우리와 함께 갑시다. 이런 아비규환 속에 여자 혼자 있는 건 위험해!"

그녀는 두 손을 덜덜 떨었다.

"아! 사장님, 우리 오귀스트가 아프지만 않았다면, 벌써 달아났겠죠…… 사장님, 안으로 들어와서 한번 보세요."

그는 들어가지는 않고 목을 길게 빼 안을 살폈고, 새하얀 침대에 누운 채 신열에 들뜬 얼굴로 엄마를 응시하는 꼬마를 보며 고개를 끄덕였다.

"이봐요!" 그가 다시 말했다. "아이도 데려가면 되잖소? 내가 스당에 임시 거처를 마련해주겠소…… 아이를 따듯한 담요에 싸서, 우리와 함께 갑시다."

"오! 안 돼요, 사장님. 그건 불가능해요. 의사 선생님이 그러다가는 아이가 죽을 거라고 하셨어요…… 이럴 때 아이 아빠가 살아 있었더라면! 하지만 이제 우리 둘뿐이에요. 아이와 저는 서로를 위해 살아남아야 해요…… 프로이센 놈들이 혼자 있는 여자와 몸이 아픈 아이를 해치진 않겠지요."

그때 집에 단단히 빗장을 지른 바이스가 나타났다.

"이제 때려 부수지 않고는 그 집에 들어갈 수 없을 겁니다…… 가시죠, 사장님! 하지만 탈출도 쉽진 않겠네요. 총알을 맞지 않으려면, 담장에 딱 붙어서 가야겠습니다."

적군은 새로운 공격을 준비한 모양이었다. 총알 세례가 더욱 거세졌고, 포탄 날아오는 소리가 그치지 않았다. 벌써 포탄 두 개가 100여 미터 떨어진 도로에 떨어졌다. 그리고 또다른 포탄이 날아왔지만 이웃집 정원의 축축한 흙에 처박히는 바람에 폭발하지 않았다.

"아! 프랑수아즈!" 바이스가 다시 말했다. "오귀스트를 안아주고 싶네요…… 어쨌든 이틀 정도는 괜찮을 겁니다. 위험하지 않아요…… 힘내시고, 빨리 안으로 들어가요, 그리고 더이상 밖으로 나오지 말아요."

마침내 두 남자는 길을 떠났다.

"잘 있어요, 프랑수아즈."

"잘 가요, 사장님. 잘 가요, 바이스 씨."

바로 그 순간, 엄청난 굉음이 들렸다. 포탄 하나가 바이스의 집 굴뚝을 부러뜨린 후 보도 위에 떨어진 것이었다. 얼마나 폭발력이 대단했던지 이웃집들 유리창이 모조리 깨져버렸다. 처음에는 자욱한 연기와 먼지 때문에 아무것도 보이지 않았다. 이윽고 휑하니 구멍이 뚫린 공장 건물 전면이 모습을 드러냈다. 현관 문턱에 서 있던 프랑수아즈는 비스듬히 날아갔다. 허리가 꺾이고 머리가 부서진 그녀는 온몸이 넝마처럼 찢기고 피에 물든 끔찍한 시체로 변해 있었다.

바이스는 소리를 지르며 달려갔다. 그는 말을 더듬거렸고, 욕설만 겨우 내뱉었다.

"제기랄! 제기랄!"

아, 프랑수아즈가 죽었어. 그는 무릎을 꿇은 채 그녀의 손을 더듬더듬 만졌다. 그가 다시 몸을 일으켰을 때, 엄마를 보기 위해 창밖으로 고개를 내민 오귀스트의 모습이 눈에 들어왔다. 꼬마는 아무 말도 하지 않고 울지도 않았다. 신열에 들뜬 꼬마는 크게 뜬 눈으로 더이상 형체를 알아볼 수 없을 정도로 끔찍하게 변한 엄마를 멍하니 바라보기만 했다.

"제기랄!" 바이스가 소리쳤다. "이제 여자들까지 죽이다니!"

그는 일어섰고, 교회 쪽에서 다시 나타나기 시작한 바이에른 병사들을 향해 주먹을 불끈 쥐었다. 뒤이어 굴뚝이 떨어져 반쯤 무너진 자기 집이 보이자, 흥분이 극에 달했다.

"이런 더러운 자식들! 여자들을 죽이고, 내 집을 부수다니!…… 안 돼! 안 돼! 이럴 순 없어. 난 가지 않을 거야, 난 남겠어!"

그는 앞으로 달려가더니, 죽은 병사의 샤스포 소총과 탄환을 가지고 돌아왔다. 비상상황에서 주변을 잘 볼 수 있도록 그는 언제나 젊은 아내를 의식해 평소에는 잘 쓰지 않는 두 알 안경을 가지고 다녔다. 신속한 동작으로 외알 안경을 벗고 두 알 안경을 썼다. 짧은 외투를 걸친 이 통통한 남자, 선량하고 동그란 얼굴이 분노로 일그러진 이 남자가 영웅적인 용기로 거리 안쪽 바이에른 병사들을 향해 총을 쏘기 시작했다. 그의 말대로 그의 몸속에는 독일 놈들을 거꾸러뜨리고 싶은 욕망이 내재해 있었다. 저 알자스에서 1814년 이야기를 수없이 들으며 자란 까닭에 언제나 그 욕망이 몸속에서 꿈틀거리고 있었다.

"에잇! 더러운 자식들, 더러운 자식들!"

얼마나 빨리 방아쇠를 당겼던지, 소총 총신이 달궈져 손가락이 타는 듯했다.

맹렬한 공격이 예상되었다. 초원 쪽에서는 더이상 총성이 들리지 않았다. 가장자리에 백양나무와 버드나무가 서 있는 작은 개천을 점령한 채, 바이에른군은 교회 광장을 방어하는 가옥들을 공격하려 준비하고 있었다. 병사들이 뒤로 물러났고, 드문드문 시체가 널려 있는 광활한 풀밭에 태양이 황금빛 햇살을 뿌렸다. 중위가 보초 한 명만 남긴 채 염색공장 안마당을 떠났는데, 이제부터 거리가 격전장이 되리라 판단했기 때문이었다. 그는 황급히 병사들을 보도를 따라 배치했고, 만약 적이 광장을 장악하면 건물 2층으로 올라가서 끝까지 항전하라고 명령했다. 병사들은 경계석 뒤에 몸을 숨기거나 보이는 대로 아주 작은 돌출부 뒤에라도 엎드린 채 마구 총을 쏘았다. 눈부시게 맑으면서도 인적 없는 넓은 거리를 따라 총알과 대포알이 강풍을 동반한 우박처럼 하늘에서 끝없이 쏟아져내렸다. 어린 아가씨가 차도를 가로질러 정신없이 달려갔지만, 다행히 총알을 맞지는 않았다. 작업복을 입은 늙은 농부가 고집스레 말을 마구간에 넣으려 하다가 이마에 총알을 맞고 그 충격으로 도로 위에 나가떨어졌다. 교회 지붕이 포탄을 맞아 폭싹 내려앉았다. 다른 두 포탄에 몇몇 가옥이 거대한 화염에 휩싸였는데, 가옥의 뼈대가 우지끈 무너지는 소리가 났다. 병든 아이 옆에서 박살이 난 불쌍한 프랑수아즈, 머리에 총알을 맞은 늙은 농부, 붕괴된 가옥, 검붉은 화염을 보며 벨기에로 달아나지 않고 고향에서 죽길 바란 주민들은 격노했다. 부르주아들, 노동자들, 외투를 걸친 청소년들이 창가에서 총을 쏘았다.

"아! 날강도들 같으니라고!" 바이스가 소리쳤다. "지금 저놈들이 마을을 한 바퀴 돌고 있어요…… 아까 저놈들이 철로를 따라가는 걸 봤거든…… 그런데 봐요! 지금은 저기, 왼쪽에서 총소리가 들리잖습니까?"

과연 도로 가장자리에 나무가 늘어선 몽티빌리에공원 뒤에서 총소리가 들렸다. 만일 적이 이 공원을 장악했다면, 바제유는 함락된 셈이었다. 그러나 불을 뿜는 총격전으로 미루어 12군단 사령관이 적군의 동향을 파악했고, 공원을 사수하고 있는 것으로 보였다.

"조심해요!" 중위가 소리치며 바이스를 담장에 붙도록 끌어당겼다. "우두커니 서 있으면 두 동강 납니다!"

안경을 썼지만 너무도 용감한 이 통통한 남자가 조금 전부터 중위의 관심을 끌며 미소 짓게 했었다. 그래서 포탄이 날아오는 소리가 들리자 중위는 남자를 안전한 곳으로 피신시켰다. 포탄은 그들로부터 열 설음 쯤 떨어진 데서 폭발했고, 두 사람은 잔해를 뒤집어썼다. 민간인은 찰 과상조차 없이 멀쩡했지만, 중위는 두 다리에 부상을 입었다.

"이런!" 중위가 나직이 말했다. "호된 대가를 치렀군."

보도 뒤로 나가떨어진 그는 어느 건물 정문에 기대앉았다. 그 문턱 에는 이미 죽은 여자가 누워 있었다. 젊은 중위는 정력적이고 고집스러 운 표정을 지었다.

"난 괜찮아, 제군들…… 천천히 사격해, 서두르지 말고…… 총검으 로 놈들을 공격할 때가 오면, 내가 즉시 명령을 내리겠네."

그는 여전히 고개를 세운 채 멀리 있는 적의 동태를 살피면서, 계속 해서 부하들을 지휘했다. 앞쪽에 있는 집 하나가 화염에 휩싸였다. 총 알 날아가는 소리와 포탄 터지는 소리가 먼지와 연기로 자욱한 대기를 갈랐다. 골목길 모든 모퉁이에서 병사들이 총탄에 맞아 거꾸러졌다. 여 기저기 홀로 쓰러진 시체들 또는 무더기를 이룬 시체들이 붉은빛을 띤 검은 얼룩처럼 보였다. 마을 위로 무시무시한 소음이 드리웠는데, 결사 적으로 항전하는 프랑스군 수백 명을 덮치기 위해 프로이센군 수천 명 이 몰려오는 소리였다.

그러자 계속해서 바이스를 부르던 들라에르슈가 마지막으로 물 었다.

"안 갈 건가?…… 할 수 없군! 나 혼자 가겠네, 아듀!"

일곱시였다. 출발이 너무 지체되었다. 총성이 들릴 때마다 그는 문이 나 벽의 구석진 곳에 몸을 바짝 붙이며 집들을 따라 걸었다. 일찍이 그 가 이토록 젊은이처럼 민첩하게 행동한 적은 없었다. 마치 뱀처럼 유연하게 몸을 놀렸다. 그러나 바제유 끝에서, 리리언덕에 있는 포병대가 포탄을 퍼붓는 황량하고 쓸쓸한 도로를 300미터가량 따라가야 했을 때, 온몸이 땀에 젖었는데도 덜덜 떨렸다. 잠시 길가 배수로로 들어가 몸을 잔뜩 숙이고 나아갔다. 뒤이어 도로 위로 올라가 미친듯이 앞만 보고 달렸는데, 귓가에 천둥 같은 대포 소리가 끊임없이 들렸다. 두 눈이 타는 듯했고, 화염 속을 달리는 듯했다. 그 짧은 시간이 마치 영원처럼 느껴졌다. 갑자기 왼쪽 길가에 있는 작은 집이 눈에 들어왔다. 그는 그 집으로 뛰어들어가 몸을 숨기며 가쁜 숨을 몰아쉬었다. 사람들이 그를 둘러쌌다. 말 몇 마리도 보였다. 처음에는 아무것도 분간할 수 없었다. 잠시 후, 눈앞의 광경에 그는 깜짝 놀랐다.

황제! 참모부 전체를 거느린 황제였다! 그는 베벨에서 이야기를 나눌 뻔했던 소중한 기억이 떠오르며 황제를 다시 보자 감격했지만, 놀라서 입을 벌린 채 아무 말도 하지 못했다. 분명히 나폴레옹 3세였다. 황제는 말을 타고 있어 더 거대해 보였다. 그리고 배우처럼 분장한 듯, 콧수염이 윤이 나고 두 뺨이 발그레해서 일전보다 훨씬 더 젊어 보였다. 가느다란 코와 거슴츠레한 눈, 고통으로 일그러진 창백한 얼굴에 드리운 공포심을 병사들에게 퍼뜨리지 않기 위해 황제는 화장을 한 것이 틀림없었다. 새벽 다섯시에 황제는 바제유에서 전투가 벌어지고 있다는 보고를 받았다. 그래서 여전히 유령처럼 말이 없고 음울한 표정이었지만, 주홍색으로 밝게 단장을 하고 여기로 온 것이었다.

이 벽돌공장이 그의 피란처였다. 빗발치는 총알이 벽에 구멍을 내고, 포탄 세례가 도로를 박살내고 있었다. 호위대는 더이상 움직일 수가 없었다.

"폐하," 누군가가 말했다. "정말 위험합니다……"

그러나 황제는 고개를 돌리더니, 참모부 장교들에게 벽돌공장 담장에 이어지는 골목길로 피신하라는 몸짓을 했다. 골목길이라면 병사와 군마가 모두 몸을 숨길 수 있을 터였다.

"정말입니다, 폐하. 이러시면 안 됩니다…… 폐하, 제발……"

그럼에도 황제는 똑같은 몸짓을 되풀이했다. 장교들이 헐벗은 도로 근처에 있으면 왼쪽 강기슭 포병대의 시선을 끌 거라고 말하려는 듯 그는 동일한 몸짓을 되풀이했다. 그러면서 자신에게 정해진 운명을 맞이하려는 것처럼, 음울하고 무심한 걸음걸이로 총탄과 포탄의 세례 속으로 천천히 나아갔다. 그의 등뒤에서 전진하라는 무자비한 목소리가, 파리의 그 목소리가 들리는 것 같았다. "진군! 진군! 백성의 시체 위에서 영웅적으로 전사하라, 전 세계에 감동의 물결이 넘치게 하라, 그대의 아들이 황위를 계승할 수 있도록!" 그는 진군했다. 말이 잔걸음으로 앞으로 나아갔다. 100미터쯤 나아간 뒤, 그는 가만히 멈춰 서서 운명적인 종말을 기다렸다. 총알이 봄바람처럼 가볍게 날아들었고, 포탄이 대지를 뒤흔들며 폭발했다. 그는 계속 기다렸다. 시시각각 다가오는 죽음 앞에서 말의 갈기가 곤두섰고, 살가죽이 떨렸다. 하지만 죽음은 여전히 황제도 말도 원하지 않았다. 이 무한한 기다림 끝에, 자신의 운명이 그게 아님을 깨달은 황제는 숙명적인 체념과 더불어, 마치 독일 포병대의 정확한 위치를 파악하려 했다는 듯 다시 태연하게 벽돌공장으로 되돌아왔다.

"폐하, 힘을 내십시오!…… 부디 청하오니, 더이상 옥체를 노출하지 마십시오……"

그러나 황제는 다시 한번 몸짓으로, 참모부 장교들에게 자신을 따라오라고 명령했다. 이번에는 골목길로 피신하라는 호의를 베풀지 않았다. 그는 인적 없는 라파유 들판을 거쳐 몽셀을 향해 올라갔다. 대위 하나가 죽고, 말 두 필이 쓰러졌다. 12군단 병사들은 황제가 유령처럼 다가와서 사라지는 모습을 인사도 환호성도 없이 물끄러미 바라보았다.

들라에르슈는 이 모든 것을 지켜보았다. 그리고 벽돌공장을 떠나자마자 포화의 도가니에 들게 되리라 생각하며 공포에 떨었다. 그는 출발을 미루고 거기 남아 있던 장교들이 하는 이야기를 유심히 들었다.

"그 양반이 죽었어요. 포탄에 두 동강 났답니다."

"그렇지 않아요, 그 양반을 옮기는 걸 제가 분명히 봤습니다…… 파편에 맞아 엉덩이에 경상을 입었을 뿐입니다."

"그게 몇시였소?"

"여섯시 반, 한 시간 전이죠…… 저기 위쪽, 몽셀 근처였습니다. 움푹 파인 길에서……"

"그렇다면 그 양반을 스당으로 옮겼소?"

"예, 그렇습니다. 지금 스당에 계십니다."

도대체 누구 이야기를 하는 거야? 그러다 갑자기 들라에르슈는 그들이 전초기지로 가다가 부상을 입은 마크마옹 원수에 대해 이야기하고 있음을 알아차렸다. 원수가 부상을 당하다니! 어쩌면 우리에게는 잘된 일일지도 몰라. 들라에르슈가 사고의 결과를 따지고 있을 때, 말을 타고 전속력으로 지나가던 연락병이 동료 하나를 알아보고 소리를 질렀다.

"뒤크로 장군이 총사령관이 됐어!…… 전군 일리에서 집결! 그런 다음 메지에르로 퇴각!"

벌써 연락병은 저멀리 사라져 집중포화가 쏟아지는 바제유로 들어 갔다. 하나씩 알게 된 엄청난 소식에 놀란 들라에르슈는 전군의 퇴각 행렬에 휩쓸릴까 두려워 발랑까지 뛰어가기로 결심했다. 거기서는 스 당으로 가는 데 큰 어려움이 없을 듯했다.

바제유에 도착한 연락병은 명령을 전달하기 위해 지휘관을 찾아 이 리저리 뛰어다녔다. 그러다보니 여러 소식이 사방으로 빠르게 퍼져 나갔다. 마크마옹 원수 부상, 뒤크로 장군 총사령관 임명, 전군 일리 퇴각!

"뭐라고? 무슨 말을 하는 거야?" 벌써 까맣게 포연을 뒤집어쓴 바이 스가 외쳤다. "이제야 메지에르로 퇴각한다니! 어처구니가 없군, 절대 로 거기까지 갈 수 있을 리 없어, 절대로!"

어제 뒤크로 장군에게 그렇게 조언한 걸 떠올리면서 그는 절망에 빠 졌다. 물론 어제라면 그랬어야 했다, 달리 방법이 없었으니까. 생탈베 르 협로를 통해 즉시 후퇴했어야 했다. 하지만 지금은 도로가 차단되었 을 게 틀림없다. 프로이센의 검정개미 군단이 동슈리평원으로 몰려갔 을 것이다. 이성적이지 않은 작전이지만, 이제 단 하나의 작전만 남아 있다. 절망적이면서도 용맹스러운 그 작전은 바이에른군을 뫼즈강 쪽 으로 몰아붙인 후, 그들을 넘어서서 카리냥 도로를 탈환하는 것이다.

바이스는 자꾸만 흘러내리는 안경을 다시 올리며 중위에게 위치를 설명했다. 두 다리가 부러진 채 여전히 문에 기대앉은 중위는 피를 많 이 흘린 탓에 몹시 창백한 얼굴로 죽어가고 있었다.

"중위님, 제 말을 들어야 해요…… 부하들에게 여기를 떠나지 말라고 해요. 우리가 이기고 있잖아요. 조금만 더 힘을 냅시다. 적군을 뫼즈 강 쪽으로 몰아붙이면 돼요!"

실제로 바이에른군의 두번째 공격은 수포로 돌아갔다. 교회 광장을 향해 기관총이 다시 불을 뿜었고, 태양이 내리쬐는 포석 위에 시체가 쌓여갔다. 골목마다 백병전이 벌어졌는데, 아군이 적군을 초원으로, 뫼즈강 쪽으로 몰아내고 있었다. 만일 새로운 부대가 이미 병사를 많이 잃고 지칠 대로 지친 해병대를 지원한다면 분명 적을 패퇴시킬 수 있을 것이다. 한편 몽티빌리에공원에서도 총격전이 그쳤는데, 어쩌면 그쪽에서도 지원군이 숲을 되찾았으리라 추정할 수 있었다.

"부하들에게 명령해요, 중위님…… 총검 돌격! 총검 돌격!"

하얗게 질린 중위가 마지막 힘을 쥐어짜 죽어가는 목소리로 중얼거렸다.

"대원들, 총검 돌격!"

그것이 그의 마지막 숨결이었다. 고집 센 얼굴을 꼿꼿이 세운 채, 그는 전투를 지켜보며 숨을 거뒀다. 파리떼가 날아와 벌써 프랑수아즈의 부서진 머리 위에 앉았다. 신열에 들뜬 꼬마 오귀스트는 침대에서 간절한 목소리로 나직이 엄마를 불렀고, 물을 달라고 칭얼댔다.

"엄마, 자지 마, 일어나…… 목말라, 목마르단 말이야……"

어쨌든 공식 명령을 따를 수밖에 없는 장교들은 병사들에게 후퇴하라고 외쳤다. 방금 막 우위를 점했는데 활용해보지도 못하고 떠나는 상황이 개탄스러웠다. 주위를 에워싸는 적의 동선을 보고 겁에 질린 뒤크로 장군은 포위를 피하려 모든 것을 포기하는 것이 분명했다. 병사들이 교회 광장에서 철수했고, 골목마다 퇴각이 이루어졌다. 도로는 금세 텅 비었다. 마을을 그처럼 간단히 포기하자, 여자들의 절규와 흐느낌이 터졌고, 남자들이 두 주먹을 불끈 쥐며 욕설을 퍼부었다. 주민 대다수가 차라리 집을 지키다가 죽겠다고 결심하며 문을 굳게 닫았다.

"좋아! 나는, 나는 달아나지 않을 거야!" 격분한 바이스가 외쳤다. "그래, 난 여기서 죽을 거야…… 그래, 내 집을 부수고, 내 술을 마시러 오기만 해봐!"

이방인이 자기 집에 와서 자기 의자에 앉아 자기 술을 마신다고 생각하자, 광포한 투지 외에는 아무것도 남지 않았다. 그것은 그의 전 존재를 분기탱천하게 했고, 아내, 사업, 합리적인 소시민으로서의 분별력 등 평소의 익숙했던 삶을 송두리째 앗아갔다. 빗장을 지른 집에 틀어박힌 그는 혹시라도 열린 문이 없는지 살폈고, 우리에 갇힌 맹수처럼 이방 저방을 맴돌았다. 총알을 세어보니 아직도 40발가량 남아 있었다. 그런 다음 초원을 통해 공격해오지 않는지 살피러 갔을 때, 그는 왼쪽 강기슭에 시선을 빼앗겼다. 연기가 솟아오르는 걸로 미루어 아직도 프로이센 포병대가 거기에 있는 것이 분명했다. 마르페숲 어귀에 포진한 프레누아 포병대를 바라보던 바이스는 군복의 수효가 아까보다 더 늘어난 것을 발견했다. 두 알 안경 위에 외알 안경을 겹쳐 쓰고 자세히 보니, 햇빛에 황금색으로 반짝이는 견장과 철모가 선명히 눈에 들어왔다.

"더러운 놈들, 더러운 놈들!" 그가 주먹을 내지르며 되풀이했다.

저기 위쪽, 마르페에는 독일 국왕 빌헬름과 그의 참모부가 있었다. 일곱시경, 독일 국왕은 밤을 보낸 방드레스를 떠나 여기로 왔다. 아무런 위험이 없는 고지에 자리잡은 그는 뫼즈강 계곡과 끝없이 펼쳐진 전쟁터를 앞에 두고 있었다. 광활한 입체 도면이 하늘의 이 끝에서 저

끝까지 펼쳐졌다. 궁정축제의 거대한 옥좌에 앉은 듯 높은 언덕 꼭대기에 서서 그는 지상의 광경을 내려다보았다.

지상의 도면 한가운데, 짙은 녹음의 장막처럼 지평선에 드리운 컴컴한 아르덴숲 위로 스당이 성벽의 윤곽과 함께 모습을 드러냈다. 물바다가 된 초원과 강물이 각기 남쪽과 서쪽에서 스당을 보호하고 있었다. 바제유는 집들이 불타고 마을 전체가 자욱한 포연에 휩싸여 있었다. 동쪽으로는 몽셸에서 지본까지, 들판을 가로지르는 곤충떼처럼 줄지어 움직이는 프랑스 12군단과 1군단 병사들이 눈에 들어왔다. 그들은 간간이 비좁은 골짜기, 여기저기 촌락이 숨어 있는 골짜기 속으로 사라졌다. 전면에는 녹음이 짙은 슈발리에숲이 검은 얼룩처럼 보이는 밋밋한 들판이 있었다. 북쪽으로는 플루앙고원을 차지한 7군단이 눈에 띄었는데, 불그스름한 플루앙고원은 가렌숲에서 아래쪽 뫼즈강가의 목초지까지 펼쳐지는 드넓은 땅이었다. 그 너머에는 언덕과 골짜기로 물결치는 구릉지대에 박힌 작은 마을들, 즉 플루앙, 생망주, 플레뇌, 일리가 있었다. 왼쪽으로는, 맑은 햇살을 받아 선명한 은색 물결로 흘러가는 뫼즈강 여울목이 보였다. 나른하게 굽이치는 거대한 물결로 이주반도*를 보호하고 메지에르로 통하는 길을 완전히 차단하는 뫼즈강이 열어둔 것은 제방 끝부분과 얽히고설킨 숲 사이로 난 생탈베르 협로의 입구뿐이었다.

프랑스군이 보유한 10만의 병사와 500문의 대포가 그 삼각지대로 내몰리며 한덩어리가 되어가고 있었다. 프로이센 국왕이 서쪽으로 고

---

* 이주반도는 삼면이 강으로 둘러싸이고, 육지와 맞닿은 경계에 운하가 파여 있다.

개를 돌리자 동슈리평원이 보였다. 브리앙쿠르, 마랑쿠르, 브리뉴오부 아를 향해 펼쳐진 그 공허한 평원은 푸른 하늘 아래 푸석푸석한 먼지 를 일으키는 잿빛 땅이었다. 이어 동쪽으로 고개를 돌리자 몹시 촘촘 하게 늘어선 프랑스군 대열 전면에 두지와 카리냥, 그 위쪽으로 뤼베 쿠르, 푸뤼오부아, 프랑슈발, 빌레세르네, 끝으로 국경 근처의 샤펠까 지 많은 마을이 보였다. 주변의 땅 전부가 그의 영토로 변하고 있었다. 25만의 병사와 800문의 대포를 투입한 그는 자신의 군대가 진군하는 모습을 한눈에 보았다. 벌써 한쪽에서 XI군단이 생망주로 나아갔고, V군단이 브리뉴오부아를 점령했으며, 뷔르템베르크 사단이 동슈리 근 처에서 대기하고 있었다. 다른 한쪽에서는 숲과 언덕에 시야가 차단되 는데도 군대의 움직임이 짐작되었다. 그는 방금 XII군단이 슈발리에숲 으로 침투하는 것을 보았고, 근위대가 빌레세르네를 점령했다는 사실 을 이미 알고 있었다. 거대한 바이스 공구의 두 집게도 눈에 들어왔다. 왼쪽에는 프로이센 왕세자 군단이, 오른쪽에는 작센 왕세자 군단이 있 었는데, 두 군단은 바이스 공구의 집게처럼 입을 벌린 채 북상하다가 점점 더 가까워지고 있었다. 그리고 바이에른군의 두 군단은 바제유로 쇄도했다.

빌헬름 국왕의 발밑으로, 레미에서 프레누아까지 촘촘하게 포진한 포병대들이 쉴새없이 몽셀과 대니를 공격했고, 스당을 넘어 북쪽 고원 까지 화염에 휩싸이게 했다. 아직 여덟시가 채 못 되었다. 국왕은 전투 의 필연적 결과를 기다리며 거대한 장기판을 응시했고, 자애롭고 무궁 한 자연 속에 흩어진 조그만 병정들을 자기 마음대로 움직였다.

2

동틀 무렵, 플루앙고원의 짙은 안개를 뚫고 고드가 힘차게 기상나팔을 불었다. 그러나 공기가 수분을 잔뜩 머금고 있어 나팔소리가 경쾌하게 울려퍼지지는 않았다. 간밤에 천막을 칠 엄두조차 내지 못하고 담요를 두른 채 땅바닥에 몸을 던졌던 중대원들은 시체처럼 눈을 뜨지 못했고, 수면 부족과 피로로 얼굴이 창백하게 굳어 있었다. 그들을 한 사람씩 흔들어 절멸의 상태에서 끌어내야 했다. 그들은 죽었다 살아난 것처럼 초췌한 눈과 생기 없는 얼굴로 자리에서 일어났다.

장이 모리스를 깨웠다.

"뭐야? 여기가 어디야?"

모리스는 겁에 질린 눈으로 주변을 둘러보았다. 하지만 보이는 것이라고는 대원들의 그림자가 떠도는 희뿌연 안개 바다뿐이었다. 전방

20미터부터는 아무것도 분간되지 않았다. 방향감각을 완전히 상실해 스당이 어느 쪽에 있는지도 알 수 없었다. 바로 그때, 멀리 어딘가에서 포성이 울렸다.

"아! 그렇지, 오늘이 그날이지. 드디어 우리가 전투를 하는군…… 잘됐어! 끝장을 봐야지!"

여기저기서 비슷한 말이 튀어나왔다. 그것은 우울한 만족이요, 어서 빨리 이 악몽에서 벗어나고 싶은 욕망, 그토록 찾아 헤맨 프로이센군을 어서 빨리 보고 싶은 욕망이었다. 그들을 지척에 두고도 도대체 얼마나 많은 날을 피해 다녔던가! 오늘이야말로 그들에게 총을 쏘고, 그토록 멀리서부터 무겁게 가지고 다닌 탄약통을 가볍게 비울 날이었다. 도대체 총알 한 발 쏴본 적 없다는 게 말이 되는가! 모두의 예감대로 이번에는 반드시 전투가 벌어질 것이었다.

그런데 바제유의 포성이 더 위쪽에서 울렸다. 장은 일어나서 귀를 기울였다.

"대포 소리가 어디서 나는 거지?"

"확실해." 모리스가 대답했다. "뫼즈강이 틀림없어…… 그런데 우리가 있는 곳이 도대체 어디야?"

"잘 들어, 모리스," 하사가 말했다. "오늘 넌 내 옆에서 떠나지 마, 총알을 맞고 싶지 않다면…… 난 이런 일을 한두 번 겪은 게 아냐. 내가 눈 크게 뜨고 있을게, 너를 위해서, 그리고 나를 위해서."

그때 뱃속에 뭔가 뜨거운 것을 넣지 못해 화가 난 분대원들이 투덜거리기 시작했다. 궂은 날씨 때문에 마른나무가 없어 불을 붙일 수가 없어! 전투가 시작되려는 바로 그 순간에 허기진 배가 다시 아우성을 쳤다. 영웅이 되는 건 멋진 일이지, 하지만 그보다 중요한 일이 있어. 배를 채우는 일, 그것만큼 중요한 일은 없었다. 맛있는 수프가 끓는 날이면 얼마나 사랑스러운 눈으로 냄비를 바라보았던가! 그러나 빵이 없는 날이면, 그들은 어린아이나 야만인처럼 불같이 화를 냈다.

"먹지 못하면, 전투도 못해." 슈토가 말했다. "젠장, 오늘 내가 죽을지도 모르는데!"

여기저기서 주워들은 몇몇 올바른 생각조차 거짓과 몰상식이 뒤섞인 언변의 잡탕 속에 묻어버리곤 하는 이 고약한 키다리 칠장이, 몽마르트르의 달변가, 주점의 이론가에게서 선동적 기질이 되살아났다.

"게다가," 그가 말을 계속했다. "저들이 우리를 속였어. 프로이센군이 허기와 질병으로 죽어가고, 더이상 입을 속옷조차 없고, 가난뱅이들처럼 더러운 누더기를 걸친 채 거리를 돌아다니고 있다고 하지 않았어?"

루베가 파리 중앙시장에서 온갖 자질구레한 직업을 전전한 망나니답게 킬킬거리며 말했다.

"쳇! 말도 안 돼! 몰골이 비참한 건 바로 우리라고, 이 모습을 보면 누구라도 동전을 던져줄걸, 넝마주이도 안 가져갈 너덜너덜한 군화에다 떨어진 누더기 군복이라니…… 그래, 프로이센의 대승이야! 비스마르크가 포로로 잡히고 적군이 궤멸했다고? 웃기시네! 새빨간 거짓말!"

둘의 말을 유심히 듣던 파슈와 라풀은 두 주먹을 불끈 쥐었고, 고개를 설레설레 흔들었다. 다른 병사들도 화를 냈다. 신문이 퍼뜨린 끝없는 거짓말이 마침내 심각한 역효과를 자아내고 있었다. 신뢰가 완전히 무너졌고, 병사들은 더이상 아무것도 믿지 않았다. 처음에 그토록 기대에 부풀었던 이 덩치 큰 어린아이들의 꿈은 이제 끔찍한 악몽으로 변했다.

"그렇고말고! 정말 나쁜 놈들이야." 슈토가 다시 말했다. "이젠 이해가 되잖아, 우리는 적에게 팔린 거야…… 팔린 거라고!"

"뭐야! 팔렸다니? 그렇다면 진짜 나쁜 놈들이잖아!" 라풀이 말했다.

"팔아넘긴 거지, 유다가 예수를 팔았듯……" 성경에 나오는 배신에 비유하며 파슈가 중얼거렸다.

슈토가 의기양양한 표정으로 말했다.

"간단해! 액수도 알려졌어…… 마크마옹이 300만 프랑, 다른 장군들은 각자 100만 프랑을 받았어, 우리를 여기로 데려다주는 대가로…… 이건 지난봄 이미 파리에서 결정된 거야. 간밤에 장군들이 신호탄을 쏘아올렸잖아. 모든 준비가 끝났으니 이제 우리를 잡아가면 된다고 독일군에게 알린 거지."

모리스는 이 어리석은 거짓말에 화가 났다. 예전에는 슈토의 말이 재미있었고, 파리 서민 특유의 재치라서 옳다고 여긴 적도 있었다. 그러나 이제는 매사에 불만을 품고 동료들의 사기를 떨어뜨리는 이 암적 존재를 더이상 참을 수 없었다.

"왜 그런 황당한 이야기를 하는 겁니까?" 모리스가 소리쳤다. "그건 사실이 아니잖아요?"

"뭐야, 사실이 아니라고?…… 우리가 팔린 게 사실이 아니라고?…… 호오! 이봐, 신사 나리! 나리도 그 더러운 배신자들과 한통속인가?"

그가 앞으로 나서며 위협했다.

"분명히 말해두겠어, 신사 나리. 당신 친구 비스마르크가 도착하기 전에, 당신부터 우리한테 혼쭐이 날 거야."

다른 분대원들도 으르렁거리기 시작했다. 장이 개입할 필요를 느꼈다.

"조용히 하시게! 입을 놀리는 자는 곧바로 보고서에 올릴 테니까!"

그러나 슈토는 그를 조롱하고 야유했다. 보고서 따윈 상관없어! 이제는 전투하든가 전투하지 않든가 선택이 있을 뿐이야. 이제 내 기분을 상하게 하지 마, 내 총알이 프로이센 놈들만 죽이라고 있는 건 아니니까. 전투가 시작된 지금, 공포로 인해 유지되던 최소한의 규율마저도 무너졌다. 슈토를 어떻게 해야 할까? 사태가 악화하면 당장이라도 달아날 위인인데. 성정이 상스러운 슈토는 하사가 사병들을 굶겨 죽인다고 비난하며 동료들을 자극했다. 맞아, 분대원들이 사흘 전부터 아무것도 먹지 못했다면, 그건 당연히 하사 잘못이야. 다른 분대 병사들은 수프와 고기를 먹었거든. 게다가 하사와 신사 나리는 아가씨들과 함께 잔치를 벌였잖아. 우리가 스당에서 분명히 봤어.

"네놈이 분대에 지급된 돈을 다 써버렸지, 아니라고 말해봐, 이 쓰레기 같은 놈아!"

대번에 분위기가 험악해졌다. 라풀은 두 주먹을 불끈 쥐었고, 평소 온유하던 파슈도 굶주림에 시달린 까닭에 설명을 요구했다. 가장 이성적인 병사는 루베였다. 그는 사려 깊은 태도로 그저 웃음을 지으면서, 프로이센군이 코앞에 있는데 프랑스군끼리 싸우면 안 된다고 했다. 그는 싸움질이나 주먹질, 심지어 총질을 하기 위해 입대한 것이 아니었다. 대리복무자로서 받은 몇백 프랑을 암시하며 그가 덧붙였다.

"젠장! 내 목숨값이 그 정도밖에 안 되다니!…… 그래, 받은 돈값만큼만 싸울 거야."

그러나 동료들의 어리석은 공격에 격분한 모리스와 장은 자기들이 따로 즐긴 게 아니라고 항변했다. 그때 안개 속에서 고함이 터져나왔다.

"뭐야? 뭐냐고? 아군끼리 싸우는 정신 나간 풋내기들이 누구야?"

로샤 중위가 나타났다. 군모는 비를 맞아 노랗게 변색되었고, 외투 단추는 달아나고 없었으며, 피폐한 생활 탓에 그러잖아도 깡마른 몰골이 더 홀쭉해 보였다. 그럼에도 그는 곤두선 콧수염을 달고서 눈을 번득이며 여전히 강인한 척 허세를 부렸다.

"중위님!" 머리끝까지 화가 난 장이 말했다. "이자들이 우리가 적에게 팔렸다고 헛소리를 하고 있습니다…… 그래요, 장군들이 우리를 팔아넘겼다고요."

그다지 명민하지 않은 로샤에게 장군들의 배반이라는 주장은 그럴 듯해 보였다. 그런 주장이 지금까지 그가 도저히 받아들일 수 없었던 패전의 이유를 잘 설명해주었기 때문이다.

"그래서! 팔려서 뭐가 어쨌다는 거야?…… 그게 병사들과 무슨 상관인가?…… 팔렸거나 말거나 프로이센 놈들이 저 앞에 있고, 우리는 놈들에게 뜨거운 맛을 보여줘야 해."

저멀리 짙은 안개 장막 뒤에서 바제유의 포성이 계속 들렸다. 로샤 중위는 팔을 길게 뻗어 전방을 가리켰다.

"안 그런가! 이번에는 제대로 해보자고!…… 저놈들을 모조리 집으로 돌려보내야지, 개머리판으로 두들겨패서 말이야!"

귓전에 포성이 울린 이후, 행군의 지체와 불확실성, 병사들의 사기 저하, 보몽의 재앙, 스당으로의 강제 후퇴 등 모든 것이 그의 뇌리에서 지워졌다. 전투가 시작된 이상, 승리는 아군의 것이 아닐까? 이 전쟁에서 그는 새롭게 배운 것도 없었으나 잊어버린 것도 없었다. 적군에 대한 허세에 찬 경멸, 새로운 전략 전술에 대한 완전한 무지, 아프리카와 크림반도, 이탈리아에서 전투를 겪은 노병에게 패배란 존재할 수 없다는 완고한 확신이 여전히 그의 내면에 자리잡고 있었다. 이 나이에 무언가를 다시 배운다는 건 그야말로 코미디야!

별안간 그가 웃음을 터뜨렸다. 가끔 가혹하게 훈계를 하기도 했지만 대체로 선량한 호인으로서 너그러운 태도를 보이는 그를 부하들은 좋아했다.

"자, 제군들, 서로 다투지 말고 술이나 마시자고. 그래, 내가 한 모금씩 돌리지, 우리의 건강을 위하여……"

그는 군용 외투 주머니 깊숙한 곳에서 브랜디 한 병을 꺼내더니, 의기양양한 표정으로 어떤 부인에게서 선물받은 거라고 자랑했다. 사실 대원들은 어제 플루앙의 술집에서 하녀를 무릎에 앉히고 적극적으로 구애하는 그의 모습을 보았었다. 마음이 풀린 병사들이 웃으며 군용 컵을 내밀었고, 중위가 즐겁게 브랜디를 조금씩 따랐다.

"제군들, 건배하자, 애인이 있는 사람은 애인을 위하여! 그리고 프랑스의 영광을 위하여!…… 그리고 난 이것밖에 몰라, 승리의 기쁨을 위하여!"

"맞아요, 중위님. 중위님의 건강을 위하여! 우리 모두의 건강을 위하여!"

모두가 술을 마셨고, 서로 화해했으며, 따듯하게 몸을 덥혔다. 적군을 맞이하러 가는 이 아침, 독주가 추위를 덜어주었다. 모리스는 독주가 위장을 타고 내려가는 것을 느꼈고, 열기와 함께 환상적인 전망을 되찾았다. 왜 우리가 프로이센군을 물리치지 못하겠는가? 전투에서는 늘 예상치 못한 일이 벌어지지 않는가? 역사를 돌아보면 가끔 기적과도 같은 뜻밖의 역전극이 펼쳐지지 않는가? 용맹스러운 중위는 바젠 원수가 행군을 계속하고 있고, 저녁이 오기 전에 그들과 합류할 거라 장담했다. 확실한 정보야, 어떤 장군의 부관에게서 들었다니까…… 중위는 어이없게도 벨기에 국경을 가리키며 바젠 원수가 저곳을 통해 도착할 거라고 말했다. 아무튼 모리스는 그 말을 믿고 싶었는데, 그렇게라도 하지 않으면 살 수가 없었기 때문이다. 아마도 오늘 전투는 설욕전이 되리라.

"우리는 여기서 뭘 기다리는 거죠, 중위님?" 모리스가 물었다. "왜 행군하지 않습니까?"

로샤는 아직 명령을 받지 못했다는 듯한 몸짓을 했다. 잠시 후, 그가 말했다.

"대위님 본 사람 없나?"

대답하는 병사가 아무도 없었다. 장은 밤중에 스당 쪽으로 멀어져가는 대위를 본 기억이 났다. 그러나 신중한 병사라면 상관이 병영을 떠나 무슨 일을 하는지 관심을 두지 말아야 한다. 그는 입을 열지 않았다. 바로 그때, 문득 뒤를 돌아보니 울타리를 따라 걸어오는 그림자 하나가 보였다.

"대위님이 저기 오시는군요." 장이 말했다.

보두앵 대위였다. 대위의 단정한 차림새에 모두가 놀랐다. 제복이 먼지 하나 없이 깨끗하고 군화가 반짝반짝 윤이 나서 중위의 비참한 몰골과는 뚜렷이 대조되었다. 더욱이 하얀 손과 컬이 진 콧수염에서는 여인을 유혹하려는 듯한 멋부림이 느껴졌고, 몸에서는 귀부인의 규방을 다녀온 듯 은은한 페르시안라일락 향수 냄새가 났다.

"이런!" 루베가 농담했다. "대위님이 소지품을 되찾으셨나보군요!"

그러나 아무도 웃지 않았다. 대위가 허물없이 지내기 어려운 사람이라는 걸 모두가 알기 때문이었다. 대위는 늘 병사들과 일정한 거리를 두었기 때문에 그들의 미움을 샀다. 로샤 중위의 말대로 하면, 대위는 거드름쟁이였다. 초기에 패전을 거듭했을 때, 대위는 격심한 충격에 휩싸였다. 모두에게 예견된 재앙이었지만 특히 그에게 고통스러웠다. 여러 살롱의 지지를 받으며 더없이 빠른 출세가 보장되던 보나파르트주의자 대위는 자신의 행운이 진흙탕 속으로 굴러떨어지는 것을 느꼈다. 테너처럼 아름다운 그의 목소리는 출세에 큰 도움이 되었다. 게다가 지능이 떨어지지도 않았고, 비록 군무에 대해서는 아무것도 몰랐지만 상관에게 잘 보이려고 무척 애를 썼고, 진정한 열정은 없었지만 필요할 때 용기를 발휘할 줄도 알았다.

"안개가 엄청나군!" 자기 부대를 찾아서 적잖이 안심하며 그가 태연히 말했다. 기실 홀로 낙오될까 두려워하며 반시간 전부터 부대원들을 열심히 찾았었다.

이윽고 명령이 떨어져서 대대大隊 병력이 앞으로 나아갔다. 뫼즈강에서 또다시 안개가 피어오르는 듯했다. 보슬비가 되어 떨어지는 새하얀 이슬을 맞으며 병사들이 거의 앞을 더듬다시피 하며 행군했기 때문이다. 바로 그때, 두 도로가 만나는 지점에서 말에 탄 채 꼼짝 않고 있는 드 비뇌유 대령이 갑자기 눈에 들어오자 모리스는 화들짝 놀랐다. 키가 큰 대령은 절망한 석상처럼 얼굴이 창백했고, 차가운 아침 공기에 몸을 떠는 말은 콧구멍을 벌름거리며 대포 쪽으로 몸을 돌리고 있었다. 열 걸음쯤 뒤에는 소위가 든 연대 군기가 펄럭이고 있었다. 자욱한 물안개 속에서 꿈결처럼 흔들리는 깃발은 마치 하늘로 사라져가는 영광의 유령처럼 보였다. 황금색 독수리는 물에 젖고, 승전지 이름을 수놓은 삼색 비단은 전쟁터를 누비느라 빛이 바래고 군데군데 구멍이 나 있었다. 온통 탈색되고 손상되었지만 그래도 눈부시게 빛나는 것은 휘장에 매달린 레지옹 도뇌르 훈장이었다.

군기와 대령이 다시 물안개 속으로 사라졌고, 병사들은 어디로 가는지도 모르는 채 축축한 솜 속으로 들어가듯 앞으로 걸어나갔다. 그들은 비탈길을 내려갔다가, 이제 좁다란 길을 다시 올라가고 있었다. 이윽고 쉬었다 가자는 요구가 빗발쳤다. 배낭에 짓눌린 병사들은 꼼짝하지 말라는 명령을 지키며 무기를 내려놓은 채 휴식을 취했다. 아마도 고원 위에 있는 듯했다. 그러나 스무 걸음 앞도 보이지 않을 정도로 안개가 짙어 아무것도 분간할 수 없었다. 일곱시였고, 멀지 않은 곳에서 대포 소리가 들렸다. 몇몇 새로운 독일 포병대가 스당의 반대쪽에서 포탄을 쏘며 점점 가까이 다가오고 있었다.

"아!" 사팽 중사가 장과 모리스에게 말했다. "난 오늘 죽을 것 같아."

크고 아름다운 눈, 작고 뾰족한 코, 길쭉한 얼굴의 그는 새벽에 잠이 깬 이후 몽상에 잠긴 표정으로 입을 꼭 다문 채 침묵을 지켰다.

"당치 않은 말씀입니다!" 장이 소리쳤다. "누구에게 무슨 일이 생길지 어떻게 압니까?…… 아무도 죽지 않을 수도 있고, 모두가 죽을 수도 있죠."

그러나 중사는 절대적인 확신 속에서 고개를 가로저었다.

"아! 예감이 그래…… 난 오늘 죽을 것 같아."

병사들이 중사를 향해 고개를 돌렸고, 꿈에서 저승사자라도 봤느냐고 물었다. 아니, 아무런 꿈도 꾸지 않았어. 그냥, 느낌이 와, 그럴 것 같아.

"아, 그러면 안 되는데…… 어서 집으로 돌아가 결혼을 해야 하거든."

그의 눈이 또다시 흔들렸고, 그는 고향에서의 삶을 떠올렸다. 리옹의 작은 식료품상의 아들인 그는 어머니의 사랑을 듬뿍 받으며 자랐지만, 어머니가 일찍 세상을 떠나고 말았다. 아버지와는 마음이 잘 맞지 않고 만사에 염증을 느낀 그는 제대할 의사가 없었기에 군대에 눌러앉았다. 그러다가 휴가를 나갔을 때, 사촌 여동생 중 하나와 결혼을 약속했다. 삶의 의욕을 되찾은 그는 그녀가 가져올 소자본으로 장사를 할 행복한 계획을 세웠다. 일 년 전부터 그는 이처럼 소박하지만 즐거운 미래를 꿈꾸며 살았다.

중사는 죽음의 강박에서 벗어나기 위해 몸을 부르르 떨었다. 그러나 다시 조용히 되풀이했다.

"그래, 그러면 안 되지만 난 오늘 죽을 것 같아."

이제는 입을 여는 사람이 아무도 없었고, 대기상태가 계속되었다. 적을 앞에 두고 있는지 뒤에 두고 있는지 아무도 몰랐다. 안개 너머 미지의 땅에서 간간이 어렴풋한 소리가 들려왔다. 바퀴가 구르는 소리, 사람들이 걸어가는 소리, 말들이 속보로 걷는 소리가 멀리서 울렸다. 안개에 가려 보이지 않았지만, 아마도 여러 부대가 이동하는 소리, 즉 7군단이 전투태세를 구축하는 소리 같았다. 그러다 조금 전부터 물안개가 다소 옅어지는 듯했다. 여기저기서 수증기가 가벼운 모슬린처럼 하늘로 증발했고, 전체적으로는 푸르스름한 안개에 가려져 있지만 지평선도 군데군데 모습을 드러냈다. 날씨가 맑아지며 마침내 마르그리트 사단에 속한 아프리카 기병대가 유령의 행렬처럼 줄지어 지나가는 게 보였다. 군복의 적색 허리띠가 특징인 기병들이 안장 위에 곧추앉은 채 말을 몰았는데, 군용 장비를 옮기는 와중에 말의 절반이 사라졌다. 기병 중대 하나가 지나가면, 또다른 기병 중대가 나타났다. 미지의 땅에서 와서 미지의 땅으로 가는 그들은 보슬비 속에서 녹아 없어지는 듯했다. 사실상 그들은 골칫거리였다. 그들을 어디에 써야 할지 몰랐던 지휘부는 개전 초기부터 그들을 어디론가 멀리 치워버리고 싶어했다. 그러다가 기껏해야 정찰병으로 활용했다. 전투가 시작되자마자 지휘부는 품위는 있지만 아무런 쓸모가 없는 그들을 이 골짜기에서 저 골짜기로 끝없이 이동시켰다.

모리스는 그들을 보며 프로스페르를 떠올렸다.

"형!" 그가 나직이 말했다. "저기 그 친구가 있을 거야."

"누가 있다고?" 장이 물었다.

"레미의 그 청년. 우리가 오슈에서 그 친구의 형을 만났었잖아."

그러나 아프리카 기병대는 이미 자취를 감췄다. 그때 갑자기 말들이 달리는 소리가 들렸다. 두 병사가 고개를 돌려 보니, 참모부가 완만한 경사로를 따라 내려가고 있었다. 장은 과장된 몸짓의 호들갑을 떠는 여단장 부르갱데푀유 장군을 알아보았다. 결국 장군은 크루아도르호텔을 떠나야 했었다. 심기가 불편한 것을 보니, 새벽에 일어나 먹지도 쉬지도 못하는 악조건 속에서 이동하는 것이 몹시 괴로운 모양이었다.

장군의 요란한 목소리가 들렸다.

"아! 젠장! 모젤강인지 뫼즈강인지, 이제야 강물이 보이는군!"

과연 안개가 걷히고 있었다. 바제유에서 그랬듯 연극적인 상황이 연출되었다. 천장을 향해 천천히 올라가는 수막 뒤에서 갑자기 무대 배경이 눈앞에 찬란하게 펼쳐진 것이다. 눈부신 햇빛이 푸른 하늘에서 쏟아져내렸다. 곧바로 모리스는 그들의 현재 위치가 어딘지 가늠했다.

"오!" 그가 장에게 말했다. "우리가 알제리고원에 있었구나…… 골짜기 반대쪽, 우리 바로 앞에는 플루앙이 있어. 저기는 생망주, 좀더 멀리 보이는 곳은 플레뇌야. 그리고 저 안쪽 깊숙한 곳이 아르덴숲인데, 지평선에 보이는 몇 그루 나무가 바로 국경선이지……"

그가 손으로 가리키며 설명을 계속했다. 알제리고원은 3킬로미터에 달하는 적토赤土 지대로, 가렌숲에서 뫼즈강까지 완만한 내리막을 이루며, 그 사이에 초원이 펼쳐져 있었다. 두에 장군이 7군단을 집결시킨 곳이 바로 알제리고원이었다. 장군은 그처럼 넓은 전선을 방어하기에는 병력이 충분치 않음을 한탄했다. 가렌숲에서 대니 마을까지 지본 계곡을 점령한 1군단은 7군단과 직각으로 대열을 이루고 있었는데, 이 두 군단만으로는 강력한 저지선을 구축하기가 힘들었다.

"그렇지? 정말 넓어, 너무 넓어!"

모리스는 제자리에서 한 바퀴 돌며 손가락으로 지평선을 가리켰다. 알제리고원을 기점으로 남쪽과 서쪽으로 전선이 광대하게 펼쳐져 있었다. 먼저 민가의 지붕 위로 성채가 보이는 스당이 있었다. 그다음으로 여전히 희미한 안개가 어려 있는 발랑과 바제유가 보였다. 그다음으로 왼쪽 강기슭 언덕 위에 리리, 마르페, 크루아피오가 있었다. 시야가

탁 트인 곳은 특히 서쪽이었다. 뫼즈강의 여울목이 은색 리본처럼 이주
반도를 휘감고 있었다. 그리고 거기서 제방과 가파른 언덕 사이로 지나
가는 협소한 생탈베르 도로가 분명히 보였다. 언덕 꼭대기에는 팔리제
트숲의 끝자락을 이루는 자그마한 쇠농숲이 있었고, 언덕 너머 메종루
즈 십자로에는 브리뉴오부아-동슈리 도로가 흘러들고 있었다.

"저기 보이지? 우리는 메지에르로 후퇴할 수 있을 거야."

그러나 바로 그 시각, 생망주에서 첫번째 포성이 울렸다. 아래쪽에는
아직도 안개가 여전해서 생탈베르 협로를 통해 행군하는 일군의 병사
들 외에는 아무것도 보이지 않았다.

"아! 그들이야." 프로이센군이라고 분명하게 지칭하지 않으며 모리
스가 본능적으로 목소리를 낮춰 말했다. "우린 두 동강 났어, 끝장난
거야!"

아직 여덟시 전이었다. 바제유 쪽에서 증폭되고 있는 포성이 이제
동쪽에서도, 눈에 보이지는 않지만 지본의 계곡에서도 들렸다. 그것은
작센 왕세자 군단이 슈발리에숲에서 나와 대니 입구에 있는 1군단에
접근하고 있다는 사실을 뜻했다. 그리고 플루앙을 향해 진격중인 프로
이센 XI군단이 두에 장군 부대를 공격했다. 이제 남쪽에서 북쪽까지 수
십 리에 이르는 광활한 영토 곳곳에서 전투가 전개되고 있는 것이 분
명했다.

모리스는 간밤에 메지에르로 후퇴하지 않은 것이 치명적인 실수였
음을 깨달았다. 그렇지만 결과를 예단하기는 아직 이른 듯했다. 위험을
감지하는 은밀한 본능이 그로 하여금 알제리고원을 내려다보는 인근
고지대를 불안스레 바라보게 했다. 후퇴할 시간이 없었다는 걸 이해한

다 해도, 왜 저 고지대를 점령할 생각은 하지 못했을까? 국경을 등지고 싸우다가 만약 패퇴할 경우 벨기에로 이동할 각오를 했어야 하지 않았을까? 두 지점이 특히 위협적이었다. 하나는 왼쪽으로 플루앙 위에 위치한 아투아 야산이었고, 다른 하나는 오른쪽으로 보리수 두 그루 사이에 있는 돌 십자가, 즉 일리 마을의 그리스도 수난상 지점이었다. 어제 두에 장군이 아투아를 점령하도록 1개 연대를 보냈지만, 그 연대는 새벽이 되자마자 주력 부대에서 너무 멀어진다고 판단해 다시 후퇴해버렸다. 일리에 관한 한, 1군단의 왼쪽 날개가 방어를 책임지게 되어 있었다. 스당과 아르덴숲 사이에는 기복이 아주 심한 넓고 헐벗은 땅이 있었다. 그러므로 전략적 요충지는 누가 보아도 보리수 두 그루와 십자가가 있는 저 고지대, 인근 고장 전체가 한눈에 내려다보이는 저 고지대였다.

포성이 세 번 더 울렸다. 뒤이어 일제사격이 있었다. 이번에는 생망주 왼쪽에 있는 작은 언덕에서 연기가 솟아올랐다.

"이런!" 장이 말했다. "이제 우리 차례야."

그러나 아무 일도 일어나지 않았다. 여전히 총을 내려놓은 채 대기중인 병사들은 플루앙에 배치된 2사단의 움직임을 주의깊게 살폈다. T자 대형으로 포진한 2사단의 왼쪽 측면 부대는 뫼즈강 쪽에서의 공격에 대비하고 있었다. 3사단은 동쪽으로 일리 아래 가렌숲까지 산개해 있었고, 보몽에서 심각하게 상처를 입은 1군단은 제2선을 형성했다. 지난밤 병사들은 열심히 방어진지를 구축했다. 심지어 프로이센군의 대포 공격이 시작된 지금 이 시각에도 참호를 파고 그 앞에 토벽을 쌓고 있었다.

그때 플루앙 아래쪽에서 다시 요란한 총성이 울리다가 금세 그쳤다. 보두앵 대위의 중대는 300미터 뒤로 물러나라는 명령을 받았다. 양배추밭으로 물러나자, 대위가 짧게 외쳤다.

"모두 엎드려!"

땅바닥에 엎드려야 했다. 양배추가 이슬에 흥건히 젖었고, 황금빛 초록의 두툼한 잎사귀들이 투명하게 빛나는 물방울을 머금고 있었다.

"전방 400미터 지점 정조준!" 대위가 다시 소리쳤다.

모리스는 샤스포 소총 총신을 눈앞의 양배추 위에 올려놓았다. 그러나 땅바닥에 납작 엎드린 상태에서는 아무것도 보이지 않았다. 들판이 넓게 펼쳐져 있었어도 덤불숲이나 나무가 시야를 가렸다. 그는 오른쪽에 엎드려 있는 장의 팔꿈치를 툭 치고는 중대가 지금 여기서 무엇을 하는 건지 물었다. 경험이 많은 장은 근처에서 진지를 구축하고 있는 포병대를 가리켰다. 중대는 저 포병대를 지원하기 위해 여기에 배치된 것이 틀림없었다. 호기심이 동한 모리스가 대포 옆에 오노레가 있는지 보려고 살며시 자리에서 일어났다. 그러나 보이는 거라고는 작은 숲에 은신한 후미의 예비군 포병대뿐이었다.

"빌어먹을!" 로샤가 고함을 쳤다. "엎드리지 못해!"

하지만 포탄이 머리 위로 날아다니는 통에 모리스는 얌전히 엎드려만 있을 수 없었다. 이때부터 포성이 끊이지 않았다. 적군의 발포는 천천히 이루어졌다. 처음에는 그 포탄이 응전을 개시한 아군 포병대를 넘어선 곳에 떨어졌다. 게다가 대부분 물렁물렁한 땅에 처박히며 불발탄이 되었다. 그러자 병사들 사이에서, 저 양배추절임 식충이들의 솜씨가 서툴기 짝이 없다는 조롱이 비 오듯 쏟아졌다.

"어럽쇼!" 루베가 말했다. "불발탄이잖아, 놈들의 불꽃놀이가 영 시원 찮네!"

"놈들의 오줌발이 너무 멀리 갔어!" 슈토가 조롱했다.

로샤 중위도 끼어들었다.

"이런, 대포를 조준할 줄도 모르는 풋내기들이잖아!"

그러나 포탄 하나가 10미터 지점에서 터져 중대원들 모두가 흙을 뒤집어썼다. 루베가 동료들에게 배낭에서 솥을 꺼내라고 농담을 던졌지만, 파랗게 질린 슈토는 입을 열지 않았다. 그는 진짜 발포를 본 적이 없었다. 게다가 파슈도 라풀도, 장을 제외하고는 분대 누구도 발포는 본 적이 없었다. 눈꺼풀이 파르르 떨렸고, 목이 졸린 듯 목소리가 기어 들어갔다. 정신이 여전히 또렷한 모리스는 상황을 이해해보려 애썼다. 아직은 위험하지 않다고 판단했기에 겁먹지는 않았다. 다만 뱃속이 불편했고, 머리가 텅 빈 듯 생각을 조리 있게 연결하기가 힘들었다. 아군의 질서정연한 포진에 감탄한 이후, 희망이 취기처럼 커졌다. 총검으로 육박전을 벌일 수만 있다면, 승리는 프랑스의 것이라고 확신했다.

"이런," 그가 중얼거렸다. "파리떼가 왜 이렇게 기승을 부리지!"

벌써 세 번이나 그는 벌이 윙윙거리는 소리 같은 것을 들었다.

"그게 아냐." 장이 키득거리며 말했다. "그게 바로 총알소리야."

또다른 날갯짓소리가 연거푸 들렸다. 분대원 모두가 촉각을 곤두세우고 좌우를 살폈다. 도저히 엎드린 자세를 유지할 수 없을 정도로 신경이 쓰인 탓에, 그들은 고개를 들어 하늘을 보았다.

"잘 봐." 루베가 순박한 라풀을 놀리려고 말했다. "총알이 너한테 날아오면, 그냥 집게손가락을 세워서 코앞에 갖다봐, 이렇게. 그러면 공기가 양쪽으로 갈라지기 때문에, 총알이 왼쪽이나 오른쪽으로 비켜 갈 거야."

"그런데 총알이 안 보여." 라풀이 말했다.

주변에서 폭소가 터졌다.

"오! 거짓말쟁이 같으니라고, 총알이 안 보이다니!…… 눈을 크게 떠 봐, 이 바보야!…… 자, 여기 하나! 자, 저기 하나!…… 못 봤어? 초록색 이었잖아."

라풀은 집게손가락을 코앞에 대고는 눈을 부릅떴다. 한편 파슈는 어깨에 두르고 있던 성의聖衣를 펴서 마치 흉갑처럼 가슴에 덮으려 했다.

일어서 있던 로샤가 냉소적인 목소리로 외쳤다.

"제군들, 포탄이야 이리저리 잘 피하면 되지. 하지만 총알은 달라, 어쩔 도리가 없어, 너무 많으니까!"

바로 그 순간, 포탄 하나가 날아와 제1열에 있던 병사의 머리를 박살 냈다. 비명을 지를 틈도 없었다. 피와 뇌수가 사방으로 튀었다. 상황은 순식간에 종료되었다.

"불쌍한 친구!" 사팽 중사가 냉정하면서도 창백한 얼굴로 말했다. "다음은 누구 차례일까."

그러나 더이상 서로의 목소리가 들리지 않았고, 모리스는 무시무시한 굉음에 두려움을 느꼈다. 근처 포병대가 쉼없이 대포를 쏘는 통에 계속해서 땅이 흔들렸다. 게다가 기관총이 공기를 찢을 듯 맹렬하게 불을 뿜었다. 도대체 언제까지 양배추밭에 엎드려 있어야 할까? 여전히 아무것도 보이지 않았고, 여전히 아무것도 알 수 없었다. 전황을 짐작하기란 불가능했다. 이게 정말 대규모 전투일까? 편평하게 펼쳐진 밭

위로 모리스의 눈에 띄는 건 저멀리 인적 없고 녹음이 짙은 아투아 야산의 동그마한 정상뿐이었다. 지평선에도 프로이센 병사는 한 명도 보이지 않았다. 여기저기서 연기가 올라와 잠시 하늘에서 떠돌 뿐이었다. 고개를 돌린 그는, 저멀리 비탈로 둘러싸인 깊은 골짜기에서 커다란 백마에 매단 쟁기를 밀며 태연히 일하는 농부를 보고 깜짝 놀랐다. 왜 하루를 허송하랴? 전쟁을 한다고 밀이 자라기를 멈추고 사람들이 살아가기를 멈추는 게 아니잖아.

조바심이 난 모리스는 급기야 자리에서 일어났다. 황갈색 증기에 둘러싸인 생망주의 독일 포병대가 그들을 향해 대포를 쏘는 모습이 눈에 들어왔다. 특히 생탈베르에서 나오는 프로이센군 무리, 검정개미떼처럼 우글거리는 점령군 무리가 다시 보였다. 장이 모리스의 다리를 붙잡고 격하게 다시 땅바닥으로 끌어내렸다.

"미쳤어? 죽고 싶어 환장했군!"

로샤도 거친 말을 내뱉었다.

"엎드리지 못해! 죽으라고 명령하지도 않았는데 개죽음을 자청하다니, 머저리들 같으니라고!"

"중위님도 서 계시잖아요!" 모리스가 말했다.

"아! 나 말인가, 그건 다르지, 난 상황을 파악해야 해."

보두앵 대위 또한 용감하게 서 있었다. 하지만 그는 부하들과 끈끈한 관계가 없었기에 입을 열지 않았다. 그는 한자리에 서 있을 수 없는 듯 초조하게 밭의 끝에서 끝까지 왔다갔다했다.

여전히 대기상태일 뿐 아무 일도 일어나지 않았다. 모리스는 등과 가슴을 짓누르는 무거운 배낭 때문에 숨이 막혔다. 엎드린 자세로 오래 있기가 쉽지 않았다. 다행히 더이상 견딜 수 없다면 배낭을 내려놔도 좋다는 명령이 떨어졌다.

"아니, 한나절을 이렇게 보낼 작정이란 말이야?" 모리스가 장에게 물었다.

"그럴 수도 있어…… 솔페리노에서는 당근밭에서 다섯 시간이나 땅바닥에 코를 처박고 있었으니까."

이어서 현실적인 성격의 장이 덧붙였다.

"왜 불평을 하지? 이렇게 기다리는 것도 나쁘지 않아. 앞으로 위험한 상황이 정말 많을 거야. 각자 자기 차례를 기다려야지. 초반에 다 전사해버리면 마지막엔 싸울 병사가 없을 테니까."

"아!" 모리스가 갑자기 장의 말을 끊었다. "저기 봐, 연기가 솟아오르잖아, 아투아 위로…… 그들이 아투아를 장악했어. 우리는 이제 신나게 두들겨맞을 거야."

잠시 동안, 공포의 전율이 뒤섞인 뜨거운 호기심이 모리스를 사로잡았다. 그는 자신의 시야에 들어오는 끝없는 들판에서 유일하게 솟아 있는 돌기, 즉 아투아 야산의 동그마한 정상에서 눈을 뗄 수 없었다. 아투아 야산은 너무 멀어 프로이센 포병대 포수들은 보이지 않았다. 다만 포성이 울릴 때마다, 대포가 숨겨져 있는 게 틀림없는 잡목 위로 연기가 솟아올랐다. 이미 예감했었지만, 두에 장군이 포기할 수밖에 없었던 그 진지를 적이 장악했다는 것은 심각한 일이었다. 그 진지에서는 인근 고원들을 모두 내려다볼 수 있었다. 7군단 2사단을 향한 프로이센 포병대의 발포는 금세 많은 사상자를 냈다. 보두앵 중대가 엎드려 있는 곳 근처에 있던 프랑스 포병대가 연속적으로 타격을 입으며 포수 두 명이 사망했다. 그리고 보두앵 중대의 병참 하사관이 포탄 파편에 왼쪽 발뒤꿈치가 떨어져나가는 부상을 입었다. 그는 끔찍한 고통으로 미친 듯이 울부짖었다.

"조용히 못해!" 로샤가 소리쳤다. "그까짓 발 좀 긁혔다고 저 난리라니!"

갑작스러운 고함에, 부상당한 발을 감싸쥐고 있던 하사관이 어이없다는 듯 멍한 표정으로 비명을 멈췄다.

두 진영의 포병대가 벌이는 공방전이 엎드려 있는 병사들 머리 위에서 점점 격화되었다. 불타는 태양 아래 뜨겁고 음울한 들판에는 사람 그림자 하나 없었다. 고적한 들판을 관통하는 것은 오직 그 천둥소리, 그 파괴의 굉음뿐이었다. 시간이 흐를수록 독일 포병대의 우위가 확실해졌다. 그들의 격발식 포탄이 불발탄 없이 거의 모두 터졌고, 치사致死반경이 엄청났다. 반면 프랑스 포병대의 신관信管식 포탄은 사정거리가 훨씬 짧았고, 목표물에 가닿기도 전에 공중에서 폭발해버렸다. 그러니 중대원들로서는 밭고랑에 납작 엎드린 채 가능한 한 몸을 작게 웅크리는 것 외에 할 수 있는 일이 아무것도 없었다. 총을 쏜다고 한들 누구에게 쏠 것인가? 텅 빈 지평선에 인적이라고는 없었다!

"방아쇠를 당겨볼 수나 있을까!" 모리스가 더이상 참지 못하고 투덜거렸다. "프로이센 병사를 한 놈이라도 만날 수 있다면 5프랑을 내겠어. 이런 일제포격을 당하는데 한 발도 응사할 수 없다니, 이거야말로 산송장 신세지."

"기다려, 때가 올 거야." 장이 침착하게 대답했다.

바로 그때, 왼쪽에서 말이 달려오는 소리가 들리자 그들은 고개를 돌렸다. 참모부를 수반한 두에 장군이었다. 장군은 아투아로부터 쉴새 없이 포격당한 휘하 부대가 온전한지 살피기 위해 달려온 것이었다. 대체로 만족한 장군이 이것저것 명령을 내리고 있을 때, 움푹 파인 길을 통해 부르갱데퓌유 장군이 나타났다. 황실의 영향력으로 출세한 이 장군은 포탄이 날아다니는데도 태연히 여기저기를 누비고 다녔다. 아프리카 원정에서 아무런 교훈도 얻지 못했던 그는 여기도 아프리카처럼 안전할 거라 생각했기 때문이다. 그는 로샤처럼 고함을 지르며 설쳤다.

"올 테면 오라고 해, 그래, 총검으로 한판 붙어보자고!"

두에 장군을 발견하자, 그는 장군에게 다가갔다.

"장군, 원수님이 부상을 당하신 게 사실입니까?"

"예, 불행히도…… 조금 전 뒤크로 장군에게서 전언이 왔습니다. 원수님이 뒤크로 장군에게 군 지휘권을 넘긴 모양입니다."

"아! 뒤크로 장군!…… 그래서, 명령이 뭔가요?"

두에 장군은 절망적이라는 몸짓을 했다. 그는 어제부터 이미 패전을 예감했다. 그는 전군이 메지에르로 퇴각할 수 있도록 일단 생망주와 일리를 점령해야 한다고 주장했지만 소용없었다.

"뒤크로 장군은 이제야 우리가 제시한 작전을 수행하고 있소. 전군이 일리고원으로 집결하라는 명령입니다."

두에 장군은 이미 늦었다는 몸짓을 했다.

대포 소리에 그의 목소리가 묻혔다. 하지만 장군의 말이 무엇을 뜻하는지 분명히 이해한 모리스는 두려움에 휩싸였다. 뭐라고! 마크마옹 원수가 부상을 입었고, 지휘권이 뒤크로 장군에게 넘어갔고, 전군이 스당의 북쪽으로 후퇴한다고! 그런 엄청난 사실을 전혀 모르는 채 불쌍한 병사들이 여기 엎드려 개죽음을 당하고 있다니! 게다가 이 무시무시한 전투가 치밀한 작전 없이, 그저 새 지휘부의 변덕에 따라 운명의 손에 내맡겨져 있다니! 모리스는 전군이 총사령관도 계책도 없이 사방에서 포화를 맞으며 최후의 나락으로 떨어지고 있음을 느꼈다. 반면 독일군은 한 치의 오차도 없는 듯이 기계처럼 정확하게 목표물을 향해 곧장 진격하고 있었다.

부르갱데푀유 장군이 저만치 멀어졌을 때, 먼지를 뒤집어쓴 경기병이 두에 장군에게 새로운 전언을 가지고 왔다. 전언을 들은 두에 장군이 부르갱데푀유 장군을 급히 다시 불렀다.

"장군! 장군!"

놀라움과 충격에 휩싸인 그의 목소리가 너무나 커서 포성을 압도할 정도였다.

"장군! 지휘권이 뒤크로 장군에게서 다시 드 빔펜 장군에게로 넘어갔소!…… 드 빔펜 장군은 파리에서 어제 도착했는데, 보몽 패전의 책임을 물어 5군단의 드 파이 장군을 대신하러 왔다는군요…… 이게 드 빔펜 장군의 전언이오. 총사령관이 공석일 경우 그 자리를 맡으라고 국방장관이 그에게 명령했다고 합니다. 그런데 드 빔펜 장군이 방금 새로운 명령을 내렸소. 더이상 후퇴하지 말고, 원래 위치로 되돌아가 끝까지 사수하라는 명령이오."

부르갱데푀유 장군은 눈을 동그랗게 뜬 채 듣고 있었다.

"제기랄!" 그가 말했다. "알아봐야겠군요…… 하지만 상관없소, 이러거나 저러거나!"

전쟁을 오직 빠른 승진의 기회로만 여기는 그는 모두를 불쾌하게 만드는 이 망할 놈의 전쟁이 하루빨리 끝나기를 기다리고 있었다. 그는 다시 태연히 말을 달려 시야에서 사라졌다.

그러자 보두앵 중대의 병사들 사이에서 조소가 터져나왔다. 모리스는 아무 말도 하지 않았지만, 이번에는 경멸에 찬 야유를 쏟아붓는 슈토와 루베의 편이었다. 앞으로 갔다가, 뒤로 갔다가! 그저 떠미는 대로 가면 돼! 이제야 장군들끼리 마음이 맞는 모양이군. 그래, 더이상 자기가 옳다고 고집 피우는 자가 없는 건가! 이따위 장군들 밑에서는 잠이나 자는 게 상책이지 않겠어? 단 두 시간 만에 총사령관이 셋이라니, 도대체 뭘 해야 할지도 모르는 채 제각각 다른 명령을 내리는 건달 셋이라니! 모두가 기겁할 일이야, 그렇잖아, 이런 상황에서는 신이라도 사기가 꺾일 테지! 배반이라는 비난이 다시 쏟아졌다. 뒤크로와 드 빔펜도 마크마옹처럼 300만 프랑을 받고 싶은 거라고!

참모부 선두에 서 있던 두에 장군이 한없는 슬픔에 젖은 채 저멀리 프로이센군의 진지를 물끄러미 바라보았다. 그는 자기 발치에 포격을 퍼붓는 아투아를 오래도록 살폈다. 그런 다음 일리고원 쪽으로 고개를 돌렸다. 그러더니 장교 하나를 불렀고, 어제 자신의 부대 우측과 뒤크로 장군의 부대 좌측을 연결하기 위해 드 빔펜 장군에게 부탁해서 동원한 5군단 소속 여단에 자신의 명령을 전달하게 했다. 그가 분명하게 단언하는 목소리가 들렸다.

"프로이센군이 칼베르딜리를 장악하면, 우리는 한시도 여기에 머무를 수가 없어. 우리는 스당으로 가야 한다."

두에 장군이 다시 출발했고, 움푹 파인 길의 모퉁이를 돌아 사라졌다. 포화가 더욱 거세졌다. 적군도 장군 일행을 알아보았음이 틀림없었다. 그런데 그때까지 정면에서만 날아오던 포탄이 이제 왼쪽에서도 날아오기 시작했다. 그것은 프레누아 포병대였다. 그리고 이주반도에 자리잡은 또다른 포병대가 아투아 포병대와 함께 일제포격을 퍼부었다. 알제리고원은 그야말로 사면초가로 내몰리고 있었다. 그때부터 보두앵 중대는 무자비한 공격의 대상이 되었다. 전면에서 무슨 일이 벌어지는지 주시하던 대원들은 등뒤에서도 똑같은 불안을 느꼈고, 어떤 위협부터 피해야 할지 몰랐다. 포격으로 병사 셋이 죽었고, 다른 병사 둘이 부상으로 울부짖었다.

그 와중에 사팽 중사가 자신이 예감하던 죽음을 맞이했다. 그는 몸을 돌렸을 때 포탄이 날아오는 것을 보았지만 미처 피하지 못했다.

"아! 결국!" 그가 힘없이 말했다.

크고 아름다운 눈을 가진 그의 작은 얼굴에 두려움보다는 깊은 슬픔이 어렸다. 그의 배가 터져버린 것이었다. 그가 애원하듯 말했다.

"오! 나를 두고 가면 안 됩니다. 나를 야전병원으로 데려가줘요, 제발. 나를 데려가줘요."

로샤는 그를 입다물게 하고 싶었다. 그까짓 상처로 전우들을 괴롭히느냐고 단단히 야단치려고 다가갔다. 하지만 상황을 보자 더없이 측은한 마음이 들었다.

"이런, 조금만 기다리게, 곧 들것병들이 자네를 데려갈 거야."

그러나 가엾은 중사는 꿈꾸던 행복이 피와 함께 사라졌기에 하염없이 눈물을 흘렸다.

"나를 데려가줘요, 나를 데려가줘요……"

중사의 탄식에 신경이 날카로워진 보두앵 대위는 병사 둘이 와서 그를 근처 작은 숲으로 데려가라고 말했다. 분명 작은 숲에는 구급마차가 있었다. 어느 병사보다 먼저 슈토와 루베가 벌떡 일어나더니, 각각 중사의 어깨와 다리를 잡았다. 그러고서 중사를 빠른 걸음으로 옮겼다. 하지만 도중에 중사의 몸이 뻣뻣해졌고, 마지막 경련을 일으키더니 숨이 끊어졌다.

"아, 죽었잖아." 루베가 말했다. "여기 내려놓자."

그러자 슈토가 화를 냈다.

"빨리 뛰어, 게으름뱅이야! 중사를 여기 내려놔봐, 그러면 우리는 당장 돌아가야 해!"

그들은 시체를 들고 작은 숲으로 뛰어갔고, 나무 밑에 시체를 던지고는 자취를 감췄다. 대원들이 그들을 다시 본 것은 저녁때였다.

포격이 거세졌다. 근처에 있던 프랑스 포병대가 대포 두 문을 추가로 배치했다. 굉음이 커지면서 공포가, 미칠 듯한 공포가 모리스를 사로잡았다. 처음에는 식은땀도, 위가 뒤틀리는 고통도, 벌떡 일어나서 고함을 지르며 달아나고 싶은 욕망도 일지 않았다. 그러나 지금은 정련되고 예민한 감각이 돌아온 듯 오직 반사신경만 작동해 견딜 수 없이 괴로웠다. 그러자 그를 지켜보던 장이 억센 손으로 그를 움켜잡고 자기 옆으로 획 끌어당겼다. 모리스의 눈동자가 흔들리는 것을 보고 고통과 공포의 발작을 짐작한 것이었다. 장은 아들을 걱정하는 아버지처럼 나직이 거친 말투로 빈정거리며 모리스의 수치심을 자극했다. 모욕이 병사들에게 용기를 불러일으킨다는 걸 잘 알고 있었기 때문이다. 다른 병사들도 겁에 질렸다. 두 눈에 눈물이 가득 고인 파슈는 여느 때와 달리 탄식을 억누르지 않고 어린아이처럼 비명을 질렀다. 라풀에게는 곤란한 일이 생겼는데, 뱃속이 심하게 뒤틀려 근처 울타리까지 갈 틈도 없이 제자리에서 바지를 내려야 했다. 야유가 쏟아졌다. 총알과 포탄에 그대로 노출된 벌거벗은 엉덩이에 동료들이 흙을 던졌다. 복통에 시달린 많은 병사가 농담과 야유 속에서 용변을 보았고, 한바탕 웃음이 공포의 도가니 속에서도 그들에게 용기를 주었다.

"이 겁쟁이야," 장이 모리스에게 되풀이했다. "저 친구들처럼 똥오줌도 못 가릴 정도는 아니겠지?…… 정신 차리고 제대로 행동하지 않으면 한 대 때려줄 거야."

장이 이렇게 빈정거리며 모리스를 자극하고 있을 때, 갑자기 400미터 전방에서 어두운 색조의 군복을 입은 병사 열댓 명이 작은 숲에서 나왔다. 철모 끝이 뾰족한 걸 보아 프로이센군이 틀림없었다. 원정 이후 처음 목격한 프로이센 병사들이 바로 사정거리 내에 있었다. 다른 분대들이 맨 처음 분대를 뒤따라 숲에서 나왔다. 프로이센 병사들 전방에서 아군의 포탄이 떨어져 흙먼지가 뿌옇게 피어올랐다. 모든 것이 선명하게 보였다. 프로이센 병사들은 마치 조그마한 장난감 병정처럼 깔끔하고 질서정연했다. 뒤이어 포탄이 비처럼 쏟아지자, 그들은 뒤로 물러나 다시 숲속으로 사라졌다.

그러나 보두앵 중대 병사들이 있는 곳에서는 여전히 프로이센 병사들이 보였다. 중대원들의 샤스포 소총이 불을 뿜었다. 맨 먼저 발사한 것은 모리스였다. 장, 파슈, 라풀, 뒤이어 모든 중대원이 총을 쏘았다. 명령도 없었다. 대위는 오히려 발포를 중지시키려 했다. 그러나 로샤가 이런 화풀이는 반드시 필요하다며 만류하자, 대위는 중지 명령을 포기했다. 병사들은 한 달 전부터 한 번도 쏴보지 못하고 들고만 다닌 총과 탄약을 마침내 사용했다! 특히 모리스가 총성으로 두려움을 잠재우며 활력을 되찾았다. 어두컴컴한 숲의 가장자리에서는 나뭇잎 하나 움직이지 않았고, 프로이센 병사 하나 얼씬거리지 않았다. 그럼에도 중대원들은 미동조차 하지 않는 숲에 여전히 총격을 퍼부었다.

잠시 후 고개를 들었을 때, 모리스는 몇 걸음 떨어진 곳에 드 비뇌유 대령이 서 있는 것을 보고 깜짝 놀랐다. 대령도 말도 마치 돌처럼 무표정하게 꼼짝하지 않고 있었다. 빗발치는 총알 속에서, 대령은 적의 정면에 서 있었다. 106연대 전체가 여기로 퇴각했음이 분명했다. 다른 중대 병사들도 가까운 밭에 엎드려 있었고, 일제사격 소리가 점점 더 가깝게 들렸다. 모리스는 뒤에서 소위가 꼿꼿이 들고 있는 군기를 보았다. 그것은 더이상 아침안개 속에 나부끼던 유령 같은 깃발이 아니었다. 작열하는 태양 아래 황금 독수리가 찬란히 빛나고, 수많은 전투로 손상을 입었음에도 삼색의 비단이 눈에 띄게 선명했다. 짙푸른 하늘 속에서 군기는 집중포화의 바람을 맞으며 승리의 깃발인 양 당당하게 펄럭였다.

이렇게 치열하게 싸우는데 왜 이기지 못한단 말인가? 모리스와 다른 병사들은 저멀리 숲을 향해 미친듯이 총을 쏘았고, 숲의 잔가지들이 천천히 소리 없이 땅으로 떨어졌다.

3

그날 밤 앙리에트는 잠을 이룰 수 없었다. 남편이 독일군을 눈앞에 둔 바제유에 있다고 생각하자 불안이 가시지 않았다. 조금이라도 위험한 일이 생기면 곧바로 돌아오겠다던 남편의 약속을 자꾸 떠올려봤자 소용없었다. 시시각각 남편의 목소리가 들리는 듯해 그녀는 귀를 쫑긋 세웠다. 열시경, 잠자리에 누울 시간이 되었을 때 그녀는 창문을 열고 창턱에 팔꿈치를 괸 채 전방을 바라보았다.

어둠이 몹시 깊었고, 창문 아래 부아야르가의 포장도로, 두 줄로 늘어선 낡은 집들 사이에 낀 그 비좁은 통로가 잘 분간되지 않았다. 좀더 멀리 중학교 쪽으로는 가로등 불빛만 희미하게 보였다. 거기서 지하실의 습한 냄새, 신경이 날카로워진 고양이 울음소리, 길을 잃은 병사의 무거운 발소리가 올라왔다. 뒤이어 스당 전체에서 죽음의 전율처럼 지나가는 귀에 익숙하지 않은 소리, 즉 갑삭스레 질주하는 말들의 발굽소리, 끊임없이 계속되는 천둥 같은 대포 소리가 들렸다. 그녀는 유심히 귀를 기울였다. 심장이 쿵쿵 뛰었다. 하지만 길모퉁이에서 남편의 발소리는 들리지 않았다.

몇 시간이 흘렀다. 그녀는 성채 너머 들판에 드리운 아스라한 섬광을 보고 더욱 불안해졌다. 어둠이 너무도 깊어서 어디가 어딘지 가늠하기 쉽지 않았다. 아래쪽에 드넓게 펼쳐진 저 희미한 부분은 분명 물에 잠긴 초원이었다. 그런데 저 위쪽, 아마도 마르페에서 밝게 빛났다가 꺼져버린 저 불은 도대체 무엇일까? 그리고 사방에서, 퐁모지, 누아예, 프레누아에서 기이한 불이 수없이 타올라 어두운 밤하늘을 가득 채웠다. 뒤이어 귀에 익지 않은 소리, 즉 행진중인 병사들의 군홧발소리, 가축들의 숨소리, 무기가 부딪치는 소리, 암흑 속으로 달려가는 말들의 발굽소리 등이 그녀를 오싹하게 했다. 별안간 포탄 한 발, 단 한 발의 포탄이 엄청난 굉음과 함께 폭발했고, 뒤이어 세상이 쥐죽은듯 다시 조용해졌다. 그녀는 온몸의 피가 얼어붙는 듯했다. 이건 또 뭘까? 아마도 모종의 작전이 성공했다는 신호, 저기서 준비가 완료되었다는 선언, 그래서 상황이 호전될 수 있다는 예고일 것이다.

두시경, 창문을 닫지도 않고 앙리에트는 옷을 입은 채 침대에 몸을 던졌다. 피로와 불안이 그녀를 짓눌렀다. 평소에는 집에 사람이 사는 줄도 모를 정도로 너무도 조용하고 가볍게 발걸음을 떼는 그녀가 오늘은 온몸을 와들와들 떨며 침대에서 뒤척였다. 캄캄한 하늘을 가득 채운 불행의 기운과 더불어 온몸이 마비된 듯한 상태에서 고통스럽게 잠을 청했다. 얼핏 선잠이 들었을 때, 갑자기 멀리서 다시 포성이 울렸다. 포성은 그치지 않고 규칙적으로 고집스럽게 계속되었다. 그녀는 화들짝 놀라 일어나 앉았다. 여기가 어디지? 아무것도 지각되지 않았다. 짙은 연기가 가득찬 듯한 방도 눈에 들어오지 않았다. 밖에서는 포성이 더욱 커졌다. 그 소리를 듣기 위해 그녀는 침대에서 뛰어내려 창가로 달려 갔다.

스당의 종탑에서 네시 종이 울렸다. 불그스름한 안개 속에서 탁하고 흐릿한 새벽빛이 드러났다. 아무것도 보이지 않았다. 이제 몇 미터 거리에 있는 중학교 건물조차 분간할 수 없었다. 맙소사, 도대체 어디서 대포를 쏘는 거야? 처음에는 소리가 멀어 도시 너머 북쪽에서 들리는 듯했기에, 동생 모리스가 걱정되었다. 그러나 잘 들어보니 그쪽이 아닌 것 같았다. 포성이 앞에서 들리자, 그녀는 남편을 떠올리며 몸을 떨었다. 분명히 바제유인 듯했다. 그래도 그녀는 잠시 귀를 기울였다. 간간이 오른쪽에서 들리는 것 같기도 했다. 그렇다면 다리를 폭파할 수 없다고 했던 동슈리에서 전투가 벌어진 걸까? 확실하게 단정하기 힘들었다. 동슈리일까, 바제유일까? 머릿속이 혼란스러워 정확하게 가늠할 수 없었다. 그냥 집에 앉아서 기다리자니 너무도 답답하고 불안했다. 상황을 알고 싶어 견딜 수 없었던 그녀는 어깨에 숄을 걸치고 소식을 알아보러 밖으로 나갔다.

희뿌연 안개 속에서 도시가 여전히 몹시 어둡게 느껴졌기에, 부아야르가에서 앙리에트는 잠시 망설였다. 오래된 집들이 안개에 젖었지만, 아직은 새벽빛이 습기 찬 길바닥까지 내려오지 않았다. 뵈르가의 음침한 술집에 촛불 하나가 가물거리고, 그 안쪽에서 아가씨 하나와 알제리 보병 둘이 보였다. 누구라도 마주치기 위해서는 마카가로 접어들어야 할 듯했다. 보도를 따라 사라지는 이름 모를 병사들, 숨을 곳을 찾아 헤매는 탈영병들이 보였다. 키가 큰 흉갑 기병 하나가 자기 부대 대위를 찾기 위해 이 집 저 집 대문을 요란하게 두드리고 있었다. 그리고 이미 늦지 않았을까 불안에 떨며 일반인들이 낡은 마차를 타고 몰려들었는데, 이틀 전부터 스당 시민의 절반이 피란을 간 벨기에의 부이용으로 떠나야 할 시간이 온 건지 알고 싶어했다. 앙리에트는 본능적으로 군청으로 향했는데, 거기 가면 정보를 얻을 수 있으리라 확신했다. 사람들과 마주치는 불편을 피하고자 골목을 걸어 지름길로 가려 했다. 그러나 푸르가와 라부뢰르가를 통과할 수가 없었다. 방치된 대포, 탄약차, 수송차가 길을 가로막았다. 아마도 군인들이 어제부터 이 후미진 곳에 병기와 장비를 몰아넣고는 잊어버린 듯했다. 이제 단 한 명의 병사도 이곳을 지키고 있지 않았기 때문이다. 이 많은 병기와 장비가 쓸쓸한 골목길에 쌓인 채 잠들어 있다니, 그녀의 가슴이 얼어붙는 듯했다. 그녀는 뒤돌아서서 중학교 광장을 통해 중앙 대로로 갔다. 중앙 대로에 있는 유럽호텔에서는 당번병들이 장교들을 기다리며 손에 말고삐를 쥐고 있었다. 불빛이 환한 식당에서 장교들의 큰 목소리가 오갔다. 리바주광장과 튀렌광장에는 불안에 떠는 여러 무리의 주민들, 겁에 질려 달아나는 병사들에 뒤섞인 여자들과 아이들까지 더 많은 사람이 있었다. 거기서 그녀는 한 장군이 욕설을 내뱉으며 크루아도르호텔에서 나와 거친 동작으로 다급히 말을 모는 걸 보았다. 잠시 그녀는 시청으로 들어가볼까 생각했다. 하지만 결국 군청으로 가기 위해 퐁드뫼즈가로 접어들었다.

스당이 희뿌연 안개에 젖어 이처럼 비극적인 인상을 자아낸 적은 결

294

코 없었다. 집들이 죽은 듯했다. 이틀 전부터 많은 집이 버려진 채 비어 있었다. 빗장을 굳게 지른 나머지 집집에서 잠 못 이루는 불면의 공포가 느껴졌다. 살이 떨리는 새벽이었다. 여전히 쓸쓸한 거리는 어제부터 수상한 무리가 여기저기 어슬렁거리는 가운데, 불안에 떠는 사람들과 갑자기 떠나기로 결정한 사람들로 가득차 있었다. 날이 밝으려 했고, 도시는 금세 재앙에 휩싸일 것만 같았다. 다섯시 반이었다. 이제는 높다랗고 시커먼 건물들에 막혀 포성은 거의 들리지 않았다.

군청 광장에서 앙리에트는 문지기 여자의 딸이자 들라에르슈 제조소에서 일하는, 예쁘고 우아한 금발의 어린 아가씨 로즈가 걸어가는 것을 보았다. 로즈는 곧바로 수위실로 들어갔다. 어머니는 거기 없었지만, 딸은 상냥하게 앙리에트를 맞아주었다.

"오! 부인, 더이상은 못 버티겠어요. 엄마는 잠시 쉬러 가셨어요. 생각해보세요! 밤새 끝없이 왔다갔다했거든요."

묻지 않았는데도 그녀는 어제부터 자신이 목격한 온갖 비상한 광경에 대해 열에 들떠 이야기했다.

"원수님은 아주 잘 주무셨어요. 하지만 불쌍한 황제! 밤새 얼마나 괴로워하셨는지!…… 어제저녁에 리넨 물건을 가져다놓으려고 위층에 올라갔었죠. 그런데 단장실丹粧室과 붙어 있는 방을 지나갈 때 신음소리가, 오, 마치 죽어가는 사람의 신음처럼 처연한 신음소리가 들리지 않겠어요! 황제 폐하라는 걸 알고 저는 가슴이 얼어붙은 듯 와들와들 몸을 떨며 서 있었죠. 무슨 병이 있지 않나 싶어요, 그토록 아픈 소리를 내시는 걸 보면…… 곁에 사람들이 있을 때는 참으시죠. 그러다가 혼자 있게 되시자마자, 참으려 해도 비참한 비명과 신음이 터져나오는 거예요, 듣는 사람 머리칼을 쭈뼛 서게 하는 탄식이요."

"그런데 오늘 아침부터 어디서 전투가 벌어졌던 건지, 혹시 알고 있어요?" 앙리에트가 그녀의 말을 끊으려 애쓰며 물었다.

로즈는 몸짓으로 질문을 물리치며 말을 계속했다.

"그러다 신음소리를 들은 뒤에 호기심이 발동했어요. 그래서 네다섯 번 다시 올라가서 벽에 귀를 갖다댔어요. 폐하는 여전히 신음하고 계셨어요, 한숨도 주무시지 못하고 계속이요. 왜 안 그렇겠어요? 그처럼 괴로워한다는 건 정말 끔찍한 일이에요, 머릿속에 근심 걱정이 가득하니까요! 모든 게 엉망진창이고 혼란스럽기 이를 데 없으니까요! 정말이지 모두가 미친 사람들 같아요! 여전히 새로운 사람들이 도착하고, 문이 부산하게 여닫히고, 화를 내는 사람들도 있고, 눈물을 흘리는 사람들도 있고, 공공연히 약탈이 벌어지고, 술을 병째로 마신 장교들이 군화를 신은 채 침대에서 곯아떨어지니, 아, 정말!…… 아! 그래도 우리를 가장 덜 괴롭히는 사람은 황제예요. 황제는 단장실에 숨어서 비명만 지르시잖아요."

앙리에트가 다시 질문하자, 로즈가 답했다.

"어디서 싸우느냐고요? 오늘 아침부터 전투가 벌어졌던 곳은 바제유예요!…… 말을 탄 병사가 와서 원수님에게 그 소식을 전해주었고, 원수님은 즉시 황제 폐하께 보고하러 가셨어요…… 원수님이 떠나신 지 십 분이 되었는데, 제 생각에는 시간이 좀 걸릴 것 같아요. 폐하를 단장하느라 시종들이 머리를 곱슬곱슬하게 지지고, 얼굴에 온갖 분칠을 하는 걸 조금 전 봤거든요."

앙리에트는 알고 싶던 걸 알게 되자 거기서 나오려 했다.

"고마워요, 로즈, 내가 좀 바빠요."

아가씨는 친절하게도 거리까지 배웅하며 이렇게 말했다.

"괜찮아요, 부인, 언제든지 물어보세요. 부인께는 모든 걸 다 말씀드릴 수 있어요."

앙리에트는 황급히 부아야르의 집으로 되돌아갔다. 그녀는 남편이 집에 와 있으리라 확신했다. 심지어 아내가 집에 없는 걸 보고 남편이 불안해하리라는 생각에 걸음을 서둘렀다. 집이 가까워졌을 때, 그녀는 남편이 자기가 오는지 보려고 창가에 있을 것 같아 위를 올려다보았다. 그러나 창문이 활짝 열린 창가는 여전히 텅 비어 있었다. 위로 올라가자마자 그녀는 세 방을 살폈다. 대포 소리가 집을 흔드는데다 얼음장 같은 안개만 드리운 것을 보고 가슴이 철렁 내려앉았다. 아직도 대포를 쏘고 있잖아. 그녀는 다시 창가로 갔다. 새벽안개가 여전히 앞을 가렸지만, 이제 알아보니 싸움은 바제유에서 벌어지고 있는 것이 틀림없었다. 기관총들이 요란하게 불을 뿜는 소리, 독일군 포병대의 원거리 포격에 프랑스 포병대가 떠들썩한 포격으로 응답하는 소리가 들렸다. 포성이 점점 더 가까워지는 듯했다. 시시각각 전투가 격화되고 있었다.

왜 바이스는 돌아오지 않는 걸까? 싸움이 벌어지면 곧바로 돌아오겠다고 단단히 약속하지 않았던가! 불안감이 커졌고, 그녀는 장애물을 상상했다. 예컨대 도로가 끊어졌거나 포탄이 후퇴를 가로막고 있는 게 아닐까? 혹시 남편에게 무슨 일이 생겼을지도 모른다. 하지만 그녀는 나쁜 생각을 물리치고 희망적인 면만 보려 애썼다. 잠시 그녀는 남편을 만나러 거기로 갈까 생각했다. 다시 불안감이 엄습했다. 가면 남편을 만날 수 있을 거야. 하지만 못 만나면? 집으로 돌아왔는데 아내가 없으면 그가 얼마나 걱정할까? 그런데 지금 이 시점에서는, 바제유로 가는 것이 경솔하고 무모한 영웅주의적 행동이 아니라 묵묵히 행복한 가정을 꾸리려 하는 적극적인 주부로서 당연히 해야 할 일인 듯싶었다. 남편이 있는 곳에 그녀도 있어야 했다. 그뿐이었다.

그러나 갑자기 그녀는 큰 소리로 이렇게 말하며 창가를 떠났다.

"그렇지, 들라에르슈 씨…… 그분을 만나야 해……"

시트 제조업자 또한 바제유에서 묵었으니, 그가 귀가했다면 그를 통해 남편 소식을 알 수 있겠다는 생각이 들었다. 그녀는 재빨리 아래로 내려갔다. 부아야르가로 멀리 우회하지 않기 위해, 그녀는 집의 좁은 안마당을 가로질러 시트 제조소 건물로 통하는 샛길로 접어들었다. 기념비적인 파사드로 유명한 그 큰 건물은 마카가에 면해 있었다. 지금은 훌륭한 수목들, 즉 지난 세기의 느릅나무들을 둘러싼 잔디만 남겨둔 채 전체에 포석을 깐 옛 중앙 정원에 이르렀을 때, 그녀는 닫힌 창고 앞에서 보초를 서고 있는 병사를 보고 깜짝 놀랐다. 그러나 곧, 어제 7군단이 이곳에 귀중품을 쌓아두었다는 사실이 떠올랐다. 근처에서 사람들이 죽어가는데 금은보화를 숨겨두고 있다고 생각하자 불편한 감정이 들었다. 그러나 질베르트의 방으로 올라가기 위해 하인용 계단으로 접어들었을 때, 그녀는 또다시 깜짝 놀라며 걸음을 멈췄다. 한 대위가 갑자기 내려오는 바람에, 그녀는 감히 더이상 올라가지 못하고 황급히 세 계단을 내려갔다. 대위는 그녀 앞을 바람처럼 지나 밖으로 사라졌다. 하지만 질베르트가 마지노 부인이었던 시절 샤를빌의 그녀 집에서 그 대위를 본 적이 있었다. 그녀는 마당으로 나갔고, 고개를 들어 덧창이 닫혀 있는 두 개의 높다란 침실 창문을 바라보았다. 그런 다음, 결심한 듯 다시 위로 올라갔다.

2층에서 그녀는 죽마지우로서, 가끔 아침에 들러 무람없이 잡담을 나누던 절친한 친구로서 단장실 문을 두드리려 했다. 그러나 대위가 서둘러 떠나며 잘못 닫았는지 문이 살짝 열려 있었다. 그녀는 문을 밀고 단장실로, 이어서 침실로 들어갔다. 천장이 높은 방이었는데, 천장에서 붉은 벨벳 커튼이 내려와 커다란 침대를 둘러싸고 있었다. 아무런 소리도 들리지 않았다. 행복한 밤의 촉촉한 침묵과 은은한 라일락 향기가 떠도는 가운데, 어디선가 조용한 숨소리가 새어나왔다.

"질베르트!" 앙리에트가 가만히 불렀다.

혼자 남은 젊은 여인은 금세 다시 잠이 들었었다. 창문에서 붉은 커튼 사이로 들어온 희미한 빛이 침대를 비췄다. 아름다운 머리칼이 헝클어진 채, 그녀의 동그랗고 예쁜 머리가 베개에서 떨어져 맨팔 한쪽에 얹혀 있었다.

"질베르트!"

그녀는 몸을 뒤척였고, 눈을 뜨지도 않고 기지개를 켰다.

"그래, 잘 가요…… 오! 제발……"

그러다가 고개를 들더니 앙리에트를 알아보았다.

"이런! 너구나…… 도대체 지금 몇시나 됐지?"

그러나 여섯시를 알리는 종이 울리자, 그녀는 내심 불편함을 느끼면서도 아닌 척 웃으며, 친구를 깨울 시간은 아닌 것 같다고 농담하듯 말했다. 앙리에트가 남편은 어디 있느냐고 묻자, 그녀가 대답했다.

"아직 돌아오지 않았어, 아마 아홉시쯤 돌아올 거야…… 왜 그이를 찾는 거야?"

앙리에트는 그녀가 행복한 잠에 취해 미소 짓는 걸 보고 목소리를 높였다.

"새벽부터 바제유에서 전투가 벌어지고 있어…… 남편 때문에 불안해 죽겠어."

"오! 이런!" 질베르트가 소리쳤다. "걱정하지 마…… 내 남편이 신중하다는 거 잘 알잖아. 조금이라도 위험한 상황이 벌어졌다면, 그이는 벌써 돌아왔을 거야…… 그이가 돌아오기 전까지는 괜찮아, 안심해도 돼."

앙리에트도 그 말에 공감했다. 말마따나 들라에르슈는 쓸데없이 위험을 무릅쓸 위인이 아니었다. 그녀는 다소 안심하고, 커튼을 걷고 덧창을 열러 갔다. 하늘의 붉은빛이 방안을 환하게 밝혔다. 태양이 안개를 뚫고 세상을 황금색으로 물들이기 시작했다. 창문 중 하나가 살짝 열려 있었기에, 조금 전 굳게 닫혀 질식할 것 같던 이 방에서도 이제 포성이 들렸다.

베개에 팔꿈치를 괸 채 반쯤 몸을 일으킨 질베르트는 맑고 예쁜 눈으로 하늘을 바라보았다.

"저런, 싸움이 벌어졌나보네." 그녀가 나직이 말했다.

속옷이 흘러내려 그녀의 맨어깨 한쪽이 드러났다. 헝클어진 검은 머리칼 아래 장밋빛 살결이 눈부셨다. 그녀의 침대에서 강렬한 향기, 사랑의 향기가 발산되고 있었다.

"새벽부터 싸우다니, 맙소사! 정말 바보 같은 짓이야, 전쟁이란!"

그때 앙리에트의 눈길이 조그만 협탁 위에 놓인 장교용 장갑에 가닿았다. 그녀는 흠칫 놀라는 표정을 감출 수 없었다. 그러자 질베르트가 얼굴을 붉히며 당황했으나 애교를 부리는 듯한 동작으로 장갑을 침대로 가져갔다. 그런 다음 고개를 어깨에 떨군 채 말했다.

"그래, 난 네가 알고 있고, 이미 그 사람을 본 줄 알았어…… 날 너무 나쁘게 생각하지 말아줘. 그 사람은 오랜 친구야. 예전에 샤를빌에서 너한테 내 약점을 말한 적 있잖아, 너도 기억할 테지만……"

그녀는 목소리를 낮추고 애교 부리듯 웃으며 다정하게 말했다.

"어제 그 사람을 다시 봤는데, 나한테 애원을 하더라고…… 생각해봐, 그 사람은 오늘 아침에 전투를 해, 어쩌면 죽을지도 몰라…… 그러니 내가 어떻게 뿌리칠 수 있었겠어?"

마지막 쾌락의 선물, 전투가 벌어지기 바로 전날에 준 행복한 밤, 그것은 너무도 영웅적이었고 너무도 매혹적이었다. 경솔한 행동으로 감정이 혼란스러우면서도 그녀는 특별한 밤을 떠올리며 미소 지었다. 게다가 모든 상황이 재회를 부추겼던 이상, 그녀는 결코 문을 걸어 잠글 수가 없었다.

"내가 잘못한 거야?"

앙리에트는 심각한 표정으로 질베르트의 말을 들었다. 그녀로서는 도무지 이해할 수 없었기에, 이 모든 일이 놀라웠다. 정말 별종이야. 오늘 새벽부터 그녀의 마음은 저기서 총알 세례를 받는 남편과 함께, 동생과 함께 있었다. 사랑하는 사람들이 위험에 빠졌는데 어떻게 태평스럽게 잠을 자고, 행복한 표정으로 미소 지을 수 있단 말인가?

"하지만 남편을 생각해봐, 그리고 그 남자도…… 그들과 헤어진다고 생각하면 미칠 것 같지 않아? 그들이 이제 곧 죽어서 돌아올지도 모르는데 걱정되지 않느냐고?"

질베르트는 그런 소리 하지 말라는 듯 아름다운 팔을 황급히 휘저었다.

"오! 맙소사! 왜 그런 끔찍한 이야기를 하는 거야? 아침을 이렇게 망가뜨려놓다니, 넌 정말 나빠!…… 아냐, 아냐, 난 그런 생각은 하기 싫어, 그건 너무 슬픈 얘기야!"

앙리에트는 화가 났지만, 다정하게 미소 지었다. 어린 시절이 떠올랐다. 질베르트의 아버지 드 비뇌유 소령은 전투에서 부상을 입은 후 샤를 빌의 세관국장으로 임명됐다. 아내가 폐결핵으로 아주 젊은 나이에 죽었기 때문에, 그는 딸이 기침을 하자 몹시 불안해하며 그녀를 센포필뢰 근처 농가로 보냈다. 소녀는 그때 겨우 아홉 살이었지만, 벌써 겉멋을 부리는 게 예사롭지 않았다. 언제나 여왕처럼 꾸미려 하고 예쁜 옷만 보면 안달하고, 초콜릿 상자에 둘린 은색 리본을 모아두었다가 팔찌나 왕관으로 사용했다. 스무 살에 산림감독관 마지노와 결혼했을 때도 그런 취향은 여전했다. 성채에 갇힌 듯한 메지에르 생활은 답답해서 그녀의 마음에 들지 않았다. 그래서 그녀는 좀더 여유롭게 많은 파티를 즐길 수 있는 샤를빌에서 계속 살았다. 아버지가 돌아가셨기에 완전한 자유를 만끽했고, 더욱이 남편이 무능했기에 회한도 없었다. 지방은 풍속이 은밀하게 느슨해서, 그녀에게는 끊임없이 애인이 생겼다. 아버지가 맺어놓은 인간관계와 드 비뇌유 대령과의 인척관계로 인해 늘 군인들 속에서 살았지만, 그래도 보두앵 대위와 함께했을 때가 가장 즐거웠다. 물론 그녀가 모두의 눈살을 찌푸리게 할 정도로 몹쓸 짓을 한 것은 아니었고, 그저 단순히 쾌락을 좇았을 뿐이었다. 하지만 애인을 가짐으로써 더 아름답게 치장하고 더 교태를 부렸던 것만은 틀림없는 사실이었다.

"다시 관계를 맺은 건 잘못한 일이야." 앙리에트가 진지한 표정으로 말했다.

질베르트는 애교를 부리는 듯한 동작으로 그녀의 말을 끊었다.

"오! 친구야, 들어봐, 어떻게 할 수가 없었다니까…… 게다가 딱 한 번이잖아…… 나도 알아, 이제 새 남편을 속이기보다는 차라리 죽는 게 낫다는 걸."

두 여자는 아무 말 없이 다정하게 포옹했다. 하지만 서로 너무 달랐다. 그들은 상대방의 가슴이 뛰는 것을 느꼈고, 그 심장소리가 무엇을 뜻하는지 이해했다. 하나는 즐겁게 자신을 공유하고 탕진하고자 하는 소리였고, 다른 하나는 강렬하고 영웅적인 심혼으로써 고결하게 헌신하고자 하는 소리였다.

"진짜 싸움이 벌어졌네!" 마침내 질베르트가 큰 소리로 말했다. "빨리 옷을 입어야겠어."

둘이 입을 다물고 있자, 대포 소리가 더 크게 들렸다. 침대에서 뛰어내린 그녀는 하녀를 부를 새도 없이 앙리에트의 도움을 받아 신발을 신고 드레스를 입었다. 필요하다면 언제라도 아래층으로 내려가 손님을 맞이할 준비를 했다. 그녀가 서둘러 머리 손질을 마쳤을 때, 누군가 문을 두드렸다. 들라에르슈 부인의 목소리가 들리자, 그녀는 황급히 문으로 달려갔다.

"네, 들어오세요, 어머니."

그러나 평소의 경솔함으로 그녀는 협탁 위에 대위의 장갑을 그대로 둔 채 부인을 방안으로 들였다. 앙리에트가 재빨리 장갑을 집어 안락의자 뒤로 던졌지만 소용없었다. 들라에르슈 부인이 본 게 틀림없었는데,

왜냐하면 그녀가 한순간 숨이 멎은 듯 꼼짝도 하지 않았기 때문이다. 그녀는 자기도 모르게 방안을 둘러보았고, 붉은 휘장이 둘러진 흐트러진 침대에 시선이 멈췄다.

"아, 며느리 잠을 깨운 사람이 바이스 부인이었군요…… 좀더 잘 수도 있었을 텐데……"

물론 그 말을 하려고 올라온 것은 아니었다. 아! 아들의 고집으로 마지못해 허락했던 결혼이 아니던가! 깡마르고 못생긴 여자와 이십 년 동안 얼음처럼 차가운 부부생활을 했던 아들. 그런데 그때까지 너무도 반듯하고 사려 깊었던 아들이 쉰 살에 불붙은 사랑의 발작으로 그토록 가볍고 맹랑한 미망인에게 빠져버린 것이었다! 그녀는 현재를 잘 감시하겠다고 다짐했었다. 하지만 과거가 되돌아오다니! 지금 말을 해야 할까? 그녀는 이제 집에서 힘없는 벙어리처럼 살고 있었고, 엄격한 신앙심으로 자기 방에만 틀어박혀 지냈다. 하지만 이번에는 모욕이 지나쳤기에 그녀는 아들에게 알릴 결심을 했다.

질베르트는 얼굴을 붉히며 대답했다.

"네, 그래도 몇 시간은 푹 잤어요. 쥘은 아직 돌아오지 않았는데요, 어머니……"

들라에르슈 부인은 몸짓으로 그녀의 말을 가로막았다. 포성이 울린 후로, 부인은 아들의 귀가를 살피며 불안에 떨었다. 그러나 이제 의연한 표정을 지었다. 그리고 며느리에게 온 용건을 떠올렸다.

"얘야, 드 비뇌유 대령이 우리한테 부로슈 군의관을 보냈어. 연필로 쓴 편지를 읽어보니까, 우리집에 야전병원을 차릴 수 있는지 묻는 내용이야…… 제조소에 공간이 있다는 걸 대령은 잘 알고 있어. 내가 벌써 안마당과 건조장을 그 사람들한테 내주었는데…… 아무래도 네가 내려가봐야 할 것 같구나."

"오! 당장 가야 해, 당장!" 앙리에트가 다가서며 말했다. "무엇이든 도와야죠."

질베르트는 간호사라는 새로운 역할에 흥분을 감추지 못했다. 그녀는 머리칼에 레이스를 두르는 둥 마는 둥 서둘렀다. 세 여자는 아래층으로 내려갔다. 넓은 건물 입구에 다다랐을 때, 활짝 열린 문을 통해 거리에 사람들이 모여 있는 것이 보였다. 말 한 마리가 끄는 작은 이륜마차가 천천히 도착했는데, 보병 중위가 말고삐를 쥐고 있었다. 세 여자는 이륜마차에 탄 사람이 간호를 필요로 하는 첫번째 부상병이라고 생각했다.

"그래요, 그래요! 여기로, 여기로 들어오세요."

사람들이 그게 아니라고 고개를 가로저었다. 이륜마차에 누워 있는 사람은 왼쪽 둔부를 다친 마크마옹 원수였다. 응급조치를 받은 원수는 군청으로, 정원사의 작은 거처로 이송되고 있었다. 제복의 금빛 자수가 피와 먼지로 더럽혀진 채, 원수는 군모도 쓰지 않았고 옷도 반쯤 벗겨진 상태였다. 그가 말없이 고개를 들어 넋이 나간 표정으로 마차 밖을 바라보았다. 최초의 포격에 총사령관을 잃은 병사들이 안쓰러워 세 여자는 두 손을 모으고 눈시울을 붉혔다. 세 여자를 본 원수는 가볍게 고갯짓으로 인사하며 희미하게 인자한 미소를 지었다. 원수의 주변에서 몇몇 주민이 모자를 벗어 경의를 표했다. 벌써 손발이 바빠진 다른 주민들 사이에서 뒤크로 장군이 총사령관에 임명되었다는 소식이 돌았다. 일곱시 반이었다.

"그런데 황제는요?" 앙리에트가 가게문 앞에 서 있던 서점 주인에게 물었다.

"황제가 지나간 지 한 시간쯤 됐습니다." 서점 주인이 대답했다. "제가 잠시 따라갔지요. 황제가 발랑 시문市門을 통해 밖으로 나가는 걸 똑똑히 봤습니다. 그런데 포탄을 맞아죽었다는 소문도 있어요."

그러자 맞은편 식료품가게 주인이 분개하며 말했다.

"말도 안 돼! 거짓말이오! 오늘은 용감한 병사들만 개죽음할 거요!"

중학교 광장을 향해, 원수를 실은 이륜마차가 점점 더 몰려드는 군중 속으로 사라졌다. 군중 사이에서 벌써 전투에 대한 온갖 해괴한 소문이 떠돌았다. 안개가 물러갔고, 거리는 햇빛으로 가득찼다.

그때 안마당에서 누군가 거친 목소리로 고함을 질렀다.

"부인, 바깥이 아녜요, 도움이 필요한 건 여기입니다!"

세 여자는 다시 집안으로 들어가 군의관 부로슈 앞에 섰다. 군의관은 벌써 군복을 한구석에 던져놓고 길고 넓은 흰색 앞치마를 걸치고 있었다. 아직 얼룩 한 점 없는 하얀 앞치마에 대조되는 커다란 얼굴, 곤두선 억센 머리칼, 사자 같은 콧잔등에서 결의와 활력이 느껴졌다. 군의관의 모습에 완전히 압도되어 세 여자는 금세 그의 명령에 따랐고, 그의 지시에 부산하게 움직였다.

"아무것도 없군, 그래…… 수건 좀 갖다주시고, 매트리스도 찾아봐주세요. 병사들에게 펌프 위치도 알려주시고……"

세 여자는 여기저기로 정신없이 뛰어다녔다. 이제는 군의관의 하녀가 된 듯했다.

시트 제조소를 야전병원으로 정한 것은 탁월한 선택이었다. 제조소에는 유난히 커다란 유리창이 달린 거대한 건조장이 있었는데, 침대 100개쯤은 너끈히 들여놓을 수 있었다. 그 옆에는 마치 수술실로 사용되기 위해 만들어진 듯한 창고가 있었다. 기다란 탁자가 창고로 옮겨졌다. 펌프는 거기서 몇 걸음 떨어진 곳에 있었고, 가벼운 부상자들은 근처 잔디밭에서 기다릴 수 있을 것이었다. 잔디밭에는 수백 년 된 느릅나무들이 아늑한 그늘을 만들어 쾌적하기 이를 데 없었다.

　적군의 공격에 떠밀려 아군이 이곳에서 학살되리라고 예견했던 부로슈는 애초부터 스당에 자리를 잡는 것이 최선이라고 여겼다. 그는 7군단 가까이, 즉 플루앙 후미에 구급마차 두 대와 구급 부대를 배치했는데, 부상병들은 그곳에서 간단한 응급조치를 받은 후 여기로 이송될 것이었다. 포화에 쓰러진 병사들을 나르는 들것병들이 와 있었고, 그들 옆에 마차와 화물 마차가 대기하고 있었다. 부로슈는 자신의 부하들 중 군의관 보조병 둘만 전쟁터에 두었고, 나머지 부하들인 이급 군의관 둘, 하급 보조병 셋을 모두 여기로 데려왔다. 이 정도면 수술도 충분히 감당할 수 있는 인원이었다. 게다가 이곳에는 약사 세 명과 위생병 열두 명이 있었다.

　열정으로 일하는 유형인 브로슈는 한자리에 가만히 있지 못했다.

　"도대체 뭐하는 겁니까? 매트리스를 이쪽으로 좀더 밀라니까요!…… 필요하면 매트리스에 짚을 더 넣어요."

　포성이 크게 들리고 있었다. 그는 피 흘리는 부상병들을 가득 실은 마차가 속속 도착하리라는 것을 잘 알고 있었다. 아직 비어 있는 대형 홀에 급히 위생 장비와 물품을 비치했다. 뒤이어 창고에 다른 물품을 갖다놓았다. 한쪽 판자 위에는 치료용품 상자와 의약 상자가 열려 있었는데 붕대와 밴드, 습포, 거즈, 골절 치료용 부목 등이 들어 있었다. 나른 쪽 판자 위에는 커다란 연고 단지와 클로로포름병, 그 옆에 작은 케이스들이 있었다. 작은 케이스들 안에는 반짝반짝 빛나는 수술 도구, 내시경, 나이프, 가위, 톱, 기타 장비들, 즉 가르고, 헤집고, 베고, 자르는 온갖 종류의 날카로운 물건들이 있었다. 그런데 대야가 없었다.

"단지나 양동이, 솥, 냄비 같은 거 있습니까?…… 아, 참, 얼굴까지 피로 물들일 수는 없지!…… 수건, 수건 좀!"

들라에르슈 부인이 서둘러 뛰어갔고, 집안에서 찾은 단지들을 한아름 안고 하녀 세 명을 데리고 돌아왔다. 수술용 도구 앞에 서 있던 질베르트는 몸짓으로 앙리에트를 불렀고, 뾰족하고 날카로운 도구들을 가리키며 가볍게 몸을 떨었다. 말없이 손을 맞잡은 두 여자는 은근한 공포와, 불안, 연민에 휩싸였다.

"아! 어쩌면 좋아? 저걸로 몸통을 가르고 팔다리를 자른다니!"

"불쌍한 병사들!"

부로슈가 방수포를 씌운 매트리스를 커다란 탁자에 올려놓으라고 했을 때, 건물 출입문 근처에서 말발굽소리가 들렸다. 첫번째 구급마차가 안마당으로 들어왔다. 구급마차에는 가벼운 부상을 당한 병사 열 명이 얼굴을 마주하고 앉아 있었다. 부상병 대부분이 팔에 붕대를 감아 어깨에 걸고 있었고, 몇몇은 머리 부상으로 이마에 붕대를 두르고 있었다. 그들이 부축을 받으며 구급마차에서 내렸다. 그리고 검진이 시작되었다.

앙리에트는 어깨 관통상을 입은 아주 젊은 병사가 외투를 벗는 것을 도왔다. 비명을 지르는 병사의 군복에서 연대 번호가 보였다.

"아, 106연대군요! 혹시 보두앵 중대 소속인가요?"

아니었다, 그는 라보 중대 소속이었다. 그러나 장 마카르 하사를 알고 있었고, 장 마카르 분대원들은 아직 전투에 투입되지 않은 듯하다고 말했다. 몹시 불확실한 정보였지만, 그래도 그녀는 안도의 한숨을 내쉬었다. 동생은 살아 있었다. 이제 애타게 기다리는 남편을 만나 포옹할 수만 있다면, 그녀는 완전히 안심할 것 같았다.

고개를 들었을 때, 몇 걸음 떨어진 곳에서 들라에르슈의 모습이 보이자 그녀는 가슴이 뛰었다. 들라에르슈는 사람들에게 둘러싸인 채, 바제유에서 스당까지 자신이 방금 겪었던 무시무시한 위험을 이야기하고 있었다. 그가 어떻게 여기에 있는 거지? 그가 집으로 들어오는 것을 그녀는 보지 못했었다.

"제 남편과 함께 계시지 않았나요?"

그러나 그는 어머니와 아내가 안도한 표정으로 던지는 질문을 듣느라 즉시 대답하지 않았다.

"잠깐만요, 부인."

그러고서 그는 자기 이야기를 계속했다.

"바제유에서 발랑까지 가면서 스무 번도 더 죽을 뻔했어요. 총알과 대포알이 그야말로 비 오듯 쏟아졌거든!…… 그러다가 갑자기 황제를 만났지 뭐요, 오! 정말 용감하시던데…… 그러고는 발랑에서 여기까지 죽어라 뛰어왔죠……"

앙리에트는 그의 팔을 잡고 흔들었다.

"제 남편은요?"

"바이스? 아, 바이스는 거기에 남았어요!"

"뭐라고요, 거기에?"

"그래요, 죽은 병사의 총을 집어들더니, 군인들과 함께 싸우더군요."

"그 사람이 싸워요? 왜요?"

"오! 엄청나게 흥분해 있었어요! 함께 돌아가자고 해도 말을 듣지 않았고요. 그래서 어쩔 수 없이 혼자 빠져나왔습니다."

앙리에트는 눈을 동그랗게 뜬 채 그를 바라보았다. 잠시 침묵이 흘렀다. 그러더니 가만히 말했다.

"알겠습니다. 제가 거기로 가봐야겠어요."

거기로 간다고요, 어떻게? 안 돼요, 미친 짓이에요! 들라에르슈는 도로를 휩쓰는 총알과 대포알을 다시 들먹였다. 질베르트가 그녀의 손을 잡고 만류했고, 들라에르슈 부인도 연거푸 말도 안 되는 소리라며 그녀를 붙들었다. 하지만 그녀는 다시 한번 조용히 말했다.

"아뇨, 괜찮아요, 거기로 가겠습니다."

그녀는 고집을 꺾지 않았다. 질베르트는 머리에 두르고 있던 검정 레이스를 앙리에트의 머리에 씌워주었다. 들라에르슈는 그녀를 설득하고자 발랑 시문까지 바래다주겠다고 했다. 그런데 바로 그때, 중앙 정원이 야전병원 설치로 어수선한 가운데 7군단의 보물이 보관된 창고 앞에서 잔걸음으로 왔다갔다하는 보초가 그의 눈에 띄었다. 수백만 프랑이 거기에 있다는 걸 아는 그는 창고를 힐끔거리며 몸을 떨었다. 앙리에트는 벌써 현관 아래를 지나고 있었다.

"기다려요! 어휴, 부인도 남편처럼 제정신이 아니군요!"

그 순간 새로운 구급마차가 들어왔고, 그들은 옆으로 비켜서야 했다. 조금 전 도착한 구급마차보다 더 작은 이륜마차에는 중상자 두 명이 가죽 천 위에 누워 있었다. 사람들이 조심조심 내린 첫번째 중상자는 포탄 파편에 맞아 손이 너덜너덜해지고 허리가 푹 파여 그저 피 흘리는 살덩이처럼 보였다. 두번째 중상자는 오른쪽 다리가 엉망으로 부서진 상태였다. 부로슈는 즉시 그를 매트리스 방수포 위에 눕힌 뒤, 위생병들과 군의관 보조병들이 오가는 가운데 첫번째 수술을 시작했다. 들라에르슈 부인과 질베르트는 잔디밭 근처에 앉아 붕대를 감았다.

들라에르슈는 집밖에서 앙리에트를 따라잡았다.

"이봐요, 바이스 부인, 이건 미친 짓이에요…… 도대체 어떻게 바이스를 만나겠다는 겁니까? 바이스는 더이상 거기에 있지도 않을 겁니다. 지금쯤 아마 들판을 가로질러 여기로 오고 있을 텐데…… 장담하건대 바제유는 이제 완전히 봉쇄됐을 거예요."

하지만 그녀는 그의 말을 듣지 않았고, 걸음을 더 빨리 옮기면서 발랑 시문으로 가기 위해 메닐가로 들어섰다. 일곱시가 가까워졌다. 짙은 새벽안개 속에서 사람들의 잠을 설치게 하는 서늘한 기운은 사라지고 없었다. 동녘이 밝아 집들의 윤곽이 선명히 드러났고, 거리는 불안에 떠는 군중으로 가득찼다. 속보로 말을 모는 전령들이 쉴새없이 군중 속을 가로지르며 오갔다. 특히 벌써 도시로 진입한 비무장 군인들 주위에 무리가 형성되었는데, 그 군인들 중 일부는 가벼운 부상을 입은 상태였고, 일부는 흥분한 듯 거칠게 소리를 질렀다. 하지만 덧문이 굳게 닫힌 가게들, 단 하나의 덧창도 열리지 않은 가옥들만 아니라면 도시는 여느 때와 거의 다름없는 모습이었다. 뒤이어 대포 소리가 계속 울렸고, 돌, 흙, 벽, 지붕 슬레이트까지 모든 것이 뒤흔들렸다.

들라에르슈는 더없이 고약한 내적 갈등에 시달렸다. 한편으로는 선량한 사내로서 앙리에트를 지켜야 한다는 의무감이 일었고, 다른 한편으로는 포탄 세례를 뚫고 바제유까지 다시 가야 한다는 데 공포감이 일었다. 그들이 발랑 시문에 도착했을 때, 갑자기 기병 장교들이 떼로 몰려오며 그들을 갈라놓았다. 게다가 새로운 소식을 기다리는 사람들이 시문을 가득 채웠다. 들라에르슈는 바이스 부인을 찾아 이리저리 뛰었지만 헛일이었다. 그녀는 서둘러 시문 밖으로 나간 것이 틀림없었다. 더이상 용기를 낼 수 없었던 그는 소리쳤다.

"아! 할 수 없지, 뭐! 이건 정말 미친 짓이야!"

들라에르슈는 점증하는 불안감에 시달리면서도, 시야에서 아무것도 놓치지 않으려는 호기심 많은 구경꾼으로서 스당의 거리를 어슬렁거렸다. 모든 게 어떻게 변할까? 아군이 패하면 도시는 초토화될까? 답은 모호했고, 상황이 어떻게 전개되느냐에 따라 크게 달라질 것이었다. 마카가의 시트 제조소를 생각하니 걱정이 밀려오기 시작했다. 물론 귀중품은 미리 꺼내서 안전한 곳에 묻어두었다. 그는 시청으로 갔고, 시의회 회관에서 오래도록 머물렀으나 전황이 불리하다는 것 외에는 새로운 소식을 알 수 없었다. 군대는 누구의 명령에 따라야 할지 몰랐다. 두 시간 동안 지휘권을 잡은 뒤크로 장군은 후퇴하라고 했고, 방금 지휘권을 물려받은 드 빔펜 장군은 전진하라고 했다. 이런 이해할 수 없는 동요, 스스로 포기했던 진지를 다시 정복해야 하는 고통, 요컨대 확실한 전략과 강고한 지휘의 부재가 파멸을 재촉하고 있었다.

황제가 다시 나타났는지 보기 위해 들라에르슈는 군청까지 갔다. 거기서 들은 소식은 마크마옹 원수가 상처를 치료받은 후 조용히 침상에 누워 있다는 것뿐이었다. 그러나 열한시경 다시 거리로 나섰을 때, 중앙 대로의 유럽호텔 앞에서 먼지를 뒤집어쓴 채 천천히 말을 모는 음울한 기병대 때문에 걸음을 멈춰야 했다. 대열의 선두에 황제가 보였다. 황제는 전쟁터에서 네 시간을 보낸 후 스당으로 돌아온 것이었다. 죽음조차 그를 원하지 않았음이 틀림없었다. 패전을 돌아본 탓에 고통의 땀이 흘렀고, 그 바람에 두 뺨에 바른 분이 지워졌다. 양끝을 빳빳하게 세워놓은 콧수염이 아래로 처졌고, 흙빛 얼굴이 죽음과도 같은 괴로움으로 더없이 일그러져 있었다. 호텔 앞에서 장교 하나가 내리더니 일군의 사람들에게 둘러싸여 그들이 지나온 길을 설명하기 시작했다. 몽셀에서 지본까지 작은 계곡을 따라 1군단 병사들 사이를 관통했는데, 1군단은 작센군에게 밀려 강 우안으로 후퇴한 상태였다. 황제 일행은 벌써 인파로 가득한 지본의 저지대 길을 통해 되돌아왔다. 사람이 얼마나 많던지 황제의 바람에도 불구하고 전선으로 접근하기란 거의 불가능했다. 게다가 그래봤자 무슨 소용이 있었을까?

들라에르슈가 이런 이야기를 듣고 있을 때, 엄청난 폭발음이 일대를 뒤흔들었다. 포탄이 생트바르브가街의 성탑 가까이에 떨어져 커다란 굴뚝 하나를 무너뜨렸다. 사람들이 이리저리 달아났고, 여자들이 비명을 질렀다. 들라에르슈가 벽에 바싹 붙었을 때, 또다른 폭발에 이웃집 유리창이 박살났다. 적군이 스당에 집중포화를 퍼붓는다면 결과는 끔찍할 것이었다. 그는 서둘러 마카가로 뛰어갔고, 전황을 알고 싶어 한달음에 지붕 위로 올라갔다. 높다란 옥상에서는 도시와 인근 지역이 한눈에 들어왔다.

사방을 급히 둘러본 그는 다소 안심했다. 전투가 스당을 목표로 전개되지는 않았다. 마르페와 프레누아의 독일 포병대가 쏜 포탄은 도시의 가옥들 위를 지나 알제리고원을 초토화하고 있었다. 대포알이 날아가는 거대한 곡선이 흥미로웠다. 마치 잿빛 깃털로 항적을 남기고 날아가는 보이지 않는 새처럼, 대포알은 스당의 하늘에 희미한 포연을 남겼다. 처음에는 옥상 주변 지붕에 떨어진 몇몇 포탄을 독일군의 오발탄으로 인식했었다. 아직은 포화가 스당을 겨냥하고 있지 않다고 여긴 것이다. 그러나 자세히 보니, 그 포탄들은 스당 요새에서 간간이 발포하는 아군에 대한 응사가 틀림없었다. 그는 북쪽으로 몸을 돌려 요새를 살폈다. 거대하고 복잡한 성채, 거무스름한 성벽, 초록색 전방 방어벽, 기하학적으로 쌓은 보루, 특히 위협적인 뿔처럼 툭 튀어나온 세 개의 거대한 돌각突角, 즉 스코틀랜드 돌각과 그랑자르댕 돌각, 라로셰트 돌각이 보였다. 서쪽으로는, 메닐 교외 너머로 나소 요새, 팔라티나 요새가 스당 요새의 연장선을 이루고 있었다. 그 모습을 보자 심약하고 우울한 감정이 물밀듯 밀려왔다. 대포알이 하늘 이쪽에서 저쪽으로 순식간에 왔다갔다하는 판국에 저런 요새가 다 무슨 소용이 있을까? 게다가 스당은 무장이 되어 있지 않았다. 필요한 만큼의 대포도, 탄환도, 병사도 없었다. 겨우 삼 주 전에 도지사가 선의의 민간인들로 구성된 시민군을 조직했는데, 그들이 고장나지 않은 대포 몇 문을 다뤘다. 그리하여 팔라티나에서는 세 문의 대포가 포성을 울렸고, 파리 시문에는 여섯 문의 대포가 설치되었다. 하지만 대포 하나에 장약裝藥이 일고여덟 통밖에 없었다. 따라서 발포 회수를 조절해 삼십 분에 한 발씩만 쏘았는데, 그것은 전사戰士로서의 명예를 유지하기 위한 최소한의 조처였다. 포탄의 사거리가 짧아 대포알이 코앞의 초원에 떨어졌기 때문이다. 독일 포병대도 자비를 베푸는 듯 드문드문 응사함으로써 프랑스군을 더욱더 초라해 보이게 만들었다.

들라에르슈의 관심을 끄는 것은 바로 그 독일 포병대였다. 마르페의 경사지를 응시하던 그는 옥상에서 인근 지역을 살필 때 사용하던 지상 망원경이 생각났다. 즉시 아래층에서 지상망원경을 가져와 옥상에 설치했다. 망원경 시야에 땅, 나무, 집이 차례로 지나갔고, 문득 프레누아의 포병대원들, 바제유에서 바이스가 소나무숲 모퉁이에 있다고 확언했던 바로 그 병사들이 눈에 들어왔다. 망원경으로 확대하니 참모부 장교들로 추정되는 군인들이 선명하게 보였다. 여럿은 풀밭에 반쯤 누워 있었고, 다른 여럿은 무리를 지어 서 있었다. 그들 앞쪽에 깡마르고 호리호리한 체격의 남자가 보였는데, 화려하지 않은 제복을 입었으나 수장의 풍모가 느껴졌다. 거리가 먼 탓에 어린 시절 인형놀이의 장난감 병정처럼 조그맣게 보이는 그가 바로 프로이센 국왕이었다. 하지만 대번에 국왕을 알아본 것은 아니었다. 광활한 창공 아래 렌즈처럼 볼록한 얼굴이 창백한 점처럼 보이는 그 조그마한 장난감 병정에게서 눈을 떼지 못한 채 보고 또 보고 다시 보고 나서야 마침내 그가 프로이센 국왕이라고 확신했다.

아직 정오가 되지 않은 시간이었다. 프로이센 국왕은 아홉시부터 거침없이 전진하는 휘하 군사들을 지켜보고 있었다. 독일 군사들은 길을 따라 전진 또 전진하면서 커다란 원을 형성했고, 인간과 대포의 벽으로 조금씩 스당을 포위했다. 동슈리평원을 거쳐 온 왼쪽 군사들은 생탈베르 협로에서 계속 밀려들었고, 생망주를 지나 플레뇌에 이르렀다. 두에 장군 부대와 격렬하게 전투를 벌이는 XI군단 뒤로, 숲을 이용해 일리 고지대의 그리스도 수난상까지 가려는 V군단이 선명하게 보였다. 여러 포병대가 한곳으로 집결했고, 옆으로 줄지어 늘어선 대포들의 대열이 점점 길어졌다. 모든 대포가 일제히 불을 뿜었고, 지평선 전체가 점점 화염에 휩싸였다. 오른쪽 군사들은 지본 계곡을 점령했고, XII군단은 몽셀을 장악했으며, 근위대는 강을 거슬러올라가며 방금 대니를 가로질러 그리스도 수난상을 향해 전진했다. 그 때문에 뒤크로 장군 부대는 가렌숲 뒤로 후퇴할 수밖에 없었다. 그리고 아르덴숲 가장자리 가까이 헐벗은 들판에서는, 프로이센 왕세자가 작센 왕세자를 도우려 애쓰고 있었다. 남쪽으로는, 바제유가 자욱한 연기와 격전의 먼지에 가려 아예 자취를 감췄다.

프로이센 국왕은 아침부터 조용히 전쟁터를 바라보며 결정적 시기를 기다렸다. 한 시간, 두 시간, 아마도 세 시간이 흘렀다. 오직 결정적 시기가 문제였다. 톱니바퀴는 빈틈없이 맞물려 돌아가고, 분쇄기가 덜컹거리며 온전히 작동하고 있었다. 티 없이 맑은 하늘 아래, 전쟁터가 점점 좁혀졌고, 검정개미떼가 물밀듯 쇄도하며 스당을 포위했다. 도시의 유리창이 반짝였고, 왼쪽 카신 교외 부근에서 가옥이 불타고 있었다. 그 너머로, 동슈리와 카리냥 쪽 인적 없는 들판에는 눈부시게 작열하는 평화가 깃들어 있었다. 즉 정오의 불타는 태양 아래 뫼즈강의 맑은 물, 짙은 녹음을 뿜내는 나무들, 광활하게 펼쳐진 기름진 땅, 풀이 무성하게 자란 푸른 초원이 더없이 아름다웠다.

프로이센 국왕에게 필요한 것은 명료한 정보였다. 거대한 체스판 위에서, 그는 자기가 부리는 말들의 동향을 확실히 파악하고자 했다. 그의 오른쪽에서 대포 소리에 놀란 제비들이 푸드덕 날아올라 이리저리 맴을 돌더니, 하늘 높이 솟구쳐 남쪽으로 사라졌다.

4

발랑으로 가는 도로에서, 앙리에트는 처음에는 잰걸음으로 걸을 수
있었다. 아직 아홉시도 채 안 되었다. 집과 정원이 늘어선 차도는 한적
했지만, 도시로 접근할수록 피란길에 오른 주민들과 이동하는 군인들
로 점점 복잡해졌다. 새롭게 인파가 몰려들 때마다, 그녀는 벽에 붙어
서서 미끄러지듯 앞으로 나아가야 했다. 날씬한 몸이 어두운 색조의 드
레스에 묻히고 아름다운 금발과 창백한 작은 얼굴이 검정 레이스 숄에
가려진 덕분에, 그녀는 뭇사람의 시선을 피할 수 있었다. 그녀의 가볍
고 조용한 걸음을 멈추게 하는 건 아무것도 없었다.

그러나 발랑에 도착하자, 해병대 1개 연대가 도로를 막고 있었다. 빽
빽하게 들어찬 병사들이 아름드리나무들 아래 몸을 숨긴 채 명령을 기
다렸다. 그녀는 발끝을 세웠지만, 앞이 전혀 보이지 않았다. 몸을 옹크

린 채 슬그머니 빠져나가려고 애를 썼다. 병사들 팔꿈치에 이리저리 떠밀렸고, 총의 개머리판에 옆구리를 찔렸다. 그녀가 스무 걸음쯤 옮겼을 때, 병사들이 고함을 치고 불만을 터뜨렸다. 고개를 돌려 그 광경을 본 대위가 열을 올렸다.

"이봐요! 아주머니, 미쳤어요?…… 도대체 어딜 가는 겁니까?"

"바제유에 갑니다."

"바제유라니!"

일제히 폭소가 터졌다. 그리고 모두가 그녀를 보며 농담을 던졌다. 뜻밖의 대답에 웃음을 참지 못하던 대위도 그녀에게 다시 말했다.

"바제유로 가신다면, 아주머니, 우리도 좀 데려가주세요!…… 조금 전 거기에 있었는데, 다시 돌아가고 싶거든요. 거기는 날씨가 춥지 않아요."

"남편을 만나러 바제유로 가는 길입니다." 앙리에트가 부드럽게 다시 말했다. 그녀의 푸른 눈은 조용한 결의를 담고 있었다.

웃음이 뚝 그쳤다. 나이 많은 중사가 그녀를 한쪽으로 데려가더니 온 길로 돌려세웠다.

"아주머니, 보시다시피 불가능해요…… 더욱이 지금 바제유로 가는 건 여자가 할 수 있는 일이 아닙니다. 남편은 나중에 만나세요. 자, 빨리 돌아가세요."

더이상 고집을 부릴 수 없었던 그녀는 그 자리에 잠시 멈춰 있었다. 그러고는 가던 길을 다시 가고 싶어 자꾸만 발끝을 세워 먼 곳을 바라보았다. 주변에서 오가는 말들이 그녀에게 새로운 정보를 주었다. 몇 몇 장교가 여덟시 십오분경 하달된 퇴각 명령을 신랄하게 비판했다. 마크마옹 원수를 뒤이은 뒤크로 장군이 모든 부대를 일리고원에 집결시키고자 바제유를 포기하라고 명령했었다. 최악의 사실은 1군단이 너무 일찍 후퇴하면서 지본 계곡을 독일군에게 넘겨줌으로써, 이미 맹렬하게 정면 공격을 당한 12군단이 방금 막 왼쪽 측면까지 붕괴되었다는 사실이었다. 그런데 드 빔펜 장군이 뒤크로 장군을 뒤이은 지금에 와서는, 애초의 전략대로 바이에른군을 뫼즈강 쪽으로 몰아넣기 위해 바제유를 다시 점령하라는 명령이 떨어진 것이다. 조금 전에 포기한 진지를 지금 다시 정복하라니, 미치지 않고야 어떻게 그런 명령을 내릴까? 죽고 싶어 환장한 거지, 농담이 아니라 정말로!

갑자기 병사들이 술렁이고 군마들이 비켜섰다. 말등자 위에 선 드 빔펜 장군이 나타나서 흥분한 얼굴로 외쳤다.

"제군들, 지금 우리가 후퇴하면 모든 게 끝장이오…… 어쩔 수 없이 후퇴하면서 싸운다 해도, 메지에르가 아니라 카리냥으로 가야 하오. 하지만 우리는 반드시 이길 거요. 오늘 아침에 승리했듯, 끝내 승리할 거요!"

그는 다시 말을 달렸고, 몽셀로 올라가는 길을 따라 멀어져갔다. 뒤크로 장군과 그가 조금 전 서로의 작전을 비판하며 격렬한 논쟁을 벌였다는 소문이 돌았다. 그는 메지에르로 후퇴하는 것이 아침부터 불가능해졌다고 단언했고, 뒤크로 장군은 일리고원으로 후퇴하지 않으면 땅거미가 지기 전에 아군이 포위되리라고 예상했다. 그들은 이 고장도 아군의 상황도 정확하게 파악하지 못한다고 서로를 비난했다. 가장 끔찍한 사실은 두 사람 말이 모두 옳다는 것이었다.

앙리에트는 서둘러 앞으로 가야 한다는 생각을 잠시 잊었다. 방금 길에서 바제유에서 온 한 가족을 만났기 때문이었다. 남편과 아내, 겨우 아홉 살짜리 큰딸까지 딸이 셋, 이렇게 다섯 명으로 구성된 가난한 방직공 가족이었다. 그들은 극도의 피로와 절망에 지쳐 더이상 나아갈 생각을 하지 못한 채 벽에 기대앉아 있었다.

"아! 부인," 방직공의 아내가 앙리에트에게 말했다. "우린 모든 걸 잃었어요…… 우리집은 교회 광장에 있었는데, 포탄 하나가 떨어져 불바다가 되었답니다. 우리 가족이 어떻게 죽지 않고 살아남았는지 모르겠어요……"

세 소녀는 그 광경을 떠올린 듯 울음을 터뜨렸다. 소녀들의 어머니는 그들이 맞닥뜨린 재난을 자세히 이야기했다.

"방적기가 마른 장작처럼 타버렸어요…… 침대와 가구는 짚단보다 더 빨리 불붙었고…… 아, 그리고 벽시계, 그래요, 벽시계를 가슴에 안을 시간조차 없었어요."

"젠장맞을!" 남편이 눈물을 글썽이며 말했다. "이제 어떻게 살아가야 할지!……"

앙리에트가 약간 떨리는 목소리로 그들을 위로했다.

"그래도 두 분 모두 건강하고 안전하게 함께 계시잖아요. 딸아이들도 옆에 있으니 너무 걱정하지 마세요."

그런 다음, 그녀는 바제유에서 무슨 일이 있었는지, 혹시 그들이 그녀의 남편을 보았는지, 그녀의 집이 어떻게 되었는지 물었다. 하지만 여전히 공포에 질려 있던 그들은 몹시 혼란스럽게 답했다. 아뇨, 바이스 씨는 보지 못했어요. 하지만 딸들 중 하나가 그를 보았다고, 그가 머리에 큰 구멍이 난 채 인도에 누워 있었다고 소리쳤다. 그러자 아버지가 거짓말이라며 아이 입을 막으려고 뺨을 때렸다. 그리고 그들이 기억하기에 앙리에트의 집은 무사했다. 지나가면서 보니 창과 문이 빈틈없이 잠겨 있고 인기척도 없었다고 단언했다. 그때만 해도 바이에른군은 교회 광장만 점령한 상태였다. 거리와 집을 하나씩 접수하기 위해서는 전투가 필요했다. 어쨌든 그들은 피란길에 올랐고, 지금 이 시각 바제유는 불타고 있었다. 불쌍한 부부는 여전히 공포에 질린 몸짓을 하며 그들이 본 끔찍한 광경을 계속 이야기했다. 여기저기 지붕이 불타올랐고, 거리에 피가 넘쳐흘렀으며, 땅에는 시체가 쌓여갔다.

"그러니까, 제 남편은요?" 앙리에트가 되풀이했다.

그들은 더이상 대답하지 않았고, 두 손에 얼굴을 묻은 채 흐느꼈다. 그녀는 몹시 불안했으나 용기를 잃지 않으려고 애썼다. 그럼에도 입술이 파르르 떨렸다. 도대체 어디까지 믿어야 할까? 아이의 말이 틀렸다고 되뇌어봤자 소용없었다. 머리에 총상을 입고 거리에 쓰러진 남편의 모습이 자꾸만 눈에 어른거렸다. 특히 집이 아무런 인기척 없이 밀폐되어 있었다는 사실이 그녀를 불안하게 했다. 왜일까? 남편이 거기에 없단 말인가? 남편이 죽었을지도 모른다고 생각하자 그녀는 심장이 얼어붙는 것 같았다. 가벼운 부상을 입은 걸지도 몰라. 갑자기 거기로 가야 한다는 생각이 너무 간절해졌기에, 바로 그 순간 진군 나팔이 울리지 않았다면 그녀는 인파를 헤치고 곧바로 나아갔을 것이다.

이 수많은 젊은 병사들은 툴롱, 로슈포르, 브레스트에서 온 신병들로, 제대로 훈련을 받은 적도 없고 총을 쏴본 적도 없었다. 그러나 그들은 아침부터 베테랑처럼 강고하고 용감하게 싸웠다. 랭스에서 무종까지 악전고투하며 행군했던 그들은 적군을 마주하자 규율과 기강이 훌

룽하게 섰고, 희생과 헌신으로 뭉친 최고의 선우애를 발휘했다. 지휘부의 혼선으로 가슴속에 분노가 일었지만, 나팔소리가 들리자 그들은 즉시 무기를 들고 전열을 재정비했다. 지휘부는 벌써 세 번씩이나 그들을 도울 사단을 파견하겠노라고 약속했었다. 그러나 사단은 끝내 오지 않았다. 바제유에서 철수시킨 후 다시 바제유로 보냈을 때 지휘부가 그들에게 요구한 것은 바로 그들의 목숨이었다. 그들도 그것을 알았고, 그들은 자신의 목숨을 바치고 있었다. 대오를 정비한 그들은 자신들을 지켜주던 아름드리나무를 떠나 포탄과 총알 속으로 다시 들어갔다.

앙리에트는 다행이라는 듯 한숨을 쉬었다. 휴, 드디어 앞으로 가네! 그녀는 병사들과 함께 바제유에 도착하기를 바라며 그들을 따라갔고, 그들이 뛰면 자신도 뛸 각오를 했다. 그러나 다시 병사들이 멈춰 섰다. 포탄이 비 오듯 쏟아졌다. 바제유를 탈환하기 위해서는 도로를 1미터씩 다시 정복하고, 골목길, 가옥, 정원을 좌우 모두 다시 장악해야만 했다. 제1열이 총을 쏘기 시작했지만, 전진은 아주 조금씩 단속적으로 이루어졌다. 아주 작은 장애물에도 꽤 긴 시간이 지체되었다. 앙리에트는 이렇게 후미에서 막연히 승리하기만 기다리다가는 결코 바제유에 도착할 수 없을 것 같았다. 그녀는 결심했다. 그래서 오른쪽 두 개의 울타리 사이로 뛰어갔고, 초원으로 내려가는 오솔길을 달렸다.

앙리에트의 계획은 뫼즈강을 따라가는 드넓은 풀밭을 통해 바제유에 이르는 것이었다. 하지만 그다지 분명한 경로가 그려지지는 않았다. 그런데 갑자기 작은 바다에 길이 가로막혀 걸음을 멈췄다. 일부러 저지대에 강물을 범람시켜 만든 방어 호수였고, 그녀로서는 전혀 예상치 못한 장애물이었다. 한순간 돌아갈까 하고 생각했다. 그러나 신발을 잃어버릴 위험을 감수하고 그녀는 발목까지 물에 빠지는 풀밭을 밟으며 호 숫가를 따라갔다. 100미터 정도는 걸을 만했지만, 뒤이어 정원을 둘러 싼 벽이 나타났다. 땅이 아래쪽으로 급경사를 이루었고, 벽에 철썩이 는 물의 깊이가 2미터는 될 듯했다. 거기를 통과하기란 불가능했다. 그 녀는 두 주먹을 불끈 쥐었고, 울지 않기 위해 온몸에 힘을 주었다. 최초 의 흥분이 가라앉자, 그녀는 조심조심 울타리를 따라 걸었다. 잠시 후 드문드문 서 있는 집들 사이로 골목길이 보였다. 그녀는 안도의 한숨을 내쉬었는데, 이 미로를 잘 알고 있었기 때문이다. 이리저리 뒤엉킨 이 골목길들의 끝은 어쨌든 마을로 이어져 있었다.

하지만 바로 그때, 하늘에서 포탄이 쏟아졌다. 귀청을 찢는 듯한 엄 청난 폭발음 속에서 그녀는 못박힌 듯 제자리에 멈춰 섰다. 바람이 온 몸을 휘감았다. 특히 포탄 하나는 그녀 몇 미터 앞에서 터졌다. 고개를 들어 사방을 둘러보니 왼쪽 강기슭 고지대에서 독일군 대포 연기가 피 어오르고 있었다. 상황을 이해한 그녀는 지평선을 주시하며 다시 발걸 음을 옮겼고, 포탄이 날아오지 않는지 위를 살폈다. 미친 짓에 가까운 무모한 행동을 하면서도, 그녀는 현철한 주부로서 침착과 냉정을 유지 했다. 그녀는 목숨을 잃고 싶지 않았고, 남편을 다시 만나 오래도록 함 께 행복하게 살고 싶었다. 포탄이 끊임없이 날아왔다. 그녀는 벽을 따 라 달렸고, 경계석 뒤로 뛰어들었으며, 조금이라도 몸을 숨길 만한 곳 이 있으면 그곳으로 달려갔다. 문득 탁 트인 공간이 나왔는데, 포탄을 맞아 푹 팬 길에 파편이 널려 있었다. 그녀가 헛간 한구석에서 잠시 숨 을 고를 때, 바로 앞 구덩이에서 자기를 바라보는 어린아이의 호기심어 린 얼굴이 보였다. 신발도 신지 않고 너덜너덜한 셔츠와 바지를 입은 열 살쯤 된 소년이었고, 전투 구경을 하느라 거리를 배회하는 듯했다. 검고 가느다란 눈을 반짝이며 소년은 포탄이 터질 때마다 환호성을 질렀다.

"와! 진짜 재밌어!…… 움직이지 마세요, 또하나 날아와요!…… 쾅! 폭발!…… 움직이지 마세요, 움직이지 마세요!"

포탄이 터질 때마다 소년은 구덩이에 몸을 숨겼고, 잠시 후 살며시 고개를 들어 주변을 두리번거리다가 다시 몸을 숨겼다.

앙리에트가 보기에 포탄은 리리에서 날아왔고, 퐁모지 포병대와 누아예 포병대는 이제 발랑에 포화를 집중하고 있었다. 발포할 때마다 대포에서 피어오르는 연기가 선명히 보였다. 쌩하고 포탄이 날아오는 소리가 들리는가 싶더니 곧바로 엄청난 폭발음이 뒤따랐다. 잠시 발포가 멈췄고, 희미한 포연이 서서히 흩어졌다.

"독일군이 술 마시는 시간인가봐요!" 소년이 외쳤다. "빨리요, 빨리, 제 손 잡으세요, 도망가야 해요!"

소년은 앙리에트의 손을 잡고 길을 인도했다. 둘은 몸을 숙인 채 나란히 뛰었고, 휑하니 트인 공간을 가로질렀다. 건초 더미 뒤로 재빨리 몸을 숨기고 뒤돌아보았을 때, 포탄 하나가 그들이 방금 떠나온 헛간 위로 정확히 떨어졌다. 폭발음이 무시무시했고, 헛간은 산산조각이 났다.

이런 것을 재미로 여기는 개구쟁이 소년은 아주 신이 나서 춤을 췄다.

"브라보! 완전히 박살났다!…… 어때요? 기막히게 피했잖아요!"

앙리에트는 넘을 수 없는 장애물에 두번째로 맞닥뜨렸다. 우회로 하나 없는데 정원의 벽이 앞을 가로막고 있었던 것이다. 소년은 계속 깔깔거리며 그녀가 원한다면 넘어갈 수 있다고 말했다. 벽을 타고 담장 위로 올라간 소년은 앙리에트가 담장을 넘도록 도와주었다. 둘은 강낭콩과 완두콩이 자라는 밭으로 펄쩍 뛰어내렸다. 여기저기에 울타리가 있었다. 그곳을 벗어나기 위해서는 정원사의 작은 집을 관통해야 했다. 소년은 두 팔을 흔들고 휘파람을 불며 앞장서서 걸었고, 도통 놀라는 법이 없었다. 문을 밀고 들어간 소년은 한쪽 방에서 다른 쪽 방으로 갔는데, 그 방에 그 집의 유일한 거주자로 보이는 노파가 있었다. 식탁 옆에 서 있던 노파는 넋이 나간 듯했다. 노파는 두 낯선 사람이 자기 집을 가로질러가는 것을 멍하니 보고만 있었다. 노파는 두 사람에게 아무말도 하지 않았다. 두 사람도 그녀에게 말을 걸지 않았다. 금세 그 집의 반대편 끝으로 나와 잠시 골목길을 따라 걸었다. 뒤이어 또다른 장애물이 나타났다. 1킬로미터 정도 전진하며 벽을 계속 넘어야 했고, 울타리를 헤쳐야 했으며, 도로 사정에 따라 창고의 문이나 가옥의 창문으로 질러가야 했다. 여기저기서 개들이 짖었다. 두 사람은 펄쩍펄쩍 날뛰며 달아나는 암소에 치여 넘어질 뻔했다. 하지만 이제 마을이 가까워진 것이 틀림없었다. 뭔가 타는 냄새가 떠돌았고, 부드럽고 가벼운 베일 같은 붉은 연기가 시시각각 퍼지며 태양을 가렸다.

갑자기 개구쟁이가 앙리에트 앞에 멈춰 섰다.

"그런데 이렇게 해서 어디로 가시는 거예요?"

"보다시피 바제유로 가는 길이야."

소년은 놀랍다는 듯 가볍게 휘파람을 불었다. 그러고는 학교를 땡땡 이쳐서 마냥 즐거운 악동처럼 다시 한번 깔깔거리며 웃었다.

"바제유로…… 아! 안 돼요, 거긴 안 돼요…… 저는 다른 곳으로 가요. 자, 안녕히 가세요, 부인."

소년은 왔던 길로 되돌아갔다. 어디서 와서 어디로 가는지 미처 물어볼 틈도 없이, 소년은 바람처럼 왔다가 바람처럼 사라졌다. 조금 전 구덩이에서 갑자기 나타났던 소년은 방금 벽을 돌아 홀연히 자취를 감췄다. 이제 다시는 그 아이를 볼 수 없을 것이었다.

혼자 남자 공포감이 엄습했다. 그 어린아이가 그녀를 보호한 것은 아니었지만, 재잘거리면서 그녀의 불안을 덜어준 것은 사실이었다. 천성적으로 그토록 용감하던 그녀가 이제 와들와들 몸을 떨고 있었다. 포탄은 더이상 떨어지지 않았다. 독일군이 바제유를 장악한 아군을 죽일까봐 포격을 멈춘 것이었다. 하지만 조금 전부터 그녀의 귀에 총알이 날아다니는 소리가, 사람들이 말하던 대로 커다란 파리가 윙윙거리는 소리가 분명히 들렸다. 멀리서 울리는 요란한 굉음 때문에 지금까지 총알이 날아다니는 소리를 분간하지 못했던 것이었다. 어느 집 모퉁이를 돌았을 때, 귓전에 무딘 소리가 들리며 눈앞에 석고 조각이 떨어졌다. 그녀는 발이 얼어붙은 듯 멈췄다. 총알 하나가 건물의 파사드에 박힌 것이었다. 그녀는 파랗게 질렸다. 계속 길을 갈 수 있을지 생각해보기도 전에 이마에 뜨거운 기운을 느꼈고, 무릎을 꿇고 주저앉으며 어리둥절해했다. 벽에 튄 두번째 총알이 그녀의 눈썹 위를 스치며 심한 찰과상을 입힌 것이었다. 두 손을 이마에 댔다가 떼자, 붉은 피가 묻어나왔다. 어쨌든 두개골은 멀쩡한 것 같았다. 그녀는 용감하게 큰 목소리로 되풀이했다.

"아무것도 아냐, 이까짓 거, 아무것도 아냐…… 잘 봐, 하나도 무섭지 않아, 그럼! 하나도 무섭지 않아……"

그것은 사실이었다. 그때부터 그녀는 더이상 주변 상황에 아랑곳하지 않고 죽음을 두려워하지 않는 사람처럼 무심히, 끊임없이 날아오는 총알 속으로 걸어갔다. 심지어 몸을 숨기지도 않고 고개를 뻣뻣이 든 채 똑바로 나아갔다. 머릿속에는 오직 마을로 가야 한다는 생각뿐이었다. 포탄이 그녀 주변에 떨어졌다. 적어도 스무 번쯤은 목숨을 잃을 뻔했다. 가볍게 서두르는 발걸음, 정숙한 여인다운 조용한 행동거지가 그녀를 도운 듯했다. 그녀는 너무도 유연하게, 너무도 침착하게 거리를 지나갔고, 그 덕분에 죽음을 모면했다. 마침내 바제유에 도착했다. 마을로 통하는 큰길로 가기 위해 자주색 개자리꽃밭을 가로질렀다. 큰길에 들어섰을 때, 오른쪽으로 이백 걸음쯤 떨어진 곳에서 그녀의 집이 불타고 있는 것이 보였다. 환한 햇빛 때문에 불길이 보이지는 않았지만, 이미 지붕이 반쯤 무너졌고 창문에서 시커먼 연기가 밖으로 소용돌이치고 있었다. 그녀는 숨을 헐떡이며 뛰어갔다.

퇴각 부대와 헤어진 바이스는 여덟시부터 그 집에 갇혀 있었다. 스당으로 되돌아가는 것은 곧바로 불가능해졌는데, 몽티빌리에공원을 통해 쏟아져들어온 바이에른군이 퇴로를 차단했기 때문이었다. 소총한 자루와 약간의 총알이 남아 있을 뿐, 그는 완전히 고립무원의 상태였다. 바로 그때, 동료들로부터 떨어져나온 채 자기처럼 뒤에 처진 열 명가량의 병사들이 보였다. 그들은 최후의 항전을 하며 장렬하게 전사할 장소를 찾고 있었다. 바이스는 황급히 아래층으로 내려가 문을 열어주었다. 그때부터 집은 진지로 바뀌었다. 대위, 하사, 병사 여덟 명이 잔뜩 흥분한 채 결사항전의 의지를 다졌다.

"아니, 이게 누구야! 로랑이잖소!" 병사들 틈에서 깡마른 키다리 사내를 보고 바이스가 깜짝 놀라 소리쳤다. 그 사내는 전사한 시체 옆에서 주운 소총을 들고 있었다.

푸른색 작업복을 입은 로랑은 바이스의 이웃집에 사는 정원사 보조였다. 서른 살쯤 된 그는 최근 몹쓸 병 때문에 어머니와 아내를 모두 잃었다.

"여기 아니면 제가 어디에 있겠습니까?" 그가 대답했다. "이제 남은 거라곤 몸뚱이밖에 없는데, 그거라도 바쳐야죠…… 게다가 제가 총을 제법 잘 쏘기 때문에 재미도 있습니다. 한 방 쏠 때마다 저 악당들 가운데 한 놈이 쓰러지거든요!"

벌써 대위와 하사가 집을 돌아보고 있었다. 1층은 교전에 유리할 것이 없었다. 그래서 가구와 장롱을 문과 창문 쪽으로 밀어붙여 가능한 한 견고하게 바리케이드를 치는 것으로 족했다. 그들은 2층의 방 세 개와 지붕 밑 방에 방어 진지를 구축했다. 그리고 바이스가 덧창에 매트리스를 세우고 블라인드 창살에 군데군데 총안을 낸 것은 적절한 조처로 받아들여졌다. 대위가 위험을 무릅쓰고 창밖으로 몸을 내밀어 주변을 살폈을 때, 어디선가 어린아이 울음소리가 들렸다.

"이게 무슨 소리입니까?" 그가 물었다.

옆집 염색공장에서 병든 꼬마 오귀스트가 하얀 시트 속에서 열에 들뜬 얼굴로 애타게 엄마를 부르며 물을 찾는 모습이 다시 바이스의 눈에 들어왔다. 머리가 부서진 채 길바닥에서 죽은 엄마는 더이상 꼬마의 부름에 대답할 수 없었다. 그 모습을 본 바이스는 고통스러운 표정을 지으며 대답했다.

"옆집의 병든 꼬마가 포탄을 맞아 죽은 엄마를 부르는 소리라오."

"빌어먹을!" 로랑이 중얼거렸다. "저 자식들에게 반드시 대가를 치르게 해주겠어!"

아직은 여기저기서 우연히 날아온 몇 발의 총탄이 집 전면에 박힐 뿐이었다. 바이스와 대위는 정원사 보조와 두 병사를 동반하고 도로를 더 잘 살필 수 있는 지붕 밑 방으로 올라갔다. 대각선으로 바라보니 교회 광장까지 보였다. 지금 그 광장은 바이에른군 수중에 있었다. 그러나 바이에른군은 무척 어렵게, 매우 신중하게 전진하고 있었다. 골목길 모퉁이에서 일단의 프랑스 보병이 그들의 전진을 십오 분 가까이 가로막았다. 전투가 너무도 치열해서 시체가 쌓여갔다. 뒤이어 그들은 또다른 길모퉁이에서 집안에 있는 프랑스 병사들을 제압해야 했다. 간간이 자욱한 연기 사이로, 한 여자가 창문에서 소총을 쏘는 모습이 보였다. 정육점 주인의 집이었는데, 몇몇 병사가 주민과 함께 뒤섞여 있었다. 그 집이 함락되자 비명이 터져나왔고, 끔찍한 소란이 전면의 벽까지 울렸다. 치마를 입은 여자, 재킷을 걸친 남자, 머리칼이 곤두선 백발의 노인이 줄지어 나타났다. 독일군의 소총이 일제히 불을 뿜었고, 피가 벽으로 튀었다. 독일군의 응징은 무자비했다. 교전중인 정규군이 아님에도 손에 무기를 든 민간인은 마치 인권이 박탈된 범죄자처럼 모두 즉석에서 총살형을 당했다. 마을 사람들의 격렬한 저항에 독일군의 분노가 치솟았다. 다섯 시간 전부터 겪은 온갖 피해가 그들로 하여금 잔혹한 보복을 감행하게 했다. 피가 시냇물이 되어 흘렀고, 시체가 도로를 가득 채웠으며, 몇몇 십자로는 빈사자들의 마지막 숨결이 들리는 묘지가 되었다. 독일군은 치열한 교전 끝에 접수한 모든 집에 불을 질렀다.

병사들이 횃불을 들고 뛰어다녔고, 또다른 병사들은 집에 석유를 뿌렸다. 이내 모든 거리가 화염에 휩싸였다. 바제유가 불타고 있었다.

이제 마을에서 덧창이 굳게 닫힌 바이스의 집만 요새처럼 공고해 보였고, 결사항전의 분위기가 감돌았다.

"조심해! 놈들이 나타났어!" 대위가 소리쳤다.

지붕 밑 방과 2층에서 발사된 총탄을 맞고 벽에 붙어 전진하던 바이에른 병사 셋이 바닥에 거꾸러졌다. 다른 병사들이 흠칫 뒤로 물러나 이쪽저쪽 길모퉁이에 몸을 숨겼다. 집을 둘러싼 포위 공격이 시작되었다. 건물 전면에 얼마나 많은 총알이 날아왔던지 우박의 폭풍우가 몰아치는 듯했다. 십 분 동안 일제사격이 계속되었지만, 벽에 구멍을 냈을 뿐 그다지 큰 피해는 없었다. 그러나 대위가 지붕 밑 방으로 데려갔던 병사들 중 하나가 분별없이 천창天窓에 얼굴을 내미는 바람에 이마를 관통당해 즉사했다.

"이런, 제기랄! 한 명 줄었어!" 대위가 투덜거렸다. "모두 조심해, 대원이 모자라니까 개죽음해서는 안 돼!"

대위는 덧창 뒤에 숨어 소총을 쏘았다. 특히 정원사 보조 로랑이 대위의 경탄을 자아냈다. 샤스포 소총 총신을 총안에 걸쳐놓은 채, 그는 한 발도 헛되이 쏘지 않았다. 심지어 적중 위치까지 예고했다.

"청색 제복을 입은 땅딸보 장교는 가슴에 총알을 맞을 거야…… 더 멀리 있는 깡마른 키다리는 두 눈 사이에…… 자꾸 날 성가시게 하는 붉은 수염 뚱보는 배에……"

매번 목표물은 로랑이 예고한 부위에 총탄을 맞고 쓰러졌다. 그는 서두르는 기색 없이 침착하게 계속 쏘았는데, 그의 말에 따르면, 적군을 모조리 사살하기 위해서는 시간이 꽤 걸리기 때문이었다.

"젠장! 아무것도 보이질 않으니, 원!" 바이스가 울화통을 터뜨리며 되풀이했다.

그는 조금 전 안경을 깨뜨려 절망에 빠졌다. 코안경이 남아 있었지만, 얼굴에 비 오듯 흐르는 땀 때문에 코에 단단히 걸 수가 없었다. 그래서 그는 열에 들뜬 채 떨리는 손으로 되는대로 총을 쏘았다. 점증하는 분노가 평소의 냉정함을 휩쓸어가버렸다.

"서두르지 말아요, 그러면 절대 명중시킬 수 없습니다." 로랑이 말했다. "자, 저기 식료품점 구석에 있는 녀석, 철모를 쓰지 않은 녀석을 천천히 겨냥해봐요…… 와, 잘했어요! 다리에 명중했군요. 녀석이 피 흘리며 사지를 떠는 것 좀 봐요."

바이스가 핏기 없는 얼굴로 바라보았다. 그리고 나직이 말했다.

"저 녀석을 끝장내줘요."

"총알 한 발을 허비하라고요, 아! 안 됩니다, 그건! 총알을 아꼈다가 다른 놈을 쓰러뜨려야죠."

침략자들이 지붕 밑 방의 천창에서 발사되는 이 가공할 사격을 본 것이 틀림없었다. 앞으로 나아가기만 하면 어김없이 총알에 맞았다. 그들에게 일제사격으로 지붕을 벌집으로 만들라는 명령이 떨어지고 새로운 부대가 투입됐다. 그때부터 지붕 밑 방을 사수할 수 없게 되었다. 슬레이트 지붕은 얇은 종잇장만큼 쉽게 구멍이 뚫렸다. 꿀벌의 날갯짓 소리를 내며 사방에서 총알이 날아들었다. 시시각각 목숨이 위태로워졌다.

"내려갑시다." 대위가 말했다. "2층에서는 좀더 견딜 수 있어요."

그러나 사다리를 향해 가고 있을 때, 대위가 사타구니에 총을 맞고 바닥에 쓰러졌다.

"제기랄, 난 틀렸어, 빨리 내려가요!"

바이스와 로랑은 병사의 도움을 받아 그를 2층으로 데려가려고 애썼다. 그러자 대위가 시간 낭비하지 말라고 소리쳤다. 이제 됐소, 위층에서 죽으나 아래층에서 죽으나 죽기는 매한가지지. 그러나 2층 방 침대에 그를 눕히자, 그는 다시 방어를 지휘했다.

"다른 데 신경쓰지 말고 병사들이 모여 있는 곳에 집중사격을 하시오. 우리가 총격을 멈추지 않으면, 저놈들도 감히 앞으로 나서지 못할 겁니다."

그 작은 집을 향한 포위 공격은 끝없이 계속되었다. 집은 집중포화를 견디지 못하고 언제라도 함락될 듯했다. 그러나 총알 세례와 자욱한 연기 속에서 여기저기 구멍이 나고 생채기가 나도 그 집은 번번이 오뚝이처럼 다시 일어섰고 틈새마다 소총이 불을 뿜었다. 침략자들은 그 초라한 집 앞에서 그토록 오래 지체하고 상당한 병력까지 잃어 화가 났지만, 그래도 문과 창문을 박살내기 위해 돌진할 용기는 내지 못했다. 극도로 흥분한 그들은 멀리서 괴성을 지르며 총알을 마구 난사했다.

"조심해!" 하사가 외쳤다. "덧창이 박살나고 있어!"

총알이 빗발쳐 마침내 덧창이 경첩에서 떨어져나갔다. 그러자 바이스가 재빨리 장롱을 창가로 밀었다. 로랑은 그 뒤에 숨어 사격을 계속했다. 병사 하나가 턱이 박살난 채 로랑의 발치에 쓰러져 피를 쏟았다. 다른 병사 하나는 목에 총을 맞아 벽까지 굴러갔다. 그는 온몸에 경련을 일으키며 끊임없이 헐떡거렸다. 다친 대위를 제외하고 고작 여덟 명이 남았다. 침대에 등을 기댄 대위는 말할 기력이 없어 몸짓으로 명령을 내렸다. 지붕 밑 방과 마찬가지로 2층의 방 세 개도 지키기 힘들어졌는데, 창문을 막은 매트리스가 넝마가 되어 더이상 총탄을 막을 수 없기 때문이었다. 벽과 천장에서 석고가 떨어져내렸고, 가구들 모서리가 깨졌으며, 장롱 측면이 도끼를 맞은 듯 쪼개졌다. 최악의 사실은 탄환이 바닥나간다는 것이었다.

"거참 낭패로군!" 로랑이 투덜거렸다. "여전히 백발백중인데!"

바이스의 머릿속에 갑자기 한 가지 생각이 떠올랐다.

"잠깐 기다려요!"

그는 지붕 밑 방에서 죽은 병사가 생각났다. 위로 올라가서 총알을 찾기 위해 그 병사의 몸을 뒤졌다. 이미 지붕 한쪽이 무너져내린 상태였다. 푸른 하늘이 보였고, 그는 쏟아지는 화사한 빛에 놀랐다. 사살당하지 않기 위해 무릎을 꿇고 몸을 낮췄다. 서른 발가량의 총알을 손에 넣자, 그는 황급히 다시 2층으로 내려왔다.

그가 2층에서 정원사 보조와 총알을 나누고 있을 때, 한 병사가 비명을 지르며 고꾸라졌다. 이제 일곱 명뿐이었다. 그 즉시 다시 여섯 명으로 줄었는데, 하사가 왼쪽 눈에 총을 맞았다. 그의 뇌수가 사방으로 튀었다.

이때부터 바이스는 아무것도 의식하지 않았다. 여섯 전사는 항복의 가능성은 아예 생각하지 않고 미친듯이 총을 쏘며 탄환을 소진했다. 세 방의 바닥에는 가구 잔해가 수북이 쌓였다. 시체들이 방문을 가로막았고 구석에 쓰러진 부상병은 연신 끔찍한 신음을 내뱉었다. 사방에 피가

홍건하게 고여 신발을 적셨다. 검붉은 피가 계단으로 흘러내렸고, 화약 냄새, 매운 연기, 악취 나는 먼지에 숨을 쉬기가 힘들었다. 어둠이 깊이 내렸고, 총구 불꽃이 그 깊은 어둠에 줄을 그었다.

"염병할!" 바이스가 소리쳤다. "저놈들이 대포를 가져오잖아!"

그것은 사실이었다. 자신들을 이토록 오래 지체시키는 한줌의 미치광이들에게 지친 바이에른 병사들은 교회 광장 한구석에 대포를 설치하기 시작했다. 포탄을 퍼부어 집을 무너뜨리면 당연히 계속 전진할 수 있을 것이었다. 하지만 이 대포는 집안의 전사들에게는 명예를 의미했고, 이 명예는 전사들에게 경멸에 찬 냉소와 함께 지극한 자부심을 느끼게 했다. 아! 비겁한 놈들, 대포를 가져오다니! 여전히 무릎을 꿇은 자세로 로랑은 포수들을 신중하게 겨냥했고, 쏠 때마다 목표물을 정확히 맞혔다. 그 때문에 포격이 지체되었고, 첫번째 발포를 하기까지 오류 분이 걸렸다. 게다가 포탄이 너무 높이 날아가 겨우 지붕 일부분만 떨어져나갔다.

그러나 종말이 가까워지고 있었다. 그들은 시체를 뒤졌지만, 단 한 발의 탄환도 찾을 수 없었다. 지칠 대로 지쳤지만 적에게 타격을 입히기 위해 여섯 전사는 창문을 통해 던질 만한 것들을 찾으려고 어둠 속을 더듬거렸다. 그들 중 하나가 의분을 참지 못하고 벌떡 일어나서 고함을 지르고 주먹을 내질렀다. 즉시 일제사격이 그를 덮쳤다. 이제 다섯 명이 남았다. 어떻게 해야 할까? 아래로 내려가서 정원과 초원을 가로질러 달아나야 할까? 바로 그때 1층에서 요란한 소리가 들렸고, 사람들이 거칠게 계단으로 올라왔다. 포위망을 좁힌 바이에른 병사들이 마침내 뒷문을 부수고 집으로 진입한 것이었다. 세 방에서 끔찍한 백병전이 시작되어 육체와 가구의 일부분이 이리저리 떨어져나갔다. 한 병사가 총검에 찔려 가슴에 구멍이 났고, 다른 두 병사는 포로로 잡혔다. 방금 막 숨을 거둔 대위는 마치 명령을 내리듯 입을 벌린 채 손을 쳐들고 있었다.

툭 튀어나온 두 눈에 핏발이 선 금발의 살찐 독일 장교가 권총을 든 채 방으로 들어왔다. 그의 눈에 짧은 외투를 입은 바이스와 푸른색 작업복을 입은 로랑이 보였다. 그가 프랑스어로 두 사람에게 호통치듯 말했다.

"당신들은 누구요? 민간인이 왜 여기에 있나? 여기서 뭘 하는 거지?"

뒤이어 화약으로 새까매진 두 사람의 얼굴을 보고 그는 상황을 짐작했고, 화가 머리끝까지 나서 독일어로 욕설을 퍼부었다. 두 사람의 머리를 날려버리기 위해 그가 권총을 들었을 때, 몇몇 병사가 두 사람에게 달려들어 그들을 계단 쪽으로 떠밀었다. 두 사람은 독일군의 조롱과 야유를 받으며 도로 위로 내던져져 맞은편 벽까지 굴러갔다. 욕설이 얼마나 크게 터져나왔던지 상관들의 목소리가 전혀 들리지 않았다. 이삼분 동안 소란이 그치지 않는 가운데 살찐 금발의 장교가 두 사람을 처형하려고 병사들을 떼어냈고, 그제야 두 사람은 겨우 몸을 일으켰다.

다른 집들도 불타고 있었다. 바제유는 이제 거대한 불덩이에 지나지 않았다. 교회의 높다란 창문 밖으로 불길이 솟구치기 시작했다. 병사들이 한 노파를 집밖으로 끌어내더니 성냥을 내놓으라고 윽박질렀다. 그들은 성냥으로 그녀의 침대와 커튼에 불을 붙였다. 사방에 짚단이 던져지고 기름이 뿌려져 화재는 점점 더 크게, 더 멀리 번졌다. 그것은 싸움이 생각보다 길어져 광분한 야만인들, 군홧발에 밟히는 전우의 시체에 대해 복수하는 야만인들, 그야말로 야만인들의 흉포한 전쟁일 뿐이었다. 빈사자의 신음, 소총의 총성, 건물 붕괴의 굉음 등 온갖 소리가 끔찍하게 뒤섞이는 가운데 강도떼가 곳곳에서 화염과 연기를 보고 환호성을 질렀다. 서로의 모습이 잘 보이지 않았다. 거대한 검은 연기가 솟아올라 태양을 가렸고, 잔혹한 살육으로 인해 비릿한 피냄새가 참을 수 없을 정도로 역하게 떠돌았다. 여기저기서 아직도 사람을 죽였고, 건물을 파괴했다. 고삐 풀린 본능, 어리석은 분노, 무자비한 광기와 함께 인간이 인간을 삼키고 있었다.

바이스는 눈앞에서 자신의 집이 불타는 광경을 바라보았다. 몇몇 병사가 횃불을 들고 달려왔고, 다른 병사들이 가구 잔해를 던져 불길을 키웠다. 금세 1층이 화염에 휩싸였고, 전면의 창문과 지붕에서 연기가 솟구쳤다. 바로 옆 염색공장 건물에도 이미 불이 붙었다. 끔찍하게도, 침대에 누운 꼬마 오귀스트의 목소리가 아직도 들렸다. 신열에 들뜬 꼬마는 끝없이 엄마를 불렀지만, 머리가 부서진 채 문지방 근처 길바닥에 쓰러진 엄마는 이미 불길에 휩싸여 있었다.

"엄마, 목말라…… 엄마, 물……"

그러나 불길이 번졌고, 이내 목소리가 잦아들었다. 이제 남은 것이라곤 귀청을 찢는 듯한 승자들의 함성뿐이었다.

바로 그때, 소란과 환호성을 압도하는 끔찍한 비명이 들렸다. 앙리에트가 달려오고 있었다. 총살을 준비하는 병사들 앞에서 벽에 등을 기대고 선 남편을 이제 막 본 것이었다.

그녀가 달려들어 남편의 목덜미를 끌어안았다.

"오, 맙소사! 이게 무슨 일이야! 안심해요, 절대로 당신을 죽게 내버려두지 않을 거니까!"

바이스는 깜짝 놀라 넋이 나간 듯 그녀를 바라보았다. 아내가 오다니! 그토록 오래 사랑했고, 그토록 우상처럼 숭배하던 아내가 오다니! 갑자기 한줄기 전율이 스치며 그의 정신을 깨웠다. 내가 무슨 짓을 한 거지? 아내에게 맹세한 대로 집으로 돌아가지 않고 왜 내가 여기서 총을 쏘고 있었던 거지? 감동과 경탄 속에서 잃어버린 행복, 영원한 이별이 눈앞에 보였다. 그때 아내의 이마에 맺힌 피를 보고 그는 놀랐다. 그가 반사적으로 입을 열었다.

"당신 다쳤어?…… 여기까지 오다니 미친 짓이야……"

그녀는 황급히 그의 말을 끊었다.

"아! 난 괜찮아요, 조금 긁혔을 뿐이에요…… 그런데 당신, 당신은! 왜 저들이 당신을 붙잡고 있는 거죠? 아, 당신을 죽게 내버려둘 순 없어!"

장교가 혼잡한 도로 위로 가더니 총을 쏠 병사들에게 벽에서 조금 더 물러서라고 지시했다. 그리고 죄수의 목을 끌어안은 여자를 보자, 프랑스어로 거칠게 말했다.

"아! 이건 또 뭐야, 바보 같은 짓 좀 그만해!…… 당신은 어디서 나타났나? 뭘 원하지?"

"남편을 풀어주세요."

"당신 남편인가, 이자가?…… 벌써 선고가 끝났소. 자, 이제 집행해야 하니 물러서시오."

"남편을 풀어주세요."

"이봐, 소란 피우지 말라니까…… 물러서시오, 당신까지 해치고 싶진 않소."

"남편을 풀어주세요."

그러자 장교는 설득을 포기하면서, 죄수에게서 그녀를 떼어내라고 명령하려 했다. 그 순간, 무표정하게 침묵을 지키던 로랑이 개입했다.

"대위님, 부하들을 수없이 죽인 건 납니다. 나를 총살하면 되잖습니까. 나는 부모도 아내도 자식도 없으니, 아무래도 상관없습니다. 하지만 이 사람은 아내가 있으니…… 제발, 이 사람을 풀어주십시오. 대위님, 나한테 모든 책임이 있습니다."

화가 머리끝까지 난 대위가 고함을 질렀다.

"무슨 개수작이야! 지금 날 놀리는 건가?…… 이봐, 병사, 당장 저 여자를 데려가!"

그는 이 명령을 독일어로 되풀이했다. 작달막한 바이에른 병사가 앞으로 나왔다. 이 병사의 커다란 얼굴은 온통 붉은 턱수염과 머리칼로 뒤덮여 있어서, 머리칼 아래로 보이는 것은 네모난 코와 커다랗고 푸른 눈뿐이었다. 끔찍하게도 핏빛으로 물든 그는 방금 막 먹이를 뼈까지 으깨 먹은 털북숭이 짐승, 예컨대 동굴 속의 불곰처럼 보였다.

앙리에트는 안간힘을 쓰며 절규했다.

"남편을 풀어줘요. 아니면 나도 같이 죽여줘요."

장교는 주먹으로 자신의 가슴을 치며 자기는 무고한 사람을 함부로 죽이는 망나니가 아니라고 했다. 그는 사형선고를 받지 않은 사람을 털끝 하나라도 건드리느니 차라리 자기 손목을 자르겠다고 단언했다.

바이에른 병사가 다가오자, 앙리에트는 절대 떨어지지 않으려는 듯 팔다리로 바이스의 몸을 필사적으로 껴안았다.

"아! 여보, 날 버리지 말아요, 제발, 당신과 함께 죽게 해줘……"

바이스의 뺨 위로 굵은 눈물방울이 흘렀다. 그는 말없이 자기 어깨와 허리에서 아내의 손가락을 떼어내려고 애썼다.

"당신은 이제 날 사랑하지 않아요? 나와 함께 죽기 싫은 거예요?……여보, 날 버리지 말아요, 저 사람들도 지쳐서 우릴 함께 죽여줄 거예요."

그는 아내의 한 손을 떼어내더니 자기 입술로 가져가 입을 맞췄다. 그리고 다른 한 손도 마저 떼어내려 했다.

"안 돼, 안 돼! 날 버리지 말아요…… 당신과 함께 죽을 거야……"

마침내 그는 아내의 두 손을 완전히 잡았다. 그때까지 눈물만 흘리며 아무 말이 없었던 그가 아내에게 마지막 한마디를 건넸다.

"안녕, 내 사랑."

그는 아내를 바이에른 병사의 손아귀로 밀쳤고, 병사는 그녀를 끌고 갔다. 그녀는 발버둥치며 소리를 질렀다. 그녀를 진정시키기 위해 바이에른 병사는 거친 목소리로 뭔가 줄기차게 말했다. 그녀는 필사적으로 머리를 돌렸고, 모든 것을 보았다.

그 일은 삼 초도 채 걸리지 않았다. 작별인사를 할 때 코안경이 흘러내리자 바이스는 죽음을 똑바로 보려는 듯 급히 코 위에 다시 걸쳤다. 그는 뒤로 물러나 벽에 등을 기대며 팔짱을 꼈다. 누더기로 변한 재킷을 걸친 이 침착한 살찐 청년은 다소 흥분한 얼굴로 경탄할 만한 용기를 보여주었다. 그 옆에서 로랑은 두 손을 바지 주머니에 찔러넣었다. 아내가 보는 앞에서 남편을 죽이는 야만인들의 잔혹함에 그는 분노를 참을 수 없었다. 그는 몸을 꼿꼿이 세운 채 그들을 노려보았고, 노기 띤 목소리로 경멸을 드러냈다.

"더러운 돼지들!"

장교가 검을 쳐들자 소총이 불을 뿜었고, 두 사내가 풀썩 쓰러졌다. 정원사 보조는 얼굴을 땅에 처박았고, 회계원은 허리가 꺾이며 벽을 따라 누웠다. 회계원은 숨을 거두기 전 눈꺼풀이 떨리고 입술이 뒤틀리며 마지막 경련을 일으켰다. 장교가 가까이 다가가서 발로 툭툭 건드리며 죽었는지 확인했다.

앙리에트는 그녀를 찾는 죽어가는 두 눈, 단말마적 임종의 고통, 시체를 흔드는 발길질까지, 모든 것을 보았다. 그녀는 울지 않았다. 자신의 눈앞에 보이는 손을 가만히, 노여움에 차서 이로 깨물었다. 바이에른 병사가 끔찍한 고통의 비명을 질렀다. 그는 그녀를 넘어뜨렸고, 때려죽일 기세였다. 둘의 얼굴이 닿을 듯 가까웠다. 피 묻은 붉은 턱수염과 머리칼, 광기로 뒤집힌 그 병사의 크고 푸른 눈을 그녀는 결코 잊지 않을 것이었다.

잠시 후, 앙리에트는 무슨 일이 일어났는지 선명히 기억할 수 없었다. 그녀는 어서 빨리 남편 곁으로 가서, 남편을 집으로 데려가 밤새워 지키고 싶은 한 가지 욕망밖에 없었다. 하지만 악몽을 꾸는 듯, 남편에게로 한 걸음 뗄 때마다 온갖 장애물이 앞을 가로막았다. 또다시 격렬한 일제사격이 터졌고, 바제유를 점령한 독일군 사이에서 큰 소란이 일었다. 프랑스 해병대가 들이닥친 것이었다. 전투가 너무도 치열하게 전개되었기에, 그녀는 왼쪽 골목으로, 공포에 질린 주민들 틈으로 몸을 피했다. 그러나 그 전투는 그다지 희망적으로 보이지 않았고, 스스로 포기한 진지들을 되찾기는 이미 가망이 없는 듯했다. 약 삼십 분 동안 해병대 병사들은 놀라운 정신력으로 분전했고, 끊임없이 죽어나갔다.

하지만 적은 사방에서, 즉 초원에서, 몽티빌리에공원에서 계속 지원을 받았기 때문에 그 수가 점점 크게 불어나기만 했다. 이제 아무것도 그들을 이 마을에서 쫓아낼 수 없을 것이었다. 그들 또한 수천의 병사를 피와 불 속에서 잃으며 너무도 어렵게 얻은 마을이었다. 바제유는 완전히 파괴되었다. 연기 속에서 시체와 잔해가 뒤섞여 굴러다녔다. 바제유는 목이 잘린 채 잿더미로 변했다.

앙리에트는 멀리 불꽃의 소용돌이 속에서 마지막으로 자신의 집 천장이 무너져내리는 것을 보았다. 앞에는 벽 아래 쓰러진 남편의 시신이 보였다. 그러나 새로운 인파가 그녀를 덮쳤고, 나팔소리가 퇴각을 알렸다. 그녀는 자기도 모르는 사이에 퇴각하는 군대 속으로 삽시간에 휩쓸렸다. 그리고 하나의 사물, 하나의 떠도는 표류물이 되어 도로를 가득 메운 군중에게 떠밀려다녔다. 더이상 뭐가 뭔지 알 수 없었고, 마침내 일면식도 없는 발랑의 어느 주민의 집에 있는 자신을 발견했다. 그녀는 그 집 부엌에서 식탁에 머리를 떨군 채 하염없이 울었다.

5

열시, 알제리고원에서 보두앵 중대는 아침부터 지금까지 양배추밭에서 꼼짝하지 않고 엎드려 있었다. 아투아와 이주반도의 포병대가 교차 포화를 퍼붓는 바람에 대원 둘이 전사했다. 아직도 전진 명령이 떨어지지 않았다. 전투도 없이 여기서 포화를 맞으며 한나절을 다 보낼 참일까?

이제 짐을 덜기 위해 소총을 내려놓는 병사는 없었다. 보두앵 대위는 프로이센 병사가 한 명도 없는 듯한 앞쪽 작은 숲을 향해 쓸데없이 난사하는 일제사격을 중단시켰다. 햇볕이 점점 뜨거워졌고, 땅바닥에 엎드린 병사들은 불타는 하늘에서 쏟아지는 열기에 힘들어했다.

고개를 돌린 장은 모리스가 땅바닥에 뺨을 댄 채 눈을 감고 있는 것을 보자 불안했다. 머리를 꼼짝하지 않는 모리스는 몹시 창백했다.

"이봐! 어떻게 된 거야?"

그러나 모리스는 단순히 잠이 든 것이었다. 기다림과 피로에 포탄이 사방에서 날아오는데도 정신을 잃은 것이다. 그는 퍼뜩 잠이 깨어 눈을 동그랗게 떴는데, 그 고요한 눈에 금세 다시 전투에 대한 공포가 깃들었다. 도대체 얼마나 잤는지 알 수 없었다. 마치 무한하고 감미로운 절멸의 상태에서 깨어난 듯했다.

"이런! 말도 안 돼." 그가 중얼거렸다. "잠이 들었잖아!…… 아! 어쨌든 한결 나아졌어."

실제로 관자놀이와 갈비뼈에 고통이 줄었고, 뼈가 으스러지는 듯하던 허리 통증도 다소 가라앉았다. 그는 슈토와 루베가 사라진 뒤로 그들을 찾으러 가야 하는지 걱정하던 라풀에게 농담을 던지기까지 했다. 그거 정말 좋은 생각이야, 나무 뒤에 숨어서 파이프담배를 피우게 될 테니까! 파슈는 구급마차 야전치료소에 들것병이 부족해서 그들이 거기 붙들려 있을 거라고 주장했다. 포화 속에서 부상병을 옮기는 건 쉬운 일이 아니거든! 뒤이어 자기 마을의 미신을 떠올린 그는 시체를 만지면 불행이 찾아온다고 말하며 몸서리쳤다. 그것은 죽음을 부르는 일이었다.

"조용히 하지 못해, 젠장맞을!" 로샤 중위가 소리쳤다. "죽기는 누가 죽는다는 거야!"

큰 말 위에 올라 있던 드 비뇌유 대령이 이쪽으로 고개를 돌렸다. 그가 미소를 지었는데, 아침나절 이후로 처음 보는 미소였다. 그러고는 다시 부동자세로 돌아갔고, 포탄 속에서 추호의 동요도 없이 명령을 기다렸다.

들것병들에게 눈길이 끌린 모리스는 그들이 밭에서 부상병을 찾아다니는 모습을 바라보았다. 폭 팬 길 끝에, 경사지 뒤에 구급마차 야전 치료소가 있는 게 분명했다. 구급대원들이 고원에서 이리저리 뛰어다니고 있었다. 재빨리 천막을 쳤고, 화물 마차에서 필요한 물품, 즉 부상병을 스당으로 옮기기 전 응급조치할 도구, 기구, 수건, 붕대 등을 꺼냈다. 운송 마차가 있는 한 부상병을 스당으로 이송하겠지만, 이내 운송 마차가 부족해질 것이 틀림없었다. 구급마차에는 군의관 보조병밖에 없었다. 들것병들은 특별히 누가 알아주지 않는데도 묵묵히 영웅적으로 일했다. 회색 군복을 입고 군모와 완장에 적십자 표시를 한 그들은 병사들이 쓰러진 곳이 어디든 포화를 뚫고 조용히, 천천히 다가갔다. 그들은 무릎을 꿇은 채 이동했고, 쓸데없이 몸이 노출되지 않도록 도랑, 울타리, 흙구덩이 등을 이용했다. 땅바닥에 쓰러진 병사를 발견하는 순간 고역이 시작되었다. 대개 병사들이 기절해 있었기 때문에, 전사자들 속에서 부상자를 가려내야 했다. 일부는 누워 있었는데, 입에서 피가 철철 흐르며 금방이라도 숨이 끊어질 듯 헐떡였다. 다른 일부는 마치 방금 진흙을 먹은 사람처럼 목구멍까지 흙이 차 있었다. 또다른 일부는 팔다리가 떨어져나가고 가슴이 반쯤 함몰된 채 서로 뒤엉켜 있었다. 들것병들은 아직 숨을 쉬는 부상병들의 머리와 다리를 조심스레 잡고 바르게 눕혔다. 그리고 부상병들의 얼굴을 가능한 한 깨끗이 닦아주었다. 각자 신선한 물이 든 수통을 하나씩 가지고 있었는데, 그 물을 최대한 아껴서 썼다. 종종 그들은 부상병이 정신을 차리고 눈을 뜰 때까지 오래도록 무릎을 꿇고 있었다.

왼쪽으로 50미터 떨어진 곳에서, 모리스는 소매에서 피가 방울방울 떨어지는 어린 병사의 상처를 살피는 들것병을 보았다. 적십자 완장을 찬 그 병사가 동맥을 압박해 지혈했다. 위급한 부상병은 우선 응급조치한 후 팔다리를 압박붕대로 고정해서 수송했다. 부상자 수송은 상당히 힘든 일이었다. 그들은 걸을 수 있는 부상병은 부축하고, 그럴 수 없는 부상병은 어린아이 안듯 품에 안거나 자기 목에 팔을 두르게 하고 업어서 옮겼다. 또는 부상 정도에 따라 둘이나 셋, 혹은 넷이서 들것을 대신해 부상병의 어깨와 다리를 나눠 들고 옮겼다. 또한 구급 들것이 모자랐기 때문에 소총 몇 자루를 배낭끈으로 연결해 들것을 급조하는 등 온갖 기발한 창의력을 발휘해야 했다. 포탄이 파헤쳐놓은 들판 곳곳에서, 짐과 함께 머리를 숙인 채 신중하게 무릎으로 기어가는 들것병들의 가슴 뭉클한 영웅적인 모습이 보였다.

모리스가 오른쪽으로 고개를 돌렸을 때, 엄청나게 큰 밀알을 옮기는 근면한 개미처럼 다리가 부러진 육중한 중사를 업은 깡마르고 허약한 소년 들것병이 눈에 들어왔다. 바로 그 순간, 포탄 하나가 폭발해서 두 병사를 모두 허공으로 날려버렸다. 연기가 걷히고 보니, 땅바닥에 등을 대고 누워 있는 중사는 새로운 부상 없이 멀쩡했지만, 소년 들것병은 옆구리가 터진 채 쓰러져 있었다. 다른 들것병, 다른 개미가 달려와서 동료가 죽은 것을 확인하고는, 다시 중사를 자기 등에 업고 구급마차로 옮겨갔다.

그러자 모리스가 라풀에게 농담을 던졌다.

"라풀, 저 일이 마음에 들면 빨리 가서 도와줘!"

조금 전부터 생망주의 포병대가 불을 뿜었고, 포탄이 우박처럼 쏟아져내렸다. 자기 중대 앞을 초조하게 오가던 보두앵 대위가 마침내 대령에게 다가갔다. 이토록 오랫동안 병사들을 방치함으로써 사기를 땅에 떨어뜨리는 건 도무지 이해할 수 없는 작전이었다.

"아직 명령을 받지 못했네." 대령이 엄중한 표정으로 되풀이했다.

참모부를 거느린 두에 장군이 말을 달려 지나가는 모습이 다시 보였다. 방금 그는 제자리를 좀더 지켜달라고 간청하러 온 드 빔펜 장군을 만난 터였다. 두에 장군은 그렇게 할 수 있으리라고 생각했다. 다만 오른쪽의 그리스도 수난상 지점이 함락되지 않는다는 조건이 필요했다. 만약 일리 진지를 잃는다면, 그로서는 더이상 아무것도 장담할 수 없고, 후퇴는 상상할 수 없는 일이 될 것이었다. 드 빔펜 장군은 1군단 휘하 부대들이 그리스도 수난상 지점을 곧 점령할 거라고 단언했다. 과연 알제리 보병 연대가 거기로 들어서는 모습이 보였다. 그래서 안심이 된 두에 장군은 백척간두의 위기에 서 있는 12군단을 구하기 위해 뒤몽 사단을 보내는 데 동의했다. 그러나 십오 분 후, 좌측의 견고한 방어 태세를 확인하고 돌아와 문득 고개를 들었을 때, 그는 그리스도 수난상 지점이 텅 비어 있는 것을 보고 놀란 입을 다물지 못했다. 더이상 알제리 보병이 보이지 않았다. 플레뇌의 독일군 포병대가 집중포화를 퍼붓자, 견디지 못한 아군이 고원을 포기한 것이었다. 재앙을 예감하고 절망한 그가 황급히 오른쪽으로 달려가는데, 1군단의 패잔병들에 뒤섞여 공포에 질린 뒤몽 사단 병사들이 허겁지겁 무질서하게 도망쳐오고 있었다. 1군단은 퇴각 이동 후에, 아침에 버린 진지들을 탈환하려고 애썼지만 허사였다. 대니는 작센 XII군단에, 지본은 프로이센 근위대에 넘어갔다. 가렌숲을 통해 어쩔 수 없이 북쪽으로 올라간 1군단은 계곡의 끝에서 끝까지 산등성이마다 포진한 독일 포병대에게 난타당했다. 불과 철의 거대한 원이 끔찍하게도 점점 좁혀들고 있었다. 근위대의 일부는 동쪽에서 서쪽으로, 경사진 언덕을 돌아 일리로 진격하고 있었다. V군단은 서쪽에서 동쪽으로, 생망주를 점령한 XI군단 뒤를 돌아 전진을 계속하며 플레뇌를 지나갔고, 프랑스군의 무지와 무기력을 파악했다고 확신했기에 포병대를 지원하려는 보병대를 기다리지 않고 무모하게도 끊임없이 대포를 전진 배치했다. 정오였다. 7군단과 1군단이 독일군의 집중포화를 맞는 가운데, 지평선 전체가 불타고 있었다.

적의 포병대가 그리스도 수난상 지점을 향한 대대적인 공격을 준비하는 동안, 두에 장군은 그것을 탈환하기 위해 마지막 노력을 기울이기로 결심했다. 그는 명령을 하달했고, 몸소 뒤몽 사단의 패잔병들 사이로 들어가서 대열을 재정비하는 데 성공했다. 즉시 그는 고원 탈환작전에 그 대열을 투입했다. 대열은 몇 분 동안 잘 버텼다. 그러나 총알이 빗발치듯 쏟아지고 포탄의 회오리가 나무 하나 없는 헐벗은 밭을 휩쓸자 금세 공포가 확산되었고, 폭풍우에 지푸라기 날리듯 병사들은 비탈을 따라 굴러떨어졌다. 그럼에도 장군은 집요하게 다른 연대를 전진시켰다.

전속력으로 말을 달려온 전령이 드 비뇌유 대령에게 떠들썩하게 명령을 전했다. 벌써 대령은 상기된 얼굴로 등자 위에 서 있었다. 그는 칼을 들어 그리스도 수난상 쪽을 가리켰다.

"자, 제군들, 마침내 우리 차례다!…… 진격, 앞으로!"

106연대가 움직이기 시작했다. 선봉대 가운데 하나인 보두앵 중대는 자리에서 일어나, 이미 총이 녹슬어버렸다는 둥, 관절에 흙이 끼었다는 둥 농담을 나누고 있었다. 그러나 첫 한 걸음을 떼자마자 바로 여기저기 엄폐호에 몸을 던져야 했다. 적의 포화가 그만큼 맹렬했다. 병사들은 등을 구부린 채 전진했다.

"모리스, 조심해!" 장이 되풀이했다. "정말 지독한 포격이야…… 조금이라도 몸을 노출시키면 당장 놈들에게 당하니까 안 돼. 팔다리를 잘살펴, 길바닥에 내버리고 싶지 않다면…… 이번에 살아 돌아오는 병사는 정말 행운아야."

모리스는 귓가에서 윙윙거리는 소리 때문에 병사들의 아우성이 거의 들리지 않았다. 자신이 두려워하는지 두려워하지 않는지도 알 수 없었다. 그는 자신의 의지로 뛰는 것이 아니라 그저 동료들의 달음박질에 휩쓸려들어갔다. 한시라도 빨리 이 고역을 끝내고 싶은 욕망 외에는 아무 생각이 없었다. 그는 흘러가는 급류의 잔물결에 지나지 않았다. 바로 그때 병사들이 경사지 앞 참호 끝에서 별안간 뒤로 물러났기 때문에, 모리스도 달아날 준비를 한 채 갑작스러운 공포감을 느꼈다. 어수선한 분위기에 편승하려는 고삐 풀린 본능, 근육의 반항이었다.

병사들이 뒤돌아섰을 때, 대령이 달려왔다.

"제군들, 날 슬프게 하지 말게, 겁쟁이처럼 행동하면 안 돼…… 잊지말게! 106연대는 불퇴전의 용사들이야, 그대들이 연대의 군기를 더럽히는 최초의 전사들이 되어서는 안 돼……"

군마로 길을 가로막고 선 그는 도망병 한 명 한 명에게 당부했고, 울먹이는 목소리로 조국 프랑스에 대해 말했다.

로샤 중위는 대령의 말에 몹시 감동했다. 그는 도망병들에게 불같이 화를 내며 칼을 빼들고 다그쳤다.

"못된 망나니들 같으니라고! 고지로 올라가지 않는 놈들은 모두 엉덩이를 걷어찰 거야! 빨리 올라가, 발길을 돌리는 놈은 바로 낯짝을 베어버릴 줄 알아!"

그러나 대령은 폭력으로 어쩔 수 없이 참전케 하는 강압행위를 달가워하지 않았다.

"됐소, 됐소, 중위…… 병사들은 나와 함께 올라갈 거요. 안 그런가, 제군들, 늙은 대령 혼자서 프로이센 놈들과 싸우도록 내버려두진 않겠지? 자, 진격, 앞으로!"

그가 출발하자, 모두가 뒤따랐다. 인자한 아버지 같은 그의 말을 들은 병사들은 이 노병을 혼자 내버려둘 수 없었다. 대령은 말을 타고 혼자서 헐벗은 밭을 태연히 가로질러갔다. 병사들은 이리저리 흩어져서 어떻게든 은신처를 활용하며 앞으로 나아갔다. 오르막 경사지는 완만했고, 그리스도 수난상에 이르기 전 500제곱미터쯤 되는 사탕무밭과 그루터기 밭이 있었다. 흔히 군사훈련에서 보듯 직선 경로를 통한 고전적인 돌격 대신에, 그들은 땅에 닿을 듯 등을 구부린 채 혼자서 또는 무리를 지어, 곤충처럼 갑자기 풀쩍 뛰기도 하고 민첩하게 방향을 틀기도 하며 경사지 꼭대기로 올라가려 했다. 독일 포병대가 그 모습을 시야에서 놓칠 리 없었다. 포탄이 쉴새없이 날아들어 폭발음이 그치지 않았다. 병사 다섯 명이 죽었고, 한 중위는 몸이 두 동강 났다.

모리스와 장은 다행히 울타리를 발견해 그 뒤에 숨어서 적의 눈에 띄지 않고 앞으로 달려갈 수 있었다. 그러나 동료 하나가 머리에 관통상을 입고 그들 다리 밑에 쓰러졌다. 그들은 동료의 시체를 발로 밀어놓아야 했다. 시체는 더이상 중요하지 않았다, 너무 많았기 때문이다. 전쟁터의 공포, 울부짖으며 자신의 내장을 두 손으로 받치고 있는 부상병, 넓적다리가 부러진 채 쓰러진 군마, 이 모든 단말마적 고통도 더이상 그들에게 충격을 주지 못했다. 단지 그들의 어깨에 쏟아지는 불타는 태양의 열기만 고통스러울 따름이었다.

"아, 목말라 죽겠어!" 모리스가 더듬거리며 말했다. "목구멍에 그을음이 낀 것 같아. 형도 불에 탄 가죽 냄새, 양털 냄새 나지?"

장이 고개를 끄덕였다.

"솔페리노에서 이미 맡아본 냄새야. 그게 바로 전쟁 냄새지…… 잠깐 기다려, 나한테 브랜디가 좀 남아 있어. 한 모금씩 마시자."

그들은 울타리 뒤에서 잠시 걸음을 멈췄다. 그러나 브랜디는 갈증을 식혀주기는커녕 위를 불타오르게 했다. 입속에서 나는 가죽 냄새가 역하기 짝이 없었다. 그리고 그들은 배가 고파 죽을 지경이었다. 모리스의 배낭에 든 반 덩어리의 빵을 씹고 싶은 마음이 간절했다. 하지만 그래도 되는 걸까? 그때 울타리를 따라 그들 뒤로 들이닥친 병사들이 그들을 떠밀었다. 마침내 그들은 마지막 비탈을 펄쩍 뛰어넘었다. 눈앞 고원에 그리스도 수난상이, 비바람에 침식당한 그 오래된 십자가가 생기 없는 보리수 두 그루 사이에 서 있었다.

"아! 빌어먹을, 드디어 도착했어!" 장이 외쳤다. "문제는 우리가 모두 여기에 뼈를 묻어야 한다는 거야!"

장의 말이 옳았다. 고원은 그다지 상쾌한 곳이 아니었다. 라풀이 몹시 언짢은 목소리로 그렇게 말하자 중대원들이 웃음을 터뜨렸다. 모두가 그루터기 밭에 다시 엎드렸다. 어쨌든 세 사람은 아직 죽지 않았다. 하지만 하늘에서 다시 포탄 뇌우가 쏟아졌다. 생망주, 플레뇌, 지본에서 헤아릴 수 없이 많은 대포알이 날아와 마치 세찬 비가 떨어질 때처럼 땅에서 연기가 피어올랐다. 이토록 무모하게 진격했는데 최대한 빨리 포병대가 병사들을 지원하러 오지 않는다면, 진지는 머지않아 다시 적의 수중에 떨어질 것이었다. 두에 장군이 예비군 포병대를 배치하라는 명령을 이미 내렸다는 말이 돌았다. 병사들은 일 분이 멀다 하고 연신 뒤를 돌아보며 오지 않는 아군의 대포를 초조하게 기다렸다.

"말도 안 돼, 정말 말도 안 돼!" 다시 제자리에서 왔다갔다하며 보두앵 대위가 말했다. "부대를 공중에 붕 뜨게 만들다니, 곧바로 지원을 해야지……"

이윽고 왼쪽에서 습곡을 발견한 그가 로샤에게 소리쳤다.

"이봐요, 중위, 저기로 가서 엎드리는 게 더 낫지 않을까요?"

선 채로 꼼짝 않고 있던 로샤가 어깨를 으쓱했다.

"아! 대위님, 여기든 저기든, 휴! 대포알에 두들겨맞기는 마찬가지입니다. 제자리에서 움직이지 않는 게 최선입니다."

그러자 평소에 욕설을 내뱉지 않던 보두앵 대위가 흥분했다.

"이런, 제기랄! 우리 모두 죽으란 거야 뭐야! 여기서 일방적으로 두들겨맞을 순 없어!"

그는 자기가 가리킨 곳이 조금이라도 안전할 것 같아 고집스레 살폈다. 그러나 열 걸음도 못 가서 갑작스러운 폭발음과 함께 그가 잠시 시야에서 사라졌다. 파편에 맞아 오른쪽 다리가 부서지며 뒤로 나자빠진 그가 놀란 여자처럼 갑자기 날카로운 비명을 질렀다.

"그렇다니까." 로샤가 중얼거렸다. "움직이는 건 아무짝에도 도움이 안 돼, 꼼짝하지 말라고, 제발."

대위가 쓰러진 것을 보고 중대 병사들이 벌떡 일어섰다. 그가 구급마차로 가기 위해 군의관 보조병을 불렀을 때, 장이 그에게 달려갔고 모리스가 지체 없이 뒤따랐다.

"친구들, 제발! 날 버리지 말게, 날 구급마차로 데려다줘!"

"걱정 마세요, 대위님! 쉽진 않겠지만…… 최선을 다하겠습니다."

어디를 어떻게 붙잡고 대위를 옮겨야 할지 망설일 때, 울타리 뒤에 숨어 부상병이 있는지 살피던 두 들것병이 눈에 띄었다. 장과 모리스는 다급하게 손짓을 해서 그들을 불렀다. 아무런 변고를 당하지 않고 구급마차까지 갈 수 있다면, 하늘에 감사드릴 행운일 터였다. 그러나 길이 너무 멀었고, 철의 비가 더욱 세차게 내렸다.

붕대를 단단히 감아 다리를 고정한 들것병들이 깍지낀 두 손 위에 대위를 앉히고 자신들 목에 대위의 팔을 감았다. 바로 그때, 소식을 들은 드 비뇌유 대령이 말을 타고 나타났다. 대령은 대위가 생시르사관학교를 졸업할 때부터 알았고 그를 아끼던 터라 몹시 가슴 아파했다.

"이 사람아, 힘을 내야지…… 아무것도 아냐, 금세 회복될 거야……"

대위는 용기를 되찾은 듯 걱정하지 말라는 몸짓을 했다.

"죄송합니다, 대령님. 끝났어요, 저는…… 차라리 잘된 건지도 모르죠. 하지만 분통이 터집니다. 우리가 멍하니 앉아서 불가피한 종말을 기다리고 있다는 게 말입니다."

들것병들이 그를 들어올렸다. 다행히 울타리까지 무사히 갔고, 그들은 울타리를 따라 빠르게 이동했다. 그들이 구급마차가 있는 작은 숲 뒤로 사라지자, 대령이 안도의 한숨을 쉬었다.

"그런데 대령님," 갑자기 모리스가 말했다. "대령님도 부상을 입으셨네요!"

그는 대령의 왼쪽 장화가 피에 물든 것을 지금 막 보았다. 박차가 떨어져나갔고, 파편이 살에 박혀 있었다.

　대령은 안장 위에서 가만히 몸을 숙이더니, 조금 전부터 다리 끝에서 타는 듯 아팠던 발을 잠시 바라보았다.

　"그래, 그래." 그가 나직이 말했다. "조금 전에 다쳤네…… 별것 아니야. 이렇게 말을 탈 수 있잖은가……"

　그는 자기 자리인 연대의 선두로 되돌아가며 덧붙였다.

　"말을 타고 돌아다닐 수 있다면 부상자가 아닐세."

　마침내 예비군 포병 2개 중대가 도착했다. 대포를 보자 불안에 떨던 병사들은 그 대포가 요새요, 구원이요, 적의 대포를 일시에 잠재울 천둥 벼락이라도 되는 것처럼 크게 안심했다. 게다가 포병대가 전투 대열로 질서정연하게 도착하는 모습이 더할 나위 없이 훌륭했다. 각각의 대포와 이를 따르는 탄약 마차들, 말을 탄 채 고삐를 쥔 수송병들, 탄약상자 위에 앉은 포수들, 자기 위치를 지키며 빠르게 말을 달리는 기마 운반병들과 하사관들이 차례로 도착했다. 그들은 퍼레이드 참가자들처럼 간격을 지키려고 애쓰면서, 희미한 뇌성을 울리면서 그루터기 밭을 질풍처럼 달려왔다.

　밭고랑에 엎드려 있던 모리스가 반가움에 벌떡 일어나서 장에게 말했다.

　"저기 좀 봐, 왼쪽 포병대! 오노레의 포병대야. 내가 소속 포병들 얼굴을 알아."

　장이 팔을 뻗어 모리스를 다시 밭고랑으로 끌어당겼다.

　"빨리 엎드려! 죽고 싶어 환장했어?"

　하지만 두 사람 모두 한쪽 뺨을 땅바닥에 붙인 채 시야에서 포병대를 놓치지 않았다. 승리가 기대되는 용맹스러운 포병들이 어떻게 전투를 준비하는지 보고 싶어 가슴이 뛰었다.

헐벗은 왼쪽 고지에 이르러 포병대가 갑자기 멈춰 섰다. 무척이나 민첩했다. 포수들이 탄약상자에서 뛰어내려 견인차를 분리했고, 기마 운반병들이 포차를 끄는 말들을 유턴시켜 전방 15미터 지점, 즉 적군을 정면으로 바라보는 곳에 대포를 놓았다. 벌써 대포 여섯 문이 두 문씩 짝을 지어 넓은 간격으로 세 구간에 포진되었다. 각 구간별로 중위가 지휘했고, 여섯 문 전체는 키가 크고 깡마른 대위의 명령을 따랐다. 심각한 표정으로 고원의 지형과 거리를 계산하던 대위가 잠시 후 큰 소리로 외쳤다.

"1600미터 지점 조준!"

목표물은 플레뇌 왼쪽, 가시덤불 뒤에 있는, 조금 전 일리의 그리스도 수난상 지점에 포화를 집중했던 프로이센 포병대였다.

"저기 보이잖아." 입을 다물 수 없었던 모리스가 다시 설명하기 시작했다. "가운데 구간에 오노레의 대포가 있어. 오노레가 상체를 숙이고 있잖아, 조준수와 함께…… 키 작은 저 조준수는 루이야, 부지에에서 함께 술 마셨던 거 기억나지?…… 왼쪽 기마 운반병 좀 봐, 멋진 밤색 말 위에 빳빳한 자세로 앉아 있는 기마 운반병, 저 친구가 아돌프야."

포수 여섯 명과 하사관 한 명이 지키는 대포, 조금 떨어진 곳에 포차 한 대와 기마 운반병 둘과 말 네 필, 조금 더 떨어진 곳에 탄약 마차와 그 마차를 끄는 말 여섯 필과 기마 운반병 셋, 다시 조금 더 떨어진 곳에 포가 운반차, 사료 마차, 대장간 마차 등 이 모든 인간과 짐승과 장비가 후방 100여 미터까지 일직선으로 늘어서 있었다. 그 외에도 화물을 적재하지 않은 비상 대기 마차, 비상 탄약 마차, 전투로 생긴 빈자리를 메울 말과 병사들이 쓸데없이 집중포격에 노출되지 않도록 오른쪽으로 비켜서 있었다.

오노레는 포탄을 장전하느라 여념이 없었다. 중앙에 위치한 두 포수가 탄약 마차에서 장약과 포탄을 이미 갖다놓았다. 탄약 마차에서는 기마 운반병과 화약 기술병이 경비를 서고 있었다. 포구砲口에 서 있던 두 포수가 곧바로 장약과 포장 화약을 꽂을대로 정성스럽게 밀어넣은 후 포탄을 미끄러뜨려 넣었는데, 포탄의 평형날개가 포신의 홈을 긁으며 빠르게 내려가는 소리가 들렸다. 뒤이어 꽂을대로 화약의 포장을 벗긴 조준수 보조병이 뇌관을 개구부에 장착했다. 오노레는 첫번째 포탄을 자신이 직접 조준하고 싶었다. 포가의 가미架尾 쪽으로 몸을 기울인 그는 사거리를 가늠하기 위해 제어장치 나사를 조정했고, 계속 손가락을 까닥이며 조준수에게 발포 방향을 가리켰다. 뒤에서 손잡이를 쥐고 있던 조준수는 대포를 미세하게 오른쪽으로 밀었다 왼쪽으로 밀었다 하기를 되풀이했다.

"이제 됐어." 몸을 일으키며 오노레가 말했다.

키가 큰 대위가 와서 상체를 숙인 채 조준기를 살폈다. 대포마다 조준수 보조병이 줄을 잡고 발화장치, 즉 뇌관에 불을 붙일 톱니 모양 철선을 당길 준비를 하고 있었다. 대포 번호에 따라 차례로 명령이 떨어졌다.

"1번 대포, 발사!⋯⋯ 2번 대포, 발사!⋯⋯"

포탄 여섯 발이 하나씩 날아갈 때마다, 그 반발력에 대포가 뒤로 밀렸다가 제자리로 돌아갔다. 그러는 동안 하사관들이 사거리가 턱없이 짧았다는 사실을 확인했다. 그들은 사거리를 조정했고, 준비과정이 다시 시작되었다. 냉정하게 이루어지는 이 기계적인 작업이 포병들의 사기를 유지해주었다. 가축에게 하듯 사랑으로 돌보는 대포 주위에 공동의 관심사로 묶인 소가족이 모여 있었다. 대포는 그들 모두가 애지중지하는 혈육이었고 탄약차, 마차, 말, 인간 등 모든 것이 이것을 위해 존재했다. 그리고 그런 이유로 포병대 전체의 단결과 가족적 연대가 유지되었다.

첫번째 집중포격이 이루어지자, 106연대에서 함성이 터졌다. 이제 프로이센 대포가 박살날 거야! 하지만 병사들은 금세 실망했다. 포탄은 적의 대포가 감춰진 가시덤불까지 가지 못하고 도중에 떨어지거나 공중에서 터져버렸다.

"오노레가 너스레를 떨고 있어." 모리스가 다시 말했다. "자기 대포외에는 모두 고물이래…… 아! 자기 대포야말로 이 세상에 둘도 없는 여자친구라고 하는데! 저 애지중지하는 눈길 좀 봐, 너무 뜨거워질세라 금세 물로 닦아주잖아!"

포병대의 침착한 용기와 행동을 보고 기분이 좋아진 모리스와 장은 서로에게 농담을 건넸다. 그러나 프랑스 포병대가 세번째로 발포했을 때, 프로이센 포병대가 응사했다. 적군의 포탄은 정확하게 아군의 포병대를 향해 날아왔다. 반면 아군의 대포는 사거리를 늘이려는 노력에도 불구하고 여전히 목표물에 도달하지 못했다. 포구 왼쪽에 서 있던 오노레의 포수 중 하나가 전사했다. 병사들은 시체를 치운 다음, 다시 정성스럽게 발포 준비를 했다. 포탄이 비 오듯 날아와서 사방에서 터졌다. 그러나 포병들은 아무것도 보이지도 들리지도 않는다는 듯 각자 묵묵히 임무를 수행했다. 각각의 대포 주위에서는 똑같은 동작, 즉 장약과 포탄이 투입되고, 조준을 하고, 발사와 동시에 포신이 뒤로 밀려나는 동작이 되풀이되었다.

특히 모리스를 놀라게 한 것은 후방 15미터 지점에서 꼿꼿한 자세로 말을 탄 채 적군을 정면으로 바라보고 있는 기마 운반병들이었다. 붉은 얼굴에 황금색 콧수염이 무성하고 가슴이 넓은 아돌프가 거기에 있었다. 포탄이 자신을 향해 날아오는데도 눈 하나 깜짝하지 않고 서 있으려면 엄청난 용기가 필요했다. 그는 엄지손가락이라도 깨물며 흥분을 가라앉히려는 몸짓조차 하지 않았다. 포수들은 부산히 움직였다. 그러나 기마 운반병들은 운명의 신에게 제 목숨을 맡긴 듯 오직 죽음만 바라보며 미동도 하지 않았다. 그들의 임무는 적을 정면으로 응시하는 것이었는데, 만약 그들이 등을 돌리면 병사들과 말들이 걷잡을 수 없는 탈주 본능에 휩싸일 것이기 때문이었다. 위험이 코앞에 닥쳐도 그들은 굴하지 않았다. 이보다 더 슬프고 이보다 더 위대한 영웅적 행동은 찾아보기 힘들 것이다.

한 병사가 목숨을 잃었고, 탄약 마차를 끄는 말 두 필이 배가 갈라진 채 숨을 헐떡거렸다. 적의 포격이 치명적으로 계속되었기 때문에 현재의 위치를 고집하면 포병대 전체가 궤멸할 수 있었다. 이동하기가 쉽지 않지만 이 끔찍한 철의 비를 피해야 했다. 대위는 더이상 망설이지 않고 명령을 내렸다.

"견인차 이동!"

이 위험한 작전이 전광석화처럼 빠르게 실행되었다. 포수들이 대포를 견인차에 연결했고, 기마 운반병들이 견인차를 유턴시켜 끌고 갔다.

이 과정에서 전방이 폭넓게 노출되었고, 적군은 이를 놓치지 않고 곧바로 포격을 퍼부었다. 병사 셋이 목숨을 잃었다. 포병대가 재빨리 움직이며 땅에 반원을 그었고, 오른쪽 50여 미터 지점, 즉 106연대 건너편에 있는 작은 고원으로 가서 자리를 잡았다. 대포가 견인차에서 분리되었고, 기마 운반병들은 다시 부동자세로 적을 응시했다. 대포가 다시 불을 뿜기 시작했다. 포격이 맹렬하게 계속되다보니 땅이 끊임없이 흔들렸다.

별안간 모리스가 비명을 질렀다. 아군의 세번째 포격이 끝날 즈음, 프로이센 포병대가 전열을 재정비해서 다시 포격하기 시작했다. 적의 세번째 포탄이 오노레의 대포에 정확하게 떨어졌다. 오노레가 달려가서 포구의 손상된 자리를 떨리는 손으로 만지는 모습이 보였다. 다행히 대포는 손상이 크지 않아 장전할 수 있었다. 죽은 포수를 바퀴에서 떼어낸 후 작업이 재개되었는데, 그 포수의 피가 포가를 적시고 있었다.

"아냐, 루이가 아냐." 모리스가 큰 소리로 말을 이었다. "루이는 조준을 하고 있어. 그런데 부상을 당했는지 왼팔만 사용하네…… 아, 불쌍한 루이! 저 키 작은 루이와 아돌프는 정말 찰떡궁합이야. 도보 포병인 포수가 대포에 대해 더 잘 아는데도 말을 타는 기마 운반병에게 눌려 지내는 게 신기해……"

잠자코 침묵을 지키던 장이 그의 말을 끊으며 고통스럽게 탄식했다.

"저 친구들은 이기지 못할 거야. 끝났어!"

과연 이 두번째 포진도 오 분을 못 채우고 첫번째 포진처럼 견딜 수 없는 상태에 이르렀다. 포탄이 정확하게 아군에게 쏟아졌다. 포탄 하나가 아군의 대포 하나를 박살내며 중위와 두 포병의 목숨을 앗아갔다.

단 하나의 포탄도 목표물을 비껴가지 않았다. 그 위치를 계속 고집하면, 대포도 포병도 살아남지 못할 것이었다. 그야말로 궤멸상태였다.

그러자 대위가 또다시 소리쳤다.

"견인차 이동!"

이동이 시작되었다. 포수들이 대포를 견인차에 매달 수 있도록 기마운반병들이 달려와서 포가를 유턴시켰다. 그러나 그사이 적의 포탄 하나가 터져 루이의 목에 구멍을 내고 턱을 부수었다. 루이는 자신이 들려고 했던 포가의 가미에 비스듬히 쓰러졌다. 아돌프가 뛰어왔을 때 견인차에 대포를 연결하던 포병대 병사들의 측면이 노출됐고, 또다시 적의 포화가 맹위를 떨쳤다. 가슴이 갈라진 아돌프가 두 팔을 벌리며 앞으로 쓰러졌다. 그는 마지막 경련을 일으키며 루이를 포옹했는데, 둘은 죽음의 순간까지도 서로 헤어질 수 없다는 듯 짝을 이루었다.

이미 말들이 죽었고 집중포화가 대열을 흩뜨렸지만 남은 포병대 전체가 비탈길을 올라갔고, 모리스와 장이 엎드린 밭에서 불과 몇 미터 떨어진 곳, 즉 아까보다 더 앞으로 나아가서 대포를 놓았다. 세번째로 견인차에서 대포가 분리되고 기마 운반병들이 정면으로 적군을 응시했다. 곧바로 포수들은 불굴의 영웅적인 투지로 다시 포문을 열어 불을 뿜었다.

"세상천지가 무너지는 것 같아!" 모리스가 힘없이 말했다.

과연 하늘과 땅이 뒤섞이는 듯했다. 바위가 쪼개지고, 간간이 자욱한 연기가 태양을 가렸다. 무시무시한 폭발음이 끊이지 않아 군마조차 얼이 빠진 채 고개를 떨구었다. 키가 크고 깡마른 대위가 지휘하느라 이리 뛰고 저리 뛰었다. 별안간 적의 포탄이 날아와 굉음을 내며 폭발했고, 군대의 깃대처럼 긴 그의 몸이 완전히 두 동강 났다.

그러나 오노레의 대포를 둘러싼 포병들은 침착하고 집요하게 계속 응사했다. 포수가 셋밖에 남지 않았으므로 계급이 높은 오노레도 직접 대포를 조작해야 했다. 세 포수가 탄약을 가져오고, 솔로 포구를 소제하고 꽂을대로 장전하는 동안, 그는 조준을 하고 발화장치를 당겼다. 전사자로 인한 결원을 보충하기 위해 그들은 비상 대기 병사와 말을 요청했으나 보충이 지체되었기 때문에 자체 해결해야 했다. 정말 고통스러운 것은 대포를 쏴도 목표물에 가닿지 않거나 거의 대부분 공중에서 폭발해버린다는 사실이었다. 따라서 고도의 정확성을 자랑하는 독일 포병대는 거의 타격을 입지 않았다. 갑자기 오노레가 포성을 압도할 만큼 큰 목소리로 욕설을 내뱉었다. 아, 어떻게 이런 일이, 오른쪽 바퀴가 날아갔잖아! 빌어먹을! 한쪽 다리가 부러져서 비참하게 코를 땅에 처박고 나뒹굴다니, 아, 말도 안 돼! 그의 뺨에 굵은 눈물이 흘러내렸다. 마치 사랑의 온기로 대포를 벌떡 일으켜세우려는 듯, 그는 떨리는 두 손으로 대포의 목을 어루만졌다. 최고로 멋진 대포였는데! 오직 이 대포만이 적진으로 포탄을 날렸었는데! 뒤이어 그는 무모하기 짝이 없는 결심, 즉 포탄이 빗발치는 가운데 바퀴를 교체하는 작업을 하기로 결심했다. 한 포수의 도움을 받아 그는 수송차로 가서 비상 바퀴를 찾았고, 다소 우격다짐으로 교체하기 시작했다. 전쟁터에서도 쉽게 보기 힘든 지극히 위험한 시도였다. 다행히 비상 대기 병사들과 말들이 도착해 포수 둘이 그를 도왔다.

하지만 포병대는 다시 한번 붕괴했다. 그들은 영웅적인 광기를 더이상 유지할 수 없었다. 결정적인 후퇴 명령이 떨어졌다.

"제군들, 신속히 후퇴!" 오노레가 되풀이했다. "그러나 대포는 가지고 간다! 절대로 적에게 넘겨선 안 돼!"

일반 병사들이 군기軍旗를 사수하듯, 그는 대포를 구하려 했다. 그가 무슨 말인가 하고 있을 때, 포탄이 터져 그의 오른팔이 날아가고 왼쪽 옆구리가 갈라졌다. 그는 대포 위로 쓰러졌고, 행복의 침대인 양 거기서 머리를 적에게로 돌린 채, 분노에 찼으나 깨끗하고 아름다운 얼굴로 죽었다. 찢어진 제복 틈으로 빠져나온 편지 한 장이 그의 손가락에 꼭 쥐어 있었는데, 그 위로 피가 방울방울 흘러내렸다.

아직 목숨을 잃지 않은 유일한 중위가 명령을 내렸다.

"견인차 이동!"

그때 탄약 마차 하나가 엄청난 폭발음과 함께 하늘로 솟구쳤다. 연결고리가 땅에 떨어진 대포 한 문을 가져가기 위해서는 다른 탄약 마차의 말들을 데려와야 했다. 마침내 기마 운반병들이 유턴을 해서 네 문의 대포에 연결고리를 걸었다. 그들은 즉시 전속력으로 달렸고, 1킬로미터 떨어진 가렌숲의 나무 뒤에 이르러서야 발을 멈췄다.

모리스는 그 모든 것을 목격했다. 그는 공포로 몸을 떨면서 기계적인 목소리로 말했다.

"아! 불쌍한 오노레! 불쌍한 오노레!"

슬픔이 굶주림으로 위가 뒤틀리는 고통을 배가시키는 듯했다. 내면의 짐승이 고개를 들었다. 온몸에 힘이 하나도 없었고, 굶주림이 극에 달했으며, 시야가 흔들렸다. 심지어 포병대가 퇴각한 후로 연대가 처한 위험에 대한 의식조차 사라졌다. 그러나 언제 적군이 이 고원으로 쳐들어올지 몰랐다.

"그런데," 그가 장에게 말했다. "뭐라도 좀 먹어야겠어…… 지금 당장 총에 맞아 죽을망정 배를 채우고 싶어!"

모리스는 배낭을 열었고, 떨리는 손으로 빵을 집어 허겁지겁 물어뜯 었다. 총알이 씽씽 지나갔고, 포탄이 지척에서 폭발했다. 그러나 배를 채우는 일 외에는 그 어떤 것도 안중에 없었다.

"형, 조금 먹지 않을래?"

똑같이 굶주림에 시달리던 장은 얼이 빠진 듯 눈을 동그랗게 뜨고 그를 바라보았다.

"그래, 어쨌든 먹고 보자. 나도 너무 힘들어."

그들은 빵을 나누어 게걸스럽게 먹었다. 한입의 빵 외에는 아무것도 눈에 들어오지 않았다. 하지만 잠시 후, 커다란 말을 탄 드 비뇌유 대령 이 여전히 피에 물든 장화를 신은 채 눈앞에 나타났다. 사방에서 106연 대 병사들이 몰려들었다. 이미 여러 중대 병사들이 도주했음이 틀림없 었다. 칼을 빼들었지만 불가항력으로 병사들의 물결에 휩쓸린 대령이 눈물을 글썽이며 외쳤다.

"제군들, 하늘이 우리를 버리는구나!"

도망병 무리가 그를 둘러쌌고, 그는 습곡 속으로 사라졌다.

장과 모리스는 자신들이 어떻게 거기로 갔는지 모르지만 남은 중 대원들과 함께 울타리 뒤에 있었다. 40여 명의 병사가 남아 로샤 중위 의 지휘를 받았다. 군기는 아직 그들에게 있었다. 소위가 군기를 온전 히 간직하기 위해 깃대에 깃발을 감았다. 그들은 울타리 끝까지 갔고, 경사지 위의 키 작은 나무숲으로 들어가서 로샤의 명령에 따라 소총 을 발사했다. 은신처에 숨어 여기저기 저격병으로 흩어진 병사들은 전투를 계속할 수 있었다. 게다가 기병대가 그들의 오른쪽에서 움직였고, 몇몇 연대가 힘을 모아 기병대를 지원했다.

그때 모리스는 포위망이 서서히 좁혀들고 있음을 깨달았다. 아침에 그는 프로이센군이 생탈베르 협로에서 흘러나와 생망주, 뒤이어 플레뇌로 가는 것을 보았었다. 지금은 가렌숲 뒤에서 근위대의 대포 소리가 들렸고, 지본언덕을 통해 몰려오는 또다른 독일군 군복이 보였다. 몇 분 후, 점차 동그란 원이 완성되었다. 근위대는 V군단을 도와 인간 장막과 대포의 벨트로 프랑스군을 둘러쌀 참이었다. 마르그리트 장군이 지휘하는 예비군 기병대가 돌격 준비를 하며 습곡 뒤로 집결하는 것은 철벽의 포위망을 끊으려는 마지막 절망적 노력이 될 것이 틀림없었다. 승전의 가능성이 전혀 없는 돌격, 프랑스의 명예를 지키기 위한 죽음의 돌격이었다. 프로스페르를 떠올린 모리스는 참혹한 광경을 목격했다.

이른 아침부터 프로스페르는 말을 타고 일리고원의 끝에서 끝까지 계속 왔다갔다했다. 새벽녘에 지휘관들은 기상나팔도 불지 않고 기병들을 한 사람씩 조용히 깨웠다. 커피를 끓이려고 불을 피운 기병들은 프로이센 병사들을 깨우지 않도록 외투로 불을 가렸다. 뒤이어 그들은 대포 소리를 들었고, 멀리서 이동하는 보병대를 보았다. 하지만 이 전투에 대해 아무것도 몰랐다. 중요성도 전망도, 아무것도 모르는 채 그들은 장군들에 의해 절대적 무위 속에 방치되어 있었다. 프로스페르는 말 위에서 잠이 들었다. 숙면이 불가능한 밤, 쌓이는 피로와 고통 속에서 말이 일정한 리듬으로 걸어가자 도저히 졸음을 이길 수 없었다. 환각이 스쳐지나갔다. 자신이 조약돌 매트리스에 누워 코를 고는 모습이 보였고, 새하얀 시트가 깔린 편안한 침대에서 잠자는 꿈을 꾸었다. 실제로 그는 몇 분 동안 안장 위에서 잠을 잤다. 그는 이제 말이 이끄는 대로 실려가는 짐짝에 지나지 않았다. 똑같은 자세로 잠을 자던 동료들이 때때로 말에서 떨어지기도 했다. 그들은 너무도 지쳐 있었기 때문에 이제는 나팔소리로도 그들을 깨우지 못했다. 그들을 일으켜세우고, 발길질을 해서라도 이 절멸의 숙면에서 끌어내야 했다.

"어떻게 된 거야? 도대체 어떻게 된 거야?" 견딜 수 없는 마비상태에서 벗어나기 위해 프로스페르가 되풀이했다.

여섯시부터 포성이 울렸다. 언덕으로 올라가던 중 그의 곁에서 동료 두 명이 포탄에 목숨을 잃었다. 좀더 올라가자, 다시 세 명이 어디서 날아왔는지도 모르는 총알을 맞고 쓰러졌다. 전쟁터를 가로지르는 이 무익하고 위험하기 짝이 없는 행군은 그를 화나게 했다. 마침내 한시경, 그는 장군들이 그들을 깨끗이 전사시킬 작정임을 깨달았다. 마르그리트 사단 전체, 아프리카 기병 3개 연대, 프랑스 기병 1개 연대, 경기병 1개 연대가 이제 막 그리스도 수난상 아래, 도로 왼쪽에 위치한 습곡에 집결했다. 나팔소리가 "말에서 내려라!" 명령했다. 그리고 장교들이 외쳤다.

"뱃대끈을 단단히 조여라, 장비를 정비하라!"

말에서 내린 프로스페르는 제피르를 쓰다듬었다. 불쌍한 제피르는 자신이 맡은 군무軍務를 해내느라 기진맥진한 채 주인만큼 힘없이 서 있었다. 군무 외에도 제피르는 하나의 세계를 운반하고 있었다. 안장 뒤에는 내의가 든 가죽가방, 그 위에 걸쳐놓은 외투, 상의, 바지, 글겅이질 도구가 든 잡낭이 있었고, 옆에는 식량 배낭, 말을 매는 밧줄, 수통, 식기가 있었다. 애처로운 연민이 기병의 가슴을 적셨지만, 그는 뱃대끈을 조이고 장비를 확인했다.

혹독한 시간이었다. 동료들처럼 공포에 휩싸인 프로스페르는 담배에 불을 붙였다. 입술이 타는 듯했다. 돌격을 앞두면 누구나 이런 생각을 할 것이다. '이번엔 내가 죽을 차례야!' 오륙 분이 흘렀다. 마르그리트 장군이 땅의 상태를 살피러 잠시 앞으로 나아갔다는 이야기가 들렸다. 5개 연대가 세 줄로 섰고, 각각의 줄에서는 7개 중대 병사들이 적의 대포로 달려갈 준비를 하고 있었다.

갑자기 나팔소리가 울렸다. "말에 오르라!" 그리고 거의 동시에 또다른 나팔소리가 들렸다. "칼을 뽑아라!"

각 연대의 대령이 이미 자기 위치로, 즉 전선의 25미터 전방으로 나아갔다. 대위들도 자기 자리, 즉 병사들의 선두에 섰다. 죽음과 같은 침묵 속에서 다시 기다림이 시작되었다. 불타는 태양 아래 아무런 소리도, 아무런 숨결도 들리지 않았다. 오직 심장만 거칠게 뛰었다. 다시 명령이 떨어지면, 마지막 명령이 떨어지면, 이 부동의 무리는 질풍처럼 앞으로 뛰쳐나갈 것이었다.

그러나 그 순간, 언덕 꼭대기에서 말을 탄 장교가 부상을 당해 두 병사의 호위를 받는 광경이 보였다. 처음에는 누구인지 알아보지 못했다. 뒤이어 탄식이 터졌고, 분노의 목소리가 들끓었다. 부상자는 마르그리트 장군이었다. 총알이 뺨을 관통했기에 목숨을 잃을 것이 틀림없었다. 말을 할 수 없었던 그는 손으로 멀리 있는 적군을 가리켰다.

함성이 점점 더 커졌다.

"우리 장군이 저렇게 되다니…… 복수하자, 복수하자!"

그러자 첫번째 연대의 대령이 칼을 쳐들고 천둥처럼 큰 소리를 질렀다.

"돌격!"

나팔소리가 울렸고, 기병들이 달려나갔다. 프로스페르는 첫번째 대
열 오른쪽 끝에 있었다. 중앙이 가장 위험했는데, 적이 본능적으로 중
앙에 포화를 집중시키기 때문이었다. 그리스도 수난상 지점 꼭대기에
서 드넓은 초원을 향해 내려가기 시작했을 때, 약 1킬로미터 전방에 위
치한 프로이센군의 방진이 분명히 보였다. 기병들이 던져진 곳이 바
로 거기였다. 프로스페르는 꿈꾸듯 말을 달렸다. 그는 마치 잠이 든 것
처럼 가볍게 흔들렸고, 기이하게도 머릿속이 텅 비어 아무 생각도 나
지 않았다. 그는 이제 저항할 수 없는 충동 속에서 달려가는 기계에 지
나지 않았다. 가능한 한 대열이 흩어지지 않게 유지하고 불굴의 투지를
불어넣기 위해 "밀집 대형 유지! 밀집 대형 유지!" 하는 명령이 반복되
었다. 질주 속도가 빨라질수록, 아프리카 기병대는 아랍식의 야만적인
소리를 지르며 말을 부추겼다. 이내 그 소리는 악마의 질주, 지옥의 질
주, 광란의 질주, 야만의 함성이 되었다. 적의 총알이 우박처럼 쏟아지
며 식기, 수통, 제복과 마구의 구리 등 모든 금속을 때렸다. 그 우박과
함께 바람과 벽력의 폭풍우가 지나가며 지축을 흔들었고, 햇빛 속에 양
털 타는 냄새와 야수의 땀냄새를 남겼다.

500미터 정도 달렸을 때, 모든 걸 휩쓸어가는 무시무시한 소용돌이
에 휘말려 프로스페르의 몸이 기우뚱 흔들렸다. 그는 가까스로 제피르
의 갈기를 붙잡았고, 다행히 안장에 다시 몸을 실을 수 있었다. 일제사
격으로 중앙에 구멍이 숭숭 뚫리며 대열이 길게 휘어졌다. 회오리처럼
혼잡하게 뒤섞인 양쪽 날개도 전열을 재정비하기 위해 잠시 뒤로 물러

섰다. 선두에 선 첫번째 중대가 궤멸하고 있었다. 죽은 말들이 길을 가득 메웠다. 일부는 포탄에 맞아 즉사했고, 일부는 죽음의 문턱에서 몸부림쳤다. 낙마한 기병들이 다시 말을 붙잡기 위해 필사적으로 뛰어가는 모습이 보였다. 벌써 전사자들이 초원 여기저기에 널브러져 있었다. 주인을 잃은 말들이 화약에 취한 듯 다시 광란의 질주를 계속하기 위해 원래의 위치로 달려갔다. 돌격이 다시 시작되자, 두번째 중대가 격정적으로 앞으로 튀어나갔다. 기병들은 칼을 찬 채 말의 목 가까이 몸을 바싹 숙이고 달렸다. 하늘에서 쏟아지는 포탄이 귀청을 찢는 듯한 폭발음을 내는 가운데 그들은 200미터를 더 전진했다. 그러나 또다시 총격으로 중앙이 뚫렸고, 병사와 말이 넘어졌으며, 시체가 혼잡하게 뒤엉켜 더이상 달려나갈 수 없었다. 두번째 중대도 다음 중대에 자리를 넘겨주며 그렇게 궤멸했다.

그러나 불굴의 투지는 결코 꺾이지 않았다. 세번째 돌격이 이루어졌을 때, 프로스페르는 경기병과 프랑스 기병대 틈에 있었다. 여러 연대가 뒤엉켰다. 그들은 이제 마주치는 모든 것을 휩쓸며 지나가는 거대한 파도, 끊임없이 부서졌다 다시 생성되는 거대한 파도일 뿐이었다. 그는 더이상 아무런 의식이 없었고, 자신이 그토록 사랑하는 제피르, 귀를 다쳐 더 빨리 달리는 제피르에게 몸을 맡기고 있었다. 이제 그는 중앙에 있었다. 주변의 말들이 뒷발로 섰고, 거꾸러졌다. 병사들은 바람에 휩쓸린 것처럼 땅바닥에 내동댕이쳐졌다. 말 위에서 죽은 몇몇 병사가 안장에 앉은 자세 그대로 동공이 풀린 채 계속 돌격했다. 새로이 진격한 200미터 후방으로 시체들과 빈사자들로 뒤덮인 그루터기 밭이 보였다. 그중에는 머리가 땅에 처박힌 병사들도 있었다. 밭에 쓰러져 누운 또다른 병사들은 공포에 질려 툭 튀어나온 눈으로 태양을 바라보고 있었다. 장교의 말로 보이는 거대한 검정말은 배가 터진 채 다시 일어나려 발버둥쳤고, 그 때문에 두 앞발이 쏟아져나온 창자에 뒤엉켰다. 적의 포화가 더욱 거세지며 양쪽 날개가 다시 한번 소용돌이에 휘말리자, 기병들은 뒤로 물러나 전열을 재정비했다.

드디어 네 번의 돌격 만에 네번째 중대가 프로이센군의 진영에 도달했다. 프로스페르는 안개 속에서 희미하게 보이는 적의 철모와 어두운 제복을 향해 칼을 내리쳤다. 피가 솟구쳤다. 제피르의 입에서도 피가 흘렀는데, 아마도 제피르가 프로이센 병사를 물어뜯은 듯했다. 주변이 온통 아우성과 절규로 뒤덮였기 때문에, 프로스페르는 목이 터져라 소리치는데도 자신의 목소리가 귀에 들리지 않았다. 프로이센군의 진영은 너무도 두터워서 첫번째 대열을 돌파해도, 두번째 대열, 세번째 대열, 네번째 대열이 계속 나타났다. 불굴의 의지도 아무런 쓸모가 없었다. 이 인간의 장막은 마치 키 큰 갈대숲처럼 기병과 군마를 흔적도 없이 삼켜버렸다. 아무리 베고 또 베어도 적은 끝없이 다시 나타났다. 목표물에 근접해서 맹렬히 총을 쏘았기에 제복이 불타오르기도 했다. 총검이 난무하며 가슴이 찔리고 두개골이 쪼개지는 가운데 모든 것이 무너져내렸다. 전력의 3분의 2가 거기서 전사하고 있었고, 그 역사적인 돌격작전에서 남은 것은 영광스럽고 명예로운 불굴의 투지뿐이었다. 갑자기 제피르가 가슴팍에 총을 맞고 쓰러졌고, 그 바람에 프로스페르의 오른쪽 엉덩이가 제피르에게 깔려 뭉개졌다. 격심한 고통으로 그는 의식을 잃었다.

기병들의 영웅적인 전투를 지켜보던 모리스와 장이 분노하며 소리쳤다.

"젠장맞을! 용감하게 싸워봤자 무슨 소용이 있어!"

그들은 작은 야산의 가시덤불 뒤에 웅크린 채 계속 소총을 쏘았다. 로샤도 어디선가 소총을 주워 방아쇠를 당겼다. 그러나 일리고원이 적의 수중에 들어가고 있었다. 사방에서 프로이센 병사들이 나타났다. 두 시경이었다. 마침내 V군단과 근위대가 만나면서 포위의 고리가 완전히 닫혔다.

갑자기 장이 뒤로 넘어졌다.

"내 차례인가봐." 그가 중얼거렸다.

정수리를 망치로 세게 맞은 느낌이었다. 군모가 찢어진 채 뒤로 날아가서 땅바닥에 나뒹굴었다. 처음에는 두개골이 쪼개져 뇌수가 드러났을 거라 생각했다. 구멍이 났을까봐 몇 초 동안 손을 대볼 엄두조차 내지 못했다. 겨우 용기를 내서 만져보니 손가락에 피가 흥건하게 묻었다. 참을 수 없을 정도로 고통이 심해져서 그는 까무러쳤다.

바로 그 순간, 로샤가 후퇴 명령을 내렸다. 프로이센 1개 중대가 이삼백 미터 앞까지 다가온 것이었다. 잘못하면 포로로 잡힐 참이었다.

"서두르지 말고 침착하게 행동하게. 가끔 뒤돌아보고 총을 쏴…… 저기, 작은 담장 뒤에서 다시 집결하세!"

모리스가 절망적으로 소리쳤다.

"중위님! 하사님을 저기 두고 갈 건가요?"

"하사는 임무를 모두 마친 거야. 자, 빨리 움직여!"

"안 돼요, 안 돼! 숨을 쉬고 있잖아요…… 데리고 가야 해요!"

로샤는 어깨를 으쓱했는데, 쓰러진 병사들을 다 어떻게 데려가느냐고 말하려는 듯했다. 전쟁터에서 부상자는 더이상 중요하지 않아. 하지만 모리스는 파슈와 라풀에게 간청했다.

"친구들, 좀 도와줘요. 나 혼자서는 도저히 옮길 수가 없어."

그들은 모리스의 말을 못 들은 척했고, 지극한 생존본능 속에서 자신들의 안위만 걱정했다. 벌써 그들은 담장 쪽으로 뛰어가버렸다. 프로이센 병사들이 100미터 지점까지 다가왔다.

혼자 남은 모리스는 분노의 눈물을 흘리면서, 기절한 장을 품에 안아 옮기려 했다. 그러나 그는 너무 허약했고, 더욱이 피로와 고통에 지쳐 있었다. 그는 금세 비틀거리며 부상자와 함께 쓰러졌다. 이럴 때 들것병이 있으면 얼마나 좋을까! 그는 초조한 시선으로 들것병을 찾았다. 도망병들 중에 얼핏 들것병들이 보이는 것 같아 두 팔을 크게 저으며 불렀다. 하지만 아무도 돌아오지 않았다. 젖 먹던 힘까지 짜내어 그는 장을 스무 걸음쯤 옮기는 데 성공했다. 그때 포탄 하나가 바로 옆에서 터지자, 그는 끝장이라고, 동료의 시체 위에서 자신도 죽으리라고 생각했다.

모리스는 천천히 몸을 일으켰다. 가만히 몸을 만져보니 찰과상조차 없이 깨끗했다. 나라도 달아나야 하지 않을까? 아직 시간이 있었다. 몇 걸음만 뛰어 담장 뒤로 가면 살 수 있을 터였다. 공포감이 되살아나 미칠 것 같았다. 담장 쪽으로 한 걸음 펄쩍 뛰었을 때, 불현듯 죽음보다 더 강한 연대감이 그를 사로잡았다. 안 돼! 그럴 순 없어, 장을 버리고 갈 순 없어. 이 농부와 그 자신 사이에 자란 우정이 뼛속까지 뿌리박혀 있었던 듯, 그의 육체도 피를 흘리는 것 같았다. 그 우정은 아마도 태초로 거슬러올라가는 것일지도 모른다. 이 세상에 오직 두 사람만 존재하는 것 같았다. 만약 장을 포기한다면, 그 자신의 삶도 고통 없이는 이어질 수 없을 것이었다.

한 시간 전 포탄 세례 속에서 빵을 먹어둔 것이 천만다행이었다. 그것마저 없었다면, 지금 이만큼의 힘도 쓰지 못했으리라. 훗날 그는 어떻게 그처럼 초인적인 힘을 발휘했었는지 기억할 수 없었다. 그는 장을 어깨에 둘러멨고, 비틀거리며 나아갔다. 그루터기 밭과 가시덤불을 지나며 스무 번도 더 넘어지고 돌부리마다 부딪혔지만, 그는 오뚝이처럼 다시 일어섰다. 불굴의 의지와 태산이라도 옮겨놓을 지구력으로 발걸음을 지탱했다. 담장 뒤에서 그는 로샤와 분대원들을 다시 만났다. 그들은 소위가 품에 간직한 군기를 지키려고 계속해서 소총을 쏘았다.

방어선이 무너질 경우, 어느 군단이 어디로 후퇴해야 하는지 누구도 알지 못했다. 이런 혼란과 무계획 속에서 장군들은 각자 자기 뜻대로 행동했다. 지금 이 시각, 승전을 거듭하는 독일군의 놀라운 포위망에 갇혀 장군들은 모두 스당으로 후퇴했다. 7군단의 2사단은 비교적 질서 있게 후퇴했다. 그러나 나머지 사단의 패잔병들은 1군단 패잔병들과 뒤섞인 채, 사람들과 짐승들을 실어나르는 격류가 되어 분노와 공포 속에서 스당을 향해 돌진했다.

바로 그때, 모리스는 장이 다시 눈을 뜨는 것을 보고 기쁨을 느꼈다. 장의 얼굴을 적실 물을 구하러 근처 개울로 뛰어갔을 때 오른쪽, 즉 거친 비탈로 둘러싸인 깊은 골짜기에서 아침에 보았던 농부가 커다란 백마에 매단 쟁기를 밀며 태연히 일하는 걸 보고 깜짝 놀랐다. 왜 하루를 허송하랴? 전투를 한다고 밀이 자라기를 멈추고 사람들이 살아가기를 멈추는 게 아니잖아.

6

　전황을 살피러 올라간 옥상에서 들라에르슈는 뭔가 정확한 것을 알고 싶어 안달했다. 적군의 포탄은 도시를 가로질러 힘차게 날아다녔지만, 아군의 포탄은 너무 느리고 비효율적이어서 인근 지붕에 떨어지곤 했다. 그러나 전투에 대해서는 아무것도 파악할 수 없었다. 이 엄청난 재앙으로 재산과 목숨을 잃지 않을까 하는 공포 속에서 정보에 대한 갈증이 점차 커졌다. 독일 포병대를 살피던 망원경을 옥상에 둔 채 그는 밑으로 내려갔다.

　내려와 보니 중앙 정원의 광경이 잠시 그의 눈길을 사로잡았다. 한시가 가까워졌다. 야전병원은 부상병들로 가득차 있었다. 출입문으로 마차들이 끊이지 않고 들어왔다. 이륜마차든 사륜마차든 정규 구급마차가 턱없이 모자랐다. 포가 운반차, 사료 마차, 장비 마차 등 전쟁터에서 동원될 수 있는 마차가 모두 보였다. 심지어 농가에서 징발해 길가에 떠도는 말에 매단 농부들의 짐수레도 보였다. 마차 안은 전장의 구급마차에서 응급조치를 받은 부상병들로 가득했다. 사람들이 처참한 몰골을 한 불쌍한 병사들을 들어 내렸는데, 일부는 피를 흘려 창백하기 그지없었고, 일부는 피가 한쪽으로 쏠려 얼굴이 보랏빛이었다. 많은 이들이 기절해 있었고, 일부는 끔찍한 신음을 내질렀다. 몇몇은 공포에 질린 눈으로 위생병들에게 몸을 맡겼고, 몇몇은 몸에 손을 대자마자 경련을 일으키며 숨을 거두었다. 수많은 부상병이 한꺼번에 몰려들자 넓은 홀에 있는 모든 매트리스가 동원되었고, 곧 자리가 부족할 판이었다. 군의관 부로슈는 홀 한쪽 끝에 만들어놓은 짚더미를 이용하라고 지시했다. 그와 보조병들은 외과수술에 투입되었다. 수술실로 쓰는 창고에도 탁자 하나, 매트리스 하나, 방수포 하나를 새로 가져왔을 뿐이었다. 보조병이 클로로포름에 적신 수건을 빠르게 환자 코밑에 갖다댔다. 가느다란 강철 메스가 반짝였고, 톱질하는 소리가 들릴락 말락 희미하게 났다. 그러자 갑자기 피가 솟구쳤지만 금세 멎었다. 보조병들은 방수포를 깨끗이 닦을 시간조차 없을 정도로 바쁘게 오가며 수술 환자들을 날랐다. 잔디 끝 금작화 화단 뒤에 임시로 마련한 시체안치소에는 절단한 팔과 다리, 수술용 탁자 위에 남아 있던 살과 뼈가 수북이 쌓였다.

큰 나무 밑에 앉아 붕대를 만들어 감던 들라에르슈 부인과 질베르트는 필요량을 채우기가 쉽지 않았다. 앞치마가 피에 물든 채 화급한 얼굴로 지나가던 부로슈가 들라에르슈에게 새하얀 천꾸러미를 던지며 소리쳤다.

"자! 이걸로 붕대를 만들어요. 뭐라도 도와주세요!"

그러나 시트 제조업자는 이렇게 항의했다.

"오, 미안해요! 저는 전황을 살펴보러 가야 합니다. 우리가 죽을지 살
지 도무지 알 수가 없어요."

그러면서 아내의 이마에 키스하며 말했다.

"불쌍한 질베르트! 포탄 하나가 우리집에 떨어져 모든 걸 불태운다
고 생각해봐! 아, 얼마나 끔찍할까……"

그녀의 얼굴이 창백해졌다. 그녀가 고개를 들어 주변을 둘러보고는
몸을 떨었다. 하지만 자기도 모르는 새 입술에 참기 어려운 미소가 번
졌다.

"오! 그래요, 정말 끔찍해, 팔다리가 잘린 부상병들 좀 봐요…… 이
틈바구니에서 내가 기절하지 않고 있다는 게 신기할 따름이죠."

들라에르슈 부인은 아들이 며느리의 이마에 키스하는 것을 보자, 간
밤에 그 머리칼에 키스했을 사내가 떠올라 아들을 며느리에게서 떼어
놓으려는 듯한 몸짓을 했다. 그러나 떨리는 늙은 손을 이내 거둬들이며
나직이 말했다.

"맙소사, 정말 아비규환이 따로 없구나! 그러니 각자의 고통은 잊을
수밖에……"

들라에르슈는 확실한 정보를 가지고 곧 돌아오겠다고 말하고 밖으
로 나갔다. 마카가로 나서자마자, 넝마가 된 군복에 먼지를 뒤집어쓴
수많은 병사가 무기도 없이 쏟아져들어오는 걸 보고 깜짝 놀랐다. 그들
을 붙들고 상황을 물어보았지만 구체적인 정보를 얻기는 힘들었다. 어
떤 이들은 멍한 표정으로 잘 모른다고 답했고, 어떤 이들은 더없이 격

한 표정으로 분통을 터뜨리며 말하는 통에 알아들을 수가 없었다. 그래서 그는 기계적으로 군청을 향해 발걸음을 옮겼는데, 온갖 정보가 거기로 흘러들 것 같았다. 그가 중학교 광장을 가로지를 때, 병사들이 포병대에 남은 대포 두 문을 헐레벌떡 옮기더니 보도에 걸쳐놓았다. 중앙대로는 벌써 첫번째 도망병들로 가득찼다. 말에서 내린 세 경기병이 어느 집 대문 아래서 빵을 나눠 먹고 있었다. 다른 두 경기병은 말고삐를 쥔 채 어느 마구간으로 데려가야 할지 몰라 난감해했다. 몇몇 장교가 자기들이 어디로 가는지조차 모르는 표정으로 정신없이 뛰어갔다. 튀렌광장에서는 한 소위가 들라에르슈에게 빨리 집으로 돌아가라고 충고했는데, 포탄이 빈번히 떨어지고 있었고, 방금도 팔라티나 승전 영웅의 동상을 둘러싼 철책이 폭파되었기 때문이었다. 과연 그가 군청로로 달려갔을 때, 포탄 두 개가 무시무시한 굉음을 내며 뫼즈 다리를 강타했다.

그가 군청 수위실 앞에 멈춰 서서 한 부관에게 질문할 구실을 찾고 있을 때, 그를 부르는 어린 아가씨의 목소리가 들려왔다.

"들라에르슈 사장님!…… 빨리 들어오세요, 밖에 계시면 위험해요."

그가 까맣게 잊고 있었던 시트 제조소 여공 로즈였다. 그녀 덕분에 모든 문이 그에게 열렸다. 그는 수위실로 들어가 의자에 앉았다.

"엄마가 아파서 누워 계세요. 그래서 보시다시피 제가 수위실을 지키고 있답니다. 아빠도 국민 의용병으로 성채에 계시거든요…… 조금 전에 폐하가 용감한 모습을 보여주고 싶으셨나봐요. 밖으로 나가시더니 거리를 가로질러 다리까지 가셨거든요. 심지어 포탄이 폐하 바로 앞에 떨어져 시종의 말이 죽기까지 했답니다. 그러고는 다시 돌아오셨지요…… 지금 이 상황에서 달리 어떻게 하시겠어요, 그렇잖아요?"

"그래, 전쟁이 어떻게 될 것 같니? 그분들이 무슨 이야기를 나누었어?"

그녀는 놀란 표정으로 그를 빤히 쳐다보았다. 고운 머릿결에 어린아이처럼 눈이 맑은 그녀는 이런 아수라장 속에서도 명랑하고 친절하게 행동할 뿐, 전황에 대해서는 전혀 이해하지 못했다.

"아, 저는 아무것도 몰라요…… 정오 무렵 마크마옹 원수님에게 편지 한 통을 갖다드렸는데, 폐하가 원수님과 함께 계셨어요…… 두 분은 한 시간 가까이 문을 닫은 채 이야기를 나누셨는데, 원수님은 침상에 계시고, 폐하는 의자에 앉으신 채…… 제가 아는 건 그 정도예요, 문이 열렸을 때 그런 모습이 보였거든요."

"두 분이 무슨 이야기를 나누었지?"

"몰라요, 제가 그걸 어떻게 알겠어요? 두 분이 나눈 이야기를 아는 사람은 이 세상에 아무도 없을걸요."

그것은 사실이었다. 들라에르슈는 어리석은 질문을 해서 미안하다는 몸짓을 했다. 그렇지만 최고 수뇌부의 대화 내용이 궁금해서 미칠 지경이었다. 그게 내게 이득이 될까, 손해가 될까? 도대체 그들이 어떤 결정을 내렸을까?

"지금은," 로즈가 다시 말했다. "폐하가 방으로 돌아가셨어요. 전쟁터에서 온 두 장군님과 회의를 하고 계신데……"

그녀가 말을 끊더니 현관 계단을 힐끔 쳐다보았다.

"아! 저기, 그 장군님이 나오시네요…… 그 뒤에 다른 장군님도!"

들라에르슈는 황급히 밖으로 나갔다. 두에 장군과 뒤크로 장군이었고, 말이 준비되어 있었다. 그들은 말에 올라타자마자 빠르게 내달렸다. 그들은 일리고원을 포기한 후 황제에게 패전 소식을 알리기 위해 각자 다른 경로로 서둘러 달려온 것이었다. 두 장군은 전황을 자세히 보고했다. 군대와 스당은 적군에게 완전히 포위되었고, 머잖아 무시무시한 재앙이 시작될 참이었다.

황제는 방에서 힘없는 환자의 걸음걸이로 조용히 서성거렸다. 부관 하나가 말없이 문가에 서 있을 뿐이었다. 황제는 일그러진 얼굴로, 이제는 과민성 습관처럼 얼굴에 미세한 경련을 일으키며 벽난로와 창문 사이를 계속 오갔다. 세계가 짓누르기라도 하는 양 그의 등이 더 많이 굽은 듯했다. 무거운 눈꺼풀에 덮인 초점 없는 눈이 운명과의 마지막 승부에 패한 숙명론자의 체념을 말해주고 있었다. 창문이 반쯤 열린 창가로 올 때마다 황제는 몸을 움찔하며 잠시 걸음을 멈췄다.

한번은 발걸음을 멈춘 뒤 몸을 떨며 중얼거렸다.

"아! 저놈의 대포 소리, 아침부터 끊이질 않는군!"

실제로 마르페 포병대와 프레누아 포병대의 포화가 더 격렬해졌다. 청천벽력 같은 포성이 끊임없이 유리창과 벽을 흔들었다. 신경을 곤두서게 하는 집요한 굉음이 울렸다. 황제는 이제 패전이 확실해졌다고, 일체의 저항 명령은 죄악이라고 생각하고 있음이 틀림없었다. 더 피를 쏟게 하고, 더 사지를 잘리게 하고, 더 목을 떨어지게 하는 것이, 들판에 널려 있는 시체에 새로운 시체를 보태는 것이 무슨 소용이 있을까? 이미 전쟁에서 패했고, 모든 게 끝난 이상, 더 많은 희생자를 낼 이유가 무엇일까? 불타는 태양 아래 벌어지는 학살도 고통도 이만하면 충분하지 않은가.

다시 창가로 돌아온 황제는 손을 내저으며 몸을 떨기 시작했다.

"아! 저놈의 대포 소리, 도대체 그치질 않는군!"

자신의 판단 실수가 초래한 피 흘리는 시체 더미의 환영과 함께, 황제의 내면에서 무시무시한 책임감이 고개를 들었다. 어쩌면 그것은 감상적인 몽상가의 연민이요, 인도주의적인 호인의 동정에 지나지 않을지도 몰랐다. 그렇지만 자신의 운명을 한 오라기 지푸라기인 양 가볍게 짓뭉개고 휩쓰는 엄청난 불행 앞에서, 황제는 쓸데없는 도살에 항의할 힘조차 상실한 채 백성을 위해 눈물을 쏟았다. 이 흉악한 집중포격은 그의 가슴을 찢었고, 아픔을 배가시켰다.

"아! 저놈의 대포 소리, 저놈의 대포 소리! 당장 멈추게 하라, 당장!"

섭정 황후에게 권력을 이양하고 옥좌에서 내려온 이 황제, 바젠 원수에게 최고 지휘권을 이양한 후 더이상 지휘하지 않는 이 군 통수권자는 지금 이 시각 마지막으로 결정적인 명령을 내리고 싶은 저항할 수 없는 욕망을 느꼈다. 샬롱을 떠난 뒤 명령을 내린 적이 없는 그는 아무런 의미 없이 지워진 존재로 취급받았고, 부대의 수송 물자 속에 뒤섞인 거추장스러운 짐짝으로 간주되었다. 이제 황제의 이름이 의미를 지니는 시간은 패배를 책임져야 하는 시간뿐이었다. 황제가 가슴이 찢어지는 연민 속에서 내려야 하는 최초의 명령, 유일한 명령은 휴전을 요청할 수 있도록 성채에 백기를 내거는 것이었다.

"아! 저놈의 대포 소리, 저놈의 대포 소리!…… 침대 시트든 식탁보든, 무엇이든 백기를 가져와! 그리고 달려가서 저놈의 대포 소리를 당장 멈추게 하라!"

부관이 서둘러 밖으로 나갔다. 황제가 벽난로에서 창가까지 다리를 휘청거리며 계속 오가는 동안, 적의 포병대는 끊임없이 대포를 쏴 집을 흔들었다.

아래층 수위실에서 들라에르슈와 로즈가 이야기하고 있을 때, 하사 관이 달려왔다.

"아가씨, 영 찾을 수가 없군요, 적당한 게 안 보이는데…… 혹시 흰색 천 있습니까?"

"수건을 찾으세요?"

"아뇨, 그건 너무 작아요…… 침대 시트 반 정도는 돼야 합니다."

상냥한 로즈는 장롱을 향해 뛰어갔다.

"시트를 잘라놓은 건 없는데…… 커다란 흰색 천이라…… 어휴, 적 당한 게 안 보이네…… 아, 식탁보! 식탁보는 어때요?"

"식탁보, 딱 좋아요! 바로 그겁니다."

그가 식탁보를 들고 달려가며 덧붙였다.

"이걸로 백기를 만들어서 성채에 내걸 겁니다, 평화를 요청하기 위해서…… 고마워요, 아가씨."

들라에르슈는 기쁨에 겨워 자기도 모르게 벌떡 일어났다. 아, 마침내 조용해지는 건가! 뒤이어 이런 기쁨이 반애국적으로 느껴져 감정을 억누르려 애썼다. 하지만 안도감으로 가슴이 두근거리는 것은 어쩔 수 없었다. 대령, 대위, 하사관이 급하게 군청에서 나오는 모습이 보였다. 대령은 둥글게 만 식탁보를 겨드랑이에 끼고 있었다. 들라에르슈는 그들을 뒤따라야겠다는 생각이 들어 로즈의 곁을 떠났고, 로즈는 그 식탁보를 자기가 제공했다는 데 자부심을 느꼈다. 그때 두시 종이 울렸다.

시청 앞에서 들라에르슈는 카신 교외에서 몰려오는 병사들의 사나운 급류에 휩쓸렸다. 대령을 시야에서 놓쳤기에, 그는 백기 게양을 보려던 마음을 접었다. 성탑으로 들여보내주지 않을 게 틀림없어. 그때 누군가가 중학교에 포탄이 떨어졌다고 했다. 그 말을 듣자, 들라에르슈는 문득 새로운 불안에 사로잡혔다. 자리를 비운 사이 제조소가 불타고 있을지도 몰라. 그는 다급하게, 정신없이 집으로 달려갔다. 인파가 길을 막았고, 십자로마다 장애물이 나타났다. 하지만 마카가에 이르러, 연기도 불꽃도 없이 집이 멀쩡한 걸 보자, 그는 안도의 한숨을 쉬었다. 멀리서부터 그는 어머니와 아내에게 소리쳤다.

"모든 게 잘돼가고 있어, 백기를 걸 거야, 전쟁이 끝날 거라고!"

그런 다음 그는 발걸음을 멈췄는데, 야전병원의 광경이 너무도 끔찍했기 때문이었다.

문을 활짝 열어놓은 건조장에는, 매트리스들이 모두 환자들로 꽉 차 있었고, 홀 끝에 펼쳐놓은 짚더미에도 빈자리가 전혀 없었다. 사람들이 침대 사이에 짚을 깔기 시작했고, 환자들을 촘촘히 눕혔다. 벌써 환자 200명이 들어왔는데, 그후로도 끊임없이 들어왔다. 커다란 창문을 통해 이 고통스러워하는 인간 더미 위로 환한 햇살이 쏟아졌다. 때때로 자기도 모르게 몸을 뒤척이다가 환자들이 비명을 질렀다. 죽음의 목전에서 숨을 몰아쉬는 헐떡거림이 축축한 공기를 갈랐다. 홀 안쪽에서 마치 노래하는 듯한 신음이 끊이지 않았다. 체념의 마비상태가 죽음의 방을 음울하게 짓눌렀고, 침묵이 더욱 깊어졌다. 간간이 위생병들의 발소리와 소곤거리는 소리만 그 침묵을 끊었다. 몇몇 부상병의 경우, 전쟁터에서 응급조치한 상처가 너덜너덜해진 외투와 찢어진 바지 틈에서 본격적으로 참상을 드러냈다. 참혹하게 부서진 발에서 쉴새없이 피가 흘러내렸다. 망치로 난타당한 듯한 무릎과 팔꿈치는 움직이지 않는 팔다리를 겨우 매달고 있었다. 완전히 으깨진 손은 한 점의 살이 금세라도 떨어져나갈 듯한 손가락을 붙들고 있었다. 팔 또는 다리 골절이 가장 많았는데, 그들의 팔다리가 고통으로 뻣뻣하게 굳어 있었다. 특히 걱정스러운 부상은 배, 가슴, 머리 등에 구멍이 난 경우였다. 끔찍하게 찢어진 옆구리에서 피가 흘렀고, 창자가 뒤엉켰으며, 심각하게 손상된 허리가 온몸을 뒤틀리게 하고 얼굴을 참혹하게 일그러뜨렸다. 폐에 관통상을 입은 부상병들의 경우, 일부는 구멍이 너무 작아서 피조차 흐르지 않았고, 다른 일부는 갈라진 틈으로 피가 흥건히 흘러나왔다. 눈에 보이지 않게 계속된 내출혈로 환자는 일순간 정신을 잃고 헛소리를 했다. 끝으로 얼굴과 머리 부상은 극심한 고통을 불러일으켰다. 턱이 깨진 사람, 치아와 혀에 피가 엉겨 있는 사람, 눈이 움푹 꺼지고 눈알이 튀어나온 사람, 두개골이 열려 뇌수가 보이는 사람도 있었다. 총알이 뇌수를 관통한 사람들은 혼수상태에 빠져 있었다. 반면 단순 골절상을 입거나 열이 오른 환자들은 힘없는 목소리로 물을 달라고 간청했다.

수술실로 쓰는 건조장 옆 창고는 또다른 끔찍한 광경을 보이고 있었다. 거기서는 생사를 다투는 위급한 수술이 정신없이 이어졌다. 출혈이 멈추지 않는 경우 부로슈는 어쩔 수 없이 절단을 결정했다. 총알이나 파편이 목, 겨드랑이, 사타구니, 팔다리 관절 등 위험 부위에 박힌 경우도, 주의를 충분히 기울일 만한 시간이 없었으므로 서둘러 제거해야 했다. 좀더 기다려야 하는 다른 부상은 위생병들에게 응급처치 요령만 지시했다. 벌써 그는 네 번이나 절단수술을 했다. 위중한 수술 사이사이에 총알을 끄집어내는 수술을 했는데, 그 시간이 그에게는 휴식 시간이나 다름없었다. 그는 지치기 시작했다. 탁자는 두 개밖에 없었다. 하나는 그가 사용했고, 다른 하나는 군의관 보조병이 사용했다. 두 탁자 사이에 커튼처럼 시트를 쳐서 수술받는 환자들이 서로를 볼 수 없도록 했다. 탁자는 아무리 닦아도 계속 붉은 피로 물들었다. 몇 걸음 떨어진 데이지 꽃밭에 수술실의 양동이들을 갖다놓았다. 소량의 피로도 붉게 물들었을 양동이의 맑은 물은 이제 잔디밭의 꽃보다 더 붉게 변했다. 바깥 공기가 잘 통했지만 탁자, 수건, 상자에서 올라오는 비릿한 냄새가 은근한 클로로포름 냄새와 함께 욕지기를 불러일으켰다.

동정심이 많은 들라에르슈가 연민으로 몸서리칠 때, 출입문으로 들어오는 화려한 사륜마차가 그의 시선을 끌었다. 아마도 징발할 마차가 그것밖에 없었던 듯했다. 호화로운 마차 안에는 부상자 여덟 명이 서로 포개져 있었다. 들것에 태운 마지막 부상자를 보고 그는 화들짝 놀라 비명을 질렀다. 그는 다름 아닌 보두앵 대위였다.

"오! 불쌍한 친구!⋯⋯ 기다려요! 어머니와 아내를 불러올 테니."

붕대 감는 작업을 두 하녀에게 맡기고 그의 어머니와 아내가 달려왔다. 위생병들이 대위를 건조장으로 옮겼다. 그들이 대위를 짚더미에 눕히려 했을 때, 들라에르슈는 매트리스에 누운 한 부상병이 더이상 움직이지 않는 것을 보았다. 부상병의 얼굴은 흙빛이었고, 동공이 풀려 있었다.

"이봐요, 저 병사가 죽은 것 같아요!"

"아! 그렇군요." 위생병이 나직이 말했다. "시체는 매트리스에 둘 필요가 없습니다."

위생병들이 시체를 들고 금작화 화단 뒤에 마련한 시체안치소로 옮겼다. 거기에는 벌써 뻣뻣하게 굳은 열두 구가량의 시체가 가지런히 놓여 있었다. 일부는 고통 때문에 발끝까지 쭉 뻗은 상태였고, 일부는 전신이 끔찍하게 뒤틀린 상태였다. 입술이 말려올라가 하얀 치아를 드러낸 채 흰자위만 보이는 눈으로 히죽거리는 듯한 시체들도 있었고, 긴 얼굴에 깊은 슬픔을 담고 여전히 눈물을 흘리는 시체들도 있었다. 작고 깡마른 몸집에 머리가 반쯤 뭉개진 어린 병사는 가슴 위에서 아직도 경련이 이는 듯한 두 손으로 여자 사진 하나를 꼭 쥐고 있었는데, 빛바랜 그 사진 위에 핏자국이 선연했다. 일렬로 놓인 시체들 아래에는, 푸주한이 가게 한쪽에 아무렇게나 치워놓은 살과 뼈처럼 수술대에서 잘라낸 팔과 다리가 뒤죽박죽으로 쌓여 있었다.

보두앵 대위 앞에서 질베르트는 몸을 덜덜 떨었다. 맙소사! 어떡하면 좋아, 얼굴이 백지장처럼 창백해! 불과 몇 시간 전 왕성한 생명력으로 자신을 품에 안았던 육체라고 생각하니 온몸이 오싹했다. 그녀는 무릎을 꿇었다.

"이봐요, 이게 무슨 일이에요! 아무것도 아니죠, 그렇죠?"

그녀는 자기도 모르게 손수건을 꺼내 땀과 흙과 화약으로 더럽혀진 그의 얼굴을 정성스레 닦았다. 얼굴이 조금이라도 깨끗해지면 그의 고통이 조금이라도 가실 것 같았다.

"그렇죠, 아무것도 아니죠? 다리만 조금 다친 거죠?"

반수상태에 빠진 대위가 가늘게 눈을 떴다. 그는 친구들을 알아보았고, 미소를 지으려고 애썼다.

"그래요, 다리만 조금…… 파편에 맞은 느낌도 없어요. 그저 발을 헛디뎌서 넘어진 것 같은데……"

그러나 그는 말을 잘 잇지 못했다.

"아아! 목이 말라요, 목이 말라요!"

그러자 매트리스 반대편에서 몸을 기울이고 있던 들라에르슈 부인이 벌떡 일어났고, 약간의 코냑을 부어놓은 물병과 컵을 가지러 뛰어갔다. 대위는 물 한 컵을 단숨에 벌컥벌컥 마셨다. 그녀는 물병에 남은 물을 주변 부상병들에게 나눠줘야 했는데, 모두가 손을 벌리고 애타는 목소리로 간청했기 때문이었다. 물을 얻지 못한 알제리 보병은 눈물을 감추지 못했다.

들라에르슈는 대위를 살펴봐달라고 군의관에게 부탁하러 갔다. 그때 부로슈가 건조장으로 들어왔다. 앞치마는 피에 물들었고, 넓적한 얼굴은 땀범벅이었으며, 사자 갈기 같은 머리칼은 불에 타는 듯했다. 그가 지나가자, 환자들이 그를 멈춰 세우려고 애썼다. 모두가 부상의 정도를 알고 싶어하고 치료받기를 간절히 원했다. "저 좀 봐주세요, 군의관님! 저 좀 봐주세요!" 더듬더듬 간청하는 목소리가 따라다녔고, 애타게 뻗은 손가락이 그의 옷깃을 스쳤다. 하지만 계획에 따라 충실히 일하는 이 군의관은 가쁜 숨을 몰아쉬며 어떤 환자의 말도 듣지 않았다. 그는 효율적으로 작업하기 위해 환자들을 손가락으로 헤아리며 번호를 붙여 분류했다. 여기, 저기, 또 저기…… 1번, 2번, 3번…… 턱, 팔, 허벅지 부상…… 그를 수행하는 보조병이 유심히 듣고 기억하려 애썼다.

"군의관님," 들라에르슈가 말했다. "저기 대위가 있어요, 보두앵 대위……"

부로슈가 그의 말을 끊었다.

"뭐라고요, 보두앵이 여기에 있다고!⋯⋯ 아! 어쩌다가!"

그는 부상자 앞에 가서 섰다. 곧바로 부상의 심각성을 짐작한 그는 몸을 숙여 다리를 살피지도 않고 지시를 내렸다.

"자! 당장 수술대로 옮기게. 준비되는 대로 바로 수술해야 해."

그가 창고로 돌아가자, 들라에르슈는 그를 놓칠세라 곧장 뒤따라갔다. 혹시라도 그가 대위의 수술을 잊을까 걱정한 것이었다.

이번에는 리스프랑 수술법으로 어깨 관절을 절단하는 수술이 기다리고 있었다. 리스프랑 수술법은 사십 초밖에 걸리지 않는 신속하고 깔끔한 수술법으로 외과의들이 선호했다. 환자를 클로로포름으로 마취하는 동안, 군의관 보조병이 겨드랑이에 손을 넣어 어깨를 꽉 잡았다. "환자를 바로 앉히게!" 부로슈가 이렇게 소리친 후, 삼각근을 움켜쥐더니 크고 긴 칼로 팔을 찔러 힘줄을 절단했다. 그러고는 환자 뒤로 돌아가서 대번에 관절을 잘랐다. 단 세 번의 동작으로 팔이 떨어져나갔다. 보조병이 엄지손가락으로 재빨리 동맥을 막았다. "환자를 다시 눕히게!" 수술 시간이 삼십오 초밖에 걸리지 않았기 때문에, 부로슈는 수술 부위를 동여매는 작업을 하며 자기도 모르게 피식 웃었다. 이제 상처에 남은 살점을 매끈매끈한 견장처럼 잘 펴주는 일이 남았을 뿐이었다. 리스프랑 수술법은 신속하고 깔끔하지만 몹시 주의를 요한다. 동맥 절단으로 과다 출혈이 생길 위험이 있는데다 클로로포름 마취상태에서 환자를 앉힐 때 사망할 가능성도 있기 때문이다.

몸이 얼어붙은 들라에르슈는 달아나고 싶었지만, 그럴 틈이 없었다. 어깨에서 떨어져나온 팔이 수술대 위에 있었다. 마취상태에서 깨어난 병사, 농부 출신의 신병은 위생병이 팔 하나를 들고 금작화 화단 뒤로 가는 것을 보았다. 곧바로 자기 어깨로 눈길을 돌린 그는 한쪽 팔이 없어진 것을 알아차렸다. 그는 격분해서 고함을 질렀다.

"이런! 우라질! 미친 거 아냐, 내 팔을 자르다니!"

부로슈는 지칠 대로 지쳐 아무 대답도 하지 않았다. 그러나 이내 선량한 목소리로 말했다.

"나로선 최선을 다했네. 난 자네가 죽길 바라지 않아…… 게다가 나는 잘라도 되겠느냐고 물어봤고, 자네는 좋다고 대답했어."

"뭐라고요! 내가 좋다고 대답했단 말입니까! 나는 내가 무슨 말을 하는지도 모르는 상태였다고요!"

울분을 삭이며 그는 뜨거운 눈물을 흘리기 시작했다.

"아, 이제 어떻게 하지?"

위생병들이 그를 짚더미 위로 다시 데려갔고, 서둘러 수술대와 방수포를 닦았다. 그들이 잔디밭으로 가서 뿌린 몇 양동이의 핏물이 하얀 데이지 꽃밭을 붉게 물들였다.

들라에르슈는 여전히 들려오는 대포 소리에 놀랐다. 왜 포성이 멈추지 않을까? 분명 로즈가 건넨 흰색 식탁보가 성채에 내걸렸을 텐데 프로이센 포병대의 포격은 오히려 더 거세지고 있었다. 서로의 목소리가 들리지 않을 정도로 포성이 요란했고, 가장 둔감한 사람들조차 공포에 떨 정도로 엄청난 진동이 온몸을 뒤흔들었다. 간담을 서늘하게 하는 이 요동은 수술을 하는 사람에게도 수술을 받는 사람에게도 고통이 아닐 수 없었다. 머리부터 발끝까지 흔들리면서 극도의 불안에 빠진 채 야전병원 전체가 분노에 휩싸였다.

"끝난 게 아니었어? 왜 계속 쏴대는 거지?" 매번 이게 마지막 포성일 거라고 여기며 걱정스레 귀를 쫑긋 세우고 있던 들라에르슈가 소리 쳤다.

뒤이어 그는 대위의 수술을 상기시키기 위해 부로슈에게 되돌아갔 는데, 두 양동이 사이에 깔린 짚더미 위에 엎드려 있는 그를 보고 깜짝 놀랐다. 정신적으로나 육체적으로나 한계에 다다른 군의관이 깊은 슬 픔과 고뇌에 짓눌린 채 무력감 속에서 혼절하듯 쓰러져 있었다. 평소 그는 튼튼한 육체와 강인한 정신의 소유자였다. 그러나 방금 그는 좌절 감에 빠졌다. '이래 봐야 무슨 소용이 있겠어?' 할 수 있는 게 거의 없다 는 생각이 돌연 그를 마비상태에 빠뜨렸다. 이래 봐야 무슨 소용이 있 겠어? 아무리 몸부림쳐봐야 결국 최후의 승자는 죽음일 텐데.

두 위생병이 보두앵 대위를 들것으로 옮겨왔다.

"군의관님," 들라에르슈가 힘들게 입을 열었다. "대위님을 데려왔습 니다."

부로슈가 눈을 떴고, 두 양동이 사이에서 두 팔을 빼내 물기를 털어 낸 후 짚으로 문질러 닦았다. 그런 다음 무릎을 짚고 일어났다.

"아! 그래요, 제기랄! 대기자가 또 있었지…… 그래, 그래, 아직 하루 가 끝나지 않았어."

사자 갈기 같은 머리를 흔들며 기운을 차린 그는 불굴의 규율 정신 으로 다시 일을 시작했다.

질베르트와 들라에르슈 부인이 들것을 따라왔다. 위생병들이 방수 포를 덮은 매트리스 위에 대위를 눕혔을 때, 그녀들은 몇 걸음 떨어진 곳에 서 있었다.

"좋아! 오른쪽 발목 부위로군." 부로슈는 환자의 주의를 다른 데로 돌리려고 일부러 말을 많이 했다. "불행 중 다행이야. 잘될 것 같아……
자, 자세히 좀 볼까."

그러나 보두엥의 혼수상태를 걱정하는 모습이 역력했다. 그는 전쟁
터에서 어떤 응급조치를 했는지 살폈는데, 출혈을 막기 위해 총검의 칼
집을 바지 위 상처 부위에 대고 줄로 묶어놓은 것이 전부였다. 그는 어
떤 못된 놈이 이런 걸 응급조치라고 했느냐며 분통을 터뜨렸다. 그러
다가 문득 입을 다물었다. 방금 그는 알아차렸다. 틀림없이 부상병들이
가득찬 호화 사륜마차로 이동하던 중 붕대가 느슨해져 상처를 더이상
꽉 조여줄 수가 없었으리라. 그 바람에 다량의 출혈이 생긴 것으로 보
였다.

부로슈가 자기를 돕던 위생병에게 불같이 화를 냈다.

"이런 느림보가 어디 있나, 빨리 자르게!"

위생병이 바지와 속옷을 잘랐고, 군화와 양말도 잘랐다. 피로 얼룩진
창백한 다리와 발이 나타났다. 발목 위에 끔찍한 구멍이 있었고, 바지
의 붉은 천조각이 대포알 파편에 구멍 안으로 밀려들어간 상태였다. 찢
어진 살과 끊어진 힘줄이 상처의 핏덩이와 뒤엉켜 있었다.

질베르트는 창고 기둥에 기대서 있었다. 아! 저 살, 저 하얀 살, 지금
은 난도질되어 피 흘리고 있는 저 살! 무서워서 몸을 덜덜 떨면서도 그
녀는 눈을 돌릴 수 없었다.

"말도 안 돼!" 부로슈가 성난 목소리로 말했다. "이걸 응급조치라고
했다니!"

가만히 발을 만져보니 아주 차가웠고, 맥박이 뛰지 않았다. 부로슈의
표정이 몹시 심각해졌다. 위급한 경우가 닥쳤을 때 늘 그랬듯이 그가

불만스러운 듯 입술을 오므렸다.

"말도 안 돼!" 그가 되풀이했다. "발이 엉망이 됐잖아!"

불안을 느껴 반수상태에서 깨어난 대위가 군의관을 바라보다가 마침내 물었다.

"상태가 어떻습니까, 군의관님?"

부로슈는 절단수술이 필요할 때 환자에게 직접 허락을 구하지 않았다. 그는 환자 스스로 체념하고 받아들이게 하는 편을 선호했다.

"아주 안 좋아요." 그는 솔직하게 알려준다는 듯 나직이 말했다. "발을 되살릴 수 없을 것 같소."

보두앵이 초조한 표정으로 다시 말했다.

"그렇다면 끝이군요. 군의관님 생각은 어떻습니까?"

"대위님은 용감한 군인이니까, 제가 알아서 필요한 조치를 취할 수 있도록 해줄 거라 믿습니다."

보두앵 대위는 불그스름한 연기가 어리는 듯 눈앞이 캄캄해졌다. 그는 상황을 이해했다. 참을 수 없는 공포가 목을 죄었지만, 용기를 내서 짧게 대답했다.

"그렇게 하십시오, 군의관님."

수술 준비는 오래 걸리지 않았다. 벌써 보조병이 클로로포름에 적신 수건을 가져와 환자의 코밑에 댔다. 마취되기 전 환자가 잠시 꿈틀거리자, 두 위생병이 매트리스 위에서 대위의 다리를 잡고 몸을 바르게 펴주었다. 그들 중 하나가 왼쪽 다리를 잡았다. 그리고 군의관 보조병이 동맥을 조이기 위해, 허벅지 끝 사타구니 부위를 두 손으로 꽉 잡고 눌렀다.

부로슈가 가느다란 칼을 들고 다가왔을 때, 질베르트는 더이상 견딜 수가 없었다.

"안 돼, 안 돼, 어쩌면 좋아!"

그녀는 실신하듯 들라에르슈 부인에게 몸을 기댔고, 부인은 그녀가 쓰러지지 않도록 두 팔로 붙잡았다.

"두 분은 왜 여기 있습니까?" 군의관이 무심히 말했다.

그런데도 두 여자는 나가지 않았고, 차마 볼 수 없다는 듯 고개를 돌렸다. 평소 서로에 대한 애정이 전혀 없는 두 여자가 지금은 몸을 떨며 꼭 껴안은 채 꼼짝하지 않았다.

오늘 하루 중 어느 때보다 큰 대포 소리가 울렸다. 세시였다. 들라에르슈는 실망과 분노를 감추지 못하며 도대체 아무것도 이해할 수 없다고 투덜거렸다. 프로이센 포병대가 포격을 중단하기는커녕 강화하고 있음이 확실했다. 왜일까? 무슨 일이 있는 걸까? 지옥 같은 포격이었다. 지축이 흔들리고 대기가 불타올랐다. 스당을 포위한 독일군 대포 800문이 동시에 불을 뿜었고, 인근 전원에서 뇌성벽력과도 같은 무시무시한 굉음이 끊이지 않았다. 스당 주변의 고지 곳곳에 포진한 독일군이 도심으로 포화를 집중시켰으므로, 두 시간이면 스당이 화염에 휩싸여 가루가 되어버릴 듯했다. 최악의 사실은 포탄이 다시 민가들 위에 떨어지기 시작했다는 것이었다. 가옥이 요란하게 부서지는 소리가 더욱 빈번해졌다. 부아야르가에서 포탄 하나가 터졌다. 뒤이어 다른 포탄 하나가 시트 제조소의 높다란 굴뚝 한 귀퉁이를 날려, 벽돌 잔해가 창고 앞으로 굴러떨어졌다.

부로슈가 고개를 들더니 분통을 터뜨렸다.

"아니, 우리 부상병들을 다 끝장낼 작정인가?…… 정말 견딜 수가 없군, 저놈의 대포 소리!"

위생병은 대위의 다리를 잡아 쭉 폈다. 군의관은 무릎 아래, 즉 뼈를 톱질해서 다리를 잘라낼 부위 5센티미터 아래에서 회전식으로 재빠르게 피부를 절개했다. 뒤이어 가느다란 칼로 죽 가르더니, 마치 오렌지 껍질을 벗기듯 다리 피부를 벗겨냈다. 힘줄을 자르려 할 때, 위생병이 다가와 귓속말로 소곤거렸다.

"2번 환자가 방금 죽었습니다."

포성이 너무 커서 그의 말이 군의관에게 들리지 않았다.

"좀더 크게 말해봐, 젠장맞을! 저놈의 대포 소리 때문에 고막이 터질 판이야."

"2번 환자가 방금 죽었습니다."

"뭐라고, 2번?"

"예, 팔 부상병 말입니다."

"아, 그렇게 됐군!…… 그럼 이따가 3번 부상병을 데려오게, 턱 부상병 말이야."

그러고는 환자의 힘줄을 능숙한 단 한 번의 칼질로 뼈 앞까지 깊숙이 잘랐다. 정강이뼈와 종아리뼈가 드러나자, 그는 두 뼈 사이에 습포를 끼웠다. 그러고는 단 한 번의 톱질로 둘 사이를 갈라놓았다. 대위의 발이 위생병의 손에 들려 있었다.

군의관 보조병이 허벅지 주위를 압박한 덕분에 피는 거의 흐르지 않았다. 세 개의 동맥을 동여매는 결찰結紮 작업이 빠르게 이루어졌다. 그러나 군의관은 고개를 가로저었다. 군의관 보조병이 대위의 허벅지에

서 손을 뗐을 때, 자기 말이 환자의 귀에 들리지 않으리라 확신한 군의
관이 상처를 살피며 중얼거렸다.

"이런, 소동맥에서 피가 흐르지 않잖아."

그는 능숙한 동작으로 이리저리 살폈다. 가엾게도 장애인이 또 한
명 늘었군! 땀에 젖은 그의 얼굴 위로 피로와 깊은 슬픔이 드리웠다.
열 명 중 네 명은 구하지 못하는 상황에서 '이래 봐야 무슨 소용이 있겠
어?'라는 절망감의 표시였다. 이마에 맺힌 땀을 닦은 그는 피부를 고르
게 펴 조심스럽게 봉합했다.

그때 질베르트가 몸을 돌렸다. 들라에르슈가 이제 수술이 끝났으니
환자를 봐도 된다고 그녀에게 말했던 것이다. 하지만 그녀는 위생병이
금작화 화단 뒤로 들고 가는 절단된 대위의 발을 보았다. 시체는 계속
늘어났다. 시체 두 구가 거기 있었는데, 하나는 아직도 비명을 지르는
듯 시커먼 입을 쩍 벌리고 있었고, 다른 하나는 단말마의 고통으로 연
약한 기형아처럼 왜소하게 쪼그라들어 있었다. 최악의 사실은 잘라낸
팔다리가 수북이 쌓여 바로 옆 통로까지 넘쳐난다는 것이었다. 대위의
발을 어디에 놓아야 할지 몰라 잠시 망설이던 위생병이 마음을 정한
듯 잔해 더미 위에 던졌다.

"자! 잘 끝났소." 군의관이 방금 의식을 되찾은 보두앵에게 말했다.
"이제 괜찮을 겁니다."

대위는 수술이 잘 끝나서 의식을 되찾았으나 전혀 기쁘지 않았다.
몸을 조금 일으키려던 그는 다시 쓰러지며 힘없는 목소리로 더듬거
렸다.

"고맙습니다, 군의관님. 잘 끝나서 다행입니다."

그제야 알코올에 적신 붕대 때문에 불에 탄 듯 쓰라린 상처가 느껴졌다. 그를 옮길 들것이 준비되었을 때, 별안간 엄청난 폭발음이 공장 전체를 뒤흔들었다. 포탄 하나가 창고 뒤편, 즉 펌프가 있는 안마당에서 터진 것이었다. 유리 파편이 날아다니는 가운데 짙은 연기가 구급마차를 뒤덮었다. 홀에서는 공포에 질린 부상병들이 몸을 일으켰고, 모두가 비명을 지르며 달아나려 했다.

들라에르슈는 피해가 어느 정도인지 살피기 위해 미친듯이 달려갔다. 이제 우리집을 완전히 무너뜨려 잿더미로 만들겠다는 거야 뭐야? 도대체 무슨 일이 있는 거지? 황제가 항복을 선언했는데 왜 다시 대포를 쏘는 걸까?

"제기랄! 우두커니 서서 뭘 하는 거야!" 부로슈가 공포에 질려 꼼짝하지 않는 위생병들에게 소리쳤다. "탁자를 닦고, 빨리 3번 부상병을 옮겨와!"

위생병들은 탁자를 닦았고, 잔디밭을 가로질러 양동이 속 핏물을 힘껏 뿌렸다. 하얀 데이지 꽃밭이 온통 붉은색으로 변했다. 군의관은 3번 부상병 앞에서 잠시 한숨 돌리는 듯 손으로 더듬어 총알을 찾기 시작했다. 총알은 아래턱을 부수고 혀 밑에 박힌 듯했다. 많은 피가 솟구쳐 군의관의 손가락이 끈적거렸다.

홀에서는 보두앵 대위가 다시 매트에 뉘어졌다. 질베르트와 들라에르슈 부인이 들것을 따라왔다. 들라에르슈는 조금 전의 흥분을 누르고 잠시 이야기를 나누러 왔다.

"편히 쉬세요, 대위님. 방을 준비하라고 하겠습니다. 우리집에서 쉬세요."

탈진상태에서도 대위는 잠시 정신이 또렷해졌다.

"아닙니다. 저는 곧 죽을 것 같습니다."

죽음의 공포에 질린 얼굴로 그는 눈을 크게 뜨고 세 사람을 바라보았다.

"오! 대위님, 무슨 말씀을 하시는 거예요?" 얼음처럼 굳은 질베르트가 미소 지으려 애쓰며 나직이 말했다. "한 달 후면 거뜬히 일어나실 텐데."

그는 고개를 가로저었다. 이토록 젊은 나이에 존재의 기쁨을 누리지도 못하고 죽는다는 생각에, 그는 삶의 애착을 가득 담은 눈으로 그녀를 바라보았다.

"저는 곧 죽을 겁니다, 곧 죽을 거예요…… 아! 두려워요……"

문득 그는 군데군데 찢어지고 더럽혀진 군복과 새까매진 두 손을 보았다. 여자들 앞에서 자신의 참담한 몰골이 부끄러운 듯했다. 용모가 단정하지 못하다는 생각이 그에게 용기를 되찾게 해주었다. 그는 다시 침착한 목소리로 말했다.

"죽더라도 두 손은 깨끗해야겠죠…… 부인, 물수건 좀 주시겠습니까."

질베르트는 달려가서 물수건을 가져왔고, 그의 손을 직접 닦아주었다. 이때부터 그는 품격 있게 죽기 위해 대단한 용기를 보여주었다. 들라에르슈가 그를 격려하며 아내가 하는 일을 도왔다. 들라에르슈 부인도 아들 내외가 합심해서 이 죽어가는 군인을 위로하는 모습을 보며 앙심이 사라지는 것을 느꼈다. 진실을 알고 아들에게 모든 것을 말하리라 다짐했던 그녀는 다시 한번 입을 다물었다. 죽음이 과오를 휩쓸어가는데, 집안에 괜한 분란을 일으켜 무엇하랴?

대위를 깨끗이 닦아주는 일은 금세 끝났다. 점점 힘을 잃어가던 대위는 다시 의기소침해졌다. 이마와 목에서 식은땀이 비 오듯 흘렀다. 그는 한순간 다시 눈을 떴고, 상상의 이불을 찾는 듯 주변을 더듬거렸다. 그러더니 뒤틀린 두 손으로 고집스레 상상의 이불을 천천히 턱밑까지 끌어올렸다.

"아! 추워요, 너무 추워요."

그러고는 아무 소리 없이 숨을 거두었고, 그의 조용하고 야윈 얼굴에는 무한한 슬픔이 깃들었다.

들라에르슈는 그 시신이 시체안치소가 아니라 그 옆 창고로 옮겨지는 것을 지켜보았다. 그는 넋이 나간 듯 우는 질베르트를 방으로 데려가려 했다. 그러나 그녀는 혼자 있으면 너무 무서울 거라고, 차라리 시어머니와 함께 정신없이 바쁜 야전병원에 머무르는 게 낫겠다고 말했다. 벌써 그녀는 열에 들떠 헛소리를 하는 아프리카 기병에게 물을 주러 뛰어갔고, 엄지손가락이 날아간 채 전쟁터에서 걸어서 여기까지 온 스무 살짜리 신병의 손에 붕대를 감는 위생병을 도왔다. 신병이 파리의 익살 광대처럼 무심히 자기 상처에 대해 농담을 하자, 그녀는 기분이 다소 나아졌다.

보두앵 대위가 임종의 고통을 겪는 동안 포격은 더욱 거세진 듯했다. 두번째 포탄이 정원에 떨어져 수령 백 년이 넘은 거목들을 박살냈다. 카신 교외에서 엄청난 화재가 발생했는데, 공포에 질린 사람들이 스당 전체가 불타고 있다고 소리쳤다. 포탄 세례가 이처럼 격렬하게 오랫동안 계속된다면 모든 게 끝장날 것이었다.

"말도 안 돼, 다시 가봐야겠어!" 반쯤 넋이 나간 들라에르슈가 말했다.

"어디로 말입니까?" 부로슈가 물었다.

"군청으로 가서 황제가 우리를 놀리는 게 아닌지 확인해야겠소. 분명히 황제가 백기를 올리라고 했다는데……"

끊임없이 이송되는 부상병들을 모두 구할 수 없어 낙담하던 차에 백기니, 패배니, 항복이니 하는 소리를 듣자 군의관은 순간 짜증이 치밀었다. 그는 거친 동작으로 절망감을 표시했다.

"그만 가보시오! 모두가 항복한 건 아닙니다!"

밖으로 나온 들라에르슈는 점점 늘어나는 군중을 뚫고 나아가기가 쉽지 않았다. 거리마다 패주하는 군인들 물결이 시시각각 불어났다. 그는 마주치는 여러 장교에게 물었다. 성채 위에 내걸린 백기를 본 장교는 아무도 없었다. 이윽고 어느 대령이 백기가 올라갔다 내려가는 걸 얼핏 보았다고 말했다. 이 말이 모든 것을 설명해주는 듯했다. 독일군이 백기를 보지 못했을 수도 있고, 백기가 올라갔다 내려가는 걸 보고 최후가 가까워졌다고 판단해 포격을 강화했을 수도 있으리라. 갖가지 소문이 떠돌았다. 백기가 게양되자 격분한 한 장군이 달려가서 깃대를 부러뜨리고 깃발을 군홧발로 짓이겼다고 했다. 그리고 독일 포병대가 지붕과 거리에 포탄을 쏟아부은 탓에 가옥이 불타고 있고, 방금 튀렌광장에서는 한 여자의 머리가 박살났다고 했다.

들라에르슈는 군청 수위실에 가보았지만 로즈는 보이지 않았다. 문이 전부 열려 있었고, 패주는 이미 시작되었다. 그가 마주친 사람들은 모두 공포에 질려 있었고, 아무도 그에게 말을 걸지 않았다. 2층에서 어디로 가야 할지 망설일 때, 로즈가 나타났다.

"어휴! 들라에르슈 사장님, 일이 잘못됐나봐요…… 아! 황제를 보고 싶다면, 빨리 이쪽으로 오세요."

왼편에 문이 잘못 닫힌 듯 조금 열려 있었다. 문틈으로 벽난로에서 창가까지 비틀거리며 오가는 황제가 얼핏 보였다. 참을 수 없는 고통에 시달리면서도 그는 걸음을 멈추지 않고 끊임없이 서성거렸다.

이제 막 부관 하나가 들어왔고, 잘못 닫힌 그 문틈으로, 황제가 침통하기 그지없는 목소리로 다그치는 소리가 들렸다.

"그런데 부관, 백기를 걸었는데 왜 적의 포화가 멈추지 않는 것이오?"

멈추기는커녕 점차 더 격렬해지는 대포 소리가 그에게 견딜 수 없는 고통을 안겼다. 내 실수로 얼마나 더 많은 사람이 죽어야 한단 말인가! 매 순간 아무 의미 없이 시체가 쌓여갔다. 감상적인 몽상가 특유의 분노에 휩싸인 그는 방에 들어오는 사람들에게 열 번도 더 똑같은 질문을 되풀이했다.

"백기를 걸었는데 왜 적의 포화가 멈추지 않는 것이오?"

부관이 소곤거리며 대답한 탓에 들라에르슈는 알아들을 수 없었다. 황제는 천둥 같은 포성 때문에 실신할 것 같았지만 방안을 오가는 발걸음을 멈추지 않았다. 아침 화장이 지워지지 않아 기다란 얼굴이 더욱 음울하고 피로해 보였고, 점점 더해가는 창백함이 고통의 정도를 말해주었다.

바로 그때, 키가 작고 동작이 민첩한 한 장성이 바쁘게 층계참을 지나갔다. 군복에 뿌옇게 먼지가 앉은 그는 부관에게 알리지 않고 곧바로 황제의 방문을 열었는데, 들라에르슈는 그가 르브룅 장군임을 알아보았다. 이어 다시 한번 황제의 수심에 찬 목소리가 들렸다.

"그런데 장군, 백기를 걸었는데 왜 적의 포화가 멈추지 않는 것이오?"

부관이 밖으로 나왔고, 방문이 닫혔다. 들라에르슈는 장군의 대답을 들을 수 없었다. 모든 게 시야에서 사라졌다.

"어휴!" 로즈가 되풀이했다. "일이 잘못됐나봐요, 저 방에 드나드는 분들 표정을 보면 알 수 있어요. 우리집 식탁보처럼 끝장이 난 거죠. 다시는 그 식탁보를 되찾지 못할 거잖아요, 소문으로는 사람들이 그걸 찢어버렸대요…… 이 모든 걸 보고 있으면 황제가 가장 불쌍하다는 생각이 들어요. 황제가 원수보다 더 비통해하잖아요. 침대에 있는 원수가 이 방에서 끝없이 오가며 괴로워하는 황제보다는 낫죠."

그녀는 정말로 마음이 아팠다. 예쁜 금발의 그 얼굴에 깊은 연민이 드리웠다. 이틀 전부터 보나파르트주의적인 열정이 식어버린 들라에르슈는 그녀가 어리석다고 느꼈다. 그녀와 함께 아래층에서 길을 나서는 르브룅 장군의 출발을 잠시 지켜본 들라에르슈는 장군이 출발하자 곧 뒤따랐다.

르브룅 장군이 황제에게 설명한 사실은, 휴전을 원한다면 프랑스 군대의 총사령관이 서명한 편지를 독일 군대의 총사령관에게 전달해야 한다는 것이었다. 뒤이어 그는 그 편지를 작성하고 드 빔펜 장군을 찾아가서 서명하게 하는 임무를 자청했다. 그는 편지를 가지고 출발했지만, 드 빔펜 장군을 찾을 수 있을지 걱정이었다. 더욱이 스당은 이루 말할 수 없이 혼잡해져서 말을 평보로 몰아야 했다. 그 덕분에 들라에르슈는 메닐 시문까지 그를 따라갈 수 있었다.

그러나 도로로 접어들자, 르브룅 장군은 말을 달릴 수 있었다. 그리고 다행히 발랑에서 드 빔펜 장군을 만났다. 드 빔펜 장군은 조금 전 황제에게 이런 편지를 보냈다. "폐하, 여기로 오셔서 진두에서 지휘하십시오. 그러면 군사들이 폐하에게 길을 터주기 위해 목숨 바쳐 진격할 것입니다." 그런 까닭에 휴전이라는 말이 나오자마자 그는 격분했다. 안 돼요, 안 돼! 서명하지 않을 겁니다, 끝까지 싸워야 합니다! 세시 반이었다. 방금 막 바이에른군의 측면에 구멍을 내기 위한 절망적이고 영웅적인 마지막 시도로서, 다시 한번 바제유를 향해 발걸음을 옮긴 터였다. 스당의 거리를 지나며, 근처 들판을 지나며 병사들은 아군의 사기를 북돋기 위해 거짓으로 외쳤다. "바젠 원수가 오고 있어! 바젠 원수가 오고 있어!" 아침부터 그것은 하나의 꿈이었다. 독일군이 숨겨두었던 포병대가 포성을 울릴 때마다 병사들은 그것을 메츠에 있는 아군의 대포 소리로 착각하려 했다. 대략 병사 1200명이 집결해 있었는데, 여러 군단의 패잔병들이었고, 무기도 뒤섞여 있었다. 일렬로 늘어선 일군의 병사들이 총알이 난무하는 도로 위로 용감하게 달려갔다. 처음에는 훌륭하기 그지없었다. 병사들이 길 위에 쓰러져도 다른 병사들의 용기는 꺾이지 않았다. 병사들은 분연히 500미터가량 진격했다. 그러나 이내 전열이 흐트러졌고, 가장 용감한 병사들조차 후퇴했다. 병사들의 수효가 압도적 열세인데 뭘 할 수 있을까? 이제는 패배를 인정하고 싶지 않은 총사령관의 광기어린 집념만 남았을 뿐이었다. 발랑과 바제유를 잇는 도로, 곧 포기하지 않으면 안 될 도로 위에서 드 빔펜 장군은 마침내 르브룅 장군과 단둘이 남았다. 그들은 이제 스당의 성벽 아래로 퇴각해야만 했다.

　르브룅 장군을 시야에서 놓치자마자, 들라에르슈는 망루에서 전체적인 상황을 내려다보기 위해 서둘러 공장으로 되돌아갔다. 그러나 공장 출입구에서 드 비뇌유 대령과 마주치는 바람에 잠시 걸음을 멈췄다. 한쪽 장화가 피에 젖은 대령은 농부의 낡은 마차 안에 깔린 건초 더미 위에 반쯤 실신한 상태로 누워 있었다. 대령은 말에서 떨어질 때까지 자기 연대 병사들을 재집결시키려고 안간힘을 썼었다. 사람들은 즉시 대령을 2층 방으로 옮겼고, 부로슈가 달려와 발목의 상처에서 장화의 가죽조각을 제거한 후 붕대를 감았다. 군의관은 몸이 열 개라도 모자랄 판이었다. 그는 의료 장비도 의료 지원도 없이 이처럼 참혹하게 일하느니 차라리 죽는 게 낫겠다고 소리치며 다시 아래로 내려갔다. 아래서는 밀려드는 부상병들을 더이상 어디에 두어야 할지 몰랐다. 이제 그들을 잔디 위에, 풀밭에 널 수밖에 없었다. 일렬로 넌 그 줄도 벌써 두 줄이 되었는데, 포탄이 쏟아지는 노천에 방치된 그들은 불안과 공포에 떨었다. 정오부터 야전병원에 옮겨진 부상병만 400명이 넘었다. 군의관은 외과의들을 보내달라고 요청했지만, 당도한 것은 마을의 젊은 의사 한 명뿐이었다. 한 명으로는 턱없이 모자랐다. 그는 이리 뛰고 저리 뛰며 정신없이 검진하고, 자르고, 톱질하고, 꿰맸지만, 일거리는 쌓여만 갔다. 그토록 많은 피와 눈물을 보면서 구토가 나고 공포에 질린 질베르트는 숙부가 있는 2층 방으로 올라갔다. 아래층에는 들라에르슈 부인만 남아 열이 나는 환자들에게 물을 갖다주고 죽어가는 사람들의 축축한 얼굴을 닦아주었다.

　옥상으로 올라간 들라에르슈는 황급히 전황을 살피려고 애썼다. 시내의 피해는 생각보다 덜했다. 카신 교외에서 유일하게 발생한 화재로 검은 연기가 피어오르고 있었다. 플라티나 요새에서는 탄환이 떨어졌는지 더이상 총알이 날아오지 않았다. 단지 파리 시문의 대포들이 간간이 불을 뿜었다. 뒤이어 눈길을 끈 것은 성탑 위에 다시 게양된 백기였다. 그렇지만 격렬한 포화가 그치지 않는 전쟁터에서는 그것이 보이지 않는 게 분명했다. 이웃 지붕들에 가려 발랑의 도로가 보이지 않았기 때문에 부대가 어디로 이동하는지 추적하기가 어려웠다. 망원경으로 보니, 정오에 그가 살펴보았던 독일군 참모부가 보였다. 새끼손가락 반만한 작은 장난감 병정이 프로이센 국왕 같았다. 어두운색 제복을 입은 그는 여전히 장교들 앞에 서 있었고, 장교들 대부분은 견장 자수를 반짝이며 풀밭에 엎드려 있었다. 외국인 장교들, 부관들, 장군들, 왕자들이 있었고, 모두가 오페라를 구경하듯 쌍안경을 든 채 아침부터 프랑스군의 임종을 지켜보고 있었다. 장엄한 드라마가 바야흐로 막을 내릴 참이었다.

숲이 우거진 마르페의 고지에서 빌헬름 국왕은 방금 자기 부대들이 합류하는 광경을 바라보았다. 마침내 합류가 이루어졌다. 프로이센 왕세자, 즉 그의 아들이 지휘하는 III군단이 생망주와 플레뇌를 통해 유유히 진군한 끝에 일리고원을 장악했다. 작센 왕세자가 지휘하는 IV군단은 가렌숲을 돌아 대니와 지본을 통해 합류 지점에 도착했다. XI군단과 V군단은 XII군단과 근위대와 합류했다. 고리가 닫힐 때 고리를 끊기 위해 기울인 비상한 노력, 즉 마르그리트 사단의 무용하지만 용맹스러운 분전은 빌헬름 국왕의 탄성을 자아냈다. "오! 정말 대단한 용사들이로군!" 이제 정확하고 냉혹한 포위가 끝났다. 바이스 공구의 두 집게가 닫혔으므로, 국왕은 프랑스군을 포위한 군사와 대포의 거대한 장벽을 한눈에 볼 수 있었다. 북쪽에서 독일군이 포위망을 점점 더 좁히고 지평선에 늘어선 포병대가 집중포화를 퍼부어 프랑스 병사들을 스당으로 후퇴시켰다. 남쪽에서는 적의 수중에 떨어진 텅 빈 바제유가 연기와 불꽃으로 거대한 회오리를 일으키며 불타고 있었다. 발랑을 장악한 바이에른군은 시문에서 300미터 떨어진 지점에 대포를 설치했다. 퐁모지, 누아예, 프레누아, 바들랭쿠르 등 왼쪽 강기슭에 위치한 다른 포병대들은 열두 시간 전부터 끊임없이 포성을 울리다가 더욱 격렬하게 대포를 쏘았고, 국왕의 발밑에까지 포진해 불의 벨트를 완성했다.

국왕은 피곤한 탓인지 잠시 쌍안경을 내려놓고 맨눈으로 전세를 살폈다. 구름 한 점 없이 맑은 하늘에서 해가 숲 쪽으로 비스듬히 기울어졌다. 광활한 들판이 황금색으로 물들었고, 햇살이 너무나 투명해서 세세한 것들까지 뚜렷이 드러났다. 검은 창살이 보이는 스당의 가옥들, 성채들, 모서리가 유난히 선명한 복잡한 방어 요새가 국왕의 눈에 들어왔다. 뒤이어 도시 주변에서 대지에 산재한 마을들, 장난감 상자 속 농가와 비슷하게 반짝반짝 윤이 나는 싱그러운 마을들이 보였다. 왼쪽으로 평원의 가장자리에는 동슈리가 있었고, 오른쪽으로 초원에는 두지와 카리냥이 있었다. 아르덴숲의 나무들이 선명히 보였는데, 그 녹음의 바다가 국경선까지 펼쳐진 듯했다. 완만하게 굽이치는 뫼즈강은 부드러운 햇살에 순정한 황금의 물결을 이루었다. 일몰 속에서 이토록 높은 고지에서 내려다보니, 피에 물든 전투가 기묘한 그림처럼 보였다. 죽은 기병들, 배가 갈라진 말들이 플루앙고원을 점점이 수놓았다. 오른쪽 지본 지역에서는, 마지막으로 후퇴하는 병사들이 혼잡하게 뒤엉킨 검은 점들의 소용돌이처럼 보였다. 왼쪽 이주반도에서는, 바이에른 1개 포병대가 성냥처럼 보이는 대포들을 얼마나 가지런히 설치해놓았는지 시계눈금처럼 간격이 정확했다. 기대를 넘어서는 완벽한 압승이었다. 이 광활한 계곡 앞에서 도로 위에 널린 수천 구의 시체는 너무도 작아 보여 빌헬름 국왕은 아무런 가책도 느끼지 못했다. 그리고 바제유의 화재, 일리의 학살, 스당의 고통에도 불구하고 아무 일 없다는 듯 아름다운 하루가 평온하게 저무는 이 시각, 무심한 자연은 너무도 눈부시게 물들어갔다.

바로 그때, 마르페 경사지에서 백기를 든 경기병을 앞세운 채 푸른색 제복을 입고 검정말을 타고 가는 프랑스 장군의 모습이 들라에르슈의 눈에 띄었다. 그는 프로이센 국왕에게 편지를 전달하라는 황제의 명을 받은 레유 장군이었다. "전하, 저는 군대 한복판에서 죽을 운명이 못되었기에 이제 남은 일은 전하의 손에 저의 검을 맡기는 것뿐입니다. 전하, 저는 전하의 형제 나폴레옹입니다." 서둘러 살육을 멈추게 하려는 갈망으로, 더이상 군 통수권자가 아닌 황제는 승자의 감정에 호소하기 위해 스스로 항복을 선언한 것이었다. 들라에르슈는 국왕에게서 열걸음 떨어진 곳에서 멈춘 레유 장군이 말에서 내려 아무런 무기 없이 말채찍만 손에 쥔 채 앞으로 나아가 편지를 전달하는 것을 보았다. 해가 장밋빛 노을 속으로 사라지고 있었다. 국왕은 의자에 앉았고, 시종이 옆에 놓은 또다른 의자 등받이에 한쪽 팔을 걸친 채, 황제의 검을 받아들이겠으며 항복조약을 다룰 장교를 지체 없이 보내라고 답했다.

7

그 시각 스당 주변의 모든 잃어버린 영토로부터, 예컨대 플루앙, 일 리고원, 가렌숲, 지본 계곡, 바제유 도로로부터 공포에 질린 사람들, 말 들, 대포들이 도시를 향해 물밀듯 몰려왔다. 모두가 강고한 피란처로 오인한 이 도시는 치명적인 유혹이요, 탈주병들의 은신처요, 가장 용감 한 사람들조차 만인의 비관과 공포를 공유하며 빠져드는 구원의 길이 었다. 사람들은 저기 성채 뒤로 가면 열두 시간 전부터 쏟아지는 포탄 세례를 피할 수 있으리라고 생각했다. 이제 더이상 양심도 이성도 존재 하지 않았고, 짐승이 인간을 삼켰다. 몸을 숨길 구멍을 찾으려는 광기 어린 본능만이 모두의 머릿속을 지배했다.

작은 담장 아래서 차가운 물로 장의 얼굴을 적시던 모리스는 그가 다시 눈을 뜨자 기쁨의 탄성을 내질렀다.

"아! 이런 몹쓸 군인 같으니라고, 정말로 죽은 줄 알았잖아!…… 비난하는 건 아니지만 무슨 몸이 그렇게 무거워!"

장은 꿈에서 깨어난 듯 어리둥절한 표정을 지었다. 하지만 곧바로 상황을 이해한 듯 두 줄기 눈물이 뺨 위로 흘러내렸다. 그가 아이처럼 동생처럼 여기며 사랑하는 이 허약한 모리스가, 놀라운 우정으로 초인적인 힘을 발휘해 자신을 여기까지 옮긴 것이었다!

"잠깐, 머리가 어떤지 볼게."

두피에 찰과상을 입어 피가 많이 흘렀지만 사실 부상은 가벼웠다. 피가 엉겨붙은 머리칼이 헝겊 뭉치처럼 변해 있었다. 상처 부위가 다시 벌어지지 않으려면 엉겨붙은 머리칼에 물이 닿아선 안 되었다.

"자, 얼굴에 묻은 피만 닦아냈어, 이제야 사람 얼굴 같네…… 잠깐, 모자 씌워줄게."

모리스는 그들 옆에서 죽은 병사의 모자를 주워 장의 머리에 조심스럽게 씌웠다.

"딱 맞네…… 이제 걸을 수만 있으면 완벽해."

장은 일어나서 별다른 문제가 없는지 머리를 흔들어보았다. 머리가 조금 무거운 것 외에는 별다른 고통이 없었다. 금세 괜찮아질 거야. 단순한 사람 특유의 감동에 북받친 그는 숨이 막힐 정도로 모리스를 꽉 껴안더니, 이 한마디를 되풀이했다.

"아! 넌 내 아우야, 내 아우!"

그때 프로이센군이 가까이 왔기에, 그들은 더이상 담장 뒤에 머무를 시간이 없었다. 벌써 로샤 중위가 몇몇 병사와 함께 후퇴했는데, 소위는 군기를 깃대에 둘둘 말아 소중하게 간직하고 있었다. 키가 아주 큰 라풀이 몸을 세워 담장 너머로 총을 쏘았다. 반면 먹지도 못하고 잠을 자지도 못해 기진맥진한 파슈는 소총을 어깨에서 허리로 비스듬히 메고 있었다. 장과 모리스는 허리를 잔뜩 구부린 채 서둘러 그들과 합류했다. 소총도 탄환도 모자라지는 않았다. 몸을 굽혀 줍기만 하면 되었다. 모리스가 장을 어깨에 메고 옮길 때 배낭과 총을 버렸기 때문에, 둘은 다시 무장을 갖췄다. 담장이 가렌숲까지 이어져 일행은 살았다고 여겼고, 황급히 농가 뒤를 돌아 숲으로 들어갔다.

"아!" 불굴의 신념을 지닌 로샤가 말했다. "공격을 재개하기 전에 여기서 한숨 돌리는 게 좋겠어."

그러나 한 걸음 떼자마자, 모두가 그곳이 지옥임을 깨달았다. 이제 뒤돌아갈 수도 없었고, 유일한 퇴로인 숲을 가로지르는 수밖에 없었다. 지금 이 시각, 숲은 절망과 죽음의 끔찍한 공간이었다. 그곳을 통해 후퇴하리라 예상한 프로이센군이 총탄과 포탄을 집중적으로 퍼부었다. 나뭇가지들이 부러지는 엄청난 소리가 울리며 숲 전체가 폭풍을 맞은 듯 요동쳤다. 포탄이 나무들을 두 동강으로 부러뜨렸고, 총탄이 나뭇잎을 비처럼 쏟아지게 했다. 아름드리나무 둥치들이 비명을 질렀고, 수액에 젖은 나뭇가지가 흐느끼는 소리를 냈다. 그것은 집중포화를 맞으면서도 한 발짝도 도망갈 수 없는 존재들, 땅에 뿌리박힌 수많은 존재들의 비탄과 공포에 찬 절규와도 같았다. 포격을 당하는 숲만큼 처절한 전쟁터도 찾기 힘들 것이다.

동료들과 합류한 모리스와 장은 금세 공포에 휩싸였다. 둘은 거목이 무성한 숲으로 들어가서야 달릴 수 있었다. 그러나 총알이 나무들 사이로 사방에서 날아오는 탓에 도무지 방향을 가늠하기 어려웠다. 주변에서 두 병사가 각기 등과 얼굴에 탄환을 맞고 죽었다. 모리스 바로 앞에서, 수령이 수백 년 된 떡갈나무가 포탄을 맞아 두 동강 나며 영웅의 장엄한 최후인 양 주변의 모든 것을 초토화했다. 모리스가 뒤로 펄쩍 뛰었을 때, 왼쪽에서 거대한 너도밤나무가 또다른 포탄을 맞아 성당의 골조처럼 무너져내렸다. 어디로 달아나야 할까? 어느 쪽으로 발걸음을 옮겨야 할까? 모든 방이 이어진 대형 건조물의 천장이 굉음을 내며 붕괴하듯 사방에서 나뭇가지가 쏟아졌다. 허공을 가르는 거목을 피하려고 둘이 잡목림으로 뛰어들어갔을 때, 장이 포탄에 맞아 박살날 뻔했으나 다행히 불발탄이었다. 잡목들이 이리저리 뒤엉켜 있어 나아갈 수가 없었다. 잔가지가 어깨를 찔렀고, 키 큰 풀이 발목을 감았다. 별안간 가시덤불이 나타나 그들은 꼼짝할 수 없었고, 거대한 낫이 숲 전체를 베는 바람에 헤아릴 수 없이 많은 나뭇잎이 그들 주변에 날아다녔다. 그들 옆에서, 이마에 총알을 맞은 병사가 두 자작나무 사이에 낀 채 서 있었다. 이 잡목림에서 오도 가도 못하게 된 그들은 끊임없이 죽음의 공포를 느꼈다.

"제기랄!" 모리스가 말했다. "꼼짝없이 여기서 죽겠는걸."

그의 얼굴이 납빛이 되었고, 온몸이 전율에 휩싸였다. 아침에 그를 격려해주던, 그토록 용감하던 장도 부들부들 떨며 파랗게 질렸다. 저항할 수 없는 공포가, 무시무시한 공포가 전염병처럼 퍼져나갔다. 다시 견딜 수 없는 갈증에 입술이 바짝바짝 타들어갔고, 숨이 막힐 정도로 고통스럽게 목구멍이 조여들었다. 게다가 뱃속에서는 구역질이 치밀었고 두 다리는 바늘로 찌르는 듯 아팠다. 이런 육체적 고통과 정신적 공포 속에서, 그들은 총알이 눈에 보이기라도 하는 듯 수없이 많은 검은 반점들이 날아다니는 것을 느꼈다.

"아! 빌어먹을!" 장이 더듬거리며 말했다. "어떤 자들은 집에서 느긋하게 담배나 피우고 있을 텐데, 여기서 총알 세례를 받고 있으려니 정말 분통이 터지는군!"

반쯤 넋이 나간 모리스가 거칠게 덧붙였다.

"그래, 왜 하필이면 나야?"

그것은 다른 누군가를 위해 죽고 싶지 않은 이기주의적 분노이자 자아의 반항이었다.

"그러니까 말이야." 장이 다시 말했다. "우리가 왜 이렇게 죽어야 하지? 이게 다 무슨 소용이 있다고?"

그러면서 눈을 들어 하늘을 바라보았다.

"어휴, 저 빌어먹을 해는 도대체 꺼질 줄을 모르는군! 해가 지고 어둠이 내리면 이 망할 놈의 싸움도 멈출 텐데!"

그는 시간감각을 잃은 지 오래였기에 시간을 가늠할 수 없었다. 그래서 해가 얼마나 기울었는지 살피곤 했는데, 그가 보기에 해는 왼쪽 강기슭 숲 위에 걸린 채 더이상 움직이지 않는 듯했다. 겁을 먹어서 그렇게 느낀 것이 아니었다. 포성도 총성도 더이상 듣고 싶지 않고, 어디론가 멀리 벗어나고 싶고, 땅속에 처박혀 사라지고 싶은 욕망이 더없이 간절했다. 동료들 앞에서 의무를 다하는 모습을 보이려는 마지막 자존심이 없었더라면, 모두가 이성을 잃고 진작 삼십육계 줄행랑을 놓았을 것이다.

하지만 모리스와 장은 다시 상황에 적응했다. 공포가 어느 선을 넘어서자, 용기에서 기인한 무의식적 도취가 그들을 사로잡았다. 마침내 그들은 저주받은 숲을 가로지르려 안달하지 않았다. 포격을 받아 부동의 거인 병사처럼 사방에서 쓰러지는 거목들 사이로 공포가 한층 불어났다. 이끼에 덮인 신비스러운 피란처에 푸르스름한 땅거미가 지며 무성한 나뭇잎 사이로 잔혹한 죽음의 바람이 지나갔다. 고적한 샘물이 능욕당했고, 길을 잃은 연인들이나 지나갔을 성싶은 이 외딴곳에서 죽음을 맞이한 병사들이 숨을 헐떡거렸다. 가슴에 관통상을 입은 병사가 "아, 맞았어!"라고 소리치며 앞으로 쓰러졌다. 방금 포탄을 맞고 두 다리가 으스러진 병사는 단순히 나무뿌리에 부딪힌 줄 알고 키득거렸다. 사지에 구멍이 날 정도로 치명상을 입은 다른 병사들은 뭔가 말을 하며 몇 미터 뛰어가다가 별안간 경련을 일으키며 앞으로 고꾸라졌다. 아주 심각한 부상도 처음에는 아무런 느낌이 없다가, 잠시 후 무시무시한 고통이 시작되어 비명을 지르고 눈물을 쏟게 했다.

아! 죽어가는 수목들이 흐느끼는 가운데 부상병들의 울부짖음이 점점 커지는 죄악의 숲, 학살의 숲이여! 떡갈나무 아래서 모리스와 장은 내장이 쏟아져나온 알제리 보병이 목이 잘리는 짐승처럼 끔찍한 비명을 지르는 것을 보았다. 조금 더 떨어진 곳에서는 또다른 알제리 보병이 화염에 휩싸여 있었다. 청색 혁대가 불타올랐고, 불꽃이 수염까지 올라왔지만 허리 부상으로 움직일 수 없는 그 병사는 뜨거운 눈물만 흘렸다. 뒤이어 왼팔이 잘려나가고 오른쪽 옆구리가 허벅지까지 찢어진 채 두 팔꿈치로 기어가는 대위가 보였는데, 그는 소름 끼치는 날카로운 목소리로 자신을 죽여달라고 간청했다. 그 외에도 수많은 병사가 끔찍한 비명을 질렀다. 숲길 여기저기에 얼마나 많은 병사가 널브러져 있었던지 그들을 밟지 않기 위해 신경을 곤두세우고 발밑을 살펴야만

했다. 그러나 부상자들이나 전사자들은 더이상 중요하지 않았다. 땅에 쓰러진 전우들은 방치되었고, 잊혔다. 아무도 뒤돌아보지 않았다. 그것은 그들의 운명이었다. 다음은 누구 차례일까!

숲 가장자리에 이르렀을 때, 갑자기 누군가의 애처로운 절규가 들렸다.

"도와줘요!"

군기를 가진 소위가 왼쪽 가슴에 총알을 맞은 것이었다. 쓰러진 그의 입에서 피가 울컥 흘러나왔다. 아무도 멈춰 서지 않자, 그는 안간힘을 다해 다시 소리쳤다.

"군기! 군기!"

로샤가 펄쩍 뛰어돌아와 깃대가 부러진 군기를 받았다. 소위가 피거품으로 끈적이는 입술을 움직이며 나직이 말했다.

"아, 전 끝났어요, 할 수 없죠!…… 하지만 군기를 지켜주십시오!"

소위는 그 그윽한 숲에 혼자 남았다. 그는 경련이 이는 손으로 풀을 뜯으며 이끼 위에서 몸을 뒤틀었고, 가슴을 들어올린 채 몇 시간이나 헐떡거렸다.

마침내 일단의 병사들이 공포의 숲을 빠져나왔다. 모리스와 장 외에 생존자는 로샤 중위, 파슈, 라풀뿐이었다. 바로 그때, 나팔을 어깨에 멘 고드가 덤불숲에서 뛰어나와 그들을 향해 달려왔다. 아무것도 없는 벌판에서 모두가 안도의 한숨을 쉬었다. 골짜기 이쪽 편에서는 더이상 총성도 들리지 않았고, 포탄도 떨어지지 않았다.

잠시 후, 어느 농가 앞에서 욕설을 내뱉으며 투덜거리는 소리가 들렸다. 땀에 젖어 김이 모락모락 나는 말 위에 올라탄 채 분통을 터뜨리는 장군이 병사들 눈에 들어왔다. 여단장인 부르갱데퓌유 장군이었는데, 먼지를 뒤집어쓰고 피로에 지친 모습이었다. 다혈질 인간 특유의 혈색 좋은 두툼한 얼굴에는 노기가 서려 있었다. 그 노기는 그가 개인적 불행으로 간주하는 패배 때문이었다. 아침이 지나면서 휘하 병사들은 그를 다시 볼 수 없었다. 아마도 그는 자기 여단의 생존 병력을 찾아 전쟁터를 헤매고 다녔을 것이다. 그는 전사할지도 모른다고 생각하면서도 튈르리궁전의 총애를 받던 자신의 운명과 제정帝政을 휩쓸어가려 하는 프로이센 포병대에 분노를 쏟아냈다.

"염병할!" 그가 소리쳤다. "도대체 어디를 가야 사람을 만날 수 있는 거야, 이 망할 놈의 고장에서는 정보를 구할 데가 없어!"

농가의 주민들은 숲속으로 달아난 게 틀림없었다. 이윽고 한 노파가 문가에 나타났다. 병든 다리 때문에 아무데도 갈 수 없는 하녀인 듯했다.

"이봐요, 할멈! 이리 와요!…… 벨기에가 어디에 있소?"

질문의 뜻을 이해하지 못한 노파는 어리둥절한 표정으로 그를 바라볼 뿐이었다. 그러자 자제력을 잃은 그는 농가의 아낙에게 이야기하고 있다는 사실도 잊은 채 자기는 바보처럼 스당으로 가서 함정에 빠지고 싶지 않다고, 즉시 외국으로 달아날 거라고 소리쳤다. 병사들이 다가와서 그의 말을 유심히 들었다.

"하지만 장군님," 중사가 말했다. "이제 더이상 아무데도 갈 수가 없습니다. 프로이센군이 도처에 있거든요…… 달아나려면 오늘 아침에 달아났어야죠."

벌써 이런저런 이야기가 떠돌았다. 소속 연대에서 분리된 몇몇 중대가 의도치 않게 국경을 넘었고, 다른 몇몇 중대는 포위망이 완성되기 전에 적의 전선을 뚫는 데 성공했다.

여전히 분노에 찬 장군이 어깨를 으쓱했다.

"아니, 자네들처럼 훌륭한 군인들이 있는데도 우리가 원하는 곳으로 갈 수 없다는 건가?…… 난 목숨을 걸고 사선을 넘을 용감한 군인을 오십 명쯤 찾을 걸세."

뒤이어 노파에게로 몸을 돌렸다.

"젠장! 할멈, 대답해봐요!…… 벨기에가 어디에 있소?"

이번에는 노파가 질문의 뜻을 이해했다. 그녀는 야윈 손가락으로 큰 숲을 가리켰다.

"저기, 저기!"

"저기라니? 도대체 무슨 소리요?…… 들판 끝에 보이는 저 집들 말이오?"

"아니! 더 멀리, 훨씬 더 멀리!…… 저기, 저멀리!"

별안간 장군은 화가 나서 숨이 막힐 듯했다.

"진절머리가 나, 이 망할 놈의 고장!…… 어디가 어딘지 도통 모르겠어…… 벨기에가 우리 눈앞에 보였다니까, 그래서 모르는 사이에 거기로 넘어갈까봐 걱정했었지. 그런데 이제 거기로 가려니까, 벨기에가 어디론가 사라져버렸어…… 말도 안 돼! 끝났어, 끝났다고! 이제 나를 잡아가든 죽이든 마음대로 하라고 해, 난 이제 잠이나 잘 거야!"

장군은 분노의 바람으로 부푼 가죽부대 같은 모습으로 안장에 뛰어올라 스당 쪽으로 말을 달려 갔다.

길이 크게 휘어졌다. 병사들은 퐁 드 지본으로 내려갔는데, 가파른 두 비탈 사이에 있는 이 동네는 숲을 향해 올라가는 도로변에 작은 집과 정원이 늘어서 있었다. 지금 이 시각 도망병의 물결이 얼마나 거세게 밀려들었던지 로샤 중위는 파슈, 라풀, 고드와 함께 십자로 모퉁이에 있는 여관 앞에서 발이 묶였다. 장과 모리스는 힘겹게 그들과 합류했다. 그때 술에 취한 누군가가 거친 목소리로 그들을 불러 모두가 깜짝 놀랐다.

"이게 누구야! 이렇게 다시 만나다니!…… 어이, 친구들!…… 거참! 이렇게 다시 만나다니!"

여관 1층 창가에서 팔꿈치를 괸 채 그들을 바라보던 주정뱅이는 다름 아닌 슈토였다. 잔뜩 취한 그는 딸꾹질을 하며 말을 이었다.

"목이 마를 테니 어서 들어와!…… 친구들 몫은 충분하니까……"

그는 비틀거리며 고개를 돌리더니, 어깨 너머로 홀에 있는 누군가를 불렀다.

이번에는 루베가 양손에 술병을 하나씩 들고 장난스럽게 흔들며 창가에 나타났다. 슈토보다 덜 취한 그는 파리의 익살꾼답게 공휴일 거리의 청량음료장수를 흉내내며 코맹맹이 소리로 외쳤다.

"시원한 음료 있어요, 시원한 음료 있어요, 목마른 사람은 오세요!"

사팽 중사를 구급마차로 옮긴다는 핑계로 사라진 뒤 그들을 다시 본 사람은 없었다. 둘은 포탄이 떨어지는 지역을 피해 이리저리 헤매다가 방금 막 약탈당한 이 여관으로 들어온 것이었다.

로샤 중위가 격분했다.

"이런 날강도들 같으니라고! 전우들이 사지에서 헤맬 때, 술이나 홀짝이고 있었다니! 절대로 가만두지 않겠어!"

그러나 슈토는 질책을 고분고분 받아들이지 않았다.

"허! 이 늙다리 친구가 맛이 갔군. 이제 계급 따윈 없어졌어, 모두가 자유인이라고…… 프로이센 놈들이 당신한테 자유를 줬잖아, 쓴맛을 더 보고 싶다는 거야 뭐야?"

당장 요절을 내겠다는 로샤를 말려야 했다. 양손에 술병을 든 루베가 두 사람을 진정시키려 애썼다.

"모두 그만해요! 우리끼리 싸우면 어떡해요, 동족끼리!"

그리고 루베는 분대 동료인 라풀과 파슈를 보며 말했다.

"뭐해, 바보 같은 짓 그만하고 빨리 들어와, 목을 축여야지!"

라풀은 잠시 망설였다. 수많은 병사가 여전히 온갖 고초를 겪고 있는데 태연히 음식을 즐긴다는 게 양심에 꺼렸기 때문이다. 하지만 굶주림과 목마름에 지칠 대로 지치지 않았는가! 갑자기 그는 결심한 듯 파슈를 앞세우고 말없이 여관으로 성큼 들어섰다. 파슈 또한 조용히 유혹에 굴복했다. 둘은 다시 밖으로 나오지 않았다.

"나쁜 놈들!" 로샤가 되풀이했다. "모조리 총살시켜야 해!"

이제 그에게는 장, 모리스, 고드밖에 남지 않았다. 안간힘을 썼음에도 네 사람은 길에 넘쳐흐르는 도망병들 급류에 어쩔 수 없이 조금씩 휩쓸려들어갔다. 벌써 그들은 여관에서 멀리 떨어져 있었다. 그것은 스당의 해자를 향해 흘러가는 흙탕물 격류였는데, 고지에 몰아친 폭우가 계곡으로 모여 흙더미와 조약돌을 옮기듯 초라한 행색의 패잔병들을 휩쓸었다. 근처의 모든 고원에서, 모든 경사지에서, 모든 구릉에서, 플루앙 도로에서, 피에르몽에서, 묘지에서, 샹 드 마르스에서, 그리고 퐁 드 지본에서 똑같은 패잔병 무리가 공포에 질린 채 점점 더 큰 물결을 향해 몰려들었다. 어떻게 그들을 탓할 것인가? 열두 시간 전부터 그들의 힘으로 어찌할 수 없는, 보이지 않는 적이 퍼붓는 포화를 꼼짝하지 않고 견딘 그들에게 무엇을 나무랄 것인가? 이제 그들의 전면과 측면과 후면, 즉 사방에 위치한 적의 포병대들은 퇴각 군대가 스당으로 모여듦에 따라 점점 더 포화를 한곳에 집중시켰다. 독 안에 든 쥐였다. 엄청난 수효의 병력이 어디에도 출구가 없는 깊은 구덩이에 갇힌 셈이었다. 7군단 몇몇 연대가 특히 플루앙 방면에서 상당히 질서 있게 후퇴하고 있었다. 그러나 퐁 드 지본에서는 더이상 대열도 지휘관도 없었다. 온갖 부대의 패잔병들, 즉 알제리 보병들, 알제리 저격병들, 포병들, 보병들로 이루어진 무리가 여기저기서 몰려들었다. 그들 대부분이 무기가 없었고, 찢어지고 더럽혀진 군복, 시커메진 손과 얼굴, 툭 튀어나온 충혈된 눈에 얼마나 많은 욕설을 내뱉었던지 입술은 통통 부어올라 있었다. 간간이 기병도 없는 군마가 달려와 병사들을 쓰러뜨리고, 군중을 공포의 혼란에 빠뜨리곤 했다. 뒤이어 대포가 미친듯이 줄지어 지나갔고, 취기어린 포수들이 주의하라는 경고도 없이 모든 것을 짓부수며 패주했다. 그리고 피신처를 찾으려는 본능적인 조바심을 내며, 서로 몸뚱이를 맞대고 빽빽하게 무리를 지어 달아나는 가축떼의 발소리가 끊이지 않았다.

장은 고개 들어 서쪽 하늘을 바라보았다. 수많은 발걸음에서 피어오른 자욱한 연기 속에서도 태양은 여전히 사람들 이마에 굵은 땀방울이 맺히게 했다. 날씨가 화창했고, 하늘은 맑고 푸르렀다.

"어휴, 죽을 지경이야." 장이 되풀이했다. "망할 놈의 해가 도무지 꺼질 줄을 모르니!"

바로 그때 인파에 떠밀려 어느 집 담벼락에 붙어 선 젊은 여자가 모리스의 눈에 들어왔는데, 그녀는 다름 이넌 앙리에트였다. 모리스는 놀란 입을 다물지 못했다. 먼저 입을 연 것은 앙리에트였는데, 그녀는 놀라는 기색조차 없었다.

"바제유에서 저들이 그이를 총살했어…… 나도 그 자리에 있었어…… 시신이라도 찾고 싶은데, 나한테 좋은 생각이 있긴 해……"

그녀는 프로이센군도, 바이스라는 이름도 입 밖에 내지 않았다. 그럼에도 분명히 모두가 상황을 이해했다. 모리스가 눈물을 흘리며 그녀를 위로했다.

"아, 불쌍한 누나!"

두시경에 정신을 차리고 보니 앙리에트는 발랑의 어느 집 부엌에서 식탁에 머리를 떨군 채 울고 있었다. 그러나 그녀는 바로 울음을 그쳤다. 연약하고 조용한 여인의 내면에서 영웅적인 용기가 솟구쳐올랐다. 그녀는 아무것도 두려워하지 않았고, 불굴의 정신으로 자신을 무장했다. 극도의 고통 속에서도 그녀는 오직 남편의 시신을 수습해 묻어주는 일만 생각했다. 애초의 계획은 바제유로 다시 가는 것이었다. 모두가 절대 불가능하다고 만류했다. 그래서 그녀는 함께 가서 시신을 수습해줄 누군가를 찾으려 했다. 그녀의 뇌리에 르셴 정련공장 부공장장이었던 사촌오빠가 떠올랐다. 당시 정련공장 사무원으로 일했던 남편을 무척 좋아했던 사촌오빠는 요청을 외면하지 않을 것 같았다. 그는 이 년전 아내가 유산을 상속받은 덕분에 은퇴하고 퐁 드 지본 맞은편에 있는 아름다운 저택 '에르미타주'로 이사했는데, 스당에서 가까운 그 저택은 노대露臺가 층을 이루고 있었다. 군중의 발에 밟혀 죽을 수도 있는 위험 속에서 온갖 장애물을 뚫고 그녀가 가려 하는 곳이 바로 그 에르미타주였다.

그녀가 자신이 생각해준 계획을 간략하게 설명하자, 모리스도 그 생각에 동의했다.

"뒤브뢰유 형은 언제나 우리한테 잘해줬잖아…… 이번에도 도와줄 거야……"

뒤이어 그는 한 가지 묘안을 떠올렸다. 로샤는 어떻게든 군기를 지키려고 하지 않는가. 벌써 병사들 사이에서는 군기를 여러 조각으로 잘라서 한 조각씩 품속에 간직하자든가, 아니면 나무 밑에 묻고 표시를 해뒀다가 나중에 다시 가져가자든가 하는 제안이 나왔다. 그러나 여러 조각으로 잘리거나 시체처럼 매장된 군기를 생각하자 병사들은 마음이 아팠다. 그러니 다른 방법을 찾아야 했다.

이런 상황에서 모리스가 군기를 곱게 간직했다가 훗날 깨끗하게 돌려줄 만한, 확실하게 신뢰할 만한 누군가에게 군기를 맡겨두자고 제안하자, 모두가 찬성했다.

"자!" 젊은이가 누나에게 다시 말했다. "우리가 누나와 함께 갈게, 뒤브뢰유 형이 에르미타주에 있는지 가서 보자고…… 이제 누나와 헤어지고 싶지 않아."

혼잡한 군중에서 떨어져나오는 게 쉽지 않았다. 가까스로 군중에서 벗어난 그들은 왼편의 움푹 파인 오르막길로 들어서게 되었다. 그곳은 그야말로 골목길과 오솔길의 미로요, 채소밭, 정원, 별장, 서로 얽히고 설킨 작은 집들로 이루어진 변두리 동네였다. 이 골목길들, 이 오솔길들은 벽과 벽 사이로 이어졌고, 그러다가 급작스럽게 옆으로 꺾였으며, 때로는 막다른 골목에 이르렀다. 이 동네야말로 매복 전투에 최적화된 진지였고, 병사 열 명이 1개 언내에 맞서더라도 몇 시간은 비틸 수 있는 천연의 요새였다. 스당을 내려다보는 이 동네에도 벌써 탄환이 날아다녔고, 골짜기 맞은편에서 프로이센 근위대가 몰려오고 있었다.

다른 병사들을 뒤따르던 모리스와 앙리에트가 끝없는 두 벽 사이에서 왼쪽으로, 뒤이어 오른쪽으로 돌았을 때, 별안간 활짝 열린 에르미타주의 출입문이 나타났다. 작은 정원이 있고 세 개의 넓은 노대가 층을 이루고 있었다. 이 노대 중 하나 위에 저택의 본채인 정사각형의 커다란 집이 서 있고, 수백 년 된 느릅나무 가로숫길이 집까지 이어져 있었다. 저택의 전면, 즉 깎아지른 듯한 비좁은 골짜기 맞은편 숲 가장자리에 다른 저택들이 있었다.

앙리에트는 출입문이 휑하니 열려 있어서 불안했다.

"오빠 가족은 없는 것 같아, 어디론가 떠났겠지."

재앙을 예견한 뒤브뢰유는 그 전날, 어쩔 수 없이 아내와 아이들을 데리고 부이용으로 갔다. 하지만 집은 비어 있지 않았다. 멀리서도 나무들 사이로 인기척이 느껴졌다. 앙리에트는 대범하게 큰길로 나섰는데, 프로이센 병사 시체가 보이자 흠칫 뒤로 물러났다.

"이런!" 로샤가 소리쳤다. "이미 여기서도 전투가 벌어졌네!"

그러자 모두가 궁금해하며 집으로 다가갔다. 눈앞의 상황이 모든 것을 설명하고 있었다. 1층의 여러 문과 창문이 소총 개머리판에 맞아 움푹 찌그러졌고, 반쯤 열린 출입구 사이로 약탈당한 방들이 보였다. 밖으로 내던져진 가구들이 현관 앞 계단 아래, 노대의 자갈밭에 쓰러져 있었다. 특히 하늘색 거실 가구 전체, 즉 소파, 하얀 대리석 상판이 쪼개진 커다란 원탁, 그리고 그 주변에 아무렇게나 던져진 안락의자 열두 개가 있었다. 알제리 보병들, 저격병들, 해병대 병사들이 건물 뒤 산책로로 달려가더니 골짜기 너머로, 정면의 작은 숲을 향해 총을 쏘았다.

"중위님," 알제리 보병이 로샤에게 설명했다. "프로이센 놈들이 이 동네를 모조리 노략질하고 있어요. 보시다시피 우리가 혼쭐을 내줬습니다. 그런데 이 자식들이 10 대 1로 몰려오고 있습니다. 고전할 것 같은데요."

세 구의 프로이센 병사 시체가 노대 위에 누워 있었다. 앙리에트가 저멀리 피와 먼지 속에서 훼손된 채 잠들어 있는 남편을 생각하며 그 시체들을 바라보고 있을 때, 총알 하나가 머리 옆으로 날아와 그녀 뒤에 있는 나무에 박혔다. 장이 달려왔다.

"거기 있으면 안 돼요!…… 빨리, 빨리, 집에 들어가서 숨어요!"

주체할 수 없는 슬픔으로 넋이 나간 듯 완전히 달라진 그녀의 모습을 본 장은 전날 현명한 주부로서 그녀가 보여준 미소를 떠올리며 깊은 연민에 가슴이 아팠다. 처음에는 그녀가 자기를 알아보는지조차 확실치 않았기에 무슨 말을 해야 할지 몰랐다. 그는 그녀가 평온과 기쁨을 되찾을 수 있다면, 어떤 일이라도 할 용의가 있었다.

"집에서 기다리세요…… 만일 위험이 닥치면, 우리가 즉시 집으로 달려가겠습니다."

하지만 그녀는 무심히 말했다.

"그래봤자 무슨 소용이 있겠어요?"

그러나 모리스가 그녀의 등을 떠밀었다. 그녀는 계단을 올라가더니 잠시 현관에 서서 산책로를 바라보았다. 그리고는 전투 상황을 살펴보기 시작했다.

모리스와 장은 맨 앞 느릅나무 뒤에 몸을 숨겼다. 수백 년 된 나무등치가 얼마나 거대하던지 두 사람이 은신하기에 전혀 모자람이 없었다. 조금 떨어진 곳에 나팔수 고드가 로샤 중위와 함께 있었는데, 로샤 중위는 아무에게도 맡기지 못한 군기를 필사적으로 지키려 했다. 총을 쏘는 동안 그는 군기를 나무등치에 기대두었다. 나무등치마다 병사들이 몸을 숨기고 있었다. 산책로 끝에서 끝까지 알제리 보병들, 저격병들, 해병대 병사들이 나무 뒤에서 총을 쏘기 위해 고개를 내밀곤 했다.

정면 작은 숲에서 프로이센 병사들 숫자가 끊임없이 증가하며 일제사격이 점점 더 거세졌다. 아무도 보이지 않는 가운데, 간간이 한 병사가 이쪽 나무에서 저쪽 나무로 펄쩍 뛰는 모습이 포착되었다. 초록색 덧창이 있는 한 농가가 독일 저격병들에게 점령되었는지, 1층의 살짝 열린 여러 창문에서 계속 총알이 날아왔다. 네시경이었고, 포성은 점차 잦아들었다. 그럼에도 이 외딴 시골에서는 마치 개인적인 싸움을 벌이듯 서로를 죽이고 있었는데, 여기서는 성탑에 걸린 백기가 보이지 않았기 때문이었다. 휴전에도 불구하고 밤이 이슥할 때까지 이처럼 국지전이 고집스레 전개되었고, 퐁 드 지본 지역과 프티퐁공원에서 일제사격 소리가 끊임없이 들렸다.

골짜기 이 끝에서 저 끝까지 양쪽 병사들이 오래도록 서로에게 총알을 퍼부었다. 때때로 부주의한 병사가 몸을 노출하자마자 가슴에 총을 맞고 쓰러졌다. 산책로에는 세 구의 시체가 있었다. 앞으로 고꾸라진 부상병이 끔찍하게 숨을 헐떡였지만, 아무도 그를 데려올 생각을 하지 못했다.

불현듯 장이 고개를 들었을 때 앙리에트가 보였다. 그녀는 조용히 부상병에게 다가가 몸을 바로 눕힌 후, 마치 베개처럼 배낭을 부상병 머리에 받쳤다. 그는 황급히 달려가 그녀를 자기들이 있는 나무 뒤로 데리고 왔다.

"왜 이래요, 죽고 싶어요?"

그녀는 자신의 무모함에 대한 의식조차 없는 듯했다.

"아뇨…… 현관에 혼자 있기 무서워서 그래요…… 바깥에 있는 게 더 나아요."

그녀는 그들 곁에 남았다. 모리스와 장은 그녀를 나무둥치 뒤에 앉혔다. 그러고는 마지막 남은 탄환을 왼쪽으로 오른쪽으로 정신없이 쏘았다. 더이상 피로도 공포도 느껴지지 않았다. 완전한 무의식 상태에 머릿속이 텅 빈 채 이제 생존본능마저 사라진 듯 기계적으로 움직일 뿐이었다.

"모리스, 저기 봐." 문득 앙리에트가 말했다. "저기 우리 앞에 있는 시체를 잘 봐. 프로이센 근위대 병사 같지 않아?"

조금 전부터 그녀는 적군이 내버려두고 간 시체들 중 하나를 유심히 살피고 있었다. 몸집이 작고 수염이 짙은 소년 병사가 노대 자갈밭에 옆으로 누워 있었다. 끝이 뾰족한 군모가 턱끈이 끊어진 채 몇 걸음 떨어진 곳에 널브러져 있었다. 짙은 회색 바지, 장식줄이 있는 푸른색 상의, 탄띠를 둘러멘 외투를 보니 과연 근위대 제복이었다.

"확실해, 근위대 병사야…… 우리집에 사진이 있어…… 언젠가 그이의 사촌 군터가 사진을 보내줬었거든."

그녀는 말을 끊더니, 말릴 틈도 없이 태연히 시체 곁으로 가서 몸을 기울였다.

"견장이 빨간색이야." 그녀가 소리쳤다. "거봐! 확실하잖아."

그녀가 돌아오는 동안, 여러 발의 총탄이 그녀의 귓전을 스쳐지나 갔다.

"그래, 견장이 빨간색이야. 어쩌면 좋아…… 군터의 연대잖아."

그때부터, 모리스도 장도 그녀를 나무 뒤에 가만히 숨어 있게 할 수 없었다. 그녀는 이리저리 몸을 움직였고, 고개를 내밀어 건너편 작은 숲에서 무슨 일이 일어나는지 보려 했다. 모리스와 장은 여전히 총을 쏘았고, 그녀의 몸이 지나치게 노출됐다 싶으면 무릎으로 그녀를 나무 뒤로 밀었다. 프로이센 병사들은 자신들이 공격을 감행하기에 수적으로 충분하다고 판단한 것이 틀림없었다. 그들이 몸을 노출하며 나무들 사이로 양떼처럼 몰려왔기 때문이다. 프랑스 병사들의 탄환이 일제히 우박처럼 쏟아지면서 그들은 상당한 피해를 입었다.

"저기 봐!" 장이 말했다. "자네 매형의 사촌인 것 같은데…… 저기 초록색 덧창이 있는 집에서 방금 나온 저 장교 말이야."

석양을 받아 반짝이는 군모의 황금 독수리와 상의의 황금 깃으로 미루어 대위로 짐작되는 장교가 거기 서 있었다. 견장을 달지 않은 대위는 군도를 손에 쥐고 칼칼한 목소리로 명령을 외쳤다. 겨우 200미터쯤 떨어져 있었기에 호리호리한 몸매와 단단한 장밋빛 얼굴, 은은한 황금색 수염이 분명히 보였다.

앙리에트는 꿰뚫을 듯한 눈으로 그를 자세히 보았다.

"군터가 틀림없어." 그녀가 놀라지도 않고 말했다. "확실해."

모리스가 격정적인 동작으로 그를 겨냥했다.

"매형의 사촌이라고…… 그래! 빌어먹을! 그렇다면 저자가 매형의 대가를 치러야지."

깜짝 놀란 그녀가 벌떡 일어나서 모리스의 소총을 손으로 쳤다. 그러자 발사된 총알이 하늘로 사라졌다.

"안 돼, 안 돼, 친척끼리, 아는 사람끼리 싸우고 죽이는 건 안 돼……
아, 끔찍해!"

다시 보통의 여자로 돌아온 그녀는 나무 뒤에 털썩 주저앉아 흐느껴
울었다. 공포가 엄습했다. 그녀는 두렵고 괴로웠다.

그러나 로샤는 조금도 굴하지 않았다. 그의 우렁찬 목소리에 자극받
은 몇몇 병사와 함께 그는 가열차게 총을 쏘았다. 그러자 프로이센 병
사들이 뒤로 물러나 작은 숲으로 돌아갔다.

"계속 공격! 늦추지 마, 고삐를 조여!…… 저것 봐! 겁쟁이들이 도망
치고 있어! 본때를 보여주자고!"

신이 난 그는 절대적 확신에 사로잡혔다. 패배란 있을 수 없었다. 눈
앞에 있는 한줌의 적군은 대번에, 손쉽게 섬멸할 것이었다. 키 크고 깡
마른 체구, 뼈가 앙상한 기다란 얼굴, 거칠지만 선량한 입과 매부리코
를 가진 그가 세계를 정복한 용사처럼 기고만장하게 웃음을 터뜨렸다.

"그렇고말고! 제군들, 우리에겐 연전연승뿐이야…… 패배란 없어,
안 그래? 천지개벽이 일어나지 않고는 패배하지 않아!…… 패배라니!
어떻게 그런 일이 있을 수 있어? 자, 조금만 더 힘을 내자고! 저놈들이
산토끼처럼 꽁무니를 감추잖아!"

전황을 정확하게 모르는 그가 너무도 용감하게 고함을 지르고 펄펄
뛰자, 병사들도 신이 났다. 별안간 그가 외쳤다.

"놈들의 엉덩이를 걷어차! 엉덩이를 걷어차라고, 국경선까지!……

승리, 승리는 우리 것이야!"

 그러나 골짜기 맞은편 적군이 뒤로 물러나는 듯했던 그 순간, 엄청난 일제사격이 왼쪽에서 터졌다. 근위대의 분견대가 퐁 드 지본을 우회해 갑자기 들이닥친 것이었다. 이제 에르미타주 방어는 불가능한 일이 되었다. 여전히 노대를 지키던 병사 열두 명은 두 방향에서 날아드는 포화에 갇힌 채 스당으로부터 단절될 위험에 처했다. 병사들이 쓰러졌고, 잠시 극도의 혼란이 일었다. 벌써 프로이센 병사들이 정원 담장을 넘어 산책로를 통해 달려왔고, 수적으로 압도적 열세인 프랑스 병사와 육박전을 벌였다. 군모도 없어지고 상의도 반쯤 벗겨진, 검은 수염에 얼굴이 잘생긴 알제리 보병 하나가 괴력을 발휘해 총검으로 적병들의 가슴과 배를 찌르고, 그 붉은 총검을 또다시 다른 적병들의 피로 물들였다. 총검이 부러지자, 그는 소총 개머리판으로 적병의 두개골을 박살냈다. 그러다가 발을 헛디뎌 무기를 놓치자, 덩치가 큰 프로이센 병사에게 펄쩍 달려들어 맨손으로 목을 잡았고, 한데 뒤엉킨 두 병사는 자갈밭을 지나 부엌문 앞까지 굴러갔다. 정원의 거목들 사이에서, 잔디밭 모퉁이에서 벌어진 살육전으로 사방에 시체가 널브러졌다. 특히 현관 계단 앞에서, 소파와 하늘색 안락의자 주변에서 육박전이 치열했다. 양쪽 병사들이 지근거리에서 뒤엉켰고, 가슴을 찌를 칼이 없었기에 이빨과 손톱으로 상대를 물어뜯었다.

 바로 그때, 한 번도 내보인 적 없는 고통과 슬픔에 찬 얼굴로 고드가 영웅적인 광기에 사로잡혔다. 이 최후의 패전을 맞이하여, 중대가 궤멸 상태이고 부름에 응답할 병사가 하나도 없음을 잘 알면서도 그는 힘차게 집결 나팔을 불었다. 나팔소리가 우렁차서 땅바닥에 쓰러진 시체까지 일으켜세울 듯했다. 그는 프로이센 병사들이 들이닥쳐도 아랑곳하지 않고 부동자세로 더욱 힘차게 집결 나팔을 불었다. 그러나 곧 총알이 쏟아져 그를 쓰러뜨렸고, 그의 마지막 숨결이 음표 하나를 만들어 허공 속으로 날렸다.

영문을 모르고 제자리에 선 로샤는 달아날 동작조차 취하지 못했다. 그는 두리번거리며 더듬거렸다.

"뭐야! 어떻게 된 거야? 무슨 일이야?"

아직 그의 머릿속에는 패했다는 생각이 자리하지 못했다. 적군이 전투방식을 바꾸고 있어. 골짜기 맞은편 적들은 우리가 그곳으로 진격하기를 기다리고 있지 않았던가? 그들을 죽여도 소용이 없었다. 그들은 계속 몰려왔다. 이런 망할 놈의 전투가 어디 있담? 10 대 1로 덤벼들고, 온종일 포격으로 진을 빼놓은 후에 밤에만 나타나는 적이라니! 그때까지 적의 작전을 이해하지 못한 채 반쯤 얼이 빠진 로샤는 뭔가 자신보다 우월하고 더이상 저항할 수 없는 어떤 힘에 압도되는 것을 느꼈다. 그럼에도 그는 집요하게, 기계적으로 소리쳤다.

"힘을 내, 제군들, 승리가 목전에 있어!"

그는 재빨리 군기를 다시 집어들었다. 그는 마지막으로, 프로이센군이 군기를 가져가지 못하도록 숨겨둬야 한다는 생각에 사로잡혔다. 깃대가 부러졌는데도 군기가 다리에 걸렸고, 그는 기우뚱하며 넘어질 뻔했다. 총알이 사방에서 날아오자, 죽음을 예감한 그는 깃대에서 깃발을 떼내어 갈기갈기 찢어 없애버리려 했다. 그 순간 그는 목, 가슴, 다리에 총을 맞고 마치 삼색기를 몸에 감은 듯 깃발에 파묻혀 쓰러졌다. 잠시 숨이 붙어 있던 그의 눈에 지평선 위로 솟아오르는 전쟁의 진정한 환엉, 하나의 법칙처럼 어쩔 수 없이 받아들여야 하는 잔혹한 생명의 투쟁이 보였다. 뒤이어 그는 짧게 딸꾹질을 하더니 거대하고 무자비한 자연의 법칙에 순응하는 곤충인 양 그저 망연자실한 표정으로 눈을 감았다. 그의 죽음과 함께 하나의 전설도 막을 내렸다.

프로이센 병사들이 들이닥치자 장과 모리스는 이 나무에서 저 나무로 이동하며 몸을 숨겼고, 자기들 뒤로 앙리에트를 안전하게 보호했다. 뒤로 후퇴하던 그들은 총을 쏘며 계속 은신처를 확보했다. 정원의 고지에 다다랐을 때, 다행히 작은 문 하나가 열려 있었다. 재빨리 셋 모두 문을 통해 빠져나왔다. 높다란 두 담벼락 사이로 구불구불 샛길이 이어졌다. 샛길 끝에 이르렀을 때 갑자기 총알이 쏟아져 그들은 왼쪽, 또 다른 샛길로 피신했다. 불행히도 막다른 골목이었다. 그들은 총알 세례 속으로 다시 돌아가 오른쪽 샛길로 들어섰다. 훗날, 그들은 자기들이 따라갔던 길을 결코 기억할 수 없었다. 이 얽히고설킨 골목길의 모퉁이를 돌 때마다 총격전이 벌어졌다. 짐수레 출입구 아래서 전투가 꽤 길게 이어졌다. 아주 작은 엄폐물이라도 있으면 필사적으로 거기에 몸을 숨긴 채 응사했다. 그러다가 그들은 갑자기 스당에 인접한 퐁 드 지본 도로에 이르렀다.

이윽고 장은 고개 들어 서쪽 하늘을 바라보았는데, 장밋빛 노을로 물들고 있었다. 마침내 그는 깊은 안도의 한숨을 쉬었다.

"휴! 이놈의 해 좀 봐, 이제야 기울어지네!"

셋은 숨도 쉬지 않고 달리고 또 달렸다. 그들 주변에는 도망병 무리가 끊임없이 불어나는 격류처럼 도로를 가득 메운 채 아득히 이어졌다. 발랑 시문에 도착한 그들은 인파로 가득한 북새통 속에서 대기해야 했다. 도개교의 사슬이 끊어져버렸고, 이용할 만한 것이라고는 조그마한 보행자 가교뿐이었다. 대포와 군마는 그곳을 지나갈 수 없었다. 성의 지하 문과 카신 시문에서는 혼잡과 지체가 훨씬 더 심했다. 실로 무시무시한 쇄도였다. 군대의 온갖 잔해물과 패잔병들이 열린 수문을 통해 강물 쏟아지듯 한꺼번에 비탈길을 굴러 도시로 떨어져내렸다. 성벽의 불길하고 음산한 풍경은 가장 용감한 사람들조차 오싹하게 했다.

모리스는 앙리에트를 껴안았고, 조바심으로 몸을 떨며 말했다.

"모두 들어가기 전에 문이 닫히는 일은 없을 거야."

그것이 바로 군중의 염려였다. 하지만 여기저기서 군인들이 경사지에 야영할 준비를 하고 있었다. 성벽 외호에 포병대와 함께 대포, 수송 마차, 군마가 당도해 무질서하게 자리를 잡았다.

퇴각을 알리는 나팔소리가 계속 울렸다. 늦게 도착한 병사들을 부르는 나팔이었다. 여러 병사가 뛰어왔고, 변두리에서 드문드문 총성이 들렸다. 적의 접근을 막기 위해 성벽 내부 사격용 발판 위에 몇몇 분견대가 위치했다. 드디어 성문이 닫혔다. 프로이센군이 100미터도 안 되는 지점에 있었다. 그들이 발랑 도로 위를 오가며 조용히 집과 정원을 점령하는 모습이 보였다.

모리스와 장은 혼잡한 인파로부터 앙리에트를 보호하기 위해 그녀를 앞세운 채 마지막으로 스당에 들어갔다. 여섯시 종이 울리고 있었다. 약 한 시간 전부터 포성이 멈췄다. 간간이 멀리서 들리던 총성도 잦아들었다. 해가 뜬 후로 끊이지 않던 천둥소리, 귀청을 찢는 듯한 대포소리가 사라지자 오직 죽음 같은 절멸의 분위기가 남았다. 어둠이 내렸고, 음산하고 무서운 침묵이 깃들었다.

8

　성문들이 닫히기 전인 다섯시 반경, 패배 소식을 들은 들라에르슈는 그 결과가 어떤 것일지 궁금해 다시 군청으로 갔다. 그는 세 시간 동안 안뜰의 포석 위에서 종종걸음을 치며 지나가는 장교마다 붙들고 질문을 했다. 그 결과 여러 사건이 빠르게 진행되고 있음을 알게 되었다. 즉 드 빔펜 장군이 사직서를 보냈다가 철회했다는 사실, 황제로부터 전권을 부여받은 그가 패전국에 가장 유리한 조건을 얻어내고자 프로이센 본영과 담판하리라는 사실, 전투를 계속하며 요새를 방어해야 하는지 하지 않아야 하는지 결정하기 위한 최고 군사회의가 열리고 있다는 사실이 파악되었다. 고위 장교 20여 명과 장성이 참가한 최고 군사회의가 진행되는 동안, 시트 제조업자는 스무 번도 넘게 현관 계단을 오르락내리락했다. 여덟시 십오분경, 눈이 붓고 얼굴이 발갛게 상기된 드 빔펜 장군이 갑자기 두 장군과 대령을 데리고 계단을 내려왔다. 그들은 말을 타고 뫼즈강 다리를 건너 달려갔다. 불가피하게 항복이 결정된 것이었다.

적잖이 안심한 들라에르슈는 갑자기 심한 허기를 느껴 집으로 돌아가려 했다. 그러나 밖으로 나와 보니 엄청난 혼잡이 길을 가로막고 있어 잠시 주저했다. 거리와 광장마다 가득찬 엄청난 사람들, 군마들, 대포들을 보자 마치 거대한 절굿공이로 군중을 억지로 밀어넣은 것 같았다. 성채 위에서는 질서정연하게 후퇴한 연대들이 야영했다. 그 외 여러 군단에서 뿔뿔이 흩어진 패잔병들, 다양한 무기를 가진 도망병들, 우글거리는 인파가 부동의 물결로 도시 전체를 덮어버렸기에 더이상 팔도 다리도 옴짝달싹할 수 없는 지경이었다. 대포 바퀴들, 수송차들, 헤아릴 수 없이 많은 마차가 뒤엉켜 있었다. 채찍을 맞으며 사방에서 몰려온 말들이 제자리에 서서 오도 가도 못했다. 이제 병사들은 경고에도 아랑곳없이 아무 집에나 들어갔고, 눈에 보이는 음식물을 닥치는 대로 삼키며 방이나 지하실에 몸을 뉘었다. 많은 병사가 출입문 아래 현관을 차지했다. 다른 병사들은 더이상 걸을 힘조차 없어서 보도 위에 누워 죽음과도 같은 잠에 빠졌다. 그들은 누군가가 팔다리를 밟고 지나가도 자리를 옮기기보다 차라리 죽는 게 낫다고 여기며 꿈쩍도 하지 않았다.

그러자 들라에르슈는 항복이 불가피하다는 것을 다시 한번 깨달았다. 몇몇 십자로에서는 수송 마차가 다닥다닥 붙어 있었다. 이런 상황에서는 프로이센군의 포탄이 하나만 떨어져도 모든 것이 폭발하고, 스당 전체가 횃불처럼 타오를 것이다. 하지만 탄약도 식량도 없이 피로와 굶주림에 시달리는 비침한 병사들을 대량으로 학살해서 무엇하랴? 스당의 거리를 완전히 초토화하는 데는 하루면 충분했으리라. 요새조차 무장되어 있지 않았고, 도시에는 식량이 준비되어 있지 않았다. 조금 전 최고 군사회의에서, 애국주의적인 고통 속에서도 상황을 직시했던 현명한 장교들이 제시한 항복 이유가 바로 그런 것이었다. 항복이란 있을 수 없다고 외치던 가장 무모한 장교들조차 이튿날 전투를 재개할 실제적 수단이 없었으므로 고개를 떨구지 않을 수 없었다.

들라에르슈는 튀렌광장과 리바주광장에서 간신히 군중을 뚫고 지나갔다. 그는 크루아도르호텔 앞을 지나가면서, 장군들이 식당의 텅 빈 식탁 앞에 말없이 앉아 있는 음울한 모습을 보았다. 더이상 아무것도 없었다. 빵조차 없었다. 부엌에서 노발대발하던 부르갱데푀유 장군이 갑자기 입을 다물더니 기름진 종이에 싸인 뭔가를 들고 황급히 계단을 올라가는 걸 보니 뭔가 찾아낸 게 분명했다. 호텔 유리창을 통해 싸구려 음식을 먹는 장군들을 구경하려는 군중이 광장으로 얼마나 많이 몰려들었던지, 시트 제조업자는 끈끈이에 잡힌 곤충처럼 몸부림치며 나아가려 했으나 인파에 떠밀려 다시 그 자리로 되돌아오곤 했다. 중앙대로에서는 넘을 수 없는 벽이 가로막고 있었다. 그는 한순간 절망했다. 1개 포병대의 대포가 모두 포개져 있었다. 다리가 부러질 수도 있었지만 그는 포가 위로 올라가 대포를 뛰어넘었고, 이 바퀴에서 저 바퀴로 펄쩍펄쩍 뛰었다. 그다음에 길을 가로막은 것은 군마들이었다. 그는 하는 수 없이 몸을 낮춰 굶주림으로 죽어가는 불쌍한 짐승들의 배 아래서 기다시피 나아갔다. 십오 분 정도 애쓴 끝에 생미셸가 초입에 도착했지만, 오히려 점점 더 많아지는 장애물에 질겁했다. 그럼에도 생미셸가로 접어들 결심을 했는데, 그 길을 지나면 라부뢰르가로 우회해 집으로 갈 수 있기 때문이었다. 평소 라부뢰르가는 오가는 사람이 많지 않은 한적한 거리였다. 하지만 불행히도 어느 수상쩍은 집에 술 취한 병사들 무리가 진을 치고 있었다. 괜히 시비가 붙어 행패를 당할까봐 그는 갔던 길을 되돌아왔다. 그때부터 작심한 듯 때로는 마차의 축 위를 아슬아슬하게 걷고, 때로는 유개마차 위로 기어오르며 고집스레 중앙 대로를 관통했다. 중학교 광장에서는 서른 걸음 정도를 군중의 어깨 위에 얹히다시피 하며 지나왔다. 다시 땅바닥으로 떨어지면서 그는 늑골이 부러질 뻔했다. 그러나 철책 창살 위로 올라가 가까스로 그곳을 빠져나왔다. 옷이 찢어지고 땀에 흠뻑 젖은 채 그는 마침내 마카가에 도착했다. 군청에서 여기까지 평소 오 분도 걸리지 않는 거리를 한 시간 넘게 사투를 벌이며 온 것이었다.

　정원과 야전병원이 점령되는 것을 막기 위해 군의관 부로슈는 신중하게도 시트 제조소 출입구에 보초 둘을 세워두었다. 집이 약탈당했을까봐 걱정하던 들라에르슈는 그들을 보자 마음이 놓였다. 하지만 정원에서 두 개의 초롱이 희미하게 비추고 신열에 들뜬 거친 숨소리가 새어나오는 야전병원을 보자, 다시 가슴이 답답해졌다. 그는 포석 위에서 잠든 병사에게 발부리를 차였고, 아침부터 이 병사가 지키던 7군단의 보물이 생각났다. 아마도 상관들이 잊어버린 듯한 이 병사는 종일 계속된 피로에 지친 나머지 포석에서 잠이 든 것이었다. 1층이 어둠에 잠기고 출입문이 모두 열려 있어 집은 언뜻 보기에 텅 빈 것 같았다. 하녀들은 야전병원에 가 있는 듯했다. 부엌에서 음울한 램프 하나만 가물거릴 뿐 아무도 보이지 않았기 때문이다. 휴대용 촛대에 불을 붙인 그는 어미니와 아내를 깨우지 않으려고 큰 계단을 천천히 올라갔다. 군청으로 가기 전, 그는 온종일 열심히 일하고 엄청난 심리적 충격을 겪은 두 여자에게 일찍 잠자리에 들라고 당부했었다.

그러나 사무실로 들어서며 그는 소스라치게 놀랐다. 그 전날 보두앵 대위가 몇 시간 사용했었던 소파에 병사가 누워 있었기 때문이다. 이윽고 그 병사가 앙리에트의 동생 모리스라는 것을 알았을 때, 상황이 대충 짐작되었다. 전투 개시 전에 얼핏 본 또다른 병사 장이 카펫 위에서 이불을 덮고 잠든 모습을 보자, 상황이 더욱 분명해졌다. 둘 다 죽은듯이 깊이 잠들어 있었다. 그는 발걸음을 멈추지 않고 바로 옆에 있는 아내 방으로 갔다. 고요하기 그지없는 가운데 탁자 한구석에서 램프가 타오르고 있었다. 재앙이 닥칠까봐 두려웠는지 질베르트는 옷을 입은 채 침대에 쓰러져 곤히 자고 있었다. 바로 그 옆에서 의자에 앉은 앙리에트가 침대 매트 가장자리에 엎드린 자세로 악몽에 시달리는 듯 눈에 눈물이 흥건한 채 잠들어 있었다. 두 여자를 바라보던 들라에르슈는 한순간 앙리에트를 깨울까 생각했다. 앙리에트는 바제유까지 갔을까? 앙리에트에게 물어보면 염색공장이 어떻게 되었는지 알 수 있지 않을까? 하지만 연민이 앞섰다. 방에서 나오자, 말없이 문가에 나타난 어머니가 그에게 따라오라고 손짓했다.

식당에서 그는 놀라움을 표했다.

"아니, 왜 아직도 안 주무셨어요?"

그녀는 고개를 가로저으며 나직이 말했다.

"잠이 오지 않는구나. 안락의자에 앉아 있었어, 대령 곁에서…… 대령이 고열에 시달리고 있어. 자꾸만 잠이 깨서는 나한테 뭔가 묻는

데…… 뭐라고 대답해야 할지 모르겠다. 들어가서 대령을 좀 살펴봐."

드 비뇌유 씨는 이미 다시 잠들어 있었다. 베개 위로 붉게 상기된 그의 기다란 얼굴과 눈처럼 하얀 콧수염이 보였다. 들라에르슈 부인은 램프 앞을 신문지로 가려놓았었다. 그래서 방의 이쪽 구석은 그다지 밝지 않았다. 환한 빛은 빈손으로 안락의자에 앉아 먼 곳을 바라보며 서글픈 몽상에 빠진 그녀에게 쏟아졌다.

"잠깐," 그녀가 소곤거렸다. "대령이 널 기다린 것 같아. 조금 전에도 깨어 있었거든."

과연 대령이 눈을 떴고, 들라에르슈를 빤히 바라보았다. 그를 알아본 대령은 신열 때문에 흔들리는 목소리로 곧바로 물었다.

"이제 끝났겠지, 안 그래? 항복했겠지."

어머니의 시선을 느낀 시트 제조업자는 거짓말을 할 생각이었다. 하지만 그래봤자 무슨 소용이 있을까? 그는 절망적인 몸짓을 했다.

"뭘 더 기대하세요? 거리의 광경을 보신다면!…… 드 빔펜 장군이 강화조건을 조율하기 위해 방금 프로이센 본영으로 갔습니다."

드 비뇌유 씨는 다시 두 눈을 감았고, 몸을 떨었다. 이윽고 대령의 입에서 비통한 탄식이 흘러나왔다.

"오! 하느님, 오! 하느님……"

눈을 감은 채 그는 단속적인 목소리로 말을 이었다.

"아! 어제 그렇게 해야 했어…… 그래, 난 이 고장을 잘 알아. 난 장군에게 우려를 내비쳤어. 하지만 그들은 내 말을 듣지 않았지…… 저기 위쪽으로, 생망주에서 플레뇌까지 모든 고지를 장악했어야 했어. 그랬다면 우리 군대가 스당을 내려다보고, 생탈베르 협로를 주시했을 텐데…… 아! 그래, 그래, 이제 우리가 적들을 기다리고 있어, 우리의 진지는 난공불락이야, 메지에르 도로도 우리에게 활짝 열려 있고……"

그의 말이 혼란스럽게 뒤엉켰다. 그는 이해할 수 없는 몇 마디를 더 듬거리며 내뱉었다. 고열로 인한 승전의 환영이 차츰 희미해졌고, 잠 속으로 사라져갔다. 잠에서도 그는 계속해서 승리를 꿈꾸는 듯했다.

"군의관이 부상은 괜찮다고 하던가요?" 들라에르슈가 나직이 물었다.

들라에르슈 부인이 고개를 끄덕였다.

"이런 발 부상은 정말 끔찍해요." 그가 다시 말했다. "아마 침대에 오래 누워 있어야 할걸요, 안 그래요?"

이번에는 그녀가 패배의 참담한 고통에 빠진 듯 아무런 대답을 하지 않았다. 그녀는 오랜 세월의 풍파를 겪어왔고 예전 국경선 근처 그들의 도시를 방어하는 데 최선을 다한 당당하고 유서 깊은 부르주아 가문의 일원이었다. 램프의 환한 불빛 아래서 가냘픈 코와 얇은 입술을 지닌 심각한 얼굴이 그녀의 분노와 고통, 그녀를 잠 못 이루게 하는 속깊은 반항심을 드러내고 있었다.

들라에르슈는 고립감과 함께 참담한 슬픔을 느꼈다. 그리고 참을 수 없는 허기가 밀려왔다. 그는 자신에게 용기가 부족한 것은 쇠약한 심신 때문이라고 생각했다. 그는 촛대를 들고 발끝으로 살금살금 걸어 다시 부엌으로 내려갔다. 부엌 풍경은 더 음울했다. 마치 재앙의 바람이 그곳까지 불어닥쳐 온갖 음식의 즐거움을 휩쓸어간 듯 화덕은 꺼졌고, 찬장은 텅 비었으며, 행주와 걸레는 여기저기 아무렇게나 던져져 있었다. 처음에 그는 빵을 모두 야전병원으로 가져가서 수프에 적실 빵껍질조차 남아 있지 않으리라 생각했다. 하지만 다행히 찬장 안쪽에 어제 먹다 남긴 강낭콩 요리가 있었다. 그는 식당으로 다시 올라갈 생각은 하지 못하고 가물거리는 작은 램프가 석유 냄새를 풍기는 음울한 부엌에 서서 빵도 버터도 없이 강낭콩을 먹었다.

열시가 채 안 되었다. 들라에르슈는 항복이 조인되었는지 궁금했다. 전투가 재개되지 않을까 하는 불안과 염려가 엄습했고, 그렇다면 뒤이어 전개될 일에 대한 공포가 은근히 그의 가슴을 짓눌렀다. 모리스와 장이 죽은듯이 잠들어 있는 사무실로 다시 올라갔을 때, 그는 안락의자에 몸을 뉘려 했지만 소용없었다. 잠이 오지 않았고, 어쩌다 의식이 꺼질 때면 매번 대포 소리에 화들짝 놀라 자리에서 일어났다. 그것은 온종일 귀에 울렸던 가공할 포성이었다. 그는 한순간 겁에 질려 그 소리를 유심히 들었고, 이내 온 세상이 고요해지자 다시 몸을 떨었다. 잠을 잘 수 없었던 그는 다시 자리에서 일어섰고, 이 방 저 방을 돌아다녔다. 하지만 어머니가 대령을 간호하는 방에는 들어가지 않았는데, 그의 서성거림을 말없이 쳐다볼 그녀의 시선이 불편할 것 같기 때문이었다. 두번이나 그는 앙리에트가 잠에서 깨지 않았는지 살피러 갔다. 아내 앞에 멈춰 서서 보니 그녀의 표정이 무척 평온했다. 새벽 두시까지 그는 안절부절못하며 온 집안을 오르락내리락했다.

그러나 이렇게 배회만 무한히 계속할 수는 없었다. 상황을 파악하지 않고는 절대 쉬지 못하리라고 깨달은 들라에르슈는 군청으로 다시 가기로 결심했다. 하지만 아래로 내려와 인파로 가득찬 거리를 보자 절망감에 사로잡혔다. 생각만 해도 힘이 쭉 빠지는 온갖 장애물을 뚫고 군청까지 다녀올 자신이 없었다. 그가 망설일 때, 군의관 부로슈가 씩씩

거리고 욕설을 내뱉으며 다가왔다.

"빌어먹을! 정말 돌아버리겠네!"

그는 시청으로 가서 시장에게 클로로포름을 징발해 해가 뜨자마자 자기한테 보내달라고 요청했었다. 위급한 수술이 수없이 밀려 있는데 비축량이 모두 소진되었기 때문이다. 그는 마취도 없이 불쌍한 환자들의 살을 자르게 될까봐 몹시 두려웠다.

"그런데요?" 들라에르슈가 물었다.

"그런데 시장이라는 자의 대답은 약사들에게 클로로포름이 아직도 남아 있는지 알아보겠다는 것뿐이었소!"

시트 제조업자에게 클로로포름 문제는 안중에도 없었다. 그는 다시 말했다.

"아니, 그런데…… 그 일은 끝났습니까? 프로이센군과 아군 사이에 합의가 이루어졌나요?"

군의관이 격분해서 소리쳤다.

"전혀, 아무것도 이루어진 게 없소! 드 빔펜 장군이 방금 돌아왔는데…… 그 날강도들이 말도 안 되는 요구를 한 모양이오…… 아! 다시 전쟁을 시작해서 모두가 죽는 게 차라리 나을지도 모르겠소!"

들라에르슈는 그 말을 듣고 하얗게 질렸다.

"방금 하신 말씀이 사실입니까?"

"시의회 의원들한테 들은 이야기요…… 군청에서 온 한 장교가 그들에게 사태가 어떻게 돌아가는지 모두 말해줬소."

부로슈는 세부 사항을 덧붙였다. 드 빔펜 장군, 몰트케 장군, 비스마르크의 회담이 이루어진 장소는 동슈리 인근 벨뷔성城이었다. 수염 없는 매끈한 얼굴로 매사를 고지식한 화학자처럼 메마르고 냉혹하게 판단하는 끔찍한 인간, 집무실에 앉아 수학적인 계산만으로 승리를 낚아채는 끔찍한 인간 몰트케 장군! 회담이 시작되자마자 그는 프랑스군의 절망적 상황을 속속들이 알고 있음을 입증하려고 했다. 식량도 없고 탄환도 없고, 사기가 저하되고 무질서하고, 독일군이 죄고 있는 철의 고리를 끊을 힘이 전혀 없지 않은가. 그는 냉정하게 자신의 의사를 밝혔다. 프랑스 전군이 무기와 장비를 독일군에게 넘기고 전쟁 포로가 될 것. 비스마르크는 기분이 언짢은 어린아이 같은 표정으로 몰트케의 제안에 동의를 표할 뿐이었다. 그때부터 드 빔펜 장군은 역사상 전례를 찾기 힘든 가혹한 강화조건에 맞서 진이 빠지도록 입씨름을 해야 했다. 그는 자신의 불운, 병사들의 영웅적 투쟁, 자긍심을 지닌 민족을 벼랑으로 몰았을 때 발생할 위험을 강조했다. 세 시간 동안 절망적이면서도 수려한 화술로 위협하기도 하고 간청하기도 하면서 프랑스군을 독일이 아니라 프랑스에, 심지어 알제리에 수용해달라고 요청했다. 독일 측이 한 유일한 양보라면, 장교들 가운데 서면으로 하거나 명예를 걸고 더이상 군대에 몸담지 않겠다고 맹세하는 자들은 집에 돌아갈 수 있게 해주겠다는 것이었다. 결국 이튿날 열시까지 휴전을 연장하기로 했다. 만일 그 시각까지 강화조건이 받아들여지지 않으면, 프로이센 포병대는 발포를 재개할 것이고 스당은 잿더미가 될 것이었다.

"미쳤구먼!" 들라에르슈가 말했다. "스당이 무슨 짓을 했다고 스당을 불태운다는 거야!"

군의관은 조금 전 유럽호텔에서 만난 장교들이 날이 밝기 전에 대탈주를 감행해야 한다고 말하는 것을 들었다고 했다. 그러자 들라에르슈의 불안은 더없이 커졌다. 독일의 요구가 항간에 알려진 이후 장교들은 극도의 흥분을 감추지 못했고, 온갖 기상천외한 계획을 세웠다. 아무런 예고 없이 휴전을 무시해버리는 것이 합법적이지 않다는 생각조차 사라졌다. 전혀 이성적이지 않은 전략이 난무했다. 예를 들어 야음을 틈타 바이에른군을 격퇴하면서 카리냥으로 다시 진격하고, 기습 공격으로 일리고원을 되찾고, 메지에르 도로의 봉쇄를 풀어야 한다고도 했고, 불굴의 투지를 발휘해 대번에 벨기에까지 진격해야 한다고도 했다. 한편 패전이 불가피하다고 여기며 침묵하는 장교들도 있었다. 그들은 오히려 전쟁이 끝난 데 안도의 한숨을 쉬었고, 모든 상황을 받아들이고 모든 서류에 서명하고자 했다.

"가겠습니다!" 부로슈가 말했다. "두 시간 정도 자야겠소. 자꾸만 눈이 감겨서."

혼자 남은 들라에르슈는 숨이 막혔다. 뭐라고? 다시 전투가 시작되고 스당이 잿더미가 된단 말인가! 그것은 불가피해 보였다. 동녘이 밝아오면 무시무시한 일이 시작될 것이고, 해는 온종일 잔인한 살육을 비추리라. 그러자 기계적으로 그는 다시 한번 창고의 가파른 계단을 걸어 굴뚝들이 있는 높은 지붕으로 올라갔고, 도시가 내려다보이는 협소한 옥상에 섰다. 지금 이 시각, 캄캄한 어둠에 잠긴 도시는 거대한 암흑의 파도가 넘실거리는 무한한 바다일 뿐이었다. 처음에는 아무것도 보이지 않았다. 이윽고 발아래로 기계실, 방적기실, 건조실, 상점 등 제조소 건물이 희미하게 드러났다. 자신의 재산이자 긍지인 이 사랑스러운 건물이 몇 시간 후면 잿더미로 변한다고 생각하니 가슴이 찢어질 듯했다. 그는 저멀리 지평선으로 시선을 돌려 내일의 위협이 깃든 암흑의 바다를 한 바퀴 둘러보았다. 남쪽, 즉 바제유 쪽에서는 화염에 휩싸인 가옥들 위로 불꽃이 날아다녔다. 북쪽에서는 저녁에 불이 붙은 가렌숲의 한 농가가 아직도 타오르며 근처 수목을 핏빛으로 물들이고 있었다. 이 두 불덩이 외에 다른 화재는 없었기에, 눈에 보이는 것이라곤 무성한 소문으로 공포에 질린 거대한 심연뿐이었다. 저멀리, 아마도 성채 위에서 누군가 울고 있는 듯했다. 그는 어둠의 베일을 뚫고 리리, 마르페, 프레누아와 바들랭쿠르의 포병대, 그리고 목을 늘어뜨리고 아가리를 벌린 그 괴물 같은 청동 벨트를 보려고 애썼지만 허사였다. 그래서 주변의 도시 위로 다시 시선을 옮겼을 때, 문득 고뇌에 찬 도시의 숨결이 느껴졌다. 그것은 단지 거리에 누워 잠든 군인들의 뒤척임, 병사와 짐승과 대포 더미에서 나는 삐걱거림만이 아니었다. 그가 느낀 것은 날이 밝기를 기다리며 신열에 들떠 잠 못 이루는 이웃들, 즉 민간인들의 근심어린 불면이었다. 모두가 항복이 조인되지 않았다는 사실을 알았다. 이제 지하실로 내려가 죽음을 기다리는 일밖에 남지 않았다는 생각에 모두가 몸을 떨며 시간을 재고 있었다. 그때 부아야르가에서 무기가 부딪치는 소리가 나면서 누군가가 내지르는 단말마적 비명이 들린 것 같았다. 그는 몸을 숙였지만 캄캄한 어둠밖에 보이지 않았다. 별 하나 없는 안개 낀 하늘 아래서 그는 너무 몸이 떨려 온몸에 소름이 돋았다.

아래서는 소파에 누워 잠들었던 모리스가 희미한 새벽빛에 잠이 깼다. 기진맥진한 그는 여명이 점점 밝아오는 유리창을 바라보며 꼼짝하지 않았다. 의식이 또렷해지면서 그의 머릿속에 패전, 도주, 재앙 같은 참담한 기억이 떠올랐다. 아주 사소한 것까지 모든 것이 눈앞에 다시 그려졌다. 패배가 더없이 고통스러웠고, 자신이 패배의 원인인 듯 그 울림이 뼛속까지 전해졌다. 자학하는 천성에 다시 사로잡힌 채 그는 자신을 돌아보며 재앙의 원인을 추론했다. 나야말로 좋은 교육을 받았으나 반드시 알아야 할 사항에는 전혀 무지한 시대의 필부匹夫, 무지하다는 사실조차 모른 채 허영에 들떠 향락의 열기와 거짓된 위세에 도취한 시대의 필부가 아닐까? 뒤이어 이런 생각이 떠올랐다. 1780년에 태어난 그의 할아버지는 나폴레옹 대군의 영웅 중 한 명으로 아우스터리츠 승전, 바그람 승전, 프리틀란트 승전의 주인공이었다. 1811년에 태어난 그의 아버지는 평범한 사무원으로 전락해 셴포퐐뢰에서 징세관으로 일하다가 생을 마감했다. 1841년에 태어난 그는 신사로 자라나 변호사로서 온갖 어리석은 유혹, 온갖 위대한 열정에 사로잡히기도 했으나 이제 스당에서 패배해 하나의 세계를 끝장내는 재앙을 맞이했다. 이런 종족적 퇴화가 아니라면 어떻게 할아버지 세대에서 승전을 거듭했던 프랑스가 손자 세대에서 참패를 당하는지를 설명할 수 있을까. 그의 가슴을 몹시 아프게 한 그 종족적 퇴화는 천천히 악화하다가 때가 되면 파국을 초래하는 가족력을 연상케 했다. 만약 승리했다면, 그는 너무도 용감하고 의기양양했으리라! 하지만 패배하자, 그는 여자처럼 신경이 쇠약해져 전 세계가 빠져드는 깊은 절망 속으로 굴러떨어졌다. 더이상 아무것도 없어, 프랑스는 죽은 거야. 목을 죄는 듯한 흐느낌이 터져나왔다. 그는 울었고, 두 손을 모으고 어린 시절 외우던 기도문을 중얼거렸다.

"하느님! 저를 거두어주소서…… 하느님! 무거운 짐으로 고통받는 이 불쌍한 자들을 거두어주소서……"

맨바닥에서 이불을 말고 자던 장이 몸을 뒤척였다. 흐느낌과 기도 소리에 놀라 잠이 깬 그가 일어나 앉았다.

"무슨 일이야?…… 어디가 아파?"

아무 일도 없다는 걸 알자 장은 아버지처럼 더욱 따뜻하게 말했다.

"괜찮아? 아무것도 아닌 일로 그렇게 슬퍼하지 마!"

"아!" 모리스가 소리쳤다. "끝난 거야! 말도 안 돼! 이젠 프로이센 사람이 될 준비를 해야 한다니."

동료가 무식한 농사꾼의 표정을 지으며 놀랐을 때, 모리스는 종족의 퇴화와 새로운 피의 상승을 설명하고자 애썼다. 그러나 농부는 고집스레 고개를 저으며 설명을 듣지 않으려 했다.

"뭐라고! 내 밭이 더이상 내 것이 아니라고? 프로이센 놈들이 내 땅을 빼앗아간다고? 내가 죽기는커녕 멀쩡히 살아 두 눈을 부릅뜨고 있는데…… 말도 안 돼, 그럴 수는 없어!"

그런 다음 그는 고통스럽게, 생각나는 대로 자기 의견을 말했다. 우리는 호되게 당한 거야, 그건 확실해! 하지만 모두가 죽은 것은 아니야. 열심히 일하고 벌어들인 것을 탕진하지 않는다면, 남아 있는 사람들만으로도 충분히 만사를 원래대로 되돌릴 수 있을 거야. 예를 들어 가정에서도 모두가 참고 견디며 저축을 하면, 최악의 상황에서도 언제나 출구가 보이는 법이야. 심지어 가끔은 따귀를 맞는 것도 나쁘지 않아, 곰곰이 생각하게 해주니까. 게다가 말이야, 만약 몸 어딘가가 썩고 있다면, 예를 들어 팔다리가 썩고 있다면, 그걸 도끼로 쳐서 잘라내는 게 온몸에 독이 퍼져 죽는 것보다 낫지 않아?

"끝이라고? 아냐, 아냐!" 장이 여러 번 되풀이했다. "난 끝나지 않았어, 난 그렇게 느끼지 않아!"

부상으로 다리기 아프고 머리에서 흘린 피로 머리칼이 엉켜 있었지만, 장은 다시 살고 싶은 욕망, 그 자신의 말대로, 연장과 쟁기를 들고 집을 재건하고 싶은 욕망 속에서 벌떡 일어섰다. 그는 슬기롭고 끈기 있는 오래된 땅의 백성이었고, 이성과 노동과 근면의 나라의 신민이었다.

"아무튼," 그가 다시 말했다. "황제가 불쌍해…… 나라 사정이 나쁘지는 않았거든, 곡식도 좋은 값에 팔렸고…… 하지만 어쩌다가 전쟁에 휘말렸는지, 확실히 그건 어리석은 결정이었어!"

지칠 대로 지친 모리스는 다시 한번 침통한 표정을 지었다.

"아! 나도 실은 과거에 황제를 좋아했어, 이념적으로는 자유와 공화국을 지지했지…… 그래, 핏속에 그런 애착이 있었어, 아마도 할아버지 때문일 거야…… 하지만 제정은 이미 썩어문드러졌어, 이제 어떻게 해야 할까?"

모리스의 눈에 초점이 없었다. 그의 탄식이 너무도 괴롭게 들려 불안에 사로잡힌 장은 그 자리에 꼼짝 않고 서 있었다. 바로 그때, 앙리에트가 들어왔다. 옆방에서 들리는 말소리에 그녀는 방금 잠에서 깼다. 희미한 빛이 방을 비추고 있었다.

"모리스한테 한바탕 욕을 하려는데 때마침 들어오시는군요." 장이 억지 웃음을 지으며 말했다. "저 친구는 현명하지 못해요."

몹시 창백하고 비통한 누나의 얼굴을 보자, 모리스는 연민이 복받쳐 가슴이 미어졌다. 그는 누나를 품에 안으려고 두 팔을 벌렸다. 그녀가 품속에 뛰어들자, 그는 흥분했던 마음이 가라앉았다. 그녀도 울었고, 두 사람의 눈물이 뒤섞였다.

"아, 불쌍한 누나! 누나를 어떻게 위로해야 좋을까…… 선량한 매형, 누나를 그토록 사랑했었는데! 아, 어쩌면 좋아! 누나는 주변 사람들을 위해 언제나 희생하기만 했어, 한마디 불평도 없이…… 나는 누나를 힘들게 하기만 했고…… 앞으로도 안 그런다고 누가 장담할 수 있겠어!"

그녀가 동생의 입술에 손가락을 갖다대 말을 멈추게 했을 때, 들라에르슈가 넋이 나간 표정으로 방에 들어왔다. 그는 피로와 굶주림에 지쳐 옥상에서 내려왔었다. 우선 따뜻한 음료라도 마시려고 부엌에 들렀다가 요리사 아주머니와 마주쳤다. 그녀는 자신의 친척인 바제유의 소목장이에게 따뜻하게 덥힌 포도주를 따라주고 있었다. 바제유의 화재속에서도 마지막까지 머물렀던 주민들 중 하나인 소목장이는 들라에르슈의 염색공장이 완전히 파괴되어 돌덩이만 남았다고 알려주었다.

"날강도들이야, 나쁜 놈들, 안 그렇소?" 그가 장과 모리스에게 더듬거리며 말했다. "모든 걸 잃었어. 저놈들이 오늘은 스당을 불태울 거야, 어제 바제유를 불태운 것처럼…… 아, 난 파산했어, 파산!"

그때 앙리에트의 이마에 생긴 상처가 그의 눈에 띄었고, 그제야 앙리에트에게 바제유 상황을 물어보려 했었다는 사실이 생각났다.

"맞아, 당신이 거기에 갔었지요, 거기서 다쳤군요…… 아! 불쌍한 바이스!"

그는 앙리에트의 붉은 눈을 보고 그녀가 자기 남편의 죽음을 알고 있다고 생각했다. 그래서 갑자기, 조금 전 소목장이한테 들은 이야기를 털어놓았다.

"불쌍한 바이스! 놈들이 그의 시신을 불태운 것 같아요…… 여기저기 흩어진 주민들의 시신을 모아 석유를 뿌린 집의 불더미에 던져버렸다지 뭐요."

앙리에트는 공포에 질린 채 그의 말을 들었다. 오, 하느님! 이제 남편의 시신을 수습해서 묻어줄 수도 없게 되었다니! 작별인사도 없이 한 줌의 재가 되어 바람에 날아갔다니! 모리스는 누나를 꼭 껴안았다. 그리고 누나를 불쌍한 신데렐라라고 부르며 너무 슬퍼하지 말고 힘내라고 위로했다.

잠시 침묵이 흐른 뒤, 창가의 빛이 조금 더 밝아진 것을 본 들라에르슈는 황급히 몸을 돌려 두 병사에게 말했다.

"아 참! 내가 잊고 있었군…… 보물을 넣어둔 아래층 창고에서 장교가 병사들에게 돈을 나눠주고 있다는 소식을 알려주러 왔소, 프로이센군이 강탈하기 전에 나눠줘야지…… 내려가봐요, 오늘밤에도 우리가 살아 있다면 돈이 필요하니까."

유용한 정보였다. 모리스와 장은 앙리에트에게 소파에서 좀 쉬라고 강권한 후, 아래로 내려갔다. 들라에르슈는 옆방으로 갔다. 질베르트가 아이처럼 평화롭게 자고 있었는데, 말소리도 흐느끼는 소리도 그녀의 잠을 방해하지 못했다. 그는 어머니가 드 비뇌유 대령을 보살피는 방으로 갔다. 어머니는 안락의자에서 설핏 잠이 들었고, 열에 들뜬 대령은 눈을 감은 채 꼼짝하지 않았다.

대령이 갑자기 눈을 크게 뜨더니 물었다.

"아, 이제 끝났겠지, 안 그런가?"

들라에르슈는 발길을 돌리려는 순간 자신의 발목을 붙든 질문에 다소 짜증이 난 듯, 성난 몸짓을 하며 목소리를 낮춰 말했다.

"아! 맞습니다, 끝났어요! 하지만 다시 시작될지 몰라요!…… 조인된 게 아무것도 없으니까요."

대령은 희미한 목소리로 말을 계속했는데, 다시 착란상태가 찾아온 모양이었다.

"맙소사! 전쟁이 끝나기 전에 죽어야 해!…… 그런데 포성이 안 들리네. 왜 더이상 대포를 쏘지 않는 거지?…… 아, 저 위쪽으로, 생망주에서, 플레뇌에서 우리가 모든 도로를 장악했어. 프로이센군이 스당을 우회해서 우리를 공격하려 한다면, 우리는 놈들을 뫼즈강 쪽으로 몰아가야 해. 스당은 우리 발아래 있어, 우리 진지를 더 단단하게 해주는 엄폐물처럼…… 진격! 7군단이 선두에 서고, 12군단은 후퇴를 엄호하라……"

시트 위 대령의 두 손이 꿈속에서 그가 모는 말인 양 속보로 달렸다. 그러더니 다시 잠이 들면서 말이 느려졌고, 차츰 손동작도 느려졌다. 이윽고 손이 멈추고 대령은 숨소리조차 없이 깊은 잠에 빠졌다.

"편히 쉬세요." 들라에르슈가 나직이 말했다. "새로운 소식이 있으면, 다시 오겠습니다."

뒤이어 그는 어머니가 잠에서 깨지 않았다는 것을 확인한 후, 조용히 방에서 나왔다.

아래층 창고에 간 장과 모리스는 흰색 나무 탁자 앞 부엌 의자에 앉아 있는 장교를 보았다. 회계 담당 장교는 어떤 유의 영수증도 서류도 없이, 아무런 기록도 하지 않고 돈을 나누어주고 있었다. 금화가 가득한 여러 가방에서 그는 집히는 대로 돈을 집어올렸다. 심지어 세어보지도 않고 돈을 주먹으로 쥔 채 자기 앞에 줄을 선 7군단 중사들의 군모에 넣었다. 뒤이어 중사들이 수하 병사들과 함께 그 돈을 나누었다. 그들은 제각기 어색한 표정으로 커피나 고기 배급을 받듯 그 돈을 받았고, 백주의 거리에서 금화를 내보이지 않으려고 모자에서 주머니로 옮겼다. 모두가 아무 말도 하지 않는 가운데 수정처럼 맑게 부딪치는 금화 소리만 들렸다. 도시에는 더이상 사 먹을 빵도 술도 없었지만, 그래도 별안간 부자가 된 듯한 기분에 가난뱅이들은 가슴이 설렜다.

장과 모리스가 다가갔을 때, 장교는 손에 쥐고 있던 금화를 거두어들였다.

"제군들은 중사가 아닌데…… 돈을 수령할 권리는 중사들에게만 있소……"

하지만 이미 지친 장교는 일을 빨리 끝내고 싶어했다.

"아! 좋소, 하사, 당신이 받아요…… 서두릅시다, 다음 사람!"

장교는 장이 내민 군모에 금화를 가득 담아주었다. 약 600프랑에 이르는 금액에 놀란 장은 모리스에게 당장 절반을 나눠주려 했다. 그들이 갑자기 헤어지게 될지 누가 알겠는가.

그들은 야전병원 앞 정원에서 돈을 나누었다. 그런 다음 야전병원으로 들어갔는데, 출입구 근처 짚더미 위에 누운 중대의 고수 바스티앙을 보았다. 몸집이 큰 이 쾌활한 소년은 전투가 끝날 무렵이었던 다섯시경 불운하게도 사타구니에 유탄을 맞았다.

부상병들이 잠을 깨는 이 시각, 희미한 아침햇살이 비치는 야전병원의 광경은 모리스와 장을 얼어붙게 했다. 부지불식간에 밤새 부상병 셋이 죽었다. 위생병들이 서둘러 시체를 치우자 다른 부상병들이 그 자리를 차지했다. 전날 수술을 받은 부상병들은 비몽사몽간에 눈을 동그랗게 떴고, 정신이 몽롱한 상태에서 이 넓은 고통의 침실을 바라보았다. 공동 침실에는 반쯤 죽어가는 환자들이 도살당한 가축들처럼 짚더미 위에 누워 있었다. 피가 솟구치는 수술이 끝난 후, 저녁에 비질을 하고 청소를 했지만 아무런 소용이 없었다. 깨끗하게 닦이지 않은 맨바닥에는 여전히 핏자국이 선연했고, 양동이에는 뇌수처럼 불그스름하게 물든 수건이 둥둥 떠 있었다. 창고 출입문 근처에는 손가락이 부서진 손하나가 굴러다녔다. 그것은 여명에 비친 푸줏간의 잔해요, 참혹한 하루의 찌꺼기였다. 살고자 하는 최초의 몸부림이 지나가자, 신열에 들뜬 끔찍한 고통이 환자들을 압도했다. 무기력한 침묵을 깨고 어디선가 잠에 취한 부상병이 신음인지 불평인지 모를 소리를 더듬거렸다. 흐릿한 두 눈이 환한 빛을 다시 보자 흠칫 놀랐고, 끈적이는 입에서는 심한 악취가 풍겼다. 역겨운 납빛의 하루하루가 끝없이 이어지며 홀을 고통으로 가득 채웠는데, 이 불쌍한 부상병들은 두세 달 후면 사지 가운데 하나가 없는 몸으로 여생을 살아가게 될 것이었다.

몇 시간 휴식을 취한 후 회진을 시작한 부로슈는 고수 바스티앙 앞에 멈춰 서더니, 보일 듯 말 듯 어깨를 으쓱하고 지나갔다. 아무것도 해줄 게 없었다. 바스티앙은 눈을 뜨고 있었다. 마치 원기를 회복한 환자처럼 그는 반짝이는 눈빛으로 금화가 가득 든 군모를 손에 든 중사를 쳐다보았다. 중사는 혹시 이 불쌍한 환자들 가운데 자기 분대 소속 병사가 있는지 살피러 온 것이었다. 그는 두 병사를 발견하고 그들에게 20프랑씩 주었다. 다른 중사들이 뒤따라 들어왔다. 짚더미 위에 황금이 쏟아졌다. 혼신의 힘을 다해 몸을 일으킨 바스티앙은 고통으로 덜덜 떨리는 두 손을 내밀었다.

"제게도 주세요, 제게도!"

중사는 부로슈처럼 무심히 지나가려 했다. 돈이 무슨 소용이 있을까? 그러나 마음씨 좋은 중사는 소년의 이미 식어버린 두 손에 충동적으로 금화 몇 닢을 던져주었다.

"제게도 주세요, 제게도!"

바스티앙은 뒤로 쓰러졌다. 그리고 손가락 사이로 빠져나간 금화를 주우려고 뻣뻣한 손으로 오래도록 바닥을 더듬었다. 그러다가 그는 죽었다.

"편히 가요, 병사. 전우가 죽었습니다!" 옆에 있던 피부가 검고 깡마른 젊은 알제리 보병이 말했다. "술을 마실 돈이 있는데 죽다니, 정말 안타까워!"

그는 왼발에 부목을 대고 있었다. 그렇지만 몸을 반쯤 일으켜 팔꿈치와 무릎으로 기어가는 데 성공했다. 그는 죽은 사람에게 다가가 모든 것을 주웠고, 두 손과 군용 외투 주름 속까지 탈탈 털었다. 다시 자기 자리로 돌아왔을 때, 그는 사람들이 자기를 쳐다보는 걸 의식하고 이렇게 말했다.

"돈을 버릴 필요는 없잖습니까, 안 그래요?"

모리스는 그 참담한 광경을 보고 숨이 막힐 듯해서 서둘러 장과 함께 나왔다. 수술 창고를 가로지를 때, 그들은 클로로포름을 구하지 못해 화가 잔뜩 난 부로슈를 보았다. 군의관은 이제 갓 스무 살 된 어린 청년의 다리를 마취 없이 절단하기로 결심했다. 모리스와 장은 비명을 듣지 않으려고 그 자리를 피했다.

그때 들라에르슈가 거리에서 돌아왔다. 그는 손짓을 하며 그들을 큰 소리로 불렀다.

"올라와요, 빨리 올라와요!⋯⋯ 식사해야죠, 요리사 아주머니가 용케 우유를 마련했어요. 정말 다행이지, 뭐라도 따뜻한 게 뱃속에 들어가야 해요!"

그는 내색하지 않으려고 애썼으나 기쁨을 감추지 못했다. 그가 밝은 표정으로 목소리를 낮춰 말했다.

"성공할 거요, 이번에는! 드 빔펜 장군이 항복을 조인하러 다시 떠났소."

아! 얼마나 다행인가, 공장이 화를 면하고, 끔찍한 악몽이 물러가고, 마침내 삶이, 괴롭다 해도 삶이 다시 시작될 테니! 아홉시 종이 울리자, 조금 덜 붐비는 거리를 통해 빵을 사러 이 동네로 온 로즈가 방금 그에게 아침에 군청에서 있었던 일을 말해준 것이었다. 여덟시에 드 빔펜 장군은 서른 명이 넘는 장군들을 불러 다시 최고 군사회의를 열었다. 거기서 그는 무용한 노력, 승리한 적의 가혹한 요구 등 담판의 결과를 설명했다. 그의 손이 떨렸고, 감정이 북받쳐 두 눈에 눈물이 가득 고였다. 그가 발언하고 있을 때, 휴전 교섭 사절로 온 프로이센군 대령이 열시까지 결론이 나지 않으면 스당 포격이 재개될 거라고 몰트케 장군의 이름으로 예고했다. 그러자 어쩔 수 없이 최고 군사회의는 드 빔펜 장군이 다시 벨뷔성으로 가서 모든 조건을 수용한다는 데 동의할 수밖에 없었다. 벌써 장군은 거기로 갔고, 프랑스 전군이 무기와 장비와 함께 독일의 포로가 될 참이었다.

로즈는 새로운 소식으로 인한 도시의 동요와 더불어 이런저런 세부적인 이야기도 들려주었다. 군청에서 그녀는 어린아이처럼 펑펑 눈물을 쏟으며 견장을 떼어내는 장교들을 보았다. 다리 위에서는 흉갑 기병이 긴 칼을 뫼즈강에 던졌다. 연대 전체가 일렬로 섰고, 병사들이 각자자기 칼을 강물에 던진 후 물이 튀어오르고 칼이 가라앉는 모습을 바라보았다. 거리에서는 병사들이 총신을 잡고 개머리판을 벽에 때려 소총을 부숴버렸고, 포수들은 기계장치를 제거한 뒤 기관총을 시궁창에 내팽개쳤다. 군기를 땅에 묻거나 불태우는 병사들도 있었다. 튀렌광장에서는 경계석 위로 올라간 중사가 갑작스러운 광기에 사로잡힌 듯, 지휘관들에게 겁쟁이라며 욕을 퍼부었다. 또다른 병사들은 넋이 나간 표정으로 말없이 눈물을 흘렸다. 그러나 이런 사실도 고백하지 않을 수없으리라. 기실 병사 대부분은 정말 다행이라고 생각하는 듯 안색이 무척 밝았다. 어쨌든 고생이 끝난 것이다. 포로가 되면 더이상 전투는 하지 않아도 되니까! 오랫동안 굶주림에 시달리며 줄곧 걷기만 하지 않았던가! 게다가 열세인데 싸워서 무슨 이득이 있겠는가? 지휘관들이 전쟁을 끝내기 위해 병사들을 팔아넘긴 건 차라리 잘한 일이야! 다시 흰 빵을 먹을 수 있고 침대에서 잠을 잘 수 있다니, 생각만 해도 기분좋아!

들라에르슈가 위층에서 모리스와 장을 데리고 식당으로 갔을 때, 어머니가 그를 불렀다.

"이리 와보렴! 대령 때문에 불안해 죽겠구나."

드 비뇌유 씨가 눈을 뜬 채 신열에 들떠 다시 꿈을 꾸고 있었다.

"상관없어! 프로이센군이 우리를 메지에르에서 분리한다 해도……프로이센군 일부는 팔리제트숲을 돌고 있어, 또다른 일부는 지본 개울을 따라 올라오고 있고…… 우리 뒤에는 국경선이 있잖아. 우리가 놈들을 무찌른다면, 금세 국경선을 넘어 더 멀리 진격할 수도 있어……
어제 내가 생각했던 작전이 바로 이거였네……"

그의 불타는 눈이 들라에르슈의 눈과 마주쳤다. 들라에르슈를 알아
본 그는 정신이 돌아오고 반수상태의 환각에서 벗어나는 듯했다. 끔찍
한 현실로 돌아와서 그는 세번째로 물었다.

"이제 끝났겠지, 안 그런가?"

시트 제조업자는 만족감을 억누를 수 없었다.

"아! 그럼요, 다행히! 완전히 끝났죠…… 지금쯤 항복이 조인되었을
겁니다."

그러자 발목에 붕대가 감겨 있는데도 대령은 벌떡 일어났다. 그는
의자에 놓아둔 군도를 집어들더니 대번에 그것을 두 동강 내려 했다.
하지만 두 손이 심하게 떨려 칼을 똑바로 쥐기도 힘들었다.

"조심해요! 다치겠어요!" 들라에르슈가 소리쳤다. "위험해요, 칼을 못
들게 해요!"

들라에르슈 부인이 칼을 빼앗았다. 드 비뇌유 씨의 절망 앞에서 그
녀는 아들의 지시와는 다르게, 칼을 숨기는 대신 그녀 자신도 예상치
못한 엄청난 힘으로 칼을 무릎에 내리쳐 단숨에 두 동강 내버렸다. 다
시 자리에 쓰러진 대령은 노부인을 한없이 애정어린 눈빛으로 바라보
며 흐느껴 울었다.

식당에서는 요리사 아주머니가 모두에게 카페오레를 만들어주었다.
앙리에트와 질베르트도 깨어 있었는데, 간밤에 단잠을 잔 질베르트는
혈색이 좋고 얼굴이 밝았다. 그녀는 친구를 다정하게 껴안으며 진심으
로 마음이 아프다고 말했다. 모리스는 누나 옆에 앉았고, 어쩔 수 없이

초대를 받아들인 장은 다소 어색하게 들라에르슈 앞에 앉았다. 결코 식탁에 앉지 않으려 하는 들라에르슈 부인은 요리사가 갖다준 카페오레로 입술만 축였다. 처음에 말없이 음식을 먹던 다섯 사람은 이내 활발히 이야기를 주고받았다. 모두 심신이 지쳐 있었고, 배가 몹시 고팠다. 수많은 사람이 집도 절도 없이 인근 들판을 헤매고 있는 지금, 여기서 이렇게 안전하게 아침식사를 할 수 있다니 얼마나 행복한가? 시원한 식당의 새하얀 식탁보가 눈을 위한 호사였고, 뜨거운 카페오레는 산해진미나 다름없었다.

이야기가 오갔다. 부유한 사업가로서의 침착함, 유명인을 좋아하고 실패자에게 엄격한 사장으로서의 냉정함을 되찾은 들라에르슈는 그제부터 자신의 호기심을 한껏 자극했었던 나폴레옹 3세를 화제로 삼았다. 그는 자기 앞에 앉은 순박한 병사 장에게 말을 걸었다.

"아! 선생, 그래요! 단언컨대, 황제가 나를 속였어요…… 황제의 아첨꾼들이 정상참작을 외쳐봤자 소용없어요, 명백히 황제는 지금 우리가 겪는 재앙의 첫번째 원인, 그리고 유일한 원인입니다."

그는 열렬한 보나파르트주의자로서 자신이 몇 달 전 국민투표의 승리를 위해 노력을 경주했었다는 사실을 이미 잊어버렸다. 그는 스당의 패자가 될 사람을 더이상 동정하지 않았고, 모든 고통의 책임을 그 사람에게 전가했다.

"모든 사람이 인정하듯, 황제는 능력이 없습니다. 지금 그걸 따져서 뭐하겠소만…… 행운이 그와 함께했을 때는 만사형통할 듯했지만, 결국 황제는 비합리적인 몽상가에 지나지 않은 인물이었소…… 사람들이 그를 속였다고, 야당이 전쟁에 필요한 군사와 예산을 주지 않았다고 하면서 그의 운명을 동정할 필요가 전혀 없어요. 오히려 그가 우리를 속였으니까, 그의 악덕과 오류가 작금의 끔찍한 혼란 속으로 우리를 몰아넣었으니까."

입을 열고 싶지 않았던 모리스는 가만히 미소만 지었다. 한편 정치적인 대화가 불편했던 장은 자신이 어리석은 말을 할까 두려워 이렇게만 말했다.

"그래도 황제는 선량한 사람이라고 하던데요."

그러나 무심히 내뱉은 이 한마디가 들라에르슈를 펄쩍 뛰게 했다. 그가 겪은 온갖 고통과 공포가 격렬한 증오의 외침으로 터져나왔다.

"선량한 사람? 그래요, 말하기는 쉽지!…… 선생, 내 공장에 포탄이 세 개나 떨어졌소, 만약 내 공장이 불타지 않았더라면, 황제에게 책임이 없지!…… 지금 당신과 이야기를 나누고 있는 나, 나는 이 어리석은 전쟁 때문에 10만 프랑을 날렸소!…… 아! 말도 안 돼, 말도 안 돼! 프랑스가 침략당하고 불타오르고 박살이 났고, 산업이 강제로 멈췄고, 가게가 파괴되었소. 어떻게 이럴 수가 있다는 거요! 선량한 사람? 이제 진절머리가 납니다, 제발 우리를 그 사람과 떨어져 있게 해주시오!…… 황제는 지금 진창 속에, 핏구덩이 속에 있소, 제발 그를 꺼내지 말란 말입니다!"

그는 주먹을 꽉 쥐고 버둥거리는 불쌍한 인간을 물속으로 처박는 듯한 거친 동작을 했다. 그러고는 게걸스럽게 커피를 비웠다. 질베르트는 자신이 신경써서 챙긴 앙리에트가 고통에서 조금 벗어난 듯하자 자기도 모르게 가볍게 소리 내어 웃었다. 커피를 다 마신 후에도 그들은 시원한 식당의 평화로운 분위기에 젖어 계속 이야기를 나누었다.

바로 그 시각, 나폴레옹 3세는 동슈리 도로에 있는 방직공의 초라한 집에 있었다. 새벽 다섯시부터 그는 회한과 위협만 느껴지는 그 불편한 도시 스당을 떠나려 했다. 자신의 불행한 군대에게 좀더 나은 조건을 얻어줘야만 자신의 고통도 조금 누그러질 텐데 그럴 수 없어 괴롭기 그지없었다. 그는 프로이센 국왕을 만나고 싶었다. 그래서 임대 마차에 올라, 양쪽으로 백양나무가 늘어선 넓은 도로를 따라갔다. 그것은 패주함으로써 이미 일체의 위세와 명예를 잃어버린 그에게 차디찬 새벽공기 속에서 이루어진 최초의 유뱃길이나 다름없었다. 백양나무 도로 위에서 그가 마주친 사람은 비스마르크였다. 낡은 모자를 쓰고 기름칠한 부츠를 신은 비스마르크는 아직 항복이 조인되기 전이었기 때문에 그와 프로이센 국왕의 면담을 막고자 서둘러 달려온 것이었다. 국왕은 14킬로미터 떨어진 방드레스에 있었다. 어디로 갈 것인가? 어느 집 어느 지붕 아래서 기다릴 것인가? 저멀리, 폭풍우의 먹구름 속에 잠긴 튈르리궁전은 이미 사라지고 없었다. 수십 리 떨어진 스당은 벌써 피의 강물이 가로막고 있는 듯했다. 프랑스에는 더이상 그가 들어갈 수 있는 황궁도, 공식적인 거처도, 심지어 최하급 관리의 사랑방조차 없었다. 그래서 그가 잠시 머물기를 청한 곳이 바로 이 방직공의 집이었다. 길가에서 우연히 발견했는데, 울타리를 친 채소밭과 음울한 분위기의 작은 창문이 눈에 띄는 초라한 이층집이었다. 흰색으로 석회칠만 된 2층 방에 가구라고는 흰색 나무 탁자 하나, 밀짚의자 두 개가 전부였다. 그는 거기서 몇 시간을 기다렸다. 처음에는 아량을 베풀어달라는 자신의 말에 미소를 지었던 비스마르크와 함께 있었고, 그다음에는 흙빛 얼굴을 유리창에 댄 채 자신의 비참함을 곱씹으며 혼자 있었다. 그는 프랑스 땅, 그중에서도 광활한 옥토를 가로지르며 유난히 아름답게 흐르는 뫼즈강을 물끄러미 바라보았다.

이튿날, 그리고 뒤이어 며칠 동안, 다음 단계의 끔찍한 유배가 시작되었다. 황제는 뫼즈강이 내려다보이는 그 멋진 부르주아풍 벨뷔성에서 유숙했고, 빌헬름 국왕과 면담한 후 눈물을 쏟았다. 출발은 참담했다. 패배한 병사들과 굶주린 시민들의 분노가 두려워 스당을 피했고, 프로이센군이 이주반도에 만들어놓은 배다리를 건너고 플루앙, 플레뇌, 일리에서 멀리 떨어진 지름길을 통해 도시의 북쪽으로 길게 우회했다. 무개마차를 이용한 이 패주의 여정은 비참하기 이를 데 없었다. 예컨대 시체로 가득한 일리의 그 비극적 고원에서 세인의 입에 오르내린 전설적인 조우가 이루어졌다. 말의 속보조차 견디기 힘들었던 불쌍한 황제가 갑자기 기운이 떨어져 늘 피우던 담배를 기계적으로 입에 물었다. 바로 그때 피와 먼지를 뒤집어쓰고서 플레뇌에서 스당으로 이동하던 포로들이, 마차가 지나갈 수 있도록 양쪽 길가로 비키던 포로들이 처음에는 침묵을 지키다가 점점 흥분해 저주와 욕설을 퍼부었고, 종주먹을 내지르며 야유의 함성을 질렀다. 그뒤 황제는 전쟁터를 끝없이 가로질러, 위협하듯 눈을 부릅뜬 시체들 사이로 황량한 길을 10킬로미터쯤 갔다. 헐벗은 들판, 침묵에 휩싸인 거대한 숲, 언덕길을 따라 펼쳐진 국경선, 그 너머로 전나무가 늘어선 도로와 함께 좁다란 계곡으로 급히 내려가는 경사지가 내내 황제와 동반했다.

부이용에서 보낸 유배의 첫날밤은 얼마나 끔찍했던가! 황제가 묵은 포스트호텔 주변에 피란민과 구경꾼이 얼마나 많이 모였던지 황제는 술렁임과 휘파람 속에서 자신이 군중 앞에 모습을 드러내야 할 것만 같았다. 세 창문이 광장 쪽을 향한, 즉 스무아강이 바라보이는 황제의 방은 붉은색 다마스크 의자, 거울이 달린 마호가니 장롱, 조화造花와 조가비 장식을 덮은 구형球形 유리와 함께 함석 추시계와 그 아래 벽난로가 있는 평범한 방이었다. 문 왼쪽과 오른쪽에 똑같은 크기의 침대가 하나씩 놓여 있었다. 한 침대에는 피로에 지친 부관이 두 주먹을 불끈 쥔 채 잠들어 있었다. 다른 침대에서는 황제가 잠을 이루지 못하고 오래도록 몸을 뒤척였다. 흥분을 가라앉히려고 자리에서 일어난 황제는 잠시 벽난로 양쪽 벽에 새겨진 부조를 바라보았다. 하나는 〈라마르세예즈〉를 노래하는 루제 드 릴*이었다. 다른 하나는 〈최후의 심판〉이었는데, 대천사들이 요란한 나팔소리로 죽은 자를 땅속에서 불러내고, 전사자들이 부활해 하느님 앞에 증언하러 승천하는 형상이었다.

스당에서는, 황제의 거추장스러운 짐이 주민들의 저주와 비난이 이는 가운데 군청 정원의 라일락 뒤에 놓여 있었다. 비참한 고초를 겪는 불쌍한 주민들의 눈에 띄지 않도록 그것을 어디로 치우고 어떻게 처리해야 할지 알 수 없었다. 그 짐에 어린 불쾌하기 짝이 없는 기운, 그 짐이 자극하는 뼈아픈 패배의 기억은 더이상 참을 수 없는 것이었다. 어둠이 깊은 어느 밤이었다. 수많은 은냄비, 꼬치 회전기, 고급 포도주 바구니와 함께 말들, 마차들, 화물 마차들이 극비리에 스당에서 빠져나갔고, 도둑질할 때처럼 살금살금 불안한 걸음으로 캄캄한 도로를 통해 벨기에로 넘어갔다.

---

* 프랑스 국가 〈라마르세예즈〉를 작곡한 프랑스 군인, 작곡가, 시인.

제3부

1

온종일 치열한 전투가 벌어졌던 그날, 푸샤르 영감의 작은 농가가 있는 레미언덕에서 실빈은 오노레의 안전을 걱정하며 포성과 포연에 휩싸인 스당을 불안한 눈으로 끊임없이 바라보았다. 이튿날 그녀의 불안은 더욱 커졌는데, 도로를 지키는 프로이센 병사들에게서 정확한 소식을 들을 수 없었기 때문이었다. 실은 그들도 아무것도 몰랐기 때문에 해줄 말이 없었다. 전날의 밝은 태양은 사라졌고, 소나기가 계곡을 침침하고 우울한 분위기로 적셨다.

땅거미가 질 무렵, 푸샤르 영감은 입을 꾹 다물고 있었고, 머리가 지끈거렸다. 아들 걱정 때문이 아니라 타인들의 불행을 이용해 이득을 볼 거리가 없나 궁리하고 있었기 때문이다. 무슨 일이 벌어지는지 보려고 문가에 섰을 때, 조금 전부터 주변을 살피며 도로를 배회하던 덩치 큰

사내가 눈에 띄었다. 작업복 차림의 사내를 알아보고 화들짝 놀란 영감
은 프로이센 병사 세 명이 지나가는데도 큰 소리로 그를 불렀다.

"아니, 이게 누구야! 프로스페르 아닌가?"

아프리카 기병은 손사래를 치며 영감의 말을 막았다. 그러고는 가까
이 다가와 나직이 말했다.

"예, 접니다. 말도 안 되는 전투에 지쳐서 도망쳐나왔어요…… 푸샤
르 영감님, 혹시 머슴 필요하지 않으세요?"

영감은 금세 냉정을 되찾았다. 때마침 그는 일꾼을 찾고 있었다. 하
지만 그런 내색을 해서 좋을 게 없을 듯했다.

"머슴이 필요하냐고, 전혀 아닌데! 지금은 아냐…… 어쨌든 들어와
서 뭐라도 좀 마시게. 이렇게 만났는데 길에 세워둘 순 없지."

부엌에서는 실빈이 수프를 끓이고 있었고, 꼬마 샤를로가 엄마 치마
에 매달려 장난하며 깔깔거렸다. 처음에 그녀는 예전에 함께 일했던 프
로스페르를 알아보지 못했다. 포도주 한 병과 유리잔 두 개를 가져온
실빈은 그의 얼굴을 뚫어지게 바라보았다. 그러다가 오노레가 떠올라
반색하며 소리쳤다.

"아! 전쟁터에서 오는 길이죠, 그렇죠?…… 오노레는 무사한가요?"

프로스페르는 대답하려다가 잠시 망설였다. 이틀 전부터 그는 꿈을
꾸고 있는 듯했다. 모호한 사건들이 격류처럼 빠르게 지나가서 어떤 것
도 분명하게 기억할 수 없었다. 아마도 대포 위에 누운 채 죽은 오노레
를 본 것 같기도 했다. 그러나 단언하기는 힘들었다. 그래, 확실치도 않
은데 사람들을 슬프게 할 필요가 있을까?

"오노레요?" 그가 우물쭈물했다. "모르겠어요…… 기억이 안 나요……"

실빈이 그를 빤히 바라보며 집요하게 다시 물었다.

"그렇다면, 오노레를 보긴 했어요?"

그는 두 손을 내려다보며 천천히 고개를 가로저었다.

"모든 걸 기억하기는 힘들어요! 너무나 많은 일이 있었거든요, 너무나 많은 일이! 이 빌어먹을 전쟁에 대해서는, 정말 그래요, 뭘 이야기해야 좋을지 모르겠어요…… 기억이 안 나요! 제가 어디를 지나왔는지도…… 정말이지 바보가 된 것 같아요!"

포도주 한 잔을 들이켠 후, 그는 멍한 눈빛으로 기억 속 어둠을 더듬었다.

"기억나는 건 정신이 들었을 때 날이 이미 어두워졌다는 사실뿐이에요…… 돌격중에 고꾸라졌는데, 해가 중천에 있었거든요. 아마 몇 시간을 쓰러져 있었나봐요, 가슴팍에 총을 맞은 제 친구 제피르 밑에 오른쪽 다리가 깔린 채…… 정말 고통스러웠어요. 곳곳에 전우들 시체가 쌓여 있었고, 살아 있는 거라곤 고양이 한 마리 없었죠. 누군가 도와주지 않으면 이대로 분명 죽겠구나 싶어 괴로웠어요…… 천천히 엉덩이를 빼내려고 애썼지만 할 수 없었죠. 병사 500명이 짓누르는 것 같았으니까요. 아, 제피르의 몸은 여전히 따듯했어요. 저는 제피르를 쓰다듬으며 사랑스럽게 그 이름을 불렀죠. 그러자 말이죠, 저는 결코 그 장면을 잊을 수 없어요. 제피르가 눈을 다시 뜨더니 제 눈앞에 있던 자기 머리를 들려고 안간힘을 썼어요. 그래서 말했죠. '이 친구야, 널 비난하려는 건 아닌데, 네가 너무 세게 눌러서 내가 죽을 것만 같아!' 물론 제피르가 뭐라고 대답하지는 않았어요. 그렇지만 저는 분명히 제피르의 고통에 찬 눈에서 저를 자유롭게 해주려는 소망과 의지를 읽었어요. 그런 다음, 도대체 어떻게 그런 일이 일어났는지 모르겠는데, 의도적으로 그랬는지 단순히 경련이 인 건지, 갑자기 제피르가 몸을 떨더니 기우뚱하고 옆으로 미끄러지며 떨어졌어요. 그래서 전 다시 몸을 일으킬 수 있었어요, 아! 얼마나 다리가 아프던지…… 하지만 아무러면 어때요, 저는 제피르의 머리를 품에 안고서 가슴에서 우러나오는 말을 두서없이 속삭였습니다, 넌 정말 좋은 말이라고, 너를 정말 사랑했다고, 죽을 때까지 너를 잊지 않겠다고…… 제피르는 제 말을 들었고, 만족스러운 표정을 지었죠! 그런 다음 다시 부르르 떨더니 죽었어요, 텅 빈 눈망울로 저를 계속 바라보며…… 그런데 신기하게도, 아무도 제 말을 믿지 않겠지만, 제피르의 눈에서 굵은 눈물방울이 흘러내렸어요. 아, 불쌍한 제피르, 마치 사람처럼 울고 있었어요……"

슬픔으로 목이 멘 프로스페르는 말을 잇지 못하고 하염없이 울었다. 이윽고 다시 포도주 한 잔을 들이켠 그는 중간중간 말이 막히면서도 다시 기억을 더듬어 이야기를 이어나갔다. 제피르의 주변에서 어둠이 더욱 깊어졌고, 달빛이 지나가며 죽은 군마의 거대한 그림자를 전쟁터에 짙게 드리웠다. 발이 아파 멀리 갈 수 없었던 그는 제피르 옆에 오래도록 머물렀다. 그러다가 갑자기 공포가 몰려왔다. 혼자 있고 싶지 않은 욕망, 두려움이 가시도록 동료들과 함께 있고 싶은 욕망이 그를 나아가게 했다. 그러자 도랑에서, 가시덤불에서, 외진 곳곳에서, 방치되었던 부상병들이 어슬렁거리며 나타나 합류하고 사오 명씩 무리를 이루려고 애를 썼다. 함께 고생하고 함께 죽는 것이 그래도 낫기 때문이었다. 프로스페르는 가렌숲에서 43연대 소속 병사 둘을 만났는데, 부상을 입지 않은 그들은 산토끼처럼 숨어서 밤을 기다리고 있었다. 프로스페르가 그 고장 지리에 환하다는 것을 알자, 그들은 날이 밝기 전에 국경선까지 가서 벨기에로 도망가려는 자신들의 계획을 털어놓았다. 처음에 그는 길안내를 거부했다. 벨기에가 아니라 곧장 레미로 가서 은신처를 마련하는 게 나으리라 생각한 것이었다. 그러나 어디서 민간인 작업복과 바지를 구할 것인가? 게다가 수많은 프로이센 병사들의 눈을 피해 가렌숲에서 레미까지, 계곡의 끝에서 끝까지 관통할 수 있을지도 의문이었다. 그래서 그는 결국 두 동료의 길잡이 역할을 받아들였다. 다리 통증이 나아졌고, 다행히 어느 농가에서 빵을 구하는 데 성공했다. 저멀리 종탑에서 아홉시 종이 울렸을 때, 그들은 다시 길을 나섰다. 그들이 맞닥뜨린 가장 위험했던 순간은 샤펠에서 적의 초소 한복판으로 잘못 들어가 어둠 속에서 총알 세례를 받았을 때였다. 총탄이 귓전을 스치는 가운데, 그들은 포복 자세로 빠르게 겨우 잡목림으로 숨어들었다. 그때부터 온 신경을 곤두세운 채 어둠을 헤치며 숲 밖으로는 나가지 않았다. 어느 오솔길 모퉁이에서, 그들은 살금살금 기어가서 혼자 보초를 서던 적병을 덮쳐 칼로 목을 그었다. 그런 다음에는 적이 보이지 않아서 웃기도 하고 휘파람을 불기도 하며 길을 갔다. 새벽 세시경, 그들은 벨기에 어느 작은 마을에 있는 농가에 도착했다. 잠을 깬 선량한 농부가 헛간을 열어주었고, 그들은 건초 더미 위에서 깊은 잠이 들었다.

프로스페르가 잠에서 깼을 때, 해는 이미 중천에 있었다. 동료들이 여전히 코를 고는 동안, 그의 눈에 커다란 이륜마차를 말에 비끄러매는 주인이 보였다. 이륜마차 안에 쌓아놓은 목탄 부대 아래 빵, 쌀, 커피, 설탕 등 온갖 비상식량이 감춰져 있었다. 선량한 농부의 결혼한 두 딸은 프랑스의 로쿠르에서 살고 있는데 바이에른군이 그곳을 지나며 모든 것을 털어가자, 딸들에게 비상식량을 갖다주려는 것이었다. 그는 아침에 통행증을 발급받아놓았다. 프로스페르는 그 이륜마차를 얻어 타고 그리운 고향땅으로 돌아가고 싶은 마음을 억누를 수 없었다. 더없이 간단한 일이었다. 농부가 어차피 지나야 하는 레미에 그를 내려주기만 하면 되었다. 결정은 삼 분 만에 이루어졌다. 농부는 작업복과 바지를 빌려주었고, 멈춰서 검문을 받을 때마다 그를 머슴이라고 말했다. 두세 번 독일군 초소 검문을 받은 후, 여섯시경 프로스페르는 마침내 교회 앞에서 내릴 수 있었다.

잠시 침묵이 흘렀다. "아, 정말 진절머리가 나요!" 프로스페르가 다시 말했다. "저기 아프리카에 있을 때처럼, 힘들어도 뭔가 좋은 일을 하게 해줘야죠! 그런데 이번에는 이리 갔다가 저리 갔다가 다시 제자리로 왔다가, 아무짝에도 쓸모없는 일만 시켰어요, 그건 정말 사람이 할 짓이 아니에요…… 게다가 불쌍한 제피르가 죽었고, 저는 완전히 혼자가 됐어요. 그러니 다시 농사일을 시작해야죠. 안 그래요? 그게 프로이센 포로가 되는 것보다 낫잖아요…… 푸샤르 영감님, 영감님은 말도 가지고 계시잖아요. 한번 보세요, 제가 얼마나 말을 사랑하는지, 얼마나 말을 잘 돌보는지!"

영감의 눈이 반짝였다. 그는 잔을 부딪치더니 천천히 결론지었다.

"흠! 자네가 그렇게 원한다면야 어쩔 수 없지, 뭐…… 그래, 일해주게. 다만 급료 문제는 전쟁이 끝난 후에 이야기하세. 지금은 정말 일손이 필요 없거든, 모두가 힘든 시기라."

실빈은 샤를로를 무릎에 앉힌 채 가만히 있었지만 프로스페르에게서 잠시도 눈을 떼지 않았다. 그가 말을 보기 위해 마구간으로 가려고 일어나자, 그녀는 다시 물었다.

"그러니까, 오노레를 정말 못 본 건가요?"

기습적으로 되풀이된 이 질문이 갑자기 기억의 어둠을 환히 비춘 듯, 프로스페르는 흠칫 몸을 떨었다.

"그래요, 조금 전에는 당신을 고통스럽게 하고 싶지 않았어요. 그런데 실은 오노레가 거기 있었던 것 같아요."

"뭐라고요, 거기에 있었다고요?"

"예, 프로이센 놈들 총에 맞았던 것 같아요…… 가슴에 구멍이 나고 고개를 든 채 대포 위에 반쯤 누워 있는 오노레를 봤습니다."

잠시 침묵이 흘렀다. 실빈은 하얗게 질렸고, 충격을 받은 푸샤르 영 감은 방금 비운 포도주 잔을 식탁 위에 다시 놓았다.

"확실해요?" 그녀가 질식할 듯한 목소리로 다시 물었다.

"확실해요! 이 두 눈으로 똑똑히 봤어요…… 작은 언덕 위에 나무 세 그루가 있는 데서. 눈 감고도 찾아갈 수 있을 것 같아요."

그녀 안에서 뭔가가 무너져내렸다. 그녀를 용서한 남자, 언약을 맺은 남자, 전쟁이 끝나고 제대하면 바로 결혼하기로 한 남자가 아니던가! 그런 남자를 앗아가다니, 그런 남자가 가슴에 구멍이 난 채 야산에 버려져 있다니! 그녀는 지금만큼 그를 사랑한 적이 없는 것 같았다. 그를 다시 보고 싶은 욕망, 무슨 일이 있어도 그를 갖고 싶은 욕망이 너무도 간절해서 평소의 소극적인 모습은 사라지고 그녀는 완전히 딴사람이 된 듯했다.

그녀가 샤를로를 거칠게 내려놓은 뒤 소리쳤다.

"좋아요! 내 눈으로 보기 전에는 못 믿겠어요…… 어딘지 안다니까 저를 데려다줘요. 사실이라면 찾아서 데리고 와야죠."

그녀는 쏟아지는 눈물에 숨이 막혔고, 식탁 위에 엎드려 오래도록 흐느꼈다. 엄마에게 떠밀린 아이도 놀란 표정으로 울었다. 그녀가 아이를 다시 껴안고 넋이 나간 표정으로 중얼거렸다.

"불쌍한 우리 아기! 불쌍한 우리 아기!"

푸샤르 영감도 비탄에 잠겼다. 어쨌든 그도 자기 나름대로 아들을 사랑하고 있었다. 아주 오래전 아내가 살아 있고 오노레가 학교에 다니던 시절의 추억이 되살아났다. 붉은 눈에서 두 줄기 눈물이 흘러 검게 그을린 뺨을 타고 내려갔다. 십 년 동안 그는 눈물을 흘린 적이 없었다. 그의 입에서 욕설이 튀어나왔다. 하나밖에 없는 아들을 영원히 못 본다고 생각하자 분노를 참을 수 없었다.

"제기랄! 세상에 이런 법이 어디 있어, 하나뿐인 아들을 빼앗아가다니!"

그러나 냉정을 되찾은 푸샤르 영감은 실빈이 오노레의 시신을 찾으러 가야 한다고 되뇌자 몹시 신경이 쓰였다. 어쩔 수 없는 절망적인 침묵 속에서 그녀는 이제 울지도 않고 고집을 부렸다. 딴사람을 보는 듯했다. 체념한 듯 온갖 허드렛일을 묵묵히 하던 그 고분고분한 여자가 아니었다. 풍성한 갈색 머리칼 아래 부드러운 이마가 창백해졌고, 아름다운 얼굴에 박힌 순종적인 커다란 눈망울에는 사나운 결의가 번뜩였다. 그녀는 어깨에 둘렀던 빨간색 숄을 벗어던지고 마치 남편을 잃은 여자처럼 온통 검은색 옷으로 갈아입었다. 푸샤르 영감이 그녀에게 닥칠 수 있는 위험과 시신을 찾을 가능성이 희박하다는 이야기를 하며 말렸지만 소용없었다. 그녀가 대답조차 하지 않았기에, 영감은 그녀가 혼자서라도 떠날 것이고, 자기가 개입하지 않는다면 무슨 미친 짓을 저지를지 모른다고 생각했다. 만약 그런 일이 벌어진다면, 프로이센 당국과 마찰을 빚을 것이 분명했다. 그래서 영감은 결국 사촌인 레미 시장을 만나러 갔고, 둘이서 해결책을 찾았다. 그들은 실빈의 신분을 오노레의 아내로, 프로스페르의 신분을 실빈의 오빠로 바꾸기로 했다. 그리하여 오누이는 마을의 남쪽 크루아드말트여관에 자리잡은 바이에른군 대령에게 통행증을 신청했고, 시신을 찾으면 집으로 이송해도 된다는 허가도 받았다. 어둠이 깃들었다. 실빈은 날이 밝기를 기다렸다 떠나라는 말에 마지못해 동의했다.

이튿날, 푸샤르 영감은 마차에 매달 말을 내놓지 않았다. 내주면 그 말을 영영 되찾지 못할 것 같았기 때문이다. 프로이센군이 말과 마차를 몰수하지 않는다고 누가 보장한단 말인가? 그러나 결국 어쩔 수 없이 작은 회색 당나귀 한 마리를 내주면서, 당나귀가 끌어도 시신을 옮기기에는 충분하다고 말했다. 영감은 프로스페르를 붙들고 한참 이것저것 지시했다. 프로스페르는 잠을 푹 잤지만, 이제 기억을 더듬어 시신을 찾아야 하는 만큼 다소 걱정이 앞섰다. 떠나기 직전 실빈이 자기 침대에서 모포를 가져와 마차 한구석에 접어놓았다. 그러고서 길을 나섰다가, 되돌아와 샤를로를 잠시 품에 안았다.

"푸샤르 영감님, 아이를 부탁드릴게요, 성냥을 가지고 놀지 않는지 잘 살펴주시고요."

"그래, 그래! 걱정하지 마라!"

출발이 이미 상당히 지체되었다. 작은 회색 당나귀가 고개를 숙인 채 끄는 마차를 따라 실빈과 프로스페르가 레미의 가파른 경사지를 내려갈 무렵에는 거의 일곱시가 다 되어 있었다. 밤새 많은 비가 내려 도로가 진창이었다. 하늘에 드리운 납빛 구름이 음울해 보였다.

프로스페르는 지름길로 가기 위해 스당을 가로지르려 했다. 그러나 퐁모지로 들어서기 전 프로이센 초소에서 군인들이 마차를 가로막고 한 시간 넘게 붙들어두었다. 통행증이 네다섯 지휘관을 거친 후, 왼쪽 지름길을 이용해서 바제유로 우회한다는 조건으로 떠날 수 있었다. 그래야 하는 이유는 말해주지 않았다. 아마도 스당으로 인파가 몰리는 것을 막기 위해서였을 것이다. 뫼즈강을 건너기 위해 철교, 즉 프랑스군이 폭파하지 않았고 바이에른군이 가혹한 대가를 치르고 접수한 그 죽음의 다리로 접어들었을 때, 실빈의 눈에 강물을 따라 유유히 떠내려오는 포병의 시체가 보였다. 시체는 수초 더미에 걸려 잠시 멈췄다가, 제자리에서 핑그르르 한 바퀴 돈 뒤 다시 흘러갔다.

바제유에서 당나귀는 도시 끝에서 끝까지 천천히 걸어갔다. 전쟁이 폭풍처럼 지나가며 모든 것을 폐허로 만들어놓았다. 벌써 시체들이 치워져 거리의 포석 위에는 한 구도 보이지 않았다. 하지만 여기저기 파인 물구덩이에서 사람 머리칼로 보이는 헝겊 뭉치나 수상쩍은 잔해물이 눈에 띄었다. 무시무시한 전쟁의 상흔을 보자 실빈은 가슴이 미어졌다. 사흘 전만 해도 아름답게 가꾼 뜰과 예쁜 집이 있고 그토록 즐거운 분위기였던 바제유가 지금은 완전히 파괴되어 화염에 시커멓게 그을린 벽만 덩그러니 서 있었다. 교회는 광장 한가운데서 아직도 불타고 있었는데, 거대한 대들보에서 검은 연기가 끝없이 하늘로 솟아올라 만장挽章처럼 나부꼈다. 몇몇 거리는 통째로 사라져버렸다. 길가 양쪽에는 집 한 채 남지 않았고, 그을음과 재가 뒤섞인 진창, 모든 것을 검게 물들이는 잉크빛 흙탕물 속에서 배수로를 따라 널브러진 석재 더미만 보였다. 십자로의 네 길모퉁이에 있던 집들은 불의 바람이 휩쓸어간 듯 형체도 없이 폭삭 내려앉았다. 다른 집들은 그보다는 피해가 덜했다. 외따로 떨어진 집 한 채가 기적적으로 멀쩡했다. 그 왼쪽과 오른쪽 이웃집들은 포탄을 맞아 텅 빈 해골처럼 뼈대만 앙상했다. 참을 수 없는 냄새가 올라왔는데, 화재의 역겨운 악취, 특히 마루와 벽에 마구 뿌린 석유 냄새였다. 주민들이 구하려고 애쓴 흔적이 보이는 살림살이를 보자 마음이 아팠다. 창밖으로 내던져진 가구들이 보도 위에 부서진 채 나뒹굴고 있었고, 다리가 부서져 불구가 된 식탁들, 가슴이 쪼개지고 옆구리가 터진 장롱들, 찢어지고 더럽혀진 채 길바닥에 널린 커튼이며 수건들, 그 외에도 약탈의 잔해물이 비에 흥건히 젖어 있었다. 어느 집에서는 무너져내린 천장과 휑하니 드러난 전면으로 벽난로 위 원래 자리에 부서진 데 하나 없이 말짱한 추시계가 보였다.

"아! 나쁜 놈들!" 그제까지 군인이었던 프로스페르가 피가 끓는 듯 패전의 참상 앞에서 분통을 터뜨렸다.

그는 두 주먹을 불끈 쥐었다. 도로를 따라 보초와 마주칠 때마다, 얼굴이 창백해진 실빈이 눈짓을 해가며 그를 진정시켜야만 했다. 바이에른군은 아직도 불타는 가옥들 옆에 보초를 세워두었다. 착검한 소총으로 무장한 보초들은 집이 완소될 때까지 눈을 떼지 않았다. 근처를 배회하는 집주인이나 구경꾼이 접근하지 못하도록 필요한 경우에는 목소리를 높이고 소총으로 위협했다. 조금 떨어진 곳에 무리 지어 선 주민들이 울분을 삼키며 말없이 지켜보았다. 머리가 헝클어지고 옷이 흙탕물에 더럽혀진 아주 젊은 여자가 연기가 피어오르는 작은 집 잿더미 앞에서, 보초가 가로막는데도 한사코 다가가 숯으로 변한 잿더미를 파헤치려 했다. 사람들 말로는, 그녀의 아이가 화염 속에서 빠져나오지 못했다는 것이었다. 바이에른 병사가 거칠게 그녀를 밀어내자, 그녀는 갑자기 돌아서서 병사의 얼굴에 피 맺힌 모정의 절규를, 분노와 절망의 욕설을 쏟아부었다. 병사는 무슨 소린지 이해하지는 못했지만 흠칫 놀라며 불안한 표정으로 물러섰다. 그러자 병사 셋이 달려와 동료를 도왔고, 울부짖는 그녀를 어디론가 데리고 갔다. 또다른 집의 잔해 앞에서는 전 재산이 잿더미로 변한 남자와 그의 어린 두 딸이 땅바닥에 주저앉아 갈 곳을 모른 채 흐느끼고 있었다. 그러나 순찰대가 와서 구경꾼들을 해산시키자 도로는 다시 조용해졌다. 이제는 보초들만 남아 명령에 복종하지 않으면 가만두지 않겠다는 듯 단호하고 엄격한 표정으로 눈을 희번덕거리며 거리를 감시했다.

"나쁜 놈들, 나쁜 놈들!" 프로스페르가 들릴 듯 말 듯 되풀이했다. "한두 놈쯤 죽여버려야 직성이 풀릴 텐데."

실빈이 다시 그의 말을 가로막았다. 화재를 면한 창고에서 주인을 잃은 채 이틀 전부터 갇혀 있던 개가 너무도 처연하게 짖어서 방금 비를 뿌리기 시작한 하늘에 슬픔이 드리워졌다. 그들은 몽티빌리에공원 앞에서 또다른 참담한 광경을 목격했다. 시체를 가득 실은 커다란 짐마차 석 대가 줄지어 서 있었다. 매일 아침 동이 트기 전 거리를 돌며 간밤의 쓰레기를 치우던 공중위생 짐마차였다. 바퀴를 삐걱거리며 돌아다니면서 시체가 보이는 대로 모두 수거하는 짐마차들은 바제유 전체를 돌다시피 했기에 시체로 넘쳐났고, 이제 도로 위에 멈춰 서서 인근 시체 하역장으로 갈 순서를 기다리는 중이었다. 공중으로 쳐들린 발들이 시체 더미에서 삐져나와 있었고, 머리 하나는 반쯤 뽑힌 채 아래로 처져 있었다. 짐마차 석 대가 진창길에서 요동치며 다시 움직였을 때, 시체 더미에서 삐져나온 기다란 팔에 달린 손이 바퀴에 닿으며 탁탁 튀었다. 이내 그 손은 껍질이 벗겨지고 살점이 떨어져나가더니 결국 바퀴 속으로 빨려들어가버렸다.

발랑에 이르자 비가 그쳤다. 프로스페르는 레미에서 가져온 빵을 실빈과 나눠 먹었다. 벌써 열한시였다. 그러나 스당 인근에 있는 프로이센 초소에서 또다시 가로막혔다. 이번에는 분위기가 험악했다. 장교가 화를 냈고, 정확한 프랑스어로 그들의 통행증이 가짜라며 돌려주지 않았다. 그가 명령하자 보초들이 당나귀와 마차를 압류해 헛간에 밀어넣었다. 어떻게 해야 할까? 어떻게 해야 길을 계속 갈 수 있을까? 절망에 빠진 실빈에게 불현듯 푸샤르 영감의 사촌인 뒤브뢰유가 떠올랐다. 그녀도 잘 아는 뒤브뢰유의 소유지 에르미타주가 여기서 불과 몇백 미터 지점에, 이 동네를 내려다보는 골목길 위쪽에 있었다. 그분이라면 내 말을 들어줄 거야. 마차를 압류한다는 조건으로 보초들이 그들을 풀어주자, 실빈은 프로스페르와 에르미타주로 갔다. 그들은 빠르게 달려갔는데, 에르미타주의 철문이 활짝 열려 있었다. 느릅나무 산책로로 접어들었을 때, 저멀리 보이는 광경에 그들은 몹시 놀랐다.

"이런!" 프로스페르가 말했다. "잔치가 벌어졌나본데!"

현관 계단 아래쪽 노대의 자갈밭 위에서 즐거운 파티가 열리고 있었다. 안락의자 몇 개와 하늘색 새틴 소파가 대리석 원탁을 빙 둘러싸며 기이한 살롱 분위기가 연출되었는데, 이 살롱은 간밤에 내린 비로 흠뻑 젖이 있었다. 소파 양쪽 끝에서 알제리 보병 둘이 폭소를 터뜨리며 나뒹구는 듯했다. 상체를 숙인 채 안락의자에 앉은 몸집이 작은 보병은 배를 움켜쥐고 웃고 있었다. 다른 보병 셋은 의자 팔걸이에 팔꿈치를 얹고 한가롭게 거들먹거리는 듯했고, 포병 하나는 술잔을 집기 위해 원탁에 팔을 뻗고 있었다. 그들이 지하 저장고를 털어 잔치를 벌이고 있는 게 틀림없었다.

"어떻게 저놈들이 아직도 여기에 있는 걸까?" 프로스페르가 가까이 다가갈수록 점점 더 놀란 표정으로 중얼거렸다. "사방에 프로이센 병사들이 있는데 신경도 안 쓰이나?"

그러나 눈을 크게 뜨고 보던 실빈은 비명을 지르며 전율했다. 병사들이 꼼짝도 하지 않았다, 모두 죽어 있었다. 두 손이 뒤틀리고 온몸이 뻣뻣하게 굳은 알제리 보병 둘은 얼굴에 총을 맞아 코가 사라지고 눈알이 빠져 달아났다. 배를 움켜쥐고 웃는 것처럼 보이던 보병은 총알에 입이 찢어지고 이가 전부 부서져 있었다. 너무나 참혹한 광경이었다. 입을 벌린 채 텅 빈 눈으로 얼어붙은 듯 미동도 하지 않는 마네킹들이 왁자지껄 웃으며 즐거운 담소를 나누고 있었던 것이다. 그들이 제 발로 여기에 들어와서 함께 사살당한 걸까? 아니면 프로이센 병사들이 프랑스식 살롱을 비웃기 위해 장난삼아 시체를 주워 와서 둥글게 앉혀놓은 걸까?

"이 무슨 해괴한 장난이야!" 하얗게 질린 프로스페르가 말했다.

산책로 여기저기에 다른 시체들도 눈에 띄었다. 나무 밑과 잔디 위에 서른 명쯤 되는 용사들이 누워 있었는데, 군기를 몸에 감은 채 사살된 로샤 중위가 보였다. 프로스페르가 경의를 표하며 덧붙였다.

"사투를 벌이다 장렬하게 전사했군요! 당신이 찾는 사람이 여기 있을 것 같지는 않네요."

벌써 실빈은 문이 부서지고 습한 공기 속에서 창문이 반쯤 열린 집으로 들어가고 있었다. 아무도 없었다. 주인 가족은 전투가 벌어지기 전에 모두 떠난 게 분명했다. 용기를 내어 부엌으로 들어간 그녀는 다시 공포의 비명을 질렀다. 개수대 아래 시체 두 구가 보였다. 검은 수염을 기르고 얼굴이 잘생긴 알제리 보병과 머리칼이 붉고 체구가 거대한 프로이센 병사가 서로 꼭 껴안은 채 죽어 있었다. 전자의 이빨이 후자의 뺨에 박혀 있었고, 뻣뻣한 네 팔이 서로의 허리를 척추가 부러질 정도로 단단히 휘감고 있었다. 두 육체는 완전히 한덩어리였기 때문에 둘을 함께 묻어주어야 할 것 같았다.

그러자 프로스페르는 서둘러 실빈을 데리고 나갔는데, 죽음만이 거주하는 이 텅 빈 집에서는 더이상 아무것도 기대할 수 없었기 때문이었다. 당나귀와 마차를 압류한 초소로 되돌아왔을 때, 그들은 몹시 거칠었던 장교 외에도, 전쟁터를 순시하는 장군을 만났다. 다행히 그가 통행증을 인정하고 실빈에게 돌려주었고, 연민의 몸짓을 하면서 불쌍한 여인이 마차로 남편을 찾으러 가게 놔두라고 지시했다. 지체 없이 당나귀와 마차를 끌고 나온 실빈과 프로스페르는 스당을 관통하지 말라는 또 한번의 명령에 따라 퐁 드 지본으로 거슬러올라갔다.

뒤이어 그들은 가렌숲을 가로지르는 도로를 통해 일리고원으로 가기 위해 왼쪽으로 꺾어들었다. 그러나 거기서부터 앞으로 나아가기가 너무도 힘들었다. 숲을 지나갈 수 없다고 느껴질 정도로 수많은 장애물을 만났다. 한 걸음 옮길 때마다, 포탄에 맞아 거인처럼 드러누운 나무

가 앞을 가로막았다. 포격을 맞은 숲이었다. 노련한 수비대의 방진方陣
이나 노병이 지키는 견고한 요새를 초토화하듯, 집중포화는 가렌숲을
초토화하며 수령 수백 년의 거목을 쓰러뜨렸다. 사방에서 맨가슴처럼
벌거벗고, 쪼개지고, 구멍이 난 나무둥치들이 나뒹굴었다. 거목들에게
수액의 눈물을 흘리게 한 이 파괴, 이 학살은 인간들이 벌이는 전쟁의
또다른 참상이었다. 뒤이어 나무와 함께 누워 있는 병사들 시체가 보였
다. 입에서 피가 흐른 중위는 풀을 쥐어뜯은 듯 땅속에 손가락을 찔러
넣고 있었다. 조금 떨어진 곳에는 대위가 고통으로 울부짖다 고개를 든
채 배를 깔고 죽어 있었다. 다른 병사들은 가시덤불 속에서 잠이 든 듯
했고, 청색 혁대가 불타버린 알제리 보병은 머리칼과 수염이 까맣게 그
을려 있었다. 그들은 비좁은 숲길을 따라가며 당나귀가 지나갈 수 있도
록 몇 번이나 눈앞의 시체를 옆으로 치워야 했다.

　작은 골짜기로 들어서자, 공포의 광경이 싹 사라졌다. 마치 전쟁은
딴 세상 일이고, 이 평화로운 자연은 아무것도 모르는 듯했다. 나무들
이 하나같이 멀쩡했고, 새파란 이끼에는 상처 하나 없었다. 좀개구리밥
물풀이 무성한 사이로 개울이 흘렀고, 그 옆으로 이어지는 오솔길에는
커다란 너도밤나무가 그림자를 드리우고 있었다. 싱그러운 물, 고요한
녹음이 아름다운 자연, 아름다운 평화로 다가왔다.

　프로스페르는 당나귀에게 물을 먹이려고 개울가에 멈춰 섰다.

　"아! 공기가 참 상쾌하네!" 그는 자기도 모르게 감탄했다.

　실빈도 갑작스러운 고요와 평화에 놀라며 불안스레 주위를 둘러보
았다. 주변은 온통 슬픔과 고통뿐인데 이 외딴곳은 어쩌면 이렇게 평온
하고 아름다울까? 그녀는 다시 서두르자는 몸짓을 했다.

"자, 빨리, 빨리요!…… 어디죠? 어디서 오노레를 봤어요?"

거기서 오십 걸음쯤 걸어 일리고원에 이르렀을 때, 갑자기 편평한 들판이 눈앞에 펼쳐졌다. 이번에는 진짜 전쟁터였다. 소나기를 퍼붓는 창백한 하늘 아래 헐벗은 땅이 지평선까지 뻗어 있었다. 그러나 시체가 쌓여 있지 않았다. 프로이센 병사들 시체가 한 구도 보이지 않는 걸 보면, 모두 매장되었음이 틀림없었다. 반면 프랑스 병사들의 시체는 전투 상황에 따라 도로에, 그루터기에, 흙구덩이에 흩어져 있었다. 울타리 밑에서 그들이 마주친 첫번째 시체는 젊고 건장한 멋진 중사로, 평온한 얼굴에 입술이 약간 벌어져 있어 미소 짓는 것처럼 보였다. 그러나 백 걸음쯤 떨어진 곳에서 마주친 또다른 시체는 머리가 반쯤 날아갔고, 어깨에 뇌수가 튀어 있었다. 뒤이어 여기저기 외따로 산재한 시체를 지나자, 작은 무리를 이룬 시체들이 나타났다. 총을 쏘던 중에 피격당한 듯 병사 일곱 명이 줄지어 어깨에 총을 얹은 채 땅에 무릎을 꿇고 있었다. 그리고 그들 옆에 하사관이 명령을 외치는 자세 그대로 쓰러져 있었다. 좁은 골짜기를 따라 내리막 도로가 이어졌는데, 프로스페르와 실빈은 거기서 다시 한번 공포에 사로잡혔다. 도랑에서 일제포격을 당한 듯 1개 중대가 전멸한 상태였다. 뒤틀린 손으로 노란 흙에라도 매달리려 하다가 그대로 굴러떨어진 듯한 병사들 시체가 뒤얽힌 채 도랑을 가득 메우고 있었다. 시커먼 까마귀가 떼를 지어 까옥까옥 울며 날았다. 파리 수천 마리가 신선한 피냄새에 이끌려 윙윙거리며 집요하게 시체 위에서 맴돌았다.

"도대체 어디죠?" 실빈이 되풀이했다.

그들은 배낭으로 뒤덮인 경작지를 따라가고 있었다. 병사들이 매우 밀집한 상대에서 어느 연대가 공포의 도가니에 빠져 짐을 벗어던진 게 분명했다. 무밭에 여기저기 흩어진 군모, 군복조각, 견장, 요대가 보기 드물게 열두 시간 동안 계속된 치열한 육박전과 광포한 난투극을 말해주었다. 걸음을 뗄 때마다 발부리에 부딪힌 것은 각종 무기의 잔해, 칼, 총검, 소총이었는데, 얼마나 많은지 마치 하루 만에 무수히 자라난 채소들 같았다. 옆구리가 터진 배낭에서 빠져나온 반합, 수통, 쌀, 칫솔, 탄약 같은 것들이 길에 널려 있었다. 울타리는 뿌리째 뽑히고 나무는 불에 탄 채, 거대한 들판 전체가 황량하기 이를 데 없었다. 그리고 포탄에 맞아 여기저기 파이고 군인과 말이 무리 지어 뛰어다녀 완전히 초토화된 농토는 영원히 불모의 땅으로 남을 듯했다. 비가 모든 것을 축축하게 적셨고, 냄새가 끝없이 피어올랐다. 그것은 전쟁터의 냄새로 퇴비, 불에 탄 시트, 쓰레기, 화약 냄새가 섞인 기묘한 냄새였다.

벌써 수십 리를 걸은 듯 이 죽음의 들판에 지친 실빈은 괴로움이 깊어가는 가운데 주위를 둘러보았다.

"어디죠? 도대체 어디예요?"

그러나 프로스페르는 아무런 대답도 하지 않았다. 괴롭기는 그도 마찬가지였다. 시체들보다 그를 더 힘들게 한 것은 수없이 널린 불쌍한 말들의 주검이었다. 머리가 뽑히고 옆구리가 터져 내장이 흘러나온 정말로 끔찍한 사체들도 있었다. 많은 말이 커다란 배를 드러내고 땅바닥에 누운 채 구조요청 신호인 양 네 다리를 뻣뻣하게 허공으로 쳐들고 있었다. 경계석 하나 없이 편평한 들판이 말의 사체들로 울퉁불퉁해졌다. 아직 몇 마리는 이틀간 단말마적 고통을 겪은 후에도 숨이 붙어 있었다. 그 말들은 아주 작은 소리에도 고개를 쳐들었고, 갸웃거리며 균형을 잡다가 다시 머리를 떨구었다. 또다른 몇 마리는 미동도 없이 간간이 괴로운 비명을 질렀는데, 죽어가는 말의 비명이 너무도 처연해서 대기조차 전율하는 듯했다. 가슴이 미어지고 목이 멘 프로스페르는 제피르를 떠올렸고, 어쩌면 제피르를 다시 볼 수 있을지도 모른다고 생각했다.

별안간 광포한 말발굽소리가 지축을 흔들었다. 그는 몸을 돌려 황급히 실빈에게 소리쳤다.

"말이에요, 말!…… 빨리 담장 뒤로 숨어요!"

바로 옆 비탈진 언덕에서 말 백여 마리가 기병도 없이 그들을 향해 질풍처럼 달려왔다. 심지어 그중 몇 마리는 여전히 완전무장이 된 상태였다. 전쟁터에 버려진 그 짐승들은 이처럼 본능적으로 무리를 이루었다. 그제부터 그 말들은 건초도 귀리도 없는 이곳에서 풀을 뜯어먹고 산울타리와 나무껍질을 갉아먹었다. 그러다가 굶주림이 극에 달해 견딜 수 없어지자 모두 함께 텅 빈 들판을 가로질러 전속력으로 돌진했고, 죽은 존재들의 육신을 짓뭉개고 다친 존재들의 숨통을 끊어놓았다.

소용돌이가 다가왔을 때, 실빈은 가까스로 당나귀와 마차를 담장 뒤로 몰고 갔다.

"맙소사! 큰일날 뻔했잖아!"

그러나 말들은 번개처럼 빠르게 장애물을 뛰어넘었고, 벌써 건너편 황톳길로 달려가 숲 모퉁이를 돌아 사라졌다.

당나귀를 다시 길로 끌고 나온 실빈이 프로스페르에게 재차 물었다.

"그런데 어디죠?"

그는 여기저기로 시선을 던졌다.

"나무 세 그루가 있었어요, 나무 세 그루를 찾아야 헤요…… 아! 어디였지? 전투가 벌어지면 모든 걸 정확하게 보기 힘들어요. 그때 갔던 길을 다시 찾으려니 쉽지 않네요!"

왼쪽에서 두 남자와 한 여자가 지나가자, 프로스페르는 그들에게 물을까 생각했다. 그러나 그가 다가가자 여자는 달아났고, 남자들은 위협하는 몸짓을 하며 멀어졌다. 또다른 사람들도 보였는데, 그들도 그를 피하고 두 발로 선 네발짐승처럼 주위를 두리번거리며 가시덤불 속으로 사라졌다. 그들의 차림새는 형언할 수 없을 정도로 더러웠고, 얼굴은 수상쩍은 날강도를 연상케 했다. 그런데 이 험상궂은 사람들 뒤에 있는 시체들은 신발이 모두 벗겨져 있었다. 그제야 프로스페르는 그들이 독일군을 따라다니는 부랑자들, 전쟁터를 누비며 비열하게 시체를 터는 좀도둑들이라는 걸 알아차렸다. 키가 크고 깡마른 부랑자가 어깨에 배낭을 짊어진 채 호주머니에 가득한 훔친 시계와 동전을 짤랑거리며 프로스페르 앞으로 뛰어갔다.

그런데 열서너 살쯤 되어 보이는 소년이 프로스페르가 접근하는데도 물러나지 않았다. 소년이 프랑스인이라는 걸 알고 프로스페르가 화를 내며 야단치자, 소년은 반발했다. 뭐라고요? 먹을 게 없는데 어쩌라는 거예요? 소총을 주워 가져가면 개당 5수를 받을 수 있었다. 어제부터 아무것도 먹지 못한 소년은 아침부터 마을에서 뛰쳐나와 룩셈부르크 상인에게 고용되었는데, 이 상인은 전쟁터에서 무기를 수거해 프로이센군과 거래했다. 프로이센군은 무기가 국경 근처 농부들 손에 들어가 벨기에를 거쳐 프랑스로 되돌아갈 것을 우려했다. 그래서 여자들이 초원에서 허리를 굽히고 민들레잎을 따는 것처럼, 가난뱅이들이 5수짜리 소총을 찾아 풀숲을 헤치고 있는 것이었다.

"할일이 따로 있지!" 프로스페르가 나무랐다.

"젠장! 먹고사는 게 우선이죠." 소년이 대답했다. "도둑질은 아니잖아요."

그후 소년은 자신이 이 고장 출신이 아니라 잘 모른다고 하며 사람들이 있는 이웃 농가를 손으로 가리켰다.

소년에게 고맙다고 인사하고 가던 도중, 프로스페르의 눈에 밭고랑에 반쯤 묻힌 소총 한 정이 보였다. 처음에는 그냥 지나치려 하다가 이내 되돌아가서 소년을 불렀다.

"이봐! 저기에 하나 있어. 5수라도 더 벌어야지!"

농가로 다가가던 실빈은 곡괭이로 길게 구덩이를 파는 농부들을 보았다. 그런데 가느다란 단장을 손에 쥔 프로이센 장교들이 뻣뻣한 자세로 말없이 그들을 지휘하며 작업을 감독하고 있었다. 장마 때문에 시신의 부패가 빨라지지 않을까 염려해 빨리 땅에 묻으려고 주민들을 동원한 것이었다. 시체를 실은 짐수레 두 대가 거기에 있었다. 사람들 한 무리가 시체들을 내려 일렬로 촘촘하게, 나란히 뉘었다. 그들은 시체를 뒤지기는커녕 얼굴조차 보지 않으려 했다. 커다란 삽을 든 남자 셋이 뒤따라가며 시체 위에 흙을 덮었는데, 너무 얇게 덮은 탓에 몇 차례 소나기에 벌써 흙더미가 갈라졌다. 이렇게 건성으로 작업하면 보름도 못 가 전염성 세균이 갈라진 틈에서 나와 사방으로 퍼질 게 뻔했다. 실빈은 구덩이 가장자리에 멈춰 서서 불쌍한 주검들을 자세히 살펴보지 않을 수 없었다. 피투성이 얼굴을 볼 때마다 그녀는 오노레가 아닐까 하는 두려움에 몸을 떨었다. 왼쪽 눈이 없어진 이 불행한 병사가 그이일까? 턱이 쪼개진 이 병사가 그이일까? 이 드넓은 고원에서 빨리 오노레를 찾지 못한다면, 틀림없이 저들이 데려가서 다른 병사들과 함께 흙더미에 묻으리라.

그래서 그녀는 당나귀와 함께 농가 앞까지 온 프로스페르에게 달려갔다.

"맙소사! 도대체 어디예요?…… 사람들한테 물어봐요, 빨리!"

농가에는 하녀와 그녀의 아이뿐이었고, 주위에는 프로이센 군인들밖에 없었다. 숲에서 굶주림과 목마름으로 죽을 뻔했던 하녀와 아이는 방금 숲에서 돌아온 참이었다. 농가의 분위기는 피로에 지친 날들을 보낸 후 모처럼 평온한 휴식을 맞이한 시골집을 연상케 했다. 병사 몇이 빨랫줄에 펼쳐놓은 군복을 털고 있었다. 다른 병사 하나는 찢어진 바지를 바늘로 깁고 있었고, 취사병은 마당 한가운데 불을 피워 양배추와 비계 냄새를 풍기며 커다란 솥에 수프를 끓이고 있었다. 완전한 점령 상태와 완벽한 규율이 이미 자리잡은 듯했다. 주민들이 자기 집으로 돌아와 느긋하게 파이프담배를 피우는 분위기였다. 문가의 긴 의자에 앉은 다갈색 머리 병사가 하녀의 대여섯 살 된 아이를 품에 안았다. 그는 아이를 무릎 위에서 뛰게 하며 독일어로 재미있게 얼렀다. 아이는 알아듣지 못하는 외국어의 거친 억양을 듣고 깔깔거렸다.

프로스페르는 예기치 않은 사건이 벌어지지 않을까 두려워 재빨리 돌아섰다. 그러나 이 프로이센 병사들은 확실히 선량한 사람들인 듯했다. 그들은 당나귀를 보고 미소 지었고, 통행증을 확인할 생각조차 하지 않았다.

사실 우려했던 일은 전혀 벌어지지 않았다. 먹구름 사이로 해가 잠시 보였으나 이미 지평선으로 기울고 있었다. 이 끝없이 황량한 묘지에 갑자기 어둠이 내려 그들을 덮치지 않을까? 다시 소나기가 내리며 해가 사라졌고, 그들 주위에는 도로, 논밭, 나무 등 모든 것을 뿌옇게 지워버리는 비의 안개뿐이었다. 프로스페르는 실빈에게 더이상 지형지물을 분간하기 어렵다고 고백했다. 그들 뒤에서 고개를 숙인 당나귀가 온순한 짐승의 체념한 듯한 걸음걸이로 마차를 끌었다. 그들은 북쪽, 즉 스당을 향해 다시 거슬러올라갔다. 방향감각을 상실했다. 두 번이나 길을 역행하고서야 똑같은 지점을 지나가고 있다는 것을 알아차렸다. 같은 자리를 맴돌고 있는 듯했다. 절망하고 지친 그들은 세찬 비를 맞으며 더이상 찾을 엄두조차 내지 못한 채 세 도로가 만나는 곳에서 멈춰 섰다.

그런데 어디선가 신음소리가 들려 깜짝 놀란 그들은 소리가 나는 왼쪽 자그마한 외딴집으로 걸어갔다. 그 집 방 안쪽에 부상병 둘이 있었다. 대문과 방문이 활짝 열려 있었다. 그들은 아무런 치료도 못 받은 상태로 이틀 전부터 신열로 몸을 떨었고 살아 있는 존재라곤 아무것도 보지 못했다. 소나기가 유리창을 때리며 시냇물처럼 흘러내렸지만, 그들은 무엇보다도 심한 갈증으로 괴로워하고 있었다. 조금도 움직일 수 없었기에 비명만 지를 뿐이었다. "물 좀 줘요! 물 좀 줘요!" 반수상태에서도 바스락거리는 소리만 들리면 고통스러운 갈증을 호소하며 비명을 질렀다.

실빈이 그들에게 물을 갖다주었을 때, 프로스페르는 상태가 나빠 보이는 부상병이 그와 같은 연대 소속 아프리카 기병이라는 것을 알아차렸다. 그렇다면 이곳이 마르그리트 사단이 돌격했던 장소에서 멀지 않은 곳임이 틀림없었다. 그 부상병이 손으로 힘없이 가리켰다. 그래요, 저기, 자주개자리밭을 지나서 왼쪽으로 돌아가요. 그 말을 듣자 실빈은 지체 없이 떠나려 했다. 두 부상병을 구조하기 위해 그녀는 근처에서 시체를 수거하던 작업반을 불렀다. 당나귀 고삐를 쥔 그녀는 미끄러운 진흙을 밟으며 서둘러 자주개자리밭으로 향했다.

프로스페르가 갑자기 걸음을 멈췄다.

"여기가 분명해! 봐요! 오른쪽에 나무 세 그루가 있잖아요…… 바퀏자국도 보이죠? 저기, 부서진 운반차도 있고…… 그래, 바로 여기예요!"

실빈이 몸을 와들와들 떨며 달려갔고, 길가에 쓰러져 있는 두 포병의 얼굴을 살펴보았다.

"없어요, 없잖아요!…… 당신이 잘못 봤을 거예요…… 그래요, 헛것을 봤을 수도 있어요!"

미칠 듯한 희망과 기쁨이 차츰 그녀를 사로잡았다.

"당신이 잘못 봤다면, 그이가 살아 있다면! 그래, 여기 없는 걸 보니 살아 있는 게 확실해요!"

갑자기 그녀가 나직이 비명을 질렀다. 몸을 돌리자 바로 포병대 진지가 보인 것이다. 실로 참혹한 광경이었다. 땅은 지진이 일어난 듯 뒤집혔고, 잔해물이 여기저기 나뒹굴었으며, 시체가 사방에 널브러져 있었다. 특히 시체의 상태가 끔찍했는데, 팔이 뒤틀린 병사, 다리가 접힌 병사, 머리가 뒤로 꺾인 병사, 입을 크게 벌리고 새하얀 치아를 드러낸 채 울부짖는 병사가 보였다. 하사는 뭔가를 보지 않으려고 두 손으로 눈을 가린 채 무시무시한 경련 속에서 죽은 듯했다. 중위가 혁대 안쪽에 넣어두었던 금화가 피와 함께 흘러내려 창자 위에 흩어져 있었다. 눈알이 튀어나온 기마 운반병 아돌프와 조준수 루이는 마치 부부처럼 죽는 순간에도 서로를 꼭 껴안고 있었다. 마침내 명예의 침대인 양 자신의 파손된 대포 위에 누워 있는 오노레가 보였는데, 옆구리와 어깨에 포탄을 맞았으나 아름다운 얼굴에는 상처 하나 없었고 분노에 찬 두 눈은 저기, 프로이센 포병대를 응시하고 있었다.

"오! 내 친구, 내 친구······" 실빈이 흐느꼈다.

그녀는 미칠 것 같은 고통 속에서 두 손을 모으고 비에 젖은 땅바닥에 무릎을 꿇었다. 달리 표현할 길이 없었던 이 친구라는 낱말에는 그녀가 이제 막 잃어버린 남자, 너무도 착해서 그녀를 용서해주고, 그녀를 아내로 삼겠다고 언약한 남자를 향한 애정이 담겨 있었다. 이제 희망은 사라졌고, 그녀는 더이상 살 수 없으리라. 그녀는 결코 다른 남자를 사랑한 적이 없었고, 앞으로도 영원히 오직 이 남자만을 사랑하리라. 비가 그쳤다. 세 그루의 나무 위에서 까옥까옥 울며 선회하던 까마귀떼가 그녀를 불안하게 했다. 그토록 어렵게 되찾은 이 소중한 남자를 다시 그녀에게서 앗아가려는 걸까? 그녀는 무릎을 끌며 오노레의 부릅뜬 두 눈 위에서 날아다니는 파리떼를 떨리는 손으로 쫓았는데, 그의 두 눈에서는 아직도 시선이 느껴졌다.

그 순간, 오노레의 경직된 손가락 사이에서 피로 얼룩진 종이가 보였다. 그녀는 불안한 마음으로 오노레의 손에서 종이를 빼내려 했다. 죽은 자는 내주려 하지 않았고, 얼마나 세게 쥐었던지 억지로 빼내다가는 찢어질 것 같았다. 그것은 그녀가 그에게 보냈고 그가 늘 셔츠 속에 간직했던 편지, 마지막 고통스러운 경련 속에서도 작별 의식처럼 손에 꼭 쥐고 있던 편지였다. 실빈은 그것이 자신의 편지라는 걸 알고는 그가 죽는 순간에도 자신을 생각했다는 사실에 괴로우면서도 강렬한 기쁨을 느꼈다. 아! 그래! 그대로 둬야 해, 우리의 소중한 편지! 뺏어서는 안 돼, 이토록 간절하게 무덤까지 가져가려는데…… 또다시 흘러내린 눈물이, 이번에는 따뜻하고 부드러운 눈물이 오히려 그녀의 마음을 진정시켰다. 그녀는 몸을 일으켰고, 무한한 애정이 담긴 그 한 마디를 되풀이하며 그의 두 손, 그리고 이마에 입맞췄다.

"내 친구…… 내 친구……"

그러는 동안 해가 기울었다. 프로스페르는 모포를 찾으러 마차로 갔다. 둘 다 경건한 표정으로 천천히 오노레의 시신을 들었고, 땅바닥에 깐 모포 위에 눕혔다. 그리고 모포로 시신을 감싼 다음 마차로 옮겼다. 다시 비가 내릴 듯했다. 당나귀와 함께 우울한 행렬을 이룬 그들이 죄악의 초원을 가로질러 다시 길을 떠났을 때, 멀리서 천둥소리가 들려왔다.

프로스페르가 다시 소리쳤다.

"말이다! 말!"

고삐가 풀린 채 굶주림에 이리저리 뛰어다니는 말들이 다시 돌진했다. 바람에 갈기를 휘날리고 콧구멍이 거품으로 뒤덮인 말들이 이번에는 드넓은 그루터기 들판을 통해 달려왔다. 황혼의 붉은빛이 고원 끝까지 드리웠다. 실빈이 재빨리 마차 앞으로 가더니, 두 팔을 허공으로 올리고 사나운 몸짓을 하며 말들을 가로막으려 했다. 다행히 말들은 왼쪽 경사지로 방향을 틀었다. 정면으로 부딪쳤다면 모든 게 부서졌을 것이다. 지축이 흔들리는 듯했고, 말발굽에 튄 자갈이 우박처럼 쏟아져 당나귀가 머리를 다쳤다. 말들은 좁다란 골짜기로 사라졌다.

"배가 고파서 저렇게 달리는 겁니다." 프로스페르가 말했다. "불쌍한 녀석들!"

실빈은 손수건으로 당나귀의 귀를 동여맨 후 다시 고삐를 잡았다. 침통한 행렬은 다시 고원을 가로질러 왔던 길로 되돌아갔다. 레미는 8킬로미터 떨어져 있었다. 한 걸음 뗄 때마다 멈춰 서서 죽은 말들을 바라보았던 프로스페르는 제피르를 보지 못하고 멀어진다는 사실에 가슴 아파했다.

가렌숲 조금 아래, 아침에 지났던 도로로 다시 접어들기 위해 왼쪽으로 꺾어들자 독일 초소가 있었고, 그들이 통행증을 요구했다. 그리고 이번에는 스당을 피하라고 하기는커녕 체포당하고 싶지 않다면 스당을 관통하라고 했다. 이유를 불문하고 그것이 새롭게 하달된 명령이었다. 스당으로 가면 여정이 2킬로미터 정도 단축되기 때문에 피로에 지친 실빈과 프로스페르는 차라리 다행이라고 생각했다.

그러나 이상하게도 스당에서 그들의 발걸음은 자꾸만 느려졌다. 성벽을 넘자마자 악취가 진동했고, 거름이 무릎까지 올라왔다. 사흘 전부터 10만 명의 배설물이 쌓인 이 도시는 시궁창과 다름없었다. 온갖 종류의 쓰레기가 가축의 배설물이 발효시킨 짚더미, 건초 더미와 뒤섞였다. 특히 십자로에서 도살되어 해체된 말들의 사체가 공기를 오염시켰다. 햇볕에 내장이 썩고 파리가 우글거리는 머리와 뼈가 여기저기 굴러다녔다. 메닐가, 마카가, 튀렌광장을 가득 채운 이 어마어마한 쓰레기를 서둘러 치우지 않는다면 전염병이 창궐할 게 분명했다. 프로이센 당국이 붙인 공고문에 따르면, 이튿날 노동자, 상인, 부르주아, 공무원 등

지위 고하를 막론하고 모든 주민이 빗자루와 삽을 들고 도시 대청소에 동원될 예정이고, 만일 저녁까지 청소가 완료되지 않으면 모두가 엄벌을 면치 못할 거라고 했다. 벌써 법원장이 자기 집 앞에서 부삽으로 길바닥의 오물을 긁어내 손수레에 던지는 모습이 보였다.

중앙 대로에 들어선 실빈과 프로스페르는 이 역겨운 진흙탕 속을 뚫고 나아가기가 너무 힘들었다. 여기저기서 발생하는 소란이 계속 그들의 길을 막았는데, 프로이센군이 고집스레 항복하지 않고 숨어 있는 프랑스 병사를 찾으려고 집을 수색하고 있었기 때문이었다. 그 전날 두시경 드 빔펜 장군이 항복 문서에 서명하고 벨뷔성에서 돌아왔을 때, 곧바로 소문이 돌았다. 프로이센군이 포로들을 독일로 데려가기 위해 수송대를 조직할 때까지 포로들은 이주반도에 갇힌다는 것이었다. 극소수 장교들이 더이상 복무하지 않는다고 서면 약속하면 풀려날 수 있다는 조항을 이용했다. 장군 중에서는 유일하게 부르갱데푀유 장군이 류머티즘을 핑계로 그렇게 복무를 저버렸다. 그날 아침 크루아도르호텔 앞에서 그가 마차에 올랐을 때, 군중의 야유가 비 오듯 쏟아졌다. 이른 아침부터 무장해제가 실시되었다. 프랑스 병사들은 튀렌광장에서 일렬로 지나가면서, 광장 한구석에 고철 더미처럼 쌓인 무기 더미에 소총과 총검을 던졌다. 키가 크고 창백한 젊은 장교가 지휘하는 프로이센 분견대가 지켜보고 있었다. 하늘색 제복을 입고 챙이 없는 깃털 장식 군모를 쓴 그 장교는 두 손에 흰 장갑을 낀 채 거만한 표정으로 무장해제를 감시했다. 알제리 보병 하나가 반항하는 몸짓을 하며 무장해제를 거부하자, 장교는 그를 데려오게 한 뒤 전혀 억양 없는 프랑스어로 명령했다. "총살하라!" 다른 프랑스 병사들은 음울한 표정으로 지나가며 빨리 이 짓을 해치우려는 듯, 서둘러 기계적인 동작으로 소총을 던졌다. 그러나 전에 이미 수많은 병사가 자발적으로 들판에 소총을 버리지 않았던가! 그리고 어제부터 그 많은 병사가 극도의 혼란을 틈타 도망가기를 꿈꾸지 않았던가! 그런 병사들이 이 집 저 집으로 숨어들었고, 고집스레 기회를 엿보고 있었다. 독일 순찰대가 도시를 수색하며 가구 속에 웅크려 있는 병사까지 찾아냈다. 많은 병사가 발각된 후에도 지하실에서 나오지 않고 버티자, 순찰병들은 지하실 환기창 틈으로 총을 쏘아야 했다.

뫼즈강 다리에서 당나귀는 인파에 가로막혀 다시 걸음을 멈췄다. 다리를 지키던 초소의 부대장은 빵장수나 고기장수가 아닌가 의심하며 마차에 무엇이 실렸는지 확인하려 했다. 그는 모포를 들췄을 때 시체가 보이자 흠칫하는 표정을 지었다. 그러더니 지나가도 좋다는 몸짓을 했다. 그러나 여전히 나아가기가 힘들었고, 갈수록 혼잡이 가중되었다. 프로이센 분견대가 첫번째 포로 행렬을 이주반도로 데려가는 중이었다. 행렬이 끊이지 않았고, 넝마가 된 군복을 입은 병사들이 빽빽하게 붙어 서로를 떠밀며 걸어갔다. 등을 구부리고 고개를 떨군 그들은 목을 찔러 자결할 칼조차 없는 패자로서 두 팔을 늘어뜨린 채 주변을 힐끔거렸다. 호송대원의 거친 목소리가 채찍질처럼 말없는 패자들을 몰아붙이는 가운데 들리는 거라곤 진창길을 걷는 무거운 군홧발 소리밖에 없었다. 다시 소나기가 쏟아졌다. 거리의 부랑자나 거지와 진배없고 비에 흠뻑 젖은 이 패자들의 몰골보다 더 비참한 것도 없었으리라.

아프리카 기병의 분노가 용솟음치던 프로스페르가 갑자기 팔꿈치로 실빈을 툭 치며 근처에서 걸어가던 두 병사를 가리켰다. 형제처럼 나란히 길어가는 그들은 동료들과 함께 이동중인 모리스와 장이었다. 그들의 마차가 행렬을 좇아 움직이기 시작했기 때문에, 이주반도로 통하는 이 밋밋한 도로를 따라 정원과 채소밭이 펼쳐진 토르시 교외까지 가는 동안 실빈과 프로스페르는 병사들을 살펴볼 수 있었다.

"아!" 병사들의 모습에 충격을 받은 실빈은 오노레의 시신을 바라보며 나직이 말했다. "죽은 병사들이 차라리 더 나을 지경이야!"

바들랭쿠르에서 내리기 시작한 어둠이 이슥해져서야 그들은 레미에 도착했다. 시신을 찾지 못하리라고 생각했었던 푸샤르 영감은 아들의 시신을 보자 깜짝 놀랐다. 이날 영감은 가축 매매를 하느라 한나절을 보냈었다. 전쟁터에서 훔친 장교들의 말이 두당 20프랑에 거래되고 있었다. 영감은 45프랑에 세 마리를 샀다.

2

포로 행렬이 토르시를 벗어날 무렵, 엄청난 혼란으로 병사들이 뒤섞이면서 모리스와 장은 떨어졌다. 모리스는 이리저리 달려봤지만 소용없었다. 그럴수록 방향감각이 사라졌다. 이윽고 이주반도의 뿌리를 가로지르는 운하에 건설된 다리에 이르렀을 때는 아프리카 보병들과 뒤섞이게 되어 자기 연대를 다시 만날 수 없었다.

반도 내륙을 향해 놓인 두 대의 대포가 다리 통행을 가로막고 있었다. 운하를 지나자마자 프로이센 참모부가 민간인 집에 마련한 초소가 보였는데, 초소는 포로 수용과 감독을 책임진 사령관의 지휘를 받고 있었다. 수용 절차는 매우 간단했다. 마치 양떼를 세듯, 그들은 제복이나 군번에 상관없이 들어오는 대로 병사들을 셌다. 안으로 휩쓸려들어간 포로들은 발길 닿는 곳에 그대로 자리를 잡아야 했다.

모리스는 말을 타듯 의자에 걸터앉아 조용히 담배를 피우는 바이에른 장교에게 길을 물었다.

"장교님, 106연대를 찾으려면 어디로 가야 할까요?"

여느 독일군 장교와 달리 그 장교가 프랑스어를 몰랐던 걸까? 아니면 불쌍한 프랑스 병사를 재미삼아 길을 잃게 하려 했던 걸까? 장교는 미소를 짓더니 손을 들어 똑바로 가라고 했다.

이 고장 출신이지만 모리스는 이 반도에는 와본 적이 없었다. 그는 바람에 떠밀려 머나먼 섬에 표류한 사람처럼 반도를 탐험하기 시작했다. 먼저 그는 왼쪽으로 돌아, 강가에 서 있는 작은 정원이 무척 매력적인 아름다운 투르 아 글레르 영지를 따라갔다. 도로는 강을 끼고 뻗어 있었고, 강은 높다란 제방 아래서 오른쪽으로 흘러갔다. 도로는 조금씩 완만하게 위로 돌면서, 반도 한복판을 차지한 언덕을 우회했다. 거기에 옛 채석장이 있었고, 좁다란 오솔길들은 그 채석장에서 끝이 났다. 좀 더 걸어가니, 강가에 방앗간이 보였다. 뒤이어 도로는 비스듬히 이주 마을까지 내려갔다. 경사지에 자리한 이주 마을과 건너편 생탈베르 방직공장 사이를 배가 이어주고 있었다. 끝으로 경작지와 초원이 점점 넓게 펼쳐졌는데, 나무 하나 없는 그 거대한 평지는 강의 만곡까지 이어졌다. 모리스는 언덕의 울퉁불퉁한 경사면을 훑어보았지만 소용없었다. 그곳에 야영지를 마련한 기병대와 포병대밖에 보이지 않았다. 그는 아프리카 보병 지휘관에게 물었으나 아무런 정보도 얻지 못했다. 땅거미가 지기 시작했다. 그는 지친 다리를 쉬려고 잠시 길가 경계석에 앉았다.

그러자 갑작스러운 절망감이 그를 사로잡았다. 바로 저 앞 뫼즈강 건너편에서 그제 패전을 선사한 망할 놈의 들판이 보였기 때문이다. 비를 맞은 지평선이 하루의 마지막 햇살 아래 흙탕물에 젖어 음울하게 펼쳐져 있었다. 생탈베르 협로, 프로이센군이 몰려나왔던 그 비좁은 길이 만곡을 따라 채석장의 희끄무레한 돌더미까지 이어졌다. 쇠뇽의 언덕길 너머로 팔리제트숲의 녹음이 넘실거렸다. 모리스 앞으로 약간 왼쪽에는 선착장까지 길이 뻗은 생망주가 있었고, 한가운데에 아투아 야산, 아주 멀리 더 깊은 곳에 일리고원, 굴곡진 들판 뒤에 플레뇌, 오른쪽으로 좀더 가까운 곳에 플루앙이 있었다. 그가 양배추들 틈에서 하염없이 기다리며 엎드려 있던 그 들판, 예비군 포병대가 사수하려 애쓰던 고원, 오노레가 자신의 파손된 대포 위에서 죽음을 맞이했던 능선이 다시 눈에 들어왔다. 그러자 참혹한 재앙의 기억이 생생하게 되살아났고, 고통과 역겨움이 목까지 차올랐다.

하지만 어둠이 깊어질까 겁이 난 모리스는 다시 자기 부대를 찾아나섰다. 106연대는 아마도 마을 너머 저지대에서 야영할 것 같았다. 그러나 저지대에는 부랑자들밖에 없었다. 그는 만곡을 따라 반도를 한바퀴 돌아보기로 했다. 감자밭을 지나며 조심스럽게 몇 알을 캐 주머니를 채웠다. 아직 설익었지만 감자 말고는 다른 게 없었다. 불행하게도, 시트 제조소를 떠날 때 들라에르슈에게 받은 빵 두 개는 장이 가지고 있었다. 이때 모리스는 중앙 언덕에서 뫼즈강을 향해, 즉 동슈리를 향해 내려가는 헐벗은 경사지에 있는 상당수의 말을 보고 놀랐다. 왜 저 짐승들을 여기로 데려온 걸까? 어떻게 저 많은 짐승을 굶주리지 않게 먹인다는 걸까? 어둠이 내린 무렵, 그는 강가의 작은 숲에 이르렀다. 놀랍게도 거기서 그는 큰 불을 피워 몸을 말리고 있는 황제의 근위 기병대를 보았다. 따로 야영하는 이 신사 나리들에게는 훌륭한 천막, 음식이 끓는 냄비, 나무에 매여 있는 암소가 있었다. 흙탕물에 젖은 보병의 처참한 몰골을 쳐다보는 기병들의 시선이 곧바로 느껴졌다. 기병들은 잿더미에 감자를 익히게 해주었고, 모리스는 익은 감자를 먹기 위해 100여 미터 떨어진 나무 밑으로 갔다. 더이상 비는 내리지 않았다. 밤하늘이 맑았고, 별들이 짙푸른 어둠 속에서 선명하게 빛났다. 그는 여기서 밤을 보내고 내일 아침에 연대를 찾는 게 좋겠다고 생각했다. 온몸이 피로에 지쳐 있었다. 다시 비가 내린다 해도 나무가 조금은 피란처 역할을 해줄 것이었다.

그러나 모리스는 잠이 오지 않았다. 암흑천지로 무한히 열려 있는 이 광활한 감옥에 옴짝달싹 못하게 갇혀 있다는 느낌을 떨쳐버릴 수 없었기 때문이다. 샬롱에 집결했던 프랑스 병사들 가운데 살아남은 8만 명을 모조리 여기로 밀어넣다니, 프로이센군의 발상은 더없이 기발해 보였다. 세로 4킬로미터, 가로 1.5킬로미터의 반도는 거대한 패자 무리를 어렵지 않게 가둘 수 있었다. 또한 그들을 포위한 강물도 유효적절했다. 뫼즈강이 삼면을 둘러싸고 있었고, 반도의 뿌리에는 운하가 있어 양쪽 강물을 연결했다. 바로 거기에 두 대의 대포가 지키는 다리와 문이 있었다. 그러므로 수용소가 매우 넓어도 방어하기에는 전혀 어려움이 없었다. 모리스는 건너편 강가에 줄지어 서 있는 독일 초병들을 보았다. 강물 근처에 50미터마다 한 명씩 배치된 그들은 헤엄쳐서 달아나려는 포로를 모두 사살하라는 명령을 받았다. 그 뒤로는 창기병들이 말을 달리며 여러 초소를 연결했다. 그리고 좀더 멀리 드넓은 전원에는, 프로이센 연대들이 포로들을 둘러싸며 세번째 살아 있는 울타리를 형성했다.

불면증으로 눈을 부릅뜬 모리스에게 보이는 것은 야영지의 모닥불 뿐이었고, 캄캄한 어둠밖에 아무것도 없었다. 하지만 뫼즈강 너머에서 여전히 꼼짝 않고 있는 초병들의 실루엣이 어렴풋이 보였다. 별빛 아래서 그 검은 실루엣들은 부동자세로 서 있었다. 간간이 암호를 요구하는 위협적인 외침이 들렸고, 그 소리는 저멀리 끝없이 흐르는 강물 속으로 사라져갔다. 프랑스의 별이 빛나는 아름다운 밤, 그 밤을 관통하는 거친 외국어 음절을 듣자 모리스의 마음속에 그제의 악몽이 되살아났다. 그리고 한 시간 전에 다시 본 모든 것, 즉 여전히 시체로 가득한 일리고원, 한 세계가 무너진 스당의 처참한 교외가 뇌리에 떠올랐다. 숲의 음습한 가장자리에서 나무뿌리에 머리를 누인 채, 그는 그 전날 들라에르슈의 소파 위에서 느꼈던 절망감에 다시 빠졌다. 자존심에 입은 상처가 악화되는 가운데 지금 그를 괴롭히는 것은 내일에 대한 질문, 즉 추락의 깊이가 어느 정도인지, 어제의 세계가 어떤 구렁텅이로 떨어질지 알고 싶은 욕망이었다. 황제가 자신의 검을 빌헬름 국왕에게 건네준 이상, 이 가증스러운 전쟁은 끝난 것이 아닌가? 그러나 포로들을 이주반도로 호송하던 두 바이에른 병사가 해준 말이 생각났다. "우리는 프랑스 안으로 들어갑니다, 파리로 가요!" 반쯤 잠이 든 상태에서, 갑자기 무슨 일이 일어나고 있는지 환히 보이는 듯했다. 전 국민의 분노 속에서 제정이 붕괴했고, 폭발하는 애국적 열기 속에서 공화정이 선포되었으리라. 92년*의 전설이 국민을 총동원시킴으로써 국민 의용군이 끝

---

* 국민공회가 제1공화정을 출범시킨 1792년을 가리킨다. 제1공화정은 나폴레옹이 황제로 등극하는 1804년까지 이어졌다.

내 조국의 땅에서 이방인을 쫓아내리라. 그러나 승자의 강화조건, 정복의 가혹한 양상, 결사항전을 외치는 패자의 의지, 먼저 이주반도에, 뒤이어 독일의 요새에 갇힐 8만의 병사, 몇 주가 될지 몇 달이 될지 몇 년이 될지 모를 이방의 포로생활 등 모든 것이 그의 혼란한 머릿속에서 뒤엉켰다. 모든 것이 굉음과 함께 끝없는 불행 속으로 무너져내리고 있었다.

별안간 모리스 앞에서 보초들의 외침이 터지더니 점점 멀어져갔다. 그는 잠에서 깼다. 땅바닥에 누운 채 몸을 돌렸을 때, 한 발의 총성이 밤의 깊은 정적을 깨뜨렸다. 그 즉시, 죽어가는 자의 헐떡거림이 캄캄한 어둠을 갈랐다. 물속으로 가라앉는 몸이 버둥거리는 소리, 강에서 물거품이 이는 소리가 들렸다. 아마도 헤엄쳐서 뫼즈강을 건너려던 탈출병이 불행히도 가슴에 총을 맞은 듯했다.

이튿날 동이 트자마자 모리스는 자리에서 일어났다. 하늘은 맑았다. 그는 서둘러 장과 중대원들을 찾으려 했다. 잠시, 반도의 내륙을 다시 뒤져볼까 생각했다. 그러나 곧 반도의 가장자리를 한 바퀴 돌아보는 게 낫겠다고 판단했다. 운하의 물가에 이르렀을 때, 그는 106연대 병사 일부를 만났다. 백양나무가 듬성듬성 줄지어 있는 제방 위에 병사 천여 명이 캠프를 차리고 있었다. 어제 똑바로 가지 않고 왼쪽으로 돌았더라면, 금세 106연대를 만났을 것이다. 거의 모든 연대 캠프가 투르 아 글레르에서 빌레트성城까지 펼쳐진 이 제방을 따라 촘촘히 있었는데, 동슈리 쪽 빌레트성은 몇몇 누옥으로 둘러싸인 부르주아 영지였다. 마치 양떼가 양우리 문지방에 몰리듯, 모든 병사가 본능적으로 자유를 찾아 유일한 출구인 다리 가까이에서 야영했다.

장이 기쁨의 탄성을 질렀다.

"아! 드디어 만났군! 강물에 빠져 영영 못 만나는 줄 알았지!"

장은 분대원 가운데 살아남은 파슈, 라풀, 루베, 슈토와 함께 있었다. 장을 제외한 네 병사는 스당의 성문 아래서 밤을 보낸 후, 프로이센군이 이쪽으로 비질을 하듯 몰아내준 덕분에 다시 모였다. 사팽 중사, 로샤 중위, 보두앵 대위가 모두 전사했기에 중대를 지휘할 사람은 하사인 장밖에 없었다. 독일 지휘관들에게만 복종하도록 하기 위해 포로들의 계급을 없애버렸음에도 네 병사는 하사 주위에 모여들었다. 하사는 분별력이 있고, 경험이 풍부하고, 어려운 상황에서도 솔선수범하기 때문이었다. 오늘 아침에는, 일부가 어리석게 행동하고 일부가 잔꾀를 부렸음에도 분위기는 전반적으로 화기애애했다. 천막이 하나밖에 없어 하사는 지난밤 그들을 두 수로 사이 마른땅에서 자게 했었다. 그가 방금 땔감과 솥을 마련한 덕분에 루베가 커피를 끓였고, 따뜻한 커피가 그들의 원기를 회복시켰다. 비는 더이상 내리지 않았고, 날씨가 화창할 것 같았으며, 아직 약간의 비스킷과 비곗살이 남아 있었다. 슈토의 말처럼, 누구의 명령도 받지 않고 마음 내키는 대로 거닐 수 있어 기분이 좋기도 했다. 게다가 갇혀 있다고는 하나 공간이 부족하지는 않았다. 더욱이 이삼일만 지나면 떠난다지 않는가. 그래서 첫날인 4일 일요일은 즐겁게 흘러갔다.

모리스는 동료들을 만나 마음이 놓였지만 이제 운하 건너편에서 오후 내내 들려오는 노랫소리 때문에 괴로웠다. 저녁에는 합창 소리가 울려퍼졌다. 보초의 경계선 너머, 일요일을 축성하기 위해 작은 무리를 지어 단조로운 고음으로 노래하는 병사들이 보였다.

"아! 저놈의 노랫소리!" 마침내 모리스가 화를 내며 소리쳤다. "내 살 갖을 파고드는 것 같아!"

그보다 덜 예민한 장이 어깨를 으쓱했다.

"글쎄! 승리를 자축하나보지, 뭐. 우리를 기분전환이라도 시켜준다고 생각할지도 몰라…… 어쨌든 오늘 하루가 나쁘지는 않았어, 너무 불평하지 말자고."

그러나 해가 지며 다시 비가 내렸다. 비는 재앙이었다. 일부 병사는 드물긴 해도 여기저기 버려진 집을 차지했다. 일부 병사는 천막을 쳤다. 하지만 대다수 병사는 피할 곳도 없고 모포 한 장도 없이 노천에서 억수 같은 비를 맞으며 밤을 보내야 했다.

새벽 한시경, 피로에 지쳐 잠들었던 모리스는 문자 그대로 연못 한가운데서 잠이 깼다. 소나기에 수로가 넘쳐 그가 누워 있던 곳이 완전히 침수된 것이었다. 슈토와 루베는 성질을 내며 욕을 내뱉었고, 파슈는 홍수 속에서도 꿋꿋이 잠을 자는 라풀을 흔들어 깨웠다. 그때 운하를 따라 늘어선 백양나무를 떠올린 장이 병사들을 데리고 거기로 피신했다. 그들은 굵은 빗방울을 피하려고 나무에 등을 기댄 채 쪼그려앉아 그 끔찍한 밤을 보냈다.

다음날과 그다음날은 정말로 참담했다. 소나기가 너무도 빈번히, 너무도 세차게 내려 몸에 달라붙은 군복이 마를 틈이 없었다. 굶주림도 시작되었다. 이제 비스킷도 비곗살도 커피도 남아 있지 않았다. 월요일과 화요일 이틀 동안 병사들은 근처 밭에서 캔 감자로 연명했다. 화요일 저녁에는 감자조차 귀해 한 알에 5수까지 값이 치솟았다. 간간이 식량 배급 나팔이 울릴 때도 있었다. 투르 아 글레르의 창고에서 빵이 배급될 거라는 소문이 돌았던 터라 하사는 부리나케 그곳으로 달려갔다. 그러나 첫날 세 시간을 기다렸지만 헛수고였다. 두번째 갔을 때는 바이에른 병사와 말다툼을 벌였다. 프랑스 장교들이 병사들을 위해 뭔가 해줄 처지가 아니지 않은가? 도대체 독일 참모부는 뭘 하고 있는가? 패자들을 그냥 굶겨 죽이려고 이 세찬 빗속으로 몰아넣었는가? 그들은 8만의 병사가 주린 배를 움켜쥐고 괴로워하는데도 아무런 조치를 취하지 않았고, 어떤 노력도 기울이지 않았다. 포로들은 머잖아 이 끔찍한 지옥을 미제르 수용소*라 부를 것이었다. 그리고 훗날 가장 온순한 포로조차 그 참혹한 이름을 떠올릴 때마다 몸서리를 치곤 했다.

창고 앞에서 오랫동안 기다리다가 빈손으로 돌아오는 날에는 평소 조용하던 장도 분통을 터뜨렸다.

"우리를 조롱하는 거야 뭐야? 아무것도 주지 않으면서 나팔만 불어대잖아! 빌어먹을 놈들, 또 그러기만 해봐라!"

하지만 희미하게라도 나팔소리가 들리면, 그는 서둘러 달려갔다. 정기적으로 울리는 그 나팔소리는 몹시 비인간적이었다. 게다가 또다른 효과를 자아내 모리스의 가슴을 더욱 아프게 했다. 나팔소리가 울릴 때마다, 운하 건너편에 방치된 프랑스 군마들이 박차처럼 자극적인 그 익숙한 소리를 자기 연대의 부름으로 착각하고 질풍처럼 내달려 물속으로 뛰어들었기 때문이다. 그러나 말들도 너무나 지쳐 있었기에 그중 일부만 제방까지 이르렀다. 말들 대부분이 버둥거리다가 익사한 탓에, 배가 부푼 채 물에 떠오른 사체들이 운하를 가득 채웠다. 용케 운하를 건

---

* 미제르(misère)는 비참, 가난, 참상을 뜻한다.

넌 일부는 정신없이 날뛰다가 반도의 텅 빈 들판을 가로질러 어디론가 가버렸다.

"까마귀 밥이 되겠군!" 엊그제 마주쳤던 꽤 많은 말을 떠올리며 모리스가 고통스럽게 중얼거렸다. "며칠 있으면 우리도 서로를 잡아먹으려 들겠지…… 아! 불쌍한 짐승들!"

화요일에서 수요일로 넘어가는 밤은 특히 끔찍했다. 모리스가 열이 나자 걱정하던 장은 알제리 보병에게 10프랑을 주고 산 낡은 모포를 떠넘기듯 모리스에게 씌워주었다. 그 자신은 비에 젖어 스펀지처럼 무거워진 군용 외투를 걸친 채 밤새도록 비를 맞았다. 백양나무 아래서도 점점 견디기 힘들어졌다. 흙탕물이 콸콸 흘렀고, 땅은 온통 깊은 물웅덩이로 변했다. 최악의 사실은 뱃속이 텅 비었다는 것이었다. 여섯 병사가 저녁에 먹은 것이라고는 무 두 개였는데, 그나마 마른나무가 없어 익히지도 못한 것이었다. 처음에 차고 달짝지근했던 맛이 이내 혓바닥을 태우는 듯한 참기 힘든 지독한 맛으로 변했다. 끝없는 피로, 비정상적인 음식물, 지속적인 습기 등으로 이질이 발생할 가능성도 컸다. 두 다리가 물에 잠긴 채 나무둥치에 몸을 기대고 있던 장은 열 번도 더 손을 뻗어 모리스가 잠결에 모포를 벗어던지지 않았는지 확인했다. 일리 고원에서 모리스가 그를 업고 프로이센군의 손아귀에서 벗어나게 해준 후로, 그는 모리스에게 진 빚을 벌써 몇 배로 갚은 셈이었다. 손익을 따지지 않는 그는 언제나 자신보다 모리스를 먼저 생각하며 모든 것을 희생했다. 자신의 감정을 적당한 말로 표현하지 못하는 무지렁이 농부의 내면에 신비스럽기 그지없는 이타적 사랑이 존재했던 것이다. 분대원들의 말대로, 그는 모리스에게 입속의 음식이라도 꺼내줄 사람이었다. 모리스의 어깨를 덮어주고, 모리스의 발을 덥혀주어야 한다면 그는 자기 살가죽이라도 벗어주었을 것이다. 주변에 횡행하는 광포한 이기주의 속에서도, 굶주림으로 더욱 거세지는 불쌍한 병사들의 식욕 앞에서도 그가 평온함과 튼튼한 건강을 유지할 수 있었던 것은 바로 이런 완전한 자기희생정신 덕분이었다. 그는 아직 강건한 편이었고, 정신도 비교적 건강하게 유지하고 있었다.

끔찍한 밤이 지나간 후, 장은 줄곧 품어온 생각을 말했다.

"모리스, 내 말 좀 들어봐. 저놈들은 먹을 것도 주지 않고 우리를 이 망할 놈의 반도에 가두어둘 모양이야. 그렇다면 우리도 움직여봐야지, 마냥 기다리며 개죽음할 수는 없잖아…… 어때, 걸을 수 있겠어?"

다행히 해가 다시 나타났고, 그 덕분에 모리스는 몸이 나아졌다.

"그럼, 걸을 수 있지!"

"자, 뭐라도 좀 찾아보자고…… 우리에겐 돈이 있잖아. 뭔가 돈으로 살 수 있는 걸 찾지 못한다면, 그땐 정말 큰일나는 거야. 다른 대원들은 신경쓰지 마. 제 살 궁리만 하는 저들은 이미 나름대로 해결하고 있으니까!"

실제로, 기회가 있을 때마다 남의 것을 훔치면서도 동료와 나누는 법이 없었던 루베와 슈토는 그 음험한 이기주의로 장을 화나게 했다. 생각이 깊지 않은 무식쟁이 라풀이나 독실한 신자인 척하는 위선자 파슈에게도 기대할 것은 아무것도 없었다.

장과 모리스는 모리스가 이미 가본 길을 통해 뫼즈강을 따라 걸어갔다. 투르 아 글레르의 정원과 주거지는 초토화된 상태였다. 잔디는 폭풍우를 맞은 듯 파헤쳐졌고, 아름드리나무가 쓰러져 있었으며, 건물은 외부인들에게 점령당했다. 볼이 움푹 패고 신열로 눈만 반짝이는 사람들이 그곳에 있었는데, 누더기를 걸친 부랑자들과 진흙이 잔뜩 묻은 병사들이 그곳에서 집시처럼 짐승처럼 떼를 지어 지내면서 혹여 자리를 빼앗길까봐 밖으로 나가지도 못했다. 조금 더 걸어가자, 경사지에서 야영하는 기병대와 포병대가 보였다. 질서정연하게 행동해왔던 기병들과 포병들도 이제 굶주림을 이기지 못하고 규율이 무너지기 시작했다. 군마들을 미치게 했던 굶주림은 이제 병사들을 밭으로 내몰아 작물을 마구 유린하게 했다. 오른쪽으로는, 아프리카 포병과 보병이 방앗간 앞에서 끝없이 열을 지어 천천히 지나갔다. 거기서 방앗간 주인이 1프랑에 두 줌씩 밀가루를 팔고 있었다. 그러나 모리스와 장은 너무 오래 기다려야 하고 이주 마을로 가면 더 나은 것이 있을 것 같아 그냥 지나쳤다. 그러나 메뚜기떼가 휩쓸고 지나간 알제리 마을처럼 아무것도 없이 휑하고 음울한 마을을 보자 두 사람은 망연자실했다. 집집이 탈탈 털린 듯 빵도 채소도 고기도, 식량이라고는 아무것도 없었다. 르브룅 장군이 시청으로 갔다는 소문이 돌았다. 장군은 전후에 현금으로 지불할 식량 교환권을 발행해 병사들을 살리자고 제안했으나 소용없는 일이었다. 남아 있는 것이 아무것도 없었기 때문이다. 돈은 아무 쓸모가 없었다. 어제만 해도 비스킷 하나에 2프랑, 포도주 한 병에 7프랑, 증류주 한 잔에 20수, 파이프담배 한 대에 10수로 거래되었다. 하지만 지금은 칼을 든 장교들이 이웃집들과 장군의 거처를 지켜야 했는데, 부랑자 무리가 문을 부수고 들어와 램프 기름까지 훔쳐 마셔버렸기 때문이다.

알제리 보병 셋이 모리스와 장을 불렀다. 다섯이면 해볼 만했다.

"이봐요…… 사방에 죽어가는 말이 있는데, 땔감만 구할 수 있다면……"

그들은 농부의 집으로 가서 장롱 문짝을 떼어냈고, 지붕에서 이엉을 뜯어냈다. 그러자 장교들이 달려와 권총으로 위협했고, 그들은 어쩔 수 없이 달아났다.

이주반도에 남은 주민들도 병사들만큼 굶주림에 시달리는 것을 보자, 장은 방앗간에서 밀가루를 사지 않은 것을 후회했다.

"돌아가자, 아직 조금은 남아 있을지도 몰라."

그러나 모리스는 굶주림에 지쳐 쓰러질 지경이었다. 장은 모리스에게 채석장에서 잠시 쉬라고 했고, 모리스는 스당의 지평선이 보이는 채석장 바위에 앉았다. 장은 사십오 분 줄을 선 끝에 밀가루를 사서 수건에 싸들고 돌아왔다. 그러나 요리할 방법이 없었기에, 그들은 밀가루를 그냥 입에 넣고 씹기 시작했다. 그렇게 나쁘지는 않았다. 밍밍한 밀가루 반죽처럼 아무 맛도 느껴지지 않았다. 그래도 조금은 원기가 회복되었다. 그리고 운좋게도 바위틈에 고인 깨끗한 물을 발견해 달게 갈증을 씻었다.

그런 다음 장이 여기서 오후를 보내자고 하자, 모리스는 손사래를 쳤다.

"아냐, 아냐, 여기는 아냐!…… 병이 날 것 같아, 저길 오래 쳐다보고 있으면……"

그는 떨리는 손으로 광활한 지평선에서 아투아, 플루앙, 일리고원, 가렌숲까지 무자비한 학살과 패배가 있었던 전쟁터를 가리켰다.

"조금 전 형을 기다리는 동안, 난 등을 돌리고 있어야 했어. 안 그러면 미쳐서 고함을 질렀을 테니까. 그래! 미친개처럼…… 그게 날 얼마나 힘들게 하는지 형은 모를 거야. 정말 미칠 지경이라고!"

장은 놀란 눈으로 그를 바라보았다. 왜 그렇게까지 자존심에 상처를 입는지 이해할 수 없었다. 모리스의 눈에서 전에도 본 적 있는 광기를 다시 보자 장은 불안해졌다. 그는 분위기를 바꾸려고 농담을 던졌다.

"좋아! 그게 더 쉽겠어, 국적을 바꿔버리자."

그러고서 그들은 해가 질 때까지 사방을 어슬렁거렸다. 감자라도 찾으려고 여기저기 반도의 편평한 땅을 쏘다녔다. 하지만 포병들이 이미 쟁기질로 밭을 뒤집어놓았고, 먹을 수 있는 건 모두 쓸어간 뒤였다. 장과 모리스는 발걸음을 되돌렸다. 그들은 다시 하릴없이 죽어가는 사람들, 굶주림에 시달리는 군인들과 마주쳤다. 햇빛이 쏟아지는 가운데 아사자들이 몇백 명씩 곳곳에서 심신이 마비된 듯 땅바닥에 쓰러져 있었다. 장과 모리스도 다리에 힘이 빠져 틈틈이 앉아 쉬어야 했다. 그러나 은근한 분노가 그들을 다시 일으켜세우곤 했다. 먹이를 찾는 동물의 본능으로 그들은 다시 배회하기 시작했다. 마치 여러 달 전부터 이렇게 어슬렁거린 듯했고, 시간이 아주 빨리 흘렀다. 반도의 내륙으로 가자, 동슈리 쪽이 바라보이는 들판에서 군마 무리가 질풍처럼 달려와 그들을 겁먹게 했다. 담장 뒤로 몸을 숨긴 그들은 황혼 속으로 사라져가는 광포한 말들의 질주를 기진맥진한 채 멍하니 오래도록 바라보았다.

모리스가 예견한 대로, 군대와 함께 수용된 수천 마리의 말은 먹이가 없어 나날이 큰 위험이 되어갔다. 말들은 먼저 나무껍질을 먹어치웠고, 이어서 격자, 판자 같은 눈에 보이는 모든 목재에 달려들었으며, 급기야 서로를 물어뜯기 시작했다. 말들은 서로의 뒤를 덮쳐 꼬리의 갈기를 뜯어낸 후, 입에서 거품이 나도록 씹었다. 어둠이 악몽을 심어주기라도 하는 듯 밤에는 더욱 무시무시했다. 말들은 지푸라기에도 이끌려 여기저기 드문드문 세워진 천막으로 쇄도했다. 병사들이 커다란 불을 피워 쫓으려 해도 소용없었고, 오히려 불빛이 말들을 자극하는 듯했다. 말 울음소리가 어찌나 흉포하고 무섭던지 야수의 포효 같았다. 사람들이 쫓아내도 말들은 더 많아지고 더 사나워져서 되돌아왔다. 간간이 어둠 속에서 광포한 말에 짓밟혀 죽어가는 길 잃은 병사의 기나긴 비명이 들렸다.

장과 모리스가 야영장으로 돌아갈 때는 아직 해가 지평선 위에 있었다. 도중에 그들은 배수로에 숨어 뭔가 나쁜 일을 꾸미는 듯한 분대원 넷을 보고 깜짝 놀랐다. 곧바로 루베가 그들을 불렀고, 슈토가 설명했다.

"오늘 저녁식사 말인데요…… 이대로 가면 모두 굶어죽게 생겼어요. 서른여섯 시간째 아무것도 못 먹었잖아요…… 그런데 사방에 말이 있고, 말고기도 나쁘진 않으니까……"

"그래요, 하사님," 루베가 거들었다. "말은 덩치가 커서 먹을 사람이 많아야 잡을 가치가 있어요…… 저기 봐요! 저기 병든 것 같은 붉은 말, 저놈을 한 시간 전부터 지켜보고 있었습니다. 잡기 쉬울 것 같은데……"

그는 굶주림에 시달리다 방금 무밭에 쓰러진 말을 가리켰다. 옆으로 누운 말은 간간이 머리를 들었고, 암울한 눈을 두리번거리며 거칠게 숨을 몰아쉬었다.

"젠장! 오래도 걸리네!" 식욕이 당긴 라풀이 투덜거렸다. "내가 가서 끝장을 낼까, 어때?"

그러나 루베가 제지했다. 안 돼! 프로이센 놈들이 알면 난리칠 거야. 프로이센군은 말의 사체가 역병을 일으킬까봐 한 마리라도 죽이면 총살하겠다고 엄포를 놓았었다. 어둠이 완전히 내리기를 기다려야 했다. 네 사람이 배수로에 숨어 눈을 반짝이며 말을 주시하는 이유가 바로 그것이었다.

"하사님," 파슈가 조금 떨리는 목소리로 물었다. "하사님은 경험이 많으신데, 혹시 저 말을 고통 없이 죽이는 방법은 없습니까?"

장은 말도 안 되는 소리 하지 말라는 표정으로 손사래를 쳤다. 저 죽어가는 불쌍한 짐승을, 오! 안 돼, 안 돼! 이 잔혹한 도살에 동참하고 싶지 않았던 그가 처음 하려던 행동은 모리스를 데리고 자리를 피하는 것이었다. 그러나 친구의 핏기 없는 얼굴을 보고 마음이 약해진 그는 자신을 나무랐다. 가축이란, 그래, 가축이란 인간에게 잡아먹히기 위해 태어난 거야! 고깃덩이가 있는데도 사람이 굶어죽는다는 건 있을 수 없는 일이었다. 그리고 모리스가 저녁식사를 할 가능성이 생기자 기운을 차리는 걸 보고, 그는 마음이 더욱 누그러졌다. 그가 짐짓 쾌활한 표정을 지으며 말했다.

"정말이야, 난 몰라. 하지만 꼭 죽여야만 한다면, 고통 없이 죽이려면……"

"젠장! 무슨 상관이야, 고통이 있거나 없거나!" 라풀이 끼어들었다. "좀 이따 내가 처리할게!"

장과 모리스가 배수로에 앉자, 다시 기다림이 시작되었다. 때때로 분대원 중 하나가 일어서서 말이 여전히 거기 있는지 확인했다. 말은 뫼즈강에서 불어오는 시원한 바람이나 저무는 태양을 향해 고개를 뻗고 마지막 생명력을 얻으려 했다. 그러나 이윽고 천천히 땅거미가 졌다. 그러자 그토록 느린 어둠을 애타게 기다리던 여섯 병사가 몸을 일으켰고, 혹시라도 보는 눈이 있는지 불안해서 사방을 살폈다.

"아! 됐어!" 슈토가 소리쳤다. "바로 지금이야!"

마지막 노을이 비낀 들판은 아직 어렴풋이 밝았다. 라풀이 가장 먼저 달려갔고, 나머지 다섯이 뒤따랐다. 배수로에서 동그랗고 큰 돌을 챙긴 라풀이 곧장 말에게 다가가 억센 두 팔로 몽둥이를 내리치듯 말의 두개골을 내리쳤다. 그러나 두번째 타격에 말이 일어나려고 몸부림쳤다. 슈토와 루베가 재빨리 말의 다리를 잡아 눌렀고, 다른 대원들에게 고함을 질러 도움을 청했다. 말은 마치 사람처럼 처연하고 고통스럽게 울며 발버둥쳤다. 만일 굶주림으로 반쯤 죽은 상태가 아니었다면, 인간 여섯쯤이야 어렵지 않게 물리쳤을 것이다. 말이 이리저리 격렬하게 머리를 흔든 탓에, 정확한 타격이 이루어지지 않았다. 말의 목숨을 끊을 수 없었던 라풀이 소리쳤다.

"빌어먹을! 뭔 놈의 두개골이 이렇게 단단해!…… 누가 머리 좀 잡아줘, 빨리 끝장내야지!"

공포에 질린 장과 모리스는 몸이 얼어붙은 듯 두 팔을 늘어뜨린 채 꼼짝할 수 없었다. 슈토와 라풀의 목소리도 들리지 않았고, 함께 달려들어 말을 죽일 용기도 나지 않았다.

본능적으로 종교적 연민이 꿈틀한 파슈가 갑자기 무릎을 털썩 꿇더니, 죽어가는 사람 머리맡에서 하듯 두 손을 모으고 기도문을 외우기 시작했다.

"주여, 저 말을 불쌍히 여겨주시옵고……"

라풀이 또다시 돌을 잘못 내리치는 바람에 불쌍한 말의 귀만 널어져 나갔고, 말은 몸을 완전히 뒤집은 채 단말마의 비명을 질렀다.

"잠깐, 잠깐만!" 슈토가 불만스럽게 소리쳤다. "끝장을 내야지, 뭐하는 거야…… 단단히 붙잡고 있어, 루베!"

그가 주머니에서 칼날이 손가락보다 약간 더 긴 단검을 꺼냈다. 말을 향해 몸을 웅크린 채 한쪽 손으로 목을 잡은 그는 칼을 생살에 깊숙이 찔러넣어 동맥을 끊었다. 그는 옆으로 펄쩍 나자빠졌고, 말의 목에서는 분수 물줄기처럼 피가 솟구쳤다. 두 다리가 버둥거렸고, 격심한 경련이 일었다. 말은 오 분 가까이 지나서야 죽었다. 공포에 휩싸인 커다란 눈망울이 자신의 죽음을 초조하게 기다리는 흉포한 인간들에게 고정되어 있었다. 이윽고 눈망울이 흐릿해지더니 빛이 꺼졌다.

"오, 하느님," 파슈가 여전히 무릎을 꿇은 채 중얼거렸다. "저 말을 구원하소서, 저 말을 거룩한 품속에 거두소서……"

이어서 말이 더이상 움직이지 않았을 때, 가장 좋은 부위가 어디이고 그것을 어떻게 떼어내야 할지 몰라 소란이 일었다. 온갖 직업을 전전했던 루베가 안심살을 어떻게 떼어내는지 보여주겠다고 나섰다. 그러나 아주 작은 칼밖에 없는 이 서투른 푸주한은 아직도 꿈틀거리는 뜨거운 살덩이 앞에서 정신이 혼미해졌다. 그리고 조바심이 난 라풀이 루베를 돕는답시고 별 이유도 없이 배를 갈라놓은 탓에, 날고기가 정말 끔찍해 보였다. 피와 내장을 헤치며 사납게 서두르는 모습은 마치 먹이를 둘러싸고 송곳니로 살덩이를 헤치는 늑대들 같았다.

"어디가 어딘지 도무지 모르겠어." 두 팔 가득 거대한 고깃덩이를 안은 루베가 일어나며 말했다. "어쨌든 배가 터지도록 먹을 게 생겼네."

장과 모리스는 공포에 질려 고개를 돌리고 있었다. 하지만 굶주림이 격심했기 때문에, 그들도 말의 사체 옆에 있다가 체포될까 두려워 줄행랑을 치는 동료들을 따라갔다. 슈토가 운좋게도 길에 떨어진 무 세 뿌리를 발견했다. 루베가 두 팔에 안고 있던 고깃덩이를 라풀의 어깨 위에 얹었다. 슈토는 뭔가를 사냥했을 경우에 대비해 가져온 솥을 들고 뛰었다. 여섯 병사는 누구에게 쫓기기라도 하듯 숨도 쉬지 않고 달리고 또 달렸다.

별안간 루베의 말에 일행은 걸음을 멈췄다.

"이런, 바보처럼! 그런데 이걸 어디서 익히지?"

그때까지 침묵을 지키던 장이 채석장으로 가자고 제안했다. 채석장까지는 300미터도 채 안 되었다. 채석장에는 비밀스러운 흙구덩이들이 있어 남의 눈에 띄지 않고 불을 피울 수 있을 것 같았다. 그러나 채석장에 도착하고 보니, 문제가 한둘이 아니었다. 우선, 땔감이 없었다. 다행히 그들은 도로 작업 인부의 손수레를 발견했고, 라풀이 군화 뒤축으로 찍어 판자를 여러 조각으로 쪼갰다. 다음으로, 물이 턱없이 부족했다. 낮에 태양이 내리쬐는 동안, 바위에 고여 있던 물이 모두 말라버렸다. 펌프 물은 너무도 멀리, 투르 아 글레르 영지의 성에 있었다. 거기서는 자정까지 줄을 서야 했고, 북새통 속에서 물을 엎지르기 일쑤였다. 근처에 우물 몇 개가 있긴 하지만, 이틀 전부터 물이 말라 흙탕물만 올라왔다. 그렇다면 남은 물이라고는 뫼즈강 물밖에 없었는데, 제방이 도로 건너편에 있었다.

"내가 솥으로 퍼올게." 장이 제안했다.

모두가 일제히 소리쳤다.

"아! 안 돼요! 괴질에 걸리고 싶어요? 강물이 온통 시체로 가득한데!"

과연 뫼즈강에는 병사들 시체와 군마들 사체가 둥둥 떠다녔다. 배가 이미 푸르스름하게 부풀어오르고 해체가 시작된 시체와 사체가 끊임없이 흘러가는 모습이 보였다. 그중 많은 시체와 사체가 수초나 강기슭에 걸린 채 공기를 오염시키며 물결에 흔들리고 있었다. 이 끔찍한 강물을 마신 병사들 대다수가 격심한 복통을 겪은 후 구토와 이질 증세를 보였다.

그러나 다른 방도가 없었다. 어쨌든 끓이면 괜찮지 않겠냐고 모리스가 말했다.

"자, 내가 갈게." 장이 말하고 라풀을 데리고 갔다.

물과 고기를 가득 채운 솥이 불 위에 얹혔을 때, 주변에 캄캄한 어둠이 내렸다. 루베는 무를 손질해 솥에 던져넣었는데, 수용소 밖에서는 이것을 고기 스튜라고 부른다고 농담했다. 모두가 손수레 판잣조각을 솥 아래로 밀어넣어 불길을 키우려 했다. 그들의 긴 그림자가 바위틈 흙구덩이에서 기이하게 춤을 추었다. 더이상 기다리기가 힘들었다. 그들은 설익은 고기 스튜에 달려들었고, 칼을 사용할 시간조차 없는 듯 떨리는 손으로 살코기를 잡고 먹었다. 그러나 그렇게 굶주렸는데도 음식이 들어가자 뱃속이 뒤틀렸다. 소금이 없어서 괴로웠고, 아무 맛이 없는 무죽, 진흙맛이 나는 걸쭉한 고깃덩이를 위가 받아들이지 못했다. 금세 구토감이 일었다. 파슈가 두 손을 들었고, 슈토와 루베는 그토록 어렵게 포토푀를 만들었는데 복통만 불러일으키는 그 고약한 말에게 욕을 퍼부었다. 라풀만 배가 터지도록 먹었다. 그러나 세 동료와 함께 잠을 자러 운하의 백양나무 아래로 돌아간 뒤 그도 밤새 복통에 시 달렸다.

야영지로 가는 도중 모리스가 말없이 장의 소매를 끌어 옆길로 데 려갔다. 동료들의 행동이 역겨웠던 그는 첫날에 밤을 보냈던 작은 숲 에 가서 자자고 제안했다. 좋은 생각이었고, 장은 적극 찬성했다. 무성 한 나뭇잎 덕분에 비에 덜 젖었던 경사지는 잘 마른 상태였다. 깊이 잠 든 그들은 해가 중천에 솟을 때까지 일어나지 않았다. 그 덕분에 원기 가 적잖이 회복되었다.

목요일이 되었다. 그들은 더이상 수용소생활에 신경쓰지 않았다. 날 씨가 다시 화창해져서 기분이 좋을 뿐이었다. 장은 모리스에게 운하로 돌아가자고 했다. 그들의 연대가 오늘 출발하는지 알아봐야 했다. 이제 매일 천 명 내지 1200명의 포로가 독일 요새를 향해 길을 떠났다. 그제 는 기차를 타러 퐁타무송으로 가는 장교들과 장군들 행렬을 프로이센 초소 앞에서 보았었다. 모두가 이 참혹한 미제르 수용소를 간절히 떠나 고 싶어했다. 아! 어서 빨리 우리 차례가 왔으면! 그러나 고통과 무질 서 속에서 여전히 제방에서 야영하고 있던 106연대를 다시 만났을 때, 그들은 절망에 빠졌다.

그래도 오늘은 식사를 할 수 있을 것 같았다. 아침부터 포로들과 바 이에른 병사들 사이에 운하 너머로 거래가 이루어졌다. 포로들이 손수 건에 돈을 싸서 던지면, 바이에른 병사들이 두툼한 흑빵이나 눅눅한 담 배를 그 손수건에 싸서 던졌다. 돈이 없는 포로들도 바이에른 병사들 이 무척 좋아하는 하얀 장갑으로 거래할 수 있었다. 두 시간 동안, 운하 를 따라 늘어선 이 야만적인 교환시장에 보따리가 날아다녔다. 그러나 모리스가 넥타이에 100수짜리 농전을 싸서 던졌을 때, 바이에른 병사가 서툴러서 그랬는지 놀리려고 그랬는지 모르겠지만 빵을 잘못 던져 물에 빠뜨렸다. 그러자 독일 병사들 사이에서 폭소가 터졌다. 모리스는 두 번이나 고집스레 돈을 던졌고, 빵은 두 번이나 물속에 빠졌다. 웃음소리를 들은 독일 장교들이 달려왔다. 프로이센 병사는 포로에게 뭔가를 팔면 엄벌을 받게 되어 있었다. 거래가 중단되었다. 장은 동전을 돌려달라고 소리치며 도둑들에게 종주먹을 내뻗는 모리스를 진정시켜야 했다.

햇빛이 눈부셨지만, 여전히 끔찍한 하루였다. 나팔소리가 두 번 울렸고, 그때마다 장은 식량 배급을 할 듯한 창고 앞으로 뛰어갔다. 하지만 매번 혼잡 속에서 이리저리 떠밀리기만 했다. 그토록 조직적으로 움직이는 프로이센군은 패배한 병사들에게 여전히 잔인할 정도로 무심했다. 두에 장군과 르브룅 장군이 요청하자, 그들은 양고기와 빵을 가져오겠다고 했다. 그러나 수송 도중 경계에 너무 소홀했던 탓에 다리 근처에서 모두 탈취당하고 말았다. 그 결과 다리에서 100여 미터 떨어진 곳에서 야영하는 포로들에게는 아무것도 배급되지 않았다. 뭐라도 먹을 수 있는 자들은 수송차 강도들과 부랑자들뿐이었다. 상황을 알아차린 장은 모리스와 함께 다리 근처로 가서 식량이 수송되기를 애타게 기다렸다.

벌써 네시였다. 이 화창한 목요일에 그들은 아직까지 아무것도 먹지 못했다. 그때 갑자기 들라에르슈가 나타나자 무척 반가웠다. 포로들 면회를 어렵사리 허락받은 스당의 부르주아 몇몇이 식량을 가져온 것이었다. 모리스는 앙리에트에게서 전혀 소식이 없어 걱정이라고 벌써 몇

510

번이나 장에게 말했었다. 멀리서 양쪽 겨드랑이에 빵을 하나씩 끼고 바구니를 들고 오는 들라에르슈를 보자마자, 모리스와 장은 부리나케 달려갔다. 그러나 이번에도 그들은 너무 늦고 말았다. 시트 제조업자가 예상하지 못한 상태에서, 부랑자들이 잽싸게 다가와 바구니와 빵 하나를 탈취해간 것이다.

"어이쿠! 무슨 이런 일이 있어!" 환영받으리라는 생각에 선한 미소를 머금고 걸어오던 들라에르슈가 깜짝 놀라 더듬거렸다.

장이 나머지 빵 하나를 낚아채다시피 해 부랑자들에게서 지켰다. 모리스가 길가에 앉아 허겁지겁 빵을 먹는 동안, 들라에르슈가 소식을 전했다. 그의 아내는 다행히 잘 지내고 있었다. 하지만 아침부터 저녁까지 그의 어머니가 돌보는데도 심신이 크게 쇠약해진 대령이 걱정이었다.

"앙리에트는 어떤가요?" 모리스가 물었다.

"아, 그래, 자네 누나!…… 나와 함께 왔어. 빵 두 개는 앙리에트가 가지고 온 거야. 앙리에트는 지금 저기 운하 건너편에 있어. 독일군 초소에서 절대로 들여보내주지 않았거든…… 알다시피 프로이센군은 여자들이 수용소에 들어오는 걸 엄격하게 금지하고 있잖아."

그러고서 그는 앙리에트에 대해, 번번이 실패했지만 그간 동생을 도우려던 그녀의 노력에 대해 이야기했다. 그녀는 스당에서 우연히 프로이센 근위대 대위인 남편의 사촌 군터를 만났다. 그는 그녀를 보고도 딱딱하고 거친 태도로 모른 체하며 지나갔다. 처음에는 그녀도 그가 남편을 살해한 무리의 일원이라는 생각에 가슴이 미어져서 그대로 발걸음을 재촉했다. 그러나 자기도 모르게 갑자기 뒤돌아 다시 군터에게 갔고, 비난조의 거친 목소리로 남편이 죽었다는 사실을 알렸다. 그는 사촌이 참혹하게 죽었다는데도 별다른 반응을 보이지 않았다. 그런 게 전쟁이야. 나도 죽을 수 있었어. 군인정신이 투철한 그의 얼굴에는 슬픔이나 고통의 흔적이 엿보이지 않았다. 뒤이어 그녀는 모리스가 포로가 되었다고 이야기하면서 동생을 만날 수 있도록 도와달라고 했다. 하지만 그는 일체의 개입을 거부했다. 공식 명령은 너무도 엄중한 것이었다. 그는 마치 신앙에 대해 말하듯 독일군의 명령에 대해 말했다. 그와 헤어지면서 그녀는, 그가 프랑스에 대한 종족적인 증오를 물려받은 적으로서 아집과 교만 속에서 정의의 수호자인 양 행동한다고 느꼈다.

"아무튼," 들라에르슈가 결론지었다. "자네들이 오늘 저녁에도 끼니를 거르게 되었으니 어떡하지? 더 걱정스러운 건 이제 우리를 여기 다시 들여보내주지 않을지도 모른다는 사실이야."

그는 자기에게 부탁할 일이 있느냐고 두 사람에게 물었다. 그는 다른 포로들이 전해달라고 부탁하는 연필로 쓴 편지들도 기꺼이 맡아주었다. 바이에른 병사들이 전달해달라고 부탁받은 편지를 가지고 킬킬거리며 파이프 담뱃불을 붙이는 것을 보았기 때문이다.

모리스와 장이 다리까지 배웅했을 때, 들라에르슈가 소리쳤다.

"그래, 저길 보시게! 저기 있잖아, 앙리에트!…… 손수건을 흔드는 여자!"

줄지어 선 보초들 너머로 과연 작고 가냘픈 형체, 햇빛 속에서 흔들리는 하얀 점이 군중 틈에서 보였다. 몹시 감동한 두 병사는 눈에 눈물이 그렁그렁한 채 두 손을 열심히 흔들었다.

이튿날 금요일은 모리스가 여기서 보낸 나날 가운데 가장 끔찍한 날이었다. 작은 숲에서 평온하게 잠을 잔 후, 그는 운좋게도 빵을 먹을 수 있었다. 장이 빌레트성에서 빵 1파운드를 10프랑에 파는 여자를 발견한 덕분이었다. 하지만 그날 그들은 이후 오래도록 악몽에 시달리게 된 잔혹한 장면을 목격했다.

그 전날 슈토는 파슈가 허기를 달랜 사람처럼 흡족한 표정으로 더이상 불평하지 않는다는 것을 알아차렸다. 그는 즉시 파슈가 어딘가 자기만의 비밀 공간을 마련했을 거라 짐작했다. 그날 아침에도 파슈가 한시간 가까이 사라지더니 미소를 숨기며 볼이 팽팽해진 상태로 돌아왔기 때문이다. 뜻밖의 횡재를 한 게 분명했다. 어쩌면 부랑자들이 다투는 틈에 식량을 주웠을 수도 있었다. 슈토는 루베와 라풀을, 특히 라풀을 자극했다. 안 그래? 동료들과 나누지 않고 혼자서만 먹는다면 정말 개자식이잖아!

"젠장, 오늘밤 뒤따라가보자…… 동료들은 옆에서 쫄쫄 굶고 있는데, 저 혼자만 배불리 처먹는지 확인해봐야지."

"그래, 그래! 뒤따라가보자!" 라풀이 거칠게 소리쳤다. "확인해보자고!"

라풀은 두 주먹을 불끈 쥐었다. 오직 먹을 수 있을지도 모른다는 희망이 그를 미치게 만들었다. 왕성한 식욕 때문에 그는 동료들보다 더 괴로워했다. 고통이 얼마나 컸던지 풀을 씹어보기도 했었다. 무를 넣은 말고기를 먹고 끔찍한 이질을 앓은 그제 밤 이후로 먹은 게 없었다. 공복에다 몸 상태도 좋지 않았기 때문에 힘이 센 그도 식량 쟁탈전에서 아무것도 건지지 못했다. 1파운드의 빵을 구할 수 있다면 피라도 팔았을 것이다.

어둠이 내리자 파슈는 투르 아 글레르 영지 숲속으로 살그머니 들어 갔다. 세 동료가 조심스레 그를 뒤따랐다.

"눈치채면 안 돼." 슈토가 되풀이했다. "조심해, 뒤돌아볼지도 몰라."

파슈는 백 걸음쯤 더 가더니 혼자라고 확신한 듯, 뒤돌아볼 생각도 하지 않고 빠르게 걸음을 옮겼다. 그래서 그들은 어렵지 않게 인근 채석장까지 따라갔다. 파슈가 커다란 돌덩이 두 개를 치우고 그 속에 숨겨놓은 빵 반쪽을 꺼냈을 때, 그들이 등뒤로 들이닥쳤다. 그것은 한 끼니를 때울 수 있는 마지막 식량이었다.

"독실한 신자 행세는 혼자 다 하더니, 위선자 같으니라고!" 라풀이 분노의 고함을 질렀다. "요 며칠 숨어 다니는 이유가 이거였군, 그래!…… 내놔, 그건 내 몫이야!"

빵을 내놓으라니, 왜 그래야 하는데? 그토록 허약한데도 그는 화가 솟구쳤다. 파슈는 온 힘을 다해 빵을 품에 감췄다. 그도 배가 고프기는 마찬가지였다.

"상관 마! 이건 내 거야!"

라풀이 주먹을 치켜들자, 파슈가 채석장에서 헐벗은 들판으로, 동슈리 방향으로 내달리기 시작했다. 세 사람이 숨을 헐떡이며 전속력으로 뒤쫓았다. 그러나 파슈는 몸이 가벼운데다가 빵을 지키려는 의지가 아주 강해 바람처럼 빠르게 들판에 이르렀다. 1킬로미터쯤 달려서 물가의 작은 숲에 다가갔을 때, 그는 숲속 야영지로 가던 장과 모리스를 만났다. 그들을 지나치면서 파슈는 다급하게 공포의 비명을 질렀다. 눈앞에서 전개되는 추격전에 깜짝 놀란 장과 모리스는 밭 가장자리에 멈춰섰다. 그래서 그들은 모든 것을 보게 되었다.

불행하게도 파슈가 돌부리에 걸려 넘어졌다. 세 사람이 뛰어와서 먹이에 달려드는 늑대들처럼 숨을 몰아쉬며 비난과 욕설을 퍼부었다.

"이리 내놔, 더러운 자식!" 라풀이 소리쳤다. "안 그러면 죽여버릴 거야!"

그가 다시 주먹을 쳐들었을 때, 슈토가 말을 죽일 때 썼던 날렵한 칼을 건넸다.

"자! 칼이야!"

불행한 사태를 막으려고 장이 한걸음에 달려와 그만두지 않으면 모두 영창에 처넣겠다고 위협했다. 그러나 프로이센군 통치하에서 그들의 계급은 이미 사라졌기에, 루베는 당신이 프로이센 장교냐고 물으며 코웃음을 쳤다.

"이 나쁜 놈아!" 라풀이 되풀이했다. "빨리 내놔!"

공포로 파랗게 질렸음에도 파슈는 제 물건을 절대 포기하지 않는 배고픈 농부의 고집으로 빵을 더 힘차게 끌어안았다.

"안 돼!"

그렇게 만사가 끝나버렸다. 그 짐승은 파슈의 목에 아주 깊숙이 칼을 찔러 비명조차 못 지르게 했다. 파슈의 두 팔이 힘없이 늘어지고 목에서 뿜어나온 피가 땅바닥에 구르는 빵에도 튀었다.

이 어리석고 무분별한 살인 앞에서, 그때까지 꼼짝하지 않고 있던 모리스가 별안간 광기에 사로잡힌 듯했다. 그는 세 사람을 살인자로 취급하며 몸짓으로 위협했는데, 얼마나 흥분했던지 온몸을 부들부들 떨었다. 그러나 라풀은 그의 말이 들리지 않는 듯했다. 시체 옆에 무릎을 꿇고 웅크린 그는 핏방울이 튄 빵을 허겁지겁 입에 넣었다. 난폭한 천치처럼 정신 나간 표정을 지으며 커다란 턱으로 우걱우걱 씹었다. 슈토와 루베는 사납게 먹이를 탐하는 끔찍한 포식자를 보며 감히 나누어달라는 소리를 하지 못했다.

어둠이 완전히 내렸고, 밤하늘에 별이 반짝였다. 작은 숲의 야영지에 도착한 모리스와 장에게는 이제 되즈강을 따라 배회하는 라풀의 모습만 눈에 들어왔다. 슈토와 루베는 등뒤에 쓰러진 시체에 불안을 느끼며 운하의 야영지로 되돌아간 모양이었다. 하지만 라풀은 돌아가서 동료들을 다시 만나는 게 두려운 듯했다. 황급히 삼킨 큰 빵덩어리를 소화하느라 몸이 무거워진 그는 살인의 흥분이 가시자, 깊은 고뇌에 사로잡혀 안절부절못했다. 시체가 가로막고 있는 길을 감히 가로지르지 못했고, 전전긍긍하는 발걸음으로 제방 위를 끝없이 서성거렸다. 저 어두운 영혼 속에 후회가 깃든 걸까? 아니면 예기치 않은 공포가 찾아온 걸까? 그는 지금 당장 멀리 달아나고 싶은 격렬한 욕망에 시달리며 우리에 갇힌 짐승처럼 왔다갔다했다. 그 탈출의 욕망은 육체의 질병처럼 너무 고통스러워 제대로 억누르지 못하면 금세 숨통이 끊길 것 같았다. 방금 사람을 죽인 이 감옥에서 당장 빠져나가야만 했다. 그러나 온몸에서 힘이 빠지며 털썩 주저앉았고, 강기슭의 풀밭에서 오래도록 뒤척였다.

그 모습을 보며 모리스가 분노에 사로잡혀 장에게 말했다.

"더이상 여기 있을 수 없어. 나는 미칠 것 같아…… 지금까지 견딘 게 놀라울 정도야. 몸이 아프지는 않지만, 정말이지 머리가 깨질 것 같아! 미치겠어…… 이 지옥에서 하루라도 더 있다가는 정말 머리가 돌아버릴 거야…… 여기서 나가자, 제발, 지금 당장 나가자!"

모리스는 무분별한 탈출 계획을 설명하기 시작했다. 되즈강을 헤엄쳐서 건너고, 보초들을 동아줄로 목 졸라 죽이자고 했다. 아니면 돌로 쳐서 죽이자고. 그것도 아니면 그들을 돈으로 매수해 군복을 빌려 입고 프로이센 경계선을 돌파하자고.

"조용히 해, 모리스!" 장이 절망적인 표정으로 되풀이했다. "네가 말도 안 되는 소리를 하니까 나까지 불안해져. 그게 말이 돼? 그게 가능해?…… 내일 다시 상황을 보자. 일단 조용히 해!"

장 역시 분노와 역겨움으로 가슴이 터질 듯했지만, 굶주림으로 심신이 약해지고 비참하고 악몽 같은 나날을 보내면서도 아직 분별력을 잃진 않았다. 점점 미쳐가는 동료가 뫼즈강에 몸을 던지려 했을 때, 그는 눈물을 글썽이며 애원하고, 나무라고, 몸싸움까지 하며 만류했다. 그러다가 갑자기 소리쳤다.

"저런! 저기 좀 봐!"

가볍게 찰랑거리는 물소리가 들렸다. 헤엄치는 데 방해가 되지 않도록 군용 외투를 벗은 라풀이 조용히 강물 속으로 들어간 것이었다. 시커먼 강물 위에서 라풀의 셔츠가 하얀 점처럼 너무도 선명히 보였다. 그는 강물을 거슬러 헤엄쳐가며 도착 지점을 살폈다. 강 건너편 제방 위에서는 부동자세로 보초를 서는 초병들의 실루엣이 뚜렷이 보였다. 별안간 어둠 속에서 불이 번쩍했고, 한 발의 총성이 몽티뇽 암반까지 울려퍼졌다. 뱃사공의 노에 맞은 것처럼 물이 튀어오르더니 이내 거품이 일었다. 모든 게 끝이었다. 라풀의 몸, 그 하얀 점이 강물 속으로 슬그머니 미끄러져들어갔다.

이튿날인 토요일, 오늘은 이송될 수 있을까 하는 새로운 희망을 품고 장과 모리스는 동이 트자마자 106연대 야영지로 갔다. 그러나 아무런 명령도 없었고, 연대는 아예 잊힌 듯했다. 이미 많은 병사가 떠난 반도는 점점 비어갔다. 일주일 전부터 이 지옥 속에서 질병이 싹텄다. 억수 같은 비가 그치자, 불타는 태양이 새로운 극형으로서 포로들을 괴롭혔다. 참을 수 없는 무더위가 병사들을 기진맥진하게 했고, 전염성 이질을 야영지에 퍼뜨렸다. 수용소의 병든 포로들이 쏟아내는 배설물과 쓰레기가 불결한 악취로 공기를 오염시켰다. 더이상 뫼즈강이나 운하를 따라 걸을 수 없을 정도로, 수초에 걸려 썩어가는 익사자나 말 사체가 풍기는 악취가 진동했다. 들판에서 굶어 죽은 말들이 썩어가자 프로이센 병사들이 전염병을 걱정하기 시작했다. 그들은 곡괭이와 삽을 가져와 포로들에게 사체를 땅에 묻도록 했다.

그런데 바로 그날, 기근이 끝났다. 포로들 수가 현저히 줄어든데다 도처에서 식량이 도착했기 때문에, 갑자기 극도의 궁핍이 사라지고 더없는 풍요가 찾아왔다. 모두가 빵과 고기, 심지어 술도 원하는 만큼 가졌고, 아침부터 저녁까지 배가 터지도록 먹었다. 어두워지자 다시 음식을 먹었고, 이튿날 아침까지 먹고 또 먹었다. 그 탓에 수많은 병사들이 심한 복통에 시달렸다.

한나절 내내 장은 노심초사하며 모리스를 주시했는데, 그가 이런저런 엉뚱한 짓을 저지를 것 같았기 때문이었다. 모리스는 술을 많이 마신 상태였고, 독일 장교의 따귀를 때려 여기서 벗어나자고 했다. 저녁 무렵 투르 아 글레르 영지의 성 부속건물에서 쓸 만한 지하실 하나를 발견한 장은 모리스를 거기서 재우면 광증이 가라앉을 거라 기대했다. 그러나 그 밤은 수용소에 있는 동안 겪은 가장 끔찍한 밤, 한시도 눈을 붙일 수 없는 공포의 밤이었다. 다른 병사들이 이미 그 지하실을 채우고 있었다. 특히 한쪽 구석에 누운 두 병사가 이질로 죽어가고 있었다. 어둠이 깊어지자 두 빈사자는 임종의 고통 속에서 헐떡거렸고, 끊임없이 나지막한 신음과 알아들을 수 없는 고함을 질렀다. 어둠 저편에서 들리는 거친 숨결이 얼마나 귀에 거슬렸던지, 잠을 자려고 누운 다른 병사들이 화를 내며 조용히 하라고 소리쳤다. 하지만 두 빈사자는 그 말이 들리지 않는 듯했다. 헐떡임이 계속되었고, 다른 모든 소리를 압도했다. 지하실 밖에서는 취한들이 결코 채워지지 않는 식탐으로 여전히 우걱우걱 뭔가를 먹어 삼키는 소리가 들렸다.

그러자 모리스의 광증이 다시 시작되었다. 그는 등에 식은땀이 맺히게 하는 이 끔찍한 고통의 신음을 피해 달아나려 했다. 하지만 몸을 일으켜 더듬더듬 나아가려다가 사방에 누운 병사들의 몸에 걸려 빈사자들 옆에 쓰러졌다. 그는 빠져나가려던 마음을 접어버렸다. 랭스에서 출발한 이후 스당에서 궤멸할 때까지 겪었던 무시무시한 재앙이 모두 떠올랐다. 샬롱 군대의 열정이 오늘밤 빈사자의 헐떡임으로 모두가 잠 못이루는 지하실의 칠흑 같은 어둠 속에서 마무리되는 듯했다. 절망의 군대, 즉 희생 제물로 보내진 속죄양들이 만인의 죄를 자신의 붉은 피로 갚은 것이다. 그 어떤 영광의 의식도 없이 참수되고 모욕당한 절망의 군대는 아무런 잘못을 하지 않았지만 가혹한 순교의 징벌을 감내해야 했다. 이것은 지나친 것이었다. 모리스는 운명에 대한 복수심이 불타올랐고, 정의를 갈망하며 분노에 휩싸였다.

새벽빛이 어슴푸레 깃들었을 때, 빈사자 하나가 죽었다. 또다른 빈사자는 여전히 헐떡이고 있었다.

"자, 이리 와, 모리스," 장이 부드럽게 말했다. "바깥 공기를 쐬자, 그게 낫겠어."

밖으로 나가자 날씨는 맑지만 벌써 더웠다. 둘이 함께 제방을 따라 이주 마을 가까이 갔을 때, 모리스가 두 주먹을 불끈 쥐며 흥분하기 시작했다. 그는 저기 저 전쟁터의 맑고 광활한 지평선, 앞쪽의 일리고원, 왼쪽의 생망주, 오른쪽의 가렌숲을 바라보았다.

"안 돼, 안 돼! 더이상, 더이상은 저길 바라볼 수가 없어! 볼 때마다 가슴이 찢어지고 머리가 쪼개지는 것 같아…… 날 데려가줘, 지금 당장 다른 곳으로!"

다시 일요일이었다. 스당에서 성당의 종소리가 울렸고, 멀리서 벌써 독일군의 노랫소리가 들렸다. 하지만 106연대는 여전히 아무런 명령을 받지 못했다. 모리스의 날로 심해지는 광증에 불안해하던 장은 전날 밤 세운 계획을 실행하기로 마음먹었다. 프로이센 초소 앞 도로에서 5연대가 출발을 준비하고 있었다. 엄청난 혼란이 일었다. 프랑스어가 서툰 장교 하나로는 포로 전부를 대조 확인하기가 불가능했다. 그래서 장과 모리스는 군번으로 식별할 수 없도록 군복의 깃과 단추를 떼어버린 후 대열 속으로 들어갔고, 다리를 건널 수 있었다. 슈토와 루베도 같은 생각을 한 듯했다. 그들이 살인자의 불안한 시선으로 두리번거리며 그 두 사람 뒤에 서 있었기 때문이다.

아! 수용소 밖으로 나오니 살 것 같아! 햇살이 밝았고, 공기가 시원했고, 희망이 다시 샘솟았다. 지금 아무리 불행하다 해도 더이상 그 불행이 두렵지 않았다. 미제르 수용소의 가공할 악몽을 벗어나자, 그들의 얼굴에 미소가 번졌다.

3

그날 아침, 장과 모리스는 마지막으로 몹시 경쾌한 프랑스군의 나팔 소리를 들었다. 이제 그들은 포로 대열 속에서 독일을 향해 행군했다. 앞쪽과 뒤쪽, 왼쪽과 오른쪽 사방에서 프로이센 병사들이 착검한 총을 들고 포로들을 감시했다. 이제 모든 초소에서는 구슬프고 날카로운 독일군의 나팔소리만 들렸다.

모리스는 대열이 왼쪽으로 꺾어들자 기분이 좋았다. 그것은 스당을 가로지른다는 뜻이었다. 어쩌면 앙리에트를 다시 만날 기회가 있을지도 몰랐다. 그러나 이주반도에서 스당까지 가는 5킬로미터의 길은 아흐레 동안 그를 죽음 가까이로 몰아넣었던 이 시궁창에서 벗어나는 기쁨을 완전히 망쳐버렸다. 불쌍한 포로들의 행렬, 무기도 없이 두 팔을 늘어뜨린 채 겁에 질린 발걸음으로 양떼처럼 끌려가는 병사들의 행렬은 또다른 형벌이었다. 오물 속에 나뒹굴어 더러워진 누더기를 입고 일주일간 굶주림으로 바짝 마른 그들은 헌병대가 일제소탕으로 길에서 체포한 음산한 부랑자들 같았다. 토르시 교외에 들어서자, 길을 가다 멈춰 선 남자들과 자기 집 문 앞에 선 여자들이 혀를 차며 동정을 표했다. 모리스는 수치심으로 숨이 막히고 입술이 타들어가며 고개를 떨구었다.

그보다 얼굴이 두껍고 생각이 더 실용주의적인 장은 빵 한 조각 던져주지 않는 주민들을 무심하다고 원망할 따름이었다. 황급히 떠나느라 그들은 아무것도 먹지 못한 상태였다. 그들은 또다시 굶주림에 지쳐갔다. 다른 포로들도 마찬가지여서, 많은 포로가 주민들에게 돈을 내밀며 뭐든 먹을 것을 달라고 애원했다. 병세가 완연한 키 큰 포로 하나가 호송 병사들 머리 너머로 긴 팔을 뻗어 금화 한 닢을 흔들었지만, 아무것도 살 수 없자 절망하는 표정을 지었다. 그때 주변을 살피던 장이 멀리 빵집 앞에 열 개가량 빵이 쌓여 있는 것을 발견했다. 그는 다른 포로들보다 빨리 100수를 던져 빵 두 개를 사려 했다. 그러나 옆에 있던 프로이센 병사들이 그를 거칠게 밀치며 제지했고 장은 동전이라도 다시 주우려고 애썼다. 그때 대열 감시 임무를 맡은, 오만하고 고약하게 생긴 대머리 대위가 달려왔다. 그는 장을 향해 권총 손잡이를 치켜들며 대열에서 조금이라도 이탈하면 머리를 박살내버리겠다고 엄포를 놓았다. 모두가 고개를 숙이고 눈을 내리깔았다. 포로들은 공포에 떨며 복종했고 무거운 발걸음을 조용히 옮기는 행군이 계속되었다.

"오! 저놈의 따귀를 갈겨줘야 하는데!" 화가 난 모리스가 소곤거렸다. "저놈의 따귀를 갈기고, 주먹으로 면상을 박살내야 한다고!"

그 대위를, 그 혐오스러운 장교의 얼굴을 보는 게 견딜 수 없이 싫어 졌다. 그때 행렬이 스당으로 들어섰고, 뫼즈강 다리를 지나갔다. 여기 저기서 난폭한 장면이 연출되었다. 아주 젊은 중사의 어머니인 듯한 여 자가 아들을 포옹하려 하자, 프로이센 병사가 개머리판으로 그녀를 거 칠게 떠밀어 땅바닥에 쓰러뜨렸다. 튀렌광장에서는 포로들에게 먹을 것을 던져주는 주민들이 호송 병사들에게 떠밀렸다. 중앙 대로에서는 어느 부인이 던져준 포도주병을 주우려다 미끄러진 포로를 프로이센 병사들이 발길질로 다시 일으켜세웠다. 일주일 전부터 스당의 시민들 은 몽둥이질을 당하며 독일로 끌려가는 이 불쌍한 양떼의 행군을 지켜 보았다. 그들은 행렬이 지나갈 때마다 자기도 모르게 연민과 반항의 열 기에 휩싸였다.

장은 앙리에트를 생각했다. 그러자 갑자기 들라에르슈의 얼굴이 떠 올랐다. 그는 친구의 옆구리를 툭 쳤다.

"정신 차려! 잠시 후 동네를 지날 때, 눈을 크게 뜨고 둘러봐!"

마카가로 들어섰을 때, 과연 저멀리 시트 제조소 건물 창가에서 고 개를 내민 여러 얼굴이 그들 눈에 들어왔다. 들라에르슈와 그의 아내 질베르트가 창틀에 팔꿈치를 괴고 있었고, 그 뒤에 엄격한 표정의 들라 에르슈 부인이 서 있었다. 시트 제조업자는 떨리는 손을 내밀며 간청하 는 굶주린 포로들에게 미리 손에 준비했던 빵을 던져주었다.

모리스는 누나가 거기 없다는 것을 바로 알아차렸다. 빵이 날아다니 는 것을 보며 장은 빵이 다 떨어지면 어떡하나 걱정했다. 그는 손을 흔 들며 소리쳤다.

"우리 여기 있어요! 우리 여기 있어요!"

그러자 들라에르슈 부부가 깜짝 놀라며 반가워했다. 동정심으로 창백해졌던 그들이 한순간 환한 표정을 지으며 재회를 반기는 몸짓을 했다. 질베르트는 하나 남은 빵을 장을 향해 던졌는데, 몹시 서툴렀지만 장의 손에 무사히 들어가자 좋아하며 웃었다.

발걸음을 멈출 수 없었던 모리스는 뒤를 돌아보며 불안한 마음에 큰소리로 물었다.

"앙리에트는요? 앙리에트는 어디 있어요?"

들라에르슈가 뭐라고 길게 대답했다. 그러나 그의 목소리는 행렬의 발소리에 묻혀버렸다. 그는 모리스에게 자기 말이 들리지 않았다는 걸 알았는지 여러 가지 몸짓을 했다. 특히 그는 팔을 뻗어 저기, 남쪽을 반복적으로 가리켰다. 벌써 대열은 메닐가로 들어서고 있었다. 시트 제조소 건물은 세 사람의 얼굴과 함께 멀어졌는데, 누군가가 손수건을 흔들고 있었다.

"뭐라는 거지?" 장이 물었다.

모리스는 고통스러운 시선으로 뒤를 돌아보며 말했다.

"모르겠어, 무슨 말인지 못 들었어…… 불안해, 소식을 알아야 하는데."

발소리가 계속되었다. 프로이센 병사들은 승자의 거친 태도로 포로들의 행군에 박차를 가했다. 좁은 길에 일렬로 늘어선 포로들은 개에게 쫓기는 양떼처럼 빠른 걸음으로 메닐 시문을 통해 스당에서 빠져나갔다.

바제유를 관통하며 장과 모리스는 바이스를 생각했고, 그가 그토록 용감하게 사수했던 작은 집의 잔해를 찾았다. 그들은 미제르 수용소에서 지내는 동안 초토화된 마을, 화재, 학살에 관한 이야기를 들었었다. 그런데 지금 눈앞에 보이는 광경은 머릿속에 그리던 것보다 한층 더 처참했다. 열이틀이 지났음에도 잔해 더미에서는 아직도 연기가 피어 오르고 있었다. 사방에 벽이 붕괴되었고, 멀쩡한 집은 열 채도 되지 않았다. 그럼에도 다소 위안거리가 있다면, 전투가 끝난 뒤 수거한 바이에른 병사들의 소총과 군모로 가득찬 짐수레들이었다. 학살자들과 방화자들의 다수가 전사했음을 증명하는 그 짐수레들이 포로들의 분노를 조금이나마 가라앉혔다.

두지에 도착해 호송 병사들이 점심식사를 하는 동안 꽤 긴 휴식 시간이 있었다. 포로들이 힘들어하기 시작했다. 공복으로 심신이 지쳐갔다. 어제 배가 터지도록 먹은 포로들은 몸이 무거워 어지럽고 다리가 아팠다. 폭식이 힘을 회복시켜주기는커녕 몸을 천근만근으로 무겁게 만든 것이다. 그리하여 마을의 왼쪽, 즉 초원에서 멈췄을 때, 그 불행한 사람들은 음식을 먹을 엄두도 내지 못한 채 풀밭에 쓰러졌다. 포도주가 부족했다. 포도주병을 가지고 온 마음씨 좋은 여자들을 보초들이 쫓아냈다. 그 여자들 중 하나는 공포에 질려 쓰러지면서 발을 삐었다. 비명, 눈물, 반항심을 불러일으키는 장면들이 이어지는 동안, 프로이센 병사들은 빼앗은 포도주를 마셨다. 포로가 되어 끌려가는 불쌍한 프랑스 병사들을 향한 주민들의 연민이 가는 곳곳에서 쏟아졌다. 반면 장군들을 향해서는 거칠고 사나운 비난이 폭주했다. 다시 복무하지 않겠다고 서약하고 퐁타무송으로 가는 장군들의 행렬을 며칠 전 두지의 주민들이 야유로 맞이했었다. 도로는 장교들에게 안전하지 않았다. 작업복 차림의 남자들, 도망병들, 탈영병들이 장교들을 향해 사납게 달려들었고,

그들을 겁쟁이나 변절자로 취급하며 죽이려 했다. 장교들이 배반했나는 소문은 이십 년 후에도, 이 전쟁에서 견장을 달았던 모든 지휘관을 맹비난하게 만들 것임이 분명했다.

모리스와 장은 선량한 농부가 수통에 증류주를 채워준 덕분에 빵 반 개를 먹을 때 몇 모금 마시며 목을 축일 수 있었다. 끔찍한 것은 행군을 재개해야 한다는 사실이었다. 포로들은 무종에서 야영하기로 되어 있었다. 여정은 짧지만, 무진히 애를 써야 할 듯했다. 포로들은 비명을 지르지 않고는 자리에서 일어날 수 없었다. 그들의 지친 팔다리가 짧은 휴식 시간 동안 너무도 뻣뻣하게 굳어버린 것이었다. 발에서 피가 나는 많은 포로들이 행군을 계속하기 위해 군화를 벗었다. 그들은 여전히 이질에 시달렸다. 1킬로미터쯤 가자 포로 하나가 쓰러졌고, 동료들은 그를 비탈길 한쪽으로 밀어둘 수밖에 없었다. 좀더 가서는 포로 둘이 울타리 아래서 쓰러졌는데, 저녁이 되어서야 어느 노파가 그들을 발견했다. 작은 숲 가장자리에서 프로이센 병사들이 비웃는 어조로 포로들에게 나무를 꺾어도 좋다고 하자, 모두가 나무 지팡이에 몸을 의지한 채 비틀거렸다. 이제 그들은 생명이 없는 듯 창백하고 육신이 상처로 뒤덮인 거지떼와 다름없었다. 구타가 심해졌다. 불가피하게 용변을 보느라 뒤처진 포로들까지 몽둥이로 얻어맞았다. 후미의 호송대는 낙오자들을 총검으로 쿡쿡 찌르며 몰아댔다. 한 중사가 더이상 못 가겠다고 하자, 프로이센 대위는 다른 두 포로에게 그가 다시 걸을 수 있을 때까지 부축하라고 명령했다. 대위는 얼굴이 고약하게 생긴 바로 그 땅딸보 대머리 장교였다. 매우 정확하게 프랑스어를 구사하는 그는 채찍질처럼 메마르고 후려치는 듯한 문장으로 포로들에게 욕설을 퍼부었다.

"아!" 격분한 모리스가 되풀이했다. "저놈을 붙잡아서 갈기갈기 찢어 놔야 하는데!"

그는 피로보다 분노를 참느라 더 몸이 아프고 더 힘이 빠졌다. 모든 것이, 심지어 프로이센군의 날카로운 나팔소리까지 그를 흥분시켰다. 나팔소리는 온몸의 신경을 자극해 짐승처럼 소리지르고 싶은 충동을 불러일으켰다. 그는 살아서는 이 잔혹한 여행을 끝낼 수 없을 것만 같았다. 아주 작은 마을들을 지날 때, 그는 자신을 한없이 가엾게 동정하는 여자들을 보며 몹시 괴로워했다. 독일에 들어서면 어떻게 될까? 도시 사람들이 엄청나게 모여들어 모욕적인 웃음으로 자신을 맞이하지 않을까? 그는 포로들을 몰아넣은 가축 운반용 화차, 노상에서의 혐오스러운 모욕, 겨울 하늘 아래 눈 쌓인 온갖 요새의 황량한 모습 등이 머릿속에 떠올랐다. 안 돼, 안 돼! 차라리 지금 여기서 죽는 게 나아, 수개월 동안 시커먼 지하 감방에서 썩느니 차라리 프랑스 땅에서 죽는 게 나아!

"잘 들어봐," 모리스가 옆에서 걷던 장에게 소곤거렸다. "숲을 따라가는 길이 나오면, 잽싸게 숲속으로 달아나자⋯⋯ 벨기에 국경이 멀지 않고, 틀림없이 우리를 거기로 데려다줄 사람을 찾을 수 있을 거야."

장도 모리스처럼 반항심이 일어 탈출하고 싶었지만, 그래도 정신이 더 분명하고 냉정했던지라 화들짝 놀랐다.

"미쳤어! 저놈들 총에 우리 둘 다 죽을 거야."

그러나 모리스는 총알을 피해 달아날 가능성도 있다고 몸짓으로 말했다. 게다가 여기서 죽는다면, 차라리 잘된 일이지, 뭐!

"좋아, 그렇게 한다고 쳐!" 장이 말을 이었다. "그런 다음에 군복을 입은 우리가 뭘 어쩔 수 있지? 곳곳에 프로이센군 초소가 있어. 적어도 다른 옷이 있어야 한다고⋯⋯ 너무 위험해, 절대로 네가 그런 미친 짓을 하게 놔두지 않을 거야."

그는 모리스를 만류해야 했다. 모리스의 팔을 붙잡았고, 서로 의지하듯 가슴에 꼭 껴안았다. 그러면서 단호하지만 다정한 몸짓으로 모리스를 진정시키려 애썼다.

그때 등뒤에서 소곤거리는 소리가 들리자 그들은 고개를 돌렸다. 아침에 반도에서 동시에 떠났으나 그들이 의도적으로 피했었던 슈토와 루베였다. 이제 두 사내는 그들을 따라다니고 있었다. 잡목림을 가로질러 달아나자는 모리스의 계획을 슈토가 엿들은 게 분명했는데, 그가 그 계획을 똑같이 읊어댔기 때문이다. 그는 모리스와 장의 뒷덜미에 대고 나직이 말했다.

"이봐요, 우리도 함께 가겠소. 좋은 생각이오. 동료들도 벌써 달아났잖소. 저 날강도들 나라로 개처럼 끌려갈 순 없지⋯⋯ 안 그래요? 우리 네 사람도 하루빨리 신선한 공기를 마셔야 하지 않겠소?"

모리스가 다시 흥분했다. 그러자 장이 고개를 돌려, 그들을 구슬리는 슈토에게 말했다.

"그렇게 달아나고 싶으면, 어서 그렇게 하게⋯⋯ 뭘 망설이는 건가?"

하사의 선명한 눈빛을 보자 슈토는 횡설수설했다. 그러더니 진의를 드러냈다.

"젠장! 넷이서 함께 달아나면 일이 더 쉬울 겁니다⋯⋯ 언제나 한둘은 성공하기 마련이니까."

장은 격하게 고개를 저으며 거부 의사를 분명히 밝혔다. 그는 슈토를 불신했고, 배신을 두려워했다. 그리고 슈토의 제안에 굴복하지 않도록 모리스를 단단히 붙들었다. 바로 그때 기회가 왔기 때문이었다. 그들은 나무가 울창한 작은 숲을 따라가고 있었다. 도로와 그 숲 사이에는 가시덤불이 있는 밭 하나밖에 없었다. 재빨리 밭을 가로질러 숲속으로 들어가면, 곧바로 자유의 몸이 될 수 있지 않을까?

그때까지 루베는 아무 말이 없었다. 그는 코로 초조하게 바람 냄새를 맡고 재주꾼처럼 반짝이는 눈으로 결정적 순간을 노리고 있었다. 독일로 가서 썩지 않겠다고 이미 확고하게 결심한 터였다. 그리고 무슨 일이 터질 때마다 발휘되는 그 천부적인 잔꾀와 자신의 튼튼한 두 다리를 믿고 있었다. 별안간 그가 탈출을 결행했다.

"아! 제기랄! 진절머리가 나, 난 갈 거야!"

그가 펄쩍 뛰어 밭으로 달려갔고, 슈토가 뒤따라 뛰어갔다. 프로이센 호송 병사 둘이 곧바로 그들을 추격했지만, 다른 호송 병사들이 총을 쏘지는 않았다. 너무도 순식간의 일이라 처음에는 무슨 일이 일어났는지도 알아채지 못한 듯했다. 루베는 가시덤불에서 급커브를 돌며 확실히 빠져나갈 듯했지만, 그보다 민첩하지 못한 슈토는 이내 잡힐 것 같았다. 그러나 초인적인 힘으로 뒤따라간 슈토는 루베의 다리를 걸어 넘어뜨렸다. 두 프로이센 병사가 넘어진 루베를 덮쳐 붙잡는 사이 슈토는 숲속으로 내달아 시야에서 사라졌다. 몇 발의 총성이 울렸다. 그제야 소총이 생각난 것이다. 그러고서 숲속을 수색했으나 그를 찾지 못했다.

한편 들판에서는 두 프로이센 병사가 루베를 죽도록 두들겨팼다. 흥분한 대위가 달려와 본보기를 보여야 한다고 소리쳤다. 상관이 부추기자, 병사들은 발로 차고 개머리판으로 때리며 비처럼 구타를 퍼부었다.

얼마나 맞았던지 불쌍한 루베는 일으켜세워졌을 때 팔이 부러지고 머리가 쪼개져 있었다. 그는 무종에 도착하기도 전에 숨을 거뒀고, 그의 시체는 농부의 짐수레에 실려 멀어졌다.

"봤지." 장이 모리스의 귓전에 소곤거렸다.

울창한 숲을 향해 던지는 사나운 시선으로 두 사람은 자유를 찾은 악당 슈토에게 분노를 표했고, 그 악당의 불쌍한 희생자를 떠올리며 연민에 젖었다. 죽은 취사병은 확실히 점잖다고 할 순 없지만, 명랑하고 영리하고 용케 동료들을 곤경에서 벗어나게 하는 재주가 있었다. 아무리 꾀를 잘 부려도 언젠가 나무에서 떨어지는 원숭이처럼 실족하는 날이 오기 마련이지!

그 끔찍한 교훈에도 불구하고 무종에 이르자 모리스는 다시 탈출 생각에 사로잡혔다. 무종에 도착한 포로들이 너무 지쳐 있었기 때문에 프로이센 병사들은 포로들이 천막을 칠 수 있게 거들어주어야 했다. 야영지는 도시 근처의 습한 저지대였다. 최악의 사실은 그 전날 다른 연대가 거기서 야영한 까닭에 땅이 오물로 뒤덮여 있다는 것이었다. 불결하기 짝이 없는 시궁창이었다. 몸을 더럽히지 않기 위해서는 근처에 널려 있는 납작한 돌을 주워 땅에 깔아야 했다. 다행히 저녁나절은 분위기가 덜 험악했다. 대위가 어느 여관으로 쉬러 간 이후로는 감시의 눈초리도 조금 누그러졌다. 보초들은 어린아이들이 그들의 머리 너머로 사과나 배 같은 과일을 포로들에게 던져주어도 내버려두었다. 또한 인근 주민들이 야영지로 와서 즉석 좌판을 펼치고 빵과 술, 심지어 담배를 파는 데도 눈감아주었다. 돈을 가진 포로들 모두가 먹고 마시고 담배를 피웠다. 희미한 노을 아래 야영지는 마치 시골 장터처럼 소란스러운 활기를 띠었다.

그러나 천막 뒤에서 모리스는 점점 흥분하며 장에게 되풀이했다.

"더이상 못 참겠어, 난 달아날 거야, 어둠이 내리자마자…… 내일이면 우리는 국경선에서 멀리 떨어질 거야. 다시는 이런 기회가 오지 않을 것 같다고."

"좋아! 달아나자." 더이상 탈출의 욕망을 뿌리칠 수 없었던 장이 마침내 동의했다. "어차피 죽고 사는 건 운명대로 되겠지 뭐."

그때부터 그는 주변의 장사꾼들을 자세히 살펴보았다. 몇몇 동료가 작업복과 바지를 샀다. 인정 많은 주민들이 포로들의 탈출을 돕기 위해 몰래 옷을 판다는 소문이 돌았다. 열여섯 살쯤 된 키가 크고 아름다운 아가씨가 장의 시선을 끌었는데, 눈이 예쁜 이 아가씨는 빵 세 개가 든 바구니를 한 팔에 걸고 있었다. 그녀는 다른 장사꾼들처럼 자기 빵을 사라고 외치지 않았다. 다만 불안한 듯 상냥한 미소를 띤 채 주뼛거리고 있었다. 장은 그녀를 주시했고, 순간 두 사람의 시선이 마주쳤다. 그녀가 어색한 미소를 지으며 다가왔다.

"빵을 원하세요?"

그는 대답 없이 눈짓으로 그게 있느냐고 물었다. 그녀가 그렇다고 하자, 그는 들릴 듯 말 듯 작은 목소리로 재차 물었다.

"옷 있어요?"

"네, 빵 밑에."

갑자기 그녀가 큰 소리로 자기 빵을 사라고 소리쳤다. "빵 사세요! 빵이요! 빵 사실 분 없어요?" 모리스가 20프랑을 몰래 건네려 했을 때, 그녀가 갑자기 팔을 빼어 바구니를 건네더니 재빨리 달아났다. 벌써 저

만치 멀어진 그녀가 돌아서서 아름다운 눈에 부드러운 미소를 띤 채 그들을 바라보았다.

바구니를 건네받은 장과 모리스는 몹시 당황했다. 그들은 자신들의 천막에서 멀리 떨어져나왔고, 그 천막을 다시 찾을 수도 없었다. 당혹 스럽기 그지없었다. 어디로 가야 할까? 어디서 옷을 갈아입어야 할까? 장이 어색하게 들고 있는 그 바구니가 모두의 눈길을 끄는 듯했고, 누 구나 그 내용물을 바로 짐작하는 듯했다. 마침내 그들은 처음 눈에 띈 텅 빈 천막으로 들어갔고, 황급히 작업복과 바지를 걸친 후 군복을 빵 밑에 넣었다. 그리고 전부 천막 안에 놓아두었다. 바구니에는 챙 달린 양모 모자도 있었는데, 장이 그것을 모리스에게 씌워주었다. 그러면서 그는 자신의 맨머리가 시선을 끌까 두려웠다. 뭔가 머리에 쓸 만한 것 을 초조하게 찾던 그는 모자를 쓰고 여송연을 파는 지저분한 노인을 발견했다. 그는 노인에게 모자를 팔라고 사정해보기로 했다.

"브뤼셀 여송연 한 개에 3수, 두 개에 5수!"

스당 전투가 끝난 후로, 더이상 세관이 존재하지 않았다. 벨기에산 물건이 자유롭게 쏟아져들어왔다. 남루한 옷을 입은 노인은 큰 이득을 보고 있었다. 게다가 노인은 그가 여기저기 구멍이 나고 기름때가 잔뜩 낀 자신의 펠트 모자를 사려는 이유를 알자, 서슴없이 폭리를 취하려 했다. 모자가 없으면 자신은 분명 감기에 걸릴 거라고 툴툴거리면서 노 인은 100수짜리 동전 두 개를 받고 나서야 모자를 내주었다.

그때 장의 머릿속에 불현듯 또하나의 생각이 떠올랐다. 노인이 들고 다니는 물건을 전부, 즉 여송연이 열두 개씩 든 상자 세 개를 전부 산다 는 생각이었다. 거래를 끝낸 장은 지체 없이 모자를 눈썹까지 푹 눌러

쓰고 느릿느릿 소리쳤다.

"브뤼셀 여송연 두 개에 3수, 두 개에 3수!"

그것이 구원의 등불이 되었다. 장은 모리스를 앞장세웠다. 모리스는 조금 전 땅바닥에 떨어져 있던 우산 하나를 주웠는데, 빗방울이 떨어지기 시작하자 조용히 우산을 펼쳐 들고 프로이센 보초 대열을 가로질렀다.

"브뤼셀 여송연 두 개에 3수, 두 개에 3수!"

몇 분도 안 되어 물건이 팔리기 시작했다. 포로들이 몰려와 웃으며 말했다. 가난뱅이들을 등치지 않는 장사꾼, 양심적인 장사꾼도 있었구먼그래! 싼값에 혹해 프로이센 병사들도 다가왔다. 장은 그들과 흥정을 했다. 그러면서 교묘하게 포위망을 뚫으려고 애썼다. 마지막 여송연 두 개는 프랑스어를 전혀 모르는 뚱뚱한 털보 중사에게 팔았다.

"그렇게 빨리 걷지 마, 조심해!" 장이 모리스의 등에 대고 되풀이했다. "놈들이 따라올지도 몰라."

하지만 그들의 발걸음은 자꾸만 빨라졌다. 두 도로가 만나는 길모퉁이에서, 그들은 필사적으로 본능을 억눌러 잠시 멈춰야 했다. 일군의 사람들이 어느 여관 앞에 운집해 있었기 때문이다. 민간인들이 독일 병사들과 평온하게 이야기를 나누고 있었다. 장과 모리스는 열심히 사람들 이야기를 듣는 체했고, 심지어 비가 밤새 내릴 것 같다며 말을 섞기도 했다. 그런데 어느 뚱뚱한 신사가 그들을 빤히 쳐다보자 사지가 떨렸다. 하지만 그 신사가 선량한 표정으로 미소 짓는 것을 보고 그들은 용기를 내어 나직이 물었다.

"선생님, 벨기에로 가는 길도 모두 차단됐습니까?"

"그렇소, 하지만 먼저 이 숲을 지나 왼쪽으로 밭을 가로질러가시오. 그러면 안전할 거요."

나무가 빽빽한 숲으로 들어가자 깊고 어두운 정적만 흘렀다. 더이 상 아무런 소리도 들리지 않았을 때, 더이상 아무것도 움직이지 않았을 때, 마침내 해방이라는 생각이 들었을 때, 그들은 감정이 복받쳐 서로 의 품으로 뛰어들었다. 모리스가 흐느껴 울었고, 장의 뺨에도 굵은 눈 물이 흘러내렸다. 오랜 고통이 끝나는 순간이었다. 그들은 고생할 만큼 고생했으니 앞으로는 덜 괴로울 거라고 말하며 웃었고, 동고동락의 우 애 속에서 격정적인 포옹을 나누었다. 그때 두 사람이 나눈 포옹은 그 들의 인생에서 가장 부드럽고 가장 강렬한 것이어서 앞으로 어떤 여자 와도 재현할 수 없을 듯했다. 그 포옹은 두 사람의 가슴을 영원히 하나 로 합쳐주는 불멸의 우정, 절대적 확신이었다.

"모리스!" 그들이 몸을 뗐을 때 장이 떨리는 목소리로 되풀이했다. "여기까지 온 것도 정말 기적이지만, 아직 다 온 게 아냐…… 어디로 가야 할지 빨리 방향을 찾아야 해."

국경선 어디쯤에 있는 건지 확실히 알지 못했지만, 모리스는 앞으로 가면 된다고 자신 있게 말했다. 두 사람은 앞서거니 뒤서거니 하며 숲 의 가장자리까지 조심스럽게 나아갔다. 거기서 친절한 신사의 말을 떠 올린 그들은 밭을 가로지르기 위해 왼쪽으로 돌았다. 그러나 들판을 가 로지르자 백양나무가 양쪽으로 늘어선 도로가 나타났고, 불이 켜진 프 로이센군 초소가 가로막고 있었다. 보초의 총검이 불빛에 반짝였고, 병 사들이 저녁식사를 끝내고 잡담을 나누고 있었다. 병사들 눈에 띌까봐 모리스와 장은 황급히 숲속으로 되돌아갔다. 사람 목소리와 발소리가 들리는 듯했다. 한 시간 가까이 그들은 방향감각을 상실한 채 잡목림을 헤매고 다녔다. 때로는 덤불숲으로 도망가는 짐승처럼 내달리고 때로는 프로이센 병사들로 착각한 떡갈나무 앞에서 꼼짝 못하고 진땀을 흘리면서 제자리만 맴돌았다. 마침내 그들은 백양나무가 늘어선 길에 다시 이르렀다. 열 걸음쯤 떨어진 곳에 보초가 서 있었고, 그 근처에서 병사들이 불을 쬐고 있었다.

"이런, 제기랄!" 모리스가 투덜거렸다. "귀신 들린 숲이야 뭐야!"

그러나 이번에는 프로이센 병사들이 인기척을 느꼈다. 나뭇가지 밟는 소리, 돌멩이 구르는 소리가 들린 것이다. "누구야!" 보초의 물음에 대답 없이 그들이 내달리자, 초소의 병사들이 무기를 세우고 숲을 향해 총탄을 퍼부었다.

"빌어먹을!" 장이 비명을 참으며 숨죽인 목소리로 말했다.

바로 그 순간 장은 채찍으로 맞은 듯 왼쪽 종아리에 강렬한 통증을 느꼈고 나무둥치 아래로 고꾸라졌다.

"맞은 거야?" 모리스가 걱정스럽게 물었다.

"그래, 다리에, 제기랄!"

추격자들의 발소리를 듣기 위해 둘은 숨을 몰아쉬며 귀를 기울였다. 그러나 총성은 그쳤고, 더이상 아무것도 움직이지 않는 살 떨리는 정적이 흘렀다. 초소의 병사들은 숲까지 들어올 생각은 없는 게 분명했다.

장이 다시 일어서려고 애쓰며 신음을 삼켰다. 모리스가 그를 부축했다.

"걸을 수 있겠어?"

"안 될 것 같아!"

그토록 냉정하던 장이 분통을 터뜨렸다. 그는 주먹을 불끈 쉬었고, 혼자 걸으려고 안간힘을 썼다.

"아! 우라질 놈의 팔자야! 정말 운도 없어! 뛰어도 모자랄 판에 다리를 다치다니! 어쩌겠어, 팔자가 이러니!…… 빨리 달아나, 너라도!"

모리스가 활기찬 목소리로 대답했다.

"말도 안 되는 소리 하지 마!"

그가 장의 팔을 잡아 부축했고, 둘은 서둘러 그곳에서 멀어지려 애썼다. 안간힘을 다해 고통스럽게 몇 걸음 옮겼을 때, 앞쪽에 작은 농가가 보였고, 그들은 불안한 마음으로 다시 멈춰 섰다. 숲 가장자리에 있는 그 농가는 창문에 불빛 한 점 비치지 않았고, 어둡고 텅 빈 집의 대문은 희한하게도 활짝 열려 있었다. 용기를 내어 마당으로 들어간 그들은 안장이 얹힌 말을 보고 깜짝 놀랐다. 도대체 이 말이 왜, 어떻게 여기 있는지 전혀 짐작이 가지 않았다. 주인이 곧 돌아올까? 아니면 주인이 머리에 총을 맞고 덤불숲 뒤에 쓰러져 있는 걸까? 도무지 알 수 없었다.

그때 모리스의 머리에 한 가지 계획이 떠올라 다소 희망이 생겼다.

"국경은 여기서 너무 멀어, 거기로 가려면 안내인이 필요할 거야…… 하지만 우리가 푸샤르 외삼촌이 있는 레미로 간다면, 난 눈 감고도 찾아갈 수 있어. 그쪽 지리는 손바닥 보듯 훤히 아니까…… 어때? 좋은 생각이지? 형은 말을 타고 가, 푸샤르 외삼촌은 우리를 뿌리치지 않을 거야."

일단 모리스는 장의 다리부터 살펴보았다. 구멍이 두 개 있었는데, 총알이 정강이뼈를 부수고 다리를 뚫고 나간 흔적이었다. 출혈은 심하지 않았다. 그는 손수건으로 종아리를 단단히 묶어 지혈했다.

"혼자라도 달아나야 해!" 장이 되풀이했다.

"입 다물어, 말도 안 되는 소리 하지 마!"

장이 안장 위에 제대로 앉자, 모리스가 말고삐를 잡았다. 둘은 다시 길을 떠났다. 열한시 가까이 된 듯했다. 보통 걸음으로 가더라도 세 시간이면 도착할 것이었다. 그러나 뜻밖의 문제가 떠올라 한순간 모리스를 좌절시켰다. 어떻게 뫼즈강을 건너 강 좌안으로 갈 수 있을까? 무종 다리는 프로이센군이 지키고 있을 것이 확실했다. 이윽고 강 하류에 있는 빌레 마을에 연락선이 있다는 사실이 떠올랐다. 무작정 운을 믿어보기로 하고 그는 초원과 강 우안의 경작지를 가로질러 빌레를 향해 갔다. 처음에는 모든 것이 순조로웠다. 순찰 기병대를 발견하고 어느 집 담장의 어둠 속에서 십오 분 정도 숨죽이고 있었고, 운좋게 그들을 따돌렸다. 비가 다시 내리기 시작해 말 옆에서 진창을 걷기가 몹시 힘들었지만, 다행히 말이 무척 온순했다. 빌레에서도 운명은 그들 편이었다. 이 야심한 시각에 바이에른 장교 하나를 방금 내려준 연락선이 금세 그들을 태우고 반대편 강기슭에 문제없이 내려주었던 것이다. 그러나 그 강나루 마을에서부터 끔찍한 위험과 피로가 시작되었다. 그들은 레미로 가는 도로를 따라 일정한 간격으로 늘어선 보초들 손에 떨어질 뻔했다. 다시 그들은 들판으로 들어섰고, 좁다랗고 움푹 팬 들길을 따라 힘겹게 나아갔다. 곳곳에 프로이센 초소가 있었으므로, 아주 작은 장애물만 보여도 아주 크게 우회할 수밖에 없었다. 그들은 울타리를 넘고 도랑물을 건넜으며, 도저히 들어갈 수 없을 것 같은 잡목림을 헤쳐 길을 내며 나아갔다. 안장 위에 옆으로 앉은 장은 차가운 보슬비를 맞아 신열에 들떴고, 이제는 반쯤 실신한 상대에서 두 손으로 말갈기를 잡고 위태롭게 흔들렸다. 모리스는 오른팔에 고삐를 감아쥐고서 장이 미끄러지지 않도록 두 다리를 잡아 지탱해주었다. 4킬로미터를 두 시간 가까이 가는 동안, 사람도 말도 지칠 대로 지쳤다. 이리저리 흔들리고 갑자기 미끄러지고 별안간 균형을 잃고 하면서 금세라도 쓰러질 것 같았다. 진흙탕을 뒤집어쓴 거지 행렬이 따로 없었다. 말은 다리를 떨고 있었고, 말 위에 앉은 생기 없는 인간은 빈사자처럼 딸꾹질을 했고, 얼이 빠진 또다른 인간은 기진맥진한 상태에서 오직 우정의 힘으로 무거운 발걸음을 옮겼다. 날이 밝았다. 다섯시가 되어 그들은 마침내 레미에 도착했다.

그들이 아로쿠르 협로의 출구에서 마을이 내려다보이는 농가로 들어섰을 때, 푸샤르 영감은 안마당에서 어제 도축한 양 두 마리를 이륜마차에 싣고 있었다. 너무도 처참한 몰골로 나타난 조카를 보자 영감은 화들짝 놀랐고 설명을 듣자마자 거칠게 소리쳤다.

"보살펴달라니, 네 친구와 너를 말이냐?…… 그것도 프로이센군의 감시를 피해서? 안 돼! 절대로 안 돼! 죽어도 그렇게는 못해!"

그렇지만 영감은 장을 말에서 내려 부엌의 긴 식탁에 눕히는 모리스와 프로스페르를 내버려두었다. 실빈은 급히 자기 베개를 가져와 기절한 환자 머리 밑에 대주었다. 그러나 자기 식탁에 누운 환자를 보자, 영감은 화를 내며 부엌에 환자를 두는 법이 어디 있느냐며 고함을 질렀다. 그리고 레미에도 야전병원이 있는데 왜 즉시 거기로 데려가지 않느냐고 물었다. 그러면서 교회 근처 수도원 부속인 옛 초등학교 건물에 야전병원이 차려졌고, 거기에 아주 안락하고 커다란 홀이 있다고 말했다.

"야전병원이라뇨?" 이번에는 모리스가 소리쳤다. "프로이센 놈들이 환자를 치료해서 바로 독일로 끌고 가게 놔두라고요?…… 지금 놀리시는 거예요, 외삼촌? 그놈들한테 넘겨주려고 여기까지 데려온 게 아니라고요."

일이 잘못 돌아가고 있었다. 영감이 그들을 문밖으로 내쫓으려 했을 때, 누군가가 앙리에트의 이름을 입에 올렸다.

"앙리에트요?" 모리스가 물었다.

그는 이틀 전 누나가 레미에 왔다는 사실을 알게 되었다. 남편의 죽음에 크게 상심한 그녀는 행복하게 살던 기억이 있는 스당에 더이상 머무를 수 없었다. 전부터 알고 있던 로쿠르의 의사 달리샹 박사를 만난 그녀는 푸샤르 외삼촌 집의 작은 방에 기거하며 인근 야전병원에서 환자들을 돌보는 데 전념하기로 결심했다. 그렇게라도 하지 않으면 괴로움이 가실 것 같지 않았다. 그녀는 외삼촌에게 하숙비를 치르기로 했다. 그리고 그녀가 있으면 농가의 살림에도 많은 도움이 되기 때문에 영감도 긍정적으로 생각했다. 돈이 벌린다면, 불평할 게 없었다.

"아! 누나가 여기에 있었구나!" 모리스가 되풀이했다. "들라에르슈 씨가 손짓발짓으로 이야기했을 때 내가 이해하지 못했던 게 바로 이거였어!…… 좋아! 누나가 여기에 있다면 고민할 것도 없지, 우리도 여기에 있어야 해."

몹시 피로했지만, 그는 곧바로 앙리에트가 밤을 새웠다는 야전병원으로 가려 했다. 양 두 마리를 실은 이륜마차를 끌고 서둘러 마을을 돌아야 하는 푸샤르 영감은 시간이 지체되자 화를 냈다. 망할 놈의 환자를 어떻게 할지 결론짓지 못하는 한, 이동식 푸줏간 영업을 개시할 수 없기 때문이었다.

모리스가 앙리에트와 함께 되돌아왔을 때, 프로스페르가 마구간으로 데려간 말을 조심스럽게 살피는 푸샤르 영감이 보였다. 많이 지쳤지만 아주 튼튼한 말이군, 마음에 쏙 드는데! 모리스는 웃으며 그 말을 선물로 주겠다고 했다. 앙리에트는 외삼촌과 따로 이야기하면서, 장도 하숙비를 낼 것이고 자신이 장을 책임지고 간호하겠다고 다짐했다. 게다가 외양간 뒤 작은 방을 사용하면, 프로이센 병사들은 물론이고 누구도 거기까지 가볼 생각은 하지 않을 거라 말했다. 이 건으로 자기가 얻을 이득을 대강 셈한 영감은 무뚝뚝한 표정으로 이륜마차에 오르며 그녀에게 좋을 대로 하라고 일렀다.

실빈과 프로스페르의 도움을 받아 앙리에트는 몇 분 만에 방을 치우고 장을 옮겨 깨끗한 침대에 눕혔다. 장은 힘없이 중얼거리는 것 외에는 어떤 생명의 몸짓도 보이지 않았다. 그는 눈을 뜨고 바라보았지만, 아무것도 눈에 들어오지 않는 듯했다. 포도주를 곁들여 고기를 먹은 모리스는 갑자기 긴장이 풀리면서 격심한 피로감을 느꼈다. 바로 그때, 여느 아침처럼 야전병원으로 가기 위해 달리샹 박사가 농가에 도착했다. 장의 상태가 궁금했던 모리스는 다시 힘을 내서 앙리에트와 함께 달리샹 박사를 뒤따라 환자의 방으로 갔다.

박사는 키가 작고 얼굴이 둥글고 통통한 중년 남자로, 턱수염과 머리칼이 반백으로 세어가고 있었다. 환자들을 돌보기 위해 늘 바쁘게 바깥을 돌아다녔기 때문에, 불그레한 얼굴 피부는 농부들처럼 까칠했다. 생기 있는 눈, 고집스러워 보이는 코, 선량한 입을 보아 퉁명스러울 때도 있지만 대체로 마음씨 좋은 성품일 듯했다. 그는 타고난 재능은 없으나 오랜 경험 덕에 병을 잘 고치는 의사로 통했다.

박사는 여전히 잠에서 깨어나지 못한 장을 유심히 살피더니 나직이 말했다.

"절단수술을 해야 할지도 모르겠는걸."

모리스와 앙리에트는 불안에 떨었다. 그러자 그가 덧붙였다.

"어쩌면 다리를 보존할 수도 있지만, 정말 신경써서 돌봐야 하고 시간도 무척 오래 걸릴 걸세…… 지금은 심신이 극도로 쇠약해져 있으니 푹 자게 내버려둬…… 그리고 내일 다시 보세."

붕대를 다 감은 뒤, 박사는 어릴 때 본 적 있는 모리스에게 관심을 가졌다.

"이보게, 의자보다는 침대로 가서 좀 쉬게나."

그 말이 들리지 않는 듯, 젊은이는 초점 없는 시선으로 멍하니 앞만 바라보았다. 극도의 피로감 속에서 뭔가 뜨거운 것이 안에서 솟구쳤고, 전쟁 초기부터 쌓인 온갖 고통, 온갖 분노와 함께 주체할 수 없는 흥분이 일었다. 죽어가는 친구를 보며 느끼는 울분, 제대로 싸워보지도 못하고 졌다는 패배감, 영웅주의적인 애국심이 무용지물이 되었다는 공허함으로 그는 운명에 대한 극단적인 반항심을 품게 되었다. 이윽고 그가 입을 열었다.

"아냐, 아냐! 아직 끝나지 않았어! 난 가야 해…… 아냐! 몇 주, 어쩌면 몇 달 동안 형은 여기 있어야 하겠지만 난 머무를 수 없어, 난 당장 떠나야 해…… 안 그래요, 박사님? 저를 도와주세요. 저를 파리로 돌아가게 해주세요."

앙리에트가 몸을 와들와들 떨며 모리스를 껴안았다.

"무슨 말을 하는 거니? 그렇게 고통을 받고, 이렇게 쇠약해졌는데! 내가 널 지킬 거야, 절대로 보내지 않을 거야!…… 이제 마음의 빚도 다 갚았잖아? 내 생각도 해줘, 날 혼자 내버려둘 거야? 이제 내겐 너밖에 없어."

두 사람은 함께 눈물을 흘렸다. 태어날 때부터 품고 있던 쌍둥이의 애정으로 그들은 더욱 뜨겁게 포옹했다. 그러나 모리스는 점점 더 흥분했다.

"누나, 부탁이야, 난 떠나야 해…… 지금 떠나지 못한다면, 난 죽도록 괴로울 거야…… 내 속에서 끓고 있는 것이 뭔지 누나는 몰라, 가만히 앉아 있을 수가 없어. 이렇게 모든 걸 끝내서는 안 돼, 복수하지 않으면 안 돼. 누구에게, 무엇에 대해? 아! 그건 나도 모르겠어, 어쨌든 그토록 많은 불행에 대해 복수해야 해, 그렇지 않으면 살아갈 수가 없으니까!"

깊은 관심으로 그 광경을 지켜보던 달리샹 박사가 앙리에트에게 더 이상 대꾸하지 말라고 손짓으로 말했다. 자고 나면 흥분이 가라앉을 터였다. 모리스는 하룻낮 하룻밤, 즉 스무 시간이 넘도록 미동도 없이 잠을 잤다. 그리고 이튿날 아침 잠에서 깼을 때도 떠나겠다는 결심은 그대로였다. 그는 더이상 흥분하지 않았고, 우울하고 초조한 표정으로 주변의 평온한 분위기에 휩쓸리지 않으려고 애썼다. 눈물에 젖은 앙리에트는 더이상 그를 붙잡아둘 수 없다는 걸 알았다. 달리샹 박사는 로쿠르에서 죽은 야전병원 보조원의 서류를 이용해 파리로 탈출할 수 있도록 도와주겠다고 모리스에게 약속했다. 모리스는 적십자 완장을 두른 회색 작업복을 입고 벨기에로 갔다가, 아직 봉쇄되지 않은 파리로 들어갈 예정이었다.

그날, 그는 농가에 숨어서 밤이 오기를 기다렸다. 말은 거의 하지 않았지만, 그는 프로스페르를 데려가려고 애썼다.

"이봐요, 다시 돌아가서 프로이센 놈들을 보고 싶지 않습니까?"

치즈를 얹은 타르틴*을 먹고 있던 옛 아프리카 기병은 칼을 공중으로 들었다.

"아! 그놈들이라면 지금까지 실컷 봤으니 다시 돌아갈 만한 가치가 전혀 없습니다. 만사가 끝장났을 때 기병대를 투입해서 개죽음하게 한데를 대체 왜 돌아가요?…… 아닙니다, 말도 안 돼요! 영웅적인 전투는 커녕 미친 짓으로 생고생만 했는데!"

잠시 침묵이 흘렀다. 그래도 군인정신이 남아 있어 불편한 듯, 프로스페르는 변명처럼 말을 이었다.

"게다가 이제 여기서 해야 할 일이 너무 많아요. 매일 일이 태산처럼 밀려오고, 곧바로 씨를 뿌려야 해요. 농사도 생각해야죠, 안 그래요? 열심히 땅을 파야 합니다. 아무도 농사를 짓지 않으면 세상이 어떻게 되겠어요?…… 저는 일을 놓을 수 없어요. 그건 푸샤르 영감님이 잘해줘서가 아닙니다. 영감님이 저한테 임금을 줄 거라고 기대하지 않아요. 그게 아니라 가축들이 저를 좋아하기 시작해서 그래요. 정말이에요! 오늘 아침 저기 위쪽, 옛 경작지 쪽으로 올라갔을 때 저멀리 스당이 보였죠. 스당을 보니까 여기서 가축들을 데리고 저 혼자 쟁기질을 하고 있다는 게 행복했습니다, 양지바른 이곳에서!"

---

* 빵조각 위에 버터나 잼, 햄, 치즈 같은 각종 재료를 얹은 음식.

땅거미가 질 무렵, 달리샹 박사가 이륜마차를 타고 왔다. 그는 국경선까지 손수 모리스를 태우고 가려 했다. 한 사람이라도 줄어드는 게 기쁜 푸샤르 영감은 순찰병이 있는지 살피러 도로로 내려갔다. 실빈은 야전병원 보조원의 낡은 작업복에 적십자 완장을 꿰맸다. 출발하기 전 장의 다리를 다시 살펴본 박사는 다리를 보존할 수 있다고 장담하지 않았다. 환자는 여전히 반수상태에 빠져 아무도 알아보지 못했고, 입을 열지도 못했다. 작별인사도 못할 것 같았다. 그러나 그가 장의 이마에 입맞춤하기 위해 몸을 숙였을 때, 장이 눈을 뜨고 희미한 목소리로 말했다.

"지금 떠나는 거야?"

모두가 놀라고 있을 때, 그가 다시 말했다.

"그래, 움직이지는 못했지만 다 듣고 있었어…… 내 돈을 모두 가져가. 바지 주머니에 있을 거야."

"돈이라니!" 모리스가 말했다. "돈은 나보다 형에게 더 필요해, 난 두 다리가 멀쩡하잖아! 200프랑이면 파리로 돌아가기에 충분해. 그다음에는 별로 돈 들 일도 없고…… 잘 있어, 형, 그동안 보살펴준 것 잊지 않을게. 형이 없었더라면, 벌써 개죽음을 당하고 전쟁터에서 썩었을 거야."

장이 입을 다물라고 눈짓으로 말했다.

"넌 나한테 빚진 게 아무것도 없어, 피장파장이잖아…… 네가 나를 업고 가지 않았더라면 난 벌써 프로이센 놈들 손에 죽었을 거야. 어제도 네가 나를 구해줬잖아. 두 번이나 내 목숨을 살렸으니, 이제 내가 목숨 바쳐 널 도울 차례야…… 아! 그런데 네가 없으면 내가 제대로 살

544

수 있을까!"

그의 목소리가 떨렸고, 눈에 눈물이 맺혔다.

"잘 가, 아우야."

어제 숲에서처럼 그들은 서로를 따뜻하게 껴안았다. 이 포옹 속에는 목숨을 걸고 함께 겪은 전투에서 피어난 우정, 평화로운 시절에 쌓은 몇 년의 우정보다 더 긴밀하게 그들을 묶어준 몇 주의 영웅적인 분투에서 비롯된 우정이 깃들어 있었다. 아무것도 먹지 못한 채 굶주린 나날, 잠도 자지 못하고 달렸던 숱한 밤, 육체의 한계를 넘어선 피로, 언제나 눈앞에 어른거리던 죽음의 그림자, 그 모든 것이 그들의 뇌리를 스쳐갔다. 서로를 위해 목숨을 걸었었던 두 사람이 언젠가 다시 하나로 뭉칠 수 있을까? 해방감과 더불어 캄캄한 숲속에서 나눈 포옹은 새로운 희망을 품고 있었지만, 지금 나누는 포옹은 작별의 고통에 물들어 있었다. 언젠가는 다시 만나게 될까? 어떻게, 어떤 상황에서? 고통의 상황에서, 아니면 환희의 상황에서?

달리샹 박사가 먼저 이륜마차에 올라 모리스를 불렀다. 모리스는 앙리에트를 꼭 껴안았다. 과부로서 검은 상복을 입은 앙리에트는 창백한 얼굴로 동생을 바라보며 말없이 눈물을 흘렸다.

"모리스를 부탁드립니다, 박사님…… 잘 데려다주세요, 그애를 사랑해주세요, 제가 그애를 사랑하듯!"

4

장이 머무는 방은 예전에 과일 창고로 쓰던 곳인데, 바닥에는 포석이 깔리고 벽에는 간단히 회칠만 되어 있었다. 방에 아직도 사과와 배 향기가 배어 있었다. 가구로는 철제 침대와 흰색 나무 탁자, 의자 두 개, 아주 깊고 넓은 호두나무 장롱이 있었다. 이 방에는 깊은 정적이 흘렀고, 들리는 것이라고는 외양간에서 나는 희미한 소리, 나지막한 말발굽소리, 가축 울음소리밖에 없었다. 남향 창문으로 밝은 햇살이 들어왔다. 창가에 서면 언덕 끄트머리, 즉 작은 숲 가장자리에 있는 밀밭만 보였다. 이 은밀한 방은 아주 교묘하게 감춰져 있어 이곳에 사람이 있을 거라 짐작하기 힘들었다.

앙리에트가 금세 모든 것을 조율했다. 뭇사람의 의심을 사지 않기 위해 그녀와 박사만 장을 들여다볼 수 있게 했다. 실빈도 꼭 필요한 경우 외에는 들어갈 수 없었다. 아주 이른 아침에 두 여자가 방을 청소했다. 그런 다음에는 온종일 문이 닫혀 있었다. 밤에 환자가 도움을 청할 일이 있으면, 벽을 두드리면 되었다. 바로 옆이 앙리에트의 방이었기 때문이다. 그리하여 장은 파란만장한 몇 주를 보낸 후 돌연 이 세상과 절연되었다. 이제 그가 보는 사람이라곤 소리도 없이 사뿐사뿐 걸어다니는 그 다정다감한 젊은 여자뿐이었다. 그녀는 그가 스당에서 처음 보았을 때 천사 같던 모습 그대로였다. 약간 큰 입, 호리호리한 몸매, 무르익은 귀리처럼 눈부신 금발의 그녀가 한없는 선의를 품고 그를 보살펴주었다.

처음 며칠 동안 환자의 신열이 너무 심해 앙리에트는 그의 곁을 떠나지 않았다. 매일 아침 달리샹 박사가 찾아왔다. 마을 사람들이 의심하지 않도록 박사는 앙리에트를 야전병원으로 출근시키기 위해 들르는 척했다. 그는 장의 상태를 살피고 치료했다. 총알이 정강이뼈를 부수고 나간 것 같은데 생각보다 상태가 매우 나빴다. 박사는 내시경으로도 부서진 뼛조각을 찾을 수 없자 절단수술을 고민했다. 그는 그 문제에 대해 장과 이야기를 나누었다. 장은 한쪽 다리가 짧아져 절름발이가 될 수도 있다고 하자 펄쩍 뛰었다. 안 돼, 안 돼요! 장애인이 되느니 차라리 죽는 게 나아요. 좀더 지켜보기로 한 박사는 고름을 빼내기 위해 고무 배농관을 상처 부위에 꽂은 후 올리브유와 석탄산으로 적신 붕대를 감아주었다. 그러면서 그는 수술하지 않는다면 회복까지 아주 오랜 시간이 걸릴 수도 있다고 경고했다. 하지만 둘째 주부터 열이 내렸고, 부동자세를 잘 유지한 덕분에 상태가 나아졌다.

장과 앙리에트의 관계도 아주 자연스러워졌다. 모든 것이 습관처럼 이어졌던 까닭에, 그들은 예전에도 그렇게 살았고 앞으로도 그렇게 살 것만 같았다. 그녀는 야전병원에서 일하는 시간 외에 나머지 시간을 모두 장을 간호하는 데 썼다. 장이 먹고 마시는 걸 지켜보았고, 가냘픈 두 팔로 장이 돌아눕는 것을 도왔다. 가끔 그와 이야기를 나누기도 했지만, 대개는 아무 말도 하지 않았다. 초기에는 더욱 그랬다. 그러나 결코 권태로운 생활은 아니었다. 전쟁터에서 온갖 고초를 겪은 그로서는, 그리고 상복을 입고 마음이 공허한 그녀로서는 이 긴 휴식이 더없이 평온하게 느껴졌다. 처음에 그는 적잖이 불편했는데, 귀부인 같은 그녀가 자기보다 상류계층이고, 자기는 한낱 농부요 군인이기 때문이었다. 그는 거의 문맹이나 다름없었다. 그러다가 그녀가 자기를 편하게, 동류로서 대하는 걸 보고 마음을 놓았다. 그래서 그는 용기를 내어 자기도 이치에 밝고 나름대로 지혜로운 사람임을 알게 하려고 애썼다. 게다가 자기도 모르게 감각이 경쾌해지고 생각이 새로워져서 깜짝 놀랐다. 지난 두 달 동안 어떻게 그토록 끔찍한 생활을 영위했을까? 그는 육체적이고 정신적인 고통에서 우아하게 해방되는 기분이었다. 그에게 가장 위안이 되는 점은 그녀가 자기보다 훨씬 더 많은 지식을 갖고 있지는 않다는 것이었다. 그녀는 아주 어려서 어머니를 여읜 후 그녀의 말대로 세 남자, 즉 할아버지, 아버지, 남동생을 책임진 꼬마 주부, 신데렐라 아가씨였고, 그래서 충분히 교육받을 시간이 없었다. 그저 읽고 쓰고 간단한 셈을 할 수 있는 정도였다. 그럼에도 그녀는 그를 압도했고, 다른 어떤 사람보다 우월해 보였는데, 일상생활의 소소한 일들을 마다하지 않고 해치우는 소박한 주부의 겉모습 아래 불굴의 용기와 따뜻한 선의가 감춰져 있었기 때문이었다.

모리스 이야기를 할 때는, 금세 둘의 마음이 통했다. 그녀가 이토록 헌신적으로 그에게 봉사하는 것은 그가 동생의 친구요 형이요 은인이기 때문이었다. 그녀가 마음의 빚을 갚는 것은 당연했다. 그녀는 그가 소박하고 현명하고 의지가 굳센 사람임을 알게 되면서, 감사하는 마음과 정겨운 우정이 더욱 깊어졌다. 그는 자신을 어린아이처럼 돌봐주는 그녀의 선의에 결코 갚을 수 없을 것 같은 채무감을 느꼈고, 수프를 가져다줄 때마다 그녀의 손에 감사의 입맞춤을 하고 싶었다. 두 사람 사이의 이 다정한 공감의 관계는 비슷한 고통 속에 고독하게 살아가며 날마다 조금씩 더 돈독해졌다. 랭스에서 스당까지 그 힘겨웠던 행군 이야기를 해달라는 그녀의 집요한 요구에 응하다가 마침내 기억이 고갈되면, 그녀는 언제나 똑같은 물음으로 되돌아가곤 했다. 지금 모리스는 뭘 하고 있을까? 왜 편지를 쓰지 않을까? 파리는 완전히 포위된 걸까? 그래서 소식이 여기로 전해지지 않는 걸까? 지금까지 그들은 모리스가 떠난 지 사흘이 되던 날 루앙에서 부친 편지 한 통을 받았을 뿐이었다. 그 편지에서 모리스는 자신이 파리에 가려고 긴 우회로를 거쳐 어떻게 루앙에 도착했는지 몇 줄로 요약했었다. 그런데 일주일 전부터 모리스에게서 아무런 소식이 없었다.

아침에 환자를 보러 오면 달리샹 박사는 치료 후 잠시 잡담하기를 좋아했다. 가끔은 저녁에 와서 더 오래 머물곤 했다. 장에게 박사는 재앙으로 완전히 뒤집힌 세계, 광대한 외부세계와의 유일한 끈이었다. 외부의 소식은 오직 그를 통해서만 들을 수 있었다. 박사는 패배할 때마다 분노와 슬픔을 주체하지 못하는 뜨거운 애국심을 지닌 사람이었다. 그가 말하길, 침략자 프로이센군이 스당에서부터 프랑스 전역으로 밀물처럼 전령지를 넓혀가고 있었다. 그는 날마다 비통한 소식을 들고 왔다. 침대 옆 두 의자 중 하나에 앉아 그는 떨리는 몸짓으로 점점 더 위태로워지는 상황을 전했고, 종종 주머니에 쑤셔둔 벨기에 신문을 방에 놓고 갔다. 몇 주의 시차는 있었으나 프랑스가 맞이한 모든 재앙의 메아리가 이 외딴방 깊숙이 도착했다. 그리고 그 메아리는 거기 갇힌 불쌍한 두 존재를 공동의 고통 속에서 더 긴밀히 결속시켰다.

앙리에트는 날짜가 지난 신문들을 통해 메츠에서 일어난 사건, 즉 하루 간격을 두고 세 번이나 되풀이된 영웅적인 전투 소식을 장에게 읽어주었다. 이미 오 주가 지난 사건이었지만, 그는 모르고 있었다. 유심히 듣던 그는 자신이 겪었던 비참과 패배가 거기서 재현되고 있어 가슴이 미어졌다. 방의 깊은 정적 속에서 앙리에트가 초등학생이 노래하는 듯한 목소리로 한 문장 한 문장 분명하게 읽어내려가는 동안, 통탄할 만한 스토리가 끝없이 전개되었다. 프뢰슈빌러와 슈피헤렌 패전 이후 궤멸상태의 1군단이 5군단과 함께 패주하고 있을 때, 메츠에서 비추까지 일정한 간격으로 포진한 다른 군단들은 그 재앙에 경악한 채 망설이며 후퇴하다가 마침내 모젤강 우안에, 참호 진지 앞에 집결해 있었다. 파리를 향해 서둘러 퇴각하기는커녕 우왕좌왕하다가 그 소중한 시간을 다 잃어버렸다! 황제는 승리가 기대되는 바젠 원수에게 일찌감치 지휘권을 넘겨줘야 했었다. 그리하여 8월 14일, 보르니 전투가 벌어졌다. 프랑스군은 독일의 두 군단과 맞선 상황에서 모젤강 좌안으로 건너가기로 결정했었다. 슈타인메츠 장군의 군단은 프랑스군 진지 앞에서 꼼짝하지 않고 위협을 가했고, 상류에서 강을 건넜던 프리드리히 카를 왕자의 군단은 바젠 군단을 프랑스의 나머지 군단으로부터 분리하

550

기 위해 강의 좌안을 따라 다시 올라가고 있었다. 보르니 전투에서는 세시가 되어서야 첫번째 포성이 울렸다. 일시적이고 결실 없는 승리를 거두며 프랑스 군단들은 제 위치를 지킬 수 있었으나 결국 스스로를 모젤강 위에 꼼짝하지 못하도록 묶어버리는 결과를 낳았고, 그러는 동안 독일의 II군단이 포위작전을 완수했다. 뒤이어 16일, 르종빌 전투가 벌어졌다. 모젤강 좌안에 전 군단이 집결한 가운데, 프로이센 기병대와 포병대의 용감한 공격으로 아침부터 에탱 도로와 마르스라투르 도로가 단절됐고, 두 도로가 교차하는 지점에서 발생한 어마어마한 혼잡 때문에 3군단과 4군단은 후방에 처져 있었다. 느릿느릿 어수선하게 전개된 이 전투에서, 두시까지는 프로이센군의 병력이 열세였기 때문에 바젠 원수가 승리할 수 있었다. 그러나 메츠로부터 단절되지 않을까 하는 이해할 수 없는 두려움 때문에 결국에는 패하고 말았다. 수십 리에 이르는 언덕과 들판을 뒤덮은 이 거대한 전투에서, 전면과 측면을 공격당한 프랑스군은 기이하게도 전진하지 않으려고 필사의 노력을 다함으로써, 적이 한곳에 집결해 강 건너편으로 후퇴하는 작전을 실현할 수 있게 해주었다. 끝으로 18일, 프랑스군이 참호 진지 앞으로 되돌아간 후 생프리바 전투가 벌어졌다. 전선이 13킬로미터에 걸친 대규모 전투였다. 독일은 병력 20만 명, 대포 700문이었고, 프랑스는 병력 12만 명, 대포 500문에 불과했다. 전열이 이해하기 힘든 방식으로 돌면서 방향 전환을 하다보니 독일군이 독일을 향하고 프랑스군이 프랑스를 향한 꼴이 되어 마치 침략하는 자가 침략당하는 자가 된 듯했다. 두시부터 무시무시한 혼전이 전개되었다. 프로이센 근위대가 뒤로 밀리고 전열이 잘렸다. 바젠 군단 좌익은 추호의 흔들림 없이 오래도록 승리를 거듭했지만, 저녁 무렵 상대적으로 약한 우익이 내량학살로 희생되면서 생프리바를 내주어야 했다. 우익이 무너지자 바젠 군단 전체가 패퇴해 메츠로 물러났고, 결국 모두가 철의 포위망 속에 갇히고 말았다.

앙리에트가 신문을 읽어주는 동안 장은 주요 대목마다 그녀의 말을 잘랐다.

"아! 그런데 우리는 랭스를 떠나는 순간부터 바젠 군단을 애타게 기다리고 있었으니!"

생프리바 전투가 끝난 후, 원수는 19일자 지급 통신문을 통해 몽메디를 거쳐 후퇴작전을 계속하겠다고 전했다. 샬롱 군대의 전진을 결정케 한 이 지급 통신문은 기실 패배의 충격을 완화하려는 패전 장군의 보고서일 뿐이었다. 상당한 시간이 지난 29일에서야, 프로이센군 전열을 뚫고 지원군이 접근했을 때 바젠 원수는 강의 우안에서, 누아즈빌에서 최후의 전투를 감행했다. 그러나 너무도 무기력하게 싸운 탓에 샬롱 군대가 스당에서 궤멸된 9월 1일, 메츠 군대도 완전히 마비되어 다시 후퇴했다. 그때까지 여러 지휘관 중 하나이던 바젠 원수는 길이 열렸을 때 진군하지 않은데다 강력한 적군에 의해 갇혀버림으로써, 정치적 술수에 능한 제정의 요인要人들에 의해 음모꾼이자 배신자로 내몰리고 있었다.

그러나 달리샹 박사가 가져온 신문들에서는 바젠 원수가 위대한 인간, 진정한 군인으로 칭송되었고, 프랑스는 여전히 그가 구원해주기를 기다리고 있었다. 장은 도대체 어떻게 프로이센 왕세자가 이끈 III군단이 자기들을 추격할 수 있었는지 알고 싶어 앙리에트에게 몇 대목을 다시 읽어달라고 했다. 메츠를 봉쇄한 I군단과 II군단이 병력과 화력면에서 프랑스군보다 월등했기 때문에, 독일은 거기서 여유 병력을 추출해 IV군단을 새로이 구성할 수 있었고, 작센 왕세자가 이끈 IV군단이 스당 전투를 승리로 마무리한 것이었다. 부상으로 어쩔 수 없이 눕게 된 이 편안한 침대에서 전황을 파악한 장은 그래도 일말의 희망을 느꼈다.

"아, 그렇게 된 거였군! 아군이 적군보다 약했던 거야!…… 어쨌든 괜찮아요, 신문에 나온 숫자를 봐요. 바젠 장군은 아직도 병력 15만 명, 소총 30만 정, 대포 500문을 가지고 있잖아요. 그 정도면 충분히 반격할 수 있어요."

앙리에트는 그를 더 실망시키지 않기 위해 동의하는 듯이 고개를 끄덕였다. 그녀로서는 군대의 복잡한 이동을 이해하기 어려웠지만, 적어도 불행을 피할 수 없으리라는 것은 느낄 수 있었다. 그녀의 목소리는 밝았고, 그의 고통을 가라앉히기 위해서라면 몇 시간이라도 신문을 읽어주었을 것이다. 하지만 가끔 대학살을 그린 장면을 읽을 때는 그녀의 목소리가 떨렸고, 눈에 눈물이 가득 고였다. 바이에른 장교의 명령으로 담벼락에 기대선 채 총살당한 남편이 떠오르는 것이 틀림없었다.

"힘드시죠." 장이 놀란 눈으로 말했다. "그만 읽으셔도 됩니다."

그러나 그녀는 금세 밝은 표정으로 다시 읽었다.

"아뇨, 아뇨, 죄송해요. 제가 좋아서 읽는걸요."

10월 초순의 어느 저녁, 바깥에서 사나운 바람이 불고 있을 때 그녀가 야전병원에서 돌아왔다. 장의 방으로 들어서며 그녀는 몹시 상기된 표정으로 말했다.

"모리스의 편지예요! 방금 박사님이 전해주셨어요."

아침마다 두 사람은 모리스에게서 온 소식이 있는지 확인하며 마음을 졸였다. 특히 파리가 완전히 포위되었다는 소문이 돈 일주일 전부터 그들은 이제 소식을 받을 수 없을 거라고 절망했고, 모리스가 루앙을 떠난 후 어떻게 되었는지 알지 못해 전전긍긍했다. 이제야 오랫동안 소식이 없었던 이유가 설명되었다. 모리스는 파리에서 18일, 즉 르아브르행 기차가 마지막으로 파리를 떠난 날 달리샹 박사에게 편지를 보냈다. 그런데 그 편지가 도중에 수없이 분실될 뻔하다가, 돌고 돌아 드디어 기적적으로 박사에게 당도한 것이었다.

"아! 이 친구, 살아 있었군요!" 장이 반색하며 말했다. "빨리 읽어주세요."

바람이 한층 더 거세졌고, 파성추로 때린 것처럼 창문이 덜컹거렸다. 앙리에트는 침대 옆 탁자로 램프를 가져와 편지를 읽기 시작했다. 장의 곁으로 바싹 다가갔기 때문에 두 사람의 머리칼이 맞닿았다. 밖에서는 강풍이 불었지만, 조용한 이 방에는 더없이 쾌적한 분위기가 감돌았다.

여덟 쪽에 이르는 긴 편지였다. 먼저 모리스는 16일에 파리에 도착하자마자 어떻게 새로 모병한 연대에 운좋게 입대하게 되었는지 설명했다. 그런 다음 요점으로 들어갔다. 그는 자신이 새롭게 알게 된 사실들, 즉 그 참혹한 8월에 벌어진 사건들을 열정적으로 썼다. 비상부르와 프뢰슈빌러 패전에 경악했지만, 파리는 금세 냉정을 되찾아 복수의 희망에 불타올랐고 새로운 환상에 빠져들었다. 프랑스군의 승전보, 바젠 원수의 지휘권 장악, 시민 총동원, 장관들조차 의회 연단에서 강조한 프로이센군의 대패 등 날조된 소문이 떠돌았다. 그리고 모리스는 어떻게 9월 3일에 파리가 두번째로 벼락을 맞았는지 썼다. 아무것도 모른 채 승리를 자신하던 수도는 갑작스러운 패전 소식에 화들짝 놀랐고, 일체의 희망이 사라졌다. "황제를 폐위하라! 황제를 폐위하라!"라는 외침이 저녁부터 거리에 울려퍼졌다. 밤중에 짧고 침통한 회의가 열린 의회에서 쥘 파브르가 황제 폐위를 요구하는 국민의 청원서를 읽었다. 이튿날 9월 4일, 하나의 세계가 무너졌다. 제2제정이 자신의 악덕과 오류와 함께 패주 속으로 휩쓸려들어간 것이었다. 거리로 쏟아져나온 50만의 시민이 화창한 일요일의 콩코르드광장을 격류처럼 가득 메웠고, 소총을 든 일단의 군인이 가로막는 시늉을 하는 의회로 몰려갔으며, 대번에 정문을 부수고 회의장을 점령하기에 이르렀다. 쥘 파브르, 강베타, 그외 여러 좌파 국회의원들은 공화정을 선포하기 위해 거기서 나와 시청으로 갔다. 한편 생제르맹오세루아광장에서는, 루브르궁의 쪽문이 살며시 열리더니 검은 옷을 입은 섭정 황후가 친구 한 명만 동반한 채 조용히 빠져나왔다. 두 여인은 덜덜 떨면서 지나던 삯마차를 잡아 깊숙이 몸을 숨겼고, 군중이 몰려들기 시작한 튈르리궁전에서 가능한 한 멀리 달아났다. 바로 그날, 나폴레옹 3세는 망명의 첫날밤을 보낸 부이용여관을 떠나 빌헬름쇠혜성城으로 향했다.

장이 심각한 표정으로 앙리에트의 말을 끊었다.

"그렇다면 지금 우리는 공화국 국민이 된 건가요?…… 그게 더 나을지도 모르죠, 프로이센과 계속 싸울 수만 있다면!"

그러나 그는 머리를 흔들었다. 농부였을 때 공화국을 두려워하게 만드는 이야기를 귀가 따갑도록 들었기 때문이었다. 게다가 적이 코앞에 있는데 의견이 통일되지 않는 것은 좋아 보이지 않았다. 그러나 제정이 완전히 부패한 이상, 이제 아무도 제정을 원하지 않는 이상, 뭔가 다른 것이 필요하기는 했다.

모리스의 편지는 독일군의 접근을 알리며 끝을 맺었다. 국방정부의 대표단이 투르에 자리잡은 13일, 독일군이 파리의 동쪽 라니까지 진군하는 것이 목격되었다. 14일과 15일, 독일군은 시문까지, 즉 크레테유와 주앵빌르퐁까지 진출했다. 하지만 18일, 편지를 썼던 그날 아침까지 모리스는 파리가 완전히 포위되리라고 생각하지 않은 듯했다. 그릇된 확신에 찬 그는 포위작전이 오만하고 무모한 시도로서 삼 주도 못 가서 실패하리라 예상했고, 지방에서 지원군이 조직되어 파리로 올라오리라고 굳게 믿었다. 더욱이 메츠의 아군도 벌써 베르됭과 랭스를 통해 이동하고 있지 않은가. 하지만 철의 고리는 이미 완성되어 파리를 봉쇄했고, 목하 세계로부터 절연된 파리는 죽음의 침묵이 깃든 가운데 200만의 목숨이 갇힌 거대 감옥에 지나지 않았다.

"오! 하느님!" 가슴이 답답해진 앙리에트가 중얼거렸다. "얼마나 시간이 흘러야 그애를 다시 볼 수 있을까!"

멀리서 강풍에 나뭇가지 부러지는 소리가 들렸고, 농가의 낡은 구조물이 삐걱거리는 소리를 냈다. 혹독한 겨울이 오면 불도 빵도 없이 차디찬 눈밭에서 싸워야 할 불쌍한 군인들은 얼마나 큰 고통을 겪을까!

"그래요!" 장이 결론지었다. "정말 멋진 편지군요, 그 소식을 들으니 힘이 나요…… 절대로 포기해서는 안 됩니다."

하늘이 음울하고 우중충한 가운데 하루하루가 흘러 10월이 지나갔다. 바람도 끊임없이 불어 머잖아 눈발이 날릴 듯했다. 장의 상처는 아주 서서히 아물었고, 여전히 고름이 흘러 박사는 배농관을 제거할 수 없었다. 환자는 몹시 쇠약해졌지만, 장애인이 될까 두려워 고집스레 수술을 거부했다. 때때로 상처에 원인 모를 문제가 생겨 절망하기도 했다. 그러나 악몽에서 깨어날 때처럼 멀리서 우울한 소식이 전해지는 외딴방에서도 환자는 막연한 기대감을 잃지 않았다. 아무도 진실을 모르고, 교살되는 조국의 나지막한 신음 외에는 아무것도 들리지 않는 가운데 가증스러운 전쟁, 대량학살, 끔찍한 재앙이 저기 어디선가 계속되고 있었다. 바람이 납빛 하늘 아래서 낙엽을 휩쓸고 갔다. 길고 깊은 침묵이 깃든 헐벗은 들판에서는 까마귀의 울음소리만이 혹독한 겨울을 예고하고 있었다.

대화의 주제 중 하나는 야전병원이었다. 앙리에트는 이제 야전병원에서 일을 마치고 돌아오면 장의 적적함을 달래주는 동반자 역할을 했다. 그녀가 저녁에 돌아오면 장은 부상병 하나하나에 대해 질문하고, 누가 죽어가고 누가 회복되는지 알고 싶어했다. 그녀 또한 간호에 온 신경을 집중하고 있었기 때문에, 전혀 지치는 법 없이 자질구레한 세부사항까지 설명해주었다.

"아!" 그녀가 언제나 되풀이했다. "불쌍한 아이들, 불쌍한 아이들!"

이제 야전병원은 더이상 치열한 전투중에 신선한 피가 흐르고 건강한 육체를 절단하는 수술이 이루어지는 곳이 아니었다. 육체의 부패에 물든 야전병원, 신열과 죽음의 냄새를 풍기는 야전병원, 느린 회복기와 끝없는 고통으로 신음하는 야전병원이었다. 달리샹 박사는 꼭 필요한 침대와 매트리스와 시트를 확보하기가 너무 힘들었다. 환자들의 생명을 유지하고, 빵과 고기와 채소, 특히 붕대와 습포와 수술 도구를 구하느라 그는 날마다 기적이라도 일으켜야 할 지경이었다. 스당의 육군병원을 점령한 프로이센군이 모든 것을 가져가고, 심지어 클로로포름조차 제공해주지 않았기 때문에 그는 그것들을 전부 벨기에서 들여 왔다. 하지만 그는 프랑스 부상병뿐만 아니라 독일 부상병도 수용했고, 특히 바제유에서 부상당한 바이에른 병사 열두 명까지 치료하고 있었다. 서로를 죽이려 하던 병사들이 이제 공동의 고통 속에서 사이좋게 나란히 누워 있었다. 그러나 레미의 옛 초등학교 기다란 두 교실에서, 50여 개씩 침대가 놓인 두 교실에서 높다란 창문으로 들어오는 희미한 빛만 바라보며 지내는 부상병들의 삶이란 또 얼마나 끔찍하고 비참한가!

전투가 끝난 지 열흘이 넘었지만, 여기저기서 잊히고 버려졌던 부상병들이 계속해서 야전병원으로 이송되었다. 그중 네 명은 아무런 치료도 받지 못한 채 발랑의 빈집에 누워 있었다. 그들이 어떻게 지금까지 살아 있는지 의아했는데, 아마도 이웃 주민들이 도와준 것 같았다. 그들의 상처에 구더기가 우글거렸다. 결국 그들은 상처가 오염되어 죽고 말았다. 병상에 스며들어 환자를 죽이는 것은 아무런 치료 방법이 없는 바로 그 화농균이었다. 입구에서부터 괴저 냄새가 코를 싸쥐게 했다. 배농관에서 역한 고름이 방울방울 떨어졌다. 수술 부위를 다시 열어 미처 발견하지 못한 뼛조각을 집어내야 하는 일도 종종 있었다. 그러면 뒤이어 농양이 생겼고, 점점 부풀다가 터졌다. 얼굴이 흙빛이 된 지치고 야윈 불쌍한 환자들이 온갖 고통에 시달렸다. 어떤 환자들은 벌써 반쯤 해체된 시체처럼 꼼짝하지 않고 누워 숨소리도 없이 며칠을 보냈다. 또 어떤 환자들은 병세가 광증을 유발한 듯 땀에 흠뻑 젖은 채 불면으로 잠도 못 이루며 연신 헛소리를 했다. 어쨌든 조용한 환자든 시끄러운 환자든 간에, 염증이 생기면 만사가 끝이었다. 세균이 이 환자에서 저 환자로 옮겨다니며 그들 모두를 똑같은 부패의 물결 속으로 휩쓸어갔다.

그러나 특히 저주받은 곳은 이질, 티푸스, 천연두 환자들의 방이었다. 많은 부상병이 천연두에 걸렸다. 그들은 그치지 않는 광증에 시달리며 몸을 뒤척이고 고함을 질렀고, 별안간 유령처럼 침대 위에서 벌떡 일어서기도 했다. 폐렴 환자들은 끔찍하게 기침을 하며 죽어갔다. 울부짖는 몇몇 환자는 계속해서 환부에 찬물을 뿌려줘야만 진정되었다. 그래도 환자에게 약간의 휴식을 주고, 침상에 새 바람을 넣어주고, 장시간 똑같은 자세로 뻣뻣하게 굳은 육체를 풀어주는 것이 치료 시간이었다. 하지만 그것은 또한 무서운 시간이기도 했다. 상처를 살피던 박사가 슬프게도 피부 아래서 푸르스름한 반점, 즉 괴저를 짐작하게 하는 얼룩을 보지 않고 지나가는 날이 하루도 없었기 때문이다. 이튿날 수술이 행해졌고, 다리나 팔 일부가 절제되었다. 심지어 가끔 괴저가 사지 위쪽으로 더 크게 번지는 바람에, 재수술을 통해 팔이나 다리 전체를 절단하는 일도 있었다. 몸에 티푸스의 예후 반점이 있었으나 겉으로는 멀쩡한 환자가 들어오기도 했다. 그러나 이내 고열과 발진 증세를 보이다가 저주받은 자들의 방으로 옮겨졌고, 거기서 벌써 살이 썩는 시체 냄새를 풍기며 죽음 속으로 빠져들었다.

매일 저녁 귀가하면 앙리에트는 장의 질문에 대답했다. 그리고 매번 연민에 젖은 떨리는 목소리로 말했다.

"아! 불쌍한 아이들, 불쌍한 아이들!"

언제나 비슷한 이야기, 지옥 같은 일상적 고통의 이야기가 이어졌다. 날마다 어깨 관절을 자르고, 발을 절단하고, 상박골을 절제하는 수술이 진행되었다. 그런다고 괴저나 화농증 전염이 없겠는가? 사망한 환자를 땅에 묻어주기도 했는데, 대개는 프랑스 병사였고 이따금 독일 병사도 있었다. 노을이 질 무렵 널빤지 네 개를 붙여 급히 만든 관을 떠나보내 지 않고 하루가 끝나는 날이 드물었다. 죽은 병사가 길가의 개처럼 묻 히지 않도록, 위생병 한 명이 종종 앙리에트를 동반하고 관을 따라갔 다. 야전병원에서는 레미의 작은 공동묘지에 커다란 구덩이 두 개를 파 놓았는데, 그 속에 프랑스 병사들이 오른쪽에, 독일 병사들이 왼쪽에 나란히 사이좋게 누워 잠들었다.

장은 본 적이 없지만 익히 들어 알고 있는 몇몇 환자에게 관심을 보 였다. 그가 그들의 소식을 물었다.

"그런데 그 '불쌍한 아이' 말입니다. 오늘은 상태가 어땠나요?"

그 아이는 5군단의 어린 병사, 스무 살도 안 된 지원병을 말했다. 그 런 별명이 붙여진 이유는 그 지원병이 자신을 가리킬 때 매번 '불쌍한 아이'라고 말했기 때문이다. 어느 날 왜 그렇게 말하느냐고 물었더니, 그는 어머니가 늘 자기를 '불쌍한 아이'라고 불렀다고 대답했다. 지금 은 왼쪽 옆구리 부상을 당한 채 늑막염으로 죽어가고 있었기 때문에, 실제로도 몹시 불쌍한 아이였다.

"아! 정말 사랑스러운 아이인데……" 모성애에 사로잡힌 앙리에트가 말했다. "상태가 좋지 않아요, 온종일 기침을 하거든요…… 그걸 듣고 있으면 가슴이 찢어질 듯 아파요."

"그리고 그 불곰, 당신의 그 구트만은 어때요?" 장이 가볍게 미소 지 으며 물었다. "박사님이 호전될 거라고 하시던가요?"

"네, 그 사람은 목숨을 건질 것 같아요. 하지만 끔찍하게 괴로워

하죠."

구트만에 대해 말할 때는 그의 상황을 동정하면서도 왠지 두 사람 다 어렴풋이 미소를 짓곤 했다. 야전병원에서 일하게 된 첫날, 앙리에트는 이 바이에른 부상병이 바제유에서 남편이 총살될 때 자기를 붙잡아서 내쫓은 그 털북숭이 병사, 붉은 머리에 네모난 코, 커다랗고 푸른 눈을 가진 그 병사라는 것을 알아보고 오싹했었다. 그도 그녀를 알아보았다. 그러나 목덜미를 뚫고 들어온 총알이 혀의 반을 앗아갔기 때문에, 그는 이제 말을 할 수 없었다. 이틀 동안은 그 부상병의 침상에 다가갈 때마다 자기도 모르게 전율과 공포를 느껴 흠칫 물러나곤 했다. 하지만 매번 그가 절망적이면서도 부드러운 시선으로 그녀를 바라보자 그녀의 마음도 차츰 누그러졌다. 이제 더이상 저 병사가 내 뇌리에 박혀 있던 핏빛 털북숭이 짐승, 광기로 눈이 뒤집혔던 그 핏빛 털북숭이 짐승이 아니란 말인가? 끔찍한 고통 속에서 더없이 상냥하고 온순해진 그 불쌍한 환자에게서 그 짐승을 발견하기가 쉽지 않았다. 흔치 않은 부상 사례, 갑작스레 말을 할 수 없는 불구상태 때문에 그는 야전병원 모든 이의 동정을 샀다. 심지어 그의 이름이 구트만인지도 확신하기 힘들었는데, 그가 내뱉을 수 있었던 유일한 세 음절이 그렇게 들렸을 뿐이었기 때문이다. 그 밖에 그에 대해 알 수 있었던 건 결혼을 했고 아이들이 있다는 정도였다. 가끔 고갯짓으로 분명히 대답하는 것으로 보아 그는 프랑스어 단어 몇 개를 아는 듯했다. 결혼했어요? 예, 예! 자식이 있어요? 예, 예! 그리고 어느 날 밀가루를 보고 그가 반색하자 방앗간 주인이었을지도 모른다고 짐작했다. 하지만 그게 전부였다. 방앗간이 있다면, 그게 어디에 있을까? 머나먼 바이에른 어느 마을에 있는 그의 아내와 아이들은 지금 울고 있을까? 가족들을 영원히 기다리게 한 채 그는 아무도 모르는 이곳에서 이름도 없이 죽게 될까?

"오늘은," 어느 저녁 앙리에트가 장에게 말했다. "구트만이 제게 손키스를 보냈어요…… 구트만에게 무한한 감사의 표시로 손가락을 입에 가져다대보라고 했고 안 그러면 물 한 모금도 안 주겠다고 했거든요…… 웃지 마요. 죽을 나이도 아닌데 그렇게 산송장처럼 누워만 있으니 얼마나 힘들겠어요."

10월 말, 장의 상태가 호전되었다. 박사는 여전히 염려하면서도 배농관을 제거하는 데 동의했다. 어쨌든 상처가 제법 빨리 아무는 듯했다. 회복기의 환자는 벌써 침대에서 일어나 방안을 거닐기도 하고, 창가에 앉아 슬픈 표정으로 흘러가는 구름을 바라보기도 했다. 그러다 점점 무료함을 느낀 그는 농가에 도움이 되는 일을 하고 싶어했다. 그는 내심 돈 때문에 걱정하고 있었다. 수중에 있던 200프랑은 육 주의 하숙비로 바닥이 났다. 그래서 장을 바라보는 푸샤르 영감의 얼굴에서 미소가 사라지지 않도록 앙리에트가 비용을 대신 치르고 있었다. 장은 그런 상황이 괴롭기 그지없었다. 그녀에게 이런 속마음을 털어놓을까 생각했으나 그러기가 쉽지 않았다. 그러던 차에 실빈과 함께 농가 안살림을 맡아달라는 제안을 받자 한결 마음이 놓였다. 바깥 농사일은 프로스페르가 도맡고 있었다.

어려운 시절이지만, 푸샤르 영감의 농가에서 일꾼이 느는 것은 아무런 문제가 되지 않았다. 영감의 장사는 오히려 번창했다. 고장 전체가 재앙으로 신음하고 있었지만 그는 예전에 비해 세 배, 네 배의 가축을 도축할 정도로 이동식 푸줏간 사업을 확장하는 수완을 발휘했다. 8월

31일부터 어떻게 그가 프로이센군과 짭짤한 거래를 했는지 소문이 파다했다. 30일, 그는 총을 들고 7군단 병사들로부터 농가를 지켰고, 집이 텅텅 비었다고 소리치며 빵 하나 팔지 않았다. 그러나 31일, 적군이 나타나자마자 그는 만물상을 자처하며 지하실에서 비상식량을 꺼내 왔고, 아무도 모르는 비밀 장소에서 가축들을 끌고 왔다. 그날부터 그는 독일군에게 육류를 공급하는 최대 푸주한 중 하나가 되었고, 두 번의 징발이 있었음에도 자신의 상품을 팔고 대금을 받아내는 놀라운 솜씨를 발휘했다. 다른 상인들은 때때로 정복자들의 노골적인 요구에 고통스러워했다. 하지만 그는 현금을 받지 않고는 1부아소*의 밀가루도, 100리터의 포도주도, 쇠고기 한 덩어리도 넘긴 적이 없었다. 레미에서는 그 일에 대해 이러쿵저러쿵 말이 많았고, 전쟁으로 아들을 잃은 자가 아주 비열한 짓을 한다고 비난했다. 실제로 그는 실빈이 가꿔놓은 아들의 무덤을 찾지 않았다. 그러나 사람들은 가장 꾀바른 사람조차 제 몸 하나 건사하기 힘든 시절에 착착 돈을 버는 그를 차츰 우러러보기 시작했다. 그는 혀를 끌끌 차며 어깨를 으쓱했고, 우악스러운 표정으로 툴툴거렸다.

"애국자, 애국자라고? 내가 저놈들보다야 훨씬 더 애국자야!…… 프로이센 놈들에게 음식을 공짜로 날라다주는 게 애국자야? 말도 안 돼, 난 꼬박꼬박 돈을 받아…… 누가 진짜 애국자인지 두고 봐, 두고 보라고!"

농가 일을 시작한 둘째 날부터, 장은 너무 오래 서 있었던 탓에 달리

---

* 곡물을 재는 옛 부피 단위로, 1부아소는 약 13리터다.

상 박사가 은근히 염려하던 일이 현실로 나타났다. 상처가 덧났고, 염증으로 다리가 부었다. 그는 다시 침대에 누워야 했다. 박사는 장이 이틀 동안 무리하게 일해서 뼛조각이 떨어져나온 게 아닌가 의심했다. 그는 다행히 뼛조각을 찾아 제거하는 데 성공했다. 그러나 온몸에 열이 펄펄 끓어올라 기진맥진한 상태에 빠졌다. 장은 지금껏 그토록 허약했던 적이 없었다. 앙리에트는 차디찬 겨울 날씨로 음울해진 방에서 다시 충실한 간병인 역할을 맡았다. 11월 초순이었고, 동풍이 벌써 사나운 눈보라를 몰고 왔다. 헐벗은 바닥과 텅 빈 벽 때문에 방은 몹시 추웠다. 벽난로가 없었기 때문에 방에 난로를 놓기로 했다. 난롯불 타오르는 소리에 그들의 고적한 가슴이 조금이나마 따듯해졌다.

단조로운 나날이 흘러갔다. 병이 재발한 이 첫 주가 부득이하게 시작된 그들의 오랜 친교생활 이래 가장 우울한 시기였다. 그렇다면 고통이 끝나지 않으려는 걸까? 참상이 끝나길 바랄 수도 없이 또다시 위험이 나타나는 걸까? 매 순간 그들의 생각은 더이상 소식을 알지 못하는 모리스에게로 향했다. 다른 사람들은 우편이나 전서구傳書鳩를 통해 소식을 받는다는 이야기가 들렸다. 아마도 앙리에트와 장에게 기쁜 소식을 전할 비둘기가 날아오다가 독일 병사 총에 맞아죽은 게 틀림없었다. 철 이른 겨울에 모든 것이 뒷걸음질치고, 희미해지고, 사라져갔다. 전쟁 소식은 매우 느리게 전해졌고, 달리샹 박사가 드문드문 가져오는 신문은 대개 발행일자가 일주일이나 지난 것이었다. 그들의 슬픔은 그들이 모르는 사실, 하지만 그들이 짐작하는 사실, 즉 들판의 침묵 속에서도 농가 주변까지 들려오는 죽음의 기나긴 절규 때문에 더없이 깊어졌다.

어느 아침, 박사가 대경실색한 표정으로 손을 덜덜 떨며 들어왔다. 그는 주머니에서 벨기에 신문을 꺼내 침대 위로 던지며 소리쳤다.

"아, 어떻게 이런 일이! 프랑스는 죽었어, 바젠이 배신했어!"

베개 두 개에 등을 대고 누운 채 반쯤 잠들었던 장이 깜짝 놀라 잠에서 깼다.

"뭐라고요, 배신했다니요?"

"그래, 메츠와 군대를 한꺼번에 넘겨줬어. 스당의 치욕이 재현된 거지. 우리에게 남은 마지막 조국의 피와 살을 모두 넘겨줬어."

그러고는 다시 신문을 집어들고 읽었다.

"15만 명의 포로, 153기의 군기, 541문의 야포, 76정의 기관총, 800문의 요새 대포, 30만 정의 소총, 85개 포병대를 위한 2천 대의 군용장비 마차……"

박사는 계속해서 기사를 꼼꼼히 읽었다. 메츠에 갇힌 바젠 원수는 무기력하게도 철의 포위망을 뚫기 위한 어떠한 노력도 하지 않았다. 프리드리히 카를 왕자와의 관계는 심히 의심스러웠고, 오락가락하는 전략은 모호하기 그지없었으며, 결정적인 역할을 하고 싶지만 그게 어떤 역할인지 그 자신도 몰랐다. 뒤이어 비스마르크에게, 빌헬름 국왕에게, 섭정 황후에게 수상쩍고 기만적인 밀사들을 보내 더없이 혼란스럽게 협상을 진행했다. 그리하여 섭정 황후는 영토의 할양을 전제로 협상하기를 거부하기에 이르렀다. 그런 후 재앙이 불가피해졌고, 운명은 그에게 등을 돌렸다. 메츠는 아사 직전이었고, 항복을 강요받았으며, 지휘관들과 병사들은 정복자의 가혹한 요구 조건을 받아들일 수밖에 없었다. 이제 프랑스에는 더이상 군대가 존재하지 않았다.

"제기랄!" 장이 투덜거렸다. 모든 걸 이해하지는 못했지만, 그때까지 그에게는 바젠 장군이 위대한 지휘관이자 프랑스를 구원할 수 있는 유일한 장군이었다. "그럼 이제 우리는 어떻게 되는 거죠? 파리는 어떻게 되는 겁니까?"

때마침 박사는 처참한 상황을 맞이한 파리 소식으로 넘어갔다. 그는 11월 5일자 신문이라고 말했다. 메츠의 항복은 10월 27일에 이루어졌지만, 그 소식은 30일에야 파리에 전해졌다. 이미 슈비, 바뇌, 말메종에서 겪은 실패, 뒤이어 르부르제에서 겪은 패전 이후, 이 소식은 이미 국방정부의 무력함에 분개하던 시민들에게 청천벽력 같은 충격을 주었다. 그래서 이튿날인 10월 31일, 민중 봉기가 일어나 분노한 군중이 시청 광장으로 몰려들어 청사를 점령하고 정부 각료들을 가두었다. 그러나 시민들은 코뮌을 요구하는 혁명 분자들이 승리할까 두려워 그들을 풀어주었다. 적군이 문 앞에 와 있는데 내분이 일어난 위대한 파리에 대해 벨기에 신문은 더없이 모욕적인 분석을 덧붙이고 있었다. 이것은 한 세계의 최종적 해체가 아닐까, 한 세계가 빠질 피의 흙탕물이 아닐까?

"정말이지," 안색이 하얗게 변한 장이 나직이 말했다. "서로 싸우면 안 되죠, 프로이센 놈들이 코앞에 있는데!"

정치적인 문제라 나서길 꺼리며 아무 말도 하지 않던 앙리에트가 더 이상 참지 못하고 소리쳤다. 그녀는 동생을 생각하고 있었다.

"오, 하느님! 제발 모리스가 어리석게도 이런 일에 휘말리지 않게 하소서!"

잠시 침묵이 흘렀고, 열렬한 애국자인 박사가 다시 입을 열었다.

"괜찮아, 지금 군사가 없다 해도 곧 다시 생겨날 테니까. 메츠가 항복했다면, 파리도 항복할 수 있겠지…… 그래도 프랑스는 끝나지 않을걸세. 그렇고말고, 농부들이 하는 말대로, 금고는 아직 텅 비지 않았어. 우리는 어떻게든 살아남을 거야."

박사가 억지로 희망을 이야기한다는 게 눈에 보였다. 그는 루아르 지역에서 새로이 조직되고 있다는 군대에 대해 이야기했는데, 아르트네 쪽에서 조직된 그 군대는 아직은 전망이 밝지 않았다. 새로운 군대는 훈련을 받아야 파리를 구하러 진군할 수 있을 것이었다. 박사는 특히 10월 7일 기구氣球를 타고 파리를 탈출한 강베타의 선언에 열광했다. 이틀 후 투르에 당도한 강베타는 모든 시민에게 무기를 들라고 촉구했고, 그의 강인하고 지혜로운 외침에 온 나라가 공안公安 독재에 동참했다. 북쪽에서, 또 동쪽에서 새로운 군대를 조직하는 것, 오직 신념의 힘으로 땅에서 군사를 솟아나게 하는 것이 중요하지 않을까? 그것은 모자라는 모든 것을 만들어내고 마지막 피 한 방울까지 투쟁에 쏟으려는 지방의 각성이요, 불굴의 의지였다.

"그래!" 자리에서 일어나며 박사가 결론지었다. "그런 일이 종종 일어나지, 내가 치료를 포기했던 환자가 일주일 만에 거뜬히 일어나기도 하는 것처럼."

장이 미소 지었다.

"박사님, 빨리 낫게 해주십시오, 다시 제가 제자리로 돌아갈 수 있게요."

그러나 앙리에트와 장은 이 걱정스러운 소식에 좌절했다. 그날 저녁 거친 눈보라가 몰아쳤고, 이튿날 앙리에트가 추위에 떨며 야전병원에서 돌아와 구트만의 죽음을 알렸다. 맹추위가 많은 부상병의 생명을 앗아가 여러 줄의 침상을 텅 비게 했다. 혀가 잘려 벙어리가 된 불쌍한 구트만은 이틀 동안 거친 숨을 몰아쉬었다. 그는 숨을 거두는 마지막 순간 병상 머리맡을 지킨 그녀를 애절하게 바라보았다. 눈물을 글썽이며 그녀에게 자신의 진짜 이름, 아내와 자식들이 기다리는 머나먼 고향의 이름을 말해주려는 것 같았다. 그녀의 친절함에 감사인사를 하려는 듯, 그는 떨리는 손가락으로 마지막 키스를 보내고는 삶의 저편으로 떠났다. 묘지로 가는 길은 그녀 혼자만 따라갔다. 얼어붙은 흙, 무겁고 낯선 흙이 눈송이와 함께 그의 전나무 관 위로 떨어졌다.

그리고 이튿날, 앙리에트가 집으로 들어서며 말했다.

"'불쌍한 아이'가 죽었어요."

어린 병사를 생각하며 그녀는 울었다.

"헛소리를 하는 어린 병사가 정말 불쌍했어요! 계속 나를 불렀어요. 엄마! 엄마! 어린 병사가 내게 손을 내밀었는데, 그 손길이 너무나 부드럽고 간절해서 나는 그 병사를 안아 무릎 위에 앉혔어요…… 얼마나 병고에 시달렸던지 어린 병사는 꼬마 아이보다 더 가벼웠어요…… 그 병사가 편안히 눈감을 수 있게 나는 아이를 재우듯 가만가만 흔들어줬어요. 그래요, 아이에게 하듯 부드럽게요, 자기보다 겨우 몇 살 많은 나를 엄마라고 불렀으니까…… 그 병사가 눈물을 흘렸고, 나도 눈물을 참을 수 없었죠. 아직도 눈물이 그치질 않네요……"

목이 멘 그녀가 말을 끊었다.

"그 어린 병사는 숨을 거두며 자신이 붙인 별명을 중얼거렸어요. 불쌍한 아이, 불쌍한 아이…… 아! 그래요, 정말 불쌍한 아이예요. 저 선량한 청년들이 무슨 죄가 있다고, 몇몇은 아직 아주 어린데…… 저 불쌍한 청년들이 이 가증스러운 전쟁 때문에 사지가 잘리고, 감당하기 힘든 고통을 겪으며 죽어야 한다니!"

이제 앙리에트는 매일 그런 식으로 누군가의 죽음으로 충격을 받은 채 귀가했다. 조용하고 외딴방에서 함께 보낸 그 슬픈 나날 동안, 두 사람은 다른 사람들의 고통으로 인해 한층 더 가까워졌다. 슬픔 속에서도 정겨운 나날이었는데, 조금씩 서로를 알아가는 두 가슴속에서 그들이 형제애라고 여긴 애정이 생겨났기 때문이었다. 몹시 사려 깊은 장은 친밀한 관계가 계속되면서 자신의 정신이 고양되는 느낌을 받았다. 앙리에트는 장이 선량하고 합리적인 사람이라는 것을 알게 되면서, 그가 병사 배낭을 메기 전 쟁기를 밀었던 하층민이었다는 사실에 더이상 개의치 않았다. 그들은 마음이 잘 통했고, 실빈이 진지하게 미소 지으며 표현한 대로 멋진 커플이었다. 둘 사이에 거북함은 전혀 없었다. 그녀가 그의 다리를 치료할 때, 그들의 맑은 눈은 서로를 외면하지 않았다. 과부로서 검은 상복을 입은 그녀는 이제 여자이기를 멈춘 듯했다.

하지만 긴 오후를 혼자 보내는 장의 머릿속에는 늘 그녀가 있었다. 그녀에게 느끼는 감정은 무한한 감사이자 종교적 숭배와 같은 것이었기에, 그는 자신에게 일어나는 일체의 연애 감정을 신성모독으로 물리쳤다. 하지만 그토록 정답고 온화하고 활기찬 여자를 아내로 맞이한다면 그의 삶이 진정한 낙원이 되리라는 생각마저 쫓아낼 수는 없었다. 로뉴에서 보낸 암담했던 세월, 끔찍했던 결혼생활, 아내의 비참한 죽음 등 불행했던 과거가 앞으로 행복해질 수 있으리라는 막연한 희망 속에서 그다지 괴롭지 않게 떠올랐다. 그는 눈을 감고 비몽사몽 반쯤 잠이 들었다. 레미에서 재혼을 하고, 별다른 야심 없이 땅을 일구며 선량한 가족을 풍족하게 먹여 살리는 자신의 모습이 어렴풋이 보였다. 그러나 그 상상은 너무도 가벼워서 현실로 존재하지 않았고, 앞으로도 그럴 것 같았다. 우정 외에 자신에게 허락된 게 없다고 느꼈기에, 그는 오직 모리스의 누나라는 이유만으로 앙리에트를 사랑했다. 어쨌든 결혼이라는 막연한 꿈은 이루어질 수 없는 상상의 산물이었지만, 그래도 그의 슬픔을 달래주는 따뜻한 위로가 되었다.

앙리에트는 결코 그런 상상을 해본 적이 없었다. 바제유에서 끔찍한 불행을 당한 이튿날, 그녀의 가슴은 죽어버렸다. 만일 거기에 새로운 애정이 깃든다면, 그것은 그녀가 모르는 새 벌어지는 일일 수밖에 없었다. 다시 말해 밀알의 발아 과정이 전혀 눈에 보이지 않듯 그 애정의 발아도 완전한 무의식 속에서 이루어질 터였다. 장의 침대 옆에서 몇 시간을 보내고, 그에게 신문을 읽어주면서 얻는 즐거움조차도 그녀는 전혀 의식하지 못했다. 그 시간은 그들에게 슬픔만을 불러일으켰기 때문이다. 그녀는 그와 손이 스칠 때 미묘한 감정을 느낀 적이 없었다. 내일에 대한 생각이, 다시 사랑받으리라는 희망이 그녀를 꿈꾸게 한 적도 없었다. 그렇지만 그 방에 있을 때만큼은 모든 것을 잊을 수 있었고, 마음의 위로를 받을 수 있었다. 이것저것 세심하게 돌보며 그 방에 머무를 때는 고통이 가라앉았고, 동생이 머잖아 돌아오고 모든 일이 순조롭고 마침내 모두가 더이상 이별 없이 행복해질 것 같은 느낌이 들었다. 그녀는 아무런 감정적 혼란 없이 그렇게 말하곤 했다. 그녀가 보기에 그렇게 되는 게 너무도 당연했다. 그랬기 때문에 정숙하고 정성스레 헌신하면서도, 그녀는 이것저것 이치를 따져볼 생각을 전혀 하지 않았다.

그러나 어느 오후 야전병원으로 출발하려 했을 때, 부엌에 서 있는 프로이센 대위와 두 장교를 보며 극도의 공포감을 느낀 그녀는 자신이 장에게 얼마나 큰 애정을 품고 있는지 깨달았다. 이 장교들은 농가에 부상병이 있다는 사실을 알고 체포하러 온 게 틀림없었다. 장이 독일로 호송되어 미지의 감옥 깊숙이 갇힐 수도 있었다. 그녀는 온몸이 와들와들 떨렸고, 가슴이 쿵쾅쿵쾅 방망이질했다.

프랑스어를 하는 뚱뚱한 독일인 대위가 푸샤르 영감을 격한 어조로 위협했다.

"이게 무슨 짓이오, 우릴 무시하는 거요?…… 당신에게 경고하러 내가 직접 왔소. 만일 이런 일이 재발하면 반드시 직접 책임을 묻겠소! 응분의 조치를 취하겠단 말이오!"

영감은 침착한 태도로 영문을 모르겠다는 듯, 두 팔을 늘어뜨린 채 짐짓 당혹스러운 표정을 지었다.

"무슨 말씀이신지…… 대위님, 무슨 말씀이신지……"

"이런! 열받게 하지 마시오. 당신이 일요일에 넘긴 암소 세 마리가 모두 썩은 고기라는 걸 본인도 잘 알 텐데. 전염병으로 죽은 소를, 완전히 썩은 소고기를 팔다니…… 병사 둘이 식중독에 걸렸고, 지금쯤 죽었을 수도 있소."

푸샤르 영감이 펄쩍 뛰며 부정했다.

"뭐라고요, 내 소고기가 썩었단 말입니까! 방금 해산한 산모에게 줘도 될 싱싱한 소고기인데!"

영감은 눈물을 글썽였고, 가슴을 탕탕 치며 자기는 정직하다고, 썩은 고기를 파느니 차라리 자기 살을 잘라 팔겠다고 소리쳤다. 삼십 년 전부터 이 동네에서 이웃들과 거래했고, 아무도 자신이 무게나 질을 속인다고 말하지 않는다고 덧붙였다.

"대위님, 그건 정말 깨끗하고 싱싱한 고기예요. 부하들이 복통을 일으켰다면, 아마도 과식을 해서 그런 걸 겁니다. 어떤 악당이 솥에 독을 뿌려놓지 않았다면⋯⋯"

영감이 온갖 기괴한 억측과 항변을 늘어놓자, 화가 난 대위가 거칠게 말을 잘랐다.

"그만! 경고했으니, 조심하시오!⋯⋯ 그리고 한 가지 더 경고하겠소. 이 동네 사람들 모두가 디윌레숲의 민병대를 돕는 걸 알고 있소. 그제도 그놈들이 우리 보초 한 명을 죽였고⋯⋯ 명심하고, 조심하시오!"

프로이센 장교들이 떠나자, 푸샤르 영감은 어깨를 으쓱하며 경멸조로 비웃었다. 썩은 소고기라고? 물론이지, 그것 말고 너희에게 팔 게 뭐가 있겠어! 농부들이 내게 가져오는 게 죄다 상한 고기란 말이야, 병들어 죽었거나 도랑에서 주웠거나! 날강도들한테는 그것도 과분하지, 안 그래?

눈을 가늘게 뜬 그는 우롱하듯 의기양양한 표정으로, 안도의 한숨을 쉬는 앙리에트에게 미소 지으며 중얼거렸다.

"애야, 이런데도 내가 애국자가 아니라고 떠드는 자들이 있는 거냐!⋯⋯ 안 그러냐? 나 말고 또 누가 그들에게 썩은 고기를 팔고 돈을 뜯어낼 수 있겠니⋯⋯ 애국자가 아니라니! 염병할! 두고 보라 그래라, 군인들이 소총으로 죽이는 것보다 내가 병든 소로 더 많이 죽일 테니까!"

그 이야기를 들은 장은 몹시 불안해했다. 레미의 주민들이 디윌레숲의 민병대를 돕는다고 독일 당국이 의심한다면, 머잖아 가택수색을 할수도 있고 자신이 발각될 수도 있을 것이다. 집주인의 안전을 위협하고 앙리에트에게 조금이라도 피해를 준다면 그로서는 견딜 수 없을 것 같았다. 그러나 앙리에트는 그를 설득해 며칠 더 머무르겠다는 다짐을 받아냈다. 그는 회복이 더뎌 아직 북쪽이나 루아르강변의 전투 부대에 합류할 수 있을 만큼 다리도 튼튼해지지 않았기 때문이었다.

12월 중순까지 뼛속 깊이 춥고 고적한 날들이 계속되었다. 난로로는 헐벗은 방을 덥힐 수 없을 정도로 강추위가 몰아닥쳤다. 창밖으로 들판에 두껍게 쌓인 눈을 바라보노라면 저멀리 동토의 파리에 갇혀 아무 소식도 없는 모리스가 생각났다. 그러면 언제나 똑같은 물음이 떠오르곤 했다. 뭘 하고 있을까? 왜 살아 있다는 신호조차 없는 걸까? 두 사람은 부상이나 와병, 심지어 죽음이라는 끔찍한 일에 대한 염려를 감히 입 밖에 내지 못했다. 신문을 통해 전해지는 몇몇 정보는 안심할 만한 것이 못 되었다. 진실인지 거짓인지 불분명한 독일군 포위망 돌파이후, 12월 2일 뒤크로 장군이 샹피니에서 대승을 거뒀다는 소문이 돌았었다. 그러나 이튿날 장군이 돌연 정복한 요충지를 포기하면서 마른강을 다시 건너갔다는 기사도 보였다. 이 시각 파리는 갈수록 조여드는 포위망에 숨을 쉴 수 없었다. 기근이 시작되었고, 가축에 이어 감자가 징발되었고, 민간인들에게 가스 공급이 중단되었고, 포탄 세례로 거리의 흙이 파이고 검은 연기가 솟아올랐다. 두 사람은 음식물을 삼킬 때나 몸을 따뜻하게 덥힐 때 거대한 무덤에 갇힌 모리스의 얼굴과 200만 시민의 존재가 떠올라 괴롭기 그지없었다.

게다가 북쪽에서, 그리고 중앙의 샹트르 지방에서, 요컨대 사방에서 점점 더 실망스러운 소식이 날아들었다. 북쪽에서 국민 유격대, 후방 부대, 스당과 메츠의 패전에 참전하지 않았던 병사들과 장교들로 조직된 22군단은 아미앵을 포기하고 아라스로 물러났음이 분명했다. 뒤이어 사기가 땅에 떨어진 소수의 병력이 제대로 싸우지도 않고 패퇴하는 바람에, 루앙이 적의 수중에 떨어졌다. 상트르 지방에서는, 11월 9일 쿨미에에서 루아르군이 거둔 승리가 열렬한 희망의 씨앗을 뿌렸다. 오를레앙이 탈환되었고, 바이에른군이 퇴각했고, 에탕프를 통해 아군이 진군했고, 파리의 해방이 임박했다. 그러나 12월 5일, 프리드리히 카를 왕자가 오를레앙을 다시 점령하면서 루아르군을 양분했다. 루아르군의 3개 군단은 비에르종과 부르주로 후퇴했고, 샹지 장군이 이끄는 2개 군단은 일주일간 행군과 전투를 이어가며 영웅적으로 싸웠으나 결국 르망까지 밀려났다. 프로이센군이 디종과 디에프, 르망과 비에르종 등 도처에 포진했다. 거의 매일 아침, 적의 맹렬한 포화에 아군 진지가 붕괴하는 굉음이 아스라이 들렸다. 9월 28일, 스트라스부르가 46일의 포위와 37일의 포격을 버티지 못하고 무너졌다. 성벽이 완파되었음은 물론이고 각종 기념건물이 약 20만 발의 총알을 맞아 벌집처럼 변했다. 이미 라옹의 성채가 날아갔고, 툴이 항복했다. 그후 패전이 쉴새 없이 이어졌다. 182문의 대포를 가진 수아송, 136문의 대포를 가진 베르됭, 100문의 대포를 가진 뇌프브리자크, 70문의 대포를 가진 라페르, 65문의 대포를 가진 몽메디가 항복했다. 티옹빌이 화염에 휩싸였고, 팔스부르가 십이 주의 격렬한 항전 끝에 성문을 열었다. 마치 프랑스 전체가 무자비한 집중포화를 맞아 불타오르고 무너져내리는 듯했다.

장이 단호하게 떠나겠다고 고집부린 날 아침, 앙리에트는 떨리는 손으로 그의 손을 잡으며 만류했다.

"안 돼요, 안 돼! 제발 저를 혼자 남겨두지 말아요…… 당신은 아직 완쾌되지 않았어요, 제발 며칠만 기다려요, 며칠만 더…… 박사님이 싸우러 가도 좋다고 하실 때, 그때는 제가 반드시 보내드릴게요."

5

추위가 매서웠던 12월의 어느 저녁, 실빈과 프로스페르는 샤를로와 함께 농가의 커다란 부엌에 있었다. 그녀는 바느질을 하고, 그는 근사한 채찍을 만들고 있었다. 일곱시였다. 육류가 부족한 로쿠르에 갔기 때문에 일찍 돌아올 수 없는 푸샤르 영감을 기다리지 않고 그들은 여섯시에 먼저 저녁을 먹었다. 이날 야전병원에서 철야근무를 하는 앙리에트가 실빈에게 취침 전에 장의 방 난로에 석탄을 채워주라고 부탁하고는 방금 막 집을 나섰다.

하얀 눈밭 위에 하늘이 캄캄했다. 어둠에 묻힌 마을에서는 아무 소리도 나지 않았고, 들리는 거라곤 산수유나무 손잡이를 마름모꼴과 꽃 모양으로 장식하려고 프로스페르가 칼질하는 소리뿐이었다. 그는 간간이 손을 멈추고는 졸려서 금발의 커다란 머리를 꾸벅꾸벅하는 샤를로를 바라보았다. 마침내 아이가 잠이 들자, 정적이 더 깊어지는 듯했다. 아이의 엄마는 불빛이 아이의 잠을 방해하지 않도록 촛불을 들어 천천히 멀찍이 옮겨놓았다. 그러고는 다시 바느질을 하며 깊은 몽상에 빠져들었다.

잠시 망설이던 프로스페르가 결심한 듯 입을 열었다.

"이봐요, 실빈, 당신에게 알려줄 게 있어요…… 그래서 단둘이 있게 될 때를 기다렸습니다."

곧바로 불안한 표정을 지으며 그녀가 고개를 들었다.

"뭐냐 하면…… 당신을 힘들게 해서 미안해요, 하지만 미리 알고 있는 게 나을 것 같아서…… 오늘 아침에 레미성당 근처에서 골리아트를 봤어요. 오! 지금 당신을 보듯 분명히 봤어요, 틀림없어요!"

그녀는 하얗게 질리며 부들부들 손을 떨었고, 신음하듯 더듬거렸다.

"맙소사! 맙소사!"

프로스페르가 신중한 표현을 골라가며 말을 이었고, 낮에 이 사람 저 사람에게 물어서 알아낸 것을 들려주었다. 이제는 골리아트가 첩자라는 사실을 아무도 의심하지 않았다. 그가 예전에 이 고장에 정착한 것은 도로 사정이나 자원, 세부적인 생활방식을 파악하기 위해서였다. 사람들은 그가 푸샤르 영감 농가에서 머슴살이를 했던 것, 그후 별안간 종적을 감춘 것, 뒤이어 그가 보몽과 로쿠르 쪽에서 얻었던 일자리 등을 기억하고 있었다. 그런 그가 돌아온 것이었다. 스당의 지휘부에서 애매한 지위에 있는 그는 이제 여러 마을을 돌며 이 사람들을 고발하고, 저 사람들에게 과세하고, 주민들이 징발에 제대로 응하는지 감시하는 일을 했다. 그날 아침 그는 밀가루 헌납이 미진하고 너무 느리다며 레미 사람들을 공포에 떨게 했다.

"아시겠죠." 프로스페르가 이야기를 마무리했다. "이제 그자가 여기로 오면 어떻게 해야 할지 생각해둬야 해요……"

그녀는 두려움에 떨며 그의 말을 끊었다.

"그가 여기로 올 것 같아요?"

"그렇고말고요! 당연히 오겠죠…… 아이가 있는 걸 아는데다 지금까지 못 봤으니 얼마나 궁금하겠어요…… 게다가 당신이 있잖아요, 여전히 예쁘니까 다시 보고 싶겠죠."

그녀는 애원하는 듯한 몸짓으로 그의 말을 잘랐다. 이야기 소리에 잠이 깬 샤를로가 고개를 들었다. 아이는 꿈에서 깬 듯 몽롱한 눈으로, 문득 동네 장난꾸러기가 가르쳐준 욕설을 떠올렸다. 세 살짜리 꼬마가 사뭇 진지한 표정으로 소리쳤다.

"돼지 같은 프로이센 놈들!"

화들짝 놀란 엄마가 아이를 안아 무릎 위에 앉혔다. 아! 그녀가 온마음으로 사랑하는 아이, 눈물 없이 바라볼 수 없는 아이, 그녀의 기쁨이자 절망인 아이! 그 안쓰러운 아이가 또래 꼬마들처럼 프로이센 병사를 심술궂게 부르는 걸 듣자 그녀는 몹시 마음이 아팠다. 그녀는 아이의 입술에서 그 욕설을 지워버리려는 듯 그 입술에 입을 맞췄다.

"누가 그런 나쁜 말을 가르쳐줬어? 그런 말 하면 안 돼, 알겠지, 우리 아기!"

그러자 숨넘어갈 듯 까르르 웃으며 샤를로는 아이 특유의 고집으로 얼른 되풀이했다.

"돼지 같은 프로이센 놈들!"

그러나 엄마가 울음을 터뜨리자 아이는 엄마 목에 매달려 함께 울기 시작했다. 맙소사! 또다시 불행을 겪어야 하는 걸까? 오노레의 죽음으로 삶의 유일한 희망을, 모든 걸 잊고 다시 행복해질 수 있다는 희망을 잃은 것으로도 충분치 않은 걸까? 그녀의 불행을 완성하기 위해 또다른 남자가 되살아온 것이었다.

"자!" 그녀가 속삭였다. "자러 가자, 우리 아기. 누가 뭐래도 엄마는 널 사랑해, 네가 엄마한테 무슨 고통을 안겼는지 알 리 없으니까."

그녀는 프로스페르를 잠시 혼자 내버려두었다. 그는 그녀를 심란하게 하지 않기 위해, 그녀를 보지 않고 다시 채찍 손잡이를 정성스레 다듬는 척했다.

그러나 아이를 재우러 가기 전 실빈은 취침인사를 시키기 위해 아이를 장의 방으로 데려갔다. 장과 아이는 친한 친구가 되었다. 촛불을 손에 들고 방안으로 들어갔을 때, 어둠 속에서 눈을 크게 뜬 채 앉아 있는 부상병이 보였다. 이런, 아직도 자지 않고 있는 걸까? 정말, 그렇네! 그는 겨울밤의 적막 속에서 온갖 것을 꿈꾸고 있었다. 그녀가 난로에 석탄을 채우는 동안, 장은 침대 위에서 고양이처럼 뒹구는 샤를로와 함께 놀았다. 실빈의 과거를 아는 그는 순종적이지만 용감한 이 여자에게 깊은 우애를 느꼈다. 사랑하는 유일한 남자를 잃는 불행을 겪은 그녀에게 남은 위안이라고는 이 불쌍한 아이밖에 없었다. 하지만 아이는 탄생 자체가 그녀에게 고통을 뜻했다. 난로 뚜껑을 덮은 뒤 그녀가 아이를 데리러 갔을 때, 장은 그녀의 눈을 보고 울었음을 알아차렸다. 무슨 일일까? 또 무슨 걱정거리가 생긴 걸까? 그러나 그녀는 대답하지 않았다. 나중에, 이야기할 가치가 있다고 생각되면 그때 말할게요. 맙소사! 삶이란 그녀에게 끝없는 슬픔일 뿐일까?

이윽고 실빈이 샤를로를 데려가려 했을 때, 농가 마당에서 발소리와 사람 목소리가 들렸다. 깜짝 놀란 장은 귀를 기울였다.

"누구죠? 푸샤르 영감님이 돌아오신 건 아닌데…… 이륜마차 바퀴 소리가 들리지 않았다고요."

외딴방에서도 그는 농가의 살림살이를 훤히 짐작했는데, 이제는 아주 작은 소리까지도 그의 귀에 익숙해졌기 때문이었다. 귀를 쫑긋 세운 그가 다시 말했다.

"아! 그래요, 디윌레숲의 민병들이 식량을 구하러 왔군요."

"그럼 빨리 가야죠!" 실빈이 장을 어둠 속에 두고 떠나며 나직이 말했다. "서둘러야 해요, 그들이 빵을 가져갈 수 있게."

과연 민병들이 주먹으로 부엌문을 두드렸고, 혼자라서 난처해진 프로스페르는 이런저런 이유를 늘어놓으며 부엌문 열기를 망설였다. 주인이 외출중이고, 손실이 생기면 자신이 책임져야 하기에 문을 열어줄 수 없었다. 다행히 바로 그때, 푸샤르 영감의 이륜마차가 눈 덮인 경사지를 빠르게 내려오는 소리가 들렸다. 영감이 민병들을 맞이했다.

"아! 그래, 자네들이군…… 그 손수레에 무얼 싣고 왔나?"

산적처럼 깡마른 상뷔크가 몹시 헐렁한 청색 작업복에 파묻힌 채 영감의 말은 듣는 둥 마는 둥 했는데, 그제야 부엌문을 연 프로스페르에게, 그가 평소 신사 동생이라고 부르던 그 프로스페르에게 화가 나 있었기 때문이었다.

"야, 너! 우리를 거지 취급하는 거야? 이렇게 추운 날 밖에서 떨게 하다니!"

그러나 프로스페르는 대답도 없이 어깨를 으쓱하면서, 태연히 말과 이륜마차를 마구간으로 옮겼다. 다시 푸샤르 영감이 손수레를 기웃거리며 말했다.

"아, 죽은 양 두 마리를 가져왔군…… 날씨가 얼음장처럼 추워서 다행이야, 안 그랬으면 벌써 썩은 냄새가 났을 텐데."

어디를 가든 함께 다니는 상뷔크의 두 부하, 카바스와 뒤카가 소리쳤다.

"오!" 카바스가 프로방스 출신 특유의 시끄럽고 수다스러운 목소리로 말했다. "죽은 지 사흘도 안 됐어요…… 라팽 농가에서 죽은 양들인데, 그 농가에 몹쓸 가축병이 돌았거든요."

"프로쿰비트 후미 보스."* 뒤카가 말했다. 어린 아가씨들을 좋아하는 그릇된 취향 때문에 직장에서 쫓겨난 옛 집달리는 라틴어 문장을 즐겨 인용했다.

푸샤르 영감은 고개를 가로저었다. 그는 시일이 지나 너무 상했다고 트집 잡으며 상품을 깎아내리려고 애썼다. 세 사람과 함께 부엌으로 들어서며 그가 결론을 내렸다.

"어쨌든 사람들은 좋아하겠지…… 로쿠르에 육류가 떨어졌으니 잘 됐지 뭐야. 배가 고플 땐 뭐든 먹게 마련이니까 말이야, 안 그래?"

내심 만족한 그는 방금 샤를로를 다시 재운 실빈을 불렀다.

"실빈, 잔 좀 갖다줘. 우리는 비스마르크의 죽음을 위해 한잔 마셔야겠어."

---

* Procumbit humi bos. '소가 땅에 쓰러졌다'는 뜻으로, 베르길리우스의 『아이네이스』에 나오는 표현.

푸샤르 영감은 이런 식으로 디윌레숲 민병들과 좋은 관계를 유지하고 있었다. 석 달 전부터 민병들은 해가 지면 울창한 숲에서 나와 도로를 어슬렁거리며 기습적으로 프로이센 병사들을 죽이고 강탈했고, 전리품이 미미하면 갑자기 방향을 틀어서 농가를 습격하고 농부들에게서 돈을 뜯었다. 그들은 마을 사람들에게 공포 그 자체였는데, 수송 마차가 공격당하거나 보초가 교살될 때마다 독일 당국이 인근 마을 주민들에게 복수했기 때문이다. 독일 당국은 주민들에게 공모죄를 뒤집어씌워 벌금형을 내리거나, 읍장들을 포로로 잡아가거나, 여기저기 초가집을 불태웠다. 농부들이 민병들을 독일 당국에 넘겨주고 싶어도 그러지 못하는 이유는 실패할 경우 오솔길 모퉁이에서 총을 맞을까 두렵기 때문이었다.

푸샤르 영감은 기발하게도 민병들과 거래할 생각을 했다. 도랑에서 외양간까지 이 고장 구석구석을 돌아다니는 민병들이 그에게 죽은 가축을 대는 공급자가 되었다. 그들이 반경 30리 내에서 죽은 소나 양을 모조리 수거해 영감에게 가져왔다. 그러면 영감은 그 대금으로 그들에게 식량을 주었는데, 특히 실빈이 그들을 위해 구운 빵으로 교환했다. 사실 영감은 민병들을 좋아하지 않았지만, 그들이 사람들 시선에 개의치 않고 자기들 일을 능란하게 처리하는 점에는 내심 감탄했다. 영감은 프로이센군과 거래하면서 이득을 취하고 있으면서도, 길가에서 프로이센 병사가 목에 칼을 맞고 죽었다는 소식을 들을 때마다 속으로 쾌재를 불렀다.

"건배!" 세 민병과 잔을 부딪치며 영감이 말했다.

그러고는 손등으로 입술을 닦으며 다시 말했다.

"그나저나 저놈들이 또 난리를 치고 있네. 빌쿠르 근처에서 머리 없이 발견된 두 독일 창기병 때문이지…… 어제부터 빌쿠르가 불에 타고 있어. 저놈들 말로는, 주민들이 자네들을 도왔기 때문에 내린 벌이라나…… 어쨌든 신중하게 행동해야 할 필요가 있으니, 당분간은 여기로 내려오지 말게. 우리가 빵을 거기로 가져다줄 테니까……"

상뷔크는 어깨를 으쓱하며 코웃음쳤다. 흥, 바보 같은 프로이센 놈들! 난리 치라고 해, 하나도 안 무서워! 그러다가 그는 갑자기 화를 내며 주먹으로 식탁을 쾅 내리쳤다.

"빌어먹을! 창기병들이야 차라리 신사지. 진짜로 내가 일대일로 맞붙고 싶은 놈은 따로 있습니다. 영감님도 잘 아시잖습니까, 그놈의 첩자, 이 집에서 일했던 그 첩자요……"

"아, 골리아트!" 푸샤르 영감이 말했다.

다시 바느질을 시작했던 실빈이 퍼뜩 멈추고 귀를 기울였다.

"그래요, 골리아트!…… 아, 더러운 놈! 그놈은 디윌레숲을 제 손바닥처럼 훤히 알죠. 언젠가 우리를 체포당하게 할 겁니다. 그놈이 오늘도 크루아드말트여관에서 우리를 일주일 안에 박살낼 수 있다고 떠벌렸다더군요…… 보몽 전투 전날 바이에른군을 안내한 사냥개가 바로 그놈이었습니다. 어이, 친구들, 안 그래?"

"여기 이 환한 촛불만큼 분명한 사실이죠!" 카바스가 맞장구쳤다.

"페르 아미카 실렌티아 루나이."* 가끔 맥락에 맞지도 않는 인용문을 아무렇게나 읊조리는 뒤카가 덧붙였다.

---

* Per amica silentia lunae. '달의 친절한 침묵을 통해'라는 뜻으로, 베르길리우스의 『아이네이스』에서 나오는 표현.

상뷔크가 다시 주먹으로 식탁을 쾅 내리쳤다.

"우리가 그놈을 재판했고, 사형선고를 내렸소, 우라질 놈!…… 언제고 우리 눈에 띄기만 해봐, 보이면 알려주시오. 그놈 대갈통도 창기병들 머리통처럼 뫼즈강으로 흘러가게 할 테니까. 아! 더러운 자식, 그래요, 반드시 대가를 치르게 할 겁니다!"

잠시 침묵이 흘렀다. 실빈이 창백한 얼굴로 그들을 바라보았다.

"이 일에 대해서는 함구하는 게 좋겠네." 푸샤르 영감이 신중하게 말했다. "자, 건배, 그리고 잘들 가게!"

그들은 두번째 병도 모두 비웠다. 외양간에서 돌아온 프로스페르는 빵을 넣은 자루를 죽은 양들이 있던 손수레로 옮기던 실빈을 도와주었다. 그는 아무 말도 하지 않았다. 그의 형과 두 부하가 손수레를 끌고 눈보라 속으로 사라지며 거듭 인사했을 때도, 그는 등을 돌리고 있었다.

"안녕, 또 봅시다, 안녕히 계십시오!"

이튿날 점심식사 후 푸샤르 영감이 혼자 집에 있을 때, 몸집이 크고 혈색이 좋은 골리아트가 여유만만하게 미소 지으며 들어왔다. 영감은 그의 갑작스러운 출현에 깜짝 놀랐지만, 누군지 모르는 척 아무 내색도 하지 않았다. 영감은 눈을 가늘게 떴고, 골리아트는 그에게 다가와 서둘러 악수를 청했다.

"안녕하십니까, 푸샤르 영감님."

그를 알아보지 못하는 척하던 영감이 말했다.

"아니, 이게 누구야! 골리아트 아닌가…… 오! 자네 몸이 더 좋아졌구먼, 살이 쪄서 못 알아봤네!"

영감은 골리아트를 찬찬히 뜯어보았다. 푸른색 고급 나사 외투를 걸치고 고급 나사 군모를 쓴 골리아트는 전체적으로 아주 풍족해 보였다. 게다가 그는 외국어 억양이 전혀 느껴지지 않게 이 고장 농부들 특유의 기름진 목소리로 느릿느릿 말했다.

"네, 접니다, 푸샤르 영감님…… 여기로 돌아오면 영감님한테 꼭 인사 한번 드려야지 했습니다."

영감은 내심 경계의 끈을 풀지 않았다. 이놈이 뭐하러 여기 왔을까? 어젯밤 민병들이 다녀간 걸 안 걸까? 좀더 살펴봐야겠어. 어쨌든 골리아트가 예의를 갖춰 인사한 이상, 일단은 친절하게 맞아주는 게 최선이야.

"자네가 의젓해진 걸 보니 기분이 좋군. 자, 간단히 한잔할까!"

영감은 손수 잔 두 개, 포도주 한 병을 가지고 왔다. 포도주가 아까웠지만, 사업에는 돈이 들어가기 마련이었다. 간밤과 같은 장면이 재현되었다. 그들은 똑같은 몸짓으로 잔을 부딪쳤고, 똑같은 말을 했다.

"건강하십시오, 푸샤르 영감님."

"건배!"

골리아트는 기분이 좋아졌다. 그는 주변을 돌아보며 즐겁게 옛 공간과 옛 물건을 떠올렸다. 하지만 과거에 대해서도 현재에 대해서도 전혀 언급하지 않았다. 화제는 농사일을 방해하는 맹추위로 좁혀졌다. 눈보라도 나쁘기만 한 게 아니라, 해충을 죽여준다는 좋은 점이 있었다. 문득 골리아트가 조금 서글픈 일이 있다고 하면서, 레미의 다른 주민들이 자신에게 보인 말없는 증오와 무자비한 경멸에 대해 암시했다. 안 그렇습니까? 누구에게나 조국이 있고, 모두가 나름대로 조국에 봉사하는 건 당연한 일이잖습니까. 그런데 프랑스에는 정말 희한한 관행이 있는 것 같아요. 영감은 명랑한 얼굴로 차분하고 사려 깊게 이야기하는 골리아트를 바라보며, 이 청년이 나쁜 의도를 가지고 찾아온 게 아니라고 확신했다.

"그런데 오늘은 혼자 집에 계시는 모양이네요, 푸샤르 영감님."

"아니! 그렇지 않아. 실빈이 저기서 소에게 여물을 주고 있어…… 실빈을 볼 텐가?"

골리아트가 미소 지었다.

"아, 물론이죠…… 솔직히 말씀드리면, 실빈을 보러 왔습니다."

마음이 놓인 푸샤르 영감이 벌떡 일어나더니 큰 소리로 불렀다.

"실빈! 실빈!…… 누가 널 찾아왔다!"

방패막이가 될 여자가 있어 걱정할 거리가 사라진 영감은 그 자리를 떠났다. 세월이 이렇게 오래 흘렀는데도 여전히 끌린다면 그 사내는 끝장난 셈이지, 뭐.

실빈은 식탁 앞에 앉아 다소 어색한 미소를 짓고 있는 골리아트를 보고도 전혀 놀라지 않았다. 그녀는 그를 기다리고 있었다. 하지만 온몸이 뻣뻣하게 굳어 문지방을 넘은 뒤 가만히 멈춰 섰다. 그때 엄마를 보고 달려온 샤를로가 낯선 남자에게 놀란 듯 그녀의 치마폭으로 뛰어들었다.

잠시 곤혹스러운 침묵이 흘렀다.

"이 꼬마가 당신 아들인가?" 골리아트가 부드러운 목소리로 물었다.

"그래요." 실빈이 힘겹게 대답했다.

다시 침묵이 흘렀다. 그는 그녀가 임신 7개월일 무렵 떠났다. 자기 아이가 있다는 건 알았지만, 실제로 보기는 처음이었다. 그는 실빈이 자신이 떠날 수밖에 없었던 이유를 이해해줄 거라 생각하며 해명하려 했다.

"실빈, 당신이 나를 사무치게 원망하고 있다는 거 잘 알아. 하지만 그럼 안 돼…… 내가 떠난 건, 내가 당신에게 큰 고통을 줄 수밖에 없었던 건, 나는 내 마음대로 행동할 수 없었기 때문이었어. 상관의 명령에 복종해야만 하는데, 그럴 때 내가 어쩔 수 있겠어? 그들은 내게 광대한 지역의 정찰을 명했고, 나는 그 명령에 따를 수밖에 없었어. 그리고 당연히 당신에게는 그런 내막을 이야기할 수 없었지. 그렇게 작별인사도 없이 떠나면서 내 가슴도 찢어지는 것 같았어…… 아! 나는 내가 다시 돌아올 거라 확신할 수도 없었어. 하지만 늘 생각했어, 그래서 보다시피, 지금 내가 여기 있잖아……"

그녀는 그의 얼굴을 외면하고 있었다. 그의 말을 듣지 않기로 결심한 듯 그녀는 창 너머 안마당에 쌓인 눈을 바라보았다. 이런 경멸, 이런 고집스러운 침묵에 당황한 그는 변명을 멈추고 말했다.

"당신은 여전히 아름다워!"

안색은 창백하지만 그녀는 지금도 아주 아름다웠고, 크고 예쁜 눈 덕에 얼굴이 밝고 상큼해 보였다. 풍성한 흑발은 마치 영원한 애도의 머리칼처럼 검게 빛났다.

"그렇게 화내지 마! 나는 당신을 힘들게 하려는 게 아니야. 보다시피…… 내가 당신을 사랑하지 않는다면 여기 오지도 않았겠지…… 지금 내가 여기에 있고 모든 게 순조롭게 굴러가는 이상, 이제 우리는 다시 만나면 되는 거야, 안 그래?"

그녀는 그 말에 갑자기 뒤로 흠칫 물러나더니 그를 똑바로 바라보았다.

"그건 절대로 안 돼요!"

"왜 절대로 안 되지? 당신은 내 여자잖아? 이 꼬마는 우리 아이잖아?"

그녀는 그에게서 눈을 떼지 않고 천천히 말했다.

"잘 들어요, 문제를 빨리 매듭짓는 게 좋겠네요…… 당신도 오노레를 잘 알 거예요. 난 그 사람을 사랑했어요, 언제나 그 사람만을 사랑했어요. 그런데 그 사람은 죽었어요, 당신들이 내게서 그 사람을 빼앗아갔어요…… 난 절대 당신 여자가 될 수 없어요, 절대로 그런 일은 없어요!"

그녀가 한 손을 들고 증오에 찬 목소리로 맹세하자, 그는 순간 당황한 나머지 말투를 바꿔 우물거렸다.

"그래요, 알고 있소, 오노레는 죽었지. 아주 착한 청년이었는데…… 하지만 어쩌겠소? 많은 청년이 죽었고, 그런 게 전쟁 아닌가…… 나는 그 친구가 죽었으니까 이제 더이상 고민할 게 없다고 생각했었소. 실빈, 그때 일을 떠올려봐요, 내가 강제로 그런 게 아니잖소, 당신도 뿌리치지 않았고……"

그러나 그는 말을 계속할 수 없었다. 분노한 그녀가 두 손으로 얼굴을 감싸더니 마치 자신을 쥐어뜯을 것처럼 괴로워했기 때문이다.

"아! 그래요, 그때 그 일! 날 미치게 하는 게 바로 그 일이에요! 난 당신을 조금도 좋아하지 않았는데, 왜 뿌리치지 않았을까?…… 이젠 생각도 나지 않아요…… 당신은 오노레가 떠나서 병이 날 정도로 슬퍼하던 나에게 와서, 그 사람을 아주 좋아하는 척하며 그 사람 이야기를 했어. 그 바람에 그런 일이 생겼을 테고…… 오, 하느님 맙소사! 그 일을 떠올리며 얼마나 많은 밤을 눈물로 지새웠는지! 원하지 않던 일을 하고는 왜 그랬는지 알지도 못하니 피를 토할 노릇이었다고…… 하지만 그 사람은 그런 나를 용서했어요. 돼지 같은 프로이센 놈들 손에 죽지 않는다면, 제대 후에 나와 결혼하겠다고 약속했다고요…… 아, 그런데 당신을 다시 만나라고? 아, 말도 안 되는 소리예요! 목에 칼이 들어온다 해도, 그건 아니에요, 절대로 그런 일은 없어!"

골리아트의 표정이 어두워졌다. 순종적인 여자인 줄 알았던 그녀가 추호의 흔들림도 없이 사납고 단호했기 때문이다. 그는 좋은 의도로 찾아왔지만 실빈의 완강한 태도를 확인하자, 당당한 승자로서 완력을 써서라도 그녀를 갖고 싶었다. 그러나 타고난 신중함, 책략과 인내의 본능이 폭력을 막았다. 주먹이 큰 거한이지만 여자를 때리고 싶지는 않았다. 그는 그녀를 굴복시킬 다른 방법을 생각해냈다.

"좋소, 당신이 나를 원하지 않는다면, 아이라도 데려가겠소."

"뭐라고요, 아이를?"

그녀의 치마폭에 있던 샤를로는 어른들의 말다툼에 터져나오려는 울음을 간신히 참고 있었다. 그때 골리아트가 일어나더니 아이에게 다가왔다.

"꼬마야, 너는 내 아들이고, 그러니 프로이센 사람이야…… 이리 와, 나랑 함께 가자!"

그러자 실빈이 몸을 덜덜 떨며 아이를 와락 껴안고 말했다.

"프로이센 사람이라니, 절대 아니에요! 프랑스 사람, 그것도 프랑스에서 태어난 프랑스 사람이라고요!"

"프랑스 사람? 이 아이를 보시오, 아이를 보고 말하라고! 나를 쏙 빼 닮았잖소. 이 아이가 당신을 닮았나?"

곱슬곱슬한 수염과 머리칼, 장밋빛 두툼한 뺨, 유리알처럼 빛나는 커다란 푸른색 눈을 지닌 금발인 거한이 그녀의 눈에 들어왔다. 그의 말이 맞았다. 아이의 금발머리와 통통한 뺨, 투명한 눈 생김새는 골리아트와 똑같고 누가 봐도 독일인이었다. 그녀 역시 말아올린 머리에서 어깨로 흘러내린 자신의 검은 머리칼을 보며 아이가 자신과는 다르다고 느꼈다.

"내가 낳은 아이예요, 내 아들이라고!" 그녀가 거칠게 되풀이했다. "그 더러운 독일어를 한마디도 할 줄 모르는 프랑스 아이라고요, 그렇고말고! 언젠가 당신들 모두를 죽일 프랑스 아이, 당신들이 저지른 살육에 당당히 복수할 프랑스 아이!"

샤를로가 엄마 목을 꼭 껴안은 채 울며 소리치기 시작했다.

"엄마, 엄마! 무서워, 빨리 나가자!"

소란을 원치 않았던 골리아트는 뒤로 물러나며 다시 거친 반말로 이야기했다.

"실빈, 이제부터 내가 하는 말 잘 기억해줘…… 나는 이 집에서 일어나고 있는 모든 일을 알아. 디월레숲 민병대, 당신들은 이 집 머슴의 형인 상뷔크와 거래하고 빵을 공급하고 있지. 프로스페르는 아프리카 기병 출신 탈영병이고…… 게다가 또다른 부상병 하나가 이 집에 숨어 있어. 내가 입만 뻥긋하면 그자는 독일 감옥으로 호송될 거야…… 어때? 맞잖아, 나는 다 알고 있어……"

공포에 질린 채 그녀는 말없이 그의 말을 유심히 들었다. 목에 매달린 샤를로가 작은 목소리로 칭얼거렸다.

"아! 엄마, 엄마, 빨리 나가자, 무서워!"

"자!" 골리아트가 말을 이었다. "난 정말 나쁜 사람이 아니야, 말다툼도 좋아하지 않아. 하지만 내가 맹세하는데, 다음주 월요일에 내가 다시 왔을 때도 당신이 나를 거부한다면, 푸샤르 영감은 물론이고 다른 자들도 모두 체포될 거야…… 그리고 이 아이는 독일에 있는 우리 어머니에게 데려가겠어, 어머니가 크게 기뻐하시겠군. 당신이 나와 관계를 끊는 순간, 이 아이는 내 아이가 되는 거야…… 알겠어? 이 집에 아무도 없을 때 와서 데려가면 그만이야. 난 승자니까 내 맘대로 할 권리가 있어…… 자, 어떻게 할 거야?"

그녀는 여전히 아무 대답도 하지 않았지만, 당장이라도 아이를 빼앗길까봐 두려운 듯 아이를 꼭 끌어안았다. 그녀의 큰 눈에 공포어린 분노가 타올랐다.

"좋아, 사흘간 생각할 여유를 주지…… 과수원 쪽 창문을 열어둬……만약 월요일 저녁 일곱시에 그 창문이 닫혀 있으면, 다음날 곧바로 이 집에 있는 사람 전부가 잡혀가게 될 거야. 그리고 아이는 내가 데려갈 거고…… 잘 있어, 실빈!"

그는 조용히 떠났다. 그녀는 온갖 끔찍한 생각으로 머릿속이 윙윙거려 멍하니 그 자리에 못박힌 듯 서 있었다. 그렇게 온종일 마음속에서 폭풍이 일었다. 처음에는 아이를 안고 어디론가 달아나자는 본능적인 생각이 들었다. 하지만 밤이 오면 어떻게 하지? 어떻게 생계를 유지하지? 아마도 길목을 지키는 프로이센군에게 체포돼 끌려가리라. 다음에

든 생각은 장에게 말하고 프로스페르와 푸샤르 영감에게 알리는 것이었다. 그러나 다시 그녀는 망설였고, 주저했다. 그들이 자신들 모두의 안전을 위해 하녀를 희생시키지 않을 거라 확신할 수 있나? 아니, 아니야! 아무한테도 말하면 안 돼. 단호히 거부해서 내가 혼자 초래한 위험이니까, 혼자서 해결해야 해. 하지만 어떻게? 맙소사! 어떻게 이 불행을 막을 수 있을까? 벌써부터 양심의 가책이 느껴졌다. 만일 그녀 때문에 모두에게, 특히 샤를로에게, 그토록 친절한 장에게 불행한 일이 생긴다면 그녀는 평생 그 죄를 씻을 수 없을 것 같았다.

아무런 해결책도 찾아내지 못한 상태로 이튿날도 지나갔다. 그녀는 평소처럼 부엌을 청소하고, 소를 돌보고, 식사를 준비하며 맡은 일을 열심히 했다. 절대적이고 무시무시한 침묵 아래 그녀의 가슴속에서 골리아트를 향한 증오가 시시각각 증폭되었다. 골리아트는 그녀에게 죄악이요 저주였다. 그가 없었다면, 그녀는 조용히 오노레를 기다렸을 것이다. 그랬다면 오노레도 죽지 않았을 것이고, 그녀는 행복했을 것이다. 승자라며, 정복자라며 으스대는 꼴이라니! 그러나 그건 사실이었다. 지금은 억울함을 호소할 재판관도, 헌병도 존재하지 않았다. 오직 무력만이 법이었다. 아! 내가 강자가 될 수는 없을까, 그래서 모두를 잡아들이겠다고 위협하는 그자를 내가 잡아들일 수는 없을까! 그녀가 가진 것이라곤 세상에 하나밖에 없는 혈육, 그 아이뿐이었다. 의도치 않게 아버지가 된 골리아트는 전혀 중요하지 않았다. 그녀는 그의 아내도 아니고, 그를 떠올리면 패자의 분노와 원한밖에 느껴지지 않았다. 그 사람에게 아이를 넘기느니 차라리 아이를 죽이고 자신도 함께 죽으리라. 그에게 이미 말하지 않았던가, 그가 증오의 선물처럼 그녀에게 남긴 이 아이가 훗날 어른이 되어 프로이센 놈들의 가슴에 총알을 박는 날을 학수고대한다고. 아! 그렇고말고, 또 한 명의 프랑스 병사, 프로이센 놈들을 죽일 프랑스 병사가 또 한 명 생긴 거지!

　이제 시간은 하루밖에 남지 않았다. 그녀는 결정을 내려야 했다. 첫날부터 한 가지 참혹한 생각이 혼란과 고뇌에 찬 그녀의 머릿속을 스쳤었다. 그것은 민병대에 알리는 것, 상뷔크가 기다린다던 정보를 주는 것이었다. 그러나 그 생각은 점차 희미해졌는데, 결국 다시 생각해볼 여지 없는 끔찍한 것으로 물리쳐버렸다. 어찌됐건 내 아이의 아버지가 아닌가? 그를 죽게 할 수는 없었다. 하지만 시간이 갈수록 그 생각이 현실성 있게 느껴지며 그녀를 압박했다. 그리고 이제 그 생각은 단순하고 절대적인 힘처럼 자리잡았다. 골리아트가 죽으면 장과 프로스페르, 푸샤르 영감에 대해서는 걱정할 게 없었다. 샤를로를 지킬 수 있고, 더 이상 아무도 그녀에게서 아이를 빼앗으려 하지 못할 것이다. 게다가 그녀 자신도 의식하지 못하는 어떤 이점이, 존재의 깊숙한 곳에서 올라오는 또다른 이점이 있었다. 그것은 아버지를 없애버림으로써 부계父系를 잘라내려는 욕망, 자신의 실수를 지움과 동시에 수컷과의 공유 없이 아이를 독점하려는 야만적 욕망에 관계된 것이었다. 그녀는 하루종일 이 계획을 떠올렸고, 더이상 그 생각을 물리칠 힘이 없었다. 그녀는 함정을 만들 세부적인 계획을 세우며 아주 사소한 것까지 미리 점검했다. 지금 이 시각 그것은 기정사실이 된 계획, 더이상의 추론이 불필요한 확고한 계획이었다. 마침내 불가피한 힘의 충동에 굴복했을 때, 그녀는 자신도 몰랐던 내면의 누군가가 내리는 명령에, 꿈속으로 빠져들듯 그 계획 속으로 나아갔다.

일요일, 골리아트를 만난 후로 불안을 느낀 푸샤르 영감은 민병들에게 줄 빵 자루를 2킬로미터 떨어진 외딴곳인 부아빌 채석장으로 가져다주겠다고 통보했다. 이날 프로스페르가 바빴기 때문에, 영감은 손수레에 빵 자루를 실어 실빈을 보냈다. 이게 다 운명이 아닐까? 실빈은 하늘의 뜻이라고 생각하면서 상뷔크에게 정보를 제공했다. 그리고 어쩔 수 없다는 듯이 침착하고 차분한 목소리로 다음날 저녁 만남을 약속했다. 다음날인 월요일, 세상 만물이 전부 이 살인을 원한다는 몇 가지 증거와 징후가 더 나타났다. 우선, 갑자기 로쿠르에 갈 일이 생긴 푸샤르 영감이 여덟시 이후에야 돌아올 수 있다며 그들에게 먼저 저녁을 먹으라고 했다. 그다음으로, 야전병원에서 원래 화요일에 철야근무를 하는 앙리에트가 이날 저녁 몸이 아픈 당직자에게 근무를 대신해달라는 다급한 요청을 받았다. 그리고 끝으로, 장은 밖에서 어떤 소리가 들려도 자기 방을 떠나지 않기 때문에, 개입할 가능성이 있는 사람은 프로스페르뿐이었다. 실빈이 그 계획을 이야기하자, 프로스페르는 그런 식으로 여럿이서 한 명을 죽이는 일에는 찬성하지 않는다고 말했다. 그러나 자신의 형이 두 부하와 함께 들어오자, 상스러운 이들 무리에 대한 역겨움과 프로이센군에 대한 혐오가 동시에 몰려왔다. 설령 이들이 적절하지 못한 방식으로 더러운 프로이센 놈 하나를 처치하더라도, 그가 끼어들어 구할 리 만무했다. 그는 자신이 무슨 소리를 듣고 정의감으로 나서는 일이 없도록, 베개에 머리를 파묻고 자는 편을 택했다.

일곱시 십오 분 전이었다. 샤를로가 자지 않으려고 버텼다. 보통은 저녁을 먹고 나면 곧바로 식탁에 머리를 떨구고 잠에 빠지는 아이였다.

"자, 이제 자야지, 우리 아기," 실빈이 앙리에트의 방으로 샤를로를 옮기며 말했다. "아줌마 방 큰 침대에서 자니까 편안하겠네, 우리 아기!"

뜻밖의 일에 기분이 좋아진 아이는 침대 위에서 뒹굴뒹굴하며 숨이 차도록 깔깔거렸다.

"안 돼, 안 돼…… 가지 마, 엄마…… 나랑 놀아, 엄마……"

그녀는 기다렸고, 더없이 다정하게 아이를 어루만지며 되풀이했다.

"자장자장, 우리 아기…… 자장자장, 착한 아기."

마침내 아이가 입가에 미소를 띤 채 잠이 들었다. 그녀는 아이가 깰까봐 옷은 벗기지 않고 춥지 않도록 이불만 덮어주었다. 깊이 자는 아이라 굳이 문을 열쇠로 잠그지 않고 나왔다.

실빈은 감정이 그처럼 고요하고, 정신이 그처럼 맑고 또렷한 적이 없었다. 그녀는 마치 자신의 육체에서 빠져나와 자신이 모르는 누군가의 충동에 따라 행동하듯 신속하게 결정했고, 민첩하게 움직였다. 상뷔크와 카바스, 뒤카를 집안으로 들이면서 그녀는 그들에게 미리 최대한 신중하게 해달라고 부탁했었다. 그녀는 그들을 자기 방으로 데려가 매서운 추위에도 이미 열어두었던 창문 양쪽에 서게 했다. 어둠이 깊었고, 창밖에 쌓인 눈이 방안으로 희미한 빛을 드리울 뿐이었다. 죽음과도 같은 정적이 들판에서 방안까지 퍼졌고, 애간장이 타는 일분일초가 흘렀다. 마침내 살금살금 다가오는 발소리가 들리자, 실빈은 부엌으로 가서 의자에 앉았다. 그녀는 커다란 눈을 촛불에 고정한 채 꼼짝하지 않고 기다렸다.

그러나 골리아트는 쉽사리 안으로 들어오지 않고 신중하게 농가를 살펴보았다. 그는 어렴풋이 실빈의 기척을 느낀 듯했다. 허리에 권총을 찬 그가 드디어 안으로 들어오려 했다. 그러다가 불현듯 불안을 느꼈는지, 창 안으로 머리만 빠끔히 들이밀고 조용히 불렀다.

"실빈! 실빈!"

열려 있는 창문을 본 그는 실빈이 고민 끝에 자기를 받아들이기로 한 것으로 판단했다. 그녀가 창가에서 맞아주었으면 더 좋았겠지만, 그래도 그는 몹시 기뻤다. 푸샤르 영감이 끝내야 할 일이 있어서 그녀를 잠시 불렀을지도 몰라. 그는 목소리를 조금 높였다.

"실빈! 실빈!"

아무런 대답도, 숨소리조차 없었다. 밖이 너무 추워서 그는 침대에서 그녀를 기다릴 생각으로 창턱을 펄쩍 뛰어넘어 방안으로 들어갔다.

별안간 격렬한 소동이 일었다. 욕설과 거친 숨소리가 뒤섞이며 뛰쳐나가려는 발소리, 미끄러져 넘어지는 소리가 들렸다. 상뷔크와 두 민병이 골리아트를 덮친 것이다. 민병들은 수적으로 우세했지만 위험 앞에서 괴력을 발휘하는 거한을 쉽게 제압하지 못했다. 캄캄한 어둠 속에서 팔다리가 뒤엉키는 소리가 들리고 상대를 제압하려 안간힘을 쓰는 것이 느껴졌다. 다행히 골리아트의 권총이 방바닥에 떨어졌다. 카바스가 다급한 목소리로 더듬거렸다. "동아줄, 동아줄!" 뒤카가 미리 준비해온 동아줄 뭉치를 상뷔크에게 던졌다. 발길질과 주먹질이 난무하는 거친 작업이었다. 먼저 다리를 묶고, 이어서 두 팔과 허리를 결박했고, 끝으로 꿈틀거리는 온몸에 동아줄을 묶었다. 세 민병이 동아줄을 두르고 또 둘러 얼마나 꽁꽁 묶었던지 골리아트의 몸뚱이가 마치 아주 촘촘한 그물에 걸린 것 같았다. 골리아트가 쉬지 않고 소리를 지르자, 뒤카가 고함쳤다. "닥치지 못해!" 이윽고 소리가 뚝 그쳤는데, 카바스가 골리아트의 입에 낡은 청색 손수건 재갈을 물렸기 때문이었다. 마침내 그들은 크게 숨을 몰아쉬었다. 그리고 꾸러미를 들어 옮기듯 그를 부엌으로 들고 가서 촛불이 켜진 커다란 식탁 위에 올려놓았다.

"아! 걸레 같은 자식!" 상뷔크가 이마를 훔치며 욕설을 내뱉었다. "이 자식 잡느라 개고생을 했네!…… 이봐, 실빈, 촛불 하나 더 켜봐, 이 자식 상판대기 좀 제대로 보게!"

창백한 얼굴로 눈을 부릅뜬 실빈이 자리에서 일어났다. 그녀는 말없이 촛불을 켜서 골리아트의 얼굴 근처에 내려놓았다. 두 촛불 사이에서 골리아트의 얼굴이 환히 드러났다. 그 순간, 그와 그녀의 시선이 마주쳤다. 그는 공포에 질린 채 그녀에게 애원하는 눈길을 보냈다. 그러나 그녀는 그 눈길의 의미를 모르는 체 외면했고, 찬장 근처로 물러나 얼음처럼 차갑게 굳은 얼굴로 가만히 섰다.

"이놈이 내 손가락을 절반이나 먹어버렸어." 손에서 피가 흐르는 카바스가 으르렁거렸다. "나도 이놈의 사지를 박살내야겠어."

그의 손에는 아까 방바닥에서 주운 권총이 들려 있었다. 그러나 상뷔크가 다가와 권총을 빼앗았다.

"안 돼, 안 돼! 바보 같은 짓 하지 마!…… 우리는 강도가 아니라 재판관이야…… 알겠어? 더러운 프로이센 놈, 우리가 널 심판할 거야. 무서워할 것 없어, 변호권을 인정할 테니까…… 그런데 널 변호할 사람은 네가 아냐, 넌 재갈을 풀어주면 곧바로 우리 귀를 물어뜯을 놈이니까. 조금 이따 네 변호인을 지정해주지, 그것도 아주 뛰어난 사람으로!"

상뷔크가 의자 세 개를 가져와 나란히 놓았다. 그가 가운데 앉고 두 부하가 양쪽에 앉았는데, 그는 이것을 재판부라고 불렀다. 그가 다시 일어나 빈정대는 말투로 천천히 말했다. 그는 말이 길어질수록 분노에 찬 복수심을 억누르지 못했다.

"난 재판장이자 검사다. 통상적인 건 아니지만, 인원이 부족하니까 어쩔 수 없지…… 자, 난 너를 다음과 같은 이유로 기소한다. 넌 우리의 상황을 염탐하러 프랑스에 왔고, 우리 식탁에서 빵을 먹고는 더없이 더러운 배반으로 갚았다. 네가 이 모든 재앙의 첫째 원인이야. 누아르 전투 이후, 한밤중에 디윌레숲을 가로질러 보몽까지 바이에른군을 안내한 반역자가 바로 너지, 적군이 이 고장을 속속들이 파악하기 위해선 여기서 오래 산 사람이 필요했거든. 이 사실은 이론의 여지가 없어. 네가 완전히 흙탕물로 변해버린 길로 독일 포병대를 안내하는 걸 우리가 봤으니까. 얼마나 길이 험했던지 대포 한 대를 말 여덟 필이 끌어야 했지. 그 길을 본다면 누구도 안 믿을 거야, 어떻게 1개 군단이 그런 길을 통과할 수 있느냐고 고개를 갸우뚱하겠지…… 네놈이 없었더라면, 네놈이 우리 땅에서 호의호식하다 우리를 팔아넘기는 범죄를 저지르지 않았더라면, 보몽 기습 공격은 이루어지지 않았을 테고, 우리가 스당까지 쫓기는 일도 없었을 테고, 아마도 우리가 네놈들을 박살냈을 테지…… 네놈이 지금도 하고 있는 그 염탐질, 뻔뻔스럽게도 우쭐대며 다시 여기로 와서 불쌍한 사람들을 벌벌 떨게 하는 고발에 대해서는 더이상 언급하지 않겠다…… 넌 양아치 중에서도 가장 비열한 양아치야, 그러므로 나는 사형을 구형하지 않을 수 없어."

침묵이 흘렀다. 그는 다시 자리에 앉아 말했다.

"너의 변호인으로 뒤카를 임명한다…… 예전에 집달리였는데, 여자 문제만 없었더라면 정말 대성했을 거야. 자, 어때, 공정하잖아, 우리는 정말 아량이 넘치는 사람들이야."

손가락 하나 까딱할 수 없는 골리아트는 즉석 변호인 쪽으로 눈동자를 굴렸다. 움직일 수 있는 거라곤 불타는 듯한 애원의 눈밖에 없었고, 매서운 추위에도 불구하고 납빛 이마는 구슬땀으로 흥건히 젖어 있었다.

"재판관 여러분," 뒤카가 자리에서 일어나며 변호했다. "제 고객은 양아치 중에서도 가장 더러운 양아치입니다. 그의 용서를 구하기 위해서는 그의 동족이 모두 양아치라는 사실을 지적할 필요가 있습니다. 그렇지 않다면 저는 그의 변호를 맡지 않았을 겁니다. 그의 눈빛을 보세요, 얼마나 놀란 표정입니까? 그는 자신이 무슨 죄를 저질렀는지 전혀 모르고 있습니다. 프랑스에서는 당연히 밀정을 혐오하지만, 그의 나라에서는 염탐질이 아주 명예로운 일이고, 국가에 봉사하는 장한 일입니다…… 재판관 여러분, 어쩌면 저들이 틀리지 않았을 수도 있다고 저는 감히 말씀드리고자 합니다. 우리 나라에서 고결한 감정이 우리를 명예롭게 하는 것과 똑같은 이치니까요. 그러나 문제는 저들이 우리를 파멸의 구렁텅이로 몰아넣었다는 겁니다. 이렇게 표현해도 된다면, 쿠오스 불트 페르데레 유피테르 데멘타트*…… 이 점을 고려하시리라 믿습니다, 재판관 여러분."

그가 자리에 앉자, 샹뷔크가 다시 입을 열었다.

"이봐, 카바스, 자네는 할말 없어? 피고는 유죄야 무죄야?"

"당연히 할말 있죠." 프로방스 사람이 말했다. "이 악당 놈에게 당해

---

* quos vult perdere Jupiter dementat. '신은 자신이 파멸시키려는 자에게서 이성부터 빼앗는다'는 뜻의 라틴어 속담.

서 곤경에 빠진 일이 많고, 갚아줘야 하지만…… 재판으로 괜히 이러 쿵저러쿵하다가는 꼭 불행이 따르기 마련입니다. 자, 즉시 사형! 사형!"

상뷔크가 엄숙한 표정으로 다시 자리에서 일어났다.

"그러면 자네 둘의 판결은…… 사형인가?"

"그럼요, 그럼요! 사형!"

상뷔크는 의자를 뒤로 밀어놓고는 골리아트에게 다가가 말했다.

"판결이 났다, 넌 사형이야."

불꽃이 높게 피어오르는 촛불 두개가 골리아트의 일그러진 얼굴을 왼쪽과 오른쪽에서 비추고 있었다. 그가 용서를 비는 말을 크게 외치려고 안간힘을 썼기 때문에, 입에 물린 손수건 재갈이 침과 거품으로 흥건했다. 간청과 해명의 물결이 목구멍에 걸려 있는데도 벌써 시체처럼 침묵해야 하는 피고의 처지는 끔찍하기 짝이 없었다.

카바스가 권총을 겨눴다.

"총알을 박아줘야겠지?" 그가 물었다.

"안 돼, 안 돼!" 상뷔크가 소리쳤다. "그건 이놈이 원하는 거야."

그가 다시 골리아트에게 말했다.

"넌 군인이 아니니까 명예롭게 머리에 총을 맞고 죽을 자격도 없어…… 그렇고말고! 넌 밀정답게 돼지처럼 죽어야 한다."

그는 뒤돌아 정중하게 부탁했다.

"실빈, 미안하지만 함지박 하나만 가져다주시오."

재판을 하는 동안, 실빈은 꼼짝하지 않았다. 이틀 전부터 자신을 사로잡은 생각에 빠진 채, 그녀는 굳은 표정으로 멍하니 기다렸다. 그녀는 함지박을 가지러 바로 옆 지하실로 갔다. 잠시 후 그녀는 샤를로의 속옷을 빨던 커다란 함지박을 가져왔다.

"자, 함지박을 식탁 아래에 놓아요, 가장자리에."

그녀는 함지박을 내려놓았다. 몸을 일으키면서 그녀는 다시 골리아트와 눈이 마주쳤다. 그 불행한 시선에서 마지막 애원, 죽고 싶지 않은 반발심 같은 것이 엿보였다. 그러나 이 순간 그녀 안에는 더이상 여자의 속성은 없었고, 자신의 해방을 뜻하는 이 죽음에 대한 의지만 존재했다. 그녀는 다시 찬장까지 물러나서 가만히 기다렸다.

상뷔크는 식탁 서랍을 열어 비곗살을 자를 때 쓰는 넓적한 부엌칼을 집어들었다.

"자, 넌 돼지니까, 돼지처럼 죽여주지."

그는 서두르지 않았고, 돼지 멱을 따는 최적의 방법이 무엇인지 두 부하와 의논했다. 그들은 심지어 말다툼까지 벌였는데, 카바스가 프로방스에서는 돼지를 거꾸로 매달아 목을 친다고 말했기 때문이었다. 뒤카가 그 방법은 너무 야만적이라고 언성을 높였다.

"그놈을 식탁 가장자리로, 함지박 위로 끌어당겨. 그래야 바닥에 얼룩이 생기지 않아."

그들은 골리아트를 끌어당겼다. 상뷔크는 신속하고 깔끔하게 일을 처리했다. 그는 단칼에 목을 가로로 베었다. 곧바로 경동맥에서 피가 흘러 함지박으로 뚝뚝 떨어지기 시작했다. 갑자기 피가 솟구치지 않도록 찌르는 깊이까지 조절한 것이었다. 그래서 그의 숨은 천천히 끊어졌다. 경련조차 거의 보이지 않았는데, 꼼짝도 할 수 없을 만큼 동아줄을 단단히 묶어두었기 때문이었다. 흔들림도, 헐떡임도 없었다. 공포로 일그러진 얼굴에서만 임종의 고통이 엿보였다. 새하얗게 질린 얼굴 밑으로 핏방울이 계속 떨어졌다. 두 눈의 초점이 흔들리더니, 마침내 사라졌다.

"실빈, 그래도 걸레질을 해야 할 거요."

그녀는 아무 대꾸도 하지 않았다. 자기도 모르게 팔짱을 낀 자세로 그 자리에 못박힌 듯 꼼짝 않고 서 있던 그녀는 목에 쇠사슬을 찬 것처럼 목구멍이 답답했다. 그녀는 물끄러미 바라보았다. 그러다가 문득 샤를로가 치마폭에 매달려 있는 것이 느껴졌다. 아마도 잠에서 깨어 혼자 문을 열고 나온 모양이었다. 호기심 많은 아이가 살그머니 들어오는 것을 아무도 보지 못했다. 도대체 언제부터 엄마 뒤에 숨어 있었던 걸까? 아이도 물끄러미 바라보고 있었다. 더부룩한 머리칼 아래 커다란 푸른 색 눈으로, 아이는 함지박에 떨어진 피가 샘물을 이루는 것을 보았다. 아이에게도 놀라운 광경이었으리라. 어떤 상황인지 이해했을까? 가공할 공포에 휩싸였을까? 본능적으로 잔인한 행위라는 걸 인식했을까? 아이는 갑자기 비명을 질렀다.

"아! 엄마, 엄마, 무서워, 밖으로 나가자!"

실빈은 소스라치게 놀라 정신이 번쩍 들었다. 말도 안 돼. 그녀의 내면에서 뭔가가 무너져내렸고, 극도의 공포감이 이틀 전부터 그녀를 사로잡았던 광적인 생각을 휩쓸어갔다. 여자의 속성이 되살아난 듯, 그녀는 울음을 터뜨렸다. 샤를로를 번쩍 들어올려 정신없이 가슴에 끌어안았다. 아이와 함께 그녀는 밖으로 뛰쳐나갔다. 더이상 아무것도 들리지 않았고, 보이지도 않았으며, 어디든 외딴곳으로 영원히 사라지고 싶었다.

바로 그때, 장이 살그머니 문을 열었다. 평소에는 무슨 소리가 들려도 전혀 개의치 않았지만, 그날 밤에는 사람들이 오가는 소리, 문득문득 터져나오는 말소리에 신경이 쓰였다. 잠시 후, 머리가 헝클어진 실빈이 그의 방으로 뛰어들어오더니 털썩 주저앉아 흐느껴 울었다. 너무도 비통하게 울어서 처음에는 더듬더듬 새어나오는 그녀의 말을 알아들을 수 없었다. 그녀는 방금 본 끔찍한 광경을 지우려는 듯한 동작을 되풀이했다. 마침내 그녀의 말을 이해한 장은 매복과 참살, 굳은 채 서 있는 엄마, 엄마의 치마폭에 숨어 목에서 피가 철철 흐르는 아빠를 보는 아이가 눈앞에 그려졌다. 농부이자 군인인 그의 가슴도 고통으로 얼어붙는 듯했다. 아! 전쟁, 무자비한 전쟁이여, 이 불쌍한 사람들을 짐승으로 바꿔놓다니! 아버지의 피가 묻은 아이, 두 종족의 증오와 다툼 속에서 자란 아이가 언젠가 부계를 말살하고자 전쟁터로 달려갈 것이 아닌가! 아, 전쟁이여, 무시무시한 결실을 거두기 위해 이토록 흉포한 씨앗을 뿌려놓다니!

의자에 앉은 실빈은 목에 매달려 우는 샤를로에게 정신없이 입을 맞추며, 찢어지는 듯한 가슴에서 터져나오는 한마디 말을 끝없이 되풀이했다.

"아! 불쌍한 우리 아기, 이젠 아무도 너를 프로이센 사람이라고 말하지 않을 거야!…… 아! 불쌍한 우리 아기, 이젠 아무도 너를 프로이센 사람이라고 말하지 않을 거야!"

푸샤르 영감이 방금 부엌에 들어왔다. 주인이 문을 두드렸으니, 민병들은 열지 않을 도리가 없었다. 피로 가득찬 함지박과 식탁 위에 놓인 시체를 보자 그는 깜짝 놀랐지만, 마음 한구석에서는 안도의 한숨을 내쉬었다. 그러나 참지 못하는 성미라서 벌컥 화부터 냈다.

"아니, 이런 못된 사람들 같으니라고! 이런 짓을 하려면 밖에서 해야지! 안 그런가? 우리집을 두엄더미로 보는 건가? 식탁이고 뭐고 엉망으로 만들어놨어!"

상뷔크가 사과하며 사정을 설명하자, 덜컥 겁이 난 영감은 더 화를 냈다.

"시체를 어떻게 처리하란 말인가? 평범한 여염집에 시체를 두고 가려는 건가!…… 순찰대가 오면 어떻게 될지 생각해보게, 그러면 내 신세가 어떻게 되겠나? 자네들은 그런 문제에 아랑곳없지, 내가 죽살이를 할 거란 걸 생각조차 하지 않잖아…… 제기랄, 당장 시체를 치우게, 안 그러면 가만있지 않겠네! 알겠나? 머리를 끌고 가든 다리를 끌고 가든 어서 시체를 치우게, 머리카락 한 올 남지 않게!"

상뷔크는 푸샤르 영감에게서 자루 하나를 얻었다. 영감은 자루를 잃어서 몹시 속이 쓰렸지만 어쩔 수 없었다. 그는 가장 허름한 자루를 내주면서, 아무리 구멍난 자루라도 프로이센 놈을 넣기에는 아깝다고 말했다. 카바스와 뒤카는 그 자루에 골리아트를 집어넣기 위해 무진 애를 썼다. 체격이 너무 크고 길어서 두 발이 삐져나왔다. 이윽고 그들은 시체를 밖으로 들어내 빵 자루를 옮기던 손수레에 실었다.

"걱정 마십시오." 상뷔크가 말했다. "뫼즈강에 던져버릴 거니까!"

"무엇보다도," 푸샤르 영감이 강조했다. "다리에 커다란 돌 하나씩 매다는 걸 잊지 말게, 그래야 시체가 떠오르지 않아!"

작은 행렬이 컴컴한 어둠 속 희끄무레한 눈밭 위로 멀어져갔는데, 들리는 것이라곤 손수레가 가볍게 삐걱거리는 소리밖에 없었다.

그날 이후 상뷔크는 묵직한 돌을 다리에 잘 매달아 던졌으니 마음놓으라며 영감을 안심시키곤 했다. 그러나 시체가 떠올랐고, 사흘 후 프로이센 병사들이 풍모지의 수초에 걸린 시체를 발견했다. 자루에서 돼지처럼 멱이 잘린 시체가 나오자, 그들은 극도로 분노했다. 끔찍한 협박과 억압, 심문이 시작되었다. 아마도 주민 몇 명이 정보를 제공한 듯했다. 어느 밤, 프로이센 병사들이 살인자들로 지목된 민병들과 좋은 관계를 유지하고 있다는 이유로 레미의 시장과 푸샤르 영감을 체포하러 왔다. 엄청난 비상상황이었지만, 푸샤르 영감은 침묵과 냉정이 최상의 힘이라는 것을 아는 늙은 농부로서 더없이 의연하게 행동했다. 그는 겁에 질리지도 않았고, 체포하는 이유조차 묻지 않고 무표정하게 따라갔다. 이내 진실이 밝혀질 것이었다. 영감이 프로이센군과 거래하며 큰돈을 벌었고, 어딘가에 금화 자루를 묻어두었다는 소문이 이미 돌고 있었다.

사건의 전말을 들은 앙리에트는 극도로 불안해했다. 달리샹 박사가 아직 무리라고 말렸지만 장은 이 집에 사는 사람들의 안위에 위협이 될까봐 또다시 떠나려 했다. 앙리에트는 임박한 이별에 크게 슬퍼하며, 장에게 이 주만 더 머물러달라고 부탁했다. 푸샤르 영감이 체포되던 날 밤에 장은 곳간에 몸을 숨겼었다. 그러나 다시 수색하러 온다면 곧 발각돼 붙잡혀가지 않을까? 앙리에트는 외삼촌의 안위를 무척 걱정했다. 어느 아침, 그녀는 스당으로 가서 들라에르슈 부부를 만나보기로 결심했는데, 세력이 대단한 프로이센 장교가 그 집에 기거한다는 소문을 들었기 때문이었다.

"실빈," 앙리에트가 길을 떠나며 말했다. "환자를 잘 부탁할게요. 열두시에 수프를, 오후 네시에 물약을 갖다드리세요."

다시 근면하고 순종적인 여자로 돌아온 실빈은 일상사로 분주하게 지내다가 주인이 잡혀가자 농가 일을 도맡다시피 했다. 샤를로는 그녀 주변에서 깔깔거리며 뛰어놀았다.

　"걱정 마세요, 부인. 잘 돌봐드릴게요…… 부족한 것이 없도록 해드릴게요."

6

스당의 마카가에 있는 들라에르슈의 집에서는 전투와 항복이라는 끔찍한 충격이 지나간 뒤 다시 삶이 시작되었다. 넉 달 전부터 프로이센이 강점하며 음울한 분위기가 짓누르는 가운데 하루하루가 무심히 흘러갔다.

그런데 넓은 시트 제조소 건물 한쪽 구석이 사람이 살지 않는 듯 창문이 굳게 닫혀 있었다. 주인집 건물 끝자락에 있고 길에 면한 그 방에 여전히 드 비뇌유 대령이 누워 있었다. 다른 창문들은 활짝 열린 채 온갖 풍문을 실어나른 반면, 그 방은 덧창까지 고집스레 닫힌 채 죽은듯이 고요했다. 대령이 햇빛 때문에 눈이 아프다고 호소해서 창문을 열어둘 수 없었다. 그 말이 진짜인지 아닌지는 알 수 없었지만, 그를 만족시키기 위해 밤낮으로 램프를 켜두어야 했다. 군의관 부로슈는 발목에 상처를 입었을 뿐이라고 진단했지만, 그는 두 달 동안 병상에 누워 있어야 했다. 실제로 상처가 쉽게 아물지 않고 온갖 합병증이 발생했다. 지금은 기력을 되찾았지만, 명백히 규정하기 힘든 질병에 시달리며 정신적으로 무척 쇠약해졌다. 그런 탓에 그는 장작불이 타는 방에서 기다란 의자에 누워 하루하루 시간만 흘려보내고 있었다. 그는 앙상하게 몸이 말라 마치 그림자처럼 보였는데, 놀랍게 의사마저도 이 서서히 진행되는 죽음의 원인과 상처를 발견하지 못했다. 불꽃처럼, 그는 사위어 갔다.

들라에르슈 노부인은 프로이센군이 점령한 다음날부터 대령의 방에 계속 머물렀다. 프로이센 군인들이 그 집에서 유숙하게 된다면, 함께 그 방에 틀어박히기로 미리 상의한 것 같았다. 많은 프로이센 군인이 그곳에서 이삼일씩 지내다 떠났고, 가르틀라우벤 대위는 아예 그곳을 자기 숙소로 삼았다. 대령도 노부인도 자신들의 상황을 절대로 입에 올리지 않았다. 일흔여덟의 노령이지만 그녀는 새벽에 눈을 뜨자마자 대령의 방으로 와서 친구 앞에, 벽난로 옆 안락의자에 자리를 잡았다. 그리고 램프의 고요한 불빛 아래서 불쌍한 아이들에게 나눠줄 양말을 뜨개질했다. 대령은 램프에 시선을 고정한 채 가만히 누워 있었는데, 마비가 심해지면서 그는 오직 상념 속에서 살고 죽는 듯했다. 그들은 하루에 스무 마디도 채 나누지 않았다. 그녀가 방안을 오가며 무심히 외부 소식을 들려줄 때마다, 그는 몸짓으로 그녀의 말을 중단시켰다. 그는 그렇게 외부를 차단함으로써 파리 포위도, 루아르 패전도, 침략으로 인한 일상의 고통도, 아무것도 이 방으로 들어오지 못하게 했다. 그러나 이 의도된 무덤 속에서 아무리 햇빛을 가리고 귀를 막아보았자 소

608

용없었다. 여기저기 빈틈으로 무시무시한 재앙이, 치명적인 비보가 공기와 함께 새어들어왔다. 시시각각, 그는 독배를 마신 사람처럼 조금씩 죽어갔다.

사업 중단이 장기화되자 불안해진 들라에르슈는 공장을 재가동하기 위해 애썼다. 그러나 직공들과 고객들이 혼란에 빠져 있었기 때문에, 겨우 방적기 몇 대만 다시 돌릴 수 있었다. 그래서 이 의도치 않은 여가를 활용해 그는 오래전부터 하고 싶었던 작업을 하기로 했는데, 그 작업이란 제조소 사업을 총점검하고 개선점을 찾는 것이었다. 때마침 이 작업을 도와줄 청년이 눈에 띄었는데, 고객의 아들이자 전투중 부상을 입고 이 집에 흘러들어온 병사였다. 파시에서 작은 포목점을 하는 가정에서 자란 에드몽 라가르드는 스물세 살이지만 열여덟 살 정도로 앳돼 보였다. 5군단의 중사로서 용맹스럽게 싸웠으나 그는 전투가 끝나가던 다섯시경 메닐 시문에서 불행히도 왼팔에 총상을 입었다. 야전병원으로 쓰던 창고에서 부상병들을 철수시켰을 때, 들라에르슈는 그에게 호의를 베풀어 계속 이 집에 머물게 했다. 그렇게 에드몽은 그의 가족처럼 여기서 먹고 자며 치료를 받게 되었다. 건강을 회복한 그는 파리로 돌아갈 수 있을 때까지 제조소 사장의 비서로 일하기로 했다. 프로이센 당국도 에드몽이 도망가지 않겠다고 서약하고 들라에르슈 사장이 보증하자, 더이상 문제삼지 않았다. 푸른 눈에 금발인 그는 여자처럼 예뻤고, 아주 내성적이어서 가벼운 농담에도 금세 얼굴이 빨개졌다. 그의 어머니는 소매점을 운영해서 번 얼마 되지 않는 돈을 모두 그의 학업에 쏟았기 때문에 그의 집은 무척 빈궁했다. 파리를 너무나 사랑하는 그는 질베르트 앞에서 파리를 애타게 그리워하곤 했다. 귀엽고 예쁜 부상병을 정성스럽게 간호했던 그녀는 그를 성다운 친구로 대했다.

그러다가 새로운 식객으로 란트베어군※ 대위인 가르틀라우벤 씨가 추가되었는데, 그의 연대는 스당에서 야전군을 대체했었다. 계급이 높지 않아도 그의 영향력은 대단했다. 그 지역에서 절대적인 권력을 행사하는 랭스의 총독이 그의 숙부이기 때문이었다. 그는 파리에서 산 적이 있었고, 파리를 사랑하며 파리의 세련된 예법을 잘 알고 있다고 자랑했다. 실제로 그는 교육을 잘 받은 사람 특유의 정중함이 있었지만, 그런 겉모습 아래 거친 천성을 감추고 있었다. 키가 크고 살이 찐 그는 언제나 제복의 벨트를 졸라맸고, 마흔다섯 살의 나이를 감추려고 거짓말을 했다. 좀더 영리했더라면 가파르게 출세할 수도 있었을 것이다. 하지만 자신이 무시당한다고 느낀 적이 한 번도 없었기 때문에, 그는 과도한 허영심을 적절하게 채우며 현실에 만족했다.

머잖아 그는 들라에르슈에게 진정한 구원자 역할을 하게 되었다. 프랑스가 항복한 후, 초기에는 얼마나 통탄스러운 날들이 이어졌던가! 독일 병사들로 가득찬 점령지 스당은 약탈을 우려하며 전전긍긍했다. 뒤이어 승전 부대는 센강 골짜기를 향해 올라갔고, 일부 수비대만 스당에 주둔했다. 도시에는 공동묘지와도 같은 죽음의 평화가 깃들었다. 집들은 언제나 닫혀 있었고, 가게는 문을 열지 않았으며, 노을이 지면 바로 인적이 끊기는 거리에서는 순찰대의 무거운 발소리와 목쉰 고함소리만 들렸다. 신문도 편지도 더이상 배달되지 않았다. 별안간 온 세상과 단절된 채 무지와 임박한 재난의 고통에 갇힌 지하감옥이었다. 설상가상으로 식량 부족도 극심해졌다. 어느 아침에 잠에서 깨어 보니 빵도 고기도 없었다. 일주일 전부터 수십만 병사가 휩쓸고 지나간 고장은 마치 거대한 메뚜기떼가 휩쓸고 지나간 것처럼 초토화되었다. 도시에는 이제 이틀분의 식량밖에 남지 않았다. 인접국 벨기에에 도움을 청해야 했다. 모든 것이 이웃나라로부터 들어왔는데, 재앙 속에서 세관이 붕괴한 지금 국경은 활짝 열려 있었다. 군청에 자리잡은 프로이센 사령부와 시청에 상주하는 프랑스 시의회 사이에 아침마다 갈등과 분쟁이 재개되었다. 시의회는 용감하게 행정적으로 저항했으나 점차 양보할 수밖에 없었고, 주민들은 점증하는 요구와 과도한 징발에 짓눌려 숨조차 쉬기 힘들었다.

처음에 들라에르슈는 자기 집에 숙박시켜야 하는 병사와 장교 때문에 몹시 괴로워했다. 다양한 국적의 군인들이 파이프담배를 입에 물고 줄지어 들어섰다. 날마다 보병, 기병, 포병 등 2천 명, 3천 명의 병사가 불시에 도시로 들어왔다. 그들에게는 지붕과 불에 대한 권리, 즉 숙박의 권리만 있었지만, 들라에르슈는 종종 식량을 구하러 뛰어다녀야만 했다. 그들이 묵었다 떠난 방은 불결하기 짝이 없었다. 대부분의 장교들은 술에 취해 들어왔기 때문에 병사들보다 더 참기 힘들었다. 하지만 엄격한 규율 덕분에 폭력과 약탈은 드물었다. 여성을 능욕한 경우는 스당 전체를 통틀어 단 두 건밖에 없었다. 그들의 지배가 가혹하게 느껴진 것은 시간이 흘러 파리가 끈질기게 항전했을 때였다. 그때 그들은 끝날 줄 모르는 전투에 흥분했고, 지방의 동요에 불안해했으며, 군중의 봉기, 민병들이 선언한 유격전을 두려워하며 노심초사했다.

부츠를 신은 채 잠을 자던 기갑 부대 지휘관이 벽난로 위에까지 오물을 남기고 떠난 후, 9월 중순이 되어 비가 억수같이 내리던 어느 밤, 가르틀라우벤 대위가 들라에르슈의 집에 도착했다. 처음에 그는 상당

히 거칠었다. 고함을 치며 말했고, 가장 좋은 방을 요구했으며, 계단 층
계참을 칼집으로 탕탕 쳐댔다. 그러나 질베르트가 나타나자 감정을 숨
긴 채 정중하게 행동했고, 뻣뻣한 태도를 버리고 예의바르게 인사했다.
그의 주변에는 아첨하는 사람이 많았는데, 스당을 통제하는 대령에게
그가 한마디만 해주면 징발이 경감되고 사람이 풀려났기 때문이었다.
랭스 총독인 그의 숙부는 최근 냉혹하고 흉포한 포고령을 발표했다. 총
독은 계엄을 선포했고, 정보를 훔치는 밀정, 독일군에게 잘못된 정보를
주어 길을 잃게 만드는 안내자, 다리와 대포를 부수는 파괴자, 전신과
철도를 교란하는 방해자 등 적에게 협조하는 자는 누구든지 사형에 처
하겠다고 선언했다. 적이란 바로 프랑스인을 가리켰다. 사령부 정문에
붙은 커다란 흰색 게시물을 읽으며 주민들은 흥분했다. 그 게시물에 따
르면 그들의 고통과 소망을 모두 범죄로 취급하고 있었기 때문이다. 주
둔군의 환호성으로 독일군의 새로운 승리를 알게 되는 것도 몹시 괴로
운 일이었다. 날마다 이런 식으로 비보가 전해졌다. 독일 병사들이 커
다랗게 불을 피우고 밤새 노래하고 술에 취하는 동안, 아홉시 이전에
모두 귀가해야 하는 주민들은 어두운 집에서 새로운 불행을 예감하며
그 모든 소란을 들었다. 이런 상황 속에서 10월 중순, 가르틀라우벤 씨
가 처음으로 섬세한 배려의 조치를 해주었다. 아침부터 스당은 희망에
들떴는데, 루아르군이 승승장구해 파리를 해방하기 위해 진군중이라
는 소문이 돌았기 때문이다. 그러나 지금까지 수도 없이 최고의 소식이
최악의 전언으로 바뀌지 않았던가! 아니나다를까, 저녁이 되자 바이에
른군이 오를레앙을 장악했다는 소식이 전해졌다. 마카가 제조소 맞은
편 집에서 독일 병사들이 너무도 요란하게 함성을 질러서 질베르트는

깜짝 놀라며 몸을 떨었다. 그러자 가르틀라우벤 대위가 자신도 이런 소란이 지나치다고 생각한다며 즉시 달려가 조용하게 만들었다.

10월이 지나갔다. 가르틀라우벤 씨는 그 밖에도 몇 가지 배려 있는 조치를 해주었다. 프로이센 당국은 행정 조직을 개편해 독일 군수를 임명했다. 그 독일 군수는 상대적으로 더 합리적인 인물이었으나 갈등을 불식시키지는 못했다. 사령부와 시의회는 마차 징발 문제를 둘러싸고 가장 빈번하게 다툼을 벌였다. 들라에르슈가 말 두 필이 끄는 사륜마차를 군청 앞으로 보낼 수 없었던 날 아침에 사건이 터졌다. 시장이 잠시 체포됐고, 간단한 조처로 사령부의 분노를 가라앉힌 가르틀라우벤 씨가 없었더라면 들라에르슈도 성채로 끌려갔을 것이다. 또다른 어느 날에는 프로이센군이 파괴했던 빌레트 다리의 재건을 의도적으로 지체시켰다는 죄목으로 3만 프랑의 벌금형이 선고되어 온 도시가 발칵 뒤집혔는데, 다행히 가르틀라우벤 씨의 개입으로 유예조치가 내려졌다. 그러나 들라에르슈가 진정으로 고마워해야 할 일은 메츠 항복 후에 일어났다. 메츠 항복이라는 참담한 소식은 주민들에게 청천벽력이요 마지막 희망의 소멸이었다. 그다음주부터 이 고장은 메츠에서 몰려드는 병사들의 물결이 급류를 이루었다. 프리드리히 카를 왕자의 군대는 루아르강으로 향했고, 만토이펠 장군의 군대는 아미앵과 루앙으로 진군했으며, 다른 몇 개 군단은 파리 포위군을 지원하러 갔다. 며칠 동안 집집이 병사들로 넘쳐났다. 빵집과 푸줏간에는 빵부스러기, 뼛조각 하나 남지 않았고, 거리의 포석은 거대한 가축떼가 지나간 듯 노린내를 풍겼다. 오직 마카가의 시트 제조소만 친구의 도움으로 몇몇 양식 있는 장교의 숙소로 지정되어, 인간 짐승떼를 피해 안전을 지켰다.

그리하여 들라에르슈는 마침내 냉정한 태도를 버렸다. 일반적으로 부르주아 가정의 사람들은 자기 집에 숙박하는 장교들과 아무런 관계도 맺지 않으려고 자기 방에 틀어박혔다. 그러나 천성적으로 말하기 좋아하고 남에게 잘 보이려 하고 삶을 즐기려 하는 들라에르슈는 퉁명스러운 패자 역할이 몹시 힘들었다. 각자 가슴에 반항심을 품고 외따로 살아가는 커다란 집의 정적과 얼어붙은 분위기가 그의 어깨를 무겁게 짓눌렀다. 그래서 계단에서 가르틀라우벤 대위와 마주친 어느 날, 그는 대위가 베풀었던 여러 호의적인 조치에 감사를 표했다. 그 이후, 두 사람은 마주칠 때마다 습관적으로 몇 마디를 나누었다. 어느 저녁, 들라에르슈는 프로이센 대위를 사무실에 초대했다. 굵은 참나무 장작이 타오르는 벽난로 앞에 앉은 대위는 여송연을 피우며 친구로서 최근 소식을 전해주었다. 첫 이 주 동안, 질베르트는 거기에 나타나지 않았다. 아주 작은 소리만 나도 대위는 재빨리 옆방 쪽으로 시선을 돌리면서도, 짐짓 그녀의 존재를 신경쓰지 않는 척했다. 그는 정복자로서의 자기 위치를 잊게 하려는 듯했고, 웃음을 자아내는 몇몇 징발에 대해 농담하며 자유롭고 여유 있는 모습을 보여주려 했다. 관과 붕대가 징발된 어느 날에는 그 일을 아주 재미있게 묘사했다. 하지만 석탄, 참기름, 우유, 설탕, 버터, 빵, 고기, 의류, 팬, 램프, 급기야 먹을 수 있는 모든 것, 일상생활에 쓰이는 모든 것이 징발되자, 그는 어깨를 으쓱했다. 맙소사! 도대체 어쩌자는 거지? 그는 이런 요구가 지나치며, 대단히 억압적이라는 사실을 인정했다. 하지만 전쟁 상황이고, 어쨌든 그들은 적국에서 생활을 영위해야 했다. 이런 끝없는 징발에 분노한 들라에르슈는 매일 저녁 요리책을 보며 양파껍질 벗기듯 그 징발에 대해 노골적으로 비난했다.

그러나 대위가 반응을 보여 신랄한 논쟁이 벌어진 것은 딱 한 번뿐이었다. 프랑스 전함에 의해, 그리고 프랑스 거주 독일인의 추방으로 독일에게 입힌 손실을 보상하라는 구실로 르텔의 프로이센 도지사가 아르덴 지방에 100만 프랑의 부과금을 내렸을 때, 둘은 격렬하게 말다툼을 벌였다. 스당은 4만 2천 프랑을 분담해야 했다. 들라에르슈는 그것이 불공정한 처사이고, 도시가 비상상황을 맞이했고 벌써 너무 큰 피해를 입었다는 사실을 대위에게 납득시키기가 쉽지 않았다. 그러나 토론이 끝나면 둘의 사이는 더 좋아졌다. 들라에르슈는 열정적으로 수다를 떨어 흐뭇했고, 프로이센 대위는 세련된 파리풍 예법으로 대화해서 만족스러웠다.

어느 저녁, 질베르트가 방심한 듯 명랑한 표정으로 사무실에 들어왔다. 그녀는 발걸음을 멈추며 놀라는 척했다. 가르틀라우벤 씨는 자리에서 벌떡 일어났고, 즉시 방에서 물러나는 신중함을 보였다. 그러나 이튿날 질베르트는 또다시 사무실에 와 있었고, 그는 벽난로 앞 자기 자리에 다시 앉았다. 그날부터 거실이 아니라 사무실에서 보내는 유쾌한 저녁 모임이 시작되었는데, 공간이 사무실인 것은 교묘하면서도 탁월한 선택이었다. 심지어 음악을 들려달라는 대위의 간청에 질베르트가 응했을 때도, 그녀는 사무실 문만 열어둔 채 혼자 거실로 갔다. 이 혹독한 겨울날 아르덴의 늙은 참나무가 커다란 벽난로에서 활활 타올랐고, 그들은 열시경 차를 마시며 넓은 방 훈훈한 열기 속에서 이야기를 나눴다. 가르틀라우벤 씨는 잘 웃는 젊은 여자에게 완전히 반했고, 그녀는 예전에 샤를빌에서 보두앵 대위의 친구들에게 그랬던 것처럼 그에게 추파를 던졌다. 그는 몸치장에 더 신경을 썼고, 과장되게 예의를 차렸으며, 그녀가 베푼 아주 자은 호의에도 흡족해했다. 그리고 행여 그녀의 눈에 여자를 능멸하는 야만인이나 상스러운 군인으로 비칠까 노심초사했다.

마카가의 커다란 검은색 가옥에서, 삶은 둘로 나뉜 듯했다. 예컨대 식사시간에 질베르트가 소금을 건네달라고 부탁하면 에드몽의 얼굴이 금세 붉어졌고, 천사처럼 예쁜 에드몽은 들라에르슈의 끊임없는 수다에 시달리며 단음절로 짧게 답하느라 여념이 없었다. 그리고 저녁마다 질베르트가 대위를 위해 거실에서 모차르트의 소네트를 연주하고, 그는 사무실 의자에 앉아 눈을 지그시 감고 감상했다. 반면 드 비뇌유 대령과 들라에르슈 부인이 거처하는 어두운 방에는 촛불을 밝힌 무덤처럼 언제나 덧창이 닫히고 램프가 켜진 채 깊은 정적이 흘렀다. 12월에는 눈이 도시를 덮었고, 혹한과 함께 절망적인 소식이 주민들을 짓눌렀다. 샹피니에서 뒤크로 장군이 패하고 오를레앙이 함락된 후, 이제 남은 희망이라고는 프랑스 영토가 복수와 절멸의 땅이 되어 정복자들을 집어삼키는 것밖에 없었다. 감당하기 힘들 만큼 폭설이 계속 쏟아지고 얼음장 같은 혹한으로 대지가 갈라져서 독일군 전체가 흔적도 없이 사라져버리기를! 한편 들라에르슈 부인은 새로운 고통으로 가슴이 에였다. 아들이 사업 때문에 벨기에에 가고 없던 어느 밤, 그녀는 질베르트의 방 앞을 지나다가 남녀가 속삭이는 소리, 입맞춤하는 소리, 숨죽인 웃음소리를 들었다. 충격을 받은 부인은 가증스러운 그 행위를 짐작했기에 치를 떨며 자기 방으로 돌아갔다. 며느리 방에 있는 자는 프로이센 대위가 틀림없었다. 부인은 이미 그 두 남녀 사이에 오가던 비밀스러운 시선을 눈치챘었다. 이보다 더한 수치는 있을 수 없었다. 그녀가 반대했음에도 아들이 집에 들인 여자, 보두앵 대위가 죽을 때 함구하여 이미 한 번 용서했던 음탕한 여자! 그런데 그 짓이 또다시 시작되다니, 그것도 더없이 치욕스럽게! 어떻게 해야 할까? 그런 극악무도한 짓을 자기 집에서 벌이게 내버려둘 수 없었다. 죽음과도 같은 부인의 칩거가 더욱 음울해졌고, 고통스러운 내적 갈등이 여러 날 계속되었다. 대령의 방으로 들어간 그녀가 오래도록 말없이 눈물을 글썽이자, 대령은 그녀를 바라보며 프랑스가 또다시 패전을 겪었다고 생각했다.

앙리에트가 푸샤르 외삼촌 문제를 상의하기 위해 마카가에 도착한 것은 그 무렵이었다. 그녀는 질베트르가 가르틀라우벤 씨에게 대단한 영향력을 미친다고 사람들이 웃으며 하는 이야기를 이미 여러 번 들었다. 그래서 대령의 방으로 올라가다가 계단에서 들라에르슈 부인과 마주치자 마음이 조금 불편했다. 하지만 부인에게 자신이 방문한 목적을 설명하려던 차였기에 말문을 열었다.

"오, 부인! 부인께서 좀 도와주세요!…… 저희 외삼촌이 지금 곤경에 처하셨어요. 독일로 끌려갈 거래요."

앙리에트를 좋아하면서도 노부인은 짐짓 화가 난다는 몸짓을 했다.

"이봐요, 나는 그럴 만한 힘이 없어요…… 내게 말해봐야 소용없어……"

앙리에트를 만나 반가웠음에도 부인은 이렇게 말했다.

"시기가 좋지 않을 때 왔군요. 마침 아들도 오늘 저녁에 브뤼셀에 가거든…… 물론 그애도 나처럼 힘이 없지만…… 뭐든 할 수 있는 며느리한테 부탁해봐요."

들라에르슈 부인은 앙리에트가 이 가족에게 무슨 문제가 있다고 짐작하는데도 내버려두었다. 어제 그녀는 방적기를 가동시키고 싶어 벨기에로 석탄을 사러 갈 거라는 아들에게 다 말하기로 결심했다. 아들이 다시 집을 비우는데 자기 코앞에서 며느리가 그 가증스러운 짓을 또 하도록 방치할 순 없었다. 아들이 일주일 전부터 출발을 몇 차례나 연기했기 때문에, 부인은 이번에도 아들이 그러지 않을까 주시하며 기다리고 있었다. 집안의 치욕이 될 일이었다. 프로이센 대위는 쫓겨나고 며느리는 거리로 나앉게 되리라. 그리고 그녀의 이름은 수치스럽게도 동네의 벽에 게시되리라. 사람들이 말하기를, 그것이 독일 남자에게 몸을 허락한 프랑스 여자에게 가할 벌이었다.

앙리에트를 본 질베르트는 기쁨의 탄성을 질렀다.

"아! 이렇게 널 다시 만나다니 반가워!…… 정말 오랜만이야, 망할 놈의 전쟁을 겪다보니 시간이 너무 빨리 흘러!"

질베르트는 앙리에트를 자기 방으로 데려가 긴 의자에 앉힌 후, 그녀 옆에 앉았다.

"자, 우리와 함께 식사하자…… 하지만 그전에 어떻게 지냈는지 말해줘. 나한테 이야기할 게 많지?…… 동생한테서 소식이 없다고 하던데, 그렇지? 불쌍한 모리스, 가스도 땔감도 빵도 없는 파리에서!…… 그리고 네가 간호하는 그 병사, 모리스의 친구는 어떻게 지내? 사람들이 얘기해줘서 대충 알고는 있어…… 그 병사 때문에 찾아온 거야?"

불현듯 마음이 혼란스러워진 앙리에트는 대답을 꾸물거렸다. 여기에 온 건 실은 장을 위해서가 아닐까? 외삼촌이 석방되면 환자에 대해서는 더이상 걱정하지 않아도 될 테니까…… 질베르트의 입에서 환자 이야기가 나오자, 앙리에트는 갑자기 혼란에 빠졌다. 그녀는 더이상 방문의 진정한 동기를 말할 수 없었다. 이 순간 양심의 거리낌을 느꼈고, 질베르트의 석연치 않은 영향력에 기대려는 자신의 생각이 역겨워졌다.

"그러니까 말이야." 질베르트가 짓궂은 표정으로 되풀이했다. "우리를 찾아온 게 그 병사 때문이야?"

궁지에 몰린 앙리에트가 마침내 푸샤르 영감이 체포되었다고 말하자, 질베르트는 깜짝 놀랐다.

"아, 그렇지! 내가 정신이 나갔나봐! 오늘 아침에 그 이야기를 들었는데!…… 오! 그래, 잘 찾아왔어. 빨리 외삼촌 문제를 해결해야 해, 들리는 얘기가 좋지 않아. 독일인들이 이번에야말로 본때를 보여주자고 한대."

"그래서 급히 찾아왔어." 앙리에트가 주저하는 목소리로 말했다. "너한테 조언도 구하고 부탁도 하려고……"

질베르트가 웃음을 터뜨렸다.

"두고 봐, 내가 사흘 안에 외삼촌이 석방되게 할 테니까!…… 혹시 못 들었어? 우리집에 묵는 프로이센 대위가 내 부탁이라면 뭐든 들어준다는 얘기 말이야…… 그래, 그 사람은 어떤 부탁도 거절하지 않아!"

그녀는 친구의 두 손을 정겹게 쓰다듬으며, 교태의 승리에 취해 더 크게 웃었다. 앙리에트는 마음이 불편해서 감사의 표현을 찾지 못했고, 장담하는 질베르트의 말이 간통의 고백처럼 들려 괴로웠다. 어떻게 이렇게 태평스럽게 즐거워할 수 있을까!

"기다려봐, 오늘 저녁에 해결할게."

식당으로 간 앙리에트는 처음 보는 에드몽의 수려한 미모에 놀랐다.

그는 예쁜 장식품처럼 그녀의 눈을 즐겁게 했다. 어떻게 이토록 아름다운 청년이 전투를 하고 팔에 총상을 입을 수 있을까? 그의 용맹한 무용담은 그를 더욱 매력적으로 보이게 했다. 들라에르슈는 앙리에트를 반갑게 맞이했고, 실내복 차림의 하인들이 커틀릿과 감자를 가져오는 동안 비서로 일하는 에드몽이 미모뿐만 아니라 용기와 교양도 갖춘 젊은이라고 칭찬했다. 따뜻한 식당에서 네 남녀는 무척 화기애애한 분위기 속에서 점심식사를 했다.

"푸샤르 영감님 때문에 온 겁니까?" 시트 제조업자가 말을 이었다. "안타깝게도 나는 오늘 저녁에 떠나요. 하지만 아내가 해결해줄 겁니다. 아내한테는 아무도 못 이겨요, 결국 원하는 걸 얻어내니까."

그는 껄껄거리며 웃었고, 그 자신도 아내의 권력에 우쭐해서 무골호인답게 말했다. 그러더니 갑자기 생각났다는 듯 말을 이었다.

"그건 그렇고, 여보, 에드몽이 새롭게 찾아낸 것에 대해 당신한테 이야기했소?"

"아뇨, 뭘 찾아냈다는 거죠?" 질베르트가 젊은 중사에게 마치 애무하는 듯한 눈길로 물었다.

그녀가 그런 눈길을 던질 때마다 젊은 중사는 기쁨에 겨운 듯 얼굴을 붉혔다.

"아, 별것 아닙니다, 부인! 오래된 레이스 하나를 찾았을 뿐이에요. 부인께서 연보라색 빗을 장식할 레이스가 있으면 좋겠다고 하셨잖아요…… 브뤼헤산^産 레이스 5미터를 어제 우연히 발견했는데, 정말 예쁘고 가격도 괜찮더군요. 이따가 상인이 물건을 보여주러 올 겁니다."

그녀는 크게 감동해서 그를 껴안기라도 할 태세였다.

"오! 친절하기도 해라, 나중에 꼭 사례할게요."

벨기에서 구입한 푸아그라가 나왔을 때, 화제가 바뀌어 잠시 뫼즈강 오염으로 물고기가 죽어간다는 이야기가 나왔고, 끝으로 해빙기가 오면 스당에 페스트가 창궐할 위험성이 있다는 이야기에 이르렀다. 11월에 이미 전염병이 여러 차례 돌았었다. 전투가 끝난 후 6천 프랑을 들여 도시를 청소하고, 배낭, 탄약 주머니, 그리고 해로워 보이는 모든 잔해를 무더기로 불태웠지만 소용없었다. 인근 전원에서는 날씨가 조금만 습해도 악취가 진동했다. 그 정도로 전원은 겨우 몇 센티미터의 흙으로 덮어놓은 시체가 그득했다. 사방에서 무덤이 논밭을 어질러놓았고, 땅이 갈라지며 시체에서 부패물과 악취가 올라왔다. 최근 며칠 사이 또다른 전염병 진원지로 지목된 것은 이미 1200여 마리의 말 사체를 건져낸 뫼즈강이었다. 거기에 인간 시체는 이제 단 한 구도 없다는 것이 일반적인 의견이었다. 하지만 며칠 전 수심 2미터 깊이를 유심히 관찰하던 전원 경비병이 강물 속에서 희끄무레한 것을 발견했다. 보통 때라면 자갈이라고 무시했을 수도 있었을 것이다. 확인해보니, 총검의 무게 때문에 수면으로 떠오르지 않은 시체 더미였다. 약 넉 달 전부터 그 시체들은 수초가 우거진 강물 속에 있었다. 총검에 이리저리 부딪히며 팔, 다리, 머리가 해체되기도 했다. 때때로 물살만으로도 손이 떨어져나갔다. 물이 혼탁해졌고, 커다란 가스 거품이 부글부글 올라와 수면에서 터지며 공기를 오염시켰다.

"얼음이 얼면 괜찮죠." 들라에르슈가 말했다. "하지만 눈이 녹자마자 대대적인 수색과 살균소독 작업을 해야 해요. 안 그러면 우리 모두가 희생될 겁니다."

아내가 식사시간에는 불결한 화제를 입에 올리지 말자고 웃으며 부탁하자, 그는 간단하게 결론지었다.

"당신 말이 옳아! 어쨌든 뫼즈강에서 잡힌 물고기는 오랫동안 먹지 말아야 합니다."

식사가 끝나고 커피를 따를 때, 하녀가 들어와 가르틀라우벤 씨가 잠시 동석하길 청한다고 전했다. 이런 시각에, 이런 대낮에 그가 집에 오는 일이 전혀 없었기 때문에 놀라웠다. 앙리에트를 소개할 좋은 기회라고 생각한 들라에르슈는 지체 없이 안으로 모시라고 일렀다. 또다른 젊은 여자를 보자, 대위는 다시 과도하게 예의를 차렸다. 커피 한 잔을 대접받은 그는 파리에서 본 대로 설탕 없이 커피를 마셨다. 그가 굳이 대낮에 부부를 찾아온 것은 질베르트에게 희소식을 바로 알려주고 싶었기 때문이었다. 질베르트가 프로이센 병사와 싸움을 벌여 투옥된 불쌍한 제조소 직공을 석방해달라고 부탁했고, 대위가 조금 전 그 직공의 사면을 얻어냈던 것이다.

"대위님, 제가 가장 사랑하는 친구를 소개할게요…… 이 친구는 대위님의 보호가 절실한데, 최근 레미에서 체포된 농부의 조카예요. 대위님도 아시잖아요, 그 민병대 사건에 연루된 농부 말이에요."

"아! 그래요, 자루에서 발견된 불쌍한 밀정 사건…… 오! 중대한 사건이죠, 정말 중대한 사건! 제가 뭘 할 수 있을지 두려운데요."

"대위님, 그런 말씀 마세요. 대위님은 뭐든 하실 수 있잖아요, 제발이요!"

그녀는 애교 넘치는 그윽한 눈길로 그를 바라보았다. 지극한 행복과 만족을 느낀 그는 복종의 표시로 정중히 몸을 숙였다. 부인이 원하는 것이라면 뭐든지!

"선생님, 도와주신다면 정말 고맙겠습니다." 앙리에트가 힘겹게 입을 열었다. 바제유에서 총살당한 불쌍한 남편의 모습이 갑자기 떠올라, 그녀는 견디기 어려울 만큼 마음이 불편했다.

그런데 대위가 나타나자 신중하게 자취를 감췄던 에드몽이 다시 들어와 질베르트의 귓가에 대고 뭐라고 속삭였다. 그녀는 재빨리 자리에서 일어나더니, 상인이 레이스를 가지고 왔다고 말했다. 그녀는 잠시 실례하겠다고 하고 젊은이를 따라갔다. 그러자 두 남자와 함께 남은 앙리에트는 일부러 창가로 가 그들과 떨어져 앉았다. 두 남자는 목소리를 높인 채 이야기를 계속했다.

"대위님, 가볍게 술 한잔 드시죠…… 아시다시피, 저는 대위님 앞에서는 제 생각을 거리낌없이 말합니다. 대위님이 소인배가 아니라는 걸 잘 아니까요. 글쎄! 단언하건대, 도지사님이 4만 2천 프랑의 분담금 때문에 또다시 스당에서 고혈을 짜내는 건 정말 잘못하는 일입니다. 전쟁 초기부터 지금까지 우리가 겪은 희생이 어느 정도인지 생각해보세요. 우선, 전투가 벌어지기 전에는 굶주리고 지친 프랑스 군대 전체가 여기로 들어왔죠. 그다음에는, 프로이센 군대가 역시 굶주린 배를 움켜쥐고 입성했어요. 부대가 지나갈 때마다 징발과 수선을 요구받았고, 그런 식의 지출이 무려 150만 프랑에 이릅니다. 게다가 전쟁으로 발생한 파괴와 화재 등의 피해를 복구하는 데도 또 그만한 돈이 들 겁니다. 그러면 도합 300만 프랑이죠. 끝으로, 공업과 상업에 발생한 손실액은 200만 프랑으로 추산됩니다…… 글쎄! 어떻게 생각하세요? 주민 1만 3천 명에 불과한 도시가 500만 프랑을 감당해야 한다니까요! 그런데 당신들은 또다시 우리에게 4만 2천 프랑의 분담금을 요구하고 있죠, 도대체 무슨 이유인지! 이게 정당한가요? 이게 합리적인가요?"

가르틀라우벤 씨는 고개를 끄덕이며 이렇게 대꾸할 뿐이었다.

"달리 무슨 방법이 있겠습니까? 이건 전쟁입니다, 전쟁!"

기다림이 길어졌고, 앙리에트의 귀에서는 윙윙거리는 소리가 났다. 창가에 앉은 그녀는 이런저런 모호하고 슬픈 생각에 의식이 반쯤 나가 있었다. 그러는 동안 들라에르슈는 예전에 도시를 금융 위기에서 구했던 산업은행 지폐, 즉 지역 불환지폐*를 발행하지 않는다면, 통화가 부족한 스당이 지금과 같은 갖은 위기에 대처할 수도, 갖은 요구를 만족시킬 수도 없을 거라고 장담했다.

"대위님, 코냑 한 잔 더 드시죠."

그리고 그는 다른 주제로 넘어갔다.

"전쟁을 일으킨 것은 프랑스가 아니라 제정입니다…… 아! 황제가 우리를 속였어요. 황제도 끝장났고, 우리도 완전히 망한 겁니다…… 글쎄! 오직 한 사람만이 7월에 상황을 정확하게 파악하고 있었어요, 그래요, 그는 티에르 씨입니다! 유럽의 여러 수도를 전전하는 그의 외교만 유일하게 지혜롭고 애국적인 위업입니다. 합리적인 시민들은 모두 그를 지지하고 있어요, 부디 그가 성공하기를!"

그는 몸짓으로 황급히 자기 생각을 마무리했다. 아무리 호의적이라 해도 프로이센 장교 앞에서 전쟁이 아니라 강화를 바란다고 말하는 것이 부적절하다고 판단했기 때문이다. 그러나 이 바람은 그뿐만 아니라

---

* 금이나 은 같은 본위화폐와 바꿀 수 없는 지폐.

보수적인 부르주아들의 가슴속에서도 불타고 있었다. 프랑스는 피와 돈이 말라가고 있었다. 항복할 수밖에 없었다. 항전을 고집하는 파리에 대한 은근한 반감이 지방 점령지 전역에서 싹트고 있었다. 그는 목소리를 낮춰 강베타의 열렬한 선언을 암시하며 결론을 내렸다.

"아니, 아니! 우리가 극렬분자들을 지지할 수는 없어요. 결국 잔혹한 죽음에 이르게 되니까…… 저는 선거를 원하는 티에르 씨를 지지합니다. 그들이 말하는 공화정, 맙소사! 하지만 공화정을 반대하는 건 아닙니다. 필요하다면 그렇게라도 해야죠, 더 나은 게 나올 때까지."

가르틀라우벤 씨는 매우 정중한 태도로, 연신 고개를 끄덕이며 동의했다.

"그래요, 그래요……"

아까보다 더 마음이 불편해진 앙리에트는 더이상 머무를 수 없다고 생각했다. 그녀의 내면에서 정확한 이유를 댈 수 없는 분노가, 그 자리를 떠나고 싶은 욕구가 치밀었다. 그녀는 슬그머니 일어나 이토록 오래 기다리게 하는 질베르트를 찾으러 나갔다.

친구의 침실로 들어간 앙리에트는 긴 의자에 엎드린 채 감정을 주체하지 못하고 흐느끼는 질베르트를 보고 깜짝 놀랐다.

"이런! 왜 그래? 무슨 일이야?"

질베르트는 온몸의 피가 얼굴로 솟구치는 듯 흥분을 가라앉히지 못하면서 말없이 더욱더 흐느꼈다. 그러다가 마침내 두 팔을 벌린 앙리에트의 품속으로 뛰어들며 더듬더듬 말했다.

"오! 앙리에트, 네가 알게 된다면…… 아, 안 돼, 말 못하겠어…… 하지만 내겐 너뿐이야, 나한테 진정한 조언을 해줄 사람은 너밖에 없어……"

그녀는 몸을 덜덜 떨면서 더욱 말을 더듬거렸다.

"에드몽과 함께 있었어…… 그런데 그때 어머님이 방에 갑자기 들이닥쳤어……"

"뭐라고, 갑자기 들이닥쳤다고?"

"그래, 우리는 바로 이 자리에 있었어. 에드몽이 날 안고 입을 맞추며……"

그녀는 떨리는 자신의 품속에 있는 앙리에트를 한껏 더 끌어안고 볼을 비비며 모든 사실을 말했다.

"오! 앙리에트, 날 너무 나쁘게 생각하지 말아줘, 그러면 난 괴로워 죽을 거야!…… 나도 알아, 다시는 그런 짓을 하지 않겠다고 스스로 맹세했었어. 하지만 너도 에드몽을 봤잖아, 얼마나 용감하고 얼마나 아름다운지! 그리고 생각해봐, 어머니와 멀리 떨어진 채 부상으로 아파하는 불쌍한 청년이잖아! 게다가 자기를 공부시키느라 온 가족이 가난에 시달려서 풍족하게 생활해본 적이 없다는 거야…… 정말이야, 난 그 청년을 매몰차게 거절할 수가 없었어."

앙리에트는 여전히 놀란 채 그녀의 말을 듣고 있었다.

"이럴 수가! 그 젊은 중사였다니!…… 그런데 질베르트, 모두가 너를 프로이센 대위의 정부라고 생각하고 있어!"

그러자 질베르트가 벌떡 몸을 일으키더니 눈을 부릅뜨고 부정했다.

"프로이센 대위의 정부라니…… 아! 말도 안 돼! 그 대위는 끔찍해, 역겹다고…… 도대체 날 뭐로 아는 거야? 그따위 파렴치한 짓을 할 여자로 생각하는 거야? 아냐, 아냐, 절대로! 그런 짓을 하느니 차라리 죽어버리겠어!"

부당한 추측에 화를 내며 억울함을 호소하는 그녀의 얼굴은 심각하면서도 아름다웠다. 그러더니 별안간 앞날을 걱정하지 않는 천성적인 가벼움과 애교 섞인 명랑함을 되찾은 듯 그녀는 키득거리며 웃음을 터뜨렸다.

"그런데 내가 대위를 가지고 노는 건 사실이야. 그는 날 숭배해. 내가 바라보기만 해도 내게 복종하거든…… 얼마나 재미있는지 몰라, 그 덩치 큰 사내를 놀리는 게…… 언젠가 내가 자신에게 은혜를 갚을 거라고 믿고 있을걸!"

"하지만 그건 너무 위험한 장난이야." 앙리에트가 진지하게 말했다.

"그렇게 생각해? 뭐가 위험하다는 거지? 기대할 게 아무것도 없다는 걸 알아차리면 화를 내고 떠나겠지 뭐…… 그런데, 아냐! 그는 결코 알아차리지 못할 거야! 넌 남자를 몰라, 그는 아무런 위험 없이 여자가 마음대로 좌지우지할 수 있는 유형의 남자야. 내가 이 방면으로는 천부적인 감각이 있거든. 게다가 그는 허영심도 무척 강해서 자기가 놀림감이 되었다 해도 절대 인정하지 않을걸…… 내가 그에게 허락하는 유일한 건 파리에 오랫동안 살았던 신사답게 정중히 행동했다고 자위하며 나에 대한 추억을 독일로 가져가는 것뿐이지."

그녀가 명랑하게 덧붙였다.

"하지만 그날이 오기 전에 푸샤르 외삼촌을 풀어주게 해야지. 그 대가로 대위는 내가 직접 설탕을 넣은 차 한 잔을 마시게 될 거야."

그러다가 갑자기 그녀는 시어머니에게 밀회를 들킨 자신의 걱정거리로 되돌아왔다. 그녀의 눈가에 다시 눈물이 맺혔다.

"맙소사! 어머님 말이야, 어쩌면 좋지?…… 무슨 일이 벌어질까? 어머님은 날 좋아하지 않아, 아들에게 다 말할지도 몰라……"

앙리에트는 다시 정신을 차렸다. 그녀는 친구의 눈물을 닦아주고 옷매무새를 단정하게 고쳐주었다.

"자, 질베르트, 난 너를 나무랄 기력도 없어. 하지만 네가 비난받을 짓을 했다는 건 알아둬! 프로이센 대위와 무슨 일이 있다는 소문 때문에 몹시 걱정했었어. 그건 정말 치욕이잖아. 그런데 다른 남자라니, 휴! 한결 낫네…… 진정해, 다 잘 해결될 거야."

질베르트가 흥분을 가라앉힌 것은 정말 다행이었는데, 때마침 들라에르슈가 어머니와 함께 방으로 들어왔기 때문이었다. 그날 밤 브뤼셀행 기차를 타기로 결심한 그는 그녀에게 방금 벨기에 국경까지 자신을 데려다줄 마차를 준비시켰다고 말했다. 그는 아내에게 작별인사를 하러 온 것이었다. 그러고는 앙리에트를 향해 돌아서며 말했다.

"안심해요, 집을 나서면서 가르틀라우벤 씨가 외삼촌 문제를 챙겨보겠다고 약속했어요. 내가 여기 없을 거니까, 아내가 나머지 일을 처리할 겁니다."

들라에르슈 부인이 방에 들어왔을 때부터, 질베르트는 불안으로 마음을 졸이며 그녀에게서 눈을 떼지 않았다. 그녀가 자신이 목격한 것을 말하고 아들의 출발을 막을까? 노부인 역시 문지방에 서서 말없이 며느리만 바라보고 있었다. 원칙을 중시하는 노부인도 앙리에트처럼 상대가 프로이센 대위가 아님을 천만다행으로 생각하고 있는 것이 틀림없었다. 하느님 맙소사! 상대가 그 젊은이니, 그토록 용감하게 싸운 프랑스인이니 보두앵 대위와의 밀회를 용서했던 것처럼 이번에도 용서해야 하는 게 아닐까? 그녀의 시선이 부드러워졌고, 이윽고 고개를 돌렸다. 아들이 집을 비운 사이에는 에드몽이 프로이센 대위에게서 질

628

베르트를 보호하겠지. 쿨미에 승전보 이후로 즐거웠던 적 없는 노부인의 입가에 희미한 미소가 번졌다.

"잘 다녀와." 들라에르슈를 포옹하며 노부인이 말했다. "거래 잘하고, 빨리 돌아오렴."

그녀는 층계참 반대쪽, 대령이 램프의 둥근 불빛 고리 밖의 어둠을 멍하니 바라보고 있는 방으로 천천히 걸어갔다.

그날 저녁 앙리에트는 레미로 돌아갔다. 그리고 사흘 후 아침, 그녀는 외삼촌과 재회하는 기쁨을 누렸다. 푸샤르 영감은 마치 이웃 마을에서 거래를 끝내고 돌아오듯 유유히 농가로 걸어왔다. 그는 식탁에 앉아 빵 한 조각을 치즈에 곁들여 먹었다. 그리고 결코 공포에 떨었던 적 없는 사람처럼 모든 질문에 천천히 대답했다. 도대체 왜 그를 잡아 가둔 걸까? 아무런 잘못이 없는데. 프로이센인을 죽인 것은 그가 아니지 않은가? 그는 프로이센 당국의 심문에 짧게 대답했다. "조사해보시오, 난 아무것도 모르오." 증거가 없는 이상, 시장과 그를 풀어주는 게 당연했다. 그러나 교활하고 냉소적인 농부는 더러운 악당들을 속였다는 기쁨으로 눈을 반짝였다. 더욱이 요즘 그놈들이 고기 질을 놓고 그에게 시비를 걸고 있지 않은가.

12월이 다 지나자, 장은 떠나려 했다. 이제 다리도 튼튼해졌고, 박사도 그가 전쟁터로 갈 수 있다고 장담했다. 앙리에트는 괴로운 마음을 감추려 애썼다. 샹피니 참패 이후 파리에서 어떤 소식도 들려오지 않았다. 그들은 모리스의 연대가 끔찍한 포화에 노출돼 많은 병사를 잃었다는 사실만 알고 있었다. 그런 다음에는 기나긴 침묵이 이어졌다. 모리스에게서는 편지 한 장, 단 한 줄의 메모도 없었다. 그러다가 그즈음 로쿠르와 스당의 몇몇 가족이 우회로를 통해 속달 우편을 받았다는 사실을 알게 되었다. 그렇다면, 그토록 애타게 기다리는 모리스의 소식을 나르던 비둘기가 어디선가 사나운 매를 만난 걸까? 아니면 그 비둘기가 프로이센 병사의 총에 맞아 숲 어귀에 떨어진 걸까? 특히 그들은 모리스가 죽었을지도 모른다는 사실에 노심초사했다. 그리하여 포위 공격에 갇힌 수도의 거대한 침묵은 기다림의 고통 속에서 무덤의 침묵이 되었다. 그들은 이제 뭔가를 알게 되리라는 희망을 잃었다. 어느 날 장이 떠나겠다고 확고히 밝혔을 때, 앙리에트는 나직이 탄식할 뿐이었다.

"맙소사! 끝났어, 이제 여기에 나 혼자 남는구나!"

장은 페데르브 장군이 최근에 재조직한 노르 군단에 들어가기로 계획을 세웠다. 만토이펠 장군의 군단이 디에프까지 진격한 이후, 노르 군단은 프랑스의 나머지 지역과 단절된 세 지방, 즉 노르와 파드칼레와 솜을 방어하고 있었다. 장의 계획은 부이용으로 가서 벨기에를 통해 우회하는 것이었다. 그 편이 가장 쉬워 보였다. 그는 스당과 메츠의 옛 병사들을 다시 모아 23군단을 조직했다는 사실을 알고 있었다. 페데르브 장군이 공격을 재개했다는 이야기를 접했고, 퐁누아옐 전투 소식을 듣고는 다음주 일요일에 출발하기로 확정했다. 퐁누아옐 전투에서는 프랑스 병사들이 승리할 뻔했으나 결과는 확실하지 않았다.

달리샹 박사가 장을 이륜마차로 부이용까지 데려다주겠다고 했다. 박사의 용기와 선의는 끝이 없었다. 바이에른에서 퍼지기 시작한 티푸스가 로쿠르를 휩쓸자 그는 집집을 다니며 환자를 치료했고, 그 외에도 로쿠르 야전병원과 레미 야전병원 두 곳을 정기적으로 방문해 부상병을 치료했다. 열렬한 애국심, 부당한 폭력에 대한 저항심으로 인해 그는 프로이센 당국에 두 번이나 체포되었다 풀려났다. 그래서 장을 데려가기 위해 마차를 가지고 온 아침에도 그는 사비를 들여 치료한 불쌍하고 선량한 사람들, 즉 스당의 패자들 중 한 사람을 온전하게 되살렸다는 데 만족하며 호탕하게 웃을 뿐이었다. 앙리에트의 형편이 좋지 않다는 걸 잘 알기 때문에 돈 문제로 고민하던 장은 박사가 여행 경비로 50프랑을 내밀자 못 이기는 척 받아들였다.

푸샤르 영감은 작별인사에 걸맞은 조치를 취했다. 그는 실빈을 시켜 포도주 두 병을 가져오게 하더니 다 같이 독일군 말살을 위해 건배하자고 제의했다. 근래 부자가 된 영감은 번 돈을 어딘가에 감춰두었다. 디윌레숲 민병들이 야수처럼 쫓기며 자취를 감춘 이후, 그는 조용히 종전과 평화를 기다릴 뿐이었다. 심지어 아량을 베풀고 싶은 마음마저 생겨서, 떠날 생각도 없는 프로스페르를 농가에 묶어두기 위해 임금을 주었다. 푸샤르 영감은 프로스페르와 건배했고, 실빈과도 건배하고 싶어했다. 그는 한때 실빈을 아내로 삼으려고 생각한 적도 있었는데, 그만큼 실빈이 순종적이고 맡은 일을 열심히 한다고 생각했기 때문이었다. 하지만 그래 봐야 무슨 소용이 있을까? 어차피 실빈은 일손을 멈추지 않을 거고, 샤를로가 자라서 입대할 때까지 이 집을 떠나지 않을 텐데. 박사와 앙리에트, 장과 건배하며 그가 소리쳤다.

"자, 건배! 모두 운수대통하고, 나보다 더 건강하시길!"

앙리에트는 스당까지 장을 배웅하겠다고 고집부렸다. 박사가 빌려준 짧은 외투를 입고 둥근 모자를 쓴 장은 평범한 시민처럼 보였다. 매섭게 추운 날이지만 햇볕에 눈이 반짝거렸다. 일행은 도시를 가로질러야 했다. 장은 대령이 들라에르슈의 집에 있다는 사실을 알았기에 찾아가서 꼭 인사하고 싶었다. 시트 제조업자에게도 감사인사를 하고 싶었다. 재난과 죽음으로 상처받은 도시를 보자 장은 다시 가슴이 아팠다. 그런데 그들이 마카가의 제조소에 도착했을 때, 하나의 비극적 종말로 온 집안이 발칵 뒤집혀 있었다. 질베르트가 파랗게 질려 있었고, 들라에르슈 부인은 말없이 눈물을 흘리고 있었다. 작업이 부분적으로 재개된 작업장에서 이제 막 올라온 들라에르슈는 놀란 입을 다물지 못했다. 대령이 방바닥에 떨어진 채 죽어 있었기 때문이다. 밀폐된 방에는 밤낮없이 켜놓았던 램프가 혼자 타오르고 있었다. 즉시 의사가 불려 왔는데, 의사는 동맥류나 울혈 등 원인을 찾지 못한 채 도대체 이해할 수 없는 사망이라고 했다. 대령은 진원지를 알 수 없는 벼락을 맞고 죽은 것 같았다. 그러나 이튿날, 책 커버로 사용됐던 오래된 신문이 방바닥에서 발견되었는데, 그 내용은 메츠 항복이었다.

"앙리에트," 질베르트가 말했다. "에드몽이 조금 전에 봤는데, 가르틀라우벤 씨가 계단을 내려오더니 숙부님 시신이 있는 방문 앞에서 모자를 벗어 예의를 표했대…… 꽤 괜찮은 사람 같지 않니?"

장은 아직 앙리에트와 포옹하며 인사한 적이 없었다. 박사와 함께 이륜마차에 오르기 전, 그는 자신을 오빠처럼 아끼고 보살펴준 앙리에트에게 고마움을 전하고 싶었다. 그러나 그는 아무 말도 하지 못한 채 그저 두 팔 벌려 그녀를 안고서 흐느꼈다. 그녀 역시 울먹였고, 그의 뺨에 입을 맞췄다. 말이 움직이기 시작했을 때, 장은 뒤돌아보았다. 둘은 서로에게 손을 흔들었고, 더듬거리는 목소리로 되풀이했다.

"아듀! 아듀!"

그날 밤 레미로 되돌아온 앙리에트는 야전병원에서 철야근무를 했다. 그녀는 기나긴 밤 내내 끊임없이 흐르는 눈물을 주체할 수 없었다. 그녀는 울고 또 울면서 두 손 모아 드리는 기도에 슬픔을 묻었다.

7

 스당 전투가 끝난 다음날, 독일군 2개 군단이 파리를 향해 진군하기 시작했다. 뫼즈 군단은 마른 계곡을 통해 북쪽으로 갔고, 프로이센 왕세자 군단은 빌뇌브생조르주에서 센강을 건넌 후 도시 남쪽으로 돌아 베르사유로 향했다. 9월의 어느 미적지근한 아침, 이제 막 조직된 14군단을 맡은 뒤크로 장군이 측면에서 진군하던 프로이센 왕세자 군단을 공격하기로 결정했을 때, 새로운 소속 연대인 115연대와 함께 뫼동의 좌측 인근 숲에서 야영하던 모리스는 재앙이 확실해지기 전에는 움직이지 말라는 명령을 받았다. 프랑스군을 격퇴하기 위해서는 포탄 몇 발이면 충분했다. 신병들로 구성된 알제리 보병 대대는 무시무시한 공황 상태에 빠졌고, 나머지 부대는 패주하는 아군에 휩쓸려들어갔다. 혼란 속 패주는 성채를 넘어 파리로 들어가서야 비로소 멈췄는데, 파리 역시 공포의 도가니에 빠져 있었다. 남쪽 요새 앞 진지 전부가 붕괴되었다. 그날 밤, 파리를 프랑스와 이어주는 마지막 끈이었던 서부 철도의 전신이 끊어졌다. 파리는 세계로부터 단절되었다.

모리스에게 참담한 슬픔의 밤이었다. 만일 독일군이 좀더 용감했다면, 그들은 그날 밤 카루셀광장에서 야영할 수 있었으리라. 그러나 더없이 신중한 그들은 고전적인 포위 공격을 택했다. 포위망을 완성하기 위한 전략적 지점들은 이미 접수한 상태였다. 북쪽의 뫼즈 군단이 에피네를 거쳐 크루아시에서 마른까지 하나의 포위 라인을 형성했고, 남쪽의 III군단이 셴비에르에서 샤티용, 부지발까지 또다른 포위 라인을 형성했다. 그리고 프로이센 최고사령부인 빌헬름 국왕, 비스마르크, 몰트케 장군은 베르사유를 장악하고 있었다. 이처럼 아무도 믿지 않았던 봉쇄가 빈틈없이 완성되었다. 36킬로미터에 달하는 환상環狀 보루, 15개 요새, 6개 각면角面 보루로 둘러싸인 도시가 감옥이 될 참이었다. 방위군으로는 비누아 장군이 이끄는 13군단, 뒤크로 장군 휘하에 조직 중인 14군단밖에 없었는데, 이 2개 군단 병력은 도합 8만이었다. 이 외에 1만 4천 명의 해병, 1만 5천 명의 비정규군, 11만 5천 명의 국민 유격대, 9개 구역 성채에 배치된 30만의 국민자위대*가 있었다. 이처럼

---

* 'Garde nationale'는 국민을 지킨다는 뜻을 내포하기에 국민자위대로 옮겼다. 국민자위대는 프랑스대혁명 때 도시의 안녕과 질서 유지를 목적으로 창설된 시민군으로, 각 도시에 설치되었다. 정규군과는 별도의 조직으로 운영되었고, 파리코뮌이 진압되면서 1871년 7월 해산했다. 1870년 9월 스당 패전 이후 도합 59만에 이르는 국민자위대가 전선에 동원되었다. 1871년 3월 18일 이미 독일에 항복한 베르사유 정부군이 항전을 외치는 파리 국민자위대의 대포를 압수하려 했을 때, 양측 간에 최초의 충돌이 일어나면서 국민자위대가 시민들의 파리코뮌에 참여했다.

병력 수효는 적지 않았지만, 당장 전투에 투입할 수 있는 훈련된 병사는 턱없이 부족했다. 군용 장비가 지급되고 군사훈련이 실시되었다. 파리는 이제 요새로 둘러싸인 거대한 병영으로 변했다. 시간이 흐를수록 방위 준비가 열기를 더해갔다. 도로를 의도적으로 차단했고, 군사 지역 가옥을 미리 헐었고, 주포 200문과 대포 2500문이 포진되었고, 다른 대포들이 새롭게 주조되었다. 도리앙 장관*의 애국적인 분투 끝에 땅에서 병기창이 솟아올랐다. 페리에르성에서 열린 협상이 결렬된 후 쥘 파브르**가 비스마르크의 강화조건, 즉 알자스 할양, 스트라스부르 방위군 투항, 배상금 30억 프랑 조건을 알리자 분노의 함성이 높아졌고, 전쟁을 지속하고 저항하는 일이 열화와 같은 지지를 받았다. 이제 항전은 프랑스를 살리는 필요불가결한 조건이 되었다. 심지어 승리의 희망이 없을지라도 파리는 조국의 존명을 위해 사수되어야 했다.

9월 말 일요일, 모리스는 사역에 동원되어 도시의 다른 쪽 끝으로 갔다. 그가 걸어가는 거리, 통과하는 광장이 그의 가슴을 새로운 희망으로 채웠다. 샤티용 패전 이후 그에게는 오히려 대업을 이루고자 하는 욕망이 더욱 거세게 일었다. 아! 그에게 향락에 빠져 이런저런 실수를 저지르게 했던 파리, 그 파리가 이제 용맹스럽게, 그리고 기꺼이 온갖 희생을 바치려는 순정한 파리로 거듭났다. 눈에 보이는 것은 군복뿐이었고, 사리사욕을 모르는 사람들이 국민자위대 모자를 쓰고 있었다. 태엽이 망가진 거대한 괘종시계처럼 별안간 공업, 상업, 사업 등 모든 사

---

* 당시 공공사업부 장관.
** 국방정부의 외무장관. 9월 19과 20일, 페리에르성에서 비스마르크와 강화 협상을 벌였다.

회생활이 완전히 정지되었다. 이제 남은 것은 승리를 향한 불굴의 의지와 열정뿐이었고, 모두가 공공장소에서, 철야의 경비 초소에서, 거리를 가득 메운 군중집회에서 뜨거운 가슴으로 그 이야기만 했다. 환상이 전염병처럼 번졌고, 긴장 상황으로 인해 시민들은 더없이 위험한 일을 고귀한 열정으로 감행했다. 그것은 병적인 신경증 발작이요 유행성 질병과도 같았다. 시민들은 지나친 확신과 과도한 공포로 바스락하는 소리만 나도 즉시 광기어린 야수성을 발휘했다. 모리스는 마르티르가에서 흥분되는 광경을 목격했다. 군중이 램프 불빛에 창문 하나가 밤새도록 환한 어느 집을 습격하고 있었다. 환한 그 불빛을 파리 너머 벨뷔의 프로이센군에게 전달하는 신호로 의심한 것이었다. 애국적인 시민들이 자기 집 지붕 위에 올라가 밤새 주변을 감시했다. 그 전날에는 튈르리 공원 벤치에서 파리 지도를 펼쳐놓고 있었다는 이유로 한 불쌍한 남자가 군중에게 살해될 뻔하기도 했다.

자유롭고 초연한 성격이던 모리스도 그때까지 믿어왔던 모든 것이 무너진 후로 이런 의심 증세를 공유하게 되었다. 그러나 프랑스군의 전투 의지를 의심하며 샤티용에서 겪은 대공포의 밤과는 달리, 이제는 더이상 절망하지 않았다. 모리스는 프랑스군이 9월 30일에 두 도시 에와 슈비로를 돌파하고, 유격대가 10월 13일에 바뇌를 탈환하고, 그의 연대가 10월 21일에 일시적으로 말메종을 장악하자 신념과 희망을 되찾았는데, 이 신념과 희망은 아주 작은 불씨로도 활활 타오르기에 충분했다. 프로이센군에게 모든 방향에서 저지당하면서도 프랑스군은 용감히 싸웠고, 승리할 가능성이 없는 것은 아니었다. 하지만 모리스의 고통은 그 위대한 파리로부터 비롯되었다. 승리를 갈망하면서도 배반의 공포에 시달리는 파리는 극단적 환상과 최악의 절망 사이를 끊임없이 오갔다. 황제와 마크마옹 원수에 뒤이어 트로슈 장군과 뒤크로 장군 역시 평범한 지휘관에 불과해서 그 자신들도 모르는 사이에 조국을 패배의 수렁에 빠뜨리고 있는 건 아닐까? 극렬분자들이 조국을 구한다는 미명 아래 권력 장악에 혈안이 되어 있다는 점에서, 국방정부는 제정의 전철을 밟고 있었다. 벌써 쥘 파브르와 다른 장관들은 나폴레옹 3세의 옛 장관들보다 더 인기가 없었다. 프로이센군과 싸우기를 원하지 않았기 때문에, 그들은 다른 사람들, 이를테면 승리를 확신하는 혁명가들에게 기꺼이 권력을 넘겨줄 용의가 있는 듯했다. 혁명가들은 국민 총동원을 선포함으로써, 그리고 몇몇 공상가의 말대로 교외에 폭파 장치를 설치하거나 새로운 화약을 개발함으로써 전쟁을 승리로 이끌 수 있다고 여겼다.

10월 31일이 가까워지자, 모리스는 이런 불신과 환상의 병을 공유하게 되었다. 예전 같으면 피식 웃어넘겼을 꿈같은 이야기를 받아들였다. 왜 안 되겠어? 어리석은 짓과 범죄는 어차피 한계가 없는 게 아닌가? 세계를 전복시킨 재앙 속에서 기적이 일어나지 말라는 법이 어디에 있는가? 프뢰슈빌러 패전을 알게 된 날부터 그의 가슴속에는 울분이 쌓였다. 특히 스당은 그에게 살짝만 건드려도 덧나는 생살에 난 상처와도 같았다. 패배할 때마다 단말마적 고통이 각인되었다. 빵도 없는 낮과 잠도 없는 밤의 기나긴 연속, 더이상 살아 있다는 확신조차 없는 악몽과도 같은 삶이 육체를 훼손하고 정신을 피폐하게 했다. 그토록 크고 많은 고통의 결과 돌이킬 수 없을 새로운 재앙에 이르리라는 생각 때문에 그는 미칠 것 같았고, 이 지식인은 어린 시절로 회귀해 끊임없이 순간의 감정에 이끌리는 본능의 인간이 되어버렸다. 돈 한 푼, 땅한 뼘을 적에게 내주느니 차라리 파괴와 전멸을 택할 것이다! 할아버지의 무용담에서 들은 나폴레옹의 전설, 감상적 보나파르트주의가 초기의 잇따른 패전으로 사라졌었다가, 지금은 그의 내면에서 완결되어가고 있었다. 심지어 그는 더이상 온건하고 이론적인 공화정을 지지하지 않았고, 조국을 교살하는 배반자들과 무능력자들을 일소하기 위해 공포정치의 필요성을 인정했다. 그러므로 10월 31일, 연속적으로 전달되는 비보에 분노한 민중이 봉기를 일으켰을 때 그는 그들을 지지했다. 그 비보란 예컨대 27일에서 28일로 넘어가는 밤에 언론 의용군이 그토록 용감하게 탈환했던 르부르제의 함락, 유럽의 여러 수도를 관통한 여행에서 돌아와, 풍문에 따르면 나폴레옹 3세의 이름으로 강화교섭을 하려는 티에르의 베르사유 도착, 끝으로 마지막 일격이자 스당의 패전보다 더욱 수치스러운 패전, 즉 이미 소문이 돌았지만 이제 무시무시한 현실이 된 메츠의 항복 소식이었다. 이튿날 시청에서 벌어진 사건들, 즉 어떻게 봉기한 민중이 일시적으로 승리할 수 있었는지, 어떻게 국방정부의 요인들이 새벽 네시까지 포로가 되었는지, 그러다 처음에는 요인들을 혐오한 대중이 반란으로 몰릴까 두려워 그들을 석방했다는 사실을 알게 된 모리스는 봉기의 실패, 코뮌의 좌절을 아쉬워했다. 만일 봉기가 성공하고 코뮌이 성립됐더라면, 무기를 든 민중이 조국의 위험을 절감하고, 죽음을 거부하는 자유 시민의 고전적인 추억을 되살림으로써 구원의 날을 앞당겼을지도 모른다. 기실 티에르는 파리에 발조차 들여놓지 못했고, 파리는 협상의 결렬을 열렬히 환영할 태세였다.

11월이 불안과 초조 속에서 지나갔다. 모리스가 참전하지 않은 소규모 전투가 이어졌다. 이제 그는 생투앙에서 야영하고 있었고, 상황을 알고자 기회가 있을 때마다 밖으로 빠져나갔다. 파리도 모리스와 마찬가지로 전쟁의 결말을 초조하게 기다리고 있었다. 구청장 선거가 정치적 열정을 부분적으로 채워주는 듯했다. 당선자들은 정파를 막론하고 거의 모두 급진주의자들이었고, 그것은 미래를 생각할 때 위험한 징후였다. 이 일시적인 소강상태에서 파리가 기대하는 것은 그토록 간절히 염원하는 대대적 돌파요 승리요 해방이었다. 어쨌든 그것은 의심의 여지가 없는 사실이었다. 파리는 궁극적으로 프로이센군을 분쇄하고 격퇴하리라. 돌파 공격을 위해 가장 유리한 요충지라고 판단된 젠빌리에에서 대대적인 준비가 이루어졌다. 뒤이어 어느 아침, 쿨미에 전투에서 승리했고, 오를레앙을 탈환했고, 루아르 군단이 진격해 벌써 에탕프에서 야영한다는 희소식이 들렸다. 상황이 일변했다. 이제 중요한 것은 마른 강 건너편에 있는 아군과의 합류였다. 병력이 재조직되어 3개 군단이 창설되었다. 클레망 토마 장군이 맡을 첫번째 군단은 국민자위대로 구성되었고, 뒤크로 장군이 대규모 공격에 동원할 두번째 군단은 13군단과 14군단, 그리고 사방에서 모은 최강의 부대로 구성되었으며, 비누아 장군이 이끌 세번째 군단은 예비군으로서 오직 유격대로 구성되었다. 11월 28일에 115연대와 함께 뱅센숲으로 가서 야영했을 때, 모리스는 절대적 신념으로 가득차 있었다. 두번째 군단의 3개 연대가 거기 있었는데, 이튿날 퐁텐블로에서 루아르 군단과 합류할 예정이었다. 하지만 곧 불운과 오판이 잇따랐다. 갑자기 강물이 불어나 부교를 띄우지 못하게 되었고, 기민하지 못한 명령들 때문에 이동이 지체되었다. 다음 날 밤, 선봉대 중 하나인 115연대가 강을 건넜다. 열시부터 빗발치는 포화 속에서, 모리스는 샹피니 마을로 침투했다. 맹추위에도 불구하고 미친듯이 소총을 당기느라 손가락에 불이 났다. 행군을 시작한 이후로 그의 유일한 소망은 지방의 아군을 만날 때까지 끝없이 전진하는 것이었다. 그러나 그가 속한 군단은 샹피니와 브리 전면에 버티고 있는 쾨이와 빌레공원의 벽, 프로이센군이 난공불락의 요새로 만들어놓은 500미터의 기나긴 벽에 맞닥뜨렸다. 그 철벽 앞에서 병사들의 용기가 꺾였다. 그때부터 망설임과 후퇴가 이어졌는데, 3군단은 이동이 지체되었고, 이미 발이 묶인 1군단과 2군단은 이틀 동안 샹피니를 방어하다가 결국 11월 2일 밤에 포기할 수밖에 없었다. 그날 밤, 전군이 수빙樹氷으로 하얗게 변한 뱅센숲으로 후퇴해 야영했다. 발이 얼어붙고 얼굴이 흙투성이가 된 모리스는 말없이 울음을 터뜨렸다.

아! 그 엄청난 노력이 좌절된 이후, 하루하루가 얼마나 쓸쓸하고 음울했던가! 그토록 오래 준비한 대공세, 파리를 해방할 불굴의 총공격이 실패로 끝난 것이다. 사흘 후, 몰트케 장군의 편지로 루아르 군단이 패전 끝에 다시 오를레앙을 포기했다는 소식이 전해졌다. 포위망이 더욱 좁혀졌고, 이제 그것을 돌파하기란 불가능했다. 그러나 절망적인 분위기 속에서도 파리는 저항할 힘을 되찾는 듯했다. 기근의 위협이 시작되었다. 10월 중순부터 육류 공급이 제한적으로 이루어졌다. 12월이 되자 불로뉴숲에서 먼지를 일으키며 뛰어다니던 양떼와 소떼가 모두 사라져 가축이 한 마리도 보이지 않았다. 이제 말이 도살되기 시작했다. 비축식량, 뒤이어 밀가루와 밀이 징발되어 넉 달 분량의 빵이 만들어졌다. 밀가루가 바닥나자, 여러 역에 밀을 빻을 방앗간을 만들어야 했다. 연료도 부족하기는 마찬가지였다. 남은 연료는 곡식을 빻고, 빵을 굽고, 무기를 만드는 데 우선적으로 사용되었다. 가스도 없이 군데군데 석유램프만 가물거리는 파리, 얼음을 뒤집어쓴 채 북풍한설에 떠는 파리, 검은 빵과 말고기로 겨우 연명하는 파리, 그럼에도 기적이 일어나 끝내 승리할 것처럼 파리는 희망을 잃지 않았고, 사람들은 노르 지방의 페데르브 장군, 루아르 지방의 샹지 장군, 동부 지역의 부르바키 장군을 들먹였다. 빵집과 푸줏간 앞에서 눈을 맞으며 길게 줄을 선 시민들은 대승을 머릿속에 그리며 여전히 웃음을 잃지 않았다. 고통과 굶주림으로 환각상태에 빠진 그들은 패배할 때마다 낙담했지만 잠시 그런 뒤에는 환상의 승리에 더욱 집요하게 매달렸다. 샤토도광장에서 항복을 입에 올렸던 병사는 행인들에게 맞아죽을 뻔했다. 사기가 떨어지고 종말을 예감한 군인들은 강화를 요구했지만, 시민들은 총공격, 결사항전을 부르짖었다. 남녀노소 할 것 없이 전 국민이 노도처럼 들고일어나 프로이센군을 대번에 휩쓸어야 한다고 외쳤다.

몽발레리앵 참호에 갇혀 빈둥거리는 부대에 대한 분노가 점증하면서, 모리스는 동료들과 멀어졌다. 그래서 기회가 생길 때마다 서둘러 부대를 빠져나와 마음의 고향인 파리로 갔다. 그는 군중 속에 있을 때만 마음이 편했고, 그들처럼 억지로라도 희망을 갖고 싶었다. 종종 그는 비둘기와 속달 우편을 실은 대형 풍선을 띄우는 것을 보러 갔는데, 날마다 노르역에서 대형 풍선이 하늘로 떠올랐다. 쓸쓸한 겨울 하늘로 떠오른 커다란 풍선들이 바람에 실려 저멀리 사라졌다. 때때로 풍선이 독일 쪽으로 날아가면, 안타까운 탄식이 터져나왔다. 많은 풍선이 그렇게 분실되었다. 모리스도 앙리에트에게 두 번이나 편지를 썼지만 전달되었는지는 알 수 없었다. 누나에 대한 기억, 장에 대한 기억이 저멀리,

더이상 아무것도 손에 닿지 않는 저 광대한 세계 속으로 밀려났기에, 그는 옛 세계에 두고 온 애장품처럼 아주 가끔만 그들을 떠올렸다. 이를테면 현재 그의 삶은 좌절과 열광이 교차하는 끝없는 폭풍과도 같았다. 1월 초부터 센강 좌안에 포격이 쏟아지자 그는 또다시 분노에 사로잡혔다. 그때까지 그는 프로이센군의 포탄이 날아오지 않은 이유가 인류애 때문이라고 생각했었다. 그러나 실제로는 대포 설치가 늦어졌을 뿐이었다. 포탄이 발드그라스의 두 소녀를 죽인 지금, 그는 어린아이들을 죽이고 박물관과 도서관을 불태우는 그 야만인들을 향한 경멸과 분노를 삭일 수 없었다. 초기의 공포감이 가시자, 파리는 포탄 세례 속에서도 영웅적인 고집을 다시 밀고 나갔다.

상피니 패전 이후 르부르제 근처에서 새로운 돌파 시도가 딱 한 번 있었으나 실패로 돌아갔다. 요새를 때리는 집중포화에 아브롱고원을 포기했던 날 밤, 모리스도 파리 전체를 들썩이게 한 분노의 격정을 공유했다. 트로슈 장군과 국방정부를 위협한 비판적 여론이 얼마나 비등했던지, 그들은 어쩔 수 없이 무용하면서도 지고한 전투를 시도하지 않을 수 없었다. 30만의 국민자위대가 끝없이 자원하여 목숨을 내놓겠다는데 왜 포화 속으로 데려가기를 거부하겠는가? 그것은 초기부터 열화와 같이 요구된 급류의 돌파로서, 파리가 제방 수문을 열고 인간 물살을 흘려보내 프로이센군을 대번에 휩쓴다는 작전이었다. 또다시 패배할 것이 확실해 보이는데도 이런 용맹스러운 소원에 응해야 했다. 그러나 인적 피해를 줄이기 위해, 현역군과 함께 59개 대대의 국민자위대만 동원했다. 1월 18일은 국경일을 방불케 했다. 샹젤리제대로와 다른 여러 대로를 가득 메운 거대한 군중은 군악대를 선두로 애국적인 노래를 합창하며 행진하는 군인들을 뜨거운 가슴으로 지켜보았다. 아이들과 여자들이 대열을 따라 걸었고, 남자들은 벤치 위에 올라가 불타는 승리의 염원을 외쳤다. 1월 19일 아침, 몽트르투 점령 소식이 전해졌을 때, 시민들은 모두 개선문으로 몰려갔고, 희망의 열기가 도시를 가득 채웠다. 영웅적인 무용담이 불퇴전의 의지를 불태우는 국민자위대 병사들 사이에 돌았다. 프로이센군이 후퇴했고, 베르사유가 저녁이 오기 전에 탈환될 것 같았다. 하지만 어둠이 내리고 패전의 비보가 날아들었을 때, 그 충격과 슬픔을 세상 무엇에 비유할 수 있었을까! 좌측 부대가 몽트르투를 점령하는 동안, 뷔장발공원의 벽을 넘은 중앙 부대는 공원 내 두번째 벽에 가로막혀 난타당하고 있었다. 해빙기가 와서 얼음이 녹은데다 보슬비가 한없이 내려 도로를 흥건히 적셔놓았기에, 파리 시민의 심혼으로 빚은 대포가, 그들의 기부금으로 제조한 대포가 제때 도착할 수 없었다. 뒤크로 장군의 우측 부대는 너무 늦게 투입되어 뒤에 처져 있었다. 더이상 버틸 수 없다고 판단한 트로슈 장군은 전군 퇴각 명령을 내릴 수밖에 없었다. 프랑스군이 몽트르투와 생클루를 포기하자, 프로이센군이 이 두 도시에 불을 질렀다. 천지가 캄캄하게 어두워졌을 때 파리의 지평선에 보인 것은 이 두 도시의 거대한 화염뿐이었다.

이번에는 모리스도 종말을 예감했다. 네 시간 동안 프로이센 진지 여기저기서 날아오는 포탄을 맞으면서 그는 국민자위대 병사들과 함께 뷔장발공원에 있었다. 파리로 돌아왔을 때, 그는 국민자위대 병사들의 용기를 열렬히 찬양했다. 그만큼 국민자위대는 용감무쌍하게 싸웠다. 오히려 패배는 지휘관들의 무능력과 배반 때문에 처음부터 예정된 게 아니었을까? 리볼리가에서 그는 이렇게 외치는 군중을 만났다. "트로슈는 물러가라! 코뮌 만세!" 그것은 혁명적 열정의 각성, 새로운 여론의 발아였다. 불안과 공포를 느낀 국방정부는 붕괴를 막기 위해 트로슈 장군을 사임시키고, 그 자리에 비누아 장군을 앉혔다. 그날 벨빌의 공개집회에서 모리스는 다시 총공격을 요구하는 목소리를 들었다. 정신 나간 생각임을 알고 있었지만, 그 집요한 승리의 소망 앞에서 그의 가슴도 다시 뛰었다. 모든 게 끝났다면, 그때는 기적이라도 시도해봐야 하지 않을까? 밤새도록 그는 기적을 꿈꾸었다.

또다시 기나긴 일주일이 흘렀다. 파리는 신음도 없이 죽어가고 있었다. 가게는 더이상 문을 열지 않았고, 드물게 지나가는 행인도 쓸쓸한 거리에서 더이상 마차를 마주치는 일이 없었다. 벌써 말 4만 마리가 식용으로 사라졌고, 개고기, 고양이고기, 쥐고기까지 비싼 값에 팔렸다. 밀이 품귀현상을 빚은 이후 쌀과 귀리로 검은 빵을 만들었으나 소화가 안 돼 속이 메스꺼웠다. 그것조차 300그램을 배급받기 위해 빵집 앞에 장사진을 치고 힘겹게 기다려야 했다. 아! 이 고통스러운 포위 공격, 소나기에 몸을 떨며 차디찬 진창길을 헤매는 이 불쌍한 아낙네들, 항복을 거부하는 이 거대 도시의 영웅적인 비참을 어찌해야 할 것인가! 사망률이 평시보다 세 배로 늘어났고, 극장은 모두 야전병원으로 바뀌었다. 밤이 오면, 화려했던 옛 동네는 페스트가 휩쓴 저주받은 도시 변두리처럼 음울한 평화, 캄캄한 암흑에 빠졌다. 어둠과 정적 속에서 들리는 것이라고는 끊임없는 포화 소리밖에 없었고, 보이는 것이라고는 겨울 하늘을 가르는 대포의 섬광밖에 없었다.

1월 28일, 갑자기 파리는 이틀 전부터 쥘 파브르가 비스마르크와 휴전 협상을 벌이고 있다는 사실을 알게 되었다. 그와 동시에 보급 식량이 겨우 열흘 분량밖에 남지 않았다는 사실도 알려졌다. 그야말로 갑작스럽게 항복이 강요되었다. 이 사실에 큰 충격을 받았지만 파리는 별다른 반응을 보이지 않았다. 그날 밤 자정, 프로이센군의 마지막 포성이 울렸다. 29일, 독일군이 여러 요새를 점령했을 때, 모리스는 몽루즈 근처 성채에서 야영하던 115연대로 돌아갔다. 그후 나태와 신열에 시달리는 덧없는 생활이 이어졌다. 기강은 해이해졌고, 병사들은 패배감에 젖어 빈둥거리며 집으로 돌아갈 날만 기다렸다. 그러나 충격으로 우울한 신경증에 빠진 모리스는 불안과 분노가 교차하는 나날을 보냈다. 그는 혁명적 신문을 열정적으로 탐독했고, 그에게는 프랑스가 강화를 결정할 의회를 구성하기 위해 마련한 시간, 즉 삼 주간의 휴전이 함정이요 마지막 배반처럼 보였다. 파리가 어쩔 수 없이 항복해야 할지라도, 그는 루아르 지방과 노르 지방에서 전쟁을 계속하자는 강베타를 지지했다. 이런 맥락에서 동부 군단이 스위스로 떠밀려가자 그는 격분했다. 뒤이은 의회 선거에 모리스의 실망과 분노는 극에 달했다. 결과는 예상대로였다. 파리의 항전에 화가 난 각 지방에서는 프로이센군의 대포가 지켜보는 가운데 소심하게도 평화를 바라며 군주제로의 회귀를 원했다. 보르도에서 열린 첫번째 회기에서 행정 수반으로 선출된 티에르는 모리스가 보기에 거짓과 범죄를 일삼는 괴물에 지나지 않았다. 모리스는 분노를 가라앉히지 못했다. 군주제를 지향하는 의회가 체결한 이 강화조약은 문자 그대로 국치였다. 그는 가혹한 강화조건에 극도로 흥분했다. 배상금 50억 프랑, 메츠 인도, 알자스 할양은 회복 불가능한 상처를 입은 프랑스 땅에서 짜내는 피와 황금을 뜻했다.

2월 하순, 모리스는 탈영을 결심했다. 강화조약 한 조항에 파리에 야영하는 병사들의 무장해제와 귀향이 있었다. 그는 더이상 기다리지 않았다. 굶주리지 않았다면 절대로 항복하지 않았을 그 영광의 파리를 떠난다면, 너무도 가슴이 아파 견디기 힘들 듯했다. 그는 자취를 감췄고, 물랭언덕 꼭대기 오르티가에 있는 6층짜리 주택에서 작은 단칸방 하나를 세냈다. 일종의 망루인 그 방에서는 튈르리궁전에서 바스티유광장까지 끝없는 지붕의 바다가 훤히 보였다. 옛 대학 친구에게 빌린 100프랑으로 그 방에 자리를 잡자마자 그는 국민자위대에 자원했고, 거기서 받는 급료 30수로 생활했다. 시골에서 이기적으로 무탈하게 살아가는 것은 생각만 해도 끔찍했다. 강화조약이 체결된 이튿날 모리스는 앙리에트에게 편지를 보냈는데, 레미로 와서 쉬라고 간청하는 누나의 답신조차 그를 화나게 했다. 그는 거절했다. 프로이센군이 더이상 프랑스 땅에 없을 때 고향으로 가리라.

모리스는 흥분과 열기 속에서 무료하게 떠도는 생활을 했다. 흰 빵을 맛있게 먹을 수 있었기 때문에, 더이상 빵 때문에 괴로워하진 않았다. 증류주도 포도주도 부족하지 않게 된 파리는 이제 끝없이 술에 취했다. 그러나 독일군이 시문을 지키고 허가 절차가 너무 까다로워 시외로 나가기가 어려웠기 때문에, 파리는 여전히 하나의 감옥이었다. 어떤 사업도 노동도 재개되지 않아 사회생활은 마비상태였다. 봄 햇살은 청명했지만 심신이 피폐해진 시민들은 아무 일도 하지 않으며 막연히 기다리고 있었다. 포위 공격을 받는 동안, 그들은 군사적인 업무에 시달리면서도 타개책을 마련하느라 노력했다. 그러나 지금은 모두가 갑자기 절대적인 나태, 세계로부터의 고립상태에 빠져들었다. 모리스도 다른 사람들과 마찬가지로 아침부터 저녁까지 빈둥거렸고, 몇 달 전부터 서서히 군중을 사로잡은 광기의 공기를 들이마시고 있었다. 모든 이가 향유하는 무한한 자유가 모든 것을 파괴했다. 모리스는 신문을 읽었고, 공공 집회에 나갔으며, 가끔 지나치게 몰상식한 주장에 어깨를 으쓱했다. 그럼에도 집으로 돌아올 때면 폭력의 열기에 가득찬 채, 자신이 진실과 정의라고 믿는 것을 지키기 위해 필사의 노력을 다하리라 다짐했다. 그리고 도시가 내려다보이는 비좁은 방에서 여전히 승리의 꿈을 꾸었고, 평화조약이 완전히 체결되지 않는 한 프랑스와 공화국을 구할 기회가 여전히 있다고 생각했다.

3월 1일에 프로이센군이 파리에 입성한다는 소식이 전해지자, 흥분과 분노의 절규가 모든 시민의 가슴속에 메아리쳤다. 모리스는 이제 공공 집회에 가면 언제나 의회, 티에르, 그리고 영웅적인 대도시 파리의 시민들이 결코 용서하지 않았던 국치의 날, 즉 9월 4일*의 책임자들을 규탄하는 목소리를 들었다. 어느 저녁에는 그 자신이 발언권을 얻어 군중 앞에서, 프로이센군을 한 명이라도 들이느니 차라리 요새에서 죽는 게 낫다고 외치기에 이르렀다. 수개월의 고통과 기아를 거치며 지칠 대로 지친 시민들, 이제 무위 속에서 악몽에 시달리는 시민들, 바야흐로 자신이 만든 유령 앞에서 의혹에 빠진 시민들 속에서 자연스럽게 그리고 공공연하게 반란의 싹이 텄다. 시민들의 영혼을 헛되이 불태운 뒤 복수와 파괴의 맹목적 열망으로 변해버리는 환멸의 애국주의는 독일의 대대적인 포위 공격이 끝날 때마다 보이는 정신적 발작 가운데 하나였다. 국민자위대 대표자들이 선출한 중앙위원회는 일체의

---

* 1870년 9월 4일, 나폴레옹 3세가 패전을 공식 선언했다.

무장해제 시도에 항의했다. 대규모 시위가 바스티유광장에서 전개되었다. 붉은색 깃발이 나부끼고 열렬한 연설이 이어지는 가운데, 거대한 군중이 경찰 한 명을 판자에 묶어 운하로 던진 뒤 돌팔매질로 죽이기도 했다. 이틀 후인 2월 26일 밤, 울려퍼지는 함성과 경종 소리에 잠이 깬 모리스는 바티뇰대로에서 한 무리의 남녀가 대포를 끌고 가는 모습을 보았다. 의회가 프로이센군에게 넘겨주지 못하도록 민중이 바그람광장에서 이 대포들을 탈취했다는 이야기를 들은 그는 시민 스무 명과 함께 대포 하나에 매달렸다. 대포 170문이 있었다. 우마牛馬가 모자랐기에, 어떤 이들은 밧줄로 묶어 대포를 앞에서 끌었고 다른 이들은 맨손으로 뒤에서 밀었다. 자신의 신을 구하려는 야만적인 유목민의 거친 열정으로, 시민들은 대포를 몽마르트르언덕 꼭대기까지 밀고 올라갔다. 3월 1일, 프로이센군이 바리케이드 속에 갇힌 가축떼처럼 불안한 표정으로 하루 동안 샹젤리제를 점령하는 데 만족해야 했을 때, 음산한 파리는 미동도 하지 않았다. 거리는 인적이 드물었고, 집들은 굳게 닫혀 있었다. 도시 전체가 거대한 상장喪章의 베일을 쓴 채 죽어 있었다.

이 주일이 흘렀다. 자신의 삶이 어떻게 흘러가는지 더이상 의식하지 못하던 모리스는 어렴풋이 예감되는 끔찍한 사건을 기다리고 있었다. 평화조약이 확정적으로 체결되었고, 의회가 3월 20일 베르사유에 자리잡기로 결정되었다. 하지만 모리스로서는 아무것도 끝나지 않았고, 무시무시한 모종의 복수가 시작될 참이었다. 3월 18일 아침에 일어났을 때, 그는 레미로 돌아오라고 간청하는 앙리에트의 편지를 받았다. 그가 너무 지체하면 자신이 파리로 올라온다고 은근히 으름장을 놓고 있었다. 이어서 그녀는 장에 대해 썼다. 장은 12월 말 노르 군단에 들어가기 위해 떠난 후 열병에 걸려 벨기에 어느 병원에 입원한 모양이었다. 지난주 장에게서 온 편지에 따르면, 그는 몸이 완전히 회복되지도 않았는데 파리로 가 군복무를 재개할 결심을 하고 있었다. 앙리에트는 장을 만나면 즉시 자신에게 정확한 소식을 전해달라고 부탁하는 말로 편지를 끝맺었다. 편지를 내려놓은 모리스는 다정한 몽상에 젖어들었다. 앙리에트와 장, 자신이 그토록 사랑하는 누나와 여전히 힘겨운 고통 속에서 헤매는 형, 맙소사! 폭풍 같은 삶을 사느라 이처럼 소중한 존재들을 오래도록 잊고 있었다니! 그가 사는 오르티가의 셋방 주소를 몰라 장에게 알려주지 못했다고 하자, 모리스는 오늘 당장 병무사무소로 가서 장을 찾아보리라 다짐했다. 그러나 집을 나서서 생토노레가를 가로지를 때, 그의 부대 동료 둘이 밤새 몽마르트르에서 무슨 일이 일어났는지 말해주었다. 세 사람은 정신없이 현장으로 뛰어갔다.

아! 3월 18일 하루, 그 하루가 얼마나 모리스를 흥분시켰던가! 훗날 그는 자신이 그때 무슨 말을 했는지, 무슨 일을 했는지 분명하게 기억하지 못했다. 우선, 정규군이 감행한 기습작전, 즉 몽마르트르의 대포를 수거함으로써 파리를 무장해제하려 한 기습작전에 격분한 그는 달리고 또 달렸다. 이틀 전 보르도에서 올라온 티에르는 의회가 베르사유에서 무리 없이 군주제를 선포할 수 있도록 이 무력행위를 꾸몄다. 아홉시경 몽마르트르 현장에 도착한 모리스는 승리한 시민들의 무훈담을 들으며 열광했다. 시민들은 어떻게 정규군이 은밀하게 기습했는지, 어떻게 대포를 말에 묶는 일이 지체되어 국민자위대에게 반격할 시간을 주었는지, 차마 여자들과 아이들에게 총을 쏠 수 없었던 정규군 병사들이 총구를 돌려 어떻게 민중과 함께 연대했는지 이야기해주었다.

그런 다음, 전투도 없이 파리가 코뮌의 수중에 떨어졌다는 사실을 열두 시경에 알았기에, 모리스는 재빨리 파리로 달려갔다.* 그들이 모여 있던 외무부에서 달아난 티에르와 각료들, 즉 정부 전체가 베르사유로 쫓겨갔고, 3만 명의 정규군이 서둘러 이동했는데 그중 5천여 명은 거리 곳곳에서 사라졌다. 다섯시 삼십분경, 외곽대로 어느 길모퉁이에서 모리스는 르콩트와 클레망 토마, 두 장군을 죽였다는 끔찍한 소식을 무심히 들으며 분노한 군중 속으로 스며들었다. 아! 장군들! 그의 뇌리에 스당의 장군들이, 그 향락적이고 무능력했던 장군들이 떠올랐다. 장군이 한 사람 늘었든 줄었든 그런 게 뭐가 중요한가! 그날 하루의 나머지 시간도 똑같은 열광과 흥분, 그의 전망을 완전히 바꿔놓은 열광과 흥분 속에서 마무리되었다. 거리의 포석조차 바라는 듯했던 무장봉기가 점점 확산하더니 예기치 않은 승리의 운명 속에서 대번에 사태를 지배했고, 마침내 밤 열시경 시청을 중앙위원회 손에 넘겨주었다. 그리고 중앙위원회 위원들은 자신들이 시청을 장악한 게 믿기지 않는 듯 놀라워했다.

그날 겪은 일 중 한 가지가 모리스의 뇌리에 선명히 남았는데, 그것은 장과의 뜻밖의 만남이었다. 사흘 전부터 장은 파리에 있었다. 브뤼셀의 병원에서 신열에 시달리며 두 달을 보낸 그는 지치고 해쓱한 얼

---

* 파리코뮌은 1871년 3월 18일부터 5월 28일까지 72일 동안 유지된 파리 사회주의 자치정부를 가리킨다. 프로이센-프랑스전쟁에서 패한 제2제정과 항복을 선언한 국민의회에 저항한 민중은 파리시청을 점령했고, 대독 항전을 주장한 국민자위대와 합세해 직접 민주주의에 기초한 자치정부를 세웠다. 베르사유로 달아난 국민방위정부는 독일에 포로로 잡혔던 정규군 40만 명을 정부군에 합류시키면서 5월 21일부터 5월 28일까지 '피의 일주일(Semaine sanglante)' 동안 코뮌 가담자들을 잔혹하게 진압했다.

굶로 동전 한 푼 없이 파리에 도착했다. 금세 106연대의 옛 장교 라보 대위를 만난 그는 대위가 지휘하는 124연대의 새로운 중대에 편입되었다. 하사 계급장을 다시 달고 그날 저녁 그는 분대원들과 함께 외젠 황태자 병영을 떠나 전군이 모이는 센강 좌안으로 가는 중이었다. 도중에 그와 분대원들은 생마르탱대로에서 군중의 물결에 가로막혔다. 군중은 그들을 무장해제시키라고 외쳤다. 매우 침착한 태도로 장은 자신을 내버려두라고, 그 모든 게 자신과는 상관없는 일이라고, 자기는 아무에게도 해를 끼치지 않고 그저 명령에 복종할 뿐이라고 대답했다. 그러다가 깜짝 놀라 탄성을 내질렀다. 모리스가 다가와 정답기 그지없게 그를 와락 껴안은 것이다.

"이게 누구야, 형이잖아!…… 누나가 편지를 보냈어. 안 그래도 오늘 아침 병무사무소로 가서 형을 찾아보려고 했는데!"

장의 눈에서 기쁨의 눈물이 흘렀다.

"아! 모리스, 여기서 널 만나다니!…… 나도 널 찾았지만, 이 복잡하고 넓은 대도시에서 어디로 가야 할지 막막했어!"

군중이 여전히 으르렁거렸다. 그러자 모리스가 되돌아섰다.

"시민 여러분, 이 병사들에게는 제가 이야기할게요! 이들은 선량한 군인들입니다. 제가 보장해요."

장의 손을 잡은 그는 목소리를 낮추며 말했다.

"그렇지? 우리와 함께 여기 남을 거지?"

장이 깜짝 놀란 표정을 지었다.

"너희와 함께라니, 왜?"

잠시 모리스가 정부와 군대를 성토하며 시민들이 겪은 온갖 고통을 상기시켰고, 바야흐로 시민들이 지배자가 되어 무능한 자들과 비겁한 자들을 징벌하고 공화국을 구하리라고 역설했다. 모리스가 그를 이해시키려 애쓰는 동안, 무식한 농부의 조용한 얼굴이 슬픔으로 점점 어두워졌다.

"아! 안 돼, 안 돼! 그런 일이라면, 난 남을 수 없어…… 대위가 분대원들을 데리고 보지라르가(街)로 가라고 명령했으니, 난 거기로 가야 해. 무슨 일이 있어도, 거기로 갈 거야. 당연하잖아, 알면서 왜 그래?"

그는 소박하게 너털웃음을 지었다. 그리고 덧붙였다.

"오히려 네가 우리와 함께 가야지."

그러자 말도 안 된다는 듯 격한 몸짓으로 모리스는 장의 손을 놓았다. 두 사내는 잠시 서로를 똑바로 바라보았다. 한 사람은 파리 전체를 휩쓴 광기의 충동, 즉 저멀리서 온 질병, 황제가 뿌린 병균에서 비롯된 질병에 사로잡혀 있었고, 다른 한 사람은 노동과 검약의 땅에서 자랐기에 상식과 무지로 무장한 채 상대적으로 건강한 정신을 유지하고 있었다. 하지만 두 사람은 형제나 다름없었고, 연대감이 더없이 강고했다. 갑자기 군중이 떠밀어 서로 떨어지게 되자, 그들은 무척 아쉬워했다.

"잘 가, 모리스!"

"잘 가, 형!"

인근 거리에서 들이닥친 79연대 병사들이 도로를 메우며 군중을 보도 위로 밀어냈다. 군중이 다시 고함을 질렀지만, 장교들이 이끄는 병사들을 감히 막아서지는 못했다. 그렇게 124연대 소속 장의 분대는 아무런 방해 없이 목적지를 향해 다시 발걸음을 옮겼다.

"잘 가, 형!"

"잘 가, 모리스!"

두 사람은 헤어져야 하는 가혹한 운명에 굴복하면서, 먹먹한 가슴으로 계속 손을 흔들어 인사했다.

그날 이후 며칠 동안 특별한 사건이 연달아 터지자, 모리스는 장을 잊었다. 19일, 잠에서 깨어난 파리는 밤새 엄청난 공포가 군대, 공공 기관, 정부 부서를 베르사유로 휩쓸어갔다는 사실을 알고 당혹감보다는 놀라움에 사로잡혔다. 3월의 화창한 일요일, 파리 시민들은 바리케이드를 보러 조용히 거리로 내려갔다. 중앙위원회의 커다란 백색 공고문이 차분한 어조로 코뮌 선거를 실시하기 위해 시민들의 동참을 독려하고 있었다. 사람들은 공고문의 서명인들 가운데 전혀 모르는 인사들이 있어 다소 놀랐다. 코뮌의 서막을 알리는 이 새벽에, 파리는 고통으로 인한 울분과 지워지지 않는 의심 속에서 베르사유에 맞섰다. 그것은 절대적인 무정부상태라고 할 수 있었다. 구청장들과 중앙위원회 사이에 갈등이 있었는데, 전자는 타협책을 내놓았지만 수용되지 않았고, 후자는 국민자위대의 전폭적인 지원을 확보하지 못했기에 신중하게 파리의 자유만을 부르짖었다. 방돔광장의 평화적인 시위를 향한 발포, 포장도로를 물들인 몇몇 희생자의 피가 파리로 하여금 최초의 전율을 느끼게 했다. 봉기한 민중이 의기양양하게 모든 정부 부서와 모든 공공 기관을 결정적으로 장악하는 동안, 베르사유에서는 분노와 공포가 증폭되었다. 정부는 신속하게 반격하기 위해 서둘러 병력을 집결시켰다. 노르 군단과 루아르 군단의 정예 부대가 지체 없이 동원되었다. 약 8만 병사를 집결시키는 데는 십여 일이면 충분했고, 확신이 서자 4월 2일, 2개 사단이 포문을 열어 국민자위대에게서 퓌토와 쿠르브부아를 빼앗왔다.

　이튿날 부대원들과 함께 베르사유를 정복하러 떠난 모리스는 그에게 잘 가라고 외치던 장의 슬픈 얼굴이 뇌리에 떠올랐다. 베르사유군이 공격하자 국민자위대는 격분했다. 약 5만 병사가 아침부터 모여들었고, 군주주의적인 의회를 장악하고 살인자 티에르를 체포하기 위해 부지발과 뫼동을 가로질러갔다. 파리가 프로이센군에게 포위 공격을 당하는 동안 그토록 간절하게 염원하던 전격적인 돌파작전이었다. 모리스는 전사자들 무리에서 장을 다시 보게 될까봐 몹시 걱정했다. 그러나 전투가 너무나 빨리 패배로 끝났다. 그의 대대가 뢰유 도로에 있는 베르제르고원에 다다랐을 때, 갑자기 몽발레리앵에서 날아온 포탄이 병사들 대열에서 떨어졌다. 병사들은 혼비백산했다. 일부는 동료들이 요새를 장악했다고 믿고 있었고, 다른 일부는 베르사유군 지휘관이 발포하지 않기로 약속했다고 장담하던 터였다. 병사들은 극도의 공포에 사로잡혔고, 여러 부대가 이리저리 흩어져 파리로 달아났다. 특히 비누아 장군의 우회작전에 말린 대열의 선두는 뢰유에서 전멸당할 참이었다.

　죽음을 모면한 모리스는 패배에 상당한 충격을 받았고, 프로이센군과 맞붙어 번번이 패한 자칭 합법 정부군이 파리와 싸울 때는 엄청난 용기를 발휘하는 걸 보고 어이가 없어서 화조차 나지 않았다. 더욱이 생드니에서 샤랑통까지 곳곳에 포진한 독일 군대가 파리 시민의 처참한 후퇴를 유심히 지켜보고 있지 않은가! 그리하여 주체할 수 없는 파괴적 본능에 사로잡힌 모리스는 최초의 강경책, 즉 거리와 광장에 바리케이드를 치고 대주교들, 사제들, 옛 관리들을 인질로 잡는 데 동의했다. 벌써 쌍방 간에 잔혹행위가 시작되었다. 베르사유는 포로들을 총살했고, 파리는 시민군 한 명이 희생될 때마다 인질 세 명을 참살하겠노라고 선언했다. 모리스에게 남아 있던 이성의 희미한 잔재마저 참혹한 패배와 파멸을 겪은 후 사방에서 불어오는 광기의 바람에 휩쓸려갔다. 그가 보기에 코뮌은 지금까지 참고 견딘 수모에 대한 복수의 여신이요, 징벌의 검과 정화의 불을 휘두르는 자유의 여신이었다. 머릿속이 혼란스러웠지만 그의 내면에 존재하는 지식인이 고전적인 기억들, 즉 승리를 구가한 자유의 도시들, 세계로 하여금 그들의 율법을 따르게 한 부강한 지방 연맹들을 상기시켰다. 파리가 승리한다면, 파리는 정의와 자유의 프랑스를 재건하고 옛 사회의 썩은 잔재를 일소한 후 새로운 사회를 재조직할 게 틀림없었다. 사실 코뮌 선거로 당선된 자들의 이름은 그를 다소 불안하게 했었다. 위대한 과업의 실현이 그들 손에 달렸는데 온건파, 혁명파, 여러 사회주의 분파가 혼란스럽게 뒤섞여 있었기 때문이다. 게다가 그가 아는 몇몇 당선자는 평범하기 짝이 없는 사람들이었다. 출중한 당선자들까지도 이념의 혼란 속에서 서로 충돌하며 무력화되지 않을까? 그러나 예포가 울리고 붉은색 깃발이 바람에 나부끼며 시청 광장에서 코뮌이 엄숙하게 선언되던 날, 모리스는 다시 한번 무한한 희망에 부풀어 모든 것을 잊었었다. 고통이 절정에 이르렀지만, 일부 시민의 거짓말과 다른 일부 시민의 광적인 신념 속에서 다시 환상이 시작되었다.

4월 내내 모리스는 뇌이 쪽에서 전투를 계속했다. 성급한 봄이 라일락꽃을 피웠고, 병사들은 공원의 부드러운 신록 속에서 싸웠다. 국민자위대 병사들은 저녁이 되면 소총 끝에 꽃을 단 채 돌아왔다. 베르사유에 집결한 정부군 병사들이 크게 늘자 2개 군단으로 재편되었다. 한 군단이 마크마옹 원수의 지휘 아래 전위를, 다른 군단이 비누아 장군의 지휘 아래 후위를 형성했다. 코뮌의 경우 국민자위대 병사 10만 명이 동원되었으나 주둔병이 너무나 많았고, 실제로 전투에 참여하는 병사는 기껏해야 5만 정도였다. 매일 베르사유 정부군의 공격이 강화되었다. 뇌이 점령 이후 그들은 포위망을 좁히기 위해 베콩성城, 이어서 아니에르를 점령했다. 몽발레리앵과 이시 요새에서 집중포화를 퍼부어 국민자위대의 방어선이 푸앵뒤주르 쪽으로 밀려나는 순간, 그들은 곧바로 그쪽을 통해 파리로 들어갈 작정이었다. 몽발레리앵은 이미 그들 수중에 있었기 때문에, 이제 프로이센군의 옛 전략을 활용해 이시 요새를 장악하고자 했다. 4월 중순, 총격전과 포격전이 그치지 않았다. 르발루아와 뇌이에서 전투가 계속되었고, 밤낮없이 저격병들의 총성이 울렸다. 장갑 무장을 한 기차 위에 올린 커다란 대포의 대열이 철로를 따라 움직였고, 르발루아를 넘어서 아니에르에 포격을 가했다. 그러나 방브에서, 특히 이시에서 맹포격이 이루어져 독일의 포위 공격 때처럼 파리의 모든 유리창이 흔들렸다. 5월 9일, 이시 요새가 결정적으로 베르사유군 수중에 들어갔을 때 코뮌의 패배가 확실시되었고, 대공포가 코뮌으로 하여금 최악의 결심을 하게 했다.

모리스는 공안위원회 창설에 동의했다. 과거의 역사가 되풀이되었다. 조국을 구하려면 강경책이 효율적일 때도 있지 않을까? 여러 폭력 행위 가운데 한 가지가 특히 모리스의 가슴을 저미게 했는데, 방돔원주圓柱가 파괴된 것이었다. 유년기의 추억이 무너진 듯 그는 자책했다. 그를 아직도 전율하게 하는 할아버지의 서사시적 이야기, 즉 마렝고, 아우스터리츠, 예나, 아일라우, 프리틀란트, 바그람, 모스크바 전투의 무훈담이 여전히 귓가에 생생했다. 그러나 살인마 티에르의 집을 밀어버린 것, 인질을 담보와 위협으로서 활용한 것은 정당한 보복이 아니었을까? 베르사유가 파리에 대포를 쏘아 지붕을 날리고 여자들까지 살상하는 만행을 저질렀기 때문이다. 꿈의 종말이 다가오자, 모리스의 내면에서도 어두운 파괴 본능이 꿈틀거렸다. 정의와 징벌의 지고한 이념이 핏구덩이 속에서 무너진다면, 대지가 갈라지고 우주가 전복되어 모든 생명을 쇄신해야 하지 않겠는가! 가증스러운 불의에 물든 낡은 사회, 그 악덕과 비참에 파리를 넘기기보다는 차라리 파리를 파괴하고 거대한 전번제全燔祭의 장작불처럼 깡그리 불태우는 게 나으리라! 모리스는 어두운 꿈에 점점 더 깊이 빠져들었다. 센강 좌안과 우안에 깜부기불만 남은 채 완전한 잿더미로 변한 도시, 불로 정화한 상처, 이름도 사례도 없는 재앙으로부터 새로운 생명이 탄생하리라. 모리스는 떠도는 이야기를 듣고 더욱더 흥분했다. 풍문에 따르면 동네마다 폭파 장치가 설치되었고, 지하 묘지에도 화약이 채워졌으며, 모든 기념건물에도 폭파 준비가 끝났다. 그리고 도화선이 정밀하게 연결되어 작은 불꽃 하나로도 대번에 점화될 수 있었고, 인화성 물질이, 특히 석유가 상당량 비축되어 거리와 광장을 불바다로 만들기에 충분했다. 코뮌이 선언한 대로, 만일 베르사유군이 파리로 들어온다면 단 한 명의 시민도 바리케이드를 넘어 투항하지 않을 것이고, 거리가 폭파되고 건물이 무너질 것이며, 파리가 전 세계를 불태우고 삼켜버릴 것이었다.

　모리스가 이 광적인 꿈에 젖은 것은 코뮌 자체에 대한 은근한 불만 때문이었다. 사람들은 그에게 실망감을 안겼다. 위협이 가중될수록 코뮌이 너무나 모순된 요소들로 서로 충돌하고, 쉽게 흥분하고, 일관성을 상실한 채 어리석은 짓만 거듭하는 것 같았다. 코뮌이 약속한 온갖 개혁 가운데 실현된 것은 단 한 가지도 없었고, 훗날까지 지속될 과업도 전혀 없으리라는 것이 확실했다. 특히 코뮌의 가장 큰 잘못은 서로를 찢어발기는 경쟁심과 의심에서 비롯되었다. 벌써 온건한 의원들, 불안을 느끼는 의원들이 더이상 회의에 참석하지 않았다. 다른 의원들은 그날그날 터지는 사건의 추이에 따라 움직였고, 독재가 들어서게 될까봐 두려워했다. 그러다가 이제는 급진적인 혁명 분파들이 조국을 구한다는 이유로 서로를 규탄하기에 이르렀다. 클뤼즈레, 돔브로프스키에 이어 로셀이 의심의 대상이 될 참이었다. 전시戰時 시민 대표로 임명된 들레클뤼즈조차 대단한 권위에도 불구하고 아무것도 할 수 없었다. 잠시 비쳤던 위대한 사회적 시도는 무능하고 절망에 빠진 이 의원들 주변에 시시각각 확대되는 고립감 속에서 점차 자취를 감췄다.

파리에는 공포가 밀려들었다. 먼저 포위 공격의 고통에 전율하며 베르사유에 분노하던 파리는 이제 코뮌으로부터 멀어져갔다. 40세 이하 시민을 모두 입대시킨다는 강제 징집 명령에 조용한 시민들까지 격분했고, 대대적인 이탈이 시작되었다. 시민들은 가짜 알자스 거주민 신분증을 가지고 변장한 채 생드니 쪽으로 갔고, 어둠이 깊을 때 밧줄과 사다리를 이용해 성벽 아래로 내려갔다. 부유한 부르주아들은 파리를 떠난 지 오래였다. 어떤 공장도 제조소도 문을 열지 않았다. 장사도 노동도 멈췄고, 불가피한 결말에 대한 불안한 기다림 속에서 무위의 삶이 계속되었다. 민중은 국민자위대 급여, 즉 은행에서 징발한 100만 프랑으로 지급하던 급여 30수로, 많은 이에게 전투를 하는 목적이 된 30수로, 민중의 무장봉기를 가능하게 하는 30수로 살아가고 있었다. 온 동네가 텅 비었고, 가게가 문을 닫았으며, 건물 전면은 죽은 듯 황량했다. 이제 찬란한 5월의 태양 아래 쓸쓸한 거리에서 보이는 것이라고는 동족의 손에 죽은 국민자위대 병사의 장례 행렬밖에, 붉은색 깃발에 덮인 영구차를 조문단이 사제도 없이 뒤따르는 국민자위대 병사의 장례 행렬밖에 없었다. 굳게 문이 닫힌 교회는 매일 저녁 클럽의 홀로 변해갔다. 혁명 분파의 신문만 발행되었을 뿐 나머지 신문은 이미 폐간되었다. 파리는 파괴되었다. 군주주의 의회에 맞서 공화주의 수도의 자존심을 지키던 그 거대하고 불행한 파리에서는 이제 코뮌의 공포정치에서 벗어나려는 욕망이 증폭되었다. 온갖 무시무시한 이야기가 퍼졌고, 날마다 인질이 체포되었으며, 화약통을 하수도로 내린 코뮌 의용병들이 횃불을 들고 점화 명령만 기다린다는 흉흉한 소문이 나돌았다.

술을 입에 대지 않던 모리스조차 일반적인 취기에 물들었다. 최전방에서 근무할 때나 밤새 보초를 설 때 그도 코냑 한 잔을 들이켰다. 두 잔을 마시면, 얼굴에 술기운이 퍼지며 흥분이 고조되었다. 그것은 첫번째 포위 공격에서 발생해 두번째 포위 공격에서 악화된 광범위한 전염병이요, 만성적인 취기였다. 빵은 없지만 브랜디와 포도주가 넘쳐났기 때문에 시민들은 이제 한 잔만 마셔도 만취상태 같은 취기에 빠졌다. 5월 21일 일요일 저녁, 평생 처음으로 술에 취한 모리스는 자주 들르지 못한 오르티가의 셋방으로 갔다. 한나절을 보낸 뇌이에서 그는 온몸을 짓누르는 피로를 이기려고 동료들과 함께 술을 마시며 총을 쏘았었다. 넋이 나간 듯 기진맥진한 상태가 되어 그는 본능적으로 자기 방 침대에 몸을 뉘러 왔다. 어떻게 여기까지 왔는지도 기억나지 않았다. 이튿날 해가 중천에 떴을 때 종소리, 북소리, 나팔소리가 그의 잠을 깨웠다. 간밤에 푸앵뒤주르에서, 베르사유 정부군이 방치된 성문을 통해 파리로 자유롭게 들어온 것이었다.

모리스는 서둘러 옷을 입고 소총을 어깨에 둘러멘 뒤 거리로 내려갔다. 구청에서 만난 동료들이 어제저녁부터 밤까지 일어난 일을 이야기해줬는데, 너무 혼란스러워서 처음에는 이해하기가 힘들었다. 몽발레리앵 정규군의 지원을 받은 이시 요새 정부군과 몽트르투 포병대가 열흘 동안 성채를 공격하자, 마침내 생클루 성문이 더이상 견딜 수 없는 지경에 이르렀다. 이튿날 돌격작전이 감행될 예정이었으나, 오후 다섯시경, 행인 하나가 성문을 지키는 국민자위대 병사가 아무도 없는 것을 보고는 겨우 50미터 떨어진 참호에 있던 정부군 병사들을 손짓으로 불렀다. 곧바로 37연대의 2개 중대가 입성했다. 뒤이어 두에 장군이 이끄는 4군단 전체가 들어왔다. 밤새 끊임없이 병사들의 물결이 흘러들었다. 오후 일곱시에 이미 베르제 사단이 그르넬 다리를 거쳐 트로카데로까지 진격했다. 오후 아홉시, 클랭샹 장군이 파시와 라뮈에트를 장악했다. 새벽 세시, 1군단이 불로뉴숲에 캠프를 차렸다. 그 시각, 브뤼아 사단은 세브르 성문을 접수해서 2군단이 쉽게 입성하도록 센강을 건너고 있었다. 드 시세 장군이 이끄는 2군단은 한 시간 후 그르넬 지역을 점령할 예정이었다. 그리하여 22일 아침, 베르사유 정부군이 센강 우안에서는 트로카데로와 라뮈에트를, 센강 좌안에서는 그르넬을 장악했다. 불가피한 패배의 전망에 극도로 흥분한 코뮌주의자들은 서로를 배반자라고 규탄하면서, 경악과 분노와 혼란의 도가니에 빠졌다.

사태의 흐름을 파악했을 때, 모리스는 종말이 다가왔고 이제 남은 것은 죽음뿐이라고 생각했다. 미친듯이 경종이 울렸고, 북소리가 더욱 커졌다. 여자들, 심지어 아이들까지 나서서 바리케이드를 쌓아올렸고, 거리는 서둘러 자기 위치로 달려온 사람들의 열기로 가득찼다. 정오부터, 투지를 되찾은 코뮌 병사들의 가슴에 다시 무한한 희망이 싹텄다. 베르사유 정부군이 거의 움직이지 않았다는 사실을 확인했기 때문이었다. 베르사유군이 두 시간 내에 튈르리까지 진격할 것 같아 염려했지만 그들은 프로이센군에게 가혹한 대가를 치르고 배운 포위작전을 강조하면서 극히 신중하게 움직였다. 시청에서 공안위원회와 전시 시민 대표 들레클뤼즈는 방어 체계를 새롭게 조직해 선두에서 이끌었다. 그들이 정부군의 타협적 제안을 경멸적으로 거부했다는 말이 떠돌았다. 그런 소문에 시민들의 용기가 불타올랐고, 파리의 승리는 다시 확실해 보였다. 사방에서 항전이 맹렬하게 전개될 참이었다. 양측 병사들은 거짓말과 잔혹행위로 서로에 대한 증오심이 고조되어 있었기 때문에, 무자비한 전투가 벌어질 게 분명했다. 모리스는 그날 하루를 샹 드 마르스와 앵발리드광장 지역에서 보냈는데, 전투가 진행될수록 거리를 하나하나 내주며 뒤로 후퇴했다. 소속 부대를 찾을 수가 없었기에, 그는 센강 좌안에서 이동하는 미지의 동료들에게 휩쓸린 채 어디로 가는 줄도 모르고 그들과 함께 전투했다. 네시경, 그들은 앵발리드 끝에서 위니베르시테가街를 가로막은 바리케이드를 방어했다. 황혼이 질 무렵, 강변로를 따라오던 브뤼아 사단이 입법부 건물을 장악했다는 사실을 알고 그곳을 떠났다. 포로가 될 뻔하기도 했던 그들은 생도미니크가와 벨샤스가를 통해 길게 우회한 덕분에 가까스로 릴가에 도착했다. 어둠이 내렸을 무렵, 베르사유 군대는 방브 성문에서 시작해 입법부, 엘리제궁, 생토귀스탱성당, 생라자르역을 거쳐 아니에르 성문에 이르는 전선에서 모두 승리했다.

이튿날, 즉 햇살이 유난히 맑고 따뜻했던 23일 화요일은 모리스에게 더없이 참혹한 날이었다. 여러 부대의 병사들이 뒤섞여 있었고 그도 일원이었던 수백 명의 국민자위대 병사가 강변에서부터 생도미니크가에 이르는 동네를 사수하고 있었다. 그들 대부분은 전날 밤 더 원거리에 위치한 릴가에서, 구체적으로 말하자면 릴가에 있는 큰 저택들의 정원에서 야영했었다. 모리스도 레지옹도뇌르전당 옆 잔디밭에서 깊이 잠들었었다. 그는 아침부터 정부군이 국민자위대를 바크가의 바리케이드 뒤로 후퇴시키기 위해 입법부 건물에서 나오리라고 예상했었다. 그러나 시간이 흘러도 공격이 없었다. 여기저기서 산발적으로 유탄만 오갔을 뿐이었다. 베르사유 정부군의 작전은 매우 완만하고 신중하게 움직이는 것이었다. 따라서 그들은 반란군이 튈르리 노대露臺에 구축한 튼튼한 요새를 정면 공격하지 않았다. 그들의 계획은 성채를 따라 좌우 측면을 공격함으로써 우선 몽마르트르와 옵세르바투아르광장을 장악하고, 뒤이어 방향을 전환해 총공격을 감행함으로써 중앙의 전 지역을 접수하는 것이었다. 두시경, 모리스는 몽마르트르에서 정부군의 삼색기가 펄럭인다는 이야기를 들었다. 언덕으로 전투 부대를 보낸 3개 군단이 르피크가, 솔가, 몽스니가를 통해 북쪽과 서쪽에서 동시에 공격함으로써 물랭 드 라 갈레트의 코뮌 포병대가 방금 막 패퇴했다. 정부군은 파리로 쇄도했고, 생조르주광장과 로레트대성당, 드루오가의 구청, 누벨오페라를 휩쓸었다. 그리고 방향을 전환해 몽파르나스묘지에서 출발한 정부군이 앙페르광장과 마시장을 장악했다. 정부군의 놀라운 진격 속도가 반란군을 혼란과 공포의 도가니로 몰아넣었다. 뭐라고! 반란의 고향이자 난공불락의 요새인 몽마르트르, 그 몽마르트르가 단 두 시간 만에 무너졌다니! 모리스는 대열이 흐트러지고, 겁에 질린 동료들이 슬그머니 빠져나가 손을 씻고 작업복을 입는 것을 보았다. 정부군이 적십자사 공격을 준비하고 있다는 소문이 돌았다. 벌써 마르티냐크가와 벨샤스가의 바리케이드가 무너졌고, 릴가 입구에서 정부군의 붉은 바지가 보이기 시작했다. 이내 강고한 신념을 가진 사람들, 코뮌을 광신적으로 지지하는 사람들, 모리스, 그 밖에 50여 명의 국민자위대 병사만 남았다. 그들은 코뮌 가담자를 폭도로 취급하고 포로를 전선 뒤에서 총살하는 베르사유 정부군을 최대한 많이 죽인 후에, 자신들도 죽을 각오를 다졌다. 그 전날부터 참을 수 없는 증오심이 일었고, 싸움은 이제 자신의 꿈을 위해 사투를 벌이는 저항군과 아직도 싸워야 한다는 사실에 분노하며 반동적 열기에 휩싸인 정부군 사이의 살육전이 되었다.

다섯시경, 모리스와 동료들이 총을 쏘면서 릴가로 내려가 바크가의 바리케이드 뒤로 후퇴했을 때, 갑자기 레지옹도뇌르전당의 열린 창문을 통해 검은 연기가 치솟는 것이 보였다. 그것은 파리에서 일어난 최초의 화재였다. 모리스는 반쯤 정신이 나간 상태였기 때문에 불길을 보자 야만적인 기쁨을 느꼈다. 바야흐로 조종이 울렸다. 도시 전체가 거대한 장작더미처럼 불타오르기를, 그리하여 불로써 온 세상이 정화되기를! 그런데 불현듯 눈앞을 지나가는 한 인물을 보고 그는 놀랐다. 전당에서 서둘러 나오는 대여섯 병사들의 선두에 키가 크고 건장한 남자가 있었는데, 바로 106연대 소속 분대의 옛 동료 슈토였다. 3월 18일 이후, 모리스는 근사한 장교 모자를 쓴 그를 이미 본 적 있었다. 전투에 투입되지 않은 어느 국민자위대 장군의 참모인 그는 계급이 올라 군복 여기저기에 금색 줄이 장식되어 있었다. 어디선가 들은 이야기가 떠올랐다. 레지옹도뇌르전당에 자리잡은 슈토는 정부情婦와 함께 끊임없이 질펀한 잔치를 벌였고, 장화를 신은 채 호화로운 침대에 누워 장난삼아 권총질로 유리창을 깨뜨렸다. 심지어 매일 아침 그의 정부는 중앙시장으로 장을 보러 간다는 핑계로 도둑질한 리넨 제품, 추시계, 가구를 호화 마차로 실어날랐다. 석유통을 들고 병사들과 함께 뛰어가는 그를 보았을 때, 모리스는 불편함과 경계심을 느끼며 일체의 신념이 흔들리는 듯했다. 그렇다면 이 힘겨운 과업이 정의로운 게 아닐 수도 있으리라, 저런 자가 과업의 수행자라니!

다시 여러 시간이 흘렀다. 이대로 죽고 싶은 욕망이 솟구치는 가운데, 모리스는 이제 비탄과 고뇌 속에서 전투했다. 오류를 저질렀다면, 피로써 갚는 게 당연하지 않겠는가! 바크가와 만나는 지점에서 릴가를 가로막는 바리케이드는 흙을 채운 술통과 포대로 만들어지고 더욱이 그 앞에 깊은 배수로가 있어 매우 튼튼했다. 그는 다른 국민자위대 병사 열두 명과 함께 바리케이드를 방어했다. 반쯤 엎드린 자세로 그들은 정부군 병사를 눈에 보이는 대로 사살했다. 어둠이 내릴 때까지 모리스는 꼼짝하지 않았고, 말없이 절망 속에서 탄환이 바닥날 때까지 총을 쏘았다. 그는 더욱 커지는 레지옹도뇌르전당의 연기를 바라보았다. 바람이 연기를 거리 한복판까지 실어왔는데, 마지막 햇살 때문에 아직 붉은 화염이 보이지는 않았다. 인근 저택에서 또다른 화재가 발생했다. 그때 급히 달려온 동료가 정부군이 바리케이드에 대한 정면 공격을 포기했고, 곡괭이로 담장을 허물어 정원과 주택을 가로질러 진격하고 있다고 알려주었다. 이제 끝이었다. 정부군이 이내 여기로 들이닥칠 수 있었다. 그 순간, 어느 집 창문에서 총성이 들려 모리스는 고개를 들었다. 슈토 일당이 길모퉁이에 있는 몇몇 건물에서 석유통과 횃불을 든 채 정신없이 계단을 올라가는 모습이 보였다. 반시간 후, 캄캄하게 어두워진 하늘 아래 십자로 전체가 불타올랐다. 여전히 술통과 포대 뒤에 엎드린 모리스는 화재의 환한 불빛을 이용해 주택 밖으로 나와 무분별하게 거리로 진격하는 정부군 병사들을 쓰러뜨렸다.

얼마나 오랫동안 총을 쏜 걸까? 모리스는 더이상 시간도 장소도 느끼지 못했다. 아홉시일 수도 열시일 수도 있었다. 이 끔찍한 고역에 이제 싸구려 포도주에 취했을 때처럼 욕지기가 났다. 화염에 휩싸인 주변 건물들이 내뿜는 참을 수 없는 열기와 질식할 듯한 공기가 그의 몸을 휘감았다. 포석 더미가 쌓인 십자로는 비처럼 쏟아지는 불똥과 함께 화재로 방어되는 진지, 불의 참호로 둘러싸인 진지가 되었다. 게다가 이것은 명령이 아니었던가? 바리케이드를 포기할 때는 동네에 불을 지를 것, 불덩이 방어선으로 정부군을 저지할 것, 파리를 넘겨줄 상황이 닥치면 파리를 불태울 것. 벌써 화염에 휩싸인 지역은 바크가만이 아니었다. 그의 등뒤로 도시 전체가 불타는 듯 검붉은 하늘이 보였고, 멀리서 뭔가 무너져내리는 소리가 들렸다. 센강을 따라, 오른쪽에서 거대한 화재가 잇따라 발생했음이 틀림없었다. 한참 전 그는 슈토가 총알을 피해 어디론가 사라지는 모습을 보았다. 가장 용감한 동료들조차 곧 포위당하리라는 생각에 공포를 느끼며 하나둘 달아났다. 마침내 혼자 남은 그는 흙 포대 두 개 사이에 엎드린 채 총을 쏠 생각만 하고 있었다. 바로 그때, 안마당과 정원을 통해 전진하던 정부군 병사들이 바크가의 가옥을 통해 들이닥치며 공세를 펼쳤다.

그 치열한 전투의 열기 속에서, 모리스가 장을 잊은 지 이틀이 되었다. 장 또한 브뤼아 사단을 지원하기 위해 소속 연대와 함께 파리로 들어온 이후, 더이상 모리스를 생각하지 않았다. 그 전날, 그는 샹 드 마르스와 앵발리드광장을 공격했었다. 뒤이어 이날, 정오 무렵 팔레부르봉광장을 떠난 그는 생페르가까지 진격하며 여러 바리케이드를 제거했다. 평소에 그토록 침착하던 그도 동족상잔의 전쟁을 치르며 차츰 분노에 사로잡혔다. 여러 달의 피로가 누적된 동료들의 간절한 소망은 잠시라도 편히 쉬는 것이었다. 독일에서 끌려와 임의로 뒤섞인 포로 출신 병사들은 파리를 향한 분노를 삭이지 못했다. 그리고 코뮌의 만행도 소유와 질서에 대한 존중심에 상처를 내며 장을 격분하게 했다. 온건한 농부로서 그는 다시 땅을 일구고 결실을 거둘 수 있도록, 노동할 힘을 얻을 수 있도록 그저 평화를 바랄 뿐이었다. 그러나 화재는 가장 선한 천성마저 잠재우며 미치도록 그의 화를 돋우었다. 승리할 수 없다고 해서 집을 불태우고 궁전을 불태우다니, 아, 그건 안 돼, 말도 안 돼! 그것은 날강도들이나 할 짓이었다. 그 전날 즉결 처형을 보고 통탄을 금하지 못했던 그도 이제 자제력을 잃었고, 고함을 지르며 눈이 뒤집힐 정도로 난폭해졌다.

장은 거친 동작으로, 몇몇 분대원들과 함께 바크가로 들어섰다. 처음에는 아무도 눈에 띄지 않아 바리케이드가 접수되었나 싶었다. 그러나 다음 순간, 흙 포대 두 개 사이에 엎드린 국민자위대 병사 하나가 거총 자세로 릴가를 향해 총을 쏘는 모습이 보였다. 그것은 사나운 운명의 장난이었다. 장은 곧장 달려갔고, 총검으로 그 병사를 바리케이드에 찔러 박았다.

모리스는 뒤돌아볼 틈이 없었다. 그가 비명을 지르며 고개를 들었을 때, 화재의 불빛이 그들의 얼굴을 환히 비췄다.

"오! 이런, 형이야?"

모리스는 죽고 싶었고, 죽음을 초조하게 기다려왔다. 하지만 장의 손에 죽는 것은, 그건 지나친 일이었다. 너무도 뼈아픈 종말로서 모든 것을 망쳐놓는 일이었다.

"맞아, 형, 형이구나?"

장은 벼락을 맞은 듯 화들짝 정신이 들면서 모리스를 바라보았다. 다른 병사들이 도망자들을 쫓아갔기에, 그 자리에는 두 사람밖에 없었다. 그들 주위에서 불길이 더 세게 치솟았다. 모든 창문이 붉고 거대한 불을 토했고, 건물 안에서 천장이 무너지는 소리가 들렸다. 장은 모리스 옆에 털썩 주저앉아 흐느끼며 그를 어루만졌다. 그리고 목숨을 구할 수 있을지 확인하려고 자꾸 그를 일으켜세우려 했다.

"오! 모리스, 오! 불쌍한 내 동생!"

8

스당을 출발한 기차가 상당히 지체되어 아홉시경 마침내 생드니역
에 들어왔을 때, 파리 전체가 불타는 듯 거대한 붉은빛이 남쪽 하늘에
어려 있었다. 어둠이 깊어질수록 불빛이 더욱 커졌다. 그리고 동쪽 어
둠 속으로 사라져가는 구름을 조금씩 핏빛으로 물들이며 지평선 전체
를 덮었다.

화재의 불빛에 불안해하며 앙리에트가 맨 먼저 기차에서 내렸다. 승
객들은 객차 출입문 계단에 서서 어두운 들판 위의 붉은 불빛을 바라
보았다. 그런데 역을 점령한 프로이센 병사들이 모든 승객을 강제로 하
차시켰고, 그중 두 병사가 플랫폼에 서서 조악한 프랑스어로 외쳤다.

"파리가 불타고 있습니다…… 더이상 갈 수 없습니다. 모두 내리세
요…… 파리가 불타고 있습니다, 파리가 불타고 있습니다……"

앙리에트는 불안에 떨었다. 맙소사! 너무 늦게 도착한 걸까? 파리의 상황이 점점 더 나빠지는데다 자신이 보낸 마지막 두 편지에 모리스가 답장을 보내지 않았기 때문에, 그녀는 안절부절못하며 걱정하다가 갑자기 레미를 떠나 파리로 가기로 결심했었다. 그녀는 푸샤르 외삼촌 집에서 몇 달 동안 슬픔에 젖어 살았다. 파리가 저항을 이어나가자, 점령군은 점점 더 까다롭고 거칠어졌다. 지금은 부대가 하나둘 독일로 돌아가면서, 끝없는 병사들의 행렬이 시골과 도시를 또다시 초토화하고 있었다. 스당으로 기차를 타러 가기 위해 오늘 새벽 일찍 일어났을 때, 농가의 마당에서 외투로 몸을 감싼 한 무리의 기병들이 서로 뒤엉켜 자는 모습이 보였다. 기병들의 수가 너무도 많아 마당이 가득 차 있었다. 뒤이어 갑자기 울리는 나팔소리에, 그들은 외투가 구겨진 채 말없이 일어났다. 얼마나 빽빽하게 뒤엉켰던지 그들이 한꺼번에 일어나자, 최후의 심판을 알리는 나팔소리에 전쟁터가 부활하는 듯했다. 그리고 생드니역에서 그녀는 다시 프로이센 병사들을 보게 되었고, 그들이 내지르는 고함에 격심한 불안을 느꼈다.

"모두 내리세요, 더이상 갈 수 없어요…… 파리가 불타고 있습니다, 파리가 불타고 있습니다……"

앙리에트는 작은 트렁크를 들고 넋이 나간 듯이 발걸음을 서두르며 행인들에게서 정보를 얻었다. 파리에서는 이틀 전부터 전투가 벌어졌고, 프로이센군이 철도를 점령한 채 상황을 주시하고 있었다. 그래도 그녀는 어떻게든 파리로 들어가려고 했다. 그때 역을 점령한 중대의 지휘관 대위가 눈에 들어왔다. 그녀는 대위에게 달려갔다.

"선생님, 저는 동생을 만나러 가는 길입니다. 그애가 무사한지 걱정되어 죽겠습니다. 제발 부탁드려요, 제가 파리로 갈 수 있도록 도와주세요."

가스등이 대위의 얼굴을 비추자, 그녀는 그를 알아보고 깜짝 놀라 걸음을 멈췄다.

"아, 오토, 당신이군요…… 오! 저를 좀 도와주세요, 제발. 우연이 우리를 이렇게 다시 만나게 했군요."

근위대 제복을 단정하게 차려입은 남편의 사촌 오토 군터는 엄격한 장교 특유의 메마른 표정으로 서 있었다. 그는 처음에 연약해 보이는 이 호리호리한 여자가 누군지 알아보지 못했는데, 연한 금발과 예쁜 얼굴이 모자의 베일에 가려져 있었기 때문이었다. 선량하고 정직한 눈빛을 보고서야 앙리에트를 떠올렸다. 하지만 그는 어깨를 으쓱할 뿐이었다.

"제게 군인 동생이 있다는 거 아시잖아요." 그녀가 다급하게 말을 계속했다. "그애가 파리에 있어요, 이 끔찍한 전투에 휘말리지 않았는지 너무 무서워요…… 제발, 오토, 제가 파리로 갈 수 있도록 도와주세요."

그러자 그가 단호히 말했다.

"제가 할 수 있는 게 아무것도 없어요…… 어제부터 기차가 더이상 다니지 않아요, 성채 근처에서는 철로도 끊어놓은 걸로 알고 있습니다. 당신을 데려다줄 수 있는 수단이 제게 전혀 없어요, 마차도, 말도, 사람도."

그토록 냉정하게 아무것도 도와주지 않으려는 그를 쳐다보면서, 그녀는 슬픈 표정으로 한숨지으며 탄식했다.

"아! 맙소사, 아무것도 해줄 수가 없다니…… 오! 하느님, 누구에게 노움을 청해야 할까요?"

이자들은 지금 말 한마디로 도시를 전복시키고, 백 대의 마차를 징발하고, 마구간에서 천 마리의 말을 동원할 수 있는 만능의 지배자가 아니던가! 그럼에도 그는 승자의 고고한 태도로 모든 것을 거절했다. 승자들의 규칙은 패자들의 문제, 즉 승자들의 순정한 영광을 더럽힐 수 있는 패자들의 불결한 문제에 개입하지 않는 것이었다.

"그렇다면," 그녀가 침착해지려고 애쓰며 다시 말했다. "파리에서 무슨 일이 일어나고 있는지 말씀해주실 수는 있겠죠."

그가 보일 듯 말 듯 희미한 미소를 지었다.

"파리는 불타고 있소…… 자! 이리 와봐요, 저기서는 모든 게 한눈에 보입니다."

그가 앞장서서 역에서 나갔다. 철로를 따라 백 걸음쯤 걸어가자 가로로 놓인 철교가 나타났다. 좁은 계단을 올라가 난간에 이르러서 보니, 경사지 너머로 거대한 평원이 펼쳐져 있었다.

"봐요, 파리가 불타고 있소……"

아홉시 반쯤 된 듯했다. 밤하늘을 밝힌 붉은 불빛이 점점 더 커졌다. 동쪽에서 떠돌던 핏빛 구름은 완전히 사라졌고, 잉크처럼 캄캄한 어둠이 깃든 하늘 한복판 저멀리 화염의 붉은 기운이 희미하게 감돌았다. 이제 지평선은 온통 불타고 있었다. 군데군데 화염이 유달리 짙은 지역이 있었고, 거기서 주홍빛 섬광이 끝없이 분출되며 밤하늘의 거대한 연기를 선명하게 꿰뚫었다. 마치 불덩이가 걸어다니고, 나무마다 불이 옮겨붙으며 거대한 숲이 타오르고, 파리라는 장작불에 대지 전체가 화염에 휩싸이는 듯했다.

"자!" 오토가 설명했다. "붉은 바탕 위에 서 있는 검은 곱사등, 저게 몽마르트르언덕이오…… 왼쪽으로 보이는 라빌레트, 벨빌에서는 아직 아무것도 불타지 않고 있소. 도심에서 화재가 난 게 틀림없는데, 거기서 불길이 점점 번지고 있어요, 점점…… 잘 봐요! 오른쪽에서 또다른 화재가 생기잖소! 먼저 불꽃이 일고, 그 불꽃이 부글부글 끓어오르고, 거기서 뜨거운 열기가 솟구치고 있어요…… 저기도 그렇고, 또 저기도 그렇고, 사방에서!"

그는 소리치지도 않았고, 열광하지도 않았다. 그러나 그가 드러내는 조용한 기쁨의 물결을 느끼고 앙리에트는 공포에 질렸다. 아! 이놈들이 불타는 파리를 지켜보고 있다니! 오래전부터 이 유례없는 재앙을 예견하고 기다렸다는 듯 그는 희미한 미소를 띤 채 태연하게 바라보았고, 그 평온함 때문에 앙리에트는 깊은 모욕감을 느꼈다. 마침내 파리가 불타고 있어, 독일군의 포탄이 처마끝도 건드리지 않았는데도 파리가 불타고 있어! 군터는 가슴에 맺혔던 응어리가 풀리는 듯했다. 포위 공격으로 인한 격심한 피로, 혹독한 추위, 끊임없이 발생하는 난관 등이 여전히 독일군을 괴롭혔는데, 이제야 그 고통을 보상받는 기분이었다. 지방의 정복도 50억 프랑의 배상금도, 그 무엇도 이 파괴된 파리, 사나운 광기에 물든 파리, 청명한 봄밤에 스스로 불타올라 연기 속으로 사라지는 파리만큼 승리의 자부심을 채워주지는 못했다.

"아! 확실해." 그가 나직이 덧붙였다. "엄청난 일을 해낸 거야!"

눈앞에 펼쳐진 참혹한 재앙을 보자, 앙리에트는 숨이 막히고 가슴이 찢어질 듯 아팠다. 동족이 겪는 단말마적 고통 앞에서, 잠시 개인적인 불행을 잊었다. 화재가 뭇 생명을 삼키고 저주받은 수도가 지옥불을 내뿜는 광경을 보자, 그녀는 자기도 모르게 비명이 터져나왔다. 두 손을 모은 그녀가 탄식했다.

"오, 하느님! 도대체 우리가 무슨 잘못을 저질렀기에 이토록 혹독한 벌을 받는 건가요?"

군터가 두 팔을 들어 거창하게 돈호법*을 구사하려는 듯한 동작을 했다. 그는 냉혹한 광신도의 격정으로 성서의 몇 구절을 인용할 참이었다. 그러나 젊은 여자의 투명하고 이성적인 눈을 보자 문득 말문이 막혔다. 하기야 동작만으로도 충분했다. 그것으로써 그는 종족적인 증오심, 그리고 자신이 사악한 민족을 징벌하기 위해 신이 보낸 심판자라는 확신을 충분히 드러냈다. 수세기에 걸친 타락한 삶, 오래도록 쌓은 죄와 방탕으로 파리는 불타고 있었다. 또다시 게르만인이 라틴인의 부패를 깨끗이 정화함으로써 세계를 구하리라.

그는 두 팔을 내리며 말했다.

"모든 게 끝이오…… 또다른 동네가 불타고 있소, 저기, 또하나의 불덩이, 좀더 왼쪽으로…… 보이잖소, 불의 강물처럼 펼쳐진 거대한 줄무늬가."

두 사람은 말문을 닫았고, 공포에 질린 침묵이 흘렀다. 과연 불이 끊임없이 번졌고, 맹화가 혀를 날름거리며 밤하늘에 넘쳐흘렀다. 시시각각으로 불의 바다가 경계를 넓혔고, 작열하는 파도에서 연기가 피어올라 도시 위로 거대한 구릿빛 구름을 형성했다. 그 구름은 가벼운 바람에도 넘실넘실 춤을 췄고, 캄캄한 어둠을 천천히 가로지르며 재와 그을

* 사람 또는 사물의 이름을 불러 강하게 주의를 집중시키는 수사법.

음의 비를 뿌렸다.

앙리에트는 소스라치게 몸을 떨며 악몽에서 벗어나려 했다. 다시 동생 생각에 애가 탄 그녀는 마지막으로 간청했다.

"정말 저를 위해 아무것도 할 수 없나요, 제가 파리로 들어갈 수 있도록 도와줄 수 없나요?"

군터는 다시 지평선을 쓸어내는 듯한 동작을 취했다.

"그게 무슨 소용이 있소? 어차피 내일이면 잔해만 남을 텐데!"

그것으로 끝이었다. 그녀는 작은 트렁크를 가지고 작별인사도 없이 철교에서 내려왔다. 그러나 벨트로 허리를 졸라매서 늘씬해 보이는 군터는 캄캄한 철교 위에서 꼼짝하지 않고 오래도록 머물렀다. 그의 두 눈은 불타는 바빌론의 환영이 만들어내는 광포한 기쁨으로 가득차 있었다.

역에서 나왔을 때 앙리에트는 운좋게도 한 뚱뚱한 부인과 마주쳤는데, 부인은 자기를 당장 파리로, 리슐리외가로 데려다달라고 마차꾼과 흥정하고 있었다. 그녀는 부인에게 사정을 말하며 눈물로 애원했고, 감동한 부인은 마침내 그녀에게 동승을 허락했다. 키가 작고 피부가 검은 마차꾼은 채찍질로 바삐 말을 몰면서도 가는 내내 아무 말도 하지 않았다. 그러나 뚱뚱한 부인은 끊임없이 이야기를 늘어놓았다. 그녀는 그제 가게문을 닫고 떠나며 유가증권을 벽에 숨겼는데 참으로 한심한 짓을 한 것 같다고 말했다. 그래서 파리가 불타기 시작한 두 시간 전부터 그녀의 머릿속에는 불을 뚫고라도 거기로 돌아가서 자기 재산을 다시 가져와야 한다는 생각밖에 없었다. 시문에는 졸고 있는 보초 하나밖에 없었다. 부인은 앙리에트가 자신의 조카이고, 베르사유 정부군과 싸우다가 부상낭한 남년을 함께 간호하기 위해 소카를 데리러 시문 밖으로 나갔었다고 보초에게 말했다. 재치 있는 거짓말 덕분에 마차는 별다른 어려움 없이 시문을 통과했다. 거리로 들어서자 진정한 장애물이 나타나기 시작했다. 매 순간 바리케이드가 길을 막았기에, 계속해서 우회해야 했다. 푸아소니에르대로에 이르자, 급기야 마차꾼이 더이상 앞으로 갈 수 없다고 했다. 두 여자는 어쩔 수 없이 걸어서 상티에가, 죄뇌르가, 증권거래소 지역을 통과했다. 요새에 다가갈수록 밤하늘이 대낮처럼 환했다. 문득 그들은 도시 이쪽에 깃든 처연한 고요에 놀랐다. 여기서는 멀리서 울리는 은근한 천둥소리밖에 들리지 않았다. 증권거래소에 이르자 총성이 들렸고, 그들은 가옥 담장을 따라 빠르게 걸어야만 했다. 리슐리외가에서 자신의 가게가 불에 타지 않은 것을 확인한 뚱뚱한 부인은 너무도 흡족해서 앙리에트가 집을 찾도록 도와주겠노라고 고집했다. 아자르가와 생탄가를 거쳐 드디어 오르티가에 도착했다. 아직 생탄가를 점령하고 있던 국민자위대 부대가 잠시 그들의 통과를 막기도 했었다. 네시였고, 날이 밝아오기 시작했다. 바로 그때, 걱정과 피로에 지친 앙리에트는 오르티가의 낡은 집 대문이 활짝 열려 있는 것을 보았다. 그녀는 어둠에 잠긴 비좁은 계단을 올라간 후, 문을 지나 지붕으로 통하는 사다리를 올라갔다.

바크가의 바리케이드에서, 흙 포대 두 개 사이에서 모리스는 무릎을 짚고 일어설 수 있었다. 그러자 자신이 총검으로 모리스를 바리케이드에 찔러 박았다고 생각하던 장은 희망의 빛을 보았다.

"오, 모리스! 아직 살아 있었구나? 정말 다행이야, 내가 미친놈이지!⋯⋯ 잠깐, 내가 좀 볼게."

그는 화재의 불빛에 조심스럽게 상처를 살폈다. 총검은 오른쪽 어깨 근처에서 팔을 관통했다. 최악의 사실은 그것이 두 갈비뼈 사이를 뚫고 폐까지 손상을 입힌 듯하다는 것이었다. 하지만 부상자는 큰 어려움 없이 숨을 쉬고 있었다. 다만 한쪽 팔이 힘없이 축 늘어진 상태였다.

"형, 너무 괴로워하지 마! 어쨌든 좋아, 난 죽는 게 나아…… 형은 내게 정말 잘해줬어. 형이 없었더라면, 난 오래전에 길바닥에서 죽었을 거야."

그 말을 들은 장은 다시 뼈아픈 고통에 사로잡혔다.

"무슨 소리야! 네가 날 두 번씩이나 프로이센 놈들의 손아귀에서 구해줬잖아. 피장파장이야. 이번에는 내가 널 살려야 할 차례였는데, 이렇게 죽게 만들었으니…… 아! 제기랄! 내가 미쳤어, 널 못 알아보다니! 그래, 미쳐도 더럽게 미쳤어, 그토록 많은 피를 보았으니까!"

레미에서 헤어지던 순간을 떠올린 장은 눈물을 주체할 수 없었다. 언제 어떻게 다시 만날지, 고통 속에서 만날지 환희 속에서 만날지 모르는 채, 그들은 작별인사를 했었다. 죽음의 위협 속에서 함께 빵 없는 낮을 보내고 함께 잠 없는 밤을 보냈는데, 그런 건 도대체 아무 소용이 없단 말인가? 몇 주 동안 영웅적인 전투를 하며 서로 마음을 나눈 것이 이런 가증스러운 행위, 이런 흉측하고 어리석은 형제살해를 하기 위한 것이었단 말인가? 아냐, 아냐, 그럴 순 없어.

"나와 함께 가자, 모리스, 내가 널 살릴 거야."

우선 여기를 빠져나가야만 했다. 병사들이 부상자들을 끝장이 날 때까지 공격하고 있었기 때문이다. 다행히 그곳에는 그들 둘뿐이었다. 일분일초도 잃을 시간이 없었다. 장은 황급히 칼로 소매를 찢고 군복 전체를 벗겼다. 피가 흘렀다. 서눌러 군복 안감을 뜯어 팔의 상처를 단단히 감았다. 그리고 가슴의 상처를 천으로 틀어막고 그 위에 팔을 얹어 천으로 싸맸다. 다행히 동아줄을 가지고 있어서 그것으로 전체를 묶은 덕분에, 한쪽 측면이 단단히 고정되었고 출혈이 멈췄다.

"걸을 수 있겠어?"

"응, 걸을 수 있을 것 같아."

그러나 그를 셔츠 차림으로 데려갈 수는 없었다. 이웃 거리에 쓰러져 있는 병사의 시체를 보자 장에게 한 가지 생각이 떠올랐다. 그는 달려가서 군용 외투와 군모를 가지고 돌아왔다. 그는 모리스가 성한 팔을 왼쪽 외투 소맷자락으로 넣을 수 있도록 도왔다. 그리고 모자까지 씌우고는 말했다.

"자, 이제 우리 부대 병사가 됐어…… 어디로 갈까?"

장은 당황했다. 희망과 용기를 되찾았지만, 다시 괴로움에 젖었다. 어디서 안전한 피란처를 찾는단 말인가? 집집마다 수색당했고, 무기를 손에 든 코뮌 가담자는 모조리 사살되었다. 게다가 장도 모리스도 이 동네에 아는 사람이라곤 없었다. 피란처를 부탁해볼 만한 사람도 없고 몸을 숨길 만한 은신처도 전혀 몰랐다.

"최선은 우리집으로 가는 거야." 모리스가 말했다. "외딴집이어서 아무도 찾아올 사람이 없어…… 그런데 강 건너편 오르티가인데, 어떻게 가지?"

장은 어쩔 줄 몰라하며 절망에 빠졌다.

"빌어먹을! 어떻게 하지?"

퐁 루아얄 다리를 건너는 건 불가능해졌는데, 이미 화재가 나서 대낮처럼 밝았기 때문이었다. 이제 센강 양안에서 총성이 들렸다. 게다가 화염에 휩싸인 튈르리궁전이 그들을 가로막고 있었고, 바리케이드를 치고 정부군이 지키는 루브르궁전은 결코 넘을 수 없는 장벽이었다.

"이런, 큰일났네, 강을 건널 수가 없잖아!" 이탈리아 원정에서 돌아왔을 때 여섯 달 동안 파리에서 살아본 적이 있는 장이 말했다.

불현듯 그에게 한 가지 생각이 떠올랐다. 퐁 루아얄 다리 밑에 예전처럼 보트가 있다면, 모험을 시도할 수 있을 것 같았다. 물론 시간이 오래 걸리고 위험천만한 일이었다. 그러나 선택의 여지가 없었고, 빨리 결정해야만 했다.

"모리스, 일단 여기를 떠나야 해, 안전하지 않아…… 우리 부대 중위에게는 내가 코뮌 의용병들에게 잡혔다가 빠져나왔다고 할게."

장은 모리스의 성한 팔을 잡아 부축하며 집 전체가 거대한 횃불처럼 타오르는 가옥들 한가운데를 가로질러 바크가 끝까지 갔다. 머리 위로 불똥이 비처럼 떨어져내렸고, 뜨거운 열기에 얼굴의 털이 모두 타는 듯했다. 강둑에 이르렀을 때는 센강 양쪽에서 맹렬히 타오르는 거대한 불길로 온 세상이 눈이 부셔서 한순간 아무것도 볼 수 없었다.

"촛불을 켤 필요는 없겠어." 장이 불빛에 눈살을 찌푸리며 투덜거렸다.

모리스를 데리고 퐁 루아얄 다리 왼쪽, 즉 하류 쪽으로 제방 계단을 내려가고 나서야 조금 안심이 되었다. 그들은 강변에 있는 키 큰 나무 숲 속에 몸을 숨겼다. 약 십오 분 동안 그들의 정면, 건너편 강둑에 시커먼 그림자들이 어른거려서 불안했다. 몇 발의 총성이 울리자 비명이 들렸고, 뒤이어 뭔가가 물에 첨벙 떨어지는 소리가 들리며 물방울이 튀어올랐다. 병사들이 나리를 시키고 있는 게 분명했다.

"저 가건물에서 밤을 보내면 어떨까?" 모리스가 뱃사람들이 사무실로 사용하는 판잣집을 가리켰다.

"아! 그건 안 돼! 내일 아침에 체포될 거야!"

장은 여전히 보트를 이용할 생각이었다. 조금 전 소형 보트 선단이 보였었다. 그러나 보트들이 사슬로 연결되어 있었다. 어떻게 보트 하나를 떼어내고, 노를 구할 것인가? 이윽고 그는 근처에서 뱃사람들이 버린 낡은 노 한 쌍을 발견했다. 그리고 사슬에서 단단하게 잠기지 않은 자물쇠를 찾아내 힘으로 해체하는 데 성공했다. 모리스를 보트 앞쪽에 눕힌 후, 장은 강물의 흐름에 맡기면서도 신중하게 강가의 시설물과 거룻배의 그림자를 따라 내려갔다. 둘 다 눈앞에 펼쳐지는 참혹한 광경을 보며 말을 잃었다. 강을 따라 내려가자 지평선이 점점 넓어졌고, 그들의 공포는 한층 더 커졌다. 솔페리노 다리에 이르렀을 때, 활활 타오르는 양쪽 강변이 보였다.

왼쪽으로는 화염에 휩싸인 튈르리궁전이 나타났다. 어둠이 내리자마자, 코뮌 가담자들이 궁전의 양쪽 끝, 즉 플로르관館과 마르상관에 불을 질렀다. 불길은 금세 중앙의 오를로주관으로 뻗어갔는데, 오를로주관의 마레쇼실室에 화약 여러 통이 쌓여 있었다. 벌써 중간 건물들의 창문을 통해 커다란 불꽃이 휘날리는 검붉은 연기의 소용돌이가 몰아쳐나왔다. 내부의 열기를 못 이긴 지붕들은 마치 용암이 흐르는 땅처럼 균열 사이로 시뻘건 화염을 내보이기 시작했다. 특히 가장 먼저 불이 붙은 플로르관은 맨 아래층에서 맨 위층까지 화염의 장관을 이루었다. 마루판과 벽지에 뿌려진 석유가 얼마나 맹렬하게 타올랐던지 발코

니의 철제 난간이 맥없이 비틀렸고, 아름다운 태양이 조각된 불후의 벽
난로가 폭음과 함께 불길에 휩싸였다.

오른쪽으로는, 먼저 다섯시에 불이 붙은 레지옹도뇌르전당이 보였
다. 일곱 시간 전부터 불타고 있는 전당은 장작이 모두 타버린 화형대
처럼 전소되고 있었다. 이어서 가장 크게, 가장 무섭게 불타고 있는 국
무원이 나타났다. 이층 주랑이 있는 거대한 석조 입방체 궁전이 끝없이
화염을 토하고 있었다. 커다란 안마당을 둘러싼 건물 네 채가 동시에
불에 타기 시작했었다. 네 모퉁이에 있는 네 개의 계단에 통째로 부은
석유가 계단을 따라 오르는 지옥불의 격류를 만들었다. 센강 쪽으로 향
한 건물 전면 위로 검은 망사르드 지붕이 뚜렷이 보였는데, 화염이 혀
를 날름거리며 지붕 가장자리를 핥고 있었다. 그리고 주랑의 기둥, 기
둥 위의 수평 들보, 기둥의 장식띠, 기둥의 장식조각 등이 눈부시게 환
한 불빛 속에서 더없이 선명하게 드러났다. 특히 화재가 너무도 강렬한
탓에, 그 거대한 기념건물이 송두리째 뒤엎어지는 듯 지축이 흔들리며
우르릉하는 천둥소리가 났다. 지붕의 아연판을 공중으로 날려버리는
엄청난 폭발 후 남은 것은 단단한 돌벽 뼈대뿐이었다. 뒤이어 바로 그
옆에서, 높고 하얀 기둥이 불의 탑처럼 타오르는 오르세 병영이 나타났
다. 끝으로 그 뒤에서 바크가의 가옥 일곱 채, 릴가의 가옥 스물두 채를
비롯해 다른 화재가 지평선 위로 불길을 휘날리며 무한한 핏빛 바다를
이루었다.

가슴이 답답해진 장이 중얼거렸다.

"말도 안 돼! 이러다간 강까지 불이 번지겠어."

실제로 보트가 불의 강물에 휩쓸리는 느낌이었다. 이 거대한 화염이

강물에 비쳐 춤추는 광경을 본 사람이라면 아마도 센강이 뜨거운 불을 내뿜는다고 생각했으리라. 노란 불덩이가 출렁이는 가운데 별안간 몇 줄기 붉은 섬광이 강물 위를 지나갔다. 그 섬광들은 불의 강물을 따라, 강물에 비친 불타는 궁전들 사이로, 양쪽 강가에서 불타는 거리 속으로 천천히 내려갔다.

"아!" 자신이 원했던 파괴가 이루어지는 광경을 보고 광기에 사로잡힌 모리스가 말했다. "모든 게 불타고, 모든 게 사라지기를!"

그러나 장은 겁에 질린 표정으로 바로 그런 신성모독이 불행을 불러온다는 듯 황급히 모리스의 입을 막았다. 내가 그토록 좋아했던 청년이, 그토록 지적이고 그토록 세련된 청년이 어떻게 이런 생각을 가지게 되었을까? 그는 더 힘차게 노를 저었는데, 이제 솔페리노 다리를 지나 탁 트인 넓은 공간으로 나왔기 때문이었다. 중천에 뜬 정오의 태양이 강물을 비추는 듯, 불빛이 너무도 밝아 강물은 그림자 한 점 없이 환했다. 출렁이는 물결의 무늬, 제방의 자갈 더미, 강변로의 작은 나무 등 아주 작은 사물도 더없이 뚜렷이 드러났다. 특히 센강의 여러 다리가 아주 선명하게 드러나서 돌의 수까지 셀 수 있을 정도였다. 다리는 마치 양쪽 제방을 따라 끝없이 뻗은 불의 대로를 강물 위에서 잇는 수평의 육교처럼 보였다. 간간이 우르릉거리는 천둥소리가 지속되며 문득 뭔가 우지끈하고 부서지는 소리가 들렸다. 그을음이 폭우처럼 내렸고, 바람이 역한 냄새를 실어왔다. 특히 공포감을 불러일으키는 것은 파리 전체, 즉 센강 너머 머나먼 다른 지역들은 이제 더이상 존재하지 않는 듯하다는 것이었다. 왼쪽 그리고 오른쪽에서 활활 타오르는 불덩이가 그 너머로 어둠의 심연을 파놓고 있었다. 파리 전체가 불에 타 이미 영원한 어둠 속으로 사라진 듯, 이제 거대한 암흑, 한마디로 무無의 암흑만 보일 뿐이었다. 하늘조차 죽어 있었는데, 불길이 높이 솟아올라 별빛을 모두 지워버린 탓이었다.

신열에 들뜬 모리스는 미친듯이 웃음을 터뜨렸다.

"국무원과 튈르리궁전에서 축제가 벌어졌군…… 전면이 온통 조명으로 환해, 불빛이 반짝이고, 여자들이 춤추고…… 아, 그래! 춤을 춰, 춤을. 치마에서 연기가 나고, 머리칼에서 불길이 치솟는군……"

성한 팔을 휘두르며 그는 소돔과 고모라의 대향연을 떠올렸다. 음악, 꽃, 기상천외의 향락, 화려한 촛불로 가증스러운 알몸을 비추며 방탕에 물든 궁전은 불타오르고 있었다. 그때 갑자기 무시무시한 굉음이 들렸다. 튈르리궁전에 타오르던 불이 마침내 마레쇼실에 다다른 것이었다. 화약통에 불이 붙어 대폭발이 일어나면서 오를로주관이 공중으로 솟구쳐올랐다. 꽃다발 같은 불길, 길게 날아가는 불꽃, 가공할 축제의 폭죽이 캄캄한 밤하늘을 수놓았다.

"브라보, 멋진 춤이야!" 공연이 끝나고 모든 것이 암흑으로 돌아갈 때처럼, 모리스가 큰 소리로 외쳤다.

장은 말을 더듬거리며 다급하게 다시 그에게 간청했다. 안 돼, 안 돼! 죄악을 기원하면 안 돼! 세상이 멸망해야 한다면, 우리도 죽어야 하는 게 아닌가? 장의 머릿속에는 빨리 이 지옥을 벗어나야 한다는 생각밖에 없었다. 신중하게도 그는 콩코르드 다리가 아니라, 센강 여울목을 돌아 콩페랑스 강둑길 인근에서 내렸다. 그리고 이 위급한 순간에도 그는 보트를 그대로 떠내려가게 내버려두지 않았다. 그는 본능적으로 타인의 재산을 존중하며 밧줄로 보트를 강가에 단단히 묶어두었다. 그의 계획은 콩코르드광장과 생토노레가를 통해 오르티가로 가는 것이었다. 모리스를 강둑에 앉혀두고 혼자 강변로 계단을 올라간 그는 눈에 보이는 장애물들을 넘는 게 얼마나 힘들지 예상하고 불안에 사로잡혔다. 코뮌의 강고한 요새, 대포로 무장한 튈르리의 노대, 높고 튼튼한 바리케이드를 친 루아얄가, 생플로랑탱가, 리볼리가가 있었다. 그 광경은 베르사유 군대의 전략을 짐작하게 했다. 그날 밤, 그들의 전선은 거대한 요각凹角을 형성하고 있었다. 중앙은 콩코르드광장이었고, 한쪽 끝은 센강 우안 북부 철도의 화물역이었으며, 다른 쪽 끝은 센강 좌안 아르쾨유 시문 근처 성채의 보루였다. 곧 날이 밝을 것이었다. 코뮌 병사들은 튈르리궁과 바리케이드에서 철수했고, 정부군이 화재에 휩싸인 동네를 장악한 참이었다. 밤 아홉시부터 열두 채의 집이 생토노레가와 루아얄가가 만나는 십자로에서 불타고 있었다.

장이 다시 강둑 아래로 내려갔을 때, 과도하게 흥분했던 모리스는 이제 넋이 나간 듯 반쯤 잠이 들어 있었다.

"쉽지 않을 것 같아…… 어때, 걸을 수 있겠어, 모리스?"

"그래, 그래, 걱정하지 마. 죽어서든 살아서든 갈 테니까."

그러나 모리스는 돌계단을 올라가며 무척 힘들어했다. 뒤이어 강둑 길에서는 장의 부축을 받으며 몽유병자처럼 천천히 발걸음을 옮겼다. 아직 동이 트지 않았으나 인근 화재의 불빛이 드넓은 광장에 희미한 여명을 드리웠다. 그들은 고요한 광장을 가로지르며 황폐한 풍경에 가슴이 미어졌다. 광장 양쪽 끝, 즉 콩코르드 다리 건너편과 루아얄가 끝에서 각기 팔레부르봉광장과 마들렌성당이 포탄을 맞아 손상을 입었다. 튈르리궁전의 노대는 포격으로 일부가 허물어졌다. 광장에서는 분

수전의 청동 장식이 총탄을 맞아 구멍이 났고, 릴 조상의 거대한 동체가 포격으로 두 동강 난 채 땅에 쓰러져 있었으며, 바로 옆 천에 덮인 스트라스부르 조각상은 심하게 파손된 듯했다. 그리고 다행히 피해를 모면한 오벨리스크 근처 흙구덩이에 곡괭이질로 균열이 생긴 가스관이 보였는데, 거기에 우연히 불이 붙어 날카로운 소리와 함께 기다란 불꽃이 뿜어져나왔다.

장은 화마의 피해를 입지 않은 해군성과 가구 창고 사이 루아얄가를 가로막은 바리케이드를 피했다. 흙을 채운 술통과 포대를 쌓아 만든 바리케이드 뒤에서 병사들의 거친 목소리가 들렸다. 바리케이드 앞에 물이 고인 도랑이 있었고, 국민자위대 병사 시체 하나가 거기 널브러져 있었다. 바리케이드 틈새로, 교외에서 소방 펌프를 동원했으나 결국 전소한 생토노레 십자로의 몇몇 집이 보였다. 좌우로 키 작은 나무들, 신문 가판대들이 일제사격으로 벌집처럼 구멍이 난 채 파손되어 있었다. 갑자기 끔찍한 비명이 터졌다. 방금 소방관들이 어느 집 지하실에서 반쯤 재가 된 세입자 일곱 명의 시체를 발견한 것이었다.

생플로랑탱가와 리볼리가를 가로막은 바리케이드가 더 높고 더 솜씨 좋게 구축되었음에도, 장은 본능적으로 그곳을 통과하는 것이 덜 위험하리라 직감했다. 실제로 그 바리케이드에는 아무도 없었고, 정부군도 아직 거기까지 점령할 생각을 하지 않았던 것이다. 대포 몇 문이 방치된 채 잠자고 있었다. 이 철옹성 뒤에는 사람 하나 없었고, 가까스로 목숨을 구한 개 한 마리가 서성일 뿐이었다. 그러나 점점 탈진해가는 모리스를 부축하며 서둘러 생플로랑탱가로 접어들었을 때, 장이 걱정하던 일이 벌어졌다. 바리케이드를 우회한 88연대 소속 중대와 맞닥뜨린 것이다.

"대위님," 장이 설명했다. "폭도들과 싸우다 방금 부상당한 동료인데, 야전병원으로 데려가는 중입니다."

어깨 위에 걸쳐놓은 군용 외투가 모리스를 살렸다. 마침내 모리스와 함께 생토노레가를 걸어가면서도, 장은 가슴이 터질 듯 뛰었다. 희미하게 동이 트기 시작했지만 사방에서 총성이 들려오며 그 지역 전체에서 여전히 전투가 벌어졌기 때문이다. 그들이 아무런 화를 입지 않고 프롱되르가에 도착할 수 있었던 것은 기적이었다. 그들은 이제 천천히 걸었다. 남은 삼사백 미터가 천리만리처럼 느껴졌다. 그러다 프롱되르가에서 그들은 코뮌 의용병 초소를 맞닥뜨렸다. 그러나 정부군 연대 전체가 공격하는 것으로 오인한 의용병들은 지레 겁을 먹고 달아났다. 이제 아르장퇴유가 끄트머리만 지나면 오르티가였다.

아! 이 오르티가, 네 시간 전부터 장은 이곳에 이르기를 얼마나 간절히 원했던가! 오르티가에 들어서자 해방감이 몰려왔다. 전쟁터에서 멀리 떨어진 오르티가는 어둡고 쓸쓸하고 조용했다. 그리고 문지기도 없는 낡고 좁은 집은 죽음처럼 깊은 잠에 빠져 있었다.

"내 주머니에 열쇠가 있어." 모리스가 더듬거리며 말했다. "큰 건 대문 열쇠고, 작은 건 방문 열쇠야. 방은 맨 위층에 있어."

그러고서 불안과 고통이 극에 달한 그는 장의 품에서 정신을 잃었다. 장은 대문 잠그는 것을 잊었다. 사람들이 깰까봐 소리를 내지 않으려고 애쓰며, 모리스를 안은 채 더듬더듬 미지의 계단을 올라갔다. 맨 위층에서 그는 모리스를 일단 층계참에 눕힌 다음, 다행히 주머니에 있던 성냥불을 켜고 방문을 찾았다. 방문을 확인하자마자, 다시 모리스를 안았다. 마침내 그는 파리가 내려다보이는 창문 앞 철제 침대에 모리스를 눕혔다. 그리고 빛과 바깥 공기가 들어오게 창문을 활짝 열었다. 먼동이 트고 있었다. 기진맥진한 그는 침대 앞에 쓰러졌고, 자신이 친구를 죽였다는 끔찍한 생각이 다시 떠올라 흐느껴 울었다.

몇 분이 흐른 듯했다. 눈을 떴을 때 앙리에트가 보였지만 그는 별로 놀라지 않았다. 이보다 더 자연스러운 일은 아무것도 없었다. 동생이 죽어가고 있는데 왜 그녀가 오지 않겠는가. 그녀가 들어오는 것을 그는 보지 못했다. 어쩌면 몇 시간 전부터 여기에 있었는지도 모른다. 그는 이제 의자에 털썩 주저앉은 그녀가 불안에 떠는 모습을 멍하니 바라보았다. 의식도 없이 피로 흥건한 동생을 보자 엄청난 고통이 그녀를 엄습했다. 이윽고 정신을 차린 장이 물었다.

"대문을 잘 닫았나요?"

넋이 나간 듯한 그녀는 고개를 끄덕여 그렇다고 답했다. 위로의 말과 도움이 필요했던 그녀가 다가와 그의 손을 잡았을 때, 그가 다시 말했다.

"아, 모리스를 죽인 게 바로 접니다……"

그녀는 무슨 말인지 이해하지 못했고, 그 말을 믿지도 않았다. 그는 그의 손에 가만히 쥐여 있는 그녀의 손을 느꼈다.

"제가 모리스를 죽였어요…… 그래요, 저기, 바리케이드에서…… 모리스와 제가 서로 다른 편이 되어 싸웠습니다……"

그녀의 작은 손이 떨리기 시작했다.

"우린 모두 제정신이 아니었고, 어떻게 해야 할지도 몰랐어요…… 모리스를 죽인 게 바로 접니다……"

그제야 알아듣고 얼굴이 사색으로 변한 앙리에트가 부들부들 떨며 손을 뺐다. 공포에 질린 그녀는 그를 똑바로 응시했다. 그렇다면 이제 다 끝이었다. 산산이 조각난 가슴에 무엇이 남을 수 있을까? 아! 장, 다시 볼 수 있으리라는 막연한 희망에 오늘 저녁에도 행복하게 그를 떠올리지 않았던가! 그 사람이 이런 가증스러운 짓을 저질렀어, 하지만 온갖 위험을 무릅쓰고 동생을 여기로 데려온 것도 그 사람이라니! 그녀는 그를 외면하지는 않았으나, 더이상 두 손을 맡길 수는 없었다. 그녀는 절규했고, 가슴을 찢는 그 절규 속에 마지막 희망을 담았다.

"오, 안 돼! 내가 살릴 거야, 내가 반드시 살릴 거야!"

레미의 야전병원에서 오래도록 철야근무를 하면서, 그녀는 상처를 치료하고 환자를 간호하는 데 전문가가 되었다. 상처를 살피기 위해 그녀는 기절한 동생이 깨지 않도록 조심히 옷을 벗겼다. 장이 임시로 감아놓은 붕대를 풀자 몸을 뒤척이던 모리스가 가볍게 비명을 지르며 동그랗게 눈을 떴다. 그는 곧바로 앙리에트를 알아보고 미소를 지었다.

"누나가 어떻게 여기에 있어? 아! 죽기 전에 누나를 보니 정말 좋아!"

그녀는 확신에 찬 표정으로 그의 말문을 막았다.

"죽다니, 그런 일은 없어! 넌 살아야 해!…… 더이상 말하지 마, 내가 알아서 할 테니까!"

그러나 총검이 팔을 관통하고 갈비뼈 사이까지 뚫은 상처를 살펴본 앙리에트는 표정이 어두워지고 눈빛이 흔들렸다. 황급히 방안을 뒤져 향유를 찾아냈고, 낡은 셔츠를 찢어 붕대로 만들었다. 그사이 장은 밑으로 내려가서 물항아리를 가져왔다. 그는 아무 말도 하지 않았다. 그녀가 온 이후 정신이 아득해진 그는 도울 생각조차 하지 못한 채, 상처를 썼고 능숙하게 붕대를 감는 그녀를 잠자코 바라보기만 했다. 응급조치를 끝낸 그녀가 여전히 불안해하자, 그는 의사를 찾아보겠다고 했다. 하지만 이제 그녀는 사리를 분명하게 판단했다. 안 돼요, 안 돼! 의사가 와서 동생을 정부군에게 넘길지도 몰라요! 확실하게 믿을 수 있는 의사가 필요했다. 게다가 몇 시간 정도는 더 기다릴 수 있었다. 이윽고 장이 부대로 복귀해야 한다고 말하자, 둘 사이에 결론이 지어졌다. 다시 부대에서 이탈할 수 있게 되자마자, 장이 외과의사를 찾아 여기로 돌아온다는 계획이었다.

그러나 그는 즉시 떠나지 않았다. 자신이 만든 불행 때문에 쉽사리 방을 떠날 수 없는 듯했다. 잠시 닫혔던 창문이 다시 열렸다. 침대에서 베개를 높인 부상자가 창밖을 바라보는 동안, 나머지 두 사람도 방을 짓누르는 무거운 침묵 속에서 저멀리 시선을 던졌다.

여기 이 물랭언덕 꼭대기에서는 파리의 절반이 한눈에 들어왔다. 우선 포부르 생토노레 교외에서 바스티유까지 도심이 보였고, 이어서 복잡한 센강 좌안, 즉 바다처럼 펼쳐진 기와지붕, 나무, 종탑, 돔지붕, 성탑 등과 함께 센강 전체가 보였다. 날이 점점 밝아오고 있었다. 가증스러운 밤, 역사상 가장 참혹한 밤 가운데 하나가 끝났다. 그러나 청명한 아침햇살 속에서도, 장밋빛 하늘 아래서도 화재는 계속되었다. 앞쪽에서 튈르리가 여전히 불타고 있었고, 오르세 병영, 국무원, 레지옹도뇌르전당의 불길은 아침햇살로 희미해졌으나 하늘에 거대한 아지랑이를 만들었다. 릴가와 바크가의 집들 너머로 다른 집들이 불타는 게 틀림없었는데, 적십자사 십자로에서, 그리고 더 멀리 바뱅가와 노트르담데상가에서 불기둥이 솟아올랐기 때문이다. 오른쪽으로는, 아주 가까이 보이는 생토노레가의 불이 꺼져가고 있었다. 왼쪽으로는, 팔레루아얄과 루브르궁 신관에서 오늘 아침 뒤늦게 붙은 불이 타다가 꺼졌다. 그러나 정말 그들이 이해할 수 없었던 것은 서풍에 이 집 창문까지 실려온 시커먼 연기였다. 그것은 새벽 세시부터 화재가 발생한 재무부의 회반죽 건물에서 엄청난 서류 더미가 천천히 타는 바람에, 큰 불길이 아니라 거대한 그을음이 회오리를 일으킨 것이었다. 잠에서 깨어나는 대도시 위로 간밤의 비극적 광경, 완전한 파멸의 공포, 불의 물결이 넘치던 센강, 불바다를 이룬 파리가 더이상 보이지 않을지라도, 여전히 피어오르는 연기와 더불어 절망적이고 음울한 슬픔의 빛이 화재를 모면한 모든 동네에 어렸다. 청명하게 떠오른 태양은 검은 연기에 가려 보이지 않았고, 황갈색 하늘에 드리운 것은 죽음의 그림자뿐이었다.

다시 광기에 사로잡힌 모리스가 끝없는 지평선을 천천히 감싸는 듯한 동작을 하며 중얼거렸다.

"모든 게 불타는 거지? 아! 정말 오래도 걸리는군!"

동생을 삼킨 이 엄청난 재앙으로 자신의 불행이 다시 커지는 듯, 앙리에트의 눈에서 눈물이 솟구쳤다. 그녀의 손을 잡아줄 수도 없고 친구를 품에 안을 수도 없었던 장은 미칠 듯한 심정으로 그 자리를 떠났다.

"안녕히 계세요, 곧 다시 올게요!"

어둠이 내린 후 여덟시경, 장이 되돌아왔다. 불안하기 그지없는 와중에도 그가 다행스럽게 생각하는 일이 있었다. 더이상 전투에 투입되지 않던 소속 연대가 후방으로 물러나서 동네를 지키라는 명령을 받은 것이었다. 그래서 중대원들과 함께 카루셀광장에서 야영하게 된 그는 매일 저녁 부상자를 보러 올 수 있었다. 그날 저녁, 그는 혼자 오지 않았다. 그는 우연히 예전 106연대 군의관을 만나게 되었다. 민간인 의사를 찾을 수 없었던 그는 사자 얼굴을 한 이 무서운 군의관이 그래도 선량한 사람이라고 자위하며 모리스에게로 데려왔다.

이 병사가 그토록 간절하게 애원하는 이유가 어떤 부상자를 위해서인지 몰랐던 부로슈는 계단이 너무 높다고 투덜거리며 방으로 올라갔다. 그런데 눈앞에 나타난 환자가 코뮌 병사라는 사실을 알자, 그는 불같이 화를 냈다.

"빌어먹을! 자네 지금 나를 놀리는 건가?…… 절도니 살인이니 방화를 일삼는 폭도가 아닌가!…… 뭘 보라는 건가, 나더러 이런 자를 살려내라니, 그래! 머리에 총알 세 방 쏘면 돼!"

그러나 금발머리가 풀어진 채 검은 옷을 입은 창백한 앙리에트를 보자, 갑자기 그의 마음이 누그러졌다.

"제 동생입니다, 군의관님. 스당에서 당신과 함께 싸운 병사예요."

그는 대답 없이 붕대를 풀고 상처를 살폈다. 그리고 호주머니에서 약병을 꺼내 젊은 여자에게 사용하는 법을 보여준 뒤 붕대를 다시 감았다. 그런 다음, 거친 목소리로 부상자에게 물었다.

"왜 불한당들 편에 선 건가? 왜 그런 나쁜 짓을 했느냐고?"

부로슈가 들어온 뒤 모리스는 반짝이는 눈으로 그를 잠자코 바라보고 있었다. 신열에 들뜬 모리스는 격정적으로 대답했다.

"고통과 불의, 수치심이 너무도 크기 때문입니다."

그런 생각을 하는 청년은 결국 큰 화를 입을 거라고 말하듯, 부로슈는 어깨를 으쓱했다. 그리고 뭔가 더 말하려다 입을 다물었다. 그는 간단히 이렇게 말하고 떠났다.

"다시 오겠소."

층계참에 선 그는 앙리에트에게 아무것도 장담할 수 없다고 말했다. 폐가 심각하게 손상되었고, 환자가 즉사할 수도 있는 출혈이 발생할지도 몰랐다.

방으로 돌아온 앙리에트는 가슴이 덜컹 내려앉았지만 애써 미소를 지었다. 동생을 구하지 못하게 될까? 소생하길 간절히 바라며 한자리에 모여 있는 세 사람이 영원히 작별하는 참담한 일이 닥치게 될까? 그녀는 한나절 내내 이 방을 떠나지 않았었고, 이웃 노파가 친절하게 이런저런 도움을 주었었다. 그녀는 다시 침대 옆으로 가 자기 자리에 앉았다.

모리스는 신열에 들떠 장에게 소식을 물었다. 장은 모든 것을 말하지는 않았다. 해방된 파리에서 죽어가는 코뮌에 대해 분노가 점증했지만, 그는 그 사실을 숨겼다. 벌써 수요일이었다. 일요일 저녁부터 주민들은 공포에 떨며 자기 집 지하실에서 나오지 못했다. 수요일 아침, 위험을 무릅쓰고 밖으로 나왔을 때, 파괴된 거리, 잔해물, 피, 특히 참혹한 화재가 그들을 복수심에 불타게 했다. 징벌은 가혹할 것이었다. 집집마다 수색이 벌어졌고, 혐의가 있는 남녀 무리가 즉결처형되었다. 저녁 여섯시부터 베르사유 군대가 몽수리공원에서 노르역까지 파리의 절반을 지배했다. 코뮌 지도자 약 스무 명이 볼테르대로의 11구 청사로 피신했다는 소문이 돌았다.

침묵이 흘렀다. 창문을 통해 미지근한 밤공기를 쐬던 모리스가 저멀리 도시를 바라보며 나직이 말했다.

"저런, 아직도 계속되고 있잖아, 파리가 불타고 있어!"

그것은 사실이었다. 날이 저물자, 다시 불꽃이 보였다. 하늘이 또다시 붉은빛으로 음산하게 물들었다. 오후에 뤽상부르공원의 화약고가 무시무시한 굉음과 함께 폭발했을 때, 팡테옹이 지하 묘지 속으로 폭삭 내려앉았다는 말이 들려왔다. 게다가 어제의 화재가 온종일 계속됐다. 국무원과 튈르리궁전이 불타고, 재무부 건물에서 시커먼 연기의 소용돌이가 끊임없이 치솟았다. 검은 나비떼, 즉 불타는 종잇장이 끝없이 날아왔기 때문에 열 번도 넘게 창문을 닫아야만 했다. 거센 불길이 날려보낸 검은 종잇장이 하늘에서 비처럼 쏟아졌다. 파리 전체가 종잇장으로 뒤덮였고, 80킬로미터 떨어진 노르망디에서도 그 종잇장이 발견되었다. 이제 불타는 지역은 서쪽과 남쪽, 즉 루아얄가, 적십자사 십자로, 노트르담데샹가만이 아니었다. 도시 동쪽 지역 전체가 불타는 듯했고, 파리시청의 거대한 불길이 지평선에서 대형 장작불을 이루었다. 또한 그쪽으로 테아트르리리크극장, 4구의 청사, 인근 거리의 가옥 서른 채가 횃불처럼 타올랐다. 게다가 북쪽으로 포르트생마르탱극장이 어두운 들판의 숯불처럼 외따로 발갛게 타올랐다. 개인적인 원한에 의한 화재가 적지 않았고, 아마도 문서를 없애려는 목적의 범죄적인 방화도 상당수 있을 것이었다. 코뮌 가담자들이 자신을 방어하거나 정부군의 진격을 늦추려는 목적으로 불을 지르는 일은 더이상 없어 보였다. 이제 광기가 도시를 휩쓸었다. 파리최고재판소, 파리시립병원, 노트르담성당은 우연의 도움으로 화재를 면했다. 파괴를 위한 파괴였다. 새로운 사회가 원초적이고 신화적인 지상낙원으로서 행복하고 순수하게 거듭날 수 있도록, 부패하고 노회한 인류를 세계의 잿더미 속에 묻어버릴 것!

"아! 선생, 가증스러운 전쟁!" 앙리에트가 고통스럽게 죽어가는 폐허의 도시를 보며 나직이 중얼거렸다.

이것이야말로 스당과 메츠의 패전에서 싹튼 피의 광기이자 숙명적인 비극, 파리 포위 공격에서 자라난 파괴의 전염병, 살육과 폭력 속에서 죽어가는 민족의 단말마적 발작이 아니고 무엇일까?

그러나 모리스는 불타는 도시에서 눈을 떼지 않고 천천히, 힘겹게 더듬거렸다.

"아냐, 아냐, 전쟁을 저주하지 마…… 전쟁은 나쁜 게 아냐, 전쟁은 자기 할일을 할 뿐이야……"

장이 증오와 후회에 찬 고함으로 그의 말을 끊었다.

"제기랄! 네가 여기에 누워 있잖아, 그게 다 내 잘못인데…… 전쟁이 뭐가 좋다고 그래, 전쟁은 더러운 거야!"

환자가 모호한 몸짓을 했다.

"오! 전쟁이 뭐가 문제라는 거지? 이점도 많아!…… 유혈사태는 어쩔 수 없는 거라고. 전쟁이란 죽음 없이 존재할 수 없는 생명이야."

이 몇 마디를 나누는 데 힘을 들인 탓에, 모리스는 눈이 스르르 감겼다. 앙리에트는 눈짓으로 장에게 더는 말을 걸지 말아달라고 부탁했다. 연약하면서도 용기 있는 여성으로서 침착한 태도를 보였지만 그녀에게도 인간의 고통에 대한 분노, 그로 인한 저항의 감정이 솟구쳐올랐다. 그녀의 투명한 시선에 할아버지의 영웅적인 영혼, 나폴레옹 전투의 신화적인 영혼이 되살아났다.

똑같은 화재, 똑같은 살육이 벌어지는 가운데 목요일과 금요일 이틀이 지나갔다. 포성이 그치지 않았다. 베르사유군이 장악한 몽마르트르의 포병대가 벨빌과 페르라셰즈에 배치된 국민자위대의 포병대에 포탄을 퍼부었다. 국민자위대 포병들은 특정한 표적 없이 파리를 향해 아무데로나 대포를 쏘았다. 그 바람에 리슐리외가와 방돔광장에 포탄이 떨어졌다. 25일 저녁, 센강 좌안 전체가 베르사유군 수중에 떨어졌다. 그러나 센강 우안에서는, 샤토도광장과 바스티유광장에 설치된 바리케이드가 여전히 무너지지 않고 있었다. 맹렬한 포화가 지키는 두 개의 진정한 요새였다. 황혼이 질 무렵, 코뮌 지도자들이 패주하는 가운데 전시 시민 대표 들레클뤼즈가 지팡이를 집어들었다. 그리고 볼테르대로 후미에 설치된 바리케이드까지 산책하듯 천천히 걸어와서 장렬하게 전사했다. 이튿날, 26일 새벽에 샤토도와 바스티유가 함락되었고, 코뮌에게 남은 것은 라빌레트, 벨빌, 샤론뿐이었다. 코뮌 병사 수는 점점 줄어들어 이제는 죽음을 각오한 한줌의 용사들밖에 없었다. 그들은 이틀 동안 필사적으로 저항하며 격렬하게 싸웠다.

금요일 저녁, 오르티가로 가기 위해 카루셀광장에서 빠져나왔을 때, 장은 리슐리외가 아래쪽에서 즉결처형을 목격하고 심한 충격을 받았다. 그제부터 두 곳에서 전시 재판소가 열렸는데, 하나는 뤽상부르공원에, 다른 하나는 샤틀레극장에 설치되어 있었다. 전자의 재판에서 사형선고를 받은 자들은 공원에서 처형되었고, 후자의 재판에서 사형선고를 받은 자들은 로보 병영으로 끌려가 처형 부대에 의해 지근거리에서 사살되었다. 특히 무자비한 학살이 자행된 곳은 로보 병영이었다. 어른들과 아이들이 손에 시커먼 화약이 묻어 있다든가 단순히 군화를 신고 있다든가 하는 방증만으로 사형선고를 받았다. 잘못 고발되거나 개인적 원한으로 고발된 무고한 사람들이 필사적으로 울부짖으며 항변

해도 아무런 소용이 없었다. 사형수들이 뒤죽박죽으로 때 지어 소총 앞에 섰고, 한꺼번에 밀려들다보니 총알이 모자라서 부상자들은 개머리판으로 때려죽여야만 했다. 피가 강물처럼 흘렀고, 화물 마차가 아침부터 저녁까지 시체를 실어갔다. 정복된 도시에서 복수의 광기가 갑자기 발동할 때, 바리케이드 앞에서, 황폐한 거리의 벽에서, 기념건물 계단 위에서 처형이 이루어졌다. 그리하여 장은 이제 막 동네 주민들이 여자 하나와 남자 둘을 테아트르프랑세 초소로 끌고 가는 것을 보았다. 민간인들이 군인들보다 더 잔혹했고, 신문이 학살을 부추겼다. 일단의 광포한 군중이 셋 가운데 특히 여자를 몰아세우고 있었다. 그녀는 밤이면 호화주택 단지를 돌며 석유통을 던져 불을 지르던, 부유층을 그야말로 공포의 도가니로 몰아넣던 여자 방화범들 중 하나였다. 사람들이 생탄가의 어느 집 지하실 채광창 앞에 웅크리고 있던 그녀를 기습했다고 소리쳤다. 그녀의 항의와 눈물에도 불구하고, 군중은 그녀를 두 남자와 함께 바리케이드 참호 속으로 던져넣었고, 셋은 함정에 빠진 늑대처럼 시커먼 흙구덩이 속에서 사살되었다. 행인들이 그 광경을 바라보았다. 한 부인이 남편과 함께 발걸음을 멈췄고, 근처에서 빵을 배달하던 빵집 조수는 사냥 노래를 휘파람으로 불며 지나갔다.

가슴이 얼어붙은 채 서둘러 오르티가로 가던 장에게 불현듯 한 가지 물음이 떠올랐다. 좀전에 흰색 작업복을 입고 처형에 찬성하던 자가 옛 분대원 슈토가 아니었을까? 그는 슈토가 저지른 강도, 배신, 도둑질, 살인을 알고 있었다. 한순간, 그는 돌아가서 슈토를 고발하고 앞서 처형된 세 사람의 시체 위에 던져야 하지 않을까 생각했다. 아! 이 얼마나 서글픈 일인가! 가장 악랄한 죄인이 처벌을 받기는커녕 보란듯이 백주

대로를 활보하고, 더없이 무고한 사람들이 땅속에서 썩게 되었다니!

앙리에트는 장이 올라오는 소리를 듣고 층계참으로 나갔다.

"조심해줘요, 오늘 동생이 평소와 달리 너무 흥분하고 있어요……
군의관님도 왔다 가셨는데, 희망적인 말씀이 전혀 없어요."

부로슈는 아무것도 장담할 수 없다며 고개를 절레절레 흔들었다. 어
쨌든 환자가 젊으니 여러 악조건을 극복하기를 기대할 수밖에 없었다.

"아! 형 왔구나." 장을 보자마자, 열에 들뜬 모리스가 말했다. "기다리
고 있었어. 그래, 어떻게 됐어, 상황이 어때?"

누나를 시켜 억지로 열어놓은 창문 앞에서 베개에 등을 기댄 채, 모
리스는 새롭게 맹화가 작열하는 어두운 도시를 가리켰다.

"저기 보이지? 다시 시작되고 있어, 파리가 불타고 있어, 이번에는
파리 전체가 불타고 있어!"

땅거미가 지면서, 곡식 저장소의 화재가 저멀리 센강 상류 지역을
불태웠다. 튈르리궁전과 국무원 건물에서 천장이 무너지며 들보의
불이 다시 살아난 듯했는데, 군데군데 불길이 번지고 간간이 불똥과 불
꽃이 튀어올랐기 때문이었다. 그런 식으로 불이 꺼졌다고 여긴 많은 집
이 다시 불타기 시작했다. 사흘 전부터 마치 암흑이 바람을 실어와 사
방에서 불씨를 되살리는 듯, 어둠이 내리자마자 도시가 다시 불타올랐
다. 아! 황혼이 지자마자 붉게 타오르는 도시, 피에 물든 밤을 일주일
내내 흉측한 횃불로 밝힌 지옥의 도시! 오늘밤에는 라빌레트의 뱃도랑
이 불탔는데, 그 불길이 너무 거세서 이번에는 뱃도랑 전체가 불바다처
럼 보였다. 핏빛 하늘 속에서, 끝없이 펼쳐진 파리의 동네마다 불타는
지붕이 기나긴 물결을 이루었다.

"모든 게 끝이야." 모리스가 되풀이했다. "파리가 불타고 있어!"

이 말을 하며 모리스는 흥분했다. 사흘 동안 침묵하며 반수상태에 빠졌던 그는 뭔가 말하고 싶어 이 말을 스무 번도 더 되풀이했다. 그러나 울음을 참는 소리에 그가 고개를 돌렸다.

"왜 그래, 누나, 그토록 용감한 사람이!…… 내가 죽는다고 우는 거야?……"

그녀가 그의 말을 자르며 소리쳤다.

"넌 죽지 않아!"

"아냐, 아냐, 죽는 게 나아, 그럴 필요가 있어!…… 내가 떠나야 누나가 편해져. 전쟁 전에 누나를 정말 많이 괴롭혔잖아, 마음도 아프게 하고, 돈도 쓰게 하고!…… 누나가 없었더라면 그 모든 어리석은 짓, 그 모든 미친 짓 때문에 비참한 신세가 됐을 거야. 누가 알아? 감옥에 갔을지, 시궁창에 처박혔을지……"

또다시 그녀가 큰 소리로 그의 말을 잘랐다.

"무슨 말을 하는 거야? 입 다물어!…… 넌 모든 걸 다 갚았어!"

그는 잠시 조용히 생각에 잠겼다.

"내가 죽으면, 그래! 갚은 셈이 되겠지 아마도…… 아! 형, 그러니 형이 나를 총검으로 찌른 게 우리 모두에게 얼마나 큰 선물인지……"

그러나 장 역시 눈물에 젖은 눈으로 나무랐다.

"말도 안 되는 소리 좀 하지 마! 내가 벽에 머리를 박고 죽는 꼴을 보고 싶어?"

모리스가 불타는 눈으로 말을 이었다.

"스당에서 패퇴한 이튿날, 형이 내게 무슨 말을 했는지 기억해봐. 가끔은 따귀를 맞는 것도 나쁘지 않다고 했잖아…… 그리고 이렇게 덧붙였지, 몸 어딘가가, 가령 팔다리가 썩고 있다면, 그걸 도끼로 쳐서 잘라내는 게 온몸에 독이 퍼져 죽는 것보다 낫다고…… 나는 이 광기어리고 비참한 파리에 갇혀 혼자 지내는 동안, 그 말을 자주 떠올렸었어…… 그 말이 옳아! 형이 총검으로 잘라낸 썩은 팔다리, 그게 바로 나야……"

그의 흥분은 점차 고조되었고, 공포에 질린 앙리에트와 장의 애원조차 귀에 들리지 않는 듯했다. 그는 펄펄 끓는 신열에 시달리면서, 눈앞에 너무도 선명한 상징과 이미지를 보았다. 제정에 의해 망가지고 몽상과 향락으로 고장난 부위, 광기에 물들고 분노에 찬 부위를 잘라내야 할 주체는 프랑스의 건강한 부위, 즉 합리적이고 절제되고 농부처럼 순박한 부위, 땅에 가장 가까이 붙어 있는 부위였다. 말하자면 프랑스는 단장을 에는 슬픔으로, 심지어 자신이 무슨 짓을 하는지도 모르는 채 자신의 살을 도려내야 했다. 요컨대 정화의 불 한복판에서 피의 세례, 그것도 프랑스인의 피로써 씻는 세례, 무자비한 전번제, 살아 있는 사람의 희생 제의가 필요했다. 바야흐로 고난은 가장 잔혹한 죽음의 수준까지 올라갔다. 십자가에 못박힌 민족은 자신의 과오를 속죄했고, 새롭게 부활할 것이었다.

"형, 형은 소박하고 건실해…… 자! 곡괭이를 들어, 흙손을 들어! 그리고 밭으로 돌아가서 집을 다시 지어!…… 형이 날 쓰러뜨린 건 잘한 일이야, 난 형의 뼈에 붙은 종양이니까!"

그는 정신착란을 일으키는 듯했다. 그는 일어나서 창가에 팔꿈치를 괴려 했다.

"파리가 불타고 있어, 아무것도 남지 않을 거야…… 아! 모든 것을 휩쓸어가는 불, 모든 것을 회복시키는 불, 그래, 난 이 불을 원했어! 불이 일을 제대로 하고 있어…… 날 내려가게 해줘, 인류애와 자유의 대업을 완성하게 해줘……"

장은 갖은 노력을 다해 겨우 그를 침대로 다시 데려갔다. 앙리에트는 눈물을 흘리며 그들의 어린 시절 이야기를 했고, 사랑을 가득 담아 그에게 진정하라고 애원했다. 광활한 파리에서는 화재의 불빛이 점점 더 커졌다. 불의 바다가 머나먼 지평선의 암흑을 뒤덮는 듯했고, 하늘이 환하게 달구어진 거대한 불가마의 궁륭처럼 보였다. 화재의 황갈색 불빛 속에서, 그제부터 불꽃도 없이 집요하게 타오르던 재무부 건물의 시커먼 연기가 죽음의 구름처럼 음울하게 천천히 지나갔다.

이튿날 토요일, 모리스의 병세가 갑자기 호전되었다. 그는 무척 침착해졌고, 신열이 내려갔다. 앙리에트가 미소 짓는 걸 보자 장은 몹시 기뻤다. 그녀는 셋이서 함께 살아가는 행복한 미래를 다시 꿈꾸었는데, 그 미래의 삶을 구체적으로 그려보려 하지는 않았다. 운명이 은총을 내려줄까? 그녀는 며칠 밤을 뜬눈으로 지새우다시피 했고, 이 방에서 꼼짝하지 않았다. 신데렐라처럼 착하고 부지런한 그녀가 섬세하고 차분히 간호한 덕에 이 방은 포근하고 다정한 분위기로 감싸였다. 그날 저녁, 장은 친구 곁에서 이처럼 뜻밖의 기쁨에 빠져들었다. 그날 낮 베르사유군은 벨빌과 뷔트쇼몽을 장악했다. 이제 참호로 둘러싸인 페르라셰즈 묘지 외에는 저항 세력이 없었다. 모든 것이 끝난 것처럼 보였다. 심지어 그는 더이상 총살당하는 사람도 없다고 단언했다. 다만 포로들을 베르사유로 데려가고 있을 뿐이었다. 그날 아침 그는 강변로를 따라가는 한 무리의 포로를 보았다. 모든 계층의 남자들, 이를테면 작업복을 입은 남자들, 반코트를 입은 남자들, 내의만 걸친 남자들과 모든 연령층의 여자들, 이를테면 얼굴에 주름이 가득한 여자들, 싱싱한 꽃처럼 젊은 여자들, 그리고 열다섯 살도 채 안 된 아이들이 비참과 반항의 물결을 이루며 걸어갔다. 밝은 햇살 아래 병사들에 의해 이송된 그들이 베르사유로 들어갔을 때, 시민들이 야유와 함께 지팡이와 양산으로 그들을 때리며 맞이했다는 소문이 들렸다.

그러나 일요일, 장은 기겁할 정도로 놀랐다. 그날은 참혹한 일주일의 마지막날이었다. 승리의 날이 밝자마자, 공휴일의 맑고 따뜻한 아침햇살 속에서 단말마적 종말의 전율이 느껴졌다. 인질 학살이 거듭 자행됐었다는 사실이 알려진 참이었다. 수요일에는 라로케트에서 대주교, 마들렌성당의 사제, 그 외 다른 사람들이 총살되었고, 목요일에는 아르쾨유의 성도미니크회 수도사들이 산토끼처럼 추격당하며 사살되었고, 금요일에는 악소가에서 47명에 달하는 사제와 헌병이 머리에 대고 직접 쏜 총을 맞고 숨졌다. 보복의 열기가 다시 불타올랐고, 정부군은 마지막 포로들을 대량으로 학살했다. 햇살이 더없이 맑았던 일요일 하루 내내, 거친 숨결과 피와 연기로 가득찬 로보 병영의 안마당에서는 총소리가 끊이지 않았다. 라로케트에서는, 현장 검거로 체포된 227명의 불쌍한 사람이 일제사격에 희생되었다. 나흘 전부터 정부군의 포격을 받아 마침내 진지를 빼앗긴 페르라셰즈에서는, 코뮌 가담자 148명이 벽에 세워진 채 총살되었는데, 벽의 횟가루가 빨간 핏물에 흥건히 젖었다. 그 가운데 셋이 부상을 입은 채 달아나자, 정부군이 그들을 다시 붙잡아 사살했다. 코뮌의 이름으로 희생당한 1만 2천의 사망자 가운데 폭도로 오인된 선량한 시민들이 얼마나 많았던가! 사람들 말로는, 처형을 중단하라는 명령이 베르사유로부터 이미 하달된 상태였다. 그러나 학살이 계속되었고, 영광스러운 해방자가 되고 싶었던 티에르는 파리의 전설적인 학살자로 남을 것이 틀림없었다. 프뢰슈빌러의 패자인 마크마옹 원수는 자신의 이름으로 승리를 알리는 포고문을 사방의 벽에 붙임으로써 이제 단지 페르라셰즈의 승자일 뿐이었다. 날씨가 화창하고 나들이옷 차림의 사람들이 보이는 파리는 일견 축제를 맞이한 듯했다. 거대한 군중이 다시 정복한 거리를 가득 메웠고, 산책객들이 여유로운 걸음걸이로 아직도 연기가 피어오르는 화재의 잔해를 구경하러 다녔으며, 깔깔거리는 아이들의 손을 잡은 엄마들이 잠시 멈춰 서서 로보 병영에서 울리는 총소리를 유심히 들었다.

일요일 저녁 해가 질 무렵, 장이 오르티가 허름한 건물의 어두운 계단을 올라갈 때, 그의 가슴은 끔찍한 예감으로 얼어붙었다. 방으로 들어가자, 돌이킬 수 없는 종말의 광경이 눈에 들어왔다. 부로슈가 걱정하던 출혈 때문에, 모리스가 질식한 채 침대 위에서 죽은 것이었다. 노을이 창문으로 깃들었고, 두 개의 촛불이 벌써 침대 머리맡 탁자에 켜져 있었다. 그리고 여느 때처럼 검은 옷을 입은 앙리에트가 무릎을 꿇은 채 조용히 눈물을 흘리고 있었다.

인기척에 고개를 든 그녀는 장이 들어오는 것을 보고 화들짝 놀랐다. 반쯤 넋이 나간 그는 황급히 뛰어들어가 그녀의 손을 꼭 잡고 고통을 나누고자 했다. 그러나 그녀의 작은 손이 파르르 떨렸고, 흠칫 뒤로 물러난 그녀의 존재가 저항하듯 전율하며 영원히 그에게서 빠져나가는 듯했다. 이제 그들의 관계는 끝난 걸까? 모리스의 죽음이 그들을 깊이 갈라놓고 있었다. 장도 무릎을 꿇고 나직이 흐느꼈다.

잠시 후, 앙리에트가 입을 열었다.

"수프 그릇을 들고 뒤돌아 있었는데, 그애가 비명을 질렀어요⋯⋯ 다급하게 뛰어갔는데, 피를 흘리며 죽어가고 있었죠, 내 이름을 부르면서, 당신 이름을 부르면서⋯⋯"

내 동생, 오, 하느님! 태어날 때부터 사랑했던 동생, 분신이나 다름없었던 동생, 애지중지하며 보살폈던 동생, 아, 나의 모리스! 바제유의 어느 담벼락에서 남편이 총살당한 후 세상에 단 하나뿐이던 사랑이 아닌가! 전쟁은 내가 사랑한 모든 걸 앗아갔어, 이제 나를 사랑해줄 사람이 이 세상에 있을까, 이제 세상천지에 나 홀로 남겨졌구나!

"아! 말도 안 돼!" 장이 흐느끼며 소리쳤다. "제 잘못입니다!⋯⋯ 모리스를 위해서라면 목숨도 바칠 수 있었는데⋯⋯ 그런데 내 손으로 죽였으니, 아, 짐승보다 못한 인간 같으니라고!⋯⋯ 이제 어떻게 하죠? 언젠가 저를 용서하실 수 있을까요?"

바로 그 순간, 그들의 눈이 마주쳤다. 그들은 서로의 눈에 담긴 감정을 읽고 가슴이 미어졌다. 두 사람 모두 레미에서의 추억, 슬펐지만 무척 따뜻했던 그 외딴방의 추억을 떠올리고 있었다. 장은 처음에는 무의식적이었지만 이윽고 어렴풋이 구체화된 꿈을 떠올렸다. 그것은 저기 저 시골에서의 삶, 즉 결혼, 작은 집, 선량한 가족을 부양하기에 충분한 땅을 경작하는 일이었다. 앙리에트 같은 여자, 이토록 다정하고 부지런하고 용기 있는 여자와 함께라면 인생이 진정한 낙원이 되리라는 확신, 그 확신이 지금 이 순간 그의 욕망을 더욱 간절한 것으로 만들었다. 그리고 타고난 정숙함으로 자신의 감정을 무시하며 결코 그런 꿈을 꾸지 않았던 그녀도 지금 이 순간 불현듯 신실이 보였다. 이 아득했던 결혼을 그녀 역시 자기도 모르게 원하고 있었다. 씨앗은 싹을 틔워 말없이 제 몫을 해나가고 있었던 까닭에, 그녀는 애초에 위로받는 친구로만 여겼던 이 사내를 언제부턴가 내심 사랑하고 있었다. 그들의 시선이 서로에게 그런 감정을 말하고 있었다. 말하자면 그들이 서로의 사랑을 공공연히 확인한 순간이 영원한 작별을 고하는 바로 지금이었다. 오늘 그들의 동생을 휩쓸어간 피의 물결 속에서 어제 보았던 행복의 빛이 사라졌기에, 그들에게 남은 것은 오로지 단장의 슬픔과 가슴 아픈 이별뿐이었다.

무릎을 꿇고 있던 장은 괴로움 속에서 천천히 일어났다.

"잘 있어요!"

앙리에트는 망연자실한 표정으로, 선 자리에서 꼼짝하지 않았다.

"잘 가요!"

장은 모리스에게 다가갔다. 좀더 넓어진 듯한 모리스의 이마, 길고 갸름한 얼굴, 이제 광기가 사라진 텅 빈 두 눈을 바라보았다. 그가 사랑하는 아우라고 수없이 불렀던 모리스, 장은 그 아우를 포옹하고 입을 맞추고 싶었으나 감히 그럴 수 없었다. 자신의 온몸이 시신의 피로 뒤덮인 것처럼 보였기 때문이었다. 그는 가혹한 운명 앞에서 흠칫 뒤로 물러났다. 아! 한 세계가 붕괴하는 가운데 하필이면 친구가 죽다니! 코뮌의 마지막날, 코뮌의 마지막 잔해 속에서 또하나의 희생자가 필요했다니! 낡은 사회가 파괴되고 파리가 불타고 자연이 정화되면 인류의 새로운 황금기가 시작되리라는 목가적인 꿈, 그 지고한 꿈을 간직한 채 정의를 갈망하던 불쌍한 친구가 사라져버렸다.

고뇌에 찬 장은 파리를 향해 돌아섰다. 아름다운 일요일이 저무는 가운데, 지평선에 비스듬히 걸쳐진 태양이 거대한 도시를 불타는 붉은 빛으로 물들이고 있었다. 그것은 가없는 바다 위에 떠 있는 피의 태양처럼 보였다. 수많은 유리창이 눈에 보이지 않는 풀무로 불붙여진 것처럼 붉게 타올랐다. 지붕은 석탄층처럼 발갛게 물들었다. 노란색 성벽, 적갈색 기념건물이 맑은 저녁 공기 속에서 장작불처럼 타닥타닥 불똥을 튀기며 탔다. 이것이 정녕 마지막 꽃다발, 자줏빛 부케일까? 파리 전체가 거대한 나뭇단, 메마른 숲처럼 불타며 하늘로 오르고 있었다. 화재가 계속되었고, 여전히 붉은 연기가 무성하게 올라왔다. 그리고 도시의 소음, 예컨대 로보 병영에서 총살당하는 사람들의 마지막 숨결, 산책을 마치고 포도줏가게 앞에 앉아 저녁식사를 즐기는 여자들과 아이들의 웃음소리가 들렸다. 장엄한 노을 속에서 파리가 불로써 소진되는 가운데, 파괴된 집과 건물로부터, 완전히 초토화된 거리로부터, 폐허와 고통으로 신음하는 동네로부터 뭇사람이 살아가는 소리가 새어나왔다.

그때 장은 놀라운 느낌이 들었다. 땅거미가 지는 이 시각, 불타는 도시 위로 서광이 비치는 듯했기 때문이었다. 가차없는 운명과 감당하기 힘든 재앙 속에서 분명 모든 것이 종말을 맞이했다. 프랑스는 그처럼 엄청난 불행을 겪어본 적이 없었다. 잇따른 패전, 지방 영토의 상실, 수십억 프랑의 배상금, 피로 물든 참혹한 내전, 사방에 널린 시체와 파괴의 잔해물, 돈도 명예도 없는 궁핍, 한마디로 다시 건설해야 할 하나의 세계! 그 자신도 찢기는 가슴을 거기에 묻었다. 그가 사랑한 모리스도 앙리에트도, 그가 꿈꾸었던 행복한 내일의 삶도 폭풍우에 휩쓸려갔다. 그렇지만 아직도 이글거리는 맹화 너머로, 싱그러운 희망이 더없이 맑고 고요한 하늘 속에서 다시 태어나고 있었다. 그것은 영원한 자연, 영원한 인류의 신선한 소생이었다. 그것은 희망을 품고 근면하게 일하는 사람에게 약속된 새로운 청춘이었다. 그것은 수액이 오염되어 잎을 노랗게 물들이는 썩은 가지를 잘랐을 때 푸르른 줄기를 힘차게 내뻗는 생나무였다.

장이 흐느끼며 되풀이했다.

"잘 있어요!"

앙리에트는 두 손에 얼굴을 묻은 채 고개를 들지 않았다.

"잘 가요!"

유린당한 땅은 황무지로 변했고, 불타버린 집은 잿더미로 변했다. 세상에서 가장 슬프고 가장 겸허한 사내인 장은 프랑스를 재건할 힘겹고 위대한 일을 하기 위해, 미래를 향해 발걸음을 옮겼다.

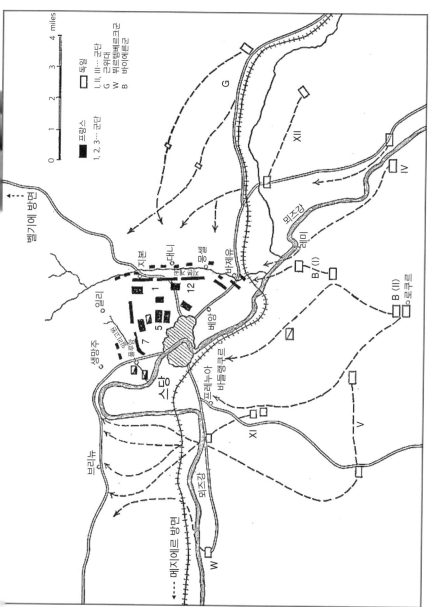

스당 전역도 (1870년 9월 1일 오전)

프랑스
1, 2, 3···· 군단

독일
I, II, III··· 군단
G 근위대
W 뷔르템베르크군
B 바이에른군

벨기에 방면

메지에르 방면

시대의 증인 에밀 졸라의 현장 증언:
프로이센-프랑스전쟁과 파리코뮌

　에밀 졸라의 노동소설 연구로 박사학위를 받은 지도 이십 년이 넘었다. 그동안 에밀 졸라에 대한 연구서를 쓰기도 하고 그의 저술이나 작품을 번역하기도 했다. 다시 말해 에밀 졸라의 문학만큼 내게 익숙한 것도 없다. 그렇지만 『패주 La Débâcle』의 번역은 생각보다 쉽지 않았다. 무엇보다 분량에 압도되어 번역에만 꼬박 삼 년이 걸렸다. 갈리마르출판사 플레이아드판으로 장편 『목로주점 L'Assommoir』이 430쪽인 데 비해 『패주』는 514쪽에 이른다. 게다가 내용도 적잖은 어려움을 안겼다. 프로이센-프랑스전쟁과 파리코뮌을 그리는 소설이기에 병사들이 끊임없이 이동했는데, 이동 경로에 따라 등장하는 지명을 인터넷으로 확인하고 대략적인 위치와 모양새를 이해하는 일이 상당한 고역이었다.

　그럼에도 문학 번역, 특히 국내 초역이 끝났을 때는 상당한 자부심을 느낀다. 바르트에 따르면, 인간에게는 타고난 실어증이 있다.[*] 애초에 언어가 없었으니 그럴 수밖에 없으리라. 태생적 실어증을 앓는 인간이 침묵을 깨는 것은 몹시 어려운 일이다. 창작자가 침묵의 바다에 힘겹게 말을 던지는 자라면, 번역자는 그 말을 또다른 미지의 바다로 힘겹게 연결하는 자가 아닐까. 초역 번역자의 자부심이란 바로 이런 연결의 자부심일 것이다. 그렇지만 번역자에게는 매번 자부심보다 그릇된 번역으로 독자들을 오도하지 않을까 하는 두려움이 훨씬 더 크다는 사실을 잊지 말자.

1. 에밀 졸라는 누구인가?

에밀 졸라를 기억할 때 가장 먼저 떠오르는 낱말은 아마도 '자연주의'와 함께 드레퓌스사건(l'Affaire Dreyfus)일 것이다. 1898년 1월 13일 〈로로르〉지에 「나는 고발한다*J'accuse*」를 발표한 에밀 졸라가 반드레퓌스파에게 생명의 위협을 느낄 정도로 혹독한 비난을 받았을 때, 미국문학의 아버지라고 불리는 마크 트웨인은 1898년 1월 14일 〈뉴욕 헤럴드 트리뷴〉에 이렇게 썼다. "일부 프랑스 군인 또는 성직자 같은 겁쟁이, 위선자, 아첨꾼은 매년 백만 명씩 태어난다. 그러나 잔 다르크나 졸라 같은 위인이 태어나는 데는 오백 년이 걸린다." 마크 트웨인은 프랑스를 구한 애국자로서 졸라를 잔 다르크에 비교한다. 그렇다면 어

---

[*] Roland Barthes, *L'Aventure sémiologique*, Seuil, 1985, p. 301.

떻게 단 한 편의 글이 영웅 잔 다르크의 위업에 버금갈 수 있을까?

드레퓌스사건은 1894년부터 1906년까지 프랑스 국민을 정신적 내란상태로 몰아넣은 '사건 중의 사건'이다. 1894년 10월, 독일 첩자 활동을 했다는 혐의로 프랑스 참모본부의 유대인 장교 알프레드 드레퓌스 대위가 체포되었다. 진범이 따로 있었으나 내셔널리즘과 반유대주의의 열풍 속에서 드레퓌스 대위가 유죄판결을 받았다. 군부 내 양심적인 장교와 몇몇 지식인의 문제 제기로 드레퓌스사건 재심 운동이 전개되었는데, 드레퓌스 진영에는 지식인, 학생, 공화주의자가 섰고, 반드레퓌스 진영에는 군부, 교회, 왕당파가 섰다. 만일 1898년 1월 13일 프랑스 대통령에게 보내는 졸라의 공개서한 「나는 고발한다」가 발표되지 않았더라면, 드레퓌스사건의 진실은 빛을 보는 데 훨씬 더 오랜 시간이 걸렸으리라. 그것은 문자 그대로 폭발의 도화선이었다. 「나는 고발한다」가 발표되자 작가, 예술가, 과학자, 교수, 학생의 대대적 지지가 잇따랐다. 그후에도 온갖 우여곡절이 있었으나, 1906년 7월 드레퓌스의 무죄판결과 완전한 복권이 실현되었다.

200자 원고지 79매에 불과한 「나는 고발한다」는 졸라가 사십 년 동안 쓴 엄청난 분량의 글 못지않게 졸라를 위대한 지식인으로 만든 것으로 보인다. 「나는 고발한다」 이후 졸라를 언급하지 않고 드레퓌스사건을 논할 수 없게 되었고, 졸라를 빼놓고 양심적 지식인을 이야기하기 힘들게 되었다. 한마디로 "펜은 칼보다 강하다"는 믿기 힘든 격언의 타당성을 입증한 보기 드문 사례가 바로 「나는 고발한다」이다.

드레퓌스사건이 지식인 에밀 졸라를 정의한다면, 자연주의는 소설가 에밀 졸라를 설명해준다. 물론 자연주의라는 용어는 졸라의 전유물이 아니다. 동시대 자연주의자 소설가로는 모파상, 위스망스, 폴 알렉시, 앙리 세아르, 레옹 에니크 등을 꼽을 수 있다. 그렇지만 실질적으로 자연주의 이론을 정립하고 전파했던 소설가, 의문의 여지 없는 자연주의 운동의 수장은 에밀 졸라였다. 졸라가 택한 자연주의의 본질은 '자연과학적 방법론의 문학에의 적용'에 있는데, 그가 적용하려 한 자연과학적 방법론은 유전론과 환경결정론으로 요약된다. 졸라 문학의 정수를 이루는 '루공마카르총서(Les Rougon-Macquart, 1871~1893)'는 부제 '제2제정하 한 가족의 자연적·사회적 역사'가 보여주듯 유전과 환경을 씨줄과 날줄로 삼아 정치, 경제, 종교, 문화, 예술, 노동, 전쟁 등 제2제정기 프랑스 사회의 총체적 벽화를 그리고 있다.

개별 소설의 제목이 아니라 20권의 소설을 총칭하는 '루공마카르'라는 제목은 아델라이드 푸크라는 여자를 정점으로 하는 한 가족에서 유래한다. 아델라이드 푸크는 루공이라는 농부와 결혼하여 아들 하나를 낳는데, 삼 년 후 남편이 죽자 마카르라는 주정뱅이 밀수업자와 관계해 아들 하나 딸 하나를 더 낳는다. '루공마카르총서'는 다섯 세대에 걸친 그녀의 후손들 이야기로서 루공 가계는 대개 정상아들로, 마카르 가계는 대개 비정상적 아웃사이더들로 구성되어 있다.

시인 보들레르의 꿈이 위고를 극복하는 것이었다면, 소설가 졸라의 꿈은 발자크를 극복하는 것이었다. 발자크는 약 2500명에 이르는 '인간극La Comédie humaine' 작중인물을 통해 왕정복고 사회 전체를 재현하고자 했고, 졸라는 작중인물 약 1200명이 등장하는 '루공마카르총서'를 통해 제2제정기 사회의 타락 백서를 기록하고자 했다. 오늘날 관점에서 볼 때, '루공마카르총서'는 자연주의 이론의 우화보다는 제2제정 사회의 벽화로서 더 큰 가치를 지닌다. 바르트가 진정한 문학적 참여는 문제의 해결이 아니라 증언과 진단에 있으며, 이런 면에서 프랑스 문학사상 단연 돋보이는 작가는 졸라라고 말했음을 기억하자.*

2. 『패주』에 대하여

역사학자 라울 지라르데에 따르면, 프로이센-프랑스전쟁을 다룬 책들은 대체로 패배의 진실을 감추려고 애를 썼다. 이런 점에서 『패주』(1892)**는 완전한 예외를 이룬다. "『패주』는 그것 없이 현대 프랑스의 정신적 역사가 쓰일 수 없는 특권적인 자료 가운데 하나다."*** 프로이센-프랑스전쟁이 무엇인지 진정으로 알고 싶은 독자라면, 역사책에 기록된 사실이 아니라 그 시대를 온몸으로 살아낸 사람들의 말, 생각, 삶이 무엇인지 알고 싶은 독자라면 『패주』를 읽어야 하리라.

졸라가 『패주』를 쓴 1891년은 스당의 패전과 파리코뮌을 겪은 지 이십 년밖에 지나지 않은 시점이기에, 졸라는 생존자들의 생생한 육성을 취재할 수 있었다. 그는 7군단의 행군 궤적을 따라가면서 스당의 전장

---

* Roland Barthes et Maurice Nadeau, *Sur la littérature*, Presses universitaires de Grenoble, 1980, p. 37.

** '루공마카르총서' 제19권 『패주』의 주제는 프로이센-프랑스전쟁(1870~1871)과 파리코뮌(1871)인데, 한국어 번역본이 출간되는 2021년은 프로이센-프랑스전쟁 종전과 파리코뮌 선언 150주년이 되는 해다.

*** Raoul Girardet, 《Préface》 dans Émile Zola, *La Débâcle*, Gallimard, Folio classique No. 1586, 1984, pp. 7~8.

을 방문했고, 극적인 역사를 겪은 스당 시민들을 만났다. 소설의 줄거리를 생동감 있게 만드는 세부 사항은 수녀부 지휘관들의 책보다 현장에서 조사하고 취재한 일화에 근거하고 있다. 졸라는 특히 병사들이 기록한 노트를 열정적으로 수집했는데,『패주』의 바탕을 이루는 것은 바로 그 수첩들의 내용이다.*

플레이아드 전집에 수록된 『패주』 해설에는 『패주』의 집필 과정이 편지나 계획서를 통해 대략적으로 제시되어 있다. 1891년 3월 6일 졸라는 네덜란드인 친구 반 산텐 콜프에게 『패주』를 쓰기 위한 자료조사를 하고 있다고 말했다. 『패주』의 세부 계획서에서는 좀더 구체적인 방향이 제시된다. "장과 모리스와 함께, 완전하고 위대하고 영웅적인 우정. 한 세계의 종말, 한 국가에 불어닥칠 수 있는 가장 참혹한 재앙, 어떻게 나폴레옹 1세의 승리에서 나폴레옹 3세의 궤멸로 갈 수 있는가? 전쟁에 대하여. 삶이 전쟁이고, 자연은 언제나 전쟁상태에 놓여 있다. 끔찍한 교훈, 그러나 피와 눈물에서 솟아나는 희망, 쇄신되고 성장하는 프랑스."** 1892년 1월 26일 졸라는 반 산텐 콜프에게 소설의 제목에 대해 이렇게 설명했다. "'패주'는 전쟁에 관한 뜻뿐만 아니라 하나의 왕조의 몰락, 하나의 시대의 붕괴를 뜻한다."*** 졸라가 종국적으로 알리고자 한 것은 하나의 전쟁과 함께 하나의 시대가 끝났다는 사실이었다.

---

* 《Notice》 dans Émile Zola, *La Débâcle, Oeuvres complètes*, tome 6, Cercle du livre précieux, Fasquelle, 1967, pp. 1124~1126.

** 《La Préparation》 dans Émile Zola, *La Débâcle, Les Rougon-Macquart*, Bibliothèque de la Pléiade, tome 5, Gallimard, 1967, p. 1408.

*** 《La Rédaction et la publication》 dans Émile Zola, *La Débâcle, Les Rougon-Macquart*, p. 1417.

3부로 구성된 『패주』의 줄거리를 짧게 요약하면 다음과 같다. 1부. 장 마카르 하사가 이끌고 모리스 르바쇠르, 슈토, 루베, 파슈, 라풀이 소속된 분대는 전투를 시작해보지도 못한 채 알자스에서 후퇴한다. 사기가 떨어지고, 특히 메츠로 퇴각할 때 최고 수뇌부에 대한 불신이 팽배한다. 장과 모리스 사이에 우정이 싹튼다. 나폴레옹 3세의 무기력한 모습이 묘사된다. 절망과 굶주림이 지배하는 가운데 병사들은 스당을 향해 행군한다. 2부. 황제와 전군全軍이 스당에 갇힌다. 외부로의 탈출 시도가 모조리 실패한다. 전사자가 쌓이고 부상자가 단말마의 고통을 겪는 가운데 모리스가 장의 목숨을 구한다. 스당이 함락된다. 3부. 장과 모리스는 포로가 되지만 탈출에 성공한다. 독일군이 파리를 향해 진군하고, 파리에서는 코뮌이 선포된다. 모리스는 파리로 가 코뮌에 가담하며, 장은 코뮌을 진압할 베르사유 정부군의 일원이 된다. 거리의 바리케이드에서 장은 모리스를 알아보지 못한 채 총검으로 찌른다. 파리가 화염에 휩싸인다. 장은 낡은 세계의 묵시록적인 파멸 속에서 새로운 세계의 부활과 더 나은 미래를 꿈꾼다.

『패주』에서 톨스토이의 『전쟁과 평화』를 기대한 독자는 금세 실망할 것이다. 엄밀히 말하자면, 『전쟁과 평화』는 전쟁소설(roman de guerre)이라기보다 전쟁에 관한 소설(roman sur la guerre)이다. 톨스토이가 말하는 '평화'는 국가 간의 평화가 아니라 개인의 내적 평화, 영혼의 평화다. 그러므로 『전쟁과 평화』는 나폴레옹 전쟁의 이야기이자 안드레이의 이야기, 피에르의 이야기다. 그러나 『패주』는 장의 이야기, 모리스의 이야기라기보다는 전쟁과 코뮌의 이야기다. 전쟁 자체를 소설의 중심인물로 설정한 것은 졸라 이전에 아무도, 심지어 톨스토이도 시도하지 않았던 방식, 호메로스를 제외하고는 아무도 시도하지 않았던 방식이다.* 졸라는 『패주』를 통해 하나의 왕조의 몰락, 하나의 시대의 붕괴를 그리고자 했다. 따라서 『패주』의 진정한 주인공은 이런저런 개인이 아니라 프랑스 군대 전체이며, 이야기에 생기를 불어넣는 것은 개인적 에피소드가 아니라 스당과 파리에서 벌어진 패전과 코뮌의 참상이다. 요컨대 졸라가 보여주려는 것은 개인의 영웅담이 아니라 전쟁의 현실이다.

그렇지만 전쟁의 참상을 적나라하게 드러냈다고 해서 『패주』를 반전주의 소설로 읽는 것은 오독이다. 졸라는 『패주』의 준비 노트에 이렇게 썼다. "전투적 국가만이 번영했다. 국가는 무장을 해제하자마자 죽는다."** 『패주』의 종결부에서 졸라는 전쟁의 '재생적' 가치를 강조한다. 쿠데타로 탄생한 제2제정이 맞이하는 피의 종말은 조국의 정화를 위한 필요악일 뿐이다. 그것은 나무 전체를 구하기 위해 썩은 가지를 잘라내는 희생이다. 졸라는 신화와 거짓으로 꾸며진 과거를 벗어던지고 패전의 신랄한 진실 위에서 조국을 재건하고자 했다. 하지만 『패주』가 발표되었을 때 프랑스는 불랑제주의의 열정에 휩싸여 있었다. 대독對獨 복수를 염원하는 내셔널리즘의 광풍 속에서 『패주』는 어떻게 받아들여졌을까?

보수주의적 비평가들과 군부의 장교들은 졸라가 국가적 저항을 폄훼했고, 독일의 만행을 약화했으며, 코뮌주의자들을 우호적으로 그렸다고 비난했다. 예컨대 『패주』가 발표되자 기독교 우파 드 보귀에가 프

---

* 《Introduction》 de Roger Ikor dans Émile Zola, *La Débâcle, Oeuvres complètes*, p. 682.

** Henri Guillemin, *Présentation des Rougon-Macquart*, Gallimard, 1964, p. 377.

랑스 군대를 굴욕적으로 묘사하고 강베타를 충분히 부각하지 않았다는 이유로 비판의 포문을 열었다. 뒤이어 프랑스 지휘부를 무능하게 그린 졸라를 질타하는 내셔널리즘 논평이 줄을 이었다.* 졸라에 대한 내셔널리즘 진영의 비판은 시간의 흐름과 함께 열기가 식기는커녕 1898년 「나는 고발한다」 발표와 함께 최고조에 달한다.

졸라는 언론과의 인터뷰를 통해 보수 진영의 비판에 일일이 답했다. 그에 의하면 『패주』는 돈에 의한 대체복무, 무능한 장군들의 경쟁의식, 근거 없는 자신감, 체계성을 잃은 작전 등을 비판하지만, 동시에 장, 모리스, 로샤, 바이스, 앙리에트, 달리샹 박사 등 평범한 군인과 시민이 보인 불굴의 용기와 눈물겨운 항전을 기린다.** 『패주』가 조국의 상처와 결점을 드러낸다면, 그것은 교훈을 터득하고 재기의 필요성을 강조하기 위해서다. 그는 인터뷰를 통해 이렇게 밝힌 바 있다. "나는 실제로 있는 그대로의 전쟁을 그리려 했다. '보시오, 이게 전쟁이오!' 이것은 철학적 교훈인 동시에 미래를 위한 은밀한 독려다."*** 졸라의 아쉬움은 파리코뮌을 단 30페이지로 요약했다는 데 있는데, 그에 대해 졸라는 이렇게 말했다. "코뮌 이야기를 온전히 하자면, 한 권의 소설을 새롭게 써야 하리라."****

내셔널리즘 진영의 공격이 격화하는 가운데서도 대작가 아나톨 프

---

* 《Notice》 dans Émile Zola, *La Débâcle, Oeuvres complètes*, pp. 1127~1128.

** D. Speirs et D. Signori, *Entretiens avec Zola*, Les Presses de l'Université d'Ottawa, 1990, p. 94.

*** *Ibid.*, p. 95.

**** *Ibid.*, p. 95.

랑스가 "전쟁의 추함, 어리석음, 잔혹함"을 가감 없이 드러냈다고, "전대미문의 비참함"과 "불행한 군대의 영혼"을 생생하게 살려냈다고『패주』를 상찬했다.* 특히 졸라를 좋아하지 않았던 비평가 에밀 파게도 『패주』를 졸라의 "가장 위대한 소설"로 꼽으면서 시민 바이스의 투쟁과 죽음 장면을 극찬했다.** 여러 평가 가운데서도 플레이아드 전집에 실린 가스통 데샹의 글이『패주』의 예술적 중요성을 적실하게 요약하는 듯하다. "『패주』는 걸작이다. 생명이 범람하고 군중이 우글거리고, 임종을 맞이한 하나의 세계가 요동치고 신음하는 핏빛 소설. 두껍고 방대한 이 소설의 마지막 장을 덮는 순간, (…) 귀에서는 행군의 은근한 군홧발소리가 들리고, 눈에서는 개미떼처럼 우글거리는 병사들의 음산한 모습이 보인다."*** 『패주』에 대한 동시대의 관심은 프랑스에 국한된 것이 아니었다. 1892년 6월 24일『패주』의 단행본이 출간되자 곧바로 독일, 영국, 미국, 스페인, 포르투갈, 이탈리아, 네덜란드, 덴마크, 노르웨이, 스웨덴, 러시아에서 번역되었다.

3. 프로이센-프랑스전쟁과 파리코뮌

국내에서 보불전쟁으로 알려진 프로이센-프랑스전쟁은 철혈재상

---

* 《La Rédaction et la publication》 dans Émile Zola, *La Débâcle, Les Rougon-Macquart*, pp. 1422~1423.

** Henri Guillemin, *Présentation des Rougon-Macquart*, p. 390.

*** 《La Rédaction et la publication》 dans Émile Zola, *La Débâcle, Les Rougon-Macquart*, p. 1423.

비스마르크의 바람대로 독일 통일의 마침표 역할을 했다. 그리고 파리 코뮌은 세계 최초의 사회주의 자치정부로서 레닌이 노동계급 사회주의 혁명의 예행연습이라 일컬었을 정도로 그 의미가 넓고 깊다.

1866년 자도바 전투에서 오스트리아를 물리친 프로이센은 독일연방의 최강국으로 등장했고, 비스마르크의 독일 통일 정책은 프랑스-프로이센 관계를 더없이 악화시켰다. 비스마르크가 보기에 독일을 통일하기 위해서는 프랑스와의 전쟁이 불가피했는데, 그는 전쟁의 빌미를 스페인 왕위계승 문제에서 찾았다. 1868년 이사벨 2세를 폐위한 스페인은 프로이센 국왕 빌헬름 1세의 사촌 레오폴트 폰 호엔촐레른 후작에게 왕위를 제안했다. 그러나 프랑스 황제 나폴레옹 3세의 반대로 즉위가 무산되었다. 나폴레옹 3세는 여기서 한 걸음 더 나아가 빌헬름 1세에게 사태의 재발 방지를 서면으로 보장하라고 요구했고, 빌헬름 1세가 이를 거부했다. 교섭 과정에서 끊임없이 프랑스의 국민감정을 자극한 비스마르크는 마침내 1870년 7월 19일 나폴레옹 3세의 선전포고를 끌어내는 데 성공했다.

몰트케, 만토이펠 장군 등이 현대화한 독일 군대는 수적으로도 우세했고 기술적으로도 앞서 있었다. 막강한 독일 군대를 갑작스레 마주한 프랑스 군대는 전술도 무기도 열세였을 뿐만 아니라 사기와 투지에서도 약세였다. 비상부르, 프뢰슈빌러, 슈피헤렌 등 국경 지대에서 프랑스군이 연전연패하면서, 바젠 원수의 군단이 8월 18일 메츠로 후퇴했다. 샬롱에서 군대를 재조직한 마크마옹 원수가 바젠 원수의 군단을 구하려 했으나 실패했고, 9월 2일 스당에서 대패했다. 스당 패전으로 프랑스 군대가 항복하자, 9월 4일 파리에서 제3공화국이 선포됨과 동시에 국방정부(Défense nationale)가 들어섰다. 그때부터 독일군은 파리로 진격하기 시작했고, 9월 18일 파리가 독일군에 의해 포위되었다. 그러나 페리에르성에서 열린 협상이 결렬되면서 비스마르크가 제시한 강화조건, 즉 알자스로렌 할양이 알려졌을 때, 프랑스 국민은 분노의 함성과 함께 항전의 지속을 열렬히 지지했다. 하지만 지방과 파리에서 프랑스 군대가 또다시 연패했다. 1871년 1월 28일 국방정부는 마침내 휴전협정에 조인했다.

국방정부의 휴전협정에도 불구하고 파리 시민은 항복 선언을 거부했고, 의회와 행정장관 티에르로 대표되는 공식 정부와 파리코뮌을 탄생시킨 혁명 세력 간에 긴장감이 고조되었다. 72일 동안 지속된 파리코뮌은 5월 28일 베르사유 정부군에 의해 잔혹하게 진압되었고, 그와 별도로 티에르 정부는 5월 10일 프랑크푸르트에서 강화조약에 서명했다. 프랑스로 하여금 알자스로렌 지방 대부분을 잃게 만든 이 전쟁은 프랑스 국민을 대독 복수의 염원과 함께 내셔널리즘의 열풍에 휩싸이게 했다. (1894년 드레퓌스사건이 터지는 데는 이런 구원舊怨이 작용했다.) 그리고 전쟁을 승리로 이끈 프로이센은 독일의 맹주로서 독일을 통일하는 데 성공했다.

파리코뮌은 1871년 3월 18일에 성립된 시민 혁명정부를 가리킨다. 1870년 전쟁에서의 잇따른 패전, 독일군에 의한 파리 포위 공격, 국방정부의 총체적 무능 등이 혁명 세력의 자치적인 코뮌 창설에 유리한 여건을 만들었다. 1871년 1월 18일 베르사유궁전에서 독일제국이 선포되었고, 2월 8일 선거를 통해 국민의회가 보르도에 설치되면서 티에르를 행정장관으로 임명했다. 3월 1일 파리에 입성한 프로이센군은 파리 시민의 무언의 저항 속에서 사흘 만에 철수했다. 3월 10일 국민의회의 베르사유 이전이 결정되었고, 3월 18일 티에르가 몽마르트르언덕에 배치된 대포를 회수해 파리를 강점하려 했다. 그러자 파리 시민이 반란을 일으켰고, 반란의 와중에 정부군의 르콩트 장군과 토마 장군이 총살되었다. 일반적으로 이날, 즉 3월 18일이 파리코뮌의 출발점으로 간주된다.

3월 28일 파리시청에서 공식적으로 출범한 코뮌 정부는 민중의 권리를 옹호하는 여러 행정명령을 포고했다. 그러나 금세 분파의 의견이 갈라지기 시작했고, 특히 공안위원회 창설 문제를 둘러싸고 자코뱅파, 블랑키주의자, 사회주의자 등이 첨예하게 대립했다. 이때부터 파리코뮌이 강력한 프롤레타리아 독재 정부인지 무정부상태인지 분간하기 힘들었다. 보수는 부패로 망하고 진보는 분열로 망한다고 했던가. 베르사유 정부군에 파리코뮌 연맹군이 패퇴한 결정적 이유는 분열이었다. 파리 근교의 전략적 요충지를 점령하고 5월 21일 파리로 들어온 베르사유 정부군은 이른바 '피의 일주일' 동안 코뮌 가담자들을 무참히 학살했다. 5월 28일, 파리가 불타는 가운데 코뮌이 종지부를 찍었다. 급작스럽게 성립되고 몹시 짧게 존재했지만, 파리코뮌의 역사적 의미는 헤아릴 수 없이 깊다. 요컨대 파리코뮌은 프랑스대혁명을 마무리하는 종장이요 20세기 사회주의 혁명을 여는 서막이었다고 할 수 있으리라.

유기환

1840년   4월 2일, 파리 생조제프가街에서 아버지 프랑수아 졸라와 스물네 살 연하인 어머니 에밀리 오베르 사이에서 태어난다. 아버지가 베네치아 태생 이탈리아인이었기 때문에, 졸라는 1862년 프랑스로 귀화하게 된다.

1843년   토목기사인 아버지의 업무 관계로 엑상프로방스로 이사하여 정착한다. 프로방스 지방의 자연에 깊이 물든 어린 시절을 보낸다. 졸라 가족은 비교적 넉넉하게 산다. 엑상프로방스시청이 졸라의 아버지가 제안한 운하 건설 계획을 받아들인다. 아버지는 빚을 내어 '졸라운하회사'를 설립한다.

1847년   운하 공사가 시작된 지 두 달도 안 되어 아버지가 향년 52세를 일기로 돌연 병사한다. 28세에 미망인이 된 어머니에게 남은 것은 채무와 소송뿐이다. 졸라 모자의 경제적 어려움이 시작된다.

1848년   어머니는 아버지의 업적을 인정받기 위해 졸라운하회사 대주주와 소송에 들어가고 엑상프로방스시청과 논쟁을 벌인다. 어린 졸라는 가족에게 가해진 불의를 억울해하며 아버지의 정당한 위상을 되찾으려는 꿈을 가진다. 그리하여 1868년 〈르 메사제 드 프로방스〉지에 '강탈자들에게 보내는 편지'를 발표하기도 한다.

1852년   장학금을 받고 부르봉중학교에 입학한다. 이 학교에서 미래의 위대한 화가 폴 세잔을 사귄다. 데생수업에 열중하고, 교내 브라스밴드에서 클라리넷을 연주한다. 이 시기에 열렬한 독서광이 된다.

1854년   아버지가 착공했던 운하가 '졸라운하'라는 이름으로 완공된다. 콜레라를 피해 시골로 피신해 알렉상드르 뒤마, 외젠 쉬 등의 연재

소설을 탐독한다.

1856년   파리에서 온 교사 덕분에 미슐레, 위고, 라마르틴, 뮈세 등 낭만주의자들을 알게 되고 그들을 예찬한다. 이 작가들은 졸라의 뇌리에 지울 수 없는 흔적을 남긴다. 처음으로 드라마와 시를 습작하고, 친구들과 함께 프로방스의 자연을 마음껏 누빈다.

1857년   졸라운하회사 대주주와의 소송 문제로 어머니가 파리로 올라간다.

1858년   어머니는 졸라를 파리로 올라오게 한다. 졸라는 프로방스를 몹시 그리워하며 친구들에게 장문의 편지를 쓴다. 생루이고등학교에 장학생으로 입학하지만 적응에 어려움을 겪는다. 시와 극작품을 습작한다.

1859년   향후 10년 동안 열세 번 이사할 정도로 경제적 어려움을 겪는다. 처음으로 미술전람회인 살롱전展을 본다. 대학입학자격시험인 바칼로레아에 응시하지만, 두 번의 낙방을 경험한다. 두번째 낙방의 이유는 프랑스어 과목 점수의 부족이었다. 습작을 계속하며 미슐레를 탐독한다.

1860년   고등학교 졸업장을 받기도 전에 어머니의 경제적 짐을 덜어주기 위해 직업전선에 뛰어든다. 생활고를 겪는 와중에도 조르주 상드와 셰익스피어를 읽고, 습작 시편들을 거장 위고에게 보내며, 심지어 인류의 진화에 대한 장시長詩『존재의 사슬』집필을 계획한다. 이 시기의 생활상은 졸라의 첫 소설『클로드의 고백La Confession de Claude』에 반영되어 있다.

1861년   집에서 나와 빈민가에서 독립생활을 한다. 물질적 고통에도 불구하고 훗날 이 시기를 행복하게 추억하게 된다. 프랑스 국적을 신청한다. 엑상프로방스에 있던 세잔이 파리를 방문해 졸라와 함께 전람회를 구경한다. 위고의『여러 세기의 전설』, 몽테뉴의『수상록』을 읽은 졸라는 습작을 계속하면서도 영감의 퇴화를 괴로워한다.

1862년 유명 출판사인 아셰트에 직원으로 채용된다. 거기서 4년을 보내는
데, 출판사는 문자 그대로 졸라에게 '대학'의 역할을 한다. 광고 책
임자로 승진해 급료가 오르자 어머니와 함께 살 수 있게 된다. 귀
화가 받아들여져 마침내 프랑스 국적을 취득한다. 세잔이 파리로
와서 약 2년 동안 체류하며 졸라에게 여러 화가를 소개한다. 출판
사 일로 많은 작가와 비평가들, 기자들과 알게 된다.

1863년 몇몇 신문에 첫 기고문, 서평, 콩트 등을 싣는다.

1864년 아셰트출판사의 필자이던 생트뵈브, 텐, 리트레 등을 알게 된다.
미래의 부인 알렉상드린 믈레를 만나 동거를 시작한다. 최초의 창
작집 『니농에게 주는 이야기 *Les Contes à Ninon*』가 출간된다.

1865년 〈르 프티 주르날〉〈르 피가로〉 등 주요 신문에 서평, 예술 비평을
기고하면서 진정한 저널리스트로서 데뷔한다. 「프루동과 쿠르베」
라는 소론을 발표하는데, 여기서 예술이란 "기질을 통해 본 창조
의 한 편린"이라는 졸라의 유명한 예술관이 천명된다. 첫번째 소설
『클로드의 고백』이 출간된다. 목요일마다 졸라의 집에서 세잔, 바
유, 솔라리, 루, 피사로 등 친구들이 모이는 오랜 습관이 시작된다.

1866년 작가로 살아가기로 결심하고 아셰트출판사를 떠난다. 〈르 피가
로〉〈르 살뤼 퓌블릭〉〈레벤느망〉 등 여러 신문에 기고를 계속한
다. 아카데미와 낭만주의에 반대하는 새로운 유파의 작가들, 화
가들과 교제한다. 〈레벤느망〉에 마네와 인상파 화가들을 옹호하
는 글을 싣는다. 그동안 발표한 소론들을 양분해 『나의 증오 *Mes
haines*』와 『나의 살롱 *Mon Salon*』이라는 책으로 묶어 출간한다.
두번째 소설 『죽은 여인의 서원誓願 *Le Voeu d'une morte*』을 발표
한다.

1867년 물질적으로 곤란을 겪는다. 『테레즈 라캥 *Thérèse Raquin*』과 『마
르세유의 비밀 *Les Mystères de Marseille*』이 출간된다. 마네가 이
듬해 살롱전에 출품하기 위해 자신의 친구이자 열렬한 지지자인

졸라의 초상화를 그린다.

1868년 「부패 문학」이라는 제하의 평문을 통해 『테레즈 라캥』을 비판한 루이 윌바크와 논쟁을 벌인다. 소설 『마들렌 페라*Madeleine Férat*』를 발표한다. 하나의 시대, 하나의 사회에 대한 거대한 벽화를 담을 소설 시리즈를 구상한다.

1869년 대가 플로베르와의 우정이 시작된다. 후에 졸라를 그림자처럼 충실하게 따른 후배 작가 폴 알렉시와 친교를 맺는다. 공화주의적인 라크루아출판사가 졸라의 '제2제정하 한 가족의 자연적·사회적 역사'를 다룰 20권의 소설 '루공마카르총서' 기획에 동의한다.

1870년 동거하던 알렉상드린 믈레와 결혼한다. 에드몽 드 공쿠르와의 우정이 돈독해진다. 제2제정과 프로이센-프랑스전쟁에 반대하는 글을 신문에 기고한다. 전쟁이 발발하자 마르세유로 피신해 친구 마리우스 루와 함께 〈라 마르세예즈〉지를 창간하며, 행정부가 있던 보르도로 가서 군수로 임명받고자 애쓰지만 실패한다.

1871년 의회가 베르사유에서 개회될 무렵 졸라는 파리로 돌아온다. '루공마카르총서' 제1권 『루공가의 행운*La Fortune des Rougon*』이 출간된다. 인세 수입으로 경제적 안정을 얻는다. 3월에서 5월까지 파리코뮌 봉기가 일어나자 잠시 글로통으로 피신했다가 돌아온다.

1872년 라크루아출판사가 파산하자 샤르팡티에출판사와 '루공마카르총서'를 계속 출판하기로 계약한다. 출판사 사장 샤르팡티에는 이후 자연주의자들의 작품을 출판해주면서 졸라의 절친한 친구가 된다. 졸라는 알퐁스 도데, 투르게네프, 모파상 등과 친교를 맺는다. '루공마카르총서' 제2권 『이전투구*La Curée*』가 출간된다.

1873년 저널리스트 활동을 계속한다. '루공마카르총서' 제3권 『파리의 배 *Le Ventre de Paris*』가 출간된다.

1874년 이른바 '야유받은 작가들'의 월례 식사가 최초로 열리는데, 참석자

는 플로베르, 투르게네프, 도데, 에드몽 드 공쿠르, 졸라다. 마네의
소개로 시인 말라르메와 친해진다. '루공마카르총서' 제4권『플라
상의 정복La Conquête de Plassans』과『니농에게 주는 새로운 이
야기Les Nouveaux contes à Ninon』가 출간된다. 희곡『라부르댕
가의 상속자들Les Héritiers Rabourdin』을 무대에 올리지만 실패
로 끝난다.

1875년 사춘기 때부터 그를 괴롭히던 신경증이 과중한 작업으로 악화된
다. 투르게네프의 소개로 러시아 문예지 〈유럽 헤럴드〉에 월평을
기고하기 시작하는데, 이 일은 5년 동안 계속된다. '루공마카르총
서' 제5권『무레 신부의 잘못La Faute de l'abbé Mouret』이 출간
된다.

1876년 자연주의 유파의 일원이 될 앙리 세아르, 위스망스, 레옹 에니크와
의 교우가 시작된다. '루공마카르총서' 제6권『외젠 루공 각하Son
Excellence Eugène Rougon』가 출간된다.

1877년 '루공마카르총서' 제7권『목로주점L'Assommoir』이 출간된다. 출
간 즉시 노골적 언어와 외설적 내용을 이유로 비난이 쏟아진다.
어쨌든 소설이 일으킨 공전의 스캔들 덕분에 엄청난 인세와 유명
세를 동시에 얻는다. 졸라와 출판인 샤르팡티에 외에 플로베르, 공
쿠르, 모파상, 세아르, 알렉시, 에니크, 미르보가 모인 '트랍 식당
의 식사'가 일반인들의 눈에 마치 자연주의 유파의 세례식처럼 보
인다.

1878년 희곡『장미 단추Le Bouton de rose』의 상연이 실패로 끝난다.『목
로주점』의 성공이 가져다준 수입 덕분에 파리 근교 메당에 별장
을 산다. 루공가와 마카르가의 가계도가 실린 '루공마카르총서'
제8권『사랑의 한 페이지Une Page d'amour』가 출간된다.

1879년 『목로주점』을 각색한 연극이 성공을 거둔다. 연극 장르에서 자연
주의의 승리를 실현하기 위해 세아르, 에니크와 함께『플라상의

정복』의 연극 각색에 몰두한다.

1880년 플로베르, 어머니의 죽음이 잇따르면서 정신적, 육체적 침체를 겪는다. 〈르 피가로〉지에 자연주의 문학을 옹호하는 '캠페인' 기고문을 싣기 시작한다. '루공마카르총서' 제9권 『나나 Nana』, 자연주의에 관한 소론을 모은 『실험소설 Le Roman expérimental』이 출간된다. 졸라, 모파상, 위스망스, 세아르, 에니크, 알렉시 등 자연주의 작가들이 단편집 『메당의 야회 Les Soirées de Médan』를 발표한다.

1881년 〈르 피가로〉지의 '캠페인' 기고를 끝낸다. 이미 발표된 이론적 평문을 모아 『연극에서의 자연주의 Le Naturalisme au théâtre』『우리의 극작가들 Nos auteurs dramatiques』『자연주의 소설가들 Les Romanciers naturalistes』『문학 자료 Documents littéraires』 등 네 권의 책을 출간한다.

1882년 신문에 연재된 『살림 Pot-bouille』을 보고 사법관 뒤베르디가 법조인 등장인물에게 자신의 이름을 부여했다는 이유로 졸라를 고소하고, 졸라는 유죄선고를 받는다. 이후 '루공마카르총서' 집필에 매진한다. 그의 명성이 이탈리아, 영국, 독일, 오스트리아, 러시아, 네덜란드, 노르웨이, 포르투갈 등 외국에까지 확대된다. '루공마카르총서' 제10권 『살림』과 단편소설집 『대위 뷔를 Le Capitaine Burle』이 출간된다.

1883년 친구이자 동지인 마네가 죽는다. 졸라는 북프랑스 지역 사회주의 국회의원 알프레드 지아르를 만나는데, 지아르가 그에게 광산에 관한 소설을 써보라고 권한다. '루공마카르총서' 제11권 『부인들의 행복 백화점 Au Bonheur des dames』과 단편소설집 『나이스 미쿨랭 Naïs Micoulin』이 출간된다.

1884년 광산에 관한 소설을 쓰기 위한 자료를 수집하고자 앙쟁광산을 방문한다. 사회주의 정치 지도자 쥘 게드, 폴 라파르그 등이 주도하는 정치회합에 참석한다. '루공마카르총서' 제12권 『삶의 기쁨 La

Joie de vivre』이 출간된다.

1885년 『종탑 주변』이라는 소설 때문에 투옥된 청년 작가 루이 데프레의 석방을 위해 노력한다. '루공마카르총서' 제13권 『제르미날 *Germinal*』이 출간된다. 『제르미날』을 연극으로 각색하지만, 당국의 검열로 상연이 금지된다.

1886년 『대지 *La Terre*』를 쓰기 위한 자료를 수집하고자 보스 지방을 여행한다. '루공마카르총서' 제14권 『작품 *L'Oeuvre*』이 출간된다.

1887년 '루공마카르총서' 제15권 『대지』가 출간된다. 자연주의 유파를 자처하는 무명의 청년 작가 다섯 명이 『대지』에 대한 격렬한 항의인 동시에 졸라의 자연주의에 대한 전면적 부인인 「5인 선언 Manifeste des cinq」을 〈르 피가로〉지에 발표한다. 이 선언이 도데와 공쿠르의 사주를 받아 이루어진 거라고 의심한 졸라는 어떠한 반응도 하지 않음으로써 5인의 공격을 무시한다.

1888년 연극으로 각색한 『제르미날』 상연 금지가 해제되어 초연되지만, 지나친 삭제와 어조 완화 때문에 실패로 끝난다. '루공마카르총서' 제16권 『꿈 *Le Rêve*』이 출간된다. 국가최고훈장 레지옹 도뇌르 훈장을 수여받는다. 졸라 부인이 데려온 가정부 잔 로즈로가 졸라의 정부情婦가 된다. 졸라는 평생의 취미가 될 사진에 입문한다.

1889년 『인간 짐승 *La Bête humaine*』을 쓰기 위한 취재를 하고자 잔과 함께 르아브르를 방문한다. 졸라와 잔 사이에서 딸 드니즈가 태어난다. 아카데미프랑세즈 회원에 처음으로 입후보한다. 이후 1897년까지 공석이 생길 때마다 입후보하지만 번번이 탈락한다.

1890년 『돈 *L'Argent*』을 집필하기 위해 증권거래소를 방문한다. 『꿈』의 오페라 각본 제작에 협력한다. 루앙에 건립된 플로베르기념관 개관식에 참석한다. '루공마카르총서' 제17권 『인간 짐승』이 출간된다.

1891년 '문인협회' 회장에 피선되어 로댕에게 발자크의 동상을 제작해달라고 부탁한다. 『패주 *La Débâcle*』를 쓰기 위해 스당으로 취재 여

행을 떠난다. 오페라 『꿈』이 성황리에 초연된다. 아내와 함께 여행
한 피레네 지방에서 졸라는 루르드의 기적에 강한 인상을 받는다.
졸라와 잔 사이에서 둘째아이 자크가 태어난다. 익명의 편지를 받
은 졸라의 부인이 진실을 알게 되고, 이혼이 거론될 정도로 부부
사이에 심각한 불화가 생긴다. 레옹 블루아가 '자연주의의 장례'
라는 제목으로 강연을 한다. '루공마카르총서' 제18권 『돈』이 출간
된다.

1892년 노르망디 지방, 루르드, 미디 지방, 젠 지방을 여행한다. '루공마카
르총서' 제19권 『패주』가 출간되어 큰 성공을 거둔다.

1893년 '루공마카르총서'의 마지막 소설인 제20권 『의사 파스칼 Le
Docteur Pascal』이 출간된다. '루공마카르총서'의 완간을 기념하
는 축하연이 불로뉴숲에서 열린다. 영국왕립언론인협회 초대로
런던을 방문해 열렬한 환영을 받는다. 세기의 교체와 현대 도시의
변화에 자극을 받아 새로운 소설 시리즈 '세 도시 Les Trois villes'
를 기획한다. '메당의 집'에 출입하던 자연주의 문인들과 사이가
멀어지기 시작한다. 졸라의 변함없는 친구이던 앙리 세아르마저
졸라 부부의 불화에서 어느 한쪽을 편들기 힘들었기에 출입을 삼
간다.

1894년 오페라 각본 『메시도르 Messidor』를 쓴다. '문인협회' 회장 임기가
끝난다. 노르망디, 이탈리아 등을 여행한다. '세 도시' 시리즈 제
1권 『루르드 Lourdes』가 출간된다. 소설이 루르드의 기적을 의심
하기 때문에, 가톨릭계를 중심으로 졸라에 대한 비난 여론이 들끓
는다. 결국 졸라는 소송에 휘말리고, 『루르드』는 금서 목록에 오
른다.

1895년 '문인협회' 회장에 재선된다. 〈르 피가로〉지를 통해 새로운 '캠페
인' 기고문을 싣기 시작한다.

1896년 '세 도시' 시리즈 제2권 『로마 Rome』가 출간된다. 〈르 피가로〉지에

「유대인을 위하여」를 싣는다. 오페라 각본 『폭풍우 *L'Ouragan*』와 『긴 머리 비올렌 *Violaine la chevelue*』을 쓴다. 소책자 『사법적 오판, 드레퓌스사건의 진실』을 쓴 베르나르 라자르가 처음으로 찾아온다.

1897년   오페라 『메시도르』가 초연되고, 〈르 피가로〉지 기고문들이 『새로운 캠페인 *Nouvelle campagne*』이라는 제목으로 묶인다. 모파상기념관 개관식에서 연설한다. 베르나르 라자르를 다시 만난다. 드레퓌스의 무죄를 확신하는 상원 부의장 셰레르케스트네르의 집에서 열린 비밀 모임에 참석한 졸라는 마침내 진실 규명을 요구하는 캠페인을 전개할 결심을 하며, 〈르 피가로〉지에 드레퓌스사건과 관련한 글 세 편을 기고한다.

1898년   1월 13일 〈로로르〉지에 프랑스 언론사상 가장 유명한 기고문이 된 '펠릭스 포르 대통령에게 보내는 편지' 「나는 고발한다 *J'accuse*」를 발표한다. 〈로로르〉지는 평소 판매부수의 열 배가 넘는 30만 부를 찍는다. 보수주의자들이 격노한 가운데 고등사범학교 학생들, 작가들, 예술가들, 과학자들, 교수들의 대대적 지지가 잇따른다. 졸라 외에도 아나톨 프랑스, 에밀 뒤르켐, 프루스트, 모네 등이 드레퓌스 재심 청원서에 서명한다. 국방장관이 졸라를 명예훼손으로 고소한다. 중죄재판소로 소환된 졸라는 열다섯 차례의 공판 끝에 법정 최고형인 징역 1년 벌금 3천 프랑을 선고받는다. 졸라는 즉각 프랑스 최고법원인 파기원에 상고하지만, 징역 1년 벌금 3천 프랑이 확정 선고된다. 선고 당일 저녁 런던으로 원하지 않는 망명을 떠난다. 정부는 졸라의 레지옹 도뇌르 수훈자 자격을 박탈한다. '세 도시' 시리즈 제3권 『파리 *Paris*』가 출간된다. 영국에서 새로운 소설 시리즈 '네 복음서 *Quatre Evangiles*'를 기획하고 집필에 들어간다.

1899년   열화 같은 여론의 압박으로 드레퓌스사건의 재심이 확정된다. 졸라는 영국을 떠나 파리로 돌아온다. 군사재판 결과 유죄판결이 원심대로 확정되자, 졸라는 〈로로르〉지에 격문 「제5막」을 발표한다. '네 복음서' 시리즈 제1권 『풍요 Fécondité』가 출간된다.

1900년   만국박람회를 관람하며 사진 찍기에 몰두한다. 의회가 드레퓌스 사건 관련자 전원을 사면하는 사면법을 통과시킨다.

1901년   오페라 『폭풍우』가 초연된다. 드레퓌스사건과 관련한 기고문을 모은 책 『멈추지 않는 진실 La Vérité en marche』과 '네 복음서' 시리즈 제2권 『노동 Travail』이 출간된다. 여러 노동자 단체들이 『노동』을 기념하는 모임을 가진다.

1902년   메당의 별장에서 여름을 보낸다. 거기서 멀지 않은 곳에 사는 잔과 아이들이 매일 졸라를 보러 온다. 이즈음 졸라의 부인 알렉상드린은 상황을 받아들이고 아이들에게 애정을 보인다. 9월 28일 졸라 부부는 파리의 집으로 돌아온다. 날씨가 추워서 하녀가 벽난로에 불을 피웠으나 통풍이 잘 되지 않아 졸라는 가스중독으로 사망한다. 졸라 부인은 중태에 빠지지만 다행히 목숨을 구한다. 졸라의 질식사에 대해서는 반드레퓌스파가 저지른 암살이라는 주장이 끊임없이 제기된다. 10월 5일 장례식에서 아나톨 프랑스가 아카데미프랑세즈의 이름으로 조사弔辭를 읽으며 "인류 양심의 한 획"인 졸라를 기린다. 신문 연재중이던 '네 복음서' 시리즈 제3권 『진실 Vérité』은 탈고 상태였지만, 제4권 『정의 Justice』는 영원히 미완성으로 남는다.

1903년   '네 복음서' 시리즈 제3권 『진실』이 유작으로 출간된다.

1906년   의회가 드레퓌스의 사법적 복권과 졸라 유해의 팡테옹국립묘지 이장을 주요 내용으로 하는 법안을 가결한다.

1908년   졸라의 유해가 보수주의 언론의 항의에도 불구하고 시민들의 애도 속에서 프랑스 위인들이 묻히는 팡테옹국립묘지로 이장된다.

문학동네 세계문학전집 발간에 부쳐

세계문학은 국민문학 혹은 지역문학을 떠나 존재하는 문학이 아니지만 그것들의 총합도 아니다. 세계문학이라는 용어에는 그 나름의 언어와 전통을 갖고 있는 국민문학이나 지역문학의 존재를 인정하면서 그것을 넘어서는 문학의 보편적 질서에 대한 관념이 새겨져 있다. 그 용어를 처음 고안한 19세기 유럽인들은 유럽문학을 중심으로 그 질서를 구축했지만 풍부한 국민문학의 전통을 가지고 있는 현대의 문학 강국들은 나름의 방식으로 세계문학을 이해하면서 정전(正典)의 목록을 작성하고 또 수정한다.

한국에서도 세계문학 관념은 우리 사회와 문화의 변화 속에서 거듭 수정돼왔다. 어느 시기에는 제국 일본의 교양주의를 반영한 세계문학 관념이, 어느 시기에는 제3세계 민족주의에 동조한 세계문학 관념이 출현했고, 그러한 관념을 실천한 전집물이 출판됐다. 21세기 한국에 새로운 세계문학전집이 필요하다는 것은 명백하다. 우리의 지성과 감성의 기준에 부합하는 세계문학을 다시 구상할 때가 되었다.

문학동네 세계문학전집은 범세계적으로 통용되는 고전에 대한 상식을 존중하면서도 지난 반세기 동안 해외 주요 언어권에서 창작과 연구의 진전에 따라 일어난 정전의 변동을 고려하여 편성되었다. 그래서 불멸의 명작은 물론 동시대 세계의 중요한 정치·문화적 실천에 영감을 준 새로운 작품들을 두루 포함시켰다.

창립 이후 지금까지 한국문학 및 번역문학 출판에서 가장 전문적이고 생산적인 그룹을 대표해온 문학동네가 그간 축적한 문학 출판 경험을 바탕으로 새로운 세계문학전집을 펴낸다. 인류가 무지와 몽매의 어둠 속을 방황하면서도 끝내 길을 잃지 않은 것은 세계문학사의 하늘에 떠 있는 빛나는 별들이 길잡이가 되어주었기 때문이다. 우리가 자부심과 사명감 속에서 그리게 될 이 새로운 별자리가 독자들의 관심과 애정에 힘입어 우리 모두의 뿌듯한 자산이 되기를 소망한다.

문학동네 세계문학전집 편집위원
민은경, 박유하, 변현태, 송병선, 이재룡, 홍길표, 남진우, 황종연

지은이 에밀 졸라

1840년 파리에서 태어났다. 1867년 최초의 자연주의 소설 『테레즈 라캥』을 출간했고, 이후 제2제
정기 프랑스 사회를 총체적으로 그린다는 목표로 '루공마카르총서'를 기획했다. 『목로주점』 『나
나』 『제르미날』 『인간 짐승』 『돈』 등 대표작 대부분이 포함된 이 총서를 통해 그는 자연주의 문
학 대표 작가로 자리매김했다. 1898년 유대인 드레퓌스의 무죄를 주장하는 「나는 고발한다」를
발표해 행동하는 지성의 상징이 되었다. 1902년 파리에서 가스중독으로 사망했다.

옮긴이 유기환

한국외국어대학교 프랑스어과를 졸업하고 프랑스 파리8대학교에서 '노동소설의 미학' 연구로
불문학 박사학위를 받았다. 현재 한국외국어대학교 프랑스어학부 교수로 재직하고 있다. 『알베
르 카뮈』 『조르주 바타유』 『노동소설, 혁명의 요람인가 예술의 무덤인가』 『에밀 졸라』 『프랑스 지
식인들과 한국전쟁』(공저) 등을 썼고, 카뮈의 『이방인』 『반항인』, 바르트의 『문학은 어디로 가고
있는가』, 바타유의 『에로스의 눈물』, 졸라의 『나는 고발한다』 『실험소설 외』 『목로주점』 『돈』, 외
젠 다비의 『북 호텔』, 그레마스·퐁타뉴의 『정념의 기호학』(공역) 등을 번역했다.

세계문학전집 201

패주

초판 인쇄 2021년 8월 12일
초판 발행 2021년 8월 20일

지은이 에밀 졸라 | 옮긴이 유기환
책임편집 김혜정 | 편집 김미혜 강경화 오동규
디자인 강혜림 최미영 | 저작권 김지영 이영은
마케팅 정민호 정진아 김혜연 정유선
홍보 김희숙 함유지 김현지 이소정 이미희 박지원
제작 강신은 김동욱 임현식 | 제작처 영신사

펴낸곳 (주)문학동네 | 펴낸이 염현숙
출판등록 1993년 10월 22일 제406-2003-000045호
주소 10881 경기도 파주시 회동길 210
전자우편 editor@munhak.com | 대표전화 031)955-8888 | 팩스 031)955-8855
문의전화 031)955-3579(마케팅), 031)955-1904(편집)
문학동네카페 http://cafe.naver.com/mhdn
문학동네트위터 http://twitter.com/munhakdongne
북클럽문학동네 http://bookclubmunhak.com

ISBN 978-89-546-8181-0 04860
     978-89-546-0901-2 (세트)

www.munhak.com

● 문학동네 세계문학전집은 계속 출간됩니다